国家社科基金
GUOJIA SHEKE JIJIN HOUQI ZIZHU XIANGMU
后期资助项目

国家社科基金后期资助项目(16FZW045)研究成果

新世纪乡土小说与中国农村变革

李兴阳　著

山东大学出版社
SHANDONG UNIVERSITY PRESS
·济南·

图书在版编目(CIP)数据

新世纪乡土小说与中国农村变革/李兴阳著. —济南:山东大学出版社，2023.12
ISBN 978-7-5607-7747-4

Ⅰ. ①新… Ⅱ. ①李… Ⅲ. ①乡土小说－小说研究－中国－当代 Ⅳ. ①I207.42

中国国家版本馆 CIP 数据核字(2023)第 002232 号

责任编辑　郭凯迪
美术编辑　王秋忆

新世纪乡土小说与中国农村变革
XINSHIJI XIANGTU XIAOSHUO YU ZHONGGUO NONGCUN BIANGE

出版发行　山东大学出版社
社　　址　山东省济南市山大南路 20 号
邮政编码　250100
发行热线　(0531)88363008
经　　销　新华书店
印　　刷　济南乾丰云印刷科技有限公司
规　　格　720 毫米×1000 毫米　1/16
　　　　　19.75 印张　339 千字
版　　次　2023 年 12 月第 1 版
印　　次　2023 年 12 月第 1 次印刷
定　　价　89.00 元

国家社科基金后期资助项目
出版说明

后期资助项目是国家社科基金设立的一类重要项目，旨在鼓励广大社科研究者潜心治学，支持基础研究多出优秀成果。它是经过严格评审，从接近完成的科研成果中遴选立项的。为扩大后期资助项目的影响，更好地推动学术发展，促进成果转化，全国哲学社会科学工作办公室按照“统一设计、统一标识、统一版式、形成系列”的总体要求，组织出版国家社科基金后期资助项目成果。

全国哲学社会科学工作办公室

序

丁　帆

中国乡土小说是新文学中成就最为辉煌的，同时也是生命力最为顽强的文体类型。20世纪90年代，中国学界和文学界曾有过乡土小说在中国是否会逐渐消亡的论争。有一种观点认为，随着中国城市化的快速推进，乡土小说必将成为一种消失的文体。我不否认在遥远的未来会有这种可能，但我始终坚持认为乡土小说在中国还有继续存在和发展的历史空间，我的这个判断与我对中国经济与文化发展独特性的认识有关。我曾经提出，在中国这块幅员辽阔的土地上，农耕文明和游牧文明、工业文明和后工业文明等都共生于20世纪90年代以后的中国文化地理版图之上，亦即前现代、现代与后现代这三种文化模态同时存在，并在相互冲突中按照各自的文化逻辑发展，而这个历史过程将是比较漫长的。在这样一种交错复杂的社会文明形态共存中，乡土小说就有其继续存在和发展的现实依据与历史因由。20世纪90年代以来中国乡土小说的新发展及其新的创作成就，已然证实了我的判断。

毋庸置疑，多文化模态的交错共存，不仅使中国乡村的现实发展极不平衡，其未来也变得扑朔迷离，而且使乡土小说作家难以确立自身的文化批判价值体系。20世纪90年代以来的中国乡土小说，由此发生了诸多不同于过去的巨大变化。如何认识中国乡土小说的新现象新变化，如何重新厘定中国乡土小说的外延和内涵，如何辨析中国乡土小说变异后的审美形态，这些都是中国乡土小说研究亟待解决的问题。李兴阳的新著《新世纪乡土小说与中国农村变革》对这些问题做了系统而深入的探索，其不少研究结论新人耳目，颇有特色。

新世纪乡土小说研究的首要问题就是明确研究对象的时间上限。这个问题，看似简单实则不易，争议颇多。李兴阳的《新世纪乡土小说与中国农村变革》把新世纪乡土小说的时间上限推到上个世纪的90年代初期，而不是21世纪初年，其着眼点不在于历史纪年的自然时序交替，而是乡土小说在中国社会现代转型的多重文化语境中的再度新变及其生发的时间。这种考察维度与切入角度的选择，是基于中国乡土小说百年发展历史的整体认识以及对新现象新变化的敏锐观察，因而是很有历史意识与学术眼光的。中国乡土小说的世纪转型，与其赖以生长的中国社会的现代转型一样，并非在21世纪初年的短短一年间就能够一蹴而就的。其实，从上个世纪90年代初期开始，随着改革开放的再度开启，市场经济大潮开始强劲地冲刷中国城市与乡村，资本下乡，农民进城甚至出国，中国城乡社会生活的各个层面随处可见消费文化的魅影，中国文学由此开始了结构性的变化，中国乡土小说受到的冲击尤其巨大，叙事视域扩大了，涨破了传统乡土叙事的阈限；乡土小说文体的传统审美形态亦随之发生变异，“三画四彩”开始此消彼长。也就是说，从上个世纪90年代初开始，时代变革大潮裹挟下的中国乡土小说从题材到文体都开启了转型变异之旅。因此，将新世纪乡土小说的时间上限推到上个世纪90年代初期，有其历史的、现实的与学理的内在依据。“文变染乎世情，兴废系乎时序”①，刘勰之言是不虚的。

新世纪乡土小说是中国乡土小说发展的新阶段，其转型变异不是完全断裂式的，与中国乡土小说叙事传统有着千丝万缕的联系。李兴阳的《新世纪乡土小说与中国农村变革》对中国乡土小说中的以鲁迅乡土小说、茅盾乡土小说、沈从文乡土小说、赵树理乡土小说等为代表的乡土叙事传统进行了系统的历史梳理，阐明了这些乡土叙事传统各自不同的文学主张、历史观念、社会意识、审美追求和艺术特点，以及代际承传之间非常复杂的影响关系。鲁迅是中国乡土小说的开创者，鲁迅乡土小说所开启的现代乡土启蒙叙事传统，代有承传，影响深远，即使是在消费文化甚嚣尘上的新世纪，我们也能在阎连科、杨争光、李佩甫乃至更年轻一些的东西、鬼子、谭文峰等作家的部分乡土小说中，看到“启蒙乡土叙事”的批判理性之光。譬如我曾专文评析过的阎连科的《黑猪毛　白猪毛》、鬼子的《瓦城上空的麦田》等乡土小说都在荒诞不经的乡土现实故事讲述中批判顽劣的国民根性与人性异化，“再现了现代知识分子的启蒙传统，用黑色幽默的笔触又一次掀起了‘鲁迅风’”②。茅盾乡土小说是左翼乡土小说的代表，因其与意识形态话语的复杂牵绊，对中国乡土叙事的影响，虽然代有

① (南朝梁)刘勰著，范文澜注：《文心雕龙注》，北京，人民文学出版社，1958，第675页。

② 丁帆：《论近期小说中乡土与都市的精神蜕变——以〈黑猪毛　白猪毛〉和〈瓦城上空的麦田〉为考察对象》，《文学评论》2003年第3期。

所变，但也是非常深远的。沈从文乡土小说是京派乡土小说的代表，其“田园牧歌”式的乡土叙事，对后世的影响不仅时隐时显，而且也是代有所变。赵树理的乡土小说创作，跨越两个时代，其“问题小说”曾名动一时，影响到“山药蛋派”诸多作家，后遭贬抑，至上个世纪八九十年代再度受到人们的重视。李兴阳的这部新著对中国乡土小说叙事传统的历史梳理，其创新之处不在于对历史流变轨迹的清晰描述，而在于对新世纪乡土小说继承或变异叙事传统的发现与分析。譬如，在分析沈从文乡土叙事传统时有这样的表述：“沈从文乡土叙事传统经过八十多年的迁衍流变，在与各种不同思潮、不同流派的碰撞交锋中，既保留了最为核心的文化价值理念与乡土小说的艺术形态，又在后继者基于个人文化素养、生活经历、审美趣味和时代要求的创新中，增加新的质素，发生新的变化。在城市化、工业化和全球化的时代大潮中，‘田园牧歌’正在变成农耕文明的历史挽歌。”基于这样的发现与分析，李兴阳提出：“新世纪中国乡土小说在承续这四大乡土叙事传统的同时，又使其产生了泛化和杂糅现象，有的则逐渐疏离了自己所承续的乡土叙事传统，转向了‘相反的方向’或‘另一个方向’，一些新的乡土叙事形态正在这样的复杂变化中萌生。”这些论述是很有创见的。

新世纪乡土小说对中国乡土叙事传统的承续与变异，是流不是源，其与中国农村变革的互动关系，才是发展变化的原动力。二者之间的互动关系是非常复杂的，其传递影响的媒介与中间环节很多，缠绕二者的相关因素也很多，不是简单直接的决定与被决定、反映与被反映关系。如何认识、分析和评价二者之间的复杂互动关系，有多样的研究路径与方法。李兴阳的《新世纪乡土小说与中国农村变革》将分析研究的焦点对准新世纪乡土叙事主体自身的文化批判价值体系，以及与之互动的中国农村变革的文化特性问题，应该说是抓住了问题的关键。中国农村变革的核心问题或曰变革的历史方向，就是推动中国乡村从传统向现代转型，乡土叙事主体的价值取向、叙事选择、文体创造与叙事对象的现实变革并不都在相同的历史共振点上，二者间的呼应共振与隔膜错位都是存在的，这需要研究者广泛阅读“乡土小说”与“乡村”两个大文本，进行双向比较研究分析。切合这种研究路径的需要，李兴阳的这部新著不是按照历时态的阶段论或共时态的题材、流派、风格与文体等常态的研究模式设计，而是按照“乡土小说”与“乡村”两个大文本的共同构成要素即“农民”“农村”“农业”展开的。中国农村变革中的“三农”问题，进入新世纪乡土叙事的艺术世界，就转换成为“农民形象”“农村文化形态”“农村经济生活”等主要构成要素。两个大文本中的构成要素，即“农民”与“农民形象”、“农村”与“农村文化形态”、“农业”与“农村经济生活”，分别属于叙事艺术范畴与现实生活和历史范畴，不同范畴之间的双向比较分析，可以揭示出二者之间潜隐的“远近”与“真伪”关系，由此可以显露新世纪乡土叙事主体价值取向的激进与保守、文体创造的守旧与创新。

毫无疑问，新世纪乡土小说与中国农村两个大文本中的构成主体是“农民”，农民从传统向现代的转型是中国农村现代转型的关键。换言之，没有农民的现代化，就不可能有中国农村的现代化。鲁迅乡土叙事的总主题就是现代启蒙，而包括农民在内的国民现代启蒙至今并未完成，还在艰难前行的路上。李兴阳的《新世纪乡土小说与中国农村变革》特别关注并予以深入分析的就是“农民的现代性获得”问题，这是中国农民从传统走向现代的关键。在包括农村在内的中国社会变革大潮中，受到巨大冲击的首先就是农民。数以亿计的农民，特别是青壮农民离开乡村，奔向远离家乡的城市和工矿企业，置身于现代城市文明与现代工业和商业服务体系中，他们在改变中国城市社会的结构和生产关系的同时，也无奈地被迫改变自己。自20世纪90年代开始，这些被命名为“农民工”“打工者”的离土又离乡的农民，亦即李兴阳在这部新著中所指称的“流动农民”，成为乡土叙事的热点对象，对其生存现实与精神震荡的抒写，造就了风行一时的中国城市的“新移民文学”，一种乡土文学的新的变种。那些离土不离乡或既不离土也不离乡的农民，亦即李兴阳这部新著所指称的“在乡农民”，在时代变革大潮中，其生存现实的改变与精神灵魂的震荡，虽与前者不尽相同，但同样是非常激烈的。他们有的顺势前行，不断改变自己；有的固守传统，成为“阿Q的子孙”；有的则成为极端的变异者。那些生活在乡村的教师、村医、农技人员等乡村知识分子，也遭遇了前所未有的生存与精神的困境。以“在乡农民”和乡村知识分子为叙事对象的乡土小说，似应具有传统乡土小说的特点，实则也发生了不同于以往的诸多新变化。在这部新著中，李兴阳对新世纪乡土小说中各类农民形象的分析，侧重于考察他们由生存现实推动的内在精神变化问题，亦即在现代性获得过程中的文化人格裂变问题，最突出的问题有现代意识、身份认同与文化困惑等。新世纪乡土小说与中国农村两个大文本中的农民，虽然都处在从传统向现代的历史蝉蜕之中，但也有向后逆向转型的，农民文化人格的裂变与精神结构的改变，比任何历史时期都要激烈而复杂。李兴阳所做的这些分析，鞭辟入里，抓住了重点与痛点。

新世纪乡土小说与中国农村两个大文本中的“农村”，与上个世纪中国乡土小说中的“农村”相较，发生了前所未有的变化，经济发达地区的乡村以及城郊乡村，大都有很明显的“去乡村化”特点，这是农耕文明与工业文明、乡村文化与城市文化激烈冲突而前者弱势于后者并转向后者的结果。李兴阳的《新世纪乡土小说与中国农村变革》将“农村”视为相对于城市的文化实体，并将其构成解析为可见的乡村人文地理文化形态、乡村社会及其组织、民俗风习、乡村伦理道德与宗教等。乡村人文地理文化形态以村庄为代表，在城镇化的乡村改造以及城市文化和工商文明的冲击中，一些村庄变成了“空心村”，一些村庄日渐破败乃至消失，一些村庄失去了原有的面貌与妆容，一些村庄则干脆变成了城市。乡村社会结构也发生了新的变化，贫富分化与阶层分化越来越严重；乡村政治文化生态总体堪忧，虽然一些乡村初步建立起了民选制度，其政治文化生态出现优化的发展趋势，但更多的乡村出现权力腐败，使乡村治理危机加剧，政治文化生态日渐恶化。乡村社会的伦理道德发生了更为复杂的变化，既有触目惊心的伦理道德失范，也有对传统伦理道德的承传，还有一些乡村伦理道德在承传过程中出现了新变化，具有了现代新伦理道德的蕴涵。乡村佛教、伊斯兰教、基督教、萨满教等宗教在原本信教的地方复活，并有快速传播的趋势；民间鬼神信仰、算命打卦、阴阳风水等由暗转明大行其道。乡村宗教与民间神秘文化的复活与盛行，对农民的精神信仰、人生观念、人伦道德乃至乡村政治文化、经济发展等都产生了积极的与消极的双重影响。乡村民俗文化的变化也是非常显著的，既有传统优良习俗的承续，又有新的民俗在政治经济的推动下逐渐形成，但也有一些丑陋的恶俗沉渣泛起。新世纪乡土小说通过“风景画”“风俗画”与“风情画”的描绘所揭示的中国农村现代转型的艰难与复杂，以及“三画”描绘自身的艺术得失，在李兴阳的这部新著中得到了系统而集中的分析，以及基于现代价值立场的评价。

新世纪乡土小说与中国农村两个大文本中的“农业”，也处在从传统向现代的历史演进过程中，而这个过程同样是既变化巨大又缓慢而艰难。这个过程涉及的各种现实问题很多，如土地问题、乡镇企业问题、扶贫问题、生态环境问题、农业现代化和农村经济发展等。对这些现实问题，新世纪乡土小说进行了及时性的跟踪观察、叙述和描写。李兴阳的《新世纪乡土小说与中国农村变革》将与“农业现代化”有关的乡土叙事现象，颇有创意地概括为“土地叙事”“乡镇企业叙事”“扶贫叙事”“乡土生态叙事”等，对这些具有鲜明时代特色的叙述农村经济生活的叙事现象进行了分门别类的梳理和细致分析，对新世纪乡土叙事主体有关农业现代化问题的观察、叙述与描写进行了分析与评价。其中，对新世纪乡土叙事有关土地制度变革与农业现代化关系的叙述和描写的分析思考尤为深入，能发人之所未见。

新世纪乡土小说以处在从传统向现代艰难转型中的“农民”“农村”与“农业”为叙事对象，必然会带来自身叙事形式与审美形态的变化。我曾将乡土小说的边界阈定为不能离乡离土的地域特色鲜明的农村题材作品，其地域范围至多扩大到县一级的小城镇，但后来我发现以“农民工”为题材的小说，追随这些业已成为“城市里的异乡人”和“大地上的游走者”的漂泊踪迹，已将都市文化景观纳入小说中，突破了传统的乡土叙事边界，使我们所熟悉的乡土小说的“三画四彩”发生了变异。因此，我以为乡土小说概念的内涵与外延都需要进行重新修正与厘定，其叙事形式与文体形态也需要进行新的分析研究与理论总结。李兴阳的《新世纪乡土小说与中国农村变革》在这一点上也下了很大的功夫，对新世纪乡土小说的叙事形式、文体实验及“技术主义”现象等进行了比较全面的分析研究。新世纪乡土小说的叙事形式适应表现农村变革现实的需要，在叙事话语、叙事时空、叙事模式等方面都发生了一些新的变化，而变化最大走得更远的是“怪诞主义”“荒诞叙述”“灵异叙述”和“神性叙述”等非常态的叙事形式。李兴阳认为，新世纪乡土小说的文体实验，由于乡土作家的文体意识、乡土经验、价值观念、叙事动机不同，有的向乡土叙事传统回归，修复乡土小说的审美形态；有的向各种时尚靠拢，与乡土小说渐行渐远；有的则表现出较强的“技术主义”倾向。李兴阳对这些文体实验的态度是不同的，对“技术主义”倾向的批判尤为明确，认为“部分新世纪乡土作家在小说创作中将‘技术’当作‘主义’，即在小说创作中热衷文体实验，探索各种小说叙事技巧，甚至干脆就是故弄玄虚地‘玩弄技巧’，对小说文体形式方面的热衷压倒了对中国农村现实问题的关注和表达，没有尽到或者干脆放弃一个作家应尽的社会责任。这样的‘技术主义’是不可取的”。我对这样的批判是特别赞同的。

新世纪乡土小说与中国农村变革的互动关系是一个宏大的课题，既要从一个高远的宏观角度来俯瞰大变革激荡下的乡土社会变迁给中国乡土小说转型带来的影响，又要从千头万绪的琐碎文本分析中超越出来，看清乡土叙事表象背后的深刻社会历史内涵。李兴阳的《新世纪乡土小说与中国农村变革》正是这样做的。这是一部以现代启蒙精神为价值取向，理论站位高、研究视野宏阔、分析深透的学术专著，其对新世纪乡土小说与中国农村变革的互动关系由表及里的系统论述，具有美学的与历史的双重认识意义与理论价值，值得学界充分重视。

李兴阳请我为《新世纪乡土小说与中国农村变革》这部新著作序，我看到书稿时的第一反应是惊讶。李兴阳近些年的学术研究，精力主要放在戏剧影视研究领域，撰写了《新世纪电视剧与民族国家想象》《启蒙理性的回旋与起伏》等著述，还撰写并出版了《江苏新文学史・戏剧影视编》第1卷《戏剧戏曲》和第4卷《电视剧》等著作。李兴阳也没有完全放下中国现当代文学方面的研究，撰写并出版了《中国现当代文学中的乡贤文化研究》等。当我再看到《新世纪乡土小说与中国农村变革》这部新书稿时，我不由得感叹李兴阳的勤奋与对学术那种信仰般的虔敬。在我的博士群里，李兴阳是比较年长的，已年过甲子，却还不知疲倦地徜徉在学术研究的海洋里。我在感叹之余，还是期望李兴阳在学术道路上放慢脚步，从容淡定地走向学术研究与人生共同的新境界。

2023年3月7日于南大和园

目　录

绪 论

中国当代的文学格局，从20世纪末期到21世纪20年代，发生了巨大变化，曾经屈指可数的都市文学已跃居文学前台，而作为中国新文学主流的乡土文学则逐渐被边缘化，这与中国社会现代化与城市化的历史变迁有关。即使如此，新世纪中国乡土小说仍然顽强地取得了令人瞩目的创作实绩。新世纪中国乡土小说发生发展的历史时段，正是中国社会现代转型不断加速的历史时期，全球化与市场化以不同的速率进击中国的城市和乡村，前现代、现代和后现代文化随之奇异地并置在中国大地上，相互冲突、缠绕和交融，有别于“新时期”的新世纪文化形态由此初显姿容。在如此复杂的“新世纪”文化语境中，新世纪中国乡土小说敏锐地感应到中国现代转型的社会律动和历史阵痛，以或热烈或忧虑的目光注视着中国农村社会出现的种种现实变化，在承继中国现代乡土叙事既有领域的同时，将叙事疆域扩展至与“三农”问题、乡土生态、乡村宗教道德文化等有关的各个叙事领域，从而突破了中国乡土小说既有的现代性叙事格局。如此宏阔的叙事视域，需要新世纪乡土作家具有更加敏锐的洞察力和更加丰赡而深邃的思想，当然也需要具有面对当下和指向未来的更加多元的价值选择。从乡土叙事疆域的扩展、“乡土经验”的重新整合到思想和审美的多种选择，新世纪中国乡土小说虽然面临着前所未有的挑战，但也由此获得了走向新的辉煌的历史契机，有了令人瞩目的创作实绩。有鉴于此，重新厘定中国乡土小说概念的内涵与外延，辨识新世纪中国乡土小说衍生出的新类型，梳理其流变的脉络，审视其新旧夹缠而旨归不一的精神向度，解析其诸多新变的内外成因，探寻其与现代乡土叙事传统的历史关联，考察其叙事形态的变异与历史走向，就成为新世纪中国乡土小说与中国农村改革研究的重要课题。

一、中国乡土小说与中国农村改革的“新世纪”

中国乡土小说进入21世纪已经20多年，此间的全部出产，自然都可顺理成章地称为新世纪乡土小说。仅就时间而言，中国乡土小说已确凿无疑地进入其历史发展的“新世纪”。换言之，这里所说的新世纪中国乡土小说，如果仅就历史时序而言，自然是指与20世纪绵延相续的21世纪初期以来创作的中国乡土小说，其已写就的历史有20多年，尚未展开的历史有近80年。但问题并不如此简单，作为对一种新的文学现象的概括与标识，抑或作为一个新的文学史概念，新世纪中国乡土小说之“新”，虽然不能忽略用以纪年的时间维度，但主要与其蕴含的精神内质和审美特征相关。

中国乡土小说，随着中国社会的现代化演进，在20世纪经历了萌生、繁盛、蜕变、断裂、复归和再度新变的复杂而曲折的递嬗过程[①]，逐渐形成了以“三画四彩”[②] 为基本特征的美学形态。而再度新变，并不是随着“世纪”的自然更替而发生，而是启动于20世纪末期对中国当代社会急剧转型的历史召唤的文学应答。这就是说，中国乡土小说的“新质”已先于世纪的自然更替而生长，并因此而使新世纪乡土小说中的“新世纪”获得了超越“世纪”框范的“跨世纪”蕴涵。因此，在具体展开新世纪中国乡土小说转型研究之前，我们有必要引入新的考量维度，从“时间”和“内质”两个方面界定课题研究对象的阈限。

如上所论，若要厘定新世纪中国乡土小说的边界，必须首先厘定中国乡土小说之“新世纪”与历史纪年之“新世纪”的边界。在历史纪年的自然时序中，每一个即将到来或已然到来的世纪，相对于即将逝去与已然逝去的世纪都是新世纪，产生于其中的乡土小说，自然可称为新世纪乡土小说。但如此之“新”，除了时序交替之意义，别无“新”意，其乡土小说的诸现象也就无须用“新世纪”来立论。本书所论新世纪乡土小说不单以历史时序的世纪交替为据，而且着眼于中国乡土小说在中国社会转型的时代大文化语境中的再度新变及其生发的时间。新世纪乡土小说虽然也有时间因素且所指长度超过研究对象尚未展开的时段，但其前缀“新世纪”在指历史时序由旧交替到新之外，又可指意义重大的变化时期，借此可以指认最近30多年来中国乡土小说滋长的新质，辨析其与此前历史的断裂、延续或更为复杂的关联。这正是本书坚持使用“新世纪”概念的因由。

傅斯年曾指出，中国文学的演进轨迹与中国政治的历史轨迹不尽一致，“文学时代之转移每不在改朝易代之时，所以我们必求分别文学时代

---

① 参见丁帆等:《中国乡土小说史》,北京,北京大学出版社,2007,第1页。

② “三画四彩”是风景画、风俗画、风情画与自然色彩、神性色彩、流寓色彩、悲情色彩等的简称,其具体蕴涵,详见丁帆等:《中国乡土小说史》,北京,北京大学出版社,2007,第19～28页。

于文学之内，不能出于其外，而转到了政治之中”[①]。傅斯年试图离析文学的时代与政治的时代，从而寻求文学自身的历史递嬗规律。但在《中国古代文学史讲义》的具体论述中，傅斯年依旧遵循了“文学时代之转移每在改朝易代之时”的老例，未能很好地贯彻自己的想法。究其原因，在于文学虽有“文学之内”的规定性，但更有“其外”的巨大规约，中国文化语境中的文学难以逃离政治意识形态的笼罩，它必然与特定的时代语境乃至政治事件发生深刻的关联。刘勰所言“文变染乎世情，兴废系乎时序”[②]，即此之谓。仅就近百年中国文学的历史演进而言，每一次“文学时代之转移”无不与特定时代社会政治文化的巨变有关。譬如，1898 年的戊戌变法是清政府在洋务运动之后试图革故鼎新走向现代的一次历史搏击，由此而唤醒的民族国家意识，可以说是 1902 年以后晚清文学变革的历史原动力；五四新文化运动是在戊戌变法之后近代中国对现代化之路的再一次历史寻求与文化自救，由此直接促生了始自 1917 年的中国现代文学；1949 年新中国成立，由此海峡两岸暨香港、澳门的文学有了不同的精神内质与美学风貌。由此，1949 年就不仅是中国社会沧桑巨变的历史新起点，也是中国现代文学在海峡两岸暨香港、澳门以不同的走向分头发展的历史转折点。就大陆（内地）1949 年后的文学发展而言，“文化大革命”结束前后的中国社会及其文学是不同的。“文化大革命”结束前的大陆（内地）文学，与中国政治文化有着近乎同一的关系，同延安文学乃至更早一些时候的左翼文学有着深厚的内在精神关联；“文化大革命”结束后的大陆（内地）“新时期”文学在重现五四文学的某些景观之后，又以自己的方式背向五四，且渐行渐远。所有这些近乎常识的中国现代文学史实都表明，近百年来中国现代社会政治文化的每一次历史巨变，都不可避免地会引起与之有着密切关联的中国文学的新变，而中国社会及其文学的每一次新变从来都不是按照“世纪”或“年代”更替的起止点来给自己确定历史的起点或“断代”的。中国社会及其文学发展的“新世纪”同样如此。

21 世纪初期以来，中国社会确已处在意义重大的变化时期，但中国并未有“划时代”的重大历史事件发生，中国社会的转型是 20 世纪 90 年代的延续，因此重大变化的起点就不是 21 世纪初期。关于中国社会与文学的“新世纪”的起点，学界聚讼纷纭，至今尚未达成共识。有论者以 1989 年为起点，认为是年发生的一系列政治变故虽然一度延缓了中国改

① 傅斯年：《中国古代文学史讲义》，上海，上海古籍出版社，2012，第 4 页。

② （南朝梁）刘勰著，范文澜注：《文心雕龙注·时序》，北京，人民文学出版社，1958，第 675 页。

革开放的进程，但在某种意义上为后来中国社会的加速转型起到了助产催生的作用。本书认为，1989 年是中国社会及其文学的“新时期”的结束，但不是“新世纪”或“新纪元”的开始，因为是年之后的一段时间内，中国社会及其文学陷落在无所适从的迷茫与历史徘徊之中。一般认为，“新世纪”的起点应是 1992 年①，其政治推动力就是当年邓小平发表的南方谈话。由是年起至今，中国社会的“全球化”和“市场化”不断加速，政治、经济、文学等领域的转型愈来愈彰显，成分复杂而形象怪异的“新世纪文化”形态在乱花渐欲迷人眼的时代杂色中渐显姿容，并展露出有别于“新时期”的诸多异质。中国当代社会文化具有如许“新世纪性”的总体变化既然起自 20 世纪 90 年代初期，中国社会发展历史的“新纪元”就不是历史纪年时序自然交替的 21 世纪初年②，而是 1992 年。中国社会自此终结了政治自救的“新时期”，开始了“脱贫困”与“脱第三世界”的“新世纪”。中国乡土小说的“新世纪”与中国社会历史发展的“新世纪”是同步的，其新质生长的起点同样不是 21 世纪初期，而是 20 世纪 90 年代初期。因此，仅就时间的边界亦即时间的起止而言，新世纪中国乡土小说的时限就不只是进入 21 世纪的 20 余年时光，而是 20 世纪 90 年代初期以来的 30 多年时光，其未来正在展开之中。

二、新世纪乡土小说的概念阈定与叙事扩展

自 20 世纪 90 年代初期开始，随着中国社会的急遽转型，新世纪乡土小说与此前乡土叙事既有联系又有所不同的新质即已开始萌芽生长，其最突出者就是乡土小说的叙事领域超越了既有的题材阈限。在《中国乡土小说史论》中，丁帆将乡土小说的边界阈定为不能“离乡离土”的、地域特色鲜明的农村题材作品，其地域范围至多扩大到县一级的小城镇。③ 在《中国乡土小说史》中，丁帆对乡土小说的题材阈限重新作了界定，将以“农民进城”及作为“他者”的“所进之城”为叙事对象的小说归入新世纪乡土小说的范畴。④ 之所以作如此修正，基于这样的认识：“从 90 年代开始，乡村向城市迁徙和漂移的现象决定了中国乡土小说创作视点的转移。在农耕文明与工业文明、后工业文明的文化冲突中，中国乡土小说的

---

① 参见雷达、任东华:《“新世纪文学”:概念生成、关联性及审美特征》,《文艺争鸣》2006 年第 4 期。

② 《汉语大词典》将“新纪元”释义为“新的历史阶段的开端。亦指某种具有重大意义的新的开始”。

③ 丁帆:《中国乡土小说史论》,南京,江苏文艺出版社,1992,第 25 页。

④ 丁帆:《中国乡土小说史》,北京,北京大学出版社,2007,第 18～20 页。

内涵在扩大，反映走出土地、进入城市的农民生活，已经成为作家关注社会生活不可忽视的创作资源。同时，反映这些农民肉体和灵魂‘游走’状态的生活，也扩展了乡土小说的边界。”① 也就是说，新世纪乡土小说叙事领域的扩展，是前现代、现代和后现代三种文化形态在新世纪中国共生竞存、相互冲突并投射于新世纪乡土小说的结果。

在幅员辽阔的中国，东部与西部、南方与北方、海峡两岸与港澳及所有这些区划中的城市与乡村，农耕文明、游牧文明、工业文明和后工业文明等都程度不同地交错发展于20世纪90年代以来的文化地理版图之上。不同文明的“意图”是不一样的，“前工业社会的‘意图’是‘同自然界的竞争’；它的资源来自采掘工业，它受到报酬递减律的制约，生产率低下；工业社会的‘意图’是‘同经过加工的自然界竞争’，它以人与机器之间的关系为中心，利用能源来把自然环境改变成为技术环境；后工业社会的‘意图’则是‘人与人之间的竞争’，在那种社会里，以信息为基础的‘智能技术’同机械技术并驾齐驱。由于这些不同的意图，因此在经济部门分布的特点以及职业高下方面存在巨大的不同”②。这些不同，在西方17世纪以来的资本主义发展中，总体上是历时性的，而在中国当下的发展中却是共时性的，城乡间、地区间的政治经济发展因此呈现出不平衡，形成巨大的落差。从总的发展趋向来看，农耕文明和游牧文明逐渐衰微，工业文明和后工业文明成为中国社会发展的主导趋势，中国的城市因此不断扩张，而乡村则不断萎缩。即如有论者所言：“在20世纪末期，随着城市的快速崛起，一个国家的乡村史终于被史无前例地改写、刷新或者终结。数以亿计的‘农民工’是这些变化的主体，同时也是强烈的感受者。”③ 失去土地或在面积小且贫瘠的土地上难以养活自己和家人的农民，奔向南方和东方，涌向城市乃至海外，成为“流动农民”④。乡村因为他们的“离去”而变成“空心村”，城市因为他们的“到来”而膨胀增殖，而他们自己则被贬抑和遮蔽于“农民工”或“打工者”这类特殊的命名之中，身份模糊，灵魂无所皈依，成为盖奥尔格·西美尔所谓的在不同社会形态空间“漫游”的“精神流浪者”⑤。这一庞大群体的出现与存在，改

① 丁帆：《“城市异乡者”的梦想与现实》，《文学评论》2005年第4期。

② 〔美〕丹尼尔·贝尔：《后工业社会的来临——对社会预测的一项探索》，高铦、王宏周、魏章玲译，北京，新华出版社，1997，第128～129页。

③ 柳冬妩：《城中村：拼命抱住最后一些土》，《读书》2005年第2期。

④ 李兴阳：《新世纪乡土小说的叙事取向与“流动农民”形象》，《学海》2013年第5期。

⑤ 〔德〕盖奥尔格·西美尔：《社会学——关于社会化形式的研究》，林荣远译，北京，华夏出版社，2002，第152页。

变了中国乡土社会的结构和生产关系，同时也改变了中国城市社会的结构和生产关系；模糊了城乡文化的边界，同时也泛化和扩大了乡土文化撒播的边界。随着作为乡土主体的农民的“现代性”流徙与乡土文化边界的扩张，新世纪乡土小说的边界自然也要扩展到这些“流动农民”的并不恒定的城市居留地之中，扩展到他们的生存现实与内在精神之中。表现这些在生产形式上已经不是田间耕作形态的具有“准市民性”或曰“后农民性”群体的生存现实，应该是新世纪乡土小说不可或缺的有机组成部分。概而言之，新世纪中国农民从乡村向城市的“移民运动”，是中国社会现代转型加剧的必然结果，呈现的是农民和乡村被迫（或主动）逐步“城市化”的“历史进步”图景。但在乡村文明与城市文明的历史冲突中，作为乡村文明承载者和社会弱势群体的农民，在还未来得及进行自身文化人格的现代性改造之前，就承受了历史之“恶”加诸他们的全部苦难，“现代性”社会迁徙背后的深广的精神痛苦，也就有着沉郁的乡土文化色彩。因此，叙述具有“现代性”流寓色彩的中国“农民进城”的“移民文学”，无论从哪一个角度考量，都应属于乡土文学范畴[①]。

在当下的“乡土经验”中，城市及其代表的现代文明，是“流动农民”爱恨交织的巨大存在。不论是否定性的还是肯定性的，在关涉农民进城的乡土叙事中，城市始终“在场”。那些浑身带着泥土气息的乡民，被看不见而又无处不在的历史之手牵引到这人造的地狱或天堂里来，在“现代”的熬炼中，艰难地剔除深入骨髓的泥土气息。在城市挤压和改造农民、乡村的时候，乡土叙事似乎被城市叙事改造了，至少城乡叙事的界限在“农民进城”的文学叙述中，变得不那么清晰了。于是，有论者以为城市文学可以取乡土文学而代之。[②] 就中国历史发展的总趋势而言，如此“前瞻”的观点似乎是不错的，但太过超前了，与中国社会的真实状况及文学应有的历史担当相去甚远。在中国社会的城市化进程中，农耕文明形态和游牧文明形态被工业文明和城市文明不断地蚕食、挤压和改造着，一方面沾染了不少城市文明的气息，拉近了二者的文化距离，农民和农村似

---

① 参见丁帆：《中国乡土小说生存的特殊背景与价值的失范》，《文艺研究》2005 年第 8 期。有论者亦称之为“亚乡土叙述”，认为“当下的亚乡土文学与‘五四’时期的问题小说极为相似，它们用力在揭示社会问题，表现真切的社会人生图景，而对所涉及的社会问题没有提出根本的解决办法”，“在亚乡土文学中，乡土已经不再是此前文学想象中的美丽家园，也不再是荒蛮愚昧所在的荒野，而无情地呈现出一种无奈的景象——这里的人正受到城市生活观念的冲击，却又面对着空虚的乡村”。雷达：《论“新世纪文学”——我为什么主张“新世纪文学”的提法》，《文艺争鸣》2007 年第 2 期。

② 详见《2004·反思与探索——第三届青年作家批评家论坛纪要》（《人民文学》2005 年第 1 期）一文中的有关争鸣意见。

乎都快要城市化了，而另一方面则是城乡之间实际发展程度的差距不断拉大，中国还说不上是现代国家。[①] 有研究者认为："当我们判定现代性在中国社会的现实境遇时，不能仅仅从人文知识分子的理解和对西方发达国家的观察出发，也不能仅仅从发达地区的城市区域的人力资源状况和社会运行机制的状况来得出普遍性的结论，而必须把视野投放到在社会城乡二元结构中比重上占主体的农民、农村和农业的状况。这种传统农本社会的文化模式和社会结构不仅会大大降低我们对城市化群体的现代性程度的估计，而且，它本身就是中国社会运行和活动方式的深层的、隐性的根基。"[②] 有如此难以移易的"深层的、隐性的根基"，中国要想在较短的历史时期内完成工业文明对其他文明形态的改造或替代，显然是不可能的；中国文学要进入"城市文学时代"，也就同样是十分遥远的事情。鬼子说："我是生活在乡土之中的，你们说乡土文学城市化、符号化了，你要使写作逃脱这种模式，最后无非也是发现或发明另一种'乡土'，我估计走着走着，还是另一种符号。可能关键是哪种符号更可爱些。"[③] 确如此论，在有关"流动农民"的文学叙述中，其乡土叙事空间虽然有"进城农民"活动于其间的都市景观，但这并不能说乡土文学就城市化、符号化了，只能说它在与城市文学的碰撞、冲突和交融中，孕育出了新世纪乡土文学的新的精神内质和文体形态。丁帆认为，持"中国进入了城市文学时代"观点的人所忽略的，正是我们在新世纪乡土小说转型研究中要阐释的：一方面，失去土地的农民流入城市，给城市带来了农耕文明的意识形态和社会生活方式，并在一定程度上影响着城市；另一方面，工业文明和城市文明以其文化强势和由此形成的话语霸权，不断地改变着"流动农民"的思维习惯与文化性格。聚焦在"流动农民"身上的文明冲突和社会转型的历史阵痛，并不是"社会生活中极小部分的问题"，而恰恰是"极大部分的问题"，这是新世纪作家们在相当长的时期内不得不予以关注的焦点，自然也就是新世纪乡土小说在漫长的转型期里所要书写的冲突性最强的叙事领域。[④]

新世纪乡土小说叙事领域的扩展，在"流动农民"之外，最令人瞩目的就是乡土生态。以"生态"为叙事对象和主题的文学，相对于其他文学

① 参见姚景源：《三大问题困扰中国经济进一步增长》，《新华文摘》2004年第6期；王建：《未来十年中国经济发展的制约因素》，《新华文摘》2004年第6期。

② 《现代性的当代命运与中国语境》，《光明日报》2004年8月24日。

③ 《2004·反思与探索——第三届青年作家批评家论坛纪要》，《人民文学》2005年第1期。

④ 参见丁帆：《中国乡土小说生存的特殊背景与价值的失范》，《文艺研究》2005年第8期。

艺术品种而言，还是很年轻的文学样式，对其学术命名至今还未能达成共识，有“大自然文学”“自然取向的文学”“大地文学”“公害文学”“绿色文学”“自然书写”“环境文学”等指认方式，而最为常见的称谓是“生态文学”(Ecological Literature)。自20世纪70年代以来，随着世界范围内生态思潮的日益高涨，生态文学（包括报告文学、诗歌、散文、小说、戏剧和影视等文学艺术的各个门类）渐渐兴起，并形成日渐引人瞩目的潮流。生态文学以具有反人类中心主义色彩的生态整体主义为思想基础，以生态系统整体利益为最高价值，揭示生态危机及其产生的社会根源，批判纯经济主义，抨击人类对自然的征服和掠夺，倡扬生态忧患意识和责任，重新审视和表现人与自然之关系，倡导人与自然和谐共存，描述回归自然的浪漫。仅就“生态小说”而言，其书写的对象既有城市生存环境，也有乡村自然生存条件；既有非人类的生命种群，也有承载全部生命的陆地、海洋和天空，几可谓无所不包。显然，可归入新世纪乡土小说之中的不是所有“生态小说”，而是那些“生态意识”鲜明而又不乏“田园意识形态”且笔涉“三画四彩”的“生态小说”。在“生态”叙事领域，新世纪乡土小说的边界扩展也显露出日趋鲜明的“全球性”，其原因，如美国学者劳伦斯·布依尔所说：“第一，人类制造的无意的环境效应不仅越来越跨越国界，而且还有改变或消灭整个文化的危险。在此过程中，它会创造姑且称之为跨国灾难文化。……第二，物种迁移（从大动物到微生物）模糊了文化分界线。”① 作为一种正在形成的知识领域，“生态小说”虽然从文学和美学的立场去表现和阐释现实中的生态现象，发现地球这颗蔚蓝色的星球及其孕育和滋养的全部生命的秘密和生存的意义，传达生态危机给人类造成的不安与思考，构建新的生态的情感空间与审美形态，但其叙事功能一开始即超越于纯粹的审美领域，以“忧思者”与“守护者”姿态“介入”全球化的公共危机中，发挥其他知识领域难以起到的作用。劳伦斯·布依尔在评介美国相关情况时说，随着“环境危机日益严重，许多不同领域都开展了大量研究工作，特别是自然科学、工程、医学、公共卫生、公共政策和法律（国内法和国际法）等学科。现在，在美国和其他地方，多数著名大学都开设了跨学科环境研究项目，但是在大多数情况下文学和艺术还没有发挥其重要作用。甚至与环境人文学科的其他分支，如历史、伦理学、宗教研究和社会人类学，比较起来它们还远远落后。这样合理吗？我认为不合理。文学和艺术当然在对话中有话可说。将来的环境政策肯定

① 〔美〕劳伦斯·布依尔：《文学研究的绿化现象》，张旭霞译，《国外文学》2005年第3期。

不仅取决于技术进步或法律法规，而且——我认为，在更深层次上——还受文化想象力和价值观念的影响，这正是艺术的潜能所在。在决定（例如）亚马逊［孙］河流域热带雨林的命运和全球范围内受环境污染威胁的贫困地区人们的命运时，叙事的力量、决定性形象的力量至关重要，未来也是如此"①。

新世纪乡土小说对"三农"问题、土地问题、乡镇企业问题、乡村宗教问题、乡村伦理道德失范问题等也进行了新的叙事拓展，有了一些与传统乡土叙事不同的新发现。譬如，对乡村伦理道德失范问题，新世纪乡土小说就有不少新的发现与表现，而其自身也出现严重的价值观念失范现象。自20世纪90年代初期始，中国继"新时期"之后迈入了历史发展的"新世纪"，经济的发展及其形态性质的改变，是新世纪中国社会转型的轴心，即如《世界经济展望（2000年10月）：聚焦转轨经济》一书所说："中央计划经济的兴起及其后的衰落是20世纪的一件大事。……到20世纪80年代后期，中央计划经济的局限性已变得非常明显。……原来实行中央计划经济的国家在主要国际组织（包括国际货币基金组织）的帮助下，已经进入了向市场经济转轨的历史性过程。其结果是，尽管这些国家的转轨进程彼此迥异，它们的经济结构及消费者和生产者的行为都发生了巨大的变化。虽然转轨国家已取得了很大成就，这个进程却比起初预想的要困难得多。"② 就中国而言，这个"比起初预期的要困难得多"的"进程"正在不可遏制地发展之中，由此带来的巨大变化，不仅包括经济结构、消费者和生产者的行为，而且包括中国社会文化（器物、制度和观念）的多元竞存与相互冲突。文化的核心内容是价值观念，多元文化间的冲突主要体现为价值观念的冲突，而不同文化价值观念之间的冲突日渐表现出普遍化、尖锐化和复杂化的趋势，即如马克斯·舍勒所说，我们正面临着一个"价值颠覆"③ 的时代。叙述对象与叙述主体的"价值颠覆"，使新世纪乡土小说的价值观念失范，其精神取向在多向度中呈现出"混沌"与"迷思"④。虽然没有价值取向明晰且影响广泛的主导性思潮，但若细加梳理，还是可以把捉住几种主要的新世纪乡土叙事现象及其精神走向。这正是本论著需要深入展开分析的时代课题。

---

① 〔美〕劳伦斯·布依尔：《文学研究的绿化现象》，张旭霞译，《国外文学》2005年第3期。

② 国际货币基金组织编：《世界经济展望（2000年10月）：聚焦转轨经济》，曹志鸿、余江岩、钟良等译，北京，中国金融出版社，2001，第71页。

③ 〔德〕马克斯·舍勒：《价值的颠覆》，罗悌伦、林克、曹卫东译，北京，生活·读书·新知三联书店，1997，第53页。

④ 李兴阳：《20世纪90年代西部乡土小说的现代性反思》，《宁夏社会科学》2005年第1期。

三、新世纪乡土小说的研究思路、方法与意义

新世纪乡土小说以处于急剧转型中的中国农村为叙事对象，又在中国农村的现代转型中生成并实现自身的转型，二者间有着深刻的内在关系。对此，国内学界给予了较为密切的关注并进行了相关研究。近些年，国内学术期刊上陆续发表了一些有分量、有见地的研究论文，出版了一些涉及新世纪乡土小说的研究论著。就能见到的文献资料而言，其现状和趋势主要有四点：其一，对新出现的重要的乡土小说创作现象如“农民进城”叙事和“乡土生态”叙事等，国内学界给予了较多的关注，学术成果较多，研究也比较深入。与这些热点问题受研究者重视不同，对另一些重要现象，如与“三农”有关的各种现实问题，与土地、城乡接合部有关的身份、心理和文化命题等则重视不够，有的至今甚至还是研究的盲点。其二，对有影响的作家如莫言、贾平凹、阎连科、刘震云、张炜、余华等的乡土叙事，学界给予了更多的关注，对新进作家阿来、毕飞宇、石舒清、孙蕙芬、郭文斌、刘醒龙等的乡土叙事，学界也给予了较多的关注，但在这些作家之外，大量的“新人新作”“老人新作”和西部作家的乡土创作则较少受到必要的关注和研究，处在“自生自灭”状态。研究对象的大面积缺失，或被有意屏蔽，自然会影响到对新世纪乡土小说创作的宏观认识与整体把握。其三，个案分析多于整体研究。就已看到的资料而言，对新世纪乡土小说作家与作品进行个案分析的文章比较多，对新世纪乡土小说做整体研究的文章相对较少，对新世纪乡土小说的形态变异、思潮现象等的宏观认识与整体把握比较薄弱。其四，时评文章多于学术研究论文。评论虽然很重要，但不能以之代替学术研究。新世纪乡土小说创作至今已有30多年，到了需要予以适时总结和系统研究的时候。新世纪中国乡土小说创作的成就与缺失都很突出，对其进行整体把握、具体分析和理论整合，不论是对学术研究自身的发展还是对新世纪文学创作与批评的发展而言，都是非常必要的。

研究新世纪乡土小说与中国农村变革的相互关系，在思路上，首先需要整体把握最近30多年来新世纪乡土小说的发展和中国农村变革的历史演进轨迹；其次，将新世纪乡土小说的叙事对象解析为“农民形象”“农村文化形态”“农村经济生活”等几个方面，将处在现代转型中的中国农村解析为“农民”“农村”“农业”等几个方面，借此可以显露二者之间潜隐的“远近”与“真伪”关系；再次，解析后的新世纪乡土小说与中国农村变革之间，亦即分属叙事艺术范畴与现实生活和历史范畴的“农民形

象”与“农民”、“农村文化形态”与“农村”、“农村经济生活”与“农业”等之间，不是简单的反映与被反映的关系，而是复杂的互动影响关系；最后，凸显创作主体在二者之间的中介作用、认识作用和创造作用，创作主体在乡土小说叙事形式与小说文体等方面的艺术探索与创造。

探讨新世纪乡土小说与中国农村变革的相互关系，可运用的研究方法有很多，如意识形态批评方法、文化批评方法、精神分析批评方法、新历史主义批评方法、女性主义批评方法、叙事学方法以及文献学、社会学方法等等，但最主要的还是习见的美学的与历史的方法。

新世纪乡土小说与中国农村变革的互动关系问题，尚属于新的专门研究课题，有重要的理论意义和认识价值。研究新世纪乡土小说与中国农村变革的相互关系，一方面透析乡土中国的表达者即乡土作家是如何看待和表现中国农村变革的，借此可以获得对新世纪中国乡土小说历史发展的整体认识，准确把握当前正在进行并不断深化的乡土小说变异现象，探讨其生发的内在原因，解析其中存在的文学、美学以及历史文化的重大命题，并对其进行批判与反思，在此基础上，重新确定中国乡土小说的内涵与外延，从而实现中国乡土小说理论和史论的深化与创新。另一方面，可以认识中国乡村在当代社会大变革中的现实状况及其历史发展趋向，尤其是深入认识中国农民在从“传统”向“现代”转型过程中的心灵裂变与精神变迁。因此，本论著所做的新世纪乡土小说与中国农村变革研究，具有美学的与历史的双重认识意义。

第一章　新世纪乡土小说的发展与中国农村变革

新世纪中国乡土小说的发生与发展，有其不可或缺的“现实世界”与“思想世界”①。20 世纪 90 年代以来中国农村的社会变革与纷繁多彩的社会人文思潮，就是新世纪乡土小说赖以滋长的“两个世界”，也是其叙事对象，二者之间存在着复杂的互动关系。中国乡土小说在自身百余年的发展中形成了多个与时俱进的乡土叙事传统，如启蒙乡土叙事传统、左翼乡土叙事传统、京派乡土叙事传统和延安乡土叙事传统等。与中国乡土小说叙事艺术形成对话、相互影响的中国乡土小说理论，也在自身百余年的历史演进中，对新世纪乡土小说创作的新现象与新经验做出了理论回应。新世纪中国乡土小说在直面现实、反思历史、守望家园和重造乡村时，对中国乡土叙事传统既有继承，又有发展和新的变异。

第一节　新世纪乡土小说发展的历史文化语境

新世纪乡土小说发展的历史文化语境，主要有两个方面：一是中国农村变革，最近 40 多年来的中国农村变革，既是新世纪乡土小说蓬勃生长的社会土壤，又是新世纪乡土小说的叙事对象，二者之间存在着复杂的互动关系；二是中国社会人文思潮，最近 40 多年来的中国社会人文思潮，如关于改革开放的四次大争论、“人文精神大讨论”、“后学”热、自由主义思潮、民族主义思潮和“国学热”等，对新世纪乡土小说创作的影响，主要体现在新世纪乡土叙事主体的思想观念、历史意识、价值取向与审美趣味等多个方面。

① 何兆武、陈启能:《当代西方史学理论》,上海,上海社会科学院出版社,2003,第 156 页。

一、中国农村变革的历史与现实

中国农村的政治经济改革始于 1978 年，至今已逾 40 年。40 多年来，中国农村变革大致经历了 1978～1988 年的“黄金十年”、1989～2002 年的“曲折十五年”和 2003 年至今的“历史跨越十年”等三个历史发展阶段。[①] 每个阶段都有需要解决的社会问题，每个阶段都取得了相应的改革成就，但也留下了各种各样的新问题与难以改变的社会痼疾。对中国农村 40 多年的社会变革，中国官方、社会各界、不同的社会利益群体以及作为乡村社会历史创造者的农民，都有基于各自立场与社会视域的历史认知与评说。

中国农村改革的第一阶段，由安徽、四川等地农民自发进行的改革转向国家自上而下推动的大型改革，“家庭联产承包”“乡镇企业”和“乡政村治”是本阶段改革的要点。1978 年，安徽凤阳小岗村 18 户农民冒着极大的风险偷偷搞起家庭承包，以“托孤”的方式立下生死状，在土地承包责任书上按下红手印，奏响了中国农村改革开放的序曲。农民私下签订“生死契约”，冒死搞承包，这表明中国体制阻碍生产力的发展已到了比较严重的程度。中国共产党顺应民意，于十一届三中全会后转移工作重点，在全国范围内推行家庭联产承包责任制，在不改变土地集体所有的前提下，将土地使用权重新归还农民。这种以“包产到户”为核心的生产责任制改变了人民公社时期存在的“大锅饭”现象，使亿万农民释放出巨大的生产积极性，由此基本解决了温饱问题，亦即“吃饭”的问题。少数有技能、有胆识的农民乘势搞起了副业，成为当时令人眼红的“万元户”。

乡镇企业在本阶段异军突起[②]，其原因主要有两个方面：一是农村全面推行家庭承包制后，劳动生产率大大提高，中国农村由此释放出数以亿计的剩余劳动力，这些农村剩余劳动力必须进入非农产业才能找到出路，

---

① 参见徐勇、张丽娜：《农村改革 30 年——谈农村巨变的历史脉络》，《楚天都市报》2008 年 2 月 27 日。本书引用该文观点时，参照学界的相关研究做了适当修正。

② 乡镇企业是指农村集体经济组织或者农民投资为主，在乡镇（包括所辖村）兴办的承担支援农业义务的各类企业，是中国乡镇地区多形式、多层次、多门类、多渠道的合作企业和个体企业的统称，包括乡镇办企业、村办企业、农民联营的合作企业、其他形式的合作企业和个体企业五级。乡镇企业亦属非农产业，即乡镇企业是重点发展第二、第三产业，以较为发达的工业和服务业带动当地经济发展、促进新农村建设的地区产业。

增加收入。二是中国城乡二元社会结构①，阻碍了农民进城。在改革开放初期，城乡区隔制度壁垒森严，农民进城受到严格限制，农民参与工业化的要求与国家现行体制之间产生了矛盾。为了缓解矛盾，国家提出“离土不离乡，进厂不进城”。农民兴办的非农产业不能进城，只能在农村，就成为所谓的乡镇企业。乡镇企业大多生产资料利用率低，没有环保意识，由此造成的资源浪费与环境污染都很严重；其产品也大多技术含量低、质量较差，缺乏竞争力。但当时是匮乏时代，产品只要生产出来，销售就不成问题，乡镇企业也由此得以生存、发展和壮大。像江苏华西村那样的村庄，都是乡镇企业办得好的地方。乡镇企业解决了农民的非农就业问题，得到了官方的肯定，也被中国学界看成是中国现代化的独特模式②。

在改革农村经济体制的同时，乡村基层政治体制改革也随之逐步展开。20 世纪 80 年代，中央政府决定取消人民公社，建立乡镇政府，实施政社分开的体制。1987 年，全国人大常委会通过的《村民委员会组织法（试行）》规定了村民自治的基本原则及具体实施办法。此后，全国农村有计划、有步骤地推行村民自治制度。有研究者曾乐观地认为，这样的乡村基层政治体制改革，可以在国家与农民之间建立一个缓冲地带，避免国家与农村社会之间的直接对立；能有效地遏制腐败，培养农民的公民精神，推动中国整体的民主化进程。③ 这些积极意义是有的，但后来不断恶化的“乡村治理危机”表明，这种乐观主义的意义估价与中国农村的社会现实有一定的偏离。

中国农村改革的第一阶段，在“新时期”乡土小说中得到了及时的反映。如高晓声小说《陈奂生上城》（1980）中的陈奂生能吃饱饭了，也能进城做点卖油绳的小本生意，尽管他因意外生病住进招待所而折了本，但他有了一段可以向村人炫耀的进城经历。何士光小说《乡场上》（1980）中的老农民冯幺爸在“包产到户”后初步脱贫，于是有了做人的尊严，不再屈服于乡村权贵的欺压，也因此渴望政策的稳定性：“只要国家的政策不象［像］前些年那样，不三天两头变，不再跟我们这些做庄稼的过不

---

① 1958 年，我国实施《户口登记条例》，把全体社会成员划分为城市户口与农村户口，严格限制农村人口进入城市，城市户口与农村户口享受不同的国民待遇。城乡二元社会结构已成为社会痼疾，严重阻碍中国社会的发展，改革城乡二元社会结构已成为中国制度创新的重要课题之一。

② 参见秦晖：《“离土不离乡”：中国现代化的独特模式？》，《东方》1994 年第 1 期；李培林：《“离土再离乡”：中国现代化的可行之路》，《东方》1994 年第 3 期等。

③ 参见郑永年：《乡村民主和中国政治进程》，《二十一世纪》1996 年 6 月，总第 35 期。

去，我冯幺爸有的是力气，怕哪样？”①

中国农村改革的第二阶段，在不断深化中充满了艰难曲折，改革进程相对缓慢甚至有所停滞，有论者即言：“从20世纪80年代中期以后，农村改革基本上就停止了。”② 1985年1月中共中央和国务院出台《关于进一步活跃农村经济的十项政策》，以此为标志，我国农村开始了以改革农产品统购派购制度、调整产业结构为主要内容的第二步改革。出台这个文件被评价为在农村改革上迈出了相当勇敢的一步。在深化农产品流通体制改革方面，取消农副产品统购派购的制度，在国家计划指导下，扩大市场调节，使农业生产适应市场需要，促进农村产业结构合理化，进一步把农村经济搞活。农副产品购销“双轨制”在改革实践中引发了权力寻租、农产品地区封锁等问题，阻碍了农产品的流通。在加快推进农业产业化经营方面，中共中央和国务院在20世纪90年代多次出台文件③，充分肯定农业产业化发展的重要作用，明确提倡和鼓励发展农业产业化经营，并对农业产业化经营提出了一些具体的要求。以山东为首的一些地区探索以农业产业化经营作为解决农业深层次矛盾的现实突破口，收到了一定的成效，取得了一些经验，但从全国农业产业化经营的发展情况来看，结果并不尽如人意。

乡镇企业在本阶段的发展也充满了艰难曲折。1989～1991年，国家对乡镇企业进行治理整顿，其原因是国民经济结构矛盾加剧，社会供求总量失衡。国家控制了乡镇企业贷款，压缩了基建规模，对一批经济效益差、浪费能源原材料、污染严重的企业进行“关、停、并、转”，乡镇企业在三年整顿期间跌入发展的低谷。1992～1994年，经过治理整顿的乡镇企业迎来发展的第二个高峰期，涌现出一批大中型企业和现代化企业集团。1995年以后，我国乡镇企业进入稳步发展的新时期，这个时期的乡镇企业经过改制和优胜劣汰，开始趋于平缓发展。

中国农村的农业生产和乡村社会发展在本阶段同样艰难曲折。因种田不赚钱，不少地方出现了田地“抛荒”现象。农村公共基础设施建设缺乏，一些在20世纪六七十年代兴建的农田基础设施年久失修，被毫不可惜地废弃。粮食生产和粮食安全问题逐渐凸显出来。农村实行的是民办学

---

① 何士光:《乡场上》,《人民文学》1980年第8期。

② 陆学艺:《中国农村改革与发展的前景》,《当代财经》2009年第1期。

③ 1993年11月,中共中央出台《关于建立社会主义市场经济体制若干问题的决定》;1995年3月,中共中央、国务院出台《关于做好1995年农业和农村工作的意见》;1996年,中共中央、国务院出台《关于“九五”时期和今年农村工作的主要任务和政策措施》。

校，没有义务教育，也没有医疗、养老、低保等社会保障。农民虽然能吃饱饭，但读不起书，看不起病，甚至养不起老。这些问题，成为下一个历史阶段农村改革的重要课题。

“民工潮”是本阶段最为突出的社会现象。“民工潮”这个词出现于1992年，反映出农村改革带来的一个重大变化，那就是农民可以自由流动。20世纪80年代初期，可以自由流动的农村剩余劳动力流向乡镇企业，“离土不离乡，进厂不进城”，被就地消化。20世纪90年代初，由于地方发展的不平衡，农民开始有规模有组织地流动，主要流向珠三角、长三角这些沿海地区，形成了不断起伏涌动的“农民进城”大潮。“民工潮”形成的原因很复杂，如城乡二元社会结构、比较利益驱动、国家政策偏向和产业结构调整等。其中，最根本的原因是人地关系高度紧张与城乡分割对立的二元社会经济结构矛盾。①

中国农村改革在本阶段的滞后，使城乡差距逐渐加大，“三农”问题日益严峻。2000年3月，湖北省监利县棋盘乡党委书记李昌平慨然上书当时的国家总理朱镕基，将“三农”问题形象地概括为“农民真苦，农村真穷，农业真危险”，引起了中共中央的重视，更使“三农”问题成为全社会广泛关注的热点问题。

中国农村改革在第三阶段走出曲折历程，开始进入“跨越式”发展的新阶段。本阶段改革的“亮点”是“取消农业税”和“新农村”建设。2005年12月29日，第十届全国人民代表大会常务委员会第十九次会议决定自2006年1月1日起，废止《中华人民共和国农业税条例》（第一届全国人民代表大会常务委员会第九十六次会议于1958年6月3日通过），在中国延续了两千多年的农业税正式成为历史。“2600年的皇粮国税一朝废除，其实并不是农村改革单方面的成果，而是十五年城市现代化带来的成绩。现在，农业GDP只占到整个国民生产总值的15%以下，无足轻重；农业税每年也就五六百个亿。这说明了我国现在已不再是以农立国，而是以工立国了，这是一个重要的历史跨越。也正是因为国力强盛了，千年农业税才能得以顺利废除。”② 全面取消农业税的积极意义是显而易见的，如减轻农民负担，增加农民收入，调动农民生产积极性，巩固农业基础地位，促进城乡统筹发展，带动调整农村生产关系和上层建筑某些环节，推动农村经济的快速发展和农村社会的和谐进步，等等。取消农业税

① 参见温铁军：《第二步农村改革面临的两个基本矛盾》，《战略与管理》1996年第3期。

② 徐勇、张丽娜：《农村改革30年——谈农村巨变的历史脉络》，《楚天都市报》2008年2月27日。

并不意味着“三农”问题得到根本解决，其作用不宜夸大。在实施过程中出现了诸多新问题，庞大的乡镇机构与腐败的乡村管理者使其变质变味，从而抵消了取消农业税所期望产生的政策效果。

新农村建设是中国农村改革第三阶段的又一重要任务，是一个庞大而艰巨的系统工程。2005年10月，中共十六届五中全会审议通过《中共中央关于制定国民经济和社会发展第十一个五年规划的建议》，提出要按照“生产发展、生活宽裕、乡风文明、村容整洁、管理民主”的要求，扎实稳步推进社会主义新农村建设。2005年12月31日，中共中央、国务院发布的《关于推进社会主义新农村建设的若干意见》从八个方面提出了32条建设新农村的指导性意见。2007年10月，党的十七大报告专门强调统筹城乡发展，推进社会主义新农村建设。新农村建设就是要解决前期农村改革的问题，努力缩小城乡差距。国家出台或调整一系列针对农村的优惠政策，如农村义务教育免费，建立和实施农村低保制度，积极推进新型农村合作医疗制度建设，逐步推进户籍制度改革等。21世纪以来，关于“三农”的一系列中央一号文件，其核心思想就是城市支持农村、工业反哺农业，通过一系列多予、少取、放活的政策措施，使农民增加收入，给农民平等权利，给农村优先地位，这些都是推进社会主义新农村建设的重要举措。

农民工问题依然是本阶段未竟的改革课题。相关数据显示，转移到非农部门就业的农民工数量在2.1亿～2.2亿，已超过农村劳动力资源总量的40%。从发展趋向来看，农民工群体将会继续扩大，第二代农民工已成为民工的主体。本阶段，国家着重从三个方面进行与农民工问题有关的改革：一是保障和维护农民工的合法权益。2007年第十届全国人大常委会先后通过了《劳动合同法》《就业促进法》《劳动争议调解仲裁法》，农民工工伤和大病医疗保障工作得到重点推进；2007年《就业服务与就业管理规定》明确提出，农村劳动者进城就业享有与城镇劳动者平等的就业权利，不得对农村劳动者进城就业设置歧视性限制；2009年全国总工会发出《关于进一步推动解决农民工工资拖欠问题的通知》。二是提高农民工的自身能力与素质。国家就农民工培训工作出台系列政策措施①，逐步建立和完善农民工培训制度，培训力度不断加大，农民工职业技能明显提

① 2003年《国务院办公厅转发农业部等部门2003～2010年全国农民工培训规划的通知》(国办发〔2003〕79号)，2006年《国务院关于解决农民工问题的若干意见》(国发〔2006〕5号)，2010年《国务院办公厅关于进一步做好农民工培训工作的指导意见》(国办发〔2010〕11号)。

高。三是促进农民工在城镇落户，推动有条件的城市允许有稳定职业和收入的农民工及其子女转为城镇户口，并纳入城镇社会保障、住房保障等公共服务体系。要从根底上解决农民工问题，就需要全面破解城乡二元社会结构，推动中国现代城镇化进程的加速发展。

中国农村变革40多年来，取得了举世瞩目的成就，也存在各种需要不断改革的问题。如何认识40多年来的中国农村改革，各方评说不一。中共十七届三中全会认为，改革开放以来中国农村改革取得了巨大成就，主要表现在五个方面：第一，废除人民公社，确立以家庭承包经营为基础、统分结合的双层经营体制，全面放开农产品市场，取消农业税，对农民实行直接补贴，初步形成了适合我国国情和社会生产力发展要求的农村经济体制；第二，粮食生产不断跃上新台阶，农产品供应日益丰富，农民收入大幅增加，扶贫开发成效显著，依靠自己力量稳定解决了13亿人口吃饭问题；第三，乡镇企业异军突起，小城镇蓬勃发展，农村市场兴旺繁荣，农村劳动力大规模转移就业，亿万农民工成为产业工人重要组成部分，中国特色工业化、城镇化、农业现代化加快推进，切实巩固了新时期工农联盟；第四，农村社会主义民主政治建设和精神文明建设不断加强，社会事业加速发展，显著提高了广大农民思想道德素质、科学文化素质和健康素质；第五，农村党的建设不断加强，以村党组织为核心的村级组织配套建设全面推进，有效夯实了党在农村的执政基础。① 成就虽然巨大，但中国农村改革的现实依然严峻，需要面对不少困难和挑战，特别是城乡二元结构造成的深层次矛盾突出。中共十七届三中全会对此分析道："农业基础仍然薄弱，最需要加强；农村发展仍然滞后，最需要扶持；农民增收仍然困难，最需要加快。"②

中国学界对改革开放以来我国农村发生的深刻变化，也有各种不同的研究和评说，"市场经济的倡导者以此赞叹'看不见的手'之伟大，'公有制'的拥护者以此证明'集体主义'之优越，'后现代主义者'从中看到了'非都市化'的健康发展道路，传统文化的拥护者从中发现了'乡土中国'的神奇魅力和'东方救世'的灿烂前景"③。在中国农村的种种变化中，以"乡镇企业""农民企业家""农民工"等现象尤其令人瞩目。面对

---

① 参见《中共中央关于推进农村改革发展若干重大问题的决定》，北京，人民出版社，2008，第3页。

② 《中共中央关于推进农村改革发展若干重大问题的决定》，北京，人民出版社，2008，第6页。

③ 秦晖：《"离土不离乡"：中国现代化的独特模式？——也谈"乡土中国重建"问题》，《东方》1994年第1期。

这个颇具中国特色的农村经济现象，学界在不同的发展时期都有看法相左的争论。在早期发展阶段，乡镇企业的“四个轮子”（乡镇办、村办、联户办、户办），转动出匮乏时代农村经济脱贫致富的希望之光。肯定者认为，中国农民找到了一条走向现代化的“独特”的“中国模式”。有的否定者认为其“姓资不姓社”，口诛笔伐之外甚至动用专政力量打压，“傻子瓜子”创始人年广久即因此而多次入狱，饱受磨难；有的认为是中国走向现代化过程中的“过渡现象”，不必高估其意义。度过“黄金时代”的乡镇企业，如今又到了历史发展的拐点，是走向自身历史的“终结”，还是转型升级，抑或变换身份，学界在讨论，社会在探索。

二、社会人文思潮

中国农村变革的历史与现实，是新世纪乡土小说的叙事对象，也是其赖以生长发展的土壤。40 多年来的中国社会人文思潮，是新世纪乡土小说的思想资源，也是滋润其内在精神的雨露。与新世纪乡土小说关联紧密的 40 多年来的中国社会人文思潮，包括关于改革开放的争论、人文精神讨论、“后学”热、自由主义思潮、民族主义思潮、“国学热”与“大国学”的倡导等。

（一）关于改革开放的争论

中国改革开放的 40 多年，围绕改革开放，各种不同思想观念之间的交锋，从来就没有停止过。影响较大的争论有四次，简要描述如下。

第一次争论是从 1977 年到 1978 年前后，围绕坚持“两个凡是”还是改革开放展开。1977 年 2 月 7 日，《人民日报》《解放军报》和《红旗》杂志联合发表社论《学好文件抓好纲》，提出“凡是毛主席作出的决策，我们都坚决维护，凡是毛主席的指示，我们都始终不渝地遵循”。1978 年 5 月 10 日、5 月 11 日，针对“两个凡是”的《实践是检验真理的唯一标准》在中央党校内部刊物《理论动态》和《光明日报》上发表，引发了关于真理标准问题的大讨论。最终，“实践标准”战胜了“两个凡是”，中共十一届三中全会确立了改革开放的总方针，拉开了解放思想、改革开放的历史大幕。经过第一次争论，中国社会发生了深刻而巨大的变化。

第二次争论是 1980～1984 年，围绕社会主义经济是不是商品经济展开。在 20 世纪 70 年代末 80 年代初，中国经济学界有一批人撰文主张社会主义经济也是一种商品经济，价值规律在社会经济活动中起调节作用。对此，也有一些经济学家持反对态度。1982 年，党的十二大正式提出“正确贯彻计划经济为主，市场调节为辅的原则”，此后经济学家薛暮桥、吴敬琏等提出经济体制改革是建立“社会主义有计划的商品经济”。1984年10月，中共十二届三中全会做出《中共中央关于经济体制改革的决定》，以党的决议的形式，明确提出了“有计划的商品经济”概念，肯定了我国社会主义经济是“公有制基础上的有计划的商品经济”。[①]

第三次争论是从1989年下半年到1992年，围绕“姓社姓资”问题展开。20世纪80年代中后期，经济改革的浪潮已经席卷全国，新出现的承包现象[②]、雇工现象[③]，引发了一场全国性的“姓社姓资”大讨论。1987年，党的十三大报告提出了“国家调节市场，市场引导企业”的说法，市场化改革又向前迈进了一步。20世纪80年代末90年代初，柏林墙倒塌，东欧剧变，苏联解体；“左”倾势力回潮，代表“左”派思想的《关于反对资产阶级自由化》等文章相继在北京的大报大刊上发表，重提“姓社姓资”问题，认为“市场化、私有化”是资产阶级自由化的表现，中国正在出现的中产阶级、私营企业和个体户是资产阶级自由化的经济根源。在动荡的国内外政治风潮中，国内私营企业锐减50%，个体户也减少了15%，改革形势十分严峻。1991年，署名“皇甫平”的《做改革开放的“带头

① 参见张卓元：《“社会主义市场经济论”形成始末》，《新华文摘》2009年第21期。

② 当时与承包有关的最著名的是“关广梅现象”。辽宁本溪蔬菜公司职工关广梅从1985年开始，连续租赁了8家副食商店，两年间创利100万元，职工收入成倍增长，但有人认为她走的不是社会主义道路。1987年6月12日起，《经济日报》以《租赁企业究竟姓“社”还是姓“资”》为题，开展了40多天的大讨论。对“关广梅现象”的讨论成为新闻报道触及改革难点的先声。

③ 当时与雇工有关的最著名的是“傻子瓜子”的雇工现象。“傻子瓜子”创始人年广久从1981年9月开始雇工，当时雇了4个帮手。到1983年，雇用的工人增加到103人，加上他儿子的分店，雇工达140多人，超过了马克思在《资本论》当中所提到的，7个雇工以下是独立劳动者，8个雇工以上就是资本家的标准，引起轩然大波。1984年10月22日，邓小平在中顾委第三次全体会议上讲雇工问题时说：“前些时候那个雇工问题，相当震动呀，大家担心得不得了。我的意见是放两年再看。那个能影响到我们的大局吗？如果你一动，群众就说政策变了，人心就不安了。……让‘傻子瓜子’经营一段，怕什么？伤害了社会主义了吗？”风波由此暂时平息。1986年，“傻子瓜子”搞有奖销售，因政策突变严重亏损。1987年年底，芜湖市开始对年广久经济问题立案侦查。1991年5月，芜湖市中院对年广久案进行公开审理，一审判决年广久犯有流氓罪，判处有期徒刑3年，缓刑3年。1992年，邓小平南方谈话又一次提到“傻子瓜子”，再一次让年广久“起死回生”。1992年，年广久因经济罪不成立而获释。

羊”》等4篇文章相继在上海《解放日报》发表[①]，倡扬改革开放，引起更加激烈的论争。北京的“左”派抛出《改革开放可以不问姓社姓资吗?》等文章[②]，严厉批判“皇甫平”，“左”倾思潮严重泛滥。1992年，邓小平发表南方谈话，提出判断“姓社”还是“姓资”的标准，“应该主要看是否有利于发展社会主义社会的生产力，是否有利于增强社会主义国家的综合国力，是否有利于提高人民的生活水平”[③]。邓小平的南方谈话再次暂时平息了“姓社姓资”的争论，市场经济改革的方向得到了肯定。

第四次争论是从2004年一直到党的十七大，围绕国有企业改革、医疗、教育、住房改革、贫富差距等问题展开。改革开放取得了有目共睹的成就，但也出现了不少“发展起来以后的问题”[④]，如权力腐败和社会腐败严重、贫富差距拉大、社会阶层分化和固化、失业率高、就业难、房价高、看病贵、上学难、食品安全问题频发、环境污染严重等等。这些新矛盾、新问题，使整个社会弥漫着浮躁、不满情绪，一些人对改革产生了怀疑。2004年以来，社会上出现了反思改革甚至否定改革的思潮，如2004年郎咸平发表《批判主导中国产权改革新自由主义学派》等文，指名痛斥一些人借国企改革鲸吞国有资产，发起批判新自由主义的运动；再如2005年，经济学家刘国光撰文谈经济学教学和研究中存在的一些问题时指出，西方现代经济学影响上升，马克思主义经济学地位边缘化，认为

---

① 从1991年2月15日开始，“皇甫平”在上海《解放日报》相继发表《做改革开放的“带头羊”》(1991年2月15日)、《改革开放要有新思路》(1991年3月2日)、《扩大开放的意识要更强些》(1991年3月22日)和《改革开放需要大批德才兼备的干部》(1991年4月22日)等4篇评论文章。针对北京铺天盖地般“问一问姓社姓资”的浪潮，“皇甫平”的文章《扩大开放的意识要更强些》驳斥说：“如果我们仍然囿于‘姓社还是姓资’的诘难，那就只能坐失良机。”据悉，这4篇文章传达的是1991年初邓小平的“上海讲话”精神。邓小平对“左”派重提“姓社姓资”问题、批判市场经济很不以为然，他在《视察上海时的谈话》中说：“当时提出农村实行家庭联产承包，有许多人不同意，家庭承包还算社会主义吗？嘴里不说，心里想不通，行动上就拖，有的顶了两年，我们等待。”他还说：“不要以为，一说计划经济就是社会主义，一说市场经济就是资本主义，不是那么回事，两者都是手段，市场也可以为社会主义服务。”《邓小平文选》第三卷，北京，人民出版社，1993，第367页。

② 当年批判“皇甫平”的文章很多，影响较大的有《发展商品经济不可否定计划经济》(《人民日报》1991年3月15日)、《问一问“姓社还是姓资”》(《高校理论战线》1991年第3期)、《坚持人民民主专政，反对和防止“和平演变”》(《人民日报》1991年6月5日)、《为何不能问一问姓“社”还是姓“资”?》(《当代思潮》1991年第4期)、《大力加强干部的马克思主义理论培训工作》(《求是》1991年第22期)等。

③ 邓小平：《在武昌、深圳、珠海、上海等地的谈话要点》，《邓小平文选》第三卷，北京，人民出版社，1993，第372页。

④ 中共中央文献研究室编：《邓小平年谱(1975～1997)》下卷，北京，中央文献出版社，2004，第1364页。

“姓社姓资”是一个回避不了的问题，并提出了“领导权在谁手里”的问题。[①] 这篇文章一时成为热点，其观点引起广泛争议。2003年，中共十六届三中全会提出深化社会主义市场经济体制改革。2007年，党的十七大报告指出：改革开放的方向和道路是完全正确的，停顿和倒退没有出路。解决改革中出现的问题，还是需要继续深化改革。2012年，党的十八大继续推进改革，全面深化五大体制改革，明确了包括政治体制改革在内的深化改革开放的重点。概言之，伴随着改革开放的各种观念之争还在继续，不同声音之间的碰撞，既可能产生“负能量”，更可以产生“正能量”，使整个社会充满思想与创造的活力，推动中国社会不断向前迈进。

综观改革开放以来的历次争论，每次争论都是一次大突破，都能带动中国社会的历史性进步。通观这四次争论，有两个特点：“一是过去的争论意识形态色彩比较浓，到今天利益的博弈凸现出来，还有就是改革的技术层面也有争辩，比如医疗改革方案的制定过程。有时，这三者交织在一起。二是过去往往一锤定音，今天可以说是多种声音的表达和平衡。”[②]

（二）人文精神讨论

40多年来的改革开放，推动了中国社会转型与经济发展，也产生了贫富差距拉大、社会事业严重滞后、生态环境破坏、权力腐败和社会腐败等一系列“发展起来以后的问题”。这些问题使整个社会充满了不满、怀疑与怨恨，仇官、仇富、仇警成为一时的社会情绪；追求物质主义、消费主义、享乐主义，成为社会普遍现象；信仰迷失，价值失范，金钱至上，人欲横流，道德滑坡，人文精神不断失落。对于人文精神丧失的忧虑，使得一些知识分子开始“自我审视”，从而引发了一场文化领域的人文精神讨论。

人文精神讨论大致发生在1993～1995年，持续了大约3年时间。1993年，王晓明、张宏、徐麟等学者在《上海文学》第6期发表《旷野上的废墟——文学和人文精神的危机》，提出文学和人文精神危机的问题。1994年3～7月《读书》杂志连续刊发了以“人文精神寻思录”为总题的6篇对话文章。此后，《东方》《十月》《光明日报》《文汇报》等报刊也相继发表争鸣文章，吸引了人文学者乃至社会学、经济学等学科领域的学者纷纷参与讨论，成为全国关注的“媒体事件”。1996年，王晓明编选的《人文精神寻思录》在文汇出版社出版，算是对这场讨论的一个小结。

---

① 参见刘国光：《经济学教学和研究中的若干问题》，《贵州财经学院学报》2005年第6期。

② 马立诚：《改革开放以来的四次大争论》，《领导文萃》2008年第20期。

人文精神讨论，最早可追溯至20世纪70年代末80年代初的“人道主义和异化”问题讨论，但两次讨论并未有意识地建立起思想精神上的联系。此次人文精神讨论涉及的问题主要有转型期中国社会是否存在“人文精神”的失落或危机，市场经济导致人文精神丧失还是促进其生长，需要提倡什么样的“人文精神”等。这次讨论推进了对这些问题的注意与思考，但未能很好地回答和解决这些问题。有论者评价说：“这场谈论还是太局限在文化理论和批评方面，从文学到文化，都是局限在这里，对更广大的社会问题没有触及。就拿‘人文精神’这个词本身来说，他们在讨论时也没有深究，没有抓住核心的东西，只是强调精神和理想。”但也有值得肯定的地方，如“这场讨论重提生存价值、文化理想、生存立场，哪怕带有一点凌空蹈虚的味道，也仍然是对现实的反应，对现实有补救性和纠偏性的正面意义。虽然讨论的范围小，也有很大局限性，但还是应当肯定它的意义”。①

2012年，复旦大学中文系教授陈思和、上海大学文化研究系教授王晓明、复旦大学哲学系教授张汝伦、华东师范大学哲学系教授高瑞泉等，旧话重提，进行“人文精神再讨论”。陈思和在这次讨论中说：“我们提出的人文精神失落的问题，根源肯定不在当时刚刚开始的市场化（因为它的危害性还没有充分展示出来），而恰恰是近50年的历史，是所谓的计划经济和对意识形态高度控制的政治形态才导致了知识分子人文精神失落和人格的软化，所以问题的复杂性就在这里。‘人文精神’讨论是从‘寻思’开始的，所谓‘寻思’是因为人文精神已经失落了，但是只有在市场经济兴起的时候，我们才有可能把它提出来‘讨论’，而且讨论的问题是从市场经济初期可能会带来的消极后果的忧虑开始的。这样，这个讨论必然会带来两个后果：一个是它引起的社会反响是多方面的，有对政治上的极‘左’路线以及计划经济下人格萎缩的反思；也有对刚刚兴起的市场经济及其带来的人欲泛滥的忧虑。同样，它也带来了两种批评意见：一种认为我们是在批判市场经济，反对改革开放；另一种是认为我们还在延续启蒙的旧话题，还是自由主义的老调。”② 这次“四人谈”再次引起有关“人文精神”的讨论与反思。

2013年9月21日，《文学报》和上海大学影视学院联合主办“新媒体时代‘人文精神’重建与弘扬——人文精神再讨论”研讨会。此次研讨

① 林贤治、何晶、李虹霖：《专访著名学者林贤治——“人文精神大讨论”20周年再反思》，《羊城晚报》2013年7月14日。

② 黄晓峰、华慧、盛韵等：《人文精神再讨论》，《东方早报》2012年5月27日。

被媒体看成是对1993年“人文精神”讨论的一次时隔20年的呼应。2013年10月10日，《文学报》发表了从维熙、张炜等作家、学者关于“人文精神”的讨论与反思的文章。讨论还在继续中。

（三）“后学”热

后现代主义（Postmodernism）是20世纪五六十年代在西方发达资本主义国家出现的一种社会文化思潮，也是西方20世纪60～90年代的理论热点之一。“在西方的大学学府中，后现代主义研究已经成为流行一时的学术性研究。可以讲，后现代理论——尽管复杂与不统一——已经占领了学院话语领域，它开始向众多的知识领域发起进攻，并企图进行改造。”[①] 20世纪80年代，后现代主义思潮波及中国，“后学”在中国悄然兴起。1980年，董鼎山在《读书》杂志第12期上发表《所谓“后现代派”小说》一文，首先将后现代主义文学的概念介绍到中国。1985年，后现代主义的著名代表人物弗雷德里克·杰姆逊应邀到北京大学做“后现代主义与文化理论”的专题讲座，引起很大反响，其讲稿随后被整理翻译成中文出版，推动了后现代主义在中国的传播，至20世纪90年代形成“后学”热。40多年来，中国的“后学”研究主要集中在两个方面：一是译介、传播和研究西方后现代主义[②]；二是用西方后现代主义的立场、观点和方法阐释中国的社会转型与文学艺术活动。

后现代主义作为一种社会文化思潮，不仅显现在建筑、文学、摄影、电影、绘画、录像、舞蹈、音乐等文学艺术领域，而且涉及社会文化、哲学观念和生活方式等变异，可谓包罗万象、五色杂陈。何谓后现代主义？至今众说纷纭、莫衷一是，没有形成一个公认的明确定义。一般认为，后现代主义具有两个方面的基本含义：一是相对于现代主义，指西方后工业社会政治、经济、文化发展到一定阶段的历史产物；二是指西方后工业社会文化现象所具有的某种特殊性质或状态，它显示出与此前的现代主义文化形态明显不同的特性。后现代主义与现代主义之间的关系，既不是历时

① 鲍玉珩、〔法〕利奥纳多·加勒雷、宋东红：《后现代主义的再认识：概念，理论，文化艺术》，《电影评介》2008年第2期。

② 国内翻译出版的西方后现代主义研究著作很多，主要有杰姆逊的《后现代主义与文化理论》和《晚期资本主义的文化逻辑》、佛克马和伯顿斯编的《走向后现代主义》、让-弗朗索瓦·利奥塔的《后现代状况：关于知识的报告》、德里达的《文学行动》、伊格尔顿的《后现代主义的幻象》、哈桑的《后现代转向》、保罗·德曼的《解构之图》、贝斯特和科尔纳的《后现代转向》、默克罗比的《后现代主义与大众文化》、罗斯的《后现代与后工业》、王岳川和尚水编的《后现代主义文化与美学》、赵一凡等编的《后现代主义》等。国内评介、研究后现代主义的著作有王岳川的《后现代主义文化研究》、王宁的《后现代主义之后》、盛宁的《人文困惑与反思：西方后现代主义思潮批判》、陈晓明的《无边的挑战》等。

性的“前赴后继”，也不是简单的“断裂”或“超越”，“现代主义和后现代主义之间并没有一层铁幕或一道中国的万里长城隔开；因为历史是一张可以被多次刮去字迹的羊皮纸（此处的‘羊皮纸’可以将原先书写的文字刮去而重复使用多次，但这样处理以后，刮去的字迹仍依稀可见——译注），而文化则渗透在过去、现在、未来的时间之中”①。

关于后现代主义的基本特征，迄今为止有各种不同的理论言说和表述。在有关后现代主义的理论文献中，用来描述后现代主义基本特征的概念，最常见的有边缘化、否定性、瓦解、颠覆、反叛、批判、非理性、解合法化、解构、去中心、非同一性、多元论、反本质、解元话语、解元叙事、不沿袭旧制度、反创造、差异性、削平深度、平面感、断裂感、零散化、复制、不确定性、非原则化、无我性、卑琐性、反讽、本能、游戏、狂欢、行动、参与等等。这些概念的内涵都很复杂，但也可以分类归属在陈晓明所概括的有关后现代主义特征的八个方面，即（1）反对整体和解构中心的多元论世界观；（2）消解历史与人的人文观；（3）用文本话语论替代世界（生存）本体论；（4）反（精英）文化及其走向通俗（大众化或平民化）的价值立场；（5）玩弄拼贴游戏和追求写作（文本）快乐的艺术态度；（6）一味追求反讽、黑色幽默的美学效果；（7）在艺术手法上追求拼合法、不连贯性、随意性、滥用比喻、混淆事实与虚构；（8）“机械复制”或“文化工厂”是其历史存在和历史实践的方式。② 伊格尔顿有关后现代主义特征的论述明了易解，也值得在此列出以便参考：“后现代性是一种思想风格，它怀疑关于真理、理性、同一性和客观性的经典概念，怀疑关于普遍进步和解放的观念，怀疑单一体系、大叙事或者解释的最终根据。与这些启蒙主义规范相对立，它把世界看作是偶然的、没有根据的、多样的、易变的和不确定的，是一系列分离的文化或者释义，这些文化或者释义孕育了对于真理、历史和规范的客观性，天性的规定性和身份的一致性的一定程度的怀疑。”他又说：“后现代主义是一种文化风格，它以一种无深度的、无中心的、无根据的、自我反思的、游戏的、模拟的、折衷主义的、多元主义的艺术反映这个时代性变化的某些方面，这种艺术模糊了‘高雅’和‘大众’文化之间，以及艺术和日常经验之间的界限。”③

后现代主义的上述特征，有的是、有的虽不是但能影响后现代主义文

---

① 〔美〕伊哈布·哈桑：《后现代主义概念初探》，盛宁译，〔法〕让-弗·利奥塔等：《后现代主义》，赵一凡等译，北京，社会科学文献出版社，1999，第 118 页。

② 参见陈晓明：《无边的挑战》，长春，时代文艺出版社，1993，第 12 页。

③ 〔英〕特里·伊格尔顿：《后现代主义的幻象》，华明译，北京，商务印书馆，2000，第 1 页。

学艺术的基本特征。在有关后现代主义文学艺术基本特征描述的文献中，常见的概念有非理性、非逻辑、平面化、零散化、消解中心、拼贴、反讽、荒诞、语言游戏、即兴写作、结构开放、意义开放、文体界限模糊、形象不确定、情节不确定、意义不确定等等。这些概念多来自伊哈布·哈桑、罗兰·巴尔特、让-弗朗索瓦·利奥塔和弗雷德里克·杰姆逊等人的有关论述。如弗雷德里克·杰姆逊将后现代主义文学艺术的基本特征概括为互有联系的四点：其一，“一种新的平淡感”，“这种新的平淡阻碍艺术品的有机统一，使其失去深度，不仅画绘［绘画］如此，就是解释性的作品也是如此。这也就是说，后现代主义的作品似乎不再提供任何现代主义经典作品以不同方式在人们心中激起的意义和经验”。其二，精神分裂症体验。后现代主义“最好用吸毒者的语言来说明，那是一种幻觉，一种异常的欣快和恐惧”，这与现代主义作品对异化和焦虑体验的渲染不同。其三，“一种缺乏深度的浅薄”。这是“后现代主义的那种新的平淡”的“换个说法”，后现代主义文学艺术“只是在浅表玩弄指符、对立、本文的力和材料等概念，它不再要求关于稳定的真理的老观念，只是玩弄文学表面的游戏”。其四，历史性的失落。“历史只存在纯粹的形象和幻影”，没有真正的过去和未来，即流动的历史被“完全转变成一种新的永远是现在时的异常欣快和精神分裂的生活”。[①] 概括起来看，后现代主义文学艺术拥有的是一个平淡无奇、东拼西凑或支离破碎的世界。而国内有论者认为，这些特点在中国当代文学特别是 20 世纪 90 年代以来的文学中并不鲜见。

中国是否存在后现代主义，后现代主义是否适用于中国问题研究，学术界对此有不同的看法，不同意见之间的争论颇为激烈。反对者认为，后现代主义与中国现阶段国情不合，中国还处在由前现代向现代转型的过程中，“现代性”尚未完成，不存在后现代主义所需要的后工业社会基础，即如杜威·佛克马所说，后现代主义这一概念仍然毫无例外地几乎仅限于欧美文学界，“也许在一个宽泛的意义上说来，‘后现代’这一术语现在也用于一些生活水准较高的东亚地区，例如日本或香港，但是后现代主义文学现象仍局限于某个特殊的文学传统。……后现代主义文学是不能摹仿的”[②]。后现代主义存在于中国，不过是一种文化理论话语的摹拟和选择。肯定者认为，20 世纪 90 年代以后，在我国市场经济改革和全球化潮流的

① 〔美〕詹明信：《现实主义、现代主义、后现代主义》，行远译，深圳大学比较文学研究所编：《比较文学讲演录》，西安，陕西师范大学出版社，1987，第 39～42 页。

② 〔荷兰〕佛克马：《中译本序》，〔荷兰〕佛克马、伯顿斯编：《走向后现代主义》，王宁、顾栋华、黄桂友等译，北京，北京大学出版社，1991，第 2 页。

推动下，后现代主义已广泛渗透到我国社会生活与思想文化的各个方面，成为当代中国文化话语的重要组成部分，在哲学文化观念、大众文化形态、日常生活方式等方面都能看到它的踪影，比如大众文化方面的广告、流行音乐、时装模特、歌厅、舞厅、大型游乐场等，后现代主义已经并将继续对我国当代社会文化和文学艺术等产生深远影响。董健认为，中国“目前正处于一个前现代、现代性、后现代混合交杂的时期”，“中国的后现代主义就是一种比较典型的历史混合主义。后现代主义在西方是比较先进的一种思想文化观，它注重反思工业文明时期现代性的一些偏执和极端。但因为中国没有出现很典型的工业文明……后现代主义到了中国，就变了味，把一些反现代的东西（如带有封建专制主义性质的某些极左的东西）都当成了后现代主义的宝贝”。①

在中国当代文学创作与研究领域，不少论者认为中国虽然还处在现代化过程中，但在全球化的后现代语境里，后现代主义已经超前降临到中国社会与中国文学艺术中，尽管有错位、有误读，但其“存在”已是不争的事实。丁帆认为，“‘新时期文学’是对‘现代性’的重温，90 年代文学则渗透着正在进行的‘后现代性’与尚未终结的‘现代性’”，“西方‘后现代文化’理论家们正努力批判与克服的种种‘后现代文学’的弊端却毫无保留地出现在 90 年代的中国文坛。文学的媚俗化、商品化、感官化、物欲化、非智化、非诗化、唯丑化、唯恶化……凡此种种，正预示着中国文学在‘全球一体化’经济的框架中，超前预支了西方文化意识形态的矛盾与弊端”。② 在一些跟进的研究文献中，中国当代文学中的“先锋实验小说”、实验诗歌、“新都市小说”、“新写实小说”、“新历史小说”、“现实主义冲击波”、“新状态”小说、“晚生代”小说、“女性主义文学”等等，都被当作“后学”的解剖对象，按照后现代主义理论、思维方式和策略进行分析，从中发现了许多后现代主义因素和特征。也有论者认为，这样的研究有“生拉硬扯”与“牵强附会”之嫌，但这种批评的声音只占少数。

（四）自由主义思潮

改革开放以来，中国社会与思想界出现了影响广泛的自由主义、“新左派”和民族主义。这三大社会思潮有不同的历史渊源与学术背景，对当代中国在改革发展过程中产生的矛盾和问题有不同的思考，开出的“救世良方”也不一样。三大社会思潮表达出中国各社会阶层和利益群体在变革时期不同的时代感受与利益诉求，相互间既有重大分歧又有密切关联。

---

① 董健、丁帆、王彬彬：《在文学和历史之间……》，《社会科学报》2002 年 6 月 6 日。

② 丁帆：《“现代性”与“后现代性”同步渗透中的文学》，《文学评论》2001 年第 3 期。

自由主义思潮是中国实行改革开放以来出现最早、流行最广的社会思潮。20世纪80年代初，自由主义兴起于“启蒙”思想运动；80年代末，陷入低潮；90年代以来，再度“浮出水面”①，本阶段的代表人物主要有徐友渔、朱学勤、李慎之、刘军宁、秦晖等。中国自由主义以西方近代自由主义特别是古典自由主义和当代新自由主义为理论来源，试图效法现代西方社会的经济、政治、文化模式，全面改造中国社会，使中国在全球化中融入西方资本主义秩序。朱学勤认为，自由主义“首先是一种学理，然后是一种现实要求”。就其“学理立场”而言，自由主义的“哲学观是经验主义，与先验主义相对而立；它的历史观是试错演进理论，与各种形式的历史决定论相对而立；它的变革观是渐进主义的扩展演化，与激进主义的人为建构相对而立。它在经济上要求市场机制，与计划体制相对而立；它在政治上要求代议制民主和宪政法治，既反对个人或少数人专制，也反对多数人以‘公意’的名义实行群众专政；在伦理上它要求保障个人价值，认为各种价值化约到最后，个人不能化约、不能被牺牲为任何抽象目的的工具”②。这段论述以比较的方式对自由主义在历史观、变革观及经济、政治、伦理等方面的思想主张做了简明清晰的阐释。房宁在评介中国自由主义思潮时，则把自由主义与新阶级的形成联系起来：“当代中国的自由主义思想与中国正在形成中的新的资本势力有着天然的联系，自由主义一方面自觉不自觉地为之代言，同时又在扮演着哺育新阶级意识的乳母角色；另一方面，蒸蒸日上的新阶级又为自由主义提供着更加肥沃的社会土壤和资源，并在精神上鼓舞着自由主义的成长。”③

（五）民族主义思潮

民族主义通常是指人们在历史上形成的对本民族的认同、归属、忠诚的强烈思想意识和实践活动，是民族群体对自我归属的体认，民族存在信念和民族国家理念的结合，以及由此而来的对待其他民族群体的态度和原则，是思想、学说、运动的统一。④ 中国民族主义思潮酝酿于20世纪80年代，崛起于90年代，进入21世纪则达到了一个新的高潮。民族主义兴起的原因，一般认为有两点：一是20世纪80年代末的政治风波，造成了中国社会思潮的转向；二是经济全球化对中国的挑战，这是最深刻的原因。

① 朱学勤：《1998，自由主义的言说》，《南方周末》1998年12月25日。

② 朱学勤：《1998，自由主义的言说》，《南方周末》1998年12月25日。

③ 房宁：《影响当代中国的三大社会思潮》，陈明明主编：《权利、责任与国家》，《复旦政治学评论》第4辑，上海，上海人民出版社，2006，第271页。

④ 参见俞祖华：《近代中国民族主义的类型、格局及主导价值》，《齐鲁学刊》2001年第2期。

民族主义首先表现为社会性的民族主义运动。20世纪80年代末到90年代以来，激起中国民众民族主义情感的“国际事件”主要有“银河号事件”、“轰炸中国使馆事件”、中美南海撞机事件、小泉参拜靖国神社事件、美法阻挠奥运圣火传递事件、达赖窜访事件、日本“国有化”中国钓鱼岛事件等等。作为应答，中国民间的保钓运动、西北大学事件、“亚洲杯”球迷事件、反对京沪高速铁路采用日本新干线技术的网络签名活动、反日游行、冲击“家乐福”超市等事件，都显示出当时国内普通民众民族意识的新觉醒与民族主义情绪的高涨。

民族主义不仅是一次次的爱国主义运动，还是中国知识界思想界的一个长久且重要的社会思想议题。中国知识界思想界的民族主义思想表达，既有20世纪90年代初何新的种种反西方言论，也有1994年以来在知识界出现的反西化思潮，如张颐武、陈晓明的后殖民文化批评，甘阳、崔之元的制度创新说和盛洪的文明比较论；还有宋强和张藏藏等著《中国可以说不》（中华工商联合出版社，1996），李希光和刘康等著《妖魔化中国的背后》（中国社会科学出版社，1996），房宁和王小东、宋强等著《全球化阴影下的中国之路》（中国社会科学出版社，1999）等。尤其是《中国可以说不》等“民族主义三部曲”的相继出版，被视为“中国青年一代民族意识新觉醒的标志”，也标志着民族主义议题大规模地进入了公共话语领域。①

民族主义有不同的路向和诉求，如以王小东为代表的民族主义路向是20世纪90年代以来中国民族主义的主流，其民族主义的理论核心是“生存空间理论”、进化论以及“尚武”精神，基本上是西方的理论，具有很强的扩张性，不同于传统的民族主义。② 而以盛洪为代表的民族主义是防御的民族主义，其理论中带有儒家“大同”的思想传统，试图以中国的“天下主义”来拯救世界，具有浓重的乌托邦主义色彩。③ 概括起来看，中国当代民族主义有五大基本诉求：一是“反对全面开放，主张适度开放”；二是“推进区域化，建立亚洲经济圈”；三是“寻求‘效率’与‘公平’的均衡”；四是“抵制西方话语霸权，矫正崇洋媚外心理，建构民族

---

① 参见房宁：《影响当代中国的三大社会思潮》，陈明明主编：《权利、责任与国家》，《复旦政治学评论》第4辑，上海，上海人民出版社，2006，第273页。

② 参见王小东：《当代中国民族主义论》，《战略与管理》2000年第5期。

③ 参见盛洪：《从民族主义到天下主义》，《战略与管理》1996年第1期。

新文化”；五是“发展中国的战略产业”。① 这些诉求，有的变成了国家意志的表达。

中国当代民族社会心理随着中国社会的发展而变化。20 世纪 80 年代，国门重开，使国民看到了中国的落后与贫弱，特别是青年心中弥漫着失败主义情绪。20 世纪 90 年代以来，中国社会、经济的快速发展，综合国力的迅速提升，使弥散在国民尤其是青年心中的失败主义情绪逐渐散去，民族自信心和自豪感得到加强。当代中国民族主义思潮的不断高涨，是柄双刃剑，有其消极面，如非理性的民族主义情绪是冲突与动荡的滥觞；更有其积极面，如“民族主义是强化民族自尊心、自强心和自信心的最有力的工具，有助于民族独立，唤起人们维护国家主权、统一和领土完整。……有利于保存民族的文化传统，丰富一个社会的价值资源和文化生活”，也“为政治统治提供了某种合法性基础”。②

（六）“国学热”与“大国学”的倡导

2000 年以后，随着“自由主义”与“新左派”论争的逐年淡化，文化保守主义再度兴起，出现了新一轮的“国学热”。

何谓国学？晚清以来一直争论不休，至今未有定论。1906 年，国粹派邓实提出“国学”是“一国所自有之学也。有地而人生其上，因以成国焉，有其国者有其学。学也者，学其一国之学以为国用，而自治其一国者也”③。1923 年，胡适将“国学”界定为“国故学”，“‘国学’在我们的心眼里，只是‘国故学’的缩写。中国的一切过去的文化历史，都是我们的‘国故’；研究这一切过去的历史文化的学问，就是‘国故学’，省称为‘国学’”④。1925 年，曹聚仁亦将“国学”视为“国故学”，“国故学者，以‘国故’为研究之对象，而以科学方法处理之，使成为一种科学也”⑤。20 世纪 90 年代初，张岱年对“国学”做了与前述学者观点相近的界定：“国学是中国学术的简称。……称中国学术为国学，所谓国是本国之义，这已是一个约定俗成的名称了。……中国传统学术包括哲学、经学、文学、史学、政治学、军事学、自然科学以及宗教、艺术等等。其中自然科学有天文、算学、地理、农学、水利、医学等，其中最发达的是医学。这

① 房宁：《影响当代中国的三大社会思潮》，陈明明主编：《权利、责任与国家》，《复旦政治学评论》第 4 辑，上海，上海人民出版社，2006，第 274～276 页。

② 刘军宁：《民族主义四面观》，《共和·民主·宪政——自由主义思想研究》，上海，上海三联书店，1998，第 251、252 页。

③ 邓实：《国学讲习记》，《国粹学报》1906 年第 7 号第 19 期。

④ 胡适：《发刊宣言》，《国立北京大学国学季刊》1923 年第 1 卷第 1 号。

⑤ 曹聚仁：《国故学之意义与价值》，《东方杂志》1925 年总第 22 卷第 4 号。

些都是国学的内容。”① 在所有这些国学内容中，占据中国文化主导地位的是儒家及其价值取向。因此，新世纪的“国学热”，也被称作“儒学复兴”。

近代以来，国学经历了几个大的发展阶段：自1840年鸦片战争至1919年五四之前是国学的滥觞；自五四运动之后至1949年新中国成立之前是国学的昌盛时期；自1949年至“文化大革命”是国学的沉寂期；“文化大革命”后至今是国学的复兴时期。在复兴时期，有三次“国学热”：一是20世纪80年代的“文化热”，二是20世纪90年代初期盛行于高校的“国学热”，三是新世纪再度兴起并波及社会各界的“国学热”。新世纪的“国学热”突出表现在四个方面：一是始于2003年的“儒藏编纂”工程，二是2004年9月发布的《甲申文化宣言》，三是“国学普及”工程，四是建立国学院等“国学机构”。乐观者认为，国学的进退起伏与中华文明的命运息息相关，随着整个中华民族的复兴，国学全面复兴的时机已经成熟。

国学复兴的原因是多方面的，学界对此做了很多分析。论者们多将“国学热”归因于历史反思与现实发展及现实危机，认为自改革开放以来，中国经济快速发展，综合国力迅速增强，国际地位明显提高，国民的文化自信随之增强，中华民族文化日益自觉，激发了复兴中华民族的强烈愿望，这是积极的一面；另一个方面则是消极的，权钱至上，道德滑坡，诚信缺失，极端个人主义、功利主义、享乐主义盛行，人们的精神世界和心灵空间出现了扭曲和荒芜。这就需要重新回到民族文化中，寻找精神资源，重建精神家园。

复兴国学，旨在重新发掘和重视中华文明传统的意义与价值，“复活”这些意义与价值，使其成为现代生活的精神与思想资源。有研究者即言：“国学是中华民族五千年文明的见证者和文本载体，其间有哲学的智慧，深邃的洞见，豁然的启示，成金的点化，培育着中华民族的民族精神，塑造着中华民族的价值观念、伦理道德、思维方式、心理结构、宗教信仰乃至风俗习惯。国学是中华民族生命智慧的源头活水，价值理想的理论依据，是重建新国学的累土基础。”② 当前“国学热”中存在的一些问题，如“国学热”的动因与其要解决的时代课题不对应；“国学”研究方法和功能定位不客观；泥沙俱下，精华与糟粕混杂；“复古主义”和盲目自大

---

① 张岱年：《〈国学丛书〉序》，张岱年等：《国学今论》，沈阳，辽宁教育出版社，1991，第1、2页。

② 张立文：《国学的新视野和新诠释》，《中国人民大学学报》2006年第1期。

等等，都会对复兴国学产生很大的负面影响。因此，要达到复兴国学的目的，有研究者提出“国学热”需要理性的冷静；有研究者则提出“国学”需要自我批判，进行“创造性的转化”，“‘创造的转化’是一个过程；在这个过程中，新的东西是经由对传统里的健康、有生机的质素加以改造，而与我们选择的西方观念与价值相融会而产生的。在这种有所根据的创造过程中，传统得以转化。这种转化因为不是要在全盘否定传统中进行，而是与传统中健康、有生机的质素衔接而进行（这里所谓的衔接，是传统的质素‘转’了以后才‘接’），所以一方面能使传统因获得新的意义而复苏，另一方面因的确有了新的答案而能使我们的问题得以解决”[①]。

超越传统“国学”的是季羡林倡导的“大国学”和芬兰赫尔辛基大学的黄保罗（Paulos Huang）阐扬的“大国学”。季羡林一直倡导“大国学”，他认为：“‘国学’就是中国的学问，传统文化就是国学。现在对传统文化的理解歧义很大。按我的观点，国学应该是‘大国学’的范围，不是狭义的国学”，“国内各地域文化和56个民族的文化，就都包括在‘国学’的范围之内。地域文化和民族文化有各种不同的表现形式，但又共同构成中国文化这一文化共同体。……敦煌学也包括在国学里边。……而且后来融入到中国文化的外来文化，也都属于国学的范围”。[②] 季羡林的“大国学”概念，拓展了“国学视野”，具有划时代意义。

黄保罗的“大国学”不同于季羡林倡导的“大国学”。黄保罗指出：“在今天的全球化新语境中，探讨‘国学’必须有‘大’视野：一方面，今天的挑战者是‘全球化的世界’，这与100年前的相似点在于挑战者来自于‘非中国’的语境，不同点在于今天的中国已经与挑战者成为密不可分的统一体，双方不再是零和游戏而是共生共存的关系；另一方面，今天‘国学’之‘国’已经不同于100年前的中国，今天之‘中国固有传统’已经包含了马克思主义、物质主义、科学理性和市场经济等100年前没有的或不太多的内容。”因此，“‘大国学’应该是一个不断变化的概念，因为它所反映的‘中国形象’是不断变化的。如此的‘大国学’，是研究中国‘软件’体系的学问，它应该清楚说明中国人的身份认同：告诉人们‘中国人’是什么样的人；能够客观描述中国思想、文明和精神的实况：中国文明是什么；可以有效支持中国‘硬件’运行：影响和决定中国人及中国行动的内在体系是什么”。“也就是说，‘大国学’应该可以代表中国的形象，可以客观地描述和清楚地解释中国的文明和精神体系，并能为中

① 林毓生：《中国传统的创造性转化》，北京，生活·读书·新知三联书店，1988，第388～389页。

② 季羡林：《国学应该是“大国学”》，《人民日报》（海外版）2007年6月22日。

国的生存和发展提供动力。”[1] 据此而言，黄保罗的“大国学”实际指的是“中国学”。

季羡林关于“大国学”的倡言和呼吁尚未引起足够的重视，黄保罗的“大国学”也不被人注意。目前，“国学热”基本上还是局限在“儒学”范围之内。

新世纪乡土作家不可避免地会受到“国学热”的影响，如新世纪乡土小说中的新保守主义将目光聚焦于传统的乡村文明，通过对人伦亲情的讴歌展现乡村文明的美好，以此批判弊端频现的“现代性”。

柯林武德认为，“人不仅生活在一个各种‘事实’的世界里，同时也生活在一个各种‘思想’的世界里；因此，如果为一个社会所接受的各种道德的、政治的、经济的等等理论改变了，那么人们所生活于其中的那个世界的性质也就因之而改变。同样，一个人的思想理论改变了，他和世界的关系也就改变了”[2]。上述各种社会人文思潮，虽然并非集中发生在最近 40 多年里，但这多重交织涌动的社会人文思潮，构成了新世纪中国乡土小说得以滋长的“思想的世界”。

三、“底层文学”与“新左翼文学”思潮

20 世纪 90 年代以来的中国社会变革直接催生了新世纪“底层文学”与“新左翼文学”思潮。“底层文学”作为文学现象，最早可追溯至 20 世纪 80 年代中期出现的“打工诗歌”“打工文学”。1985 年，杨宏海用“打工文学”概念指称“打工者”自己创作的真实反映打工者生活的文艺作品，但没有引起注意。2004 年，曹征路在《当代》杂志第 5 期上发表中篇小说《那儿》，引起广泛注意与讨论。2005 年，《文艺争鸣》在第 3 期开辟“关于新世纪文学·‘在生存中写作’专辑”，推介“打工文学”和“打工诗人”；同年，《中华读书报》在 6 月 15 日版刊登刘洋的《新世纪文学的“新表现”》一文，明确提出“新世纪文学”不可忽视“打工文学”。自此，“底层文学”作为一种“文学现象”受到广泛关注。“底层文学”的指涉范围有宽有窄，宽一点说，处于社会底层或基层的作者与社会地位略高一些的作家，只要是写中国社会底层生活的，都是“底层文学”；窄一点说，仅指底层作者写底层生活的文学，如“打工者”写自己的“打工生活”。就实际使用的频率来看，人们更多的是在“广义”上使用“底层文

① 〔芬兰〕黄保罗：《从欧美视角看体现中国软实力的“大国学”》，《中国社会科学报》2010 年 3 月 4 日。

② 何兆武、陈启能主编：《当代西方史学理论》，上海，上海社会科学院出版社，2003，第 156 页。

学”这个概念。

被视为“底层文学”的作家作品很多，如张伟明的《对了，我就是打工仔》和《我们INT》，安子的《人在旅途》和《打工女郎》，林坚的《别人的城市》，刘恒的《贫嘴张大民的幸福生活》，曹征路的《那儿》《霓虹》和《豆选事件》，陈应松的《马嘶岭血案》和《太平狗》，刘继明的《放声歌唱》和《我们夫妇之间》，胡学文的《命案高悬》，罗伟章的《大嫂谣》《我们的路》和《变脸》，王祥夫的《五张犁》和《狂奔》，范小青的《父亲还在渔隐街》，迟子建的《花牤子的春天》，刘庆邦的《神木》，尤凤伟的《泥鳅》等等，范围比较宽泛。

“底层文学”自2004年引起注意以来，已成为文艺界和学术界共同关注的热点话题，不少论者和研究者发表了相当数量的文章。讨论的问题主要有什么是底层，什么是底层文学，底层如何自我表述，如何叙述底层（代言），底层文学与左翼文学的精神联系，底层文学与“新左派”的关系，底层文学产生的原因与意义等等。有论者概括说：“‘底层文学’的概念或内涵：在内容上，它主要描写底层生活中的人与事；在形式上，它以现实主义为主，但并不排斥艺术上的创新与探索；在写作态度上，它是一种严肃认真的艺术创造，对现实持一种反思、批判的态度，对底层有着同情与悲悯之心，但背后可以有不同的思想资源；在传统上，它主要继承了20世纪左翼文学与民主主义、自由主义文学的传统，但又融入了新的思想与新的创造。”① 这个总结简单明了，很有参考价值。

“新左翼文学”不如“底层文学”那样广受关注。“新左翼文学”引起注意，始自曹征路的《那儿》。一般认为，“新左翼文学”不等于“底层文学”，但后者的部分作家作品属于“新左翼文学”。被纳入“新左翼文学”范围的作家作品主要有曹征路的《问苍茫》，黄纪苏的戏剧《切·格瓦拉》《鲁迅先生》和《红星美女》，韩少功的《暗示》和《兄弟》，夏榆的《杨家营纪事》，鬼子的《被雨淋湿的河》，刘庆邦的《卧底》，北村的《愤怒》，李锐的《袴镰》和《樵斧》，张炜的《刺猬歌》，张承志的《东浦无人踪》《鲁迅路口》和《谁曾经宣言》，陈桂棣、春桃的《中国农民调查》，新生代导演的电影《铁西区》《盲井》《哭泣的女人》《安阳婴儿》和《小武》等等。在批评方面，韩毓海、旷新年、王晓明、蔡翔、孟繁华、李云雷、邵燕君等发表了不少具有“新左翼精神”的文学批评。

如何看待“底层文学”和“新左翼文学”，尚无定论。有论者说：“我

---

① 李云雷：《新世纪文学中的“底层文学”论纲》，《文艺争鸣》2010年第11期。

对左翼文学充满了憧憬和怀念。怀念左翼文学，不止是要呼唤它的革命精神，而更多的是刚才说过的左翼文学的丰富性。当下文学更多的是‘物’的迷恋和炫耀，是白领趣味的彰显和生活等级的渲染。我们在当下文学中已经很难再读到浪漫和感动。而左翼文学的最大特点可能就是它的浪漫精神和理想主义，是它的批判精神和战斗性。我们在鲁迅的杂文中，在蒋光赤、洪灵菲、柔石等人的小说中，在殷夫、胡也频的诗歌中，或被一种巨大的浪漫情怀所打动，或被他们对现实的批判和战斗所感染和鼓舞。文学从性质上说，是关注人类精神事物的，它是最适于表达人类精神世界的一种形式。因此，文学的浪漫、理想、批判、战斗的品格，我们今天在左翼文学中可能体验得要更为清楚。”[①] 这个想法，也值得参考。

第二节　中国乡土小说叙事传统的承续与变异

晚清尤其是五四以来，中国社会走上了由传统农业文明向现代工业文明发展的历史道路。在或急或缓的现代化进程中，中国乡村和中国农民都承受了历史的重负和文化命运的巨大变迁，以之为叙事对象的乡土小说也随之进退起伏。在近百年的历史发展中，由于不同时期中国乡土作家的文化身份、思想观念、创作立场、创作方法等有这样那样的差别，中国乡土小说形成了既有区别又有联系的四种最重要的叙事传统：一是鲁迅开创的启蒙乡土叙事传统（本书简称为“鲁迅乡土叙事传统”），二是以茅盾为代表的左翼乡土叙事传统（本书简称为“茅盾乡土叙事传统”），三是以废名和沈从文为代表的京派乡土叙事传统（本书简称为“沈从文乡土叙事传统”），四是以赵树理为代表的延安乡土叙事传统（本书简称为“赵树理乡土叙事传统”）。这些乡土叙事传统各自有不同的历史观念、社会观念、思想情感、审美追求和艺术特点，相互之间也构成了复杂的关系。在不同的历史阶段，中国乡土叙事传统会因时代语境的不同而产生一些变化。需要在此特别声明的是，这四大乡土叙事传统，虽然都以其代表人物命名，但实则是具有不同艺术观念和价值取向的乡土作家们的“集体创造”，是“集体智慧”的结晶。

新世纪乡土小说是中国乡土小说历史发展上的最新环节，在承续中国乡土叙事传统的同时，也呈现出不少新的发展和变异。

---

① 孟繁华:《左翼文学与当下中国文学》,《中国现代文学研究丛刊》2002 年第 1 期。

一、鲁迅乡土叙事传统的承续与变异

鲁迅是中国现代小说的开创者，更是中国乡土小说的开创者和精神领袖。《阿Q正传》《祝福》《药》《风波》《故乡》《离婚》《孔乙己》等都是鲁迅小说的代表作，也是中国乡土小说史上杰出的作品。在谈到“怎么做起小说来”时，鲁迅说：“说到‘为什么’做小说罢，我仍抱着十多年前的‘启蒙主义’，以为必须是‘为人生’，而且要改良这人生。我深恶先前的称小说为‘闲书’，而且将‘为艺术的艺术’，看作不过是‘消闲’的新式的别号。所以我的取材，多采自病态社会的不幸的人们中，意思是在揭出病苦，引起疗救的注意。”[①] 鲁迅的乡土小说都承担着这样明确的启蒙使命，都宣示出鲜明的知识分子启蒙立场。

鲁迅乡土小说以农民和乡村知识分子为主要叙事对象，以“立人”为目标，以批判国民性为主旨，揭示农民和乡村知识分子的物质痛苦和精神痛苦，在文化批判与社会批判中表现出强烈的现实主义精神。如《阿Q正传》的创作意图就在于“画出这样沉默的国民的魂灵来”[②]。鲁迅寄寓在阿Q、祥林嫂、闰土等农民形象和“未庄”“鲁镇”等农村形象上的，是对乡村文化以及整个民族的国民性的思考。鲁迅开创的批判国民性的启蒙叙事主题，在相当长的历史时期里，将是中国乡土小说“不可超越之母题”[③]。

鲁迅不仅是中国乡土小说叙事题材的开创者与启蒙叙事主题的撒播者，也是中国乡土小说艺术形态的奠基者。在创作方法上，鲁迅乡土小说以现实主义为基本架构，博采各色现代主义（如象征主义、印象主义、神秘主义）之长以为己用。在乡土小说的艺术形态上，鲁迅乡土小说中的地方色彩和风俗人情，如《阿Q正传》等小说对绍兴古镇的景物、风习、摆设、服饰等的描绘，既是小说的叙事内容，也是有意味的小说艺术形式。鲁迅主张在小说中“杂入静物，风景，各地方的风俗，街头风景，就是为此。现在的文学也一样，有地方色彩的，倒容易成为世界的，即为别国所注意”[④]。鲁迅在创作中竭力实践自己的理论主张，其乡土小说因此显现出强烈的“国民性，地方性与个性”[⑤]，即如张定璜所说，鲁迅的

---

① 鲁迅：《我怎么做起小说来》，《鲁迅全集》第4卷，北京，人民文学出版社，1981，第512页。

② 鲁迅：《俄文译本〈阿Q正传〉序》，《鲁迅全集》第7卷，北京，人民文学出版社，1981，第82页。

③ 丁帆等：《中国乡土小说史》，北京，北京大学出版社，2007，第30页。

④ 鲁迅：《致陈烟桥（1934年4月19日）》，《鲁迅全集》第12卷，北京，人民文学出版社，1981，第391页。

⑤ 周作人：《地方与文艺》，《谈龙集》，石家庄，河北教育出版社，2001，第12页。

“作品满薰着中国的土气，他可以说是眼前我们唯一的乡土艺术家”[①]。

在中国乡土小说理论方面，鲁迅也是最早的开创者之一。鲁迅在评价蹇先艾、许钦文等人的小说时说：“蹇先艾叙述过贵州，裴文中关心着榆关，凡在北京用笔写出他的胸臆来的人们，无论他自称为用主观或客观，其实往往是乡土文学，从北京这方面说，则是侨寓文学的作者。但这又非如勃兰兑斯（G. Brandes）所说的‘侨民文学’，侨寓的只是作者自己，却不是这作者所写的文章，因此也只见隐现着乡愁，很难有异域情调来开拓读者的心胸，或者眩耀他的眼界。许钦文自名他的第一本短篇小说集为《故乡》，也就是在不知不觉中，自招为乡土文学的作者，不过在还未开手来写乡土文学之前，他却已被故乡所放逐，生活驱逐他到异地去了。”[②]在这段影响深远的评论文字中，鲁迅强调了“乡愁”和“异域情调”对于乡土文学的重要性，这成为后来者认识乡土文学的理论资源。

鲁迅的乡土文学理论同他的创作实践所开创的乡土小说题材、主题和审美艺术形态，共同形成影响巨大且深远的“鲁迅乡土叙事传统”。

20世纪20年代，鲁迅乡土叙事传统的直接承续者是五四乡土小说作家王任叔、许钦文、王鲁彦、彭家煌、台静农、许杰、蹇先艾、黎锦明等，《疲惫者》（王任叔）、《赌徒吉顺》（许杰）、《鼻涕阿二》（许钦文）、《黄金》（王鲁彦）等作品，都吹着“鲁迅风”。20世纪30年代以后，萧红的《生死场》《呼兰河传》，师陀的《果园城记》，路翎的《罗大斗的一生》《蜗牛在荆棘上》等作品，都承续了鲁迅乡土叙事传统。这个时期受鲁迅影响的乡土作家的小说创作，在环境描写上，都注意地域民俗风习，都有“感伤的故乡风”；在情节上，都注重乡村“小人物”的日常生活，叙写的都是“几乎无事的悲剧”；在人物塑造上，都关注农民遭受“精神奴役的创伤”，致力于“勾画国人沉默的灵魂”。[③]

张天翼曾经说：“现代中国的作品里有许多都是在重写着《阿Q正传》。”[④] 确如此论，鲁迅乡土叙事传统不仅在中国现代乡土小说中得到了继承和发展，而且在中国当代乡土小说创作中也产生了不绝的遗响。

20世纪50～70年代的“农村题材小说”，在政治意识形态的笼罩下，“道路斗争”“思想斗争”“路线斗争”和“阶级斗争”等成为小说叙事的

---

① 张定璜：《鲁迅先生（下）》，《现代评论》1925年第1卷第8期。

② 鲁迅：《〈中国新文学大系〉小说二集序》，《鲁迅全集》第6卷，北京，人民文学出版社，1981，第247页。

③ 胡风：《置身在为民主的斗争里面》，《希望》1945年第1卷第1期。

④ 张天翼：《我怎样写〈清明时节〉的》，《文学》1936年第6卷第1期。

“指导思想”，现代启蒙精神踪迹难寻。这个时期的“农村题材小说”，虽然也对农民的迷信、愚昧、落后等进行暴露和批评，但批评的出发点与判断问题的标准是“政治话语”（甚至干脆就是“时事政策”）而不是“启蒙话语”。这个时期虽然也提“鲁迅精神”，但“启蒙鲁迅”已被置换为“政治鲁迅”，鲁迅被“异化”了。

20 世纪 70 年代末至 80 年代的“新时期文学”与时代同步，出现了与五四遥相呼应的“新启蒙”（亦称“二度启蒙”）潮。本时期“伤痕小说”“反思小说”“改革小说”中的相当一部分乡土小说，都将农民传统文化人格中的“劣根性”作为文化批判的主题，具有“启蒙”色彩，如高晓声的《陈奂生上城》等小说接续了五四启蒙话题，小说中的陈奂生等人物形象就是阿 Q 形象的当代版；再如张炜的《古船》、贾平凹的《浮躁》和《鸡窝洼的人家》等小说，也都探讨在时代改革大潮中传统文化对农民精神的禁锢。本时期乡土小说的国民性批判，意在为时代急切呼唤的现代化张目，其启蒙主题与当时锐意改革的政治意识形态同构，并以其敏锐性成为思想解放与社会变革的先声。本时期乡土小说的“政治—文化”思维格局，又使其与鲁迅乡土叙事传统有了一定的差别。

20 世纪 80 年代中后期，在“文化热”中应运而生的“寻根文学”，从批判五四起步，反身民间，瞩目于蛮荒时代、山林野地的原始文化或奇风异俗，在文化人类学式的民族文化的考察、挖掘与反思中，“寻”到的民族文化“劣根”多于“优根”，迷路的“寻根者”只得修正曾经的重建民族文化的“宣言”，再次回到五四道路上。于是，《爸爸爸》（韩少功）中的丙崽、《老井》（郑义）中的老井村，与鲁迅笔下的阿 Q 和未庄再度接上了密切的精神亲缘联系。

20 世纪 90 年代至 21 世纪初，中国社会向现代化、城市化、市场化急速迈进，人们的价值观念、文化观念、道德观念等等发生着急骤的改变，文学也呈现出“多元”或“无名”状态。与 20 世纪 80 年代的乡土文学相较，本阶段的最大变化在于同时存在相反的两个方面，即对五四启蒙和鲁迅乡土叙事传统的疏离、反叛与承续。对启蒙主题的承续与坚持，是这个时代难能可贵的启蒙叙事精神流脉，一些乡土作家遵循五四启蒙传统，对在现代化、世俗化大潮中暴露出来的民族文化根性进行反思和批判，如高晓声、韩少功、刘恒、乔典运、李佩甫、阎连科、杨争光、周大新、尤凤伟以及更年轻的东西、谭文峰等。这些乡土作家的“启蒙乡土叙事”有两种不同的情况：一是叙述“传统乡村”与农民的故事，如韩少功《马桥词典》中马桥是一个没有现代气息的传统乡村，韩少功从马桥人词汇的民间词源入手，对积淀在词语故事背后的民族劣根进行批判。再如杨争光《老旦是一棵树》中的双沟村也是没有一丝生气的死寂、凝滞的传统村庄，杨争光以冷峻的笔调和鲁迅式的白描，对双沟村民老旦灵魂深处的精神痼疾进行剖析和批判。二是叙述“现代村庄”与农民的故事，如高晓声《陈奂生出国》等篇中的陈奂生，虽然步入了市场经济年代，但“出国”时代的陈奂生并不比“上城”时代的陈奂生更“现代”，其阿Q式的精神痼疾仿佛是冥顽不化的“死魂灵”，游荡在乡间大地上。李佩甫《羊的门》中的呼家堡是一个有着不少很赚钱的乡镇企业的“现代村庄”，但其实则是徒具“现代”之表的“封建城堡”。村支书呼天成是地道的传统农民，又是典型的现代政客，更是呼家堡这个现代“封建城堡”的领主，他集传统宗法家族权力与世俗权力于一身。在他的铁腕治理下，无论是他自己还是孙布袋、于凤琴等普通村民，无不存在深入骨髓的阿Q式精神痼疾，小说深刻揭示出在现代化进程中，国民文化人格的精神蝉蜕异常艰难和复杂。

总的来看，坚持国民性批判的新世纪乡土作家，在承续鲁迅乡土叙事传统的同时，又融入了更多时代因素。

二、茅盾乡土叙事传统的承续与变异

茅盾是中国乡土文学理论的倡导者与创作实践者，他的乡土小说是其全部小说创作中最有成就的部分，“农村三部曲”《春蚕》《秋收》《残冬》和《当铺前》《林家铺子》《泥泞》《水藻行》等作品，被誉为“‘社会剖析派’的‘乡土社会小说’的代表”①。同鲁迅一样，茅盾也持小说创作必须“为人生”的主张，但其内涵与鲁迅有别，在不同的历史时期也有变化。在20世纪20年代初，茅盾极为明确地将文学“为人生”与思想政治启蒙紧密地关联在一起；20年代中后期，阶级观念开始越过或覆盖茅盾早期持有的进化论、人道主义和个性解放等丰富驳杂的思想观念，成为其“为人生”观念的主要思想蕴涵；30年代和40年代，“为人生”的实际思想蕴涵已转换为“为被压迫阶级”及其“时代斗争生活”。小说是人生的反映，而人生的内在思想蕴涵又具有历时性的特点，因此，“为人生”的小说要最大化地实现自己的社会功利价值，就必须紧紧追随时代变化的历史脚步，具有永不停歇的“时代精神”。②

茅盾的乡土小说有几个突出的特点：其一，关注农村的政治经济关

① 丁帆等:《中国乡土小说史》,北京,北京大学出版社,2007,第124页。

② 参见李兴阳:《茅盾前期小说理论批评综论》,《湖北师范学院学报》2007年第2期。

系，注重从政治经济角度展现农村现实生活，剖析社会人生，反映农民的历史命运，揭示出农民苦难生活的根源在于资本主义入侵和封建经济压迫。其二，注重题材与主题的时代性与重大性，敏锐发现和揭露社会问题，“农村三部曲”就是从老通宝的家庭变故写出整个社会经济政治的现状与历史发展趋势。其三，在人物塑造上，注重凸显人物的阶级身份，着重表现人物的社会关系，但也不忽略从政治、文化、道德和心理多个角度写出人物性格的多面性与复杂性。既批判农民的国民性弱点，借此展示农民觉醒道路的曲折性、艰难性以及最终必然从保守、迷惘中觉醒并走向反抗的历史趋势，也发现农民国民性中“善美的特点”①，重铸民魂，塑造“农村新人”形象。茅盾在谈《水藻行》时说：“我写这篇小说有一个目的，就是想塑造一个真正的中国农民的形象，他健康，乐观，正直，善良，勇敢，他热爱劳动，他蔑视恶势力，他也不受封建伦常的束缚。他是中国大地上的真正主人。我想告诉外国读者们：中国的农民是这样的，而不是象［像］赛珍珠在《大地》中所描写的那个样子。”② 其四，在叙述方法上，追求写实式的客观再现，“把小说艺术和社会科学结合起来，以前所未有的规模从各个角度再现中国社会，剖示近代中国社会的性质，这正是社会剖析派小说的一个基本特征”③。

茅盾也是中国“乡土文学”理论最早的倡导者之一。早在 20 世纪 20 年代初，茅盾就倡导“乡土文学”，特别强调“地方色彩”，所谓“地方色就是地方底特色。一处的习惯风俗不相同，就一处处有一处底特色一处有一处底性格，即个性”④。20 世纪 30 年代中期，茅盾在给乡土小说最后定位时，把“世界观”和“人生观”置于“地方色彩”和“异域情调”之上，他说：“关于‘乡土文学’，我以为单有了特殊的风土人情的描写，只不过像看一幅异域的图画，虽能引起我们的惊异，然而给我们的，只是好奇心的餍足。因此在特殊的风土人情而外，应当还有普遍性的与我们共同的对于运命的挣扎。一个只具有游历家的眼光的作者，往往只能给我们以前者；必须是一个具有一定的世界观与人生观的作者方能把后者作为主要的一点而给与了我们。”⑤ 茅盾的经典性理论概括，对 20 世纪 30 年代以后的中国乡土小说创作产生了深远的影响。“世界观、人生观的投射成为

① 茅盾：《新文学研究者的责任与努力》，《茅盾文艺杂论集》（上），上海，上海文艺出版社，1981，第 32 页。

② 茅盾：《抗战前夕的文学活动》，《我走过的道路》（中），北京，人民文学出版社，1984，第 355 页。

③ 严家炎：《中国现代小说流派史》，北京，人民文学出版社，1989，第 184 页。

④ 望道：《文学小辞典·“地方色”条》，《民国日报》副刊《觉悟》1921 年 5 月 31 日。

⑤ 蒲（茅盾）：《关于乡土文学》，《文学》1936 年第 6 卷第 2 期。

衡量乡土小说能否成立的关键，尤其是在建国后30年内，更是作为一条准则而推行。"①

茅盾的乡土小说理论及其创作实绩，共同形成影响深远的茅盾乡土叙事传统。这一叙事传统，既可以说是左翼乡土文学的时代结晶，也是其最佳范式。

20世纪30年代初，蒋光慈的《咆哮了的土地》、阳翰笙的《地泉》、丁玲的《水》及叶紫的《丰收》《火》等"革命小说"，就已显露出与茅盾乡土叙事相似的一些特征，如以鲜明的政治视角，揭示农民遭受政治压迫与经济剥削的苦难，大力张扬乡村的阶级斗争。这类乡土小说的艺术缺陷（如"公式化""概念化""脸谱化"乃至"口号化"），使其在当时受到左翼内部的严厉批评，但"左翼文化阵营在以后的文化运动尤其是延安文学运动中，事实上充分吸收了它的成功经验"②。稍后，吴组缃、沙汀、艾芜等"社会剖析派"作家，都以自己的乡土叙事，丰富和发展了茅盾乡土叙事传统。当时国民政府的文件对此描述说："盖此辈普罗作家，能本无产阶级之情绪，运用新写实派之技术……然含意深刻，笔致轻纤，绝不以露骨之名词，嵌入文句；且注重体裁的积极性，不仅描写阶级斗争，尤为渗入无产阶级胜利之暗示。"③ 这段文字颇为准确地道出了左翼小说叙事特征。

20世纪40年代，萧军的《八月的乡村》叙写一群有着国民根性的普通农民，在民族危亡与残酷的阶级斗争中成长为具有民族意识与阶级觉悟的抗日英雄。端木蕻良的《科尔沁旗草原》通过丁氏家族的盛衰史和丁宁的心灵史，写出近代以来东北民族的屈辱史、黑土地的经济结构变迁史和底层社会的苦难史与反抗史。在解放区，欧阳山、康濯、孙犁、丁玲、周立波等作家的乡土小说创作，大都缺失茅盾乡土叙事传统所注重的敏锐发现和揭露社会问题的能力，将党的政治信念与农村工作政策作为认识农村的理据和小说叙事主题，为激励农民参与政治运动，将政策图解与乡村叙述糅合在一起。

20世纪50～70年代，周立波、柳青、梁斌、李準、王汶石、浩然等的"农村题材小说"与解放区乡土叙事有着最为直接的承传关系，"土改""合作化""人民公社""大跃进"等成为小说创作的"重大题材"，写政

① 丁帆等:《中国乡土小说史》,北京,北京大学出版社,2007,第13页。

② 丁帆等:《中国乡土小说史》,北京,北京大学出版社,2007,第123页。

③ 《国民党反动政府查禁普罗文艺密令(1933)》,陈瘦竹主编:《左翼文艺运动史料》,南京,南京大学学报编辑部,1980,第310页。

治、写政策、写中心成为“革命任务”与作家自觉的创作追求，这与茅盾乡土叙事传统“貌合神离”，甚至走到了它的反面。有论者认为，“40～70年代的解放区与大陆中国文学对30年代‘左翼文学’的继承主要体现在政治组织者对作家和知识分子的思想和生活方式的规训和管理这一个方面。在创作上则已经大相径庭”①，难以因为“政治倾向”而概括出两者之间的“一致性”特征。这个判断应该是比较恰当的。

20世纪80年代以后，“为直接的政治任务服务”的乡土叙事在“新时期”文学中从来就没有缺席过。从“伤痕文学”“反思文学”到“改革文学”，曾被看成是现实主义精神的“复归”，但它们基本上还是“用一种政治意识形态去批判另一种违背人文精神的政治意识形态”②，在“正确/错误”的二元对立中，进行“批评与自我批评”。20世纪80年代的“伤痕文学”和“反思文学”，如张一弓的《犯人李铜钟的故事》、刘真的《黑旗》等作品都写出了极左政治的某种“历史真实”，但都局限在特定的政治话语规范之内，并没有深入揭示出历史悲剧的社会文化成因。何士光的《乡场上》、张贤亮的《龙种》、张一弓的《黑娃照相》等“改革小说”对经济改革的热烈响应，对现代化乌托邦的乐观想象，也都表现出积极应和政策导向的写作惯性。有论者批评说：“我们生活在一个有罪恶，却无罪感意识；有悲剧，却没有悲剧意识的时代。悲剧在不断发生，悲剧意识却被种种无聊的吹捧、浅薄的诉苦或者安慰所冲淡。”③ 这样的批评，可谓鞭辟入里。

20世纪90年代以来，具有“写实”面貌的乡土小说出现了三种不同的流向。一是“新写实”余波不断，依旧是“平民视点”。虽“在政治中”但“不问政治”，都在家长里短地“忙着过日子”，用自然主义代替了现实主义，自然不在左翼乡土叙事传统之列。二是“现实主义冲击波”。刘醒龙、何申、关仁山、张继等创作的这类乡土小说，关注现实，表现当前乡镇现实生活和经济生活中的社会矛盾，但维护现实政治，如何申的创作始终坚持阐释政策，为行政工作辩护，缺乏左翼文学大力倡扬的现实批判精神。有论者批评说：“当‘分享艰难’的所谓‘现实主义冲击波’出现以后，写作成为了一种对于现实的妥协、屈从，甚至勾结。我把它看作是现实主义的死亡。”④ 三是“底层文学”，如孙惠芬的《民工》、尤凤伟的

---

① 曹清华：《何为左翼，如何传统——“左翼文学”的所指》，《学术月刊》2008年第1期。

② 邓晓芒：《灵魂之旅——九十年代文学的生存境界·序》，武汉，湖北人民出版社，1998，第3页。

③ 朱学勤：《我们需要一场灵魂拷问》，《书林》1988年第10期。

④ 刘继明、旷新年：《新左翼文学与当下思想境况》，《黄河文学》2007年第3期。

《泥鳅》、雪漠的《大漠祭》、曹征路的《豆选事件》、陈应松的《马嘶岭血案》、刘继明的《放声歌唱》、胡学文的《命案高悬》、罗伟章的《大嫂谣》、王祥夫的《五张犁》等写“底层农民”的乡土小说，都关注“三农”问题，批判改革时期农村社会的贫富分化与阶层分化，批判农村政治体制弊端，批判资本强权对农村与农民工的侵害，批判城市文明病，批判国民性等。有论者认为，这些乡土小说延续了左翼文学叙事传统。在新世纪的“底层文学”思潮中，论者们看到了左翼精神的复活，“底层概念重新浮出水面，既是对个人化叙事、小资话语、中产阶级文学想像［象］以及新贵文学的反动，也是未完成的左翼现代性文学思潮的新形态”①。在这样的“新形态”中，仍然可以看到茅盾闪动不息的身影。

三、沈从文乡土叙事传统的承续与变异

沈从文是京派乡土小说大家，他的《边城》《长河》《雨后》《萧萧》《三三》《丈夫》《菜园》《月下小景》《阿黑小史》等乡土小说，是其全部小说创作中最受人称道的作品。沈从文对他的创作目的做过观点不尽相同的多种表述，他说，“我只想造希腊小庙。……庙里供奉的是‘人性’”②；“我很愿意尽一分时间来把世界同世界上的人改造一下看看”③，“使他人生命‘深’一点，也可能使他人生存‘强’一点”④；“用作品燃烧起这个民族更年青一辈的情感，增加他在忧患中的抵抗力，增加活力”⑤，这样的想法比较独特⑥。苏雪林认为，沈从文的文学理想就是“借文字的力量，把野蛮人的血液注射到老态龙钟，颓废腐败的中华民族身体里去，使

---

① 南帆等：《底层经验的文学表述如何可能？》，《上海文学》2005 年第 11 期。

② 沈从文：《〈从文小说习作选〉代序》，《沈从文文集》第 11 卷，长沙，湖南人民出版社，2013，第 41 页。

③ 沈从文：《湘行散记·一个爱惜鼻子的朋友》，《沈从文文集》第 9 卷，长沙，湖南人民出版社，2013，第 300 页。

④ 沈从文：《续废邮存底·学习写作》，《沈从文文集》第 11 卷，长沙，湖南人民出版社，2013，第 354 页。

⑤ 沈从文：《续废邮存底·给一个军人》，《沈从文文集》第 11 卷，长沙，湖南人民出版社，2013，第 350 页。

⑥ 赵园认为：“沈从文关于改造人性的思考，也不可避免地与同时代作家有思路的歧异。他的人性理想主要限于‘诚朴坚实’‘勇敢雄强’这些属于意志品质的方面，以至可以作各种解释的‘有勇气，能疯狂，彻底顽固或十分冒失’等等，而并不及于‘人格独立’一类更具现代特征的内容。同时代作家大多是由批判奴性——封建依附性开始了‘改造国民性’的思考的，沈从文的思想却另有起点。因而在看似相近的思想趋向间，也仍然显示着思考者思想根柢（尤其文化思想）的不同。这‘同’中的‘异’也许更有研究价值。”赵园：《沈从文构筑的“湘西世界”》，《文学评论》1986 年第 6 期。

他兴奋起来，年青起来，好在 20 世纪舞台上与别个民族争生存权利”①。这种文学理想的美学意义与现实意义，是不言而喻的。

沈从文的乡土小说是公认的“田园牧歌”式的抒情小说，有几个突出特点：其一，将“湘西”作为文化审美而非现实的对象，发掘“湘西世界”的文化价值，在“择美遮丑”式的题材处理与叙述选择中，实现自己的美学理想与创作意图。沈从文说：“不管是故事还是人生，一切都应当美一些！丑的东西虽不全是罪恶，总不能使人愉快，也无从令人由痛苦见出生命的庄严，产生那个高尚情操。”② 湘西现实的落后、贫困与苦难，都被沈从文蒙上了一层温情和美的面纱。其二，塑造优美健全、单纯透明又复杂多样的湘西人物，既有翠翠、三三、夭夭和萧萧这样清莹温婉的湘西少女形象系列，也有老农、渔夫、猎人、木匠、石匠、小贩、私娼、土匪、兵士和荒村隐者等等，但不强调典型形象的塑造。其三，铺叙湘西自然景物与民俗风情，如沅水流域的青山绿水，边城小镇的风土人情，加上吊脚楼、紫花衣、麻阳船等等，“对于湘西的风俗人情气候景物都有详细的描写，好像有心要借那陌生地方的神秘性来完成自己文章特色”③，其作品因此具有一种鲜明的异域风致。其四，故事新奇简朴，没有完整、连贯的情节，叙事节奏木讷缓慢。沈从文说：“所谓‘事物的中心’，‘人物的中心’，‘提高’或‘拉紧’，我全没有顾全到。也象［像］是有意这样作，我只平平的［地］写去，到完了就止。”④ 其五，形式自由灵活，结构多变化。“虽然写了许多篇短篇小说，差不多每篇都有一个新结构，不使读者感到单调与重复，其组织力之伟大，果然值得赞美。”⑤ 其六，感情色彩较浓，语言从容疏放而又不纯粹，夹杂着方言和文言。这一切都构成了沈从文小说散文化、诗化的审美特征。沈从文可以说是“‘写意派’风俗画乡土小说的扛鼎人物”⑥。

沈从文推崇并引为同路人的是废名：“把作者与现代中国作者风格并列，如一般所承认，最相称的一位，是本论作者自己。一则因为对农村观察相同，一则因背景地方风俗习惯也相同……同一单纯的文体，素描风景

① 苏雪林:《沈从文论》,《文学》1934 年第 3 卷第 3 期。

② 沈从文:《〈看虹摘星录〉后记》,《沈从文文集》第 11 卷,长沙,湖南人民出版社,2013,第 47～48 页。

③ 苏雪林:《沈从文论》,《文学》1934 年第 3 卷第 3 期。

④ 沈从文:《〈石子船〉后记》,《沈从文文集》第 3 卷,长沙,湖南人民出版社,2013,第 86 页。

⑤ 苏雪林:《沈从文论》,《文学》1934 年第 3 卷第 3 期。

⑥ 丁帆等:《中国乡土小说史》,北京,北京大学出版社,2007,第 82 页。

画一样把文章写成。”[①] 确如此论，废名的《竹林的故事》《浣衣母》《河上柳》《菱荡》《桥》等作品，追求“返璞归真”，追求原始的人性美和人情美，甚而表现出一种超阶级的原始的道德审美价值判断，将清新淡雅的自然景物、敦厚朴素的乡村风俗与温情脉脉的乡间人情相融合，抒写出中国宗法乡村宁静幽远、情韵并致的田园牧歌，传达出复杂的文化意蕴，也递送出工业文明冲击下无奈的感伤情绪。废名的乡土叙事艺术，在沈从文的乡土小说创作中得到了承续和发展。20 世纪 40 年代，汪曾祺师法并承续了沈从文乡土叙事传统，他的《鸡鸭名家》以特有的“城乡结合”的方式，细致生动地描绘了故乡养鸡、养鸭的经济民俗场景，作品在平静的叙述中涌荡着魅人的浪漫情趣。

20 世纪 80 年代后，沉寂 30 多年的沈从文乡土叙事传统再度复活和延续。汪曾祺的《受戒》和《大淖记事》等作品不在意构筑完整、连贯的故事情节，也不在意塑造贯穿始终的主要人物，而是以具有浓郁“地方色彩”的日常生活展示乡风民俗对乡土社会人生的巨大影响。汪曾祺的这些复出之作，在“新时期”开了“散文化小说”和“诗化小说”的风气之先，汪曾祺也因此成为 20 世纪 80 年代中后期各色文学潮流的“先驱者”和“引路人”。在何立伟的《白色鸟》、铁凝的《哦，香雪》、阿成的《良娼》、阿城的“三王”等作品中，甚至在“先锋小说”中，都可以看到经由汪曾祺发扬光大的沈从文乡土叙事传统的影响。

20 世纪 90 年代以来，沈从文乡土叙事传统在迟子建、刘庆邦、张宇、田中禾、张炜、贾平凹、郭文斌等乡土叙事中得到了承续，也产生了显而易见的变异。如刘庆邦的“柔美小说”《不定嫁给谁》《嫂子和处子》《外面来的女人》《信》《鞋》《梅妞放羊》《女人》《春天的仪式》《金色小调》《美少年》《夜色》《青春期》等，既在某些方面继承了沈从文乡土叙事传统，表现出显见的“田园牧歌”式抒情小说的特征，又生发出消费文化时代的一些新特质，“柔化”了乡村严峻的现实。迟子建的小说叙事美学追求更为明确，她在《芳草在沼泽中》做了直截了当的告白：“我不能玷污刚刚树立在心中的有关芳草的神话，因为我看到的现实是流着肮脏恶心的脓血的，所以我宁愿相信神话。在我看来，神话也是一种理想和信仰。”[②] 这仿佛就是沈从文乡土叙事美学的当代版。在价值取向上，迟子建、张炜等乡土作家也承续了沈从文乡土叙事传统，在乡村与城市、农耕

---

① 沈从文:《论冯文炳》,《沈从文文集》第 11 卷,长沙,湖南人民出版社,2013,第 99 页。

② 迟子建:《芳草在沼泽中》,北京,中国青年出版社,2002,第 37 页。

文明与工业文明、传统与现代的对峙中，总是更多地肯定前者而否定后者，呈现出“反现代性”或曰“审美现代性”色彩。

沈从文乡土叙事传统经过80多年的迁衍流变，在与各种不同思潮、不同流派的碰撞交锋中，既保留了最为核心的文化价值理念与乡土小说的艺术形态，又在后继者基于个人文化素养、生活经历、审美趣味和时代要求的创新中，增加新的质素，发生新的变化。在城市化、工业化和全球化的时代大潮中，“田园牧歌”正在变成农耕文明的历史挽歌。

四、赵树理乡土叙事传统的承续与变异

赵树理的乡土小说创作，跨越了“现代”与“当代”两个时期。在“延安文学”时期，赵树理的文学创作被树为“解放区文学”的“赵树理方向”，《小二黑结婚》《李有才板话》《李家庄的变迁》等是其代表作。《三里湾》《锻炼锻炼》《套不住的手》《灵泉洞》等创作于20世纪50～60年代。赵树理曾言“艺术是精神的食粮”①，而“农民能看到的书尽是些极端反动的书，这些书向农民宣扬崇拜偶像，敬鬼神，宣扬迷信，使农民听凭巫婆的摆弄。我想，我应该向农民灌输新知识，同时又使他们有所娱乐，于是我就开始用农民的语言写作”②，做到“老百姓喜欢看，政治上起作用”③。赵树理的写作目的，“就是要在‘通俗化’、‘大众化’的叙事形式中，注入‘新知识’，在‘寓教于乐’中，批判和击退封建文化思想，以新的政治文化思想去全面提升普通民众的精神境界”④。

赵树理称自己的小说为“问题小说”，他关注的是社会大变革时期中国农民的现实遭际与精神需要。不论是在战争时期还是在和平年代，赵树理都始终坚持用自己的小说真实地表达农民的愿望和心声，做“农民的代言人”。概观赵树理的乡土小说，有几个突出特点：其一，“双重立场”的冲突。赵树理既是“农民的代言人”，又是国家意志的执行者，在二者发生矛盾的时候，赵树理的“农民立场”总是使他站在农民一边，为农民呼吁和抗争，反对错误的或不合理的政策，拒绝现代国家的需要。“双重立场”之间的冲突，对赵树理小说创作的题材选择、人物塑造、叙事形式和主题表达等，都产生了直接的影响。其二，题材选择上的“问题意识”。赵树理说：“我在作群众工作的过程中，遇到了非解决不可而又不是轻易

---

① 赵树理：《艺术与农村》，黄修己编：《赵树理研究资料》，太原，北岳文艺出版社，1985，第95页。

② 〔美〕杰克·贝尔登：《中国震撼世界》，邱应觉等译，北京，北京出版社，1980，第116页。

③ 荒煤：《向赵树理的方向迈进》，《人民日报》1947年8月10日。

④ 丁帆等：《中国乡土小说史》，北京，北京大学出版社，2007，第167页。

能解决了的问题，往往就变成所要写的主题”①，“感到那个问题不解决会妨碍我们工作的进展，应该把它提出来”②。赵树理在农村工作中遇到的“问题”，如有论者所说，“是他建立在对乡村个体实际生存关怀上的‘问题’，与作为国家意识形态作用于农村工作中的‘问题’，与作为精英知识分子在农村感受到的‘问题’有时是一回事，有重合之处，但从根本上不是一回事”③。其三，塑造时代变革中的农民形象。赵树理小说中的“落后人物”“蜕变分子”和“农村新人”等形象，都是“解放区农村”和新中国成立后“大陆农村”才有的农民形象。在塑造这些形象时，赵树理采用“农民视角”亦即“将作者与人物等同的‘同视角’，是‘五四’后小说不多见的新视点”④。其四，多“风俗画”少“风景画”描写。赵树理乡土小说的“风俗画”描写，几乎涉及晋东南的生产劳动、饮食居住、婚丧嫁娶、宗教信仰、民间文艺等各个方面的乡风民俗，这些“风俗画”描写担负着文化批判与社会批判双重功能。其五，评书体小说形式。赵树理以我国古典小说和说唱文学传统为基础，融入西方现代小说质素，创造了一种适合中国农民阅读和接受的评书体现代小说形式，这种形式能反映丰富、复杂的解放区农村生活，表现农民变化多姿的心理世界。其六，语言通俗浅近，富有表现力。赵树理曾说：“从我为农民写作以来……我就开始用农民的语言写作。我用词是有一定的标准的。我写一行字，就念给父母听，他们是农民，没有读过什么书。他们要是听不懂，我就修改。”⑤赵树理乡土小说延续了中国小说传统，又蕴含着五四以来的现代启蒙精神及真正面对弱者的人道主义精神。

20 世纪 40～60 年代，赵树理乡土叙事传统最直接的承续者是“山药蛋派”（亦称“火花派”）。在赵树理的影响下，山西作家马烽、西戎、孙谦、胡正、束为等，通过深入体验农民生活，走上了和赵树理一致的创作道路。赵树理乡土叙事传统的继承者虽然众多，但以农为本、关注农民利益、为农民代言的“赵树理精神”并未得到真正的继承。20 世纪五六十年代，随着政治形势的变化，“落后于时代”的赵树理被时代“抛弃”，其乡土叙事传统也基本中断。

20 世纪 80 年代，对于赵树理乡土叙事传统是否“复活”并得到新的

---

① 赵树理:《也算经验》,《人民日报》1949 年 6 月 26 日。

② 赵树理:《当前创作中的几个问题》,《三复集》,北京,作家出版社,1962,第 30 页。

③ 《后赵树理写作现象文坛瞩目　“麦地丛书”展示骄人创作实绩——我省文学评论家对话录》,《山西日报》2009 年 2 月 2 日。

④ 丁帆等:《中国乡土小说史》,北京,北京大学出版社,2007,第 171 页。

⑤ 〔美〕杰克·贝尔登:《中国震撼世界》,邱应觉等译,北京,北京出版社,1980,第 116 页。

发展，学界论说不一。有些论者认为路遥、莫言、刘震云、陈忠实、赵德发等作家，从现实、文化等不同方面“为乡村代言”，写出了乡村的自我形象；也有论者认为这些作家既缺乏赵树理那种高远的社会思想，又鲜有赵树理那种深切的农民观念。没有真正的“农民立场”与“农民视角”，是不可能为农民代言的。在他们的作品中，看不到中国乡村严峻的现实与诉求，他们的“乡村想象”距离农村和农民很远。

20 世纪 90 年代以来，赵树理乡土叙事传统再度受到人们的重视，“赵树理小说创作的当代意义”“赵树理精神的当代价值”不断被人们撰文论述和倡导。最近几年，赵树理的故乡山西提出了“后赵树理写作”，出版了承续赵树理乡土叙事传统的“麦地丛书”。收入这套丛书的作家有蒋韵、王祥夫、葛水平、王保忠等，“他们写作的视角大体上是：站在民间立场，关注普通人的生存与命运，表达对社会、人生的独到思考，在一定意义上延续了赵树理等前辈作家的文学观念”，“他们在创作中所表现出来的那种现实主义的精神、对普通人生存状态的思考，表现小人物人性中的那种高贵，都与赵树理的文学精髓一脉相承”。①

赵树理乡土叙事传统时断时续，没有得到很好的继承与发展。目前，中国乡村的“老三农”问题还未完全解决，“新三农”问题又不断出现，关心农民，关注农村，站在“农民的立场”为“不能表达自己”的农民代言，依然是新世纪乡土小说应有的叙事取向。在新的形势和环境下，重提“赵树理精神”，继承和发展赵树理乡土叙事传统就有了特别的现实意义。

五、新世纪中国乡土叙事传统的泛化、杂糅与疏离

在新世纪中国乡土小说创作中，鲁迅乡土叙事传统、茅盾乡土叙事传统、沈从文乡土叙事传统和赵树理乡土叙事传统都得到了承续，也在新世纪历史文化语境中有了新的变异，出现了泛化、杂糅和疏离现象。

新世纪中国乡土叙事传统出现的泛化现象，是指鲁迅乡土叙事传统、茅盾乡土叙事传统、沈从文乡土叙事传统和赵树理乡土叙事传统在承传过程出现的泛化，亦即各自标志性的精神与审美的元素，扩散或渗透到了其他的乡土叙事传统中，在扩大影响的同时，也使自身作为一种叙事传统的“质的规定性”失去了“规定”的作用，在主要特质依旧鲜明的同时，边界逐渐变得模糊不清。

鲁迅乡土叙事传统的影响最为广泛，泛化现象也最为突出。鲁迅开创

---

① 《后赵树理写作现象文坛瞩目 “麦地丛书”展示骄人创作实绩——我省文学评论家对话录》,《山西日报》2009 年 2 月 2 日。

的旨在“立人”的国民性批判主题，融渗在“各家各派”的乡土叙事中，即便是在一些不以启蒙为要务的作家作品那里，也能见到鲁迅影响的踪迹。在“新写实小说”“新历史主义小说”“现实主义冲击波”“新生代小说”“女性小说”“底层文学”等不以“启蒙主义”为旗帜的各色乡土叙事中，研究者们都捕捉到了潜含的“国民性批判”。如刘醒龙的《分享艰难》、东西的《没有语言的生活》、周大新的《向上的台阶》等，都有论者从中读出“国民性批判”的精神意蕴。

茅盾乡土叙事传统在新世纪乡土叙事中的泛化也比较突出，“现实主义冲击波”“底层文学”和“新左翼文学”等，都与茅盾乡土叙事传统有亲缘关系。在“底层文学”“新左翼文学”和关注乡村现实的其他乡土小说中，论者们看到了茅盾乡土叙事传统的某些影响，譬如“阶层意识”、经济视角的社会剖析和新意识形态色彩等。重申乡土叙事中的“意识形态”已成为新议题，这是中国当代社会的现实变化在乡土叙事中的投射。

沈从文乡土叙事传统在新世纪乡土叙事中的泛化也非常突出，其精神内质与外在形态在迟子建、郭文斌的乡土叙事中都得到了很好的承续与发展。迟子建的《亲亲土豆》《秧歌》《日落碗窑》等作品对东北乡村的自然美景和平静生活纯净而真切的再现，郭文斌的《吉祥如意》《大年》等作品对宁夏西海固“老家”的乡风民俗和率真小儿女的温情抒写，都与沈从文的“边城”系列有着精神上的明确继承。在张炜、贾平凹、张宇、刘庆邦等作家的部分乡土叙事作品中，也能看到沈从文乡土叙事传统的影响。在叙述“流动农民”的众多乡土小说中，叙述者对城市文明的批判，大都以“田园牧歌”式乡村文明作为价值参照，出现“反现代”的文化价值取向。

赵树理乡土叙事传统的影响最初是比较弱的，近年来有不断扩大和加强的发展趋势。一些乡土作家被批评家纳入“后赵树理写作”，但有的作家对此并不完全认可。王祥夫很敬重赵树理，认为赵树理热切关注现实的精神应该得到继承，但也认为自己从艺术到思想都与“山药蛋派”有距离。葛水平认为，因为地域的关系，自己的乡土叙事与赵树理乡土叙事传统有一种不自觉的文学接续，她颇为感慨的是“今天还有多少作家能够像赵树理那样专注和有敬畏之情、能够像赵树理那样坚韧和持久？这也是我们只能在赵树理之‘后’而难超越的最终原因”①。

新世纪中国乡土叙事传统出现了极为显著的杂糅现象。所谓杂糅现

① 胡军、韩晓雪：《继承新中国文学传统　探索发展创新之路——有关“后赵树理写作”讨论带给我们的思考》，《文艺报》（周六版）2009年第12期。

象，就是新世纪部分乡土作家的乡土叙事中，混合了多个乡土叙事传统的文化精神与审美特点，从而呈现出一种杂糅现象，模糊了不同乡土叙事传统的内涵与外延，亦即模糊了乡土叙事传统相互区别的边界。杂糅是多种乡土叙事传统泛化的交集，也是其泛化的结果。如刘庆邦的小说创作有工矿、乡村等多个题材领域，也有多副笔墨，其乡土小说混合了鲁迅、沈从文和茅盾等乡土叙事传统，既有国民性批判，又有文明怀旧，更有对底层劳动者的同情、对社会分化的批判。再如阎连科，他的“耙耧系列”（如《年月日》等）作品，由过去的倾诉乡村苦难转向讴歌乡村的文化精神，他的《黑猪毛　白猪毛》将乡村权力批判与国民性批判互为因果地结合在一起。刘醒龙等“现实主义冲击波”作家，也在多个乡土叙事传统间游移。

新世纪中国乡土叙事传统出现了极为显著的疏离现象。首先，对鲁迅的启蒙叙事传统的疏离与反叛，似乎已成为“时代主潮”，即如王彬彬所说：“随着对‘五四’的贬损和否定，启蒙也几乎成了一个贬义词。启蒙精神被宣布为过时，今天的知识分子，被认为不应该再狂妄和荒谬到以对大众启蒙为己任的地步。”① 知识精英们告别“崇高”，文学开始分化，启蒙话语从中心滑向边缘，成为被质疑的对象，如莫言就曾这样说：“大家都在争先恐后地谴责落后，揭示国民性中的病态，这是一种典型的居高临下。其实，那些启蒙者身上的黑暗面，一点也不比别人少。所谓的民间写作，就要求你丢掉你的知识分子立场，你要用老百姓的思维来思维。否则，你写出来的民间就是粉刷过的民间，就是伪民间。”② 其次，是对茅盾和赵树理乡土叙事传统的疏离，表现之一是“现实主义冲击波”。批评者认为，“现实主义冲击波”作家大多有明确的政治倾向，试图介入现实，但采取的是维护现实政治的叙事立场，抹杀了现实政治经济生活中的种种社会矛盾，无论是“形”还是“神”都已失却了茅盾乡土叙事传统的真义。表现之二是由对乡村现实的揭示与批判，转向对乡村传统文化形态的回归与守望，如贾平凹的《秦腔》等。表现之三是丧失真实表现当下农村现实的意念与能力。如莫言曾直接表示自己已经不可能书写当下的乡村：“对于我们 50 年代出生的这批作家来说，想写出反映现在农村的作品已经不可能。我们对农村已经疏离，很难去体验它真实的变化。希望在于新农

---

① 王彬彬：《为批评正名》，长春，时代文艺出版社，2000，第 108 页。

② 莫言：《作为老百姓写作》，林建法、徐连源主编：《中国当代作家面面观——寻找文学的魂灵》，沈阳，春风文艺出版社，2003，第 7 页。

村的年轻人当中。”①

鲁迅乡土叙事传统、茅盾乡土叙事传统、沈从文乡土叙事传统和赵树理乡土叙事传统，都是在中国社会由农耕文明向现代工业艰难迈进的历史中发生发展的，都有自己存在的价值和意义，也都有自己的“历史局限”。新世纪乡土小说在承续这些乡土叙事传统的同时，又使其产生了泛化和杂糅现象，有的则逐渐疏离了自己所承续的乡土叙事传统，转向了“相反的方向”或“另一个方向”。一些新的乡土叙事形态正在这样的复杂变化中萌生，如“有的向乡土叙事传统回归，将乡土小说的基本美学形态‘三画四彩’推向美轮美奂的新境地；有的向消费文化的时尚靠近，将乡土小说变成‘最后的乡土’‘回归自然’和‘怀旧’的时尚包装；有的表现出较强的‘技术主义’倾向，进行多种超常态的叙事实验，将乡土小说破碎变异为‘词典体’‘闲聊体’‘史传体’，等等。所有这些变化，都显露了乡土小说在新世纪向未来发展的新动向”②。

第三节　新世纪乡土小说叙事的视域、选择与流变

新世纪中国乡土小说从低迷走向繁荣，不断涌现出大量的“老人新作”“新人新作”和西部新进作家创作的乡土小说。在前现代、现代和后现代三种文明相互冲突、缠绕和交融的复杂文化背景下，新世纪中国乡土小说直面思想和审美选择的种种挑战，重新整合中国乡村社会现代转型带来的陌生的新“乡土经验”，将乡土叙事视域由传统的乡村日常生活拓展到“流动农民”“乡土生态”和“乡土历史”等领域，形成乡土现实主义、浪漫主义、现代主义、生态主义和宗教文化复魅等重要叙事现象，在及时反映出新世纪中国乡村社会从基本文化形态、经济生活方式、社会结构到农民文化人格等方面的巨大变化的同时，其自身也生长出许多不容忽视的新质，显露出不同于以前的颇为显著的变化。

一、叙事视域的拓展与“三农”问题

新世纪乡土小说最显著的变化，就是叙事视域的拓展与乡土小说叙事空间场域的扩大。新世纪乡土小说的叙事视域，覆盖“乡村日常生活”

① 转引自田志凌、孙晓骥:《新乡土文学:文学离今日乡土有多远?》,《南方都市报》2007年1月22日。

② 李兴阳:《新世纪乡土小说折射时代焦虑》,《社会科学报》2010年6月24日。

“流动农民”“乡土生态”和“乡土历史”等题材领域。其中，“乡村日常生活”是中国乡土小说的传统题材，叙写的是前现代性与现代性相交集的“乡土经验”。在传统题材的新开掘之外，新世纪乡土小说拓展的最新题材领域是“流动农民”（如荆永鸣的《北京候鸟》）和“乡土生态”（如郭雪波的《哭泣的草原》），前者将叙事视域与叙事空间向城市拓展，后者则向荒野展开，二者都是中国乡土小说与中国社会现代转型尤其是乡土社会现代转型交互作用的结果，是中国乡土小说自身转型中出现的重要现象。

新世纪乡土小说叙事视域的拓展，缘于对严峻的“三农”问题（农民、农村和农业）的现实关切以及对其文化意义的深入开掘。中国农村的现代转型发生于全球化、城市化和工业化的大历史文化语境中，又遭遇到不易逾越的城乡二元格局困境，“三农”问题成为困扰中国社会现代转型的突出问题，这些既是新世纪乡土小说表现的对象，又是其发生发展的现实动因。

新世纪乡土小说中的“农民”，是一个具有鲜活时代气息的丰富多彩的人物形象系列。与20世纪中国乡土小说中的农民形象相较，新世纪乡土小说中的农民形象既有历史传统的承传，更有诸多新生的精神质素，其文化人格的裂变与精神结构的新旧杂陈，比任何历史时期都要激烈而复杂。在中国农村的现代转型过程中，农民不论是进城打工、经营工商业，还是在乡务农、办乡镇企业，都已成为中国社会历史大变动的承受者与参与者，其汇入时代潮流的过程正是其获得现代性的过程，自然也是其文化人格发生裂变的过程。首先是“离乡又离土”的“流动农民”的现代性获得与文化人格裂变，《泥鳅》（尤凤伟）、《怀念一个没有去过的地方》（邓一光）等小说对“流动农民”的身份认同、现代意识、文化眩惑与现实遭际都有新的发现与开掘。其次是“离土不离乡”和“不离土也不离乡”的“在乡农民”的现代性获得与文化人格裂变，《马嘶岭血案》（陈应松）、《半个世界》（荒湖）等小说对“在乡农民”的日常生活、心灵激荡与道德裂变等都有深切而生动的表现。这些作品中的农民形象，有的是乡土作家对新世纪农民的逼真摹写，有的是对新世纪农民的想象，有的是对新世纪农民的理想化虚构，体现了创作主体不同的价值取向、历史审视与道德批判和文化批判。

新世纪乡土小说中的“农村”，与20世纪中国乡土小说中的“农村”相较，有鲜明的“去乡村化”的特点，这是农耕文明与工业文明、乡村文化与城市文化激烈冲突而前者弱于后者并转向后者的结果。所谓“去乡村化”，是指农村逐渐失掉其传统文化形态特征，出现异质文化亦即作为目标文化的城市文化的某些特征。这主要表现在四个方面：其一，农村的虚空化，具体呈现为“空心村”“空巢家庭”与虚空的“乡村主体”，如《看山的祖孙》（荒湖）、《即将消失的村庄》（赵本夫）等；其二，农村社会结构的大变动，即农村社会的贫富分化、阶层分化与社会关系的重组，如《拯救父亲》（白连春）、《目光似血》（胡学文）等；其三，伦理道德的蜕变与乡村世俗日常生活图景，如《歇马山庄的两个女人》（孙惠芬）、《喊山》（葛水平）等；其四，乡村民俗文化的兴衰与民间文化的重构，如《秦腔》（贾平凹）、《吉祥如意》（郭文斌）、《清水里的刀子》（石舒清）等。对“去乡村化”的多方面的表现，显露出乡土创作主体对中国乡村历史命运的不同思考与批判。

新世纪乡土小说中的“农业”抑或“农村经济生活”，与20世纪中国乡土小说中的相关叙写相较，有了许多新的变化。其最突出的特点就是发展的不平衡性与多元化，主要表现在五个方面：其一，北方与南方不一样，东部与西部更不一样，这与地域经济生活的多样性及地区之间发展的不平衡性密切相关，如《大漠祭》（雪漠）、《羊的门》（李佩甫）。其二，传统农、牧、渔业的衰落与具有现代色彩的乡镇企业的兴起形成对照，这些都是新世纪乡土小说叙写的时代内容与农村经济生活图景，如《乡间路上的城市女人》（李铁）、《好大一对羊》（夏天敏）、《跟渔民说话》（徐岩）等。其三，乡镇服务行业的情色化叙写：道德滑坡与现代意识滋长的博弈，如《天河洗浴》（孙惠芬）等。其四，乡村经济与政治的纠结：乡村治理危机与乡镇权力批判，如《海选村长》（尚志）、《民选》（梁晓声）。其五，农村经济发展与乡土生态问题，如《哦，我的可可西里》（杜光辉）等。这些方面的叙写，都显露出乡土创作主体对中国乡村经济发展现状及道路选择的思考与深切忧虑。

新世纪乡土小说对“历史记忆”的书写，可以看作对农村现代转型和未来命运的反向追寻。在新世纪乡土小说的历史叙事中，乡土“文革记忆”“抗战记忆”和“革命记忆”是与村庄变迁、家族秘史关联在一起的，这是传统家族观念在新世纪回潮的叙事表现。首先是对不能忘却的乡土“‘文革’记忆”的书写，如《坚硬如水》（阎连科）、《玉米》（毕飞宇）、《轻柔之手》（张存学）、《向阳生产队》（吕成品）等；其次是对意旨分殊的“抗战记忆”的书写，如《五月乡战》（尤凤伟）、《洪家炮楼的二胡》（白天光）、《波湖谣》（陈世旭）等；最后是对指向现实公平、正义要求的“革命记忆”的书写，如《旧址》（李锐）、《圣天门口》（刘醒龙）、《笨花》

（铁凝）等。这些都体现出乡土叙事主体不同的历史观念、现实关切与乡土历史叙事的新探索。[①]

二、城乡经验、叙述选择与小说形态的变异

新世纪乡土小说的叙事视域，随着中国乡村社会的急剧转型不断向新的领域拓展，不同于既往的历史感受与现实体认也逐渐展露出来，成为传统乡土叙事没有表述过的新“乡土经验”。面对时代新变，乡土作家感到前所未有的“陌生”，贾平凹就曾感叹，乡村“变化太大了”，“记忆中的那个故乡的形状在现实中没有了”，“按原来的写法已经没办法描绘”。[②]确如此言，陌生的新“乡土经验”不仅不能简单沿用传统的描绘方法，而且不能做出有如五四乡土小说和京派乡土小说那样或否定或肯定的价值取向明确的评价。

作家李洱说：“中国作家写乡土小说是个强项，到今天，我认为有必要辨析一下，现代以来的乡土写作传统，对我们今天的写作、对我们处理当下的乡土经验，有什么意义。也就是说，怎么理清这些资源，然后对现实做出文学上的应对，我感到是个重要的问题。”[③] 这也是当下乡土小说作家们共同面临的“重要的问题”。对此，丁帆做了深入的剖析，指出作家们感到最为困惑的“乡土经验”的重构问题，主要有三个方面：“一方面历史环链的断裂，使他们在面对现实和未来时，失却了方向感；另一方面面对从未有过的新的乡土现实生活经验，他们在价值取向上游移彷徨；再一方面就是可以借用的资源枯竭，作家需要自己寻找新的思想资源和价值资源。”[④] 把捉“从未有过的新的乡土现实生活经验”所需要的认识力和想象力，已大大超出了百多年来中国乡土叙事所形成的传统。换言之，新世纪中国社会现代性转型中的“流动农民”及乡土变迁的现实生活经验，尚未得到“社会科学研究”和“乡土叙事”的深入发掘和系统整合，还处在繁杂、零乱与无序之中。对既有的“现代以来的乡土写作传统”而言，这些都还是“陌生的逸出”。[⑤] 寻找新的思想资源和价值观念资源，敏锐地洞察历史前行中的幻象与本相，将“陌生的逸出”创化为有别于此前任何历史时段的乡土叙事，正是新世纪乡土小说获得内在新质的关键所在。

---

① 详见李兴阳:《新世纪乡土小说十年》,《湖北日报》2010 年 4 月 2 日。

② 贾平凹、郜元宝:《关于〈秦腔〉和乡土文学的对谈》,郜元宝、张冉冉编:《贾平凹研究资料》,天津,天津人民出版社,2005,第 1 页。

③ 《2004・反思与探索——第三届青年作家批评家论坛纪要》,《人民文学》2005 年第 1 期。

④ 丁帆:《中国乡土小说生存的特殊背景与价值的失范》,《文艺研究》2005 年第 8 期。

⑤ 李兴阳:《从文化想象到重新发现》,《文学评论》2006 年第 5 期。

新世纪乡土小说作家有的来自乡村，如贾平凹、阎连科、周大新、关仁山、陈应松、尤凤伟、荆永鸣、罗伟章、鬼子、白连春、艾伟、迟子建、孙惠芬、邵丽、葛水平、林白、姚鄂梅、荒湖、马平等，这些作家可以称为“农裔作家”；有的来自城市，如残雪、王安忆、李锐、邓一光、荆歌、孙春平、夏天敏、李肇正、项小米等，这些作家可以称为“城裔作家”。虽然都有“城市经验”与“乡土经验”，但“农裔作家”与“城裔作家”的双重经验是不同的。性质迥异的双重经验是相互冲突的，这不仅让新世纪乡土小说作家感到认同的困惑，而且会让他们在面对上述“陌生的逸出”时做出不尽相同的叙述选择。

比较而言，在面对难以弥合的“城市经验”与“乡土经验”的冲突时，“农裔作家”偏重于退守“乡土经验”。如作家孙惠芬是辽宁庄河人，早年在乡村生活，后来定居城市，因而既有“乡土经验”又有“城市经验”，对二者之间的关系，孙惠芬做过这样表述：“至于城市经验是否会覆盖乡村经验，我觉得不会。在我们的精神生活中，乡村代表的不单单是原始和落后，也是纯朴和自然，是某种生活的本意。生活的本意是安宁祥和，喧嚣的快节奏的生活显然有悖这样的本意，在自然和野地中的乡村，一定是人们的又一个梦想，因为只有乡村，才会使这个世界得以平衡。”① 作家马平对自己在创作中遇到的城乡经验冲突及其叙述选择，也有与孙惠芬观点相近的表述：“说到关于乡土的写作，好像总离不开‘乡村经验’。就是说，我们已经从乡村撤出，那些乡村生活，已经退到身后，像昨天的夕阳一样悬在记忆的天幕上。”“我有了一点教训，开始正视自己的乡下人身份，也就是说，正视自己的‘乡村经验’。”②

出生于城市的所谓“城裔作家”，其生活经验特别是早期生活经验主要来自城市，在尝试乡土叙事时，往往会受到“城市经验”的局限，需要通过特定的方式弥补“乡土经验”的缺失或不足。如云南昭通作家夏天敏出生在昭通城里，早年在昭通机械厂当工人，后在鲁甸县文化馆做美工，在《昭通报》做编辑，积累的主要是中小城市的生活经验，因其父辈在乡村工作，小时候常去乡村，对昭通乡村也有一定的了解，但与乡村还是隔了一层。为了弥补自己“乡土经验”的不足，夏天敏主动要求下乡挂职体验生活，在乡镇代职任副乡长的三年间，参与乡村小学建设、水利工程兴修和扶贫等实际工作，由此获得了真切的乡村生活经验，扩大了认识和表

---

① 施战军等：《生活与心灵：困难的探索——第四届青年作家批评家论坛纪要》，《人民文学》2006 年第 1 期。

② 马平：《我的另一个乡村》，《文学报・大众阅读》2005 年 4 月 1 日。

现现实生活的领域，为其创作《好大一对羊》等乡土小说奠定了坚实的现实基础。同夏天敏一样，“城裔作家”杨映川、邓一光等都有拓展创作题材领域、尝试乡土叙事、弥补“乡土经验”不足的愿望。杨映川的《不能掉头》、王安忆的《民工刘建华》、夏天敏的《接吻长安街》、邓一光的《怀念一个没有去过的地方》等都是这种城乡经验互补的乡土叙事作品。

新世纪乡土小说作家，不论是“农裔作家”还是“城裔作家”，都因各自的城乡经验与价值取向不同，在乡土叙事中做出了不同的叙述选择，从而带来乡土小说文体形态的改变。其最大的形态变化，就是乡村叙事空间与城市叙事空间的并置，在并置中形成强烈的城乡文化对照。城乡叙事空间并置的方式是多样的，最突出者有几点：第一，在以“流动农民”为主要叙述对象的小说中，叙述者追随“流动农民”往返城乡的踪迹，交替呈现城市景观与乡村景观。如《叹息医巫闾》（孙春平）、《明惠的圣诞》（邵丽）、《二的》（项小米）、《扁担》（李锐）、《大嫂谣》（罗伟章）、《乡间路上的城市女人》（李铁）等小说，都有城市景观与乡村景观的交替呈现。项小米小说《二的》讲述的是“小白进城”的故事，故事中的女主角小白是山村女孩，到城里当保姆。叙述者追随小白在家乡与城市之间往返的踪迹，交替呈现小白家乡的自然风景、山村民俗与小白工作所在城市的富人居所、旅游景点等，二者之间构成强烈的对比。家乡的自然风景虽美，但贫困落后，这使小白坚定了要留在城市不再回乡的决心。孙春平小说《叹息医巫闾》讲述“农民进城”的故事，故事中的三舅及三舅的两个儿子都把走出大山到城里生活作为人生目标，三舅曾三次走出大山，到城里学习和打工，最终还是返回家乡。三舅的两个儿子在父亲的逼迫下走出大山到城里谋生，结果一个被人害死在煤窑里，一个犯罪进了监狱。小说顺着三舅的城乡往返踪迹，交替呈现辽宁山村与城市的景观，在强烈的城乡对比中表现农民进城的意愿与进城不易的辛酸。第二，通过人物的转述、梦境、回忆、错觉与幻觉等，将城市叙事空间与乡村叙事空间并置在小说中。如夏天敏小说《接吻长安街》中的“我”是从云南富源到北京打工的农民工，故事主要在北京城展开，北京的天安门等城市景观在小说中都有生动具体的描写。“我”在面对北京城产生迷惑时，常常回忆起自己在老家乡村的生活经历，亦常常转述女朋友柳翠故乡的民情风俗。“我”与柳翠早期的乡村生活经历，直接影响到了进城后的行为模式，就是接吻这样的情侣行为，也被赋予了特别的文化意义。第三，“流动农民”把乡村生活方式或民俗风习带到城市的居住地，使居住地有了乡村色彩。如刘庆邦小说《麦子》中的建敏，到城里姑姑家的酒店打工，闲暇时把姑姑家酒店两侧的花池刨成麦地，种上了麦子，那一行行绿色的麦苗与时常出来料理它们的主人一起构成了一幅镶嵌在城市空间里的乡村图景。第四，以“在乡农民”为主要叙述对象、以乡村为主要叙事空间的小说，也有不少将城市叙事空间引入其中。如孙惠芬小说《歇马山庄的两个女人》叙述李平与潘桃的同性情谊，故事主要在歇马山庄展开，因而乡村是其主要的叙事空间。叙述者回叙了李平在城里打工的一段经历，城市叙事空间由此与乡村叙事空间并置。李平在城里打工时与老板的恋情被朋友潘桃有意泄露，这不仅破坏了李平与潘桃的同性情谊，也破坏了李平与丈夫于成子之间的感情，引发了他们的婚姻危机。

在城乡叙事空间的多种并置与对照中，一度较少得到描写的乡村风景画、风情画和风俗画却因此得到了较多的注意与描写，但这种描写不等于乡土小说回归以乡村“三画”为主要特征的传统形态。如若以叙事空间的设置为标准，新世纪乡土小说可以分为以城市为主要叙事空间的乡土小说和以乡村为主要叙事空间的乡土小说两大类。在以城市为主要叙事空间的乡土小说中，其主要叙述对象是“流动农民”，出现在这类乡土小说中的乡村风景画、风情画和风俗画不再是构成乡土小说形态特征的决定性因素，如《接吻长安街》（夏天敏）、《花生地》（王祥夫）等。在以乡村为主要叙事空间的乡土小说中，其主要叙述对象是“在乡农民”，出现在这类乡土小说中的乡村风景画、风情画和风俗画虽然是构成乡土小说形态特征的主要因素，但因有城市叙事空间的植入，也与传统乡土小说在形态上有了较大的差别。概言之，创作于新世纪的两大类乡土小说都发生了不同于传统乡土小说的形态变化。这些变化，对中国乡土小说未来发展的影响与意义，有待继续观察。

三、迟滞的现代化与热点题材的叙事流变

中国乡土小说中的“流动农民”叙事是绵延不绝的重要一脉，及至新世纪已成为引人瞩目的叙事现象。这里所谓的“流动农民”不是指农民在世俗日常生活中因探亲访友、治病救人或游览购物等现实需要而在城乡之间来来往往的即时性行为，而是指具有“移民倾向”的农民主动或被迫异地务工谋生等现代性社会迁移现象。从地理文化空间角度看，“流动农民”主要在城市与乡村、城市与城市、乡村与乡村之间迁徙流动，而其主要流动方向是从农村流向城市；从职业角度看，“流动农民”主要从传统农牧业流向现代工商业。百多年来，涌荡在中国城乡的“流动农民”，是中国社会追求现代化的历史参与者与历史苦难的承受者。自晚清洋务运动开

始，到20世纪20～30年代、50年代初期、80～90年代和21世纪初期，风起云涌于中华大地上的“民工潮”，便是农民迁徙流动中最为突出的社会历史事象。在不同历史时期的中国乡土叙事中，“流动农民”都留下了从传统走向现代的历史身影与心灵蝉蜕的精神轨迹，而以新世纪乡土叙事为盛，这是中国乡土小说创作对中国社会现代转型之历史召唤的叙事应答。不同历史时期的“流动农民”叙事，因时代关切的历史问题不同，其叙事视域、叙述视点和美学风格等都有所变化，乡土小说的艺术形态也随之发生变异。

中国社会现代化的历史推进过程，也是部分中国农民离开土地走向城市、走进现代工商文明的过程。中国社会的现代化始自晚清洋务运动，逐渐发展的现代工业和城市不断吸纳农村人口，以满足不断扩大的人力资源需求，由此引发“民工潮”。有研究者说，从晚清到20世纪30年代，“1500万大致可以确定为20年代末期30年代初‘民工潮’的基本面貌。至于非常时期如抗战时期以及20年代末以前的情况，我们无法窥其全豹。历年情况不尽相同，但最保守的估计平均也应在百万以上，因此不难想象近代‘民工潮’规模之巨大了”①。对现代历史进程中的“民工潮”及其进城农民，晚清小说、现代乡土小说等都有所表现。如鲁迅乡土小说中的名篇《阿Q正传》《祝福》《风波》等都特色鲜明地镌刻着农民在城乡间流动迁徙的历史旧影，《阿Q正传》中的阿Q就是进城打过工的非常典型的“农民工”形象。鲁迅影响下的五四乡土小说，也映现了不少“流动农民”的历史身影。如许杰《隐匿》中的善金是个乡村流浪者，后来成为外轮上的海员，他过去的乡土观念也随之发生了变化，对传统的家庭生活逐渐淡漠起来，这“从一个侧面表明了许杰的乡土小说确实反映了近代中国社会特别是东南沿海农村正在发生着的变化”②。王鲁彦小说《李妈》中的李妈、凌淑华小说《杨妈》中的杨妈，都是从乡村到城里的女佣，她们的命运各不相同。沈从文小说《丈夫》《柏子》《一个多情水手和一个多情妇人》等作品中的女性，多是出卖身体的“湘西土娼”，是被侮辱与被损害者，她们也有想做城里人的愿望，但少有成功者。李劼人小说《死水微澜》中的蔡大嫂（邓幺姑）也有强烈的做一个城里人的愿望，并借助婚姻，终于走进了天回镇。20世纪30年代，老舍小说《骆驼祥子》中的祥子从农村来到城市谋生，因机缘巧合与车行老板的女儿虎妞结婚成家，他想依靠自己劳动养家糊口立足城市，却因城市的残酷，最终妻死家破，自

① 吕新雨:《“民工潮”的问题意识》,《读书》2003年第10期。

② 严家炎:《中国现代小说流派史》,北京,人民文学出版社,1989,第56页。

甘堕落。现代中国饱受天灾、外来侵略、战争等各种苦难，现代化的历史脚步艰难而迟滞。农民是这一切历史苦难的承受者，他们走进城市的历史脚步同样是艰难而迟滞的，因而中国现代乡土小说中的“流动农民”叙事远不如新世纪乡土小说那么丰富。①

20世纪50～70年代中期的中国乡土文学，没有真正意义上的“流动农民”叙事，这与中国社会的现代发展策略与建设实践有关。20世纪50年代，基于优先发展工业以更快推进社会主义现代化建设等治国方略，中国建立起了城乡区隔的户籍管理制度。1951年公安部颁布实施了《城市户口管理暂行条例》，全国统一了城市户口管理制度；1955年国务院发布《关于建立经常户口登记制度的指示》，规定全国城市、集镇、乡村都要建立户口登记制度，统一了全国城乡的户口登记工作；1958年颁布《中华人民共和国户口登记条例》，以法律形式限制农村人口流入城市。农民不仅在生活、工作、医疗、教育等方面无法享有与“城里人”同等的权利，而且不能随意离开户籍所在地及其所属农村集体经济组织，私自从事集体生产劳动之外的副业等经济活动，违者以“盲流”或“投机倒把分子”论处。没有农民的自由流动，自然也就没有真正意义上的“流动农民”叙事。

20世纪80年代以后，改革开放成为时代主潮。如前文所述，中国农村变革大致经历了1978年至1988年的“黄金十年”、1989年至2002年的“曲折十五年”和2003年至今的“历史跨越十年”等三个历史发展阶段。这三个阶段的改革虽然艰难曲折，但总的趋势是农民受到的限制越来越少，可以自由流动的农民纷纷离开自己熟悉的乡村，奔向陌生的城市，寻找可以赚钱的工作机会，从而形成举世瞩目的“民工潮”。“从哲学的角度来看，这是一种有重大历史意义的社会现象，即个人从家族中分离出来，被抛向社会，而这正是使他成为真正独立的、自由的个体的第一步。从15、16世纪开始，欧洲也有大量的农村人口涌向城市，欧洲的学者和文学家常常把他们称作‘流浪汉’，其实，他们也是从农村的家族中分离出来的，从而也在完成一个向现代社会转化的伟大的历史过程。”② 向现代社会转化的“流动农民”，也逐渐进入“新时期”及其以后的“反思小说”“改革小说”“寻根小说”“现实主义冲击波小说”“新写实小说”及新世纪的“打工文学”“底层文学”中，成为乡土叙事的热点。

---

① 详见李兴阳：《中国社会变迁与乡土小说的“流动农民”叙事》，《扬子江评论》2013年第3期。

② 俞吾金：《当代中国文化的内在冲突与出路》，《浙江大学学报》（人文社会科学版）2007年第7期。

20世纪80年代中期特别是90年代初期以来，以向现代社会转化的“流动农民”作为叙事对象的乡土小说很多，有影响的作品也不少，如关仁山小说《九月还乡》、刘庆邦小说《神木》、邓一光小说《怀念一个没有去过的地方》、白连春小说《拯救父亲》、孙春平小说《叹息医巫闾》、李肇正小说《女佣》、孙惠芬小说《民工》、王安忆小说《民工刘建华》、尤凤伟小说《泥鳅》、荆歌小说《爱你有多深》、鬼子小说《瓦城上空的麦田》、艾伟小说《小姐们》、铁凝小说《谁能让我害羞》、荆永鸣小说《北京候鸟》、残雪小说《民工团》、邵丽小说《明惠的圣诞》、夏天敏小说《接吻长安街》、李锐小说《扁担》、项小米小说《二的》、罗伟章小说《大嫂谣》、林白小说《妇女闲聊录》、贾平凹小说《高兴》等等，都是值得注意的叙述“流动农民”故事的新世纪乡土小说。[①]

新世纪乡土小说的“流动农民”叙事，在题材选择、叙事方式与价值取向上是复杂多变的。在题材选择上，涉及“流动农民”历史与现实生活的方方面面，如孙惠芬小说《民工》、鬼子小说《瓦城上空的麦田》等讲述的是城乡冲突造成的家庭伦理悲剧，邵丽小说《明惠的圣诞》、项小米小说《二的》等讲述的是乡村青年梦想成为“城里人”而不得的故事，刘庆邦小说《神木》、李锐小说《扁担》等讲述的是农民外出务工受到人为或意外伤害的故事，等等。在叙事形式上，为了更好地表现变化中的“流动农民”，出现了一些新的变化。其变化是多样的，有叙述方面的，如叙述者的选择、叙事时间与叙事空间的设置、叙事话语与非叙事话语的运用等；有故事方面的，如人物类型与人物关系的设置、情节结构、叙事语法、文体样式等，都出现了值得注意和分析的新变化。在叙事价值取向上，作家们既有分歧，也有一些共同点。分歧主要表现在如何看待城市文明代表的现代性与乡村文明代表的前现代性上，一些作家较多批判城市文明，眷恋乡村文明；一些作家则较多肯定城市文明的进步性，对乡村文明中的落后因素持批判态度；还有一些作家在城乡文明之间犹豫彷徨，难以做出明确的选择，表现出价值取向的游移与惶惑。这样的分歧，在一定意义上重现了五四乡土文学作家与京派乡土文学作家在文化态度上的异见。共同点主要表现在对“流动农民”现实遭遇与历史命运的同情与怜悯、对不合理现实的批判与反思以及为流动农民争取作为国家公民应享有的权利上，反映出当代作家应有的良知和批判态度。

概言之，中国自晚清洋务运动开始的工业化和城市化的现代变革，至

① 参见李兴阳:《中国社会变迁与乡土小说的“流动农民”叙事》,《扬子江评论》2013年第3期。

今依然在坚持不懈地推进之中。中国农民在现代变革的历史大潮中，走进城市，走进工矿企业，成为中国社会工业化和城市化的最重要的人力资源，在推进中国社会现代化历史进程的同时，也在主动或被动地实现自身文化人格的现代转型。中国现代历史变革大潮中的“流动农民”始终是中国乡土小说关注的叙事对象。至新世纪，中国乡土小说的“流动农民”叙事形成前所未有的高潮，出现了一批叙事角度、价值取向、美学风貌不同的作家作品。如何认识和评价这些新的乡土叙事现象，正是新世纪乡土小说研究的重要课题。

第二章 从“传统农民”到“现代农民”的历史蝉蜕

新世纪乡土小说中的农民形象，可以概略地分为“流动农民”“在乡农民”和“乡村知识分子”等三大类。由于社会活动特别是经济活动的社会空间场域不同，三类农民卷入中国农村变革大潮的现实遭际与个人体验有很大的差异，出现了前所未有的历史分化。在从传统向现代的历史蝉蜕中，三类农民个人现代性的获得是不一样的。这里所谓的个人现代性，是美国社会学家阿列克斯·英克尔斯与戴维·H.史密斯提出的。他们认为，具有现代性的个人，至少应该具备如下12项基本素质：(1)乐于接受新经验；(2)准备接受社会变革；(3)善于提供并能接受不同意见；(4)注重获取意见的事实与信息；(5)树立面向现在与未来的价值取向；(6)具有强烈的个人效能意识；(7)无论在公共事务中还是在私人生活中都倾向于制定长期计划；(8)强调世界的可依赖性和人的可信赖感；(9)重视专门技术并承认以此作为分配报酬的正当基础；(10)相信科技价值并乐于从事与新的行为方式密切相连的现代职业；(11)维护并尊重个人尊严；(12)愿意了解(工业化)生产及其过程。[①] 总的来看，这些现代素质要求现代性的个人应该有一整套能够顺应现代社会生活的价值观念、生活态度和社会行为模式。在个人现代性的获得过程中，三类农民文化人格的裂变与精神结构的新旧杂陈，比任何历史时期都要激烈而复杂，其历史命运也将迥然有别。具有历史过渡性特征的农民形象，既是新世纪中国社会加速转型的历史产物，也是新世纪乡土作家们以各自不同的价值取向、道德选择和艺术洞察力，捕捉历史机缘，透析农民文化人格裂变的艺术创造与乡村想象。

---

① 详见〔美〕阿列克斯·英克尔斯、戴维·H.史密斯：《从传统人到现代人——六个发展中国家中的个人变化》，顾昕译，北京，中国人民大学出版社，1992，第25～30页。

第一节 “流动农民”的分化与个人现代性

在新世纪乡土小说创作中，作家们纷纷将关注的目光投向“流动农民”，由此形成了引人瞩目的乡土叙事现象。这里所谓“流动农民”的流动，不是指农民在世俗日常生活中因探亲访友、游览购物、治病救人等现实需要而在城乡之间来来往往的即时性行为，而是指具有“移民倾向”的进城务工、经商及谋生等现代性社会迁移现象。新世纪的“流动农民”，有在城乡之间乃至跨国流动的，“离土”又“离乡”；有在乡村、乡镇之间流动的，“离土”不“离乡”，流动的地域空间广阔，从事的职业也五花八门。他们流动在中国社会现代转型的历史大潮之中，却被拒之于城市化之外，这与他们的社会身份有关；他们向往城市却仇恨城市，留恋乡村却逃离乡村，这与他们的精神漂泊和文化困惑有关；他们的物质痛苦、精神痛苦和身体痛苦，最直接的根源是城市的拒斥与乡村的外推，最深的根源是体制之弊与历史之恶。中国社会的现代转型于他们而言，是一个极为残酷的历史过程，也是他们告别农耕文明进入现代的必由之路。风起云涌的“民工潮”已经成为中国“社会流血的巨大创口，无法掩盖地暴露在社会肌体的表面”①，也成为关注社会底层命运的乡土作家的书写对象。“流动农民”的工作类型与人生踪迹，规约了新世纪乡土小说书写“流动农民”的情节结构，他们的活动场所是新世纪乡土小说描写的主要场景，他们的身份认同、乡村记忆、城市体验与文化困惑是新世纪乡土小说试图深入开掘的心灵世界。

一、“流动农民”的现实遭际与城乡冲突

在新世纪乡土小说的“流动农民”叙事中，流动农民的生存状态和现实遭际千差万别，有的走进城市，顽强地驻足于城市，成为“事实上”的“城里人”；有的在城市生活工作过一段时间，又返回家乡，成为带动家乡发展的人物；有的在外出务工、经商中，遭遇各种不幸，或客死他乡，或因伤病还乡，给家庭乃至家乡带来意想不到的困扰。影响“流动农民”生存状态与现实遭际的原因很多，但归根结底都与城乡冲突有关。

20 世纪 80 年代以来的改革开放与农村变革，使中国的城乡结构发生

① 吕新雨：《“民工潮”的问题意识》，《读书》2003 年第 10 期。

了制度性变化，农民受到的限制越来越少，外出谋生和发展的机会越来越多。获得自由流动权利和机会的农民纷纷奔向陌生的城市与工矿企业，寻找各种可以赚钱的工作机会。在跌宕起伏的“民工潮”中，一些有胆识、有才干、有技能的农民在务工、经商中取得了或大或小的成功，有了许多动人的“成功故事”与传奇。在新世纪乡土小说的“流动农民”叙事中，“成功故事”相对较少，主要集中在以下几个方面：其一，经营工商业比较成功。如关仁山小说《麦河》中的曹双羊，最初在家乡种责任田，嫌种田不赚钱，就跑到北山煤矿与县委副书记的儿子赵蒙合股开煤矿，用血腥手段赚到人生的第一桶金，后来又办起了食品加工厂，生产“麦道”牌方便面，逐渐发展成为麦河道场公司，成为当地著名的民营企业家。曹双羊取得成功后，回到家乡搞土地流转，带动家乡的经济发展。其二，依靠技能和劳动能力获得更多的赚钱机会，或有相对稳定的城市务工生活。如王安忆小说《民工刘建华》中的刘建华是一位手艺高超的木工，在上海搞了十年装修，妻子也在上海找了一份商场保洁的工作，夫妻二人很会赚钱，在老家江苏海门建了一栋三层楼房。在“流动农民”中，刘建华这样的成功者比《麦河》中的曹双羊更具有代表性。再如王祥夫小说《花生地》中的老赵与妻子，在城市的一个住宅小区看车棚，也帮小区居民做各种杂活，受到小区居民的认可和同情。他们用微薄的收入供儿子读书，儿子很争气，考上了清华大学，这是老赵一家最大的成功，也因此赢得了小区居民的尊重与羡慕。其三，通过婚姻等途径扎根城市，成为“城里人”。如李铁小说《城市里的一棵庄稼》中的乡村女孩崔喜要了点小计谋就成功地嫁给了城里人宝东，由此成了梦寐以求的“城里人”，还生了个有城市户口的儿子，当上了“城里人”的妈。这三类“成功故事”在有关“流动农民”的成功叙述中是比较有代表性的。

在新世纪乡土小说的“流动农民”叙事中，与“成功故事”相反的“失败故事”比较多，主要集中在以下几个方面：其一，经营工商业或其他事业失败。如邓一光小说《怀念一个没有去过的地方》中的远子与伙伴们在武汉做鞋类生意很成功，承包鱼塘养鱼也很成功，后因黑恶势力抢夺，事业失败。荆永鸣小说《北京候鸟》中的来泰到北京打工，先是蹬三轮，后来开了一家小餐馆，当起了老板，因为拆迁，餐馆不能开，投进去的钱都损失了，生意失败的来泰只好又蹬起了三轮。其二，打工或做其他营生挣钱受挫，受挫的具体原因很多。如白连春小说《拯救父亲》中的“周伯”在改革开放初期当生产队长，农闲季节带领村民南下广州打工挣钱，用以缴纳各种税费。为了节省路费，“周伯”带着打工的村民扒火车，因此被抓被收容，每人罚款5000元，遭受巨大的经济损失与精神创伤。孙惠芬小说《民工》中的民工们，被老板变着法子克扣工钱，如有的民工因故要提前离开，前面不论干了多长时间都是白干，工钱都不给。贾平凹小说《高兴》中的刘高兴（本名刘哈娃）带着同乡五富到西安捡破烂，想干成一件事业，但最终一事无成，后来到咸阳务工被包工头恶意克扣工钱，五富也死于咸阳。其三，争取公民权益与“尊重”受挫。如夏天敏小说《接吻长安街》中的“我”处处感受到“城里人”对“乡下人”的歧视，对此愤愤不平，于是决定与女朋友柳翠到长安街接吻，以此宣示自己和女朋友具有与城里人同等的公民权利。铁凝小说《谁能让我害羞》中的送水少年对女客户暗生情愫，每次都想引起女客户的注意，但都遭到女客户的漠视与厌弃，自尊心受到伤害的送水少年于是拔刀相向，由此引来了警察。其四，通过婚恋途径做“城里人”受挫。如邵丽小说《明惠的圣诞》中的乡村女孩肖明惠在母亲的逼迫下进城打工，成了“性工作者”，爱上了城里男人李羊群，又自知不会有什么结果，于是在绝望中结束了自己的生命。项小米小说《二的》中的乡村女孩小白到律师聂凯旋家当保姆，与雇主有了私情，于是就想借助婚姻成为真正的“城里人”，但被聂凯旋拒绝，遭受打击的小白离开打工的城市，失踪了。比较而言，新世纪乡土小说“流动农民”叙事中的“失败故事”多于“成功故事”。

在新世纪乡土小说的“流动农民”叙事中，“犯罪故事”也很多。在常见的“犯罪故事”中，有三种情况最突出：其一，不合法反抗。如鬼子小说《被雨淋湿的河》中的师范生陈晓雷退学南下打工，被人诱骗到一处采石场当劳工，遭遇老板恶意欠薪，为讨回工钱与老板发生冲突，在冲突中用酒瓶砸死了老板，然后逃回老家。回老家后又因调查乡村教师工资被教育局局长克扣挪用的腐败问题，遭人暗算，死于非命。警察来调查采石场老板被杀案时，陈晓雷已死亡。孙惠芬小说《狗皮袖筒》中的民工吉久在海洋岛老黑山冷库打工，因工头不让住工棚的打工者烧炉取暖，酒后用铲子杀死了工头。罗伟章小说《大嫂谣》中的小包工头因拿不到承建工程应拿的工程款，就带领手下的民工们暴力讨债，被捕入狱。类似这样的不合法反抗导致犯罪的故事，在新世纪乡土小说的“流动农民”叙事中比较多。其二，故意犯罪。如刘庆邦小说《神木》中的唐朝阳和宋金明（本名赵上河）专门干谋财害命的犯罪勾当，他们谋财害命的方法就是物色合适的打工者，将他们骗到偏远地方的小煤窑，用人为的矿难把被骗的打工者害死，然后以死者亲属的名义，向窑主索要赔偿金。唐朝阳和宋金明联手害死了三位打工者，在谋害第四位打工者元凤鸣时，宋金明发现元凤鸣是被他们害死的第三位打工者元清平的儿子，于是良心发现，想终止犯罪，但同伙唐朝阳不同意。在实施犯罪的过程中，宋金明打死了执意害人的唐朝阳，救了元凤鸣，随后自杀。孙春平小说《叹息医巫闾》中“三舅”的儿子大林到煤矿挖煤，也被图财害命的人谋害，死于非命。大林的弟弟二林发誓为哥哥报仇，干起了组织卖淫嫖娼的犯罪勾当，结果锒铛入狱，父亲死前也未能见上一面。其三，从不合法反抗发展成为故意犯罪。如邓一光小说《怀念一个没有去过的地方》中的远子带着小米、大尘、多多、飞娃等从湖北麻城东冲镇到武汉闯世界，梦想成为武汉人。他们先是在建筑工地打工，后来在汉正街摆鞋摊，又在郊区包鱼塘养鱼做钓鱼生意，生意做得风生水起。但好景不长，汉正街摊位被潮州帮抢了，鱼塘也被劳改释放犯霸占了，没有了生计和出路的远子带领伙伴们奋起反抗，以恶抗恶，逐渐发展成为黑帮组织，由不合法的被动反抗演变成为故意犯罪。最后，在一次黑帮火并中，远子被枪击身亡。尤凤伟小说《泥鳅》中的国瑞，其人生道路与远子相似。受过高中教育的农村青年国瑞和伙伴们奔赴城市，在饭店、建筑工地、搬家公司努力干活，却总是受人欺侮，国瑞的女朋友陶凤甚至因此得了精神病。为了替伙伴和女朋友报仇，国瑞以恶抗恶，因此被关进了监狱。出狱后，国瑞通过吴姐傍上富婆玉姐，却又落入玉姐丈夫精心设计的圈套，深陷1500万元的骗贷案，被判了死刑。这些不同类型的“犯罪故事”，其共同点都是讲述“流动农民”特别是怀揣梦想的青年农民被城市毁灭的悲剧。

在新世纪乡土小说的“流动农民”叙事中，“还乡故事”也比较多。“流动农民”还乡的故事也是丰富多彩的，主要有几种。其一，外出打工增长的见识以及获得的技术、知识和管理能力等，让有能力的回乡农民成为乡村建设的带头人。如周大新小说《湖光山色》中的楚暖暖曾在北京做过一段时间保姆，增长了经验见识，回乡后利用家乡的楚长城等历史文化资源和自然资源，办起了旅游公司，带动了家乡的经济发展与乡村文明建设。向本贵小说《山高路长》中的金建军曾到广州打工，受伤后回到村里当了村支书兼村主任，在扶贫干部的帮助下，带领村干部和村民修路架桥、栽种板栗树，想通过村里的经济发展吸引在外打工的村民回乡，让他们既能与家人团聚，又能一起建设山村，脱贫致富。关仁山小说《麦河》中的曹双羊走出乡村后成为有影响的民营企业家，他利用自家企业的优势回乡搞“土地流转”，把家乡变成自家企业的原材料生产基地，把村民就地变成企业员工，探索农村经济规模经营的发展模式，带动了家乡的经济发展，这是主流话语倡导的“乡贤还乡”支持家乡建设和治理的最佳模式。其二，外出打工的某些经历，对回乡农民特别是女性的个人生活或家庭生活产生负面影响。如关仁山小说《九月还乡》中的乡村女孩九月进城打工四年，为了多赚钱做了卖淫女，回乡后被村长兆田抓住把柄，被逼着为村集体利益做了出卖身体的事情，严重威胁到九月个人的婚姻家庭生活。后来，九月顶住压力，化解危机，当上村长助理，成为新一代乡村经济建设的能人。孙惠芬小说《歇马山庄的两个女人》中的乡村女孩李平曾在城里打工，在几家酒店做过领班，靠出卖身体赚了点钱。回乡结婚后，在城里不光彩的卖淫经历被好朋友潘桃泄露了出去，李平与丈夫成子差点离婚，后来虽勉强生活在一起，但已无幸福可言。其三，在外打工受伤、生病的农民回乡，生活变得更加艰难。如周大新小说《湖光山色》中青葱嫂的丈夫长林在南府一家建筑队打工，不小心摔折右胳臂，成了残废，不能外出挣钱，一家人再度陷入贫困。李锐小说《扁担》中的木工金堂到北京打工，意外遭遇车祸失去双腿，只得拖着伤残的身体一路乞讨爬行回乡，其未来生活的艰难是可以想见的。“流动农民”的“还乡”，对具体的个人和家庭而言，有幸与不幸之别；对当代新农村建设而言，也有积极与消极两面，但总体上是有积极作用的。

在新世纪乡土小说的“流动农民”叙事中，农民外出务工谋生的成功、失败、犯罪或还乡的原因是多方面的，既有个人、家庭、社会等方面的原因，也有制度设计、城乡差别等方面的原因。就个人而言，年龄、身体、性别、性格、文化水平、技能、道德价值观念等因素都会对农民工产生意想不到的影响。如王安忆小说《民工刘建华》中的刘建华之所以比较成功，一是他有高超的木工手艺，还有几个好的合作伙伴；二是比较守信誉，能按合同办事；三是生活态度比较积极，因此即使他的要价比较高，雇主也愿意请他。就家庭而言，家庭背景对农民工的影响也是很大的。如罗伟章小说《大嫂谣》中的大嫂之所以不顾自己年事已高跑到广州建筑工地去打工，一是丈夫身体不好，不能外出务工，而家里又很缺钱用；二是大嫂的儿子在广州打工，跟家里联系不通畅，大嫂不放心，要去找儿子，亲眼看到儿子和儿子工作的场所，才安心在建筑工地打工挣钱。就社会而言，处于现代转型中的社会，拜金主义盛行，价值观念混乱，道德水平下滑，身处其中的“流动农民”也会受到影响。如邵丽小说《明惠的圣诞》中的肖明惠曾经很受村里人尊敬，人们预计她会考上大学，以后会留在城里。肖明惠高考落榜后，村里人不再恭敬她，也不再恭敬她的母亲徐二翠，转而恭敬起曾经瞧不起的村妇黄毛，因为黄毛的女儿桃子进城当卖淫女挣了大钱，还找了个城里的男朋友。肖明惠被逼进城打工当了卖淫女，最后绝望自杀，这与村里人的势利眼和道德观念混乱有莫大的关系。就制度设计而言，城市与乡村的制度性区隔是造成城乡差别的重要原因，而城乡差别带来的城乡冲突又是造成“流动农民”幸与不幸的最重要最深刻的原因。如有论者所说：“农民工在城市社会中遭受的歧视是双重歧视，既有制度歧视，又有社会歧视。”[①] 比较而言，制度歧视要比社会歧视严重得多，不仅农民工的生存状态与现实遭际同城乡区隔制度有关，而且“农民”与“农民工”身份也是城乡区隔制度与城乡两种文化共同建构的结果。新世纪乡土小说对此的描写与揭示是深刻的。

二、“流动农民”的身份意识与城乡区隔

新世纪乡土小说中的“流动农民”都有很强的身份意识。这里的身份意识，不是指与国家、民族、性别及家庭伦理关系等有关的身份意识，而是指与城乡户籍制度有关的身份意识。如白连春小说《拯救父亲》中的“周伯”、王祥夫小说《管道》中的管道、李铁小说《城市里的一棵庄稼》中的崔喜等，他们不论是老年人还是青年人，都将自己与户籍有关的身份认同为“农民”。

如前文所述，20 世纪 50 年代，中国建立起了城乡区隔的户籍管理制度，被登记为农村户口的农民，不仅在生活、工作、医疗、教育等方面无法享有与“城里人”同等的权利，而且除了升学（大中专）、招工、参军和婚姻等极为有限的途径，很难改变自己的农民身份。在新世纪乡土小说的“流动农民”叙事中，流动农民“这个群体自发地从乡村迁移到城市，并顽强地驻足于城市，他们以行动来改变自身作为‘农业人口’的生存环境和条件，并对既有的身份限制发起挑战”[②]。这样的挑战，使进城务工、谋生的农民有着强烈的农民身份意识。对被动认同的农民身份，不同的人有不同的认识和态度。归纳起来看，主要有如下几种。

第一，被动接受并认同制度性的农民身份，自尊自重。如白连春小说《拯救父亲》中的老农民工“周伯”曾对在县中当教师的儿子周连国说：“城市里的人都看不起农民。没有农民种粮食，他吃什么？他怎么活？你要记住：你是一个农民的儿子，你是从农民身上掉下来的肉，你不能看不起农民，更不要以为有了农民父亲是你的羞辱。农民有啥不好？农民就低

---

① 俞德鹏：《城乡社会：从隔离走向开放——中国户籍制度与户籍法研究》，济南，山东人民出版社，2002，第 186 页。

② 陈映芳：《“农民工”：制度安排与身份认同》，《社会学研究》2005 年第 3 期。

人一等？……做人就要本本分分。”[①] 把制度性的农民身份当成“本分”予以接受和认可，对这种制度性的身份安排没有丝毫的怀疑，这大致可以看成是老一代农民工对其农民身份的正统意识。李铁小说《城市里的一棵庄稼》中的青年农民大春，为了多赚钱，到城里学习修车技术，对城市也有过很多幻想，但从不掩饰自己的农民身份。他对崔喜表示，自己最喜欢的职业还是“农民”，“农民可以完全按照自己的意愿在田地里干活，用不着听谁的指挥，真的是很随心所欲”[②]。王安忆小说《民工刘建华》中的刘建华虽然没有像“周伯”、大春那样对自己的农民身份有明确表态，但也不掩饰自己的农民身份，他的生活态度、劳动热情、在与上海雇主打交道过程中的自尊自重，都已表明他对自己农民身份的认同态度。“周伯”、大春与刘建华等进城农民，还有一个共同点，就是他们都没有谋求改变自己的农民身份从而做一个“城里人”的意愿与行动。在新世纪乡土小说的“流动农民”叙事中，像“周伯”、大春、刘建华这样看待自己农民身份的人物较少。

第二，被动接受并认同制度性的农民身份，自轻自贱。如孙春平小说《叹息医巫闾》中的“三舅”、荆永鸣小说《北京候鸟》中的来泰、罗伟章小说《大嫂谣》中的“大嫂”、孙惠芬小说《民工》中的鞠广大、贾平凹小说《高兴》中的五富等都因自己的农民身份自觉低人一等，自己都瞧不起自己。他们大都明白在现行城乡区隔的户籍制度下改变自己的农民身份是不可能的，于是把改变农民身份的希望寄托在下一代人身上。如“三舅”有过三次走出大山走进城市的努力，但都不成功，于是把走出大山的希望寄托在儿子大林和二林身上，带着两个儿子在祖坟前立下血誓。“三舅”的愿望最终落了空，大林外出打工被人害死，二林走邪路进了监狱。再如鞠广大改变了自家祖上好吃懒做的毛病，但没能改变村里人对自家的轻贱，村长刘大头的女人就曾骂他“三辈四辈也躲不出地垄，想偷懒，你没那个命，有本事你生个儿子在外我看看！”鞠广大由此憋了口气，不想让儿子鞠福生重复自己的人生道路，而是希望儿子鞠福生通过读书考学成为“城里人”，为此倾尽所有供儿子鞠福生读到高中。鞠福生最终没能考上大学，也成了进城打工的民工，这不仅让鞠广大丢了脸面，而且对改变命运感到绝望。类似“三舅”、鞠广大这样的老一代农民人物很多，父辈逼子辈到外面去闯世界，希望借此改变子辈的制度性身份、人生道路与生

① 白连春:《拯救父亲》,《人民文学》2000年第9期。
② 李铁:《城市里的一棵庄稼》,《十月》2004年第2期。

存方式，由此将他们推向城市，成为“第三种身份”的“农民工”。

第三，拒绝认同制度性的农民身份，试图改变身份。如夏天敏小说《接吻长安街》中的“我”、尤凤伟小说《泥鳅》中的国瑞、项小米小说《二的》中的小白、邵丽小说《明惠的圣诞》中的肖明惠、王祥夫小说《管道》中的管道、贾平凹小说《高兴》中的刘高兴等新生代农民工大都是受过一定现代教育的农村知识青年，他们虽然同父辈一样难以从根底上去除“农民”的身份意识，但大都拒绝认同制度与文化等强加给他们的农民身份，试图改变自己的身份。他们选择改变身份的途径或方法很多，有的试图通过制度许可的考学、婚姻等合法途径将农村户口变成城镇户口，从而由农民变为“城里人”。如鞠福生(《民工》)想通过考大学变成“在外的人”，高考失败，未能如愿；再如崔喜(《城市里的一棵庄稼》)就是通过婚姻由农村女孩变成了城里人的媳妇，小白(《二的》)、肖明惠(《明惠的圣诞》)也想走崔喜走过的路，但都未成功，最终一个自杀一个失踪；管道(《管道》)也“觉着自己总有那么一天也会住到城里来，娶一个城里姑娘在城里过安逸日子”①，但仅停留在想象阶段。有的不谋求制度性的身份改变，只想通过与城市建立的某种关联将自己认同为“城里人”，如刘高兴(《高兴》)把自己的一个肾卖给了西安人，他认为自己的一个肾成了城里人身上的一部分，他也就是西安人了。刘高兴还将在城里谋生作为身份认同的途径，反对同伴五富把自己认同为“农民”，而认为他们“现在就不是农民，是城里人！在城里拾破烂也就是城里人!”夏天敏小说《接吻长安街》中的“我”（江亦宾）不认同自己的农民身份，试图以与女友柳翠在长安街像城里人一样公开接吻的方式重建身份认同，由此得到精神的提升。他的荒诞想法最终得到了女友柳翠和民工朋友们的理解与支持，他们一起到长安街完成了象征精神提升的接吻仪式。

如上文所述，在新世纪乡土小说的“流动农民”叙事中，有不同身份意识的农民，其进城务工的目的是不一样的。“周伯”(《拯救父亲》)、“大嫂”(《大嫂谣》)、“大哥”（吉宽）(《狗皮袖筒》)等老一代农民，认同制度安排的农民身份，很少有转型为城里人的奢望，进城务工的主要目的就是赚点钱，弥补超过土地产出的“提留”，支付日益高涨的婚嫁费、教育费、医疗费、修葺住房和农业再生产的投入等。与老一代农民工不同，远子(《怀念一个没有去过的地方》)、国瑞(《泥鳅》)、“我”(《接吻长安街》)、小白(《二的》)、明惠(《明惠的圣诞》)、管道(《管

① 王祥夫:《管道》,《钟山》2005年第1期。

道》)、刘高兴(《高兴》)等新生代农民大都是受过一定现代教育的农村青年，他们拒绝认同制度安排的农民身份，其进城务工的目的不仅要寻找赚钱的工作，而且要寻找做“城里人”的机会。除了崔喜(《城市里的一棵庄稼》)等少数人外，大多数人很难改变城乡区隔的户籍制度所安排的农民身份，不切实际的进城期望使他们比父辈们更深地陷入身份焦虑与身份认同的危机之中。他们是户籍制度意义上的农民，但从离开乡村走进城市的那一刻起，就走上了一条历史不归路，他们的身份就已悄然地发生了事实上的历史性改变，再也“回不了”故乡；他们不是户籍意义上的“城里人”，却工作生活在城市，逐渐把自己认同为“城里人”，但难以逾越制度的藩篱与城里人的歧视，这使他们成为乡村与城市的双重边缘人。即如“我”(《接吻长安街》)之所叹：“我的命运大概是永远做一个城市的边缘人，脱离了土地，失去了生存的根，而城市拒绝你，让你永远地漂泊着，像土里的蚯蚓为土松土，为它增长肥力，但永远只能在土里，不能浮出土层。”① 概言之，流动农民的生存状态、现实遭际和身份焦虑，无不与城乡区隔制度安排给他们的“农民”“农民工”或“民工”身份密切相关。②

三、“流动农民”的个人现代性与“传统农民”的终结

美国社会学家英克尔斯等人在跨文化的实证研究中发现，现代人的特征可以总结为四个方面：“他是一个见闻广阔的、积极参与的公民；他有明显的个人效能感；在同传统的影响来源的关系中，他有高度的独立性和自主性，特别是在他决定如何处理个人的事务时尤为如此；他乐意接受新经验以及新的观念，也就是说，他是相当开放的，在认识上是灵活的。”③ 台湾学者杨国枢认为，具有现代性的个人，应具有平权开放、独立自主、乐观进取、两性平等、尊重感情等现代意识。④ 由此言之，具有现代性的

① 夏天敏:《接吻长安街》,《山花》2005 年第 1 期。

② 新世纪以来,国内的专家学者在深入研究中国劳动力转移就业的基础上,提出了具有中国特色的农民工的概念。他们认为,“‘农民工’是中国经济社会转型时期的特殊概念,是指户籍身份还是农民、有承包土地,但主要从事非农产业、以工资为主要收入来源的人员。狭义的农民工,一般指跨地区外出进城务工人员。广义的农民工,既包括跨地区外出进城务工人员,也包括在县城内二、三产业就业的农村劳动力”。所以说,农民工是一个历史概念,是中国经济转型期的特有产物。参见李丽、任鹏胜:《农民工的“救赎”》,《中国乡镇企业》2007 年第 6 期。

③ 〔美〕阿列克斯·英克尔斯、戴维·H.史密斯:《从传统人到现代人——六个发展中国家中的个人变化》,顾昕译,北京,中国人民大学出版社,1992,第 424 页。

④ 参见杨国枢主编:《中国人的价值观:社会科学观点》,台北,桂冠图书公司,1994,第 72～76 页。

个人应该有一整套能够顺应现代社会生活的价值观念、生活态度和社会行为模式。在新世纪乡土小说中，“流动农民”在城市与乡村、城市与城市、乡村与乡村之间迁徙流动的过程，就是从传统走向现代的过程，就是不断获取个人现代性逐渐蝉蜕成为具有现代意识的现代人的过程。在新世纪乡土小说中，“流动农民”个人现代性的获得，总的来看，主要体现在如下几个方面。

第一，适应并学会城市生活方式。劳伦斯·哈沃斯多说：“城市与乡村曾经代表两种不同的生活方式……这两种方式正合二为一，正像所有的阶级都在进入中产阶级一样。给人更真实的总印象是：国家正在变为城市，这不只是在城市正向外扩展这个意义上说的，而且是在生活方式正变得千篇一律的城市化这更深层的社会意义上说的。”[①] 中国乡村正处在现代转型的历史进程中，其生活方式受到了城市文化的影响，但远未达到与城市生活方式合而为一的程度，进城农民都有一个适应并学习城市生活方式的艰难过程。如项小米小说《二的》中的乡村女孩小白在城里当保姆，雇主单自雪“教会了她如何从一个村姑逐步成为一个都市人。小白进入城市生活的一切细节都是从这个家庭开始的，在这里得到改造，淬火，蜕皮”[②]。被“改造”后的小白已很难认同乡村传统文化，与既是童年玩伴也是后来的定亲对象狗剩，在结婚、生育等问题的看法上已有了重大分歧，这使得“小白更加坚定了一定要留在城里的想法，老家是实在回不去了”[③]。小白受到“改造”的过程其实就是乡村女孩“市民化”“城市化”的现代性转型过程，其文化人格发生了改变。

第二，适应并学会新的工作方式与职业技能，滋长新的职业精神。路易斯·沃思说：“城市改造着人性……城市生活所特有的劳动分工和细密的职业划分，同时带来了全新的思想方法和全新的习俗姿态，这些新变化在不多几代人的时间内就使人们产生巨大改变。”[④] 确如此言，进城农民个人现代性的获得及其对现代城市精神的理解，主要与他们从事的职业相关。在新世纪乡土小说的“流动农民”叙事中，在大型现代工商业中工作的进城农民比较少见，更多的是在城市家政、餐饮、旅馆、建筑等行业中工作。即使是在这些行业中，进城农民也会受到现代性思想观念的影响。如邓一

---

① 转引自〔美〕艾尔伯特·鲍尔格曼：《跨越后现代的分界线》，孟庆时译，北京，商务印书馆，2003，第154页。

② 项小米：《二的》，《人民文学》2005年第3期。

③ 项小米：《二的》，《人民文学》2005年第3期。

④ 转引自〔美〕R. E. 帕克等：《城市社会学——芝加哥学派城市研究文集》，宋俊岭等译，北京，华夏出版社，1987，第265页。

光小说《怀念一个没有去过的地方》中的乡村女孩杜小米跟随同伴远子到武汉后，先是与远子等在汉正街做卖鞋子的生意，与远子分道扬镳后，到一家酒店做服务工作，逐渐熟悉服务行业的工作方式与职业要求，有了都市职业女性的气质，不仅与远子在文化人格上有了显著的不同，而且与她一直暗恋的不愿进城的推子在生活方式、思想观念上也拉开了不小的距离。

第三，独立性、自主性与个人效能感不断增强。如前文所述，美国学者英克尔斯、史密斯与台湾学者杨国枢等都将独立性、自主性与个人效能感等作为现代性个人应有的现代意识与人格特征。在杜小米(《怀念一个没有去过的地方》)、刘建华(《民工刘建华》)、崔喜与大春(《城市里的一棵庄稼》)、曹双羊(《麦河》)、刘高兴(《高兴》)等青年进城农民身上，可以看到不断增强的独立性、自主性与个人效能感。李铁小说《城市里的一棵庄稼》中的乡村女孩崔喜通过婚姻途径成了“城里人”，崔喜的城里丈夫宝东开了修车行，很能挣钱，不需要崔喜出去工作，但崔喜从婆婆、邻居等城里人对她的歧视中意识到必须从外到里把自己变成真正意义上的“城里人”，不能做依靠丈夫的家庭主妇，于是决定出去打工。崔喜做过很多份工作，虽然每次都不那么顺利，但在通过工作融入城市的过程中，崔喜的人身依附意识逐渐减弱，独立性与自主意识不断增强，甚至一度想要离开歧视她农村人身份的丈夫。王安忆小说《民工刘建华》中的民工刘建华，其独立性、自主性与个人效能感表现得更为突出。在承揽装修工程、工程定价、工程选材、施工时间安排、施工过程中的分工合作、工作时间与生活时间的分配等方面，刘建华都是非常“现代”的，表现得比城里人还要城里人，这也是小说叙述者最为称许的地方。荆永鸣小说《北京候鸟》中的民工来泰，在家乡时懒散好赌，乡邻们都瞧不起他。到北京打工后，先是投亲靠友，后来自己开小饭店，蹬三轮车送货，找各种活干，逐渐改掉了自己的老毛病，每天都感到时间过得很快：“我觉得，北京的时间要比乡下的时间过得快。乡下的时间被老土墙挡着，那是一寸一寸地挪。北京的时间就不一样了，太阳就像挂在陀螺上，一转就是一天，一转就是一月……”[①] 来泰进城后的时间体验与时间意识的变化，是其独立自主意识与个人效能感不断增强的最佳体现。

第四，平等观念与公民意识逐渐滋长。身份平等、人格平等、性别平等观念及与之相关联的公民意识等，在不同的进城农民身上有不同的表现，其所要求的平等的内涵也不尽相同。如“周伯”(《拯救父亲》)认

① 荆永鸣:《北京候鸟》,《人民文学》2003 年第 7 期。

为农民与城里人在身份上是平等的，城里人歧视农民是不对的，农民自己瞧不起自己也是不对的。更多青年农民不认同制度性的农民身份，都想通过各种途径改变自己的农民身份，获得与城里人平等的公民权利。如远子（《怀念一个没有去过的地方》）对城乡不平等十分不满，他对哥哥推子说："我不会跟你走，我不会再回到东冲镇那个地方去了……你知不知道这是什么地方？这是城市，城市的意思是什么？是我们这种乡下人永远也不可能成为主人，永远也不允许进入，永远找不到位置放下自己的脚，城市就是这种地方。我不是不想干别的事，可你所谓的正经事，它们全都留给城市人了，城市人想不想干能不能干都是他们的，他们宁肯把那些事沤烂也不会让我来干，他们不光不让我干，他们中间的一个白痴都可以叫我滚。他们问我，你的户口呢？你的暂住证呢？你仔细听一听，暂——住——证，意思是停下来歇歇脚你就滚蛋，滚蛋以前还得把你弄脏了的地方收拾干净，因为你是乡下人，乡下人等于是城市垃圾。他们按照这个方式分出不同的人，然后他们就开始打包，把不同的人分别送到不同的地方去。我凭什么就该遵守这种秩序？凭什么要按照他们的规定生活？我要就按照我的方式来生活，按照我可以的方式来征服城市，我不会听天由命，我就是做恶人，也要咬城市一口。"① 杜小米也不肯与自己暗恋的情人一起回乡，她对推子说："我不会跟你走了，我不会回东冲镇了，我不像远子，我也不像你，我不想征服什么，我也不会拒绝什么，我只是喜欢武汉，喜欢做一个武汉人，喜欢在武汉的大马路上走来走去，在武汉的人群当中走来走去……我肯定会做一个快乐的武汉人，我至少可以做一个快乐的小米……"② 远子和杜小米都对城乡不平等感到不满，远子想通过"征服城市"获得自己想要的城市生活权利，杜小米则既不想"征服"也不想"拒绝"，即使不能改变制度性的农民身份，也要以快乐生活在武汉的方式让自己成为"事实上"的"城里人"。现实中的各种不平等，同为国民却不能享有同等的公民权利，都使"流动农民"特别是青年"流动农民"滋长出越来越强烈的平等观念与公民意识。

"流动农民"在流动过程中获得的个人现代性当然不只上述四个方面，前文所述美国社会学家英克尔斯等人所总结的具有现代性的个人至少应该具备的12项基本素质，在中国"流动农民"身上都有或多或少的表现。

---

① 邓一光：《怀念一个没有去过的地方》，《猜猜我的手指》，成都，四川文艺出版社，2012，第316页。

② 邓一光：《怀念一个没有去过的地方》，《猜猜我的手指》，成都，四川文艺出版社，2012，第326～327页。

譬如，刘建华(《民工刘建华》)有很好的木工手艺，大春(《城市里的一棵庄稼》)有娴熟的汽车修理技术，他们都“乐于接受新经验”，“重视专门技术，并承认以此作为分配报酬的正当基础”。[①] 在新世纪乡土小说的“流动农民”叙事中，影响个人现代性获得的原因很多，美国社会学家英克尔斯等人所总结的教育、工厂工作经验、大众传播媒介、大规模的科层组织、农村合作社、父亲的教育、家庭的环境、消费物品等因素都有。[②] 其中，以城乡文化冲突对“流动农民”个人现代性的获得影响最为突出。对此，新世纪乡土小说的“流动农民”叙事倾力最多，开掘也比较深，往往是一篇小说中最为精彩的地方，如建敏(《麦子》)在北京城的酒店门前景观地上拔草种麦，崔喜(《城市里的一棵庄稼》)与丈夫宝东之间的城乡文化心理冲突，“我”和柳翠(《接吻长安街》)为了完成在北京长安街接吻的内心挣扎等。这些都表明，“流动农民”在历史悠久源远流长的乡土文明中形成的前现代文化心理结构很稳固，要彻底解构它并不容易，进城农民要完成个人现代性的转型，是不可能一蹴而就的。

农民个人现代性的获得与转型能否导致“农民的终结”，学界对此有不同的认识。法国学者孟德拉斯认为，在城市化进程中，农民作为一个传统的阶级会终结。[③] 中国学者李培林指出，“孟德拉斯所说的‘农民的终结’，并不是‘农业的终结’或‘乡村生活的终结’，而是‘小农的终结’。在孟德拉斯看来，从‘小农’(paysan)到‘农业生产者’(agriculteur)或农场主(fernier)的变迁，是一次巨大的社会革命”[④]。就中国“流动农民”而言，他们离开乡村走进城市的过程，不是从“小农”到“农业生产者”或“农场主”的变迁，而是从“小农”到“城市劳动者”或“事实上”的“城里人”的变迁。这一变迁过程，毫无疑问会加速作为“小农”的中国农民亦即“传统农民”的终结。中国“传统农民”的终结将是一个漫长的历史过程，亦将是充满文化矛盾和心灵裂变痛苦的历史过程。新世纪乡土小说的“流动农民”叙事发现并记录的既是一个时代巨大的社会事件，更是一个时代最重要的精神事件。正是基于对这一重要精神事件的捕捉而写出的关于中国农村大变革时代的民族心灵史，具有社会史、思想史和文学史的多重叙事意义。

---

① 〔美〕阿列克斯·英克尔斯、戴维·H. 史密斯:《从传统人到现代人——六个发展中国家中的个人变化》,顾昕译,北京,中国人民大学出版社,1992,第25、29页。

② 参见〔美〕阿列克斯·英克尔斯、戴维·H. 史密斯:《从传统人到现代人——六个发展中国家中的个人变化》,顾昕译,北京,中国人民大学出版社,1992,第179～363页。

③ 参见〔法〕H. 孟德拉斯:《农民的终结》,李培林译,北京,中国社会科学出版社,1991,第8页。

④ 李培林:《从“农民的终结”到“村落的终结”》,《财经》2012年第5期。

第二节　“在乡农民”的分化与个人现代性

在新世纪乡土小说创作中，作家们在叙述“流动农民”走出乡村的时代热点故事的同时，也将关切的目光投向“在乡农民”。这里所谓的“在乡农民”，是指留守乡村和重返乡村生活的农民。新世纪的“在乡农民”，有的在乡村从事传统的农牧渔业，既不“离土”也不“离乡”；有的在乡村经营各类小微企业或商业，有的在乡村从事医疗、教育、文化等方面的工作，“离土”不“离乡”。他们虽然生活在远离城市的乡村，在介入“现代化”的方式和程度上与“流动农民”有很大的差别，但在现代通信、交通、技术和市场经济等交汇而成的“现代潮”的裹挟下，大都已进入个人现代性的获得过程。这个过程是痛苦而复杂的，因各自的社会身份、职业、内在精神结构与所处环境等因素的不同，“在乡农民”产生了分化，有的获得较多个人现代性，成长为“农村新人”；有的保有传统美德，成为人性美善的“有德者”；有的罹患国民劣根性顽疾，成为阿Q式的病态人物；有的则人性极度扭曲，成为没有道德底线的“乡村恶人”。新世纪乡土小说发现并塑造的“在乡农民”形象群落，比中国乡土小说史上任何一个时期都要丰富和复杂。

一、“农村新人”的艰难成长

在新世纪乡土小说中，关仁山小说《麦河》、周大新小说《湖光山色》、李铁小说《乡间路上的城市女人》、阿宁小说《乡徙》、贾平凹小说《秦腔》和《高老庄》、孙惠芬小说《歇马山庄》、杨廷玉小说《花堡》、黎晶小说《村长乡长一个妈》、向本贵小说《山高路长》等作品，塑造了一批获得较多个人现代性的“农村新人”形象。这里所说的“农村新人”形象同过去年代的“革命农民”“社会主义新人”等一样，是具有特定时代精神的理想人物，在政治思想、道德品质、人格结构、行为能力乃至身体形貌等方面优于其他人物形象，比较能够代表新世纪建设新农村的叙事想象。早在20世纪30年代，毛泽东就提出：“要造就一大批人，这些人是革命的先锋队。这些人具有政治的远见。这些人充满着斗争精神和牺牲精神。这些人是胸怀坦白的，忠诚的，积极的，与正直的。这些人不谋私利，唯一的为着民族与社会的解放。”[①] 20世纪40年代，毛泽东在延安文艺座谈会上再次提出写“新人”的要求，得到了赵树理等作家的响应。赵树理在《小二黑结婚》里塑造的小二黑和小芹形象，可视为延安文学中“农村新人”创作的先声。此后，中国乡土小说在不同的历史时期，陆续创造出既受到欢迎和肯定又不断受到质疑和批评的系列“农村新人”形象。新世纪乡土小说的“农村新人”形象塑造，可以说是这一叙事传统的历史承续。新世纪乡土小说塑造的“农村新人”形象，其社会身份主要有两大类：一是乡村基层干部，如村干部、乡镇干部；二是乡镇企业家，多为本村本乡的“能人”，有的则是二者兼而有之。这里仅以贾平凹小说《秦腔》、杨廷玉小说《花堡》、关仁山小说《麦河》、周大新小说《湖光山色》等作品为例，略做分析。

贾平凹小说《秦腔》中的夏君亭、杨廷玉小说《花堡》中的孙天鹄、向本贵小说《山高路长》中的金建军、黎晶小说《村长乡长一个妈》中的白二奎等，都是新世纪乡土小说中的“好干部”形象。他们多为村主任、村支书，大一点的也不过是乡长、镇长；大都比较年轻，受过一定的教育，有的进城打过工，见过世面，能用一些现代管理手段治理乡村，成为造福一方的有为者。如夏君亭（《秦腔》）是清风街夏氏家族年轻一代中较为突出的人物，他在乡农机站工作，被乡长派往清风街参选村主任，后又改任村支书。他治村的经济发展策略，不是老主任夏天义搞的通过淤地增加耕地面积那一套，而是走农产品商业化的农商发展道路。他的主张最初并不被村干部和村民理解，支持的人很少，后通过说服动员等方式争得了大家的支持，最终在清风街建成了农贸市场。在农贸市场经营遇到困难的时候，他又带头出去找市场。农贸市场的建成与运营，极大地带动了清风街及周边村镇经济的发展。夏君亭作为乡村干部，有乡村干部惯有的粗野的一面，甚至是家长作风的一面，但也有高于普通村民的现代意识，有经济发展眼光，有组织领导能力，有为村集体和乡亲们做贡献的公心与奉献精神。在贫困、封闭、落后的山区乡村，夏君亭称得上是在新农村建设中起带头作用的“好干部”。

关仁山小说《麦河》中的曹双羊、周大新小说《湖光山色》中的楚暖暖、贾平凹小说《高老庄》中的蔡老黑、李铁小说《乡间路上的城市女人》中的刘厂长、阿宁小说《乡徙》中的孟虎子等，都是从普通农民中走出来的乡镇企业家或曰老板。他们多为所谓的乡村“能人”，在经营家族

① 毛泽东：《为陕北公学成立与开学纪念题词》，《毛泽东著作专题摘录》，北京，人民出版社，1964，第833页。

企业或乡镇集体企业的过程中，不断克服根深蒂固的“小农意识”，增强现代企业经营管理能力，成长为引领农村经济发展的“农村新人”。如周大新小说《湖光山色》中的楚暖暖，是楚王庄旅游业的开创者，是家庭旅馆楚地居的老板，也是楚王庄南水美景旅游公司与省城五洲旅游公司合资的旅游酒店赏心苑的副老总。楚暖暖是从普通乡村成长起来的乡镇企业家，高考落榜后到北京当保姆，为照顾生病的父亲，又回乡种地，因偶然的机缘办起了旅游业，逐渐做大做强。楚暖暖能从一个普通乡村女性成长为旅游企业家，除了她自身的禀赋外，还有四点是值得注意的：其一，她有到北京当保姆的经历，见识了与河南伏牛山区不一样的城市生活，心胸和眼界也得以开阔；其二，自始至终得到历史学家谭文博的指点、教导和帮助；其三，在省城四星级酒店受过职业培训，同时自己也加强了酒店管理方面的知识学习；其四，在合资办酒店的过程中，从合资方省城五洲旅游公司高管薛传薪那里学到了许多实际有用的管理方法与管理经验。楚暖暖的这些经历使她快速成长为“农村新人”，成为楚王庄旅游业出类拔萃的带头人。在众多作为“农村新人”的乡镇企业家中，最值得予以特别分析和讨论的是关仁山小说《麦河》中的曹双羊，他是与新世纪中国乡村“土地流转”制度变革有关的“农村新人”形象。

中国乡土小说中的“农村新人”形象，大都与土地制度的变革有关。所谓土地制度，是人们在占有、支配和使用土地的过程中所结成的各种关系的总和①，广义的土地制度包括土地所有、使用、规划、保护、税收和管理等制度。自“土改”以来，中国农村土地制度先后经过“土地改革”“合作化”“大包干”和“土地流转”等四次大变革，中国乡土小说亦同步塑造了在土地制度大变革中涌现的四代“农村新人”形象。与土地制度变革有关的第一代“农村新人”形象，不是小二黑和小芹，而是“土地改革”中的张裕民(《太阳照在桑干河上》)等，第二代是“合作化”中的梁生宝(《创业史》)等，第三代是“大包干”中的孙少安(《平凡的世界》)等，第四代是“土地流转”中的曹双羊(《麦河》)等。他们作为新土地制度迫切需要的“农村新人”，以不同的社会身份和政治面貌参与到特定土地制度的制定、执行和变革中，其人格结构融入了新土地制度训导的内容，由此形成了新的制度性人格。所谓制度性人格，就是在特定制度中养成又将该制度内化的人格，如布劳所说：“一种社会的制度构成了社会的子宫，个体就在其中成长和社会化，结果，制度的某些方面被反映

① 详见张朝尊主编:《中国社会主义土地经济问题》,北京,中国人民大学出版社,1991,第27页。

在他们自己的人格之中。”① 制度与人格之间具有相互建构的关系，每一代“农村新人”的制度性人格，都在与土地制度变革的相互作用、相互建构中发生显著的变化，形成“代沟”，呈现出辩证发展的代际演变特征。“农村新人”形象的时代性、超前性、理想化以及概念化等特征，均与其新制度性人格有关。关仁山笔下的曹双羊、杨廷玉笔下的孙天鹄当然也不例外。

与土地制度变革有关的第一代“农村新人”形象，如丁玲小说《太阳照在桑干河上》中的张裕民等，随着暖水屯在“土改”中初步建立起的农民所有的新土地制度，也逐渐萌生了与之相应的部分新制度性人格。具体而言，主要有三点：其一，对土地改革的政治意义有了一定的认识，意识到农民所有的土地私有制度在性质上不同于地主占有的私有制度。这得益于上级领导的启发教育，也是他们自学《土地改革问答》的收获。其二，对无偿分得的土地，形成了权利意识（如烧旧地契，换新地契等），不再怀疑这种以剥夺手段得来的土地的合法性与道义性，反而当成“觉悟”和“革命性”来认识（“剥夺”也因此成了影响深远的负面“人格基因”，在新世纪乡土小说对农民“仇富”心理的描写中还可以见到其历史的遗传与变异）。其三，对旧制度性人格的扬弃，如对土地的感情、劳作习惯与耕种方法的沿袭，等等。“没有某种社会制度，没有构成社会制度的有组织的社会态度和社会活动，就根本不可能有充分成熟的个体自我或人格”②，暖水屯的新土地制度刚刚建立，如何坚持、维护乃至进一步改革等，是小说没有叙述的“后话”，张裕民等“农村新人”萌生的新制度性人格也就没有进一步发展和完善的现实基础，显得比较苍白。

与土地制度变革有关的第二代“农村新人”形象，如柳青小说《创业史》中的梁生宝等，是“合作化叙事”中的“农村新人”代表。其与合作化及集体经营制度相互作用、相互建构的新制度性人格，主要有几点：其一，对合作化所要建立的社会主义新制度有深刻的认识，如私有制为万恶之源，小农经济没有出路，要走集体主义道路等。这些认识，有早期创业失败的惨痛经验，更有参加学习得来的理论认识。其二，有合作化及其集体经营制度所需要的组织领导才能，善于分析群众思想，能耐心说服群众，成功组织互助组和灯塔合作社。其三，善于在新的集体劳动制度中培

① 〔美〕彼德·布劳：《社会生活中的交换与权力》，孙非、张黎勤译，北京，华夏出版社，1988，第29页。

② 〔美〕乔治·H. 米德：《心灵、自我与社会》，月琴译，上海，上海译文出版社，2008，第233页。

养农民的集体劳动习惯与协作精神，组织进山割竹搞生产自救就是最好的例证。其四，有领导集体生产的专业技能与管理才能，如生产有计划，融资有渠道，劳动分工合理，精通农业生产，等等。其五，接受新事物快，如买新稻种，试验新法育秧，搞合理密植，改良农具，使用化肥，等等，在走集体主义道路的同时，推动农业的现代化，很好地实践了中国共产党建设现代民族国家的理念。这些在合作化及其集体经营制度中生长的新制度性人格，是张裕民、郭振山等“土改”“农村新人”不可能有的，只能出现在梁生宝、刘雨生（周立波《山乡巨变》）等合作化“农村新人”身上。

与土地制度变革有关的第三代“农村新人”形象，如路遥小说《平凡的世界》中的孙少安，作为“大包干”的“农村新人”代表，在与家庭联产承包责任制相互作用、相互建构的新制度性人格中，有不断生长的“新因素、新品质”。其一，有超前的改革意识与制度创新能力，双水村“大包干”虽然借鉴了外地经验，但更多的是孙少安的自主创新；其二，在新土地制度给予的自主空间里，凸显了潜藏的开拓精神，创办了当地第一家砖瓦私营企业，后来向外发展为有相当规模的乡镇企业；其三，逐渐养成了自主经营、自主决策、自负盈亏的经济活动习惯与相应的市场行为能力，由惯于耕种的传统农民转型为“离土不离乡”经营农村小工业的“农村新人”。隐含在所有这些新质素中的私有意识与发家思想，曾经是合作化“农村新人”梁生宝等高度警惕、不懈斗争的资产阶级“自发势力”，但在当代市场经济意识中，这些新质素的主导面则被看成是“农村新人”应有的社会责任感和时代担当。新的土地经营制度，在孙少安等“农村新人”的新制度性人格的现代性转型中，起到了重要作用。

与土地制度变革有关的第四代“农村新人”形象，如关仁山小说《麦河》中的曹双羊、杨廷玉小说《花堡》中的孙天鹄等，他们的新制度性人格的形成，则主要与“土地流转”制度的变革有关。“土地流转”是中国官方和学界在新世纪初提出来的，是不同于“土改”“合作化”和“家庭联产承包责任制”的新土地制度。所谓“土地流转”，是指土地使用权流转，即拥有土地承包经营权的农户将土地经营权（使用权）转让给其他农户或经济组织，亦即保留承包权，转让使用权。其核心是在不改变家庭承包经营基本制度的基础上，把股份制引入土地制度改革，建立以土地为主要内容的农村股份合作制。到目前为止，土地流转尚处在比较理性的倡导、推广阶段，还没有变成一场新的广泛而全面的土地改革运动。对于土地流转的方法、利弊以及现代农业规模经营有哪些问题等，人们有种种不同的看法，至今争论依然十分激烈。文学界对土地流转的关注，远没有当年对“土改”“合作化”和“大包干”那么及时和强烈，只有杨廷玉的《花堡》、关仁山的《麦河》等少数几部小说，作了及时的反映。这里，以关仁山小说《麦河》为例，略做分析。

关仁山的长篇小说《麦河》通过叙述麦河流域鹦鹉村从“土改”“合作化”“大包干”到“土地流转”的土地制度变迁的故事，表达了对新世纪农村土地流转问题的独立思考与现实关切。《麦河》里的主角曹双羊，是关仁山打造的“既传统又现代的新农村建设中的农民英雄”①，其引人瞩目的英雄壮举有二：一是白手起家创建资产过亿的麦河集团，二是推动鹦鹉村的土地流转。曹双羊在鹦鹉村土地流转中的历史作用与意义，与梁生宝当年在合作化中的大致相当，但其性质判然有别：梁生宝搞合作化，发展的是计划经济体制下集体劳动的传统农业；曹双羊搞土地流转，发展的则是市场经济体制下规模经营的现代农业。曹双羊的人格品性，也与梁生宝的“政治崇高，道德圣洁”有本质的区别。其一，曹双羊比在“大包干”中颠覆梁生宝的孙少安又前进了一步，升级为“新型资本家”，表现出资本原始积累阶段的野蛮、凶残、狡诈和贪婪，其在企业经营中的每一次成功或失败，都沾满了竞争对手的血泪。其二，“与资本共舞”的曹双羊还有其农民本性中的坚韧和善良，他在携资本下乡逐利的时候，既不择手段又总是能在传统农民秉性的制导下行善，成为村民的保护神。其三，在善恶中挣扎的曹双羊，最终能浪子回头，由土地的掠夺者变成保护者，这是大地召唤人性、土地战胜资本的结果。但这种性格转变逻辑多少有些不靠谱，因而这不能不说是关仁山在面对现实难题而又找不到答案时所想象的又一个“土地神话”。

曹双羊作为推动土地流转的“农村新人”代表，其与土地流转制度相互作用、相互建构的新制度性人格中，有不少关仁山所说的“新元素”。其一，曹双羊对土地流转与现代农业规模经营的历史意义与现实困难都有非常清醒的认识，譬如他认为“一家一户的土地承包，到市场化的今天，显得封闭、落后。土地必须规模经营，才能有大的效益”。其二，曹双羊对工业资本在土地流转过程中追逐利润的本性与非正义性等，有超乎一般人的认识。为此，他在经济行为方式上肯定自己，但在道德上否定自己，自我认同出现了内在的分裂。其三，曹双羊推行的土地规模化经营，已具有现代农业的显著特点，在耕种项目设立、生产管理、农业科技应用、农

---

①　关仁山:《关注新农村是文学对时代的回应》,《文艺报》2006年5月25日。

业机械化、土壤改造等方面，已与传统农业有了天壤之别。其四，用管理工业生产的方式管理土地流转后的农业生产，将新的集体劳动习惯、协同精神、工作纪律、效率观念和危机意识等逐步化为鹦鹉村村民的新人格内涵。由此，“乡村一步步变成一个庞大的没有厂房的大工厂了”，传统农民也逐步变成“现代农业工人”。曹双羊等“农村新人”所萌生的这些新制度性人格，不仅是张裕民（《太阳照在桑干河上》）、梁生宝（《创业史》）等不可能有的，就是孙少安（《平凡的世界》）也没有发展到这种程度。

土地流转中的“制度正义”问题，是新世纪以来中国社会各界争论得最为激烈的问题，也是关仁山忧虑最深、最为关注的问题。在《麦河》中，土地流转制度被看成是对“大包干”制度缺陷的修正和完善，它不改变农民的土地承包权，只流转使用权，以便规模经营和发展现代农业，对相关各方都有利，因而其正义性是毋庸置疑的。问题在于，土地如何流转，流转的“自愿性”“自主性”和“公平性”如何得到保障，等等，这些都会影响到土地流转的正义性。曹双羊在土地流转中做到了三点：第一，用“义气、诚信、实利”打消村民害怕失掉土地的顾虑，取得村民信任，使土地流转成功；第二，使土地规模经营与麦河企业经营相互保障，从而增加村民的就业机会和“土地股”分红，帮助村民共同致富；第三，以资本的力量抑制乡镇腐败，抵制陈氏兄弟将土地流转变成阴暗残酷的新“圈地运动”，保护农民合法的土地权益。由此，曹双羊由一个暴戾的“农民企业家”变成了维护“制度正义”的“农民英雄”。

关仁山对新的土地流转制度持肯定态度，将其看成是解决中国农业现代化问题的必由之路，也预见到土地流转过程中可能会出现的一些社会问题。他让理想中的“农民英雄”曹双羊对这些问题进行探索，试图找到解决问题的合理途径与方法。《麦河》有关土地流转与现代农业规模经营的叙述，还不是严格意义上的现实反映，而是一种超前的叙事想象。由上而下强力推动的土地流转与现代农业的规模经营，正在进行中，其成败优劣、功过是非尚需实践检验。

马克思曾言：“每一个社会时代都需要有自己的伟大人物，如果没有这样的人物，它就要创造出这样的人物来。”① 曹双羊与他的前辈张裕民、梁生宝、孙少安等四代“农村新人”，就是在中国农村“土改”“合作化”“大包干”和“土地流转”等土地制度大变革中应运而生的时代人物。其共同点有三：第一，都是农村土地制度变革急切需要的“农民英雄”或

---

① 〔德〕马克思：《1848～1850年的法兰西阶级斗争》，《马克思恩格斯选集》第一卷，北京，人民出版社，1972，第450页。

“乡村能人”，其新制度性人格是主流话语的投射，因而都是不同历史时期“我们整个国家的形象”① 代表；第二，都是走在时代前面的人，虽然有一定的现实生活基础，但更多的是作家的叙事想象，因而都不可避免地带有理想主义色彩与概念化特征；第三，都是难以超越时代局限的人，一旦土地制度有变，就成了“农村旧人”，甚至变成保守派，成为后来者反抗和斗争的对象。比较而言，最值得关注的是他们的不同点：张裕民闹“土改”，重在“分”；梁生宝搞“合作化”，重在“合”；孙少安搞“大包干”，又重在“分”；曹双羊搞“土地流转”，又重在“合”。土地制度改革中的分分合合，是不断适应新的历史语境与时代要求的结果，是中国社会从计划经济向市场经济发展的螺旋式上升，是中国农业从传统向现代的曲折发展。“农村新人”的新制度性人格亦随之不断发生质的改变，前代“农村新人”高度警惕和抵制的思想观念，发展成为后代新制度性人格的主导面；后代“农村新人”对前代不合时宜的制度性人格则予以扬弃，代际形成既有所否定又有批判性继承的辩证发展的演变特征。

中国农村土地制度的多次重大变革，是中国社会在现代化过程中对发展道路不断探索和选择的产物，是在历史迷津中不断尝试并纠错、不断地总结经验并摸索前行的结果。每一次尝试与纠错，都给中国社会特别是农村社会带来巨大而深远的影响，同时也给中国乡土小说创作带来巨大而深远的影响。丁玲、柳青、路遥和关仁山等作家贴近时代的土地制度变革叙事，也可以说是不断尝试并纠错的过程，其“农村新人”形象的塑造，不论成败得失如何，都是对特定历史时期主流话语所做的形象诠释，都已成为中国社会变迁的历史标记。可以比较的是，在莫言、刘震云、张炜、乔良等作家的乡土叙事中，历次土地制度改革特别是“土改”，由“时事政治”变成了“历史记忆”，对“农村新人”形象的塑造，已经不再是作家创作的中心任务和作品成功的标志。但他们的所谓历史反思与社会批判，同丁玲、柳青等作家的“时代颂歌”一样，都难以超越自己所属时代的思想局限，其社会认识与历史识见仍然存在许多问题，有许多值得探讨和思考之处。中国社会及其发展道路极为复杂，新推行的土地流转制度使农村走进了市场经济时代的漩涡，许多问题变得急迫而严峻。面对如此严峻的现实，不少有良知的作家却陷入把握现实和表达现实的困惑之中。他们能走出困惑，写出大变革时代中国乡土的复杂性，写出中国农民的真实境遇，写出现代性挤压下的“农村新人”的历史命运吗？这是作家和我们共

---

① 毛泽东:《〈中国农村的社会主义高潮〉按语》,《建国以来重要文献选编》第七册,北京,中央文献出版社,1993,第 201 页。

同的焦虑。

综上所述，新世纪乡土小说塑造的“农村新人”形象，主要有两大类：一类是以夏君亭、孙天鹊、金建军等为代表的“好的”乡村基层干部，另一类是以楚暖暖、曹双羊等为代表的有德有能的乡镇企业家。他们虽然不是特别典型、特别有影响的“农村新人”形象，但其文化人格中正在生长出许多新因素，如见多识广、积极参与、乐观进取，具有明显的个人效能感，具有独立性和自主性，乐意接受新观念和新经验，具有平权开放、尊重感情和两性平等方面的意识，等等。[①] 在乡村社会治理、乡镇企业经营管理等方面，他们也逐渐生长出相应的现代文化人格。他们因此正在从传统向现代蝉蜕，逐渐艰难地成长为具有现代性的“农村新人”。

这里还需要提到的是，一度引起较大反响的“现实主义冲击波”小说，如《分享艰难》(刘醒龙)、《九月还乡》(关仁山)、《乡村英雄》(何申)等也都试图塑造出具有乡镇干部、乡镇企业家和普通农民等不同社会身份的“农村新人”形象，但因其价值立场的错位，在获得有限肯定的同时，招致了更多的否定与批评。

二、“有德者”的人性美善

在新世纪乡土小说中，迟子建小说《采浆果的人》、石舒清小说《旱年》、陈忠实小说《腊月的故事》、陈应松小说《松鸦为什么鸣叫》、刘庆邦小说《灯》、徐岩小说《山风无语》、韩少功小说《月光两题》、罗伟章小说《大嫂谣》、鲁敏小说《思无邪》、郭文斌小说《农历》等，侧重于塑造具有传统美好品性的“有德者”形象，如“大鲁”“二鲁”“萨利哈婆姨”“大嫂”“梅妞”“女人”等，凸显和张扬“在乡农民”具有传统文化色彩的人性和人情的美善。这些不同于前述“农村新人”的“有德者”，有的具有传统儒道文化色彩，如迟子建的《采浆果的人》等小说中的人物；有的则有特定的宗教文化色彩，如石舒清的《旱年》等小说中的人物。作家们塑造具有传统美好品性的“有德者”形象，其文化价值取向在现代性与反现代性之间有所游移。下面，主要以迟子建、鲁敏、石舒清、刘庆邦、郭文斌等作家作品为例，做简要的分类分析。

其一，有点老庄气的“痴愚者”形象及其他非常态人物形象。如迟子建小说《青草如歌的正午》里的陈生、《雾月牛栏》里的宝坠、《疯人院的小磨盘》里的疯子及《采浆果的人》里的大鲁、二鲁等，鲁敏小说《思无

---

① 参见〔美〕阿列克斯·英克尔斯、戴维·H. 史密斯：《从传统人到现代人——六个发展中国家中的个人变化》，顾昕译，北京，中国人民大学出版社，1992，第25～30页。

邪》中的陈蕙兰、《纸醉》中的开音等。在常人看来，他们不是“痴人”“愚人”，就是在某方面有缺陷的人，但都有点老庄气或天赋异禀，似乎有点“大智若愚”的味道。如《采浆果的人》里的大鲁、二鲁兄妹俩，都先天弱智，心智单纯，但有照料自己和参加劳动生产的基本能力。父母死后，兄妹俩谨遵父母之命，不在一起睡觉，但一起生活和劳动。他们的生活和劳动，顺着自然的时序，该下种的时候下种，该收获的时候收获，不受各种外来的干扰，哪怕是善意的教导。有意味的是，村里的聪明人，都忙着采浆果卖钱，耽误了收获的时间，结果他们种的土豆等蔬菜被大雪封冻，遭受了无妄之灾，难以熬过漫长的冬天。而被聪明人嘲笑的愚人大鲁、二鲁，却有丰足的粮食、蔬菜和柴草过冬。聪明者愚蠢，愚者却聪明，如此强烈的对比与反转，真有点意味深长。再如鲁敏小说《纸醉》中的开音，生下来就是哑巴，痴迷于剪纸，其剪纸技艺出神入化，是寻常人难以企及的。开音总是沉浸在自己的剪纸世界里，却赢得了大元真挚而无言的爱情。作家们创作这些“痴愚者”形象或非常态的美善者形象是有寓意的，如迟子建在《芳草在沼泽中》就很直白地说：“我不能玷污刚刚树立在心中的有关芳草的神话，因为我看到的现实是流着肮脏恶心的脓血的，所以我宁愿相信神话。在我看来，神话也是一种理想和信仰。”①

其二，有儒家传统仁爱精神的“有德者”形象。他们的仁爱精神表现在对待亲人和对待朋友、邻里两个方面：第一，对亲人的仁爱之情。如迟子建小说《亲亲土豆》中的妻子李爱杰和丈夫秦山是非常仁爱的，妻子李爱杰知道丈夫秦山得了肺癌，不顾一切要为丈夫治病，丈夫不愿意拖累妻子，放弃治疗，偷跑回家坚持劳动。最后死了，也把亡魂显灵在一个土豆上，向来上坟的妻子表达爱意。又如刘庆邦小说《八月十五月儿圆》中的乡村女性田桂花，长期留守农村，忍受丈夫常年不归的孤寂，独自抚养年幼的女儿，宽容丈夫的不忠，善待丈夫领回的私生子，冷静地向发了财的丈夫提出离婚，在显露出人性深处的善良与温情的同时，也表露出自尊与独立精神。与这几篇小说写夫妻仁爱之情不同，迟子建小说《清水洗尘》、郭文斌小说《大年》等，叙述的是父母子女之间的人伦之情。如《清水洗尘》里的小男孩儿天灶与妹妹天云和父母、奶奶之间，为了年关洗澡的用水问题产生了一些小摩擦，但这些小摩擦最终消弭在家人间的浓浓亲情里。《大年》里的一对小儿女五月、六月与父母之间，在世俗日常生活的点点滴滴里，无不满溢着浓浓的仁爱之情。第二，对朋友、邻里的仁爱之

---

① 迟子建:《芳草在沼泽中》,北京,中国青年出版社,2002,第37页。

情。如迟子建小说《逝川》中的接生婆老吉喜，在非常重要的捕放泪鱼的习俗日子里，赶上村邻小孩出生，在两难之间，放弃参与能给自己带来好运的捕放泪鱼的习俗，赶去给邻里女人接生小孩儿，接生后再去捕放泪鱼，但已经错过了时机。就在吉喜婆婆独自难过的时候，她突然发现自己的鱼盆里竟然有了很多条游来游去的泪鱼。这是阿甲渔村人悄无声息地送给吉喜婆婆的，吉喜婆婆给了他们最大的善意和爱意，他们也把自己的敬爱之意以送鱼的方式表达给吉喜婆婆，这是非常令人感动的。郭文斌小说《大年》里的一对小儿女五月、六月和父母，在与朋友、邻里礼尚往来时，也有满满的仁爱友善。概言之，在这些小说人物的品性里，全然没有那种人性的阴冷与残酷，虽然有一些不和谐音，但主调是人与人之间的关爱和人性的美与善，从中可以窥见来自儒家仁爱精神的影响。作家对淳朴的乡风民俗、敦厚的人伦亲情、和睦的人际关系及人性之美善的诗意叙写，都有自己的创作意图与美学追求。如刘庆邦在讲自己的小说创作追求时即言："小说是讲情感，建构的是情感世界。不管你的道理讲得再大，再深刻，再精辟，如果没有饱满的感情，都不能打动人，感染人，都谈不到美。可以说小说的形式是千变万化，但万变不离其宗，就是离不开情感之美。"①

其三，有宗教精神底蕴的"有德者"形象。如石舒清小说《旱年》中的萨利哈婆姨是虔敬的伊斯兰教民，丈夫萨利哈跑运输长年在外，孩子在城里上学，她自己一个人留守在家里。孤寂的萨利哈婆姨对那些上门讨乜贴的人，有异于一般人的心理感觉，"落难不幸的他们往往在她心里会唤起一种很洁净很神圣的东西，她隐隐觉得他们是她远方的亲人，尤其是那些背着抱着吃奶婴儿的女人"②。她对所有上门讨乜贴的人都满怀爱意和尊敬，好像是人家在给她舍散乜贴。一对残疾夫妻尤其让她震撼和感动，也就舍散得多一些，"一般情况下，如果一家人来要乜贴，只作一个人舍散，似乎是一项约定俗成。但萨利哈婆姨那天没有这样，她给了丈夫一份，女人一份，女人的背后还背着一个娃娃，她轻轻揭开小被子，见小娃娃出月子不久，眉毛尚未长出来，只有着一个痕迹，脸嫩得小风都能吹破。在母亲的背子里婴儿睡得很熟，奶嘴儿快要从口里掉出来。萨利哈婆姨轻轻把奶嘴儿往他嘴里塞塞，把他的一份乜贴念着比斯米拉③放在他的

① 刘庆邦、徐迅：《大美无言——刘庆邦访谈录》，《山花》2001年第11期。

② 石舒清：《旱年》，《民族文学》2000年第10期。

③ 比斯米拉，穆斯林对称颂安拉的专用语，引申为"诵安拉之名"。

胸前，轻轻再盖上小被子”①。类似这样的场面，在萨利哈婆姨家里常常出现，这样的场面其实是很凄苦的，却让人感觉到他们之间不是在乞讨和施舍，而是在相互传递爱，而这爱是那样的洁净神圣。在古原小说《白盖头》与《斋月和斋月以后的故事》、马金莲小说《碎媳妇》等作品里，同样可以看到有伊斯兰教精神的“有德者”的感人故事。迟子建小说《额尔古纳河右岸》中的尼都萨满、妮浩萨满也是“有德者”形象，他们都为了自己的民族而奉献牺牲了自己。

在上述迟子建、鲁敏、石舒清、郭文斌、刘庆邦等作家作品之外，贾平凹小说《秦腔》、周大新小说《湖光山色》、韩少功小说《月光两题》、罗伟章小说《大嫂谣》、向本贵小说《绝唱》等，也塑造了人性美善的“有德者”形象。这些人性美善的“有德者”，其德主要是传统美德。具有文化保守主义色彩的新世纪乡土作家，将乡村视为中国传统文化的保留地，在人性美善的“有德者”身上，发掘和张扬那些可以批判时弊、抵御流俗、疗愈种种社会病象的传统文化精髓，以此作为中国社会现代转型的本土文化资源。这种创作倾向既与现代“京派”乡土叙事传统的历史承续有关，也是对时代精神症候的逆向回应。对这种创作倾向，学界既有批评，也有肯定。在否定者看来，这种审美乌托邦式的乡村叙述，“淡化”或“甜化”了“有德者”的人生苦难，遮蔽了日益严峻的乡村现实，无益于中国乡村社会的现代转型。也有研究者和批评家看到其积极的一面，认为这种审美乌托邦式的乡村叙述，着意发掘和表现农民文化人格中有益于中国乡村社会现代转型的传统文化精髓，赞美“有德者”的人性美善，这对抗衡现代文明带来的负面影响，重建乡村道德是有积极作用的。

三、病态人物的人格变异

新世纪乡土小说塑造的农民形象，尤其是“在乡农民”形象，在上述代表中国新农村发展方向的“农村新人”形象、有传统文化色彩的人性美善的“有德者”形象之外，更多的是乡村社会现代转型期人格发生变异趋向病态的人物形象。如阎连科小说《黑猪毛　白猪毛》中的刘根宝、杨争光小说《老旦是一棵树》中的老旦与赵镇、荒湖小说《谁动了我的茅坑》中的曹花头、张继小说《村长的玉米》中的平四和平四的女人等，他们都是病态人物，不仅有与他们老祖宗阿Q一样的老脾气，而且也有时下不断滋长的极端个人主义、利己主义和拜金主义等。对他们的批判，也可以

① 石舒清：《旱年》，《民族文学》2000年第10期。

说是对五四启蒙精神的承续。下面，主要以阎连科、杨争光、张继、王祥夫、胡学文、荒湖等作家作品为例，从三个方面略做分析。

第一，在乡村日常生活的矛盾冲突中，冲突双方都暴露出国民劣根性。如杨争光小说《公羊串门》借助邻里关系剖析农民的文化性格，揭露和批判其国民劣根性。小说中的王满胜是公羊的主人，邻居胡安全是母羊的主人，王家的公羊与胡家的母羊“通奸”，逐渐演变成人“强奸”，最后强奸者胡安全被王满胜打死，王满胜则被判死刑遭枪毙，两家人都因此家破人亡。矛盾冲突不断升级的根本原因是，王满胜、胡安全二人同质同构的传统国民文化人格中的劣根性。在二人的性格中，相同相似的地方很多，譬如都喜欢占小便宜，都不愿意吃亏，为了一点蝇头小利互不相让；都很要面子，把在对方面前吃亏看成是丢面子，把在村人面前丢面子看成是一件如鲠在喉的大事情。二人解决问题的方式，不是依照理性原则平等协商，而是胡搅蛮缠，暴力相向，不断地相互报复，而报复的方式既卑琐又恶毒，直至最后以命相搏，既不“满胜”，也不“安全”。简言之，事情由小事变成大事直至变成悲剧，其根本原因就在于二人共同携带的国民劣根性。二人都寻求过更好的解决问题途径，一是请乡村干部调解，二是诉诸法律。通过这两条途径，二人本来有可能走出事件循环升级的怪圈，并从中醒悟到按照现代理性办事的意义，从而多少可以获得一些个人现代性，由此向现代转型。但可惜的是，阻止他们接受村干部调解与法律判定的还是他们的劣根性，他们不愿意接受调解和法律判定的结果，都觉得自己吃了亏，丢了面子，他们的思想意识往前迈进了一小步，却又往后退了一大步，等待他们的必然是悲剧结局。而使他们的劣根性负面影响放大的原因，最主要的是他们所处的恶劣的生存环境。与王满胜、胡安全生活在同一个村庄的人们，比二人好不到哪里去，二人之间的矛盾升级也是有同样国民文化人格的村邻们不断挑拨离间的结果，而村邻们同时又是整个事件发展过程的围观者与毫无怜悯心的看客，譬如“枪毙王满胜的那天，村上的人都去了县城看热闹”①。杨争光在极为深刻地剖露农民卑琐的文化性格的同时，也揭示了作为诱因的乡村严酷的生存现实。对杨争光的这些带有黑色幽默的荒诞叙述与描写，朱大可做了很有意思的分析和评价。他认为，杨争光这篇小说的乡土叙事，“瓦解了那个所谓‘健康民间’的幻象，揭发了它的内在的黑暗根性”②。他进一步分析说：“根植于中国乡村的仇恨意识形态，散布在每一个细微的生活细节里，它并未受到政治制度

① 杨争光：《公羊串门》，《文友》1999年第10期。

② 朱大可：《后寻根：乡村叙事中的暴力美学》，《南方文坛》2002年第6期。

的直接鼓励，却为历史上悠久的流氓暴力传统提供了深厚而广阔的基础。在乡村社会的分配正义制度崩溃之后，农民的暴力主义成为解决冲突的惟一途径。每个人都是另一个人的地狱。每一个农民都是潜在的杀手，在无政府的致命呼吸中生活，为维护卑微的生存利益而展开殊死搏斗。”① 这种评说是很有见地的。李锐笔下的乡村，与杨争光笔下的乡村具有很强的相似性，生活于其中的不幸的村民，都多少有点阿Q气。这里不再展开分析，下文将在相关的议题里继续讨论。

第二，在贫困者与富有者的矛盾冲突中，冲突双方都暴露出国民劣根性，但以贫弱者表现最突出。如杨争光小说《老旦是一棵树》中的老旦与赵镇之间的冲突，荒湖小说《谁动了我的茅坑》中的曹花头与曹疤子之间的冲突，胡学文小说《目光似血》中的二全和村人与杨文广之间的冲突，双方在冲突中都暴露出各自的国民劣根性。这些小说叙述中的力量悬殊的贫富冲突，有几个相似的特点：其一，贫困者把富有者树立为仇恨的对象。如老旦把同村富人赵镇作为仇恨的对象，曹花头把邻居富人曹疤子作为仇恨的对象，二全和同村人把杨文广作为仇恨的对象。其原因有几点：一是相互间的利益冲突，这是直接原因，如曹疤子想把曹花头家的厕所占过去做车库，二全和同村人认为杨文广靠他们种的菜发了财。在这类冲突中，吃亏的多为贫困者。二是羡慕妒忌恨，嫉妒心在起作用，这可归于人性之恶。三是认为社会不公平，这可归于传统的社会主义价值观念还在影响着贫困者们看问题、思考问题的方式。老旦、曹花头都是由公社社员再度回归为个体户农民，曾经接受的社会主义“一大二公”的公平正义还是他们的精神结构中的观念组成部分。贫富分化及富有者财富来源的可疑性，让贫困者们愤恨不平，仇富就是必然要发生的事情。其二，在矛盾冲突中，贫困者采取的斗争方式往往是无谓的对抗与无聊的报复。如胡学文小说《目光似血》中二全和村人与杨文广的缠斗，表面看，争的是利益，实质上变成了狭隘的恩怨之争。他们宁愿自家的菜烂在地里，也不愿让杨文广赚钱，如此损人不利己却皆大欢喜。荒湖小说《谁动了我的茅坑》中曹花头对曹疤子的报复，竟然是到曹疤子新建的房子里去拉屎，如此报复，不仅无效，而且无聊。杨争光小说《老旦是一棵树》中老旦对赵镇的报复，就是杀赵镇家的狗，挖赵镇家的祖坟，甚至跑到赵镇家的粪堆站成一棵树，让全村人来围观。其三，贫困者在与富有者的矛盾冲突中，不能团结在一起，为了各自的蝇头小利，可以结成临时的统一战线，也可被分

---

① 朱大可：《后寻根：乡村叙事中的暴力美学》，《南方文坛》2002年第6期。

化瓦解，相互伤害。如荒湖小说《谁动了我的茅坑》中曹花头试图动员曹国禾、曹平均等几位同样受到曹疤子损害的村人一起斗争，但未成功。他认为曹国禾、曹平均应该站在自己这一边，其理由不仅有“没出五服”这类宗法血缘关系和曾经有恩于他们，更重要的是他们都是穷人。小说中，同为土村社会下层的“穷人”曹国禾、曹平均等，其国民劣根性与曹花头毫无二致。类似的情形，也出现在胡学文小说《目光似血》中。小说中的二全和村人仿佛都串通好了，为了不让杨文广赚他们的蔬菜钱，都把季节性很强的蔬菜放在菜地里变老变坏变到不值钱，但到最后，为了各自的利益，一些村人又暗地里来到杨文广的蔬菜站，想把菜卖给他。二全结成的临时统一战线就这样不攻自破了，只剩下自己与杨文广死磕到底，就像《老旦是一棵树》里的老旦一样。这些小说，都以颇为夸张的笔墨，揭示出具有传统病态人格的农民，在应对中国乡村社会现代转型中出现的残酷现实时，其精神世界出现了旧病新变。在批判他们罹患的国民劣根性的同时，也对他们遭受的物质痛苦与精神痛苦表示同情。

第三，在无权者与有权者的矛盾冲突中，双方都暴露出国民劣根性，但以无权者表现最突出。如张继小说《村长的玉米》中的平四、平四的女人、平五的媳妇、杨洪山等都是病态人物。村长与平五的媳妇通奸，平四跑到亡弟平五家捉奸，却被村长和弟媳当面羞辱，平四羞愤难当，发誓要报复村长。平四的报复办法竟然是让乡邻杨洪山家的羊吃村长家种的玉米，结果羊撑死了，村长又公开宣称要惩治毁坏玉米的人。陷入恐惧的平四与妻子只得去求平五媳妇给村长说好话。村长放过了平四，只惩罚了羊的主人杨洪山。平四于是不那么恨村长了，反而觉得村长有肚量，“虽然睡了他兄弟媳妇，人其实还是不错的”①。平四甚至希望村长的女人突然死掉，然后把自己的兄弟媳妇扶正，这样他就有了靠山。平四对村长既仇恨又畏惧，既暗地使坏报复又乞求、巴结和投靠，其文化人格的奴性、卑琐、无耻和可怜由此表露无遗。再如阎连科小说《黑猪毛　白猪毛》中的李屠户、刘根宝及众村人，也都是阿Q式的病态人物。李屠户家的客房被县委书记因故住了一夜，李家就有了巨大的荣耀；镇长开车撞死了人，竟然有那么多人争着去顶罪，刘根宝就是其中之一。刘根宝是村里生活贫困也没有什么宗族势力的人，因此“娶不上一门媳妇来”②。为了让自己娶上媳妇，他就争着去顶罪，为此不惜向竞争者柱子下跪。刘根宝这一跪，求的是一次改善生存条件的机会，失去的则是做人的尊严，重现的是

① 张继:《村长的玉米》,《时代文学》1995年第5期。

② 阎连科:《黑猪毛　白猪毛》,《广州文艺》2002年第10期。

阿 Q 的历史身影。即使到了 21 世纪，那些贫困的无权者大都与平四、刘根宝一样，其文化人格在严峻的生存现实中产生了阿 Q 式的病变。

在上述有关乡村日常生活、贫富冲突、有权者与无权者冲突的叙述与描写中可以看到，在当代中国，阿 Q 并没有死去，其前现代农业社会的文化人格特征不仅依然存在，承传者众多，而且其精神内涵在这个越来越物质化的时代已经发生了裂变，如权力崇拜意识、依附心理、主奴根性以及混合着弱者心态、妒忌心理与公平正义要求的仇富，就是目前比较普遍的社会心理。在刘庆邦小说《神木》、阿宁小说《胆量》、孙春平小说《叹息医巫闾》、陈应松小说《马嘶岭血案》、艾伟小说《走四方》等作品中，出现了“九财叔”“李西民”“赵上河”等一些国民文化人格极端变异的“乡村恶人”形象。陈应松的《马嘶岭血案》是一部关于城乡差别、阶层分化、文化隔膜及弱势者人性深处之恶的极为沉重的小说。故事发生在陈应松所说的“深山老林”① 里，故事的主角九财叔是一个近乎赤贫的鳏夫，本想靠出苦力赚点挑夫费补贴家用，却出于城乡差别、阶层差别、文化隔膜和利益冲突，因怨生恨，图财害命，暴露出人性深处之恶。“乡村恶人”都是人性严重扭曲的异化者。他们的存在，无疑带有对当代社会发展理念的质疑。

新世纪乡土小说中的“在乡农民”形象，虽然属于文学艺术的虚构与想象，但有其坚实的现实基础。在中国农村社会变革的时代潮流中，在现代城市文明或曰工商文明的冲击下，农民文化人格发生了前所未有的裂变，而裂变的具体情形非常复杂。在“农村新人”形象塑造上，作家们重在表现农民文化人格中正在生长的个人现代性，真实记录中国农民从传统向现代艰难蝉蜕的精神成长史。在传统“有德者”形象塑造上，作家们重在写出“有德者”的人性美善及其内含的文化传统，逆向寻找中国社会现代发展的文化资源，具有文化保守主义色彩。在病态人物形象塑造上，作家们重在剖析和批判国民劣根性在极端利己主义、拜金主义时潮中产生的新病变，具有启蒙色彩。新世纪乡土作家有不同的价值取向、道德选择和洞察生活的艺术感悟力，在“在乡农民”形象塑造上也千差万别，这正是对中国农村变革的各具创造力的叙事表现。

---

① 陈应松：《给〈钟山〉的大实话》，《扬子江评论》2008 年第 4 期。

第三节　乡村知识分子的困顿、逃离与守望

新世纪乡土小说中的“乡村知识分子”是生活、工作在乡村的知识分子，他们有两种不同的制度性身份，即有“城镇户口”的“公家人”与有“农村户口”的“农民”。有“城镇户口”的农裔和非农裔乡村知识分子，或者是乡镇干部，或者是乡镇医疗机构的医生（如莫言《蛙》中的姑姑），或者是农技人员，或者是文化站的“文化干部”，或者是“公办教师”，他们的“工作单位”在乡村，对乡村的政治、经济、卫生、教育和文化等起着葛兰西所说的组织和领导作用。这些工作在乡村的知识分子，就人们的“常识”而言，通常不在“乡村知识分子”之列。最受新世纪乡土小说叙事关注的是具有“农村户口”的“乡村知识分子”，他们是受过一定程度的现代教育的农民，是文化程度普遍很低的农民群体中的知识分子。他们生活在乡村，职业身份略有不同，有的是“医生”，如万泉和（范小青《赤脚医生万泉和》）；有的是“民办教师”①，如王方林（王新军《一头花奶牛》）；有的是业余文学作者，如杨青青（姚鄂梅《穿铠甲的人》）；有的是中考或高考失败的回乡青年，如灵官（雪漠《大漠祭》）；也有的是这几种身份兼而有之。其中，写民办教师的作品最多，如刘醒龙的《凤凰琴》和《天行者》，赵德发的《蝙蝠之恋》《圣人行当》《回炉》《闲肉》《今夜露脸》《跨世纪》和《小镇群儒》，施祥生的《天上有个太阳》，王新军的《民教小香》，罗伟章的《最后一课》，赵剑平的《困豹》，陈世旭《立冬·立春》，邵振国的《黑沟》，曾纪鑫的《难以走出的岁月》，娄光的《冬之梦》，梁玉贵《山村小学》和《天，是一样的蓝》，峻里（李君利）的《复仇》，乔洪涛的《空地》，王华的《老师彭人初》等。这些作品对乡村知识分子特别是民办教师的生存困境、他们的逃离与对乡村教育的守望，以同情和怜悯的态度作了感伤的叙述，尽管有些作品有史诗和颂歌格调，但也难掩悲怆之情。这里仅对新世纪乡土小说中的乡村教师形象略做分析。

---

① 民办教师指在我国中小学中不列入国家教员编制的教学人员，是农村普及中小学教育补充师资不足的主要形式。他们除少数在农村初中任教外，绝大部分集中在农村小学，一般具有初中以上文化程度，由学校或当地基层组织提名，行政主管部门选择推荐，县级教育行政部门审查批准，发给任用证书。在生活待遇上，除享受所在地同等劳动力工分报酬外，另由国家按月发给现金补贴。20世纪80年代到21世纪初，民办教师经过多次大规模“整顿”和“清退”，现已基本退出历史舞台，但乡村教育状况并未因此有明显好转。

一、乡村知识分子的困顿

民办教师拥有农民与教师双重身份，他们大都在乡村小学任教，同时家里承包有“责任田”，因此既是教书的农民，又是耕田种地的教师。有论者指出：“民办教师亦教亦农的身份，使他们除了像公办教师一样经常因扣发集资、捐款拿不到全额工资外，还要像农民一样缴纳各种附加费用，这无疑雪上加霜，民办教师几乎就要成了农村里的赤贫阶层。并且，这种‘赤贫’的身价，又连锁反应导致了世人对民办教师的鄙视，乃至欺凌。”① 对民办教师的现实处境，新世纪乡土小说有非常具体细致的叙述和描写，最突出者有以下几点。

第一，民办教师在物质生活方面大都处于“赤贫”状态，甚至连起码的生存之需都难以保证。对此，刘醒龙的《凤凰琴》和《天行者》，赵德发的《圣人行当》和《小镇群儒》，罗伟章的《最后一课》，梁玉贵的《山村小学》等都有细致的叙述和描写。《小镇群儒》中石桥镇初级中学的政治教师大老郝一边要到学校上课，一边要种自家的责任田，人像牛一样拉犁，最后累死在自家承包的土地上。《山村小学》中的山村小学地处偏远的大山，“这地方资源贫乏，十年九不收，村里也没钱，民办教师工资成年累月老欠着，这不一拖就是两年，为要点钱，腿都跑断了”②。小说描述了一个悲凄的细节：王老师的老婆被人拐跑了，“人家骗她南方好挣钱，她自己也觉得这个家穷得再也难过下去，便跟着去了广州。谁想，半路人家把她给卖了，辗转了好几户人家，不久，被当地公安局发现，将她解救了。来信让王老师去领人，但因为筹不起路费，一直拖着。直到前几天，大伙把校园地里种的花生、芝麻之类卖了，再凑点钱，才勉强够了”③。《天行者》中的余校长、《民教小香》中的白校长、《最后一课》中的王安老师，无一不处在家徒四壁的“赤贫”境况之中。

第二，小说中的民办教师大都存在家庭生活危机。《天行者》中余校长的妻子长期处在病痛中，最后病逝；孙四海因为贫困，没能与恋人王小兰终成眷属，最后私情被村长余实利用，导致王小兰被丈夫杀害。《民教小香》中的白校长没有儿女，妻子长期患病，自己也身患绝症。《最后一课》中的王安患小儿麻痹，因为残疾与贫困，没能娶妻成家，父亲病逝，母亲有病，后来又捡到一个弃婴，负起养育的责任。《回炉》中的谢兰芬

---

① 王献玲：《中国民办教师始末》，北京，知识产权出版社，2008，第 174 页。

② 梁玉贵：《山村小学》，《海燕》1996 年第 12 期。

③ 梁玉贵：《山村小学》，《海燕》1996 年第 12 期。

坚持要做民办老师，不愿意同丈夫一起做生意，最后导致离婚。总的来看，出现在小说中的民办老师，绝大部分人的家庭都存在因不同问题而引发的显性危机与潜在危机。

第三，小说中的民办教师几乎都存在精神上的迷茫与绝望感。在计划经济时代与改革开放初期，民办教师的最大梦想就是“转正”，“农转非”成了很多民办老师最务实的生活目标与人生追求，但转正指标极其有限，很多民办老师没有机会转正，也看不到生活的出路，理想之类的就更不用谈了，对知识、对教育本就没有太多的虔敬，在无望的生活中，只有精神上的迷茫和绝望。如《圣人行当》和《回炉》中的民办教师李明远、孙嬷嬷、谢兰芬等，根本不知道自己的出路在哪里。再如《最后一课》中的王安被巨大的孤独所困，他对继任的胡校长说：“我那几年经常往学校跑，主要是想找个说话的人。从县城突然回到山里，我这心里闷。爹妈在我身上花了那么多钱，我却没出息。那些天，我白天黑夜都想读书，但要去复读是绝对不可能的。我只能一辈子待在山里，我感到害怕，睡过去就做噩梦。我想找人说话，可跟谁说去？在南山，你们才是有文化的人，我就想跟你们接近，但你们好像都不欢迎我。我修乒乓球台也好，栽斑竹林也好，都是为了讨你们的欢心。我当时就这么点想法，我再没有别的想法……”①

第四，乡村学校的基础设施差，工作条件艰苦，教育环境恶劣。如《民教小香》中的“柳湾这个小学，已经是全乡最破烂的地方了，白校长写的‘危房’那两个字在我心里压了好些年，再不能叫它压下去了，如果哪天真就倒了，谁家的娃儿给压到下面，我们可就没法给上上下下交代啦……”② 但白校长奔走多年也没能解决危房维修的问题，急得病倒后，“村民们显得义愤填膺，认为学校成了现在这个样子完全是由村委会一班人一手造成的，说只要父母官说句话，只要是对的，只要是有利于子孙后代的，柳湾人不会不明白事理，掂不来轻重”③。再如《山村小学》中的“村小坐落在村外一座突兀的山包上，说是学校，其实只是一座古庙改成的。几十年的风风雨雨，早已破烂不堪，枯黑的屋面草被风吹得支离破碎，散发出阵阵霉味；山墙已经裂成好几处大口子；房梁用几根槐木支撑着，随时都有倒塌的危险。每间教室的黑板上面斑驳的墙壁上，都贴着一幅标语：‘再穷不能穷教育，再苦不能苦孩子。’墨迹清新，显然贴上不

---

① 罗伟章:《最后一课》,《北京文学》(中篇小说月报)2007 年第 4 期。

② 王新军:《民教小香》,《小说界》2001 年第 3 期。

③ 王新军:《民教小香》,《小说界》2001 年第 3 期。

久。操场只有几十平米见方，两面均是山坡，种满了梨树、枣树，也算是围墙。没有厕所，拉屎撒尿要到屋后的坡地上用谷秸围成的障子里，拉完后有老农收拾，人粪尿家中宝，有时微风吹来，教室里隐隐地一股臊味”①。如此恶劣的教育条件，连生命安全都难以保证，就更不用说什么教育质量了。

第五，民办教师遭受乡镇腐败权力的压制、剥夺与坑害的现象比较严重。乡镇腐败权力对民办教师个人的压制、剥夺与坑害主要有五个方面：一是对民办教师核心利益即“转正”指标和工作机会的剥夺，这是大多数小说所叙述的民办教师遭遇的主要故事情节。如《天行者》中的乡教育站万站长将界岭小学的“转正”指标，以不正当的手段给了自己的外甥张英才；《复仇》中的寇乡长将本应属于老民办教师吕桂林的“转正”指标夺走，给了不具备“转正”条件的妻妹刘晓翠。二是克扣民办教师的工资，如《天行者》里的村长余实就克扣或干脆不发乡村教师的工资，《最后一课》中的中心学校闭校长拖欠民办教师的工资，收不上学杂费也要从民办教师本来就很少的工资里扣。三是将国家政策规定的“转正”指标，公开标价出售，将国家改善乡村教育的利好政策变成县乡政府敛财公开掠夺民办教师的机会。如《天行者》中的“转正”指标标价 8000 元到 1.2 万元，很多应该按照政策“转正”的民办教师因为贫困拿不出钱，只好放弃了极为难得的“转正”机会。四是对民办教师特别是女民办教师的性侵害，如《复仇》里的寇乡长性侵刘晓翠。五是对民办教师的人身伤害，如《天行者》里的村长余实，为泄个人私愤，公然到学校扇教师耳光。

乡镇腐败权力对村民受教育权的压制和侵害也是很严重的，各地修得最好的是各级政府的办公楼，最差的是学校，最破烂的是乡村学校，大都已成危房，各地都将办教育视为最大的包袱。如《民教小香》中的刘老师被选为村长后，立刻就背叛了“党的教育事业”，暴露出极具封建专制色彩的“愚民统治”思想。如在学校为其举办的庆贺当村长的酒席上，“白校长又说起了那排破房子，说刘老师如今成了村长，可要上下呼吁，弄俩钱修修，要不明年开春又成问题。柳湾这地方潮湿，每年春天都闹翻浆，保不住哪间又会出麻达。刘老师表示一定尽力，但随即又喷着酒气陈述了自己愚民好治的观点，甚至对秦始皇的‘焚书坑儒’和无产阶级‘文化大革命’表示了肯定，听到最后，白校长说，那你刘村长的意思是咱村不办这个学校就好了哇？”②

① 梁玉贵：《山村小学》，《海燕》1996 年第 12 期。

② 王新军：《民教小香》，《小说界》2001 年第 3 期。

第六，民办教师在乡村社会普遍受到歧视，甚至遭到当面侮辱和欺凌。如《最后一课》中的王安老师去动员向倩兰上学，遭到向倩兰爷爷和奶奶的当面辱骂："你们这些当老师的，除了要钱还知道个啥？人家当年那个秀才，自己修学校，自己拿钱让娃娃读书，你们比旧社会的人都不如！既然要钱才能读书，我不读那×行不行？不读书照样活人！我早就不想让她读了！"① 激怒中的"男主人将卧着的狗踢了脚，狗像懂了他的意思，奋力跃起，朝王安扑过来。幸好王安手里拿着根竹棍，他边打边退，一直退到野风埂，狗才悻悻地打了转身"②。再如邵振国小说《黑沟》里的村民最瞧不起老师，"现时的老师嘛，还有个啥身价，记得他刚从县上的教师培训班结业回来，碰见个本庄杀猪卖肉的叫黑三，黑三已腰缠万贯了，旁边的人向黑三介绍说：铭琪已是中专生了，咱庄的教书先生。不料那杀猪卖肉的竟当着他的面鼻子一哼，说：驴毬！挣不来几个钱嘛，大学生都多多的不抵个猪儿跑！"③ 村民宁愿建寺庙却不建学校，对不愿意配合的何老师进行迫害，愚蠢而凶蛮。

第七，民办教师在遭遇生存困境的同时更深地陷入精神困境之中。民办教师所坚持的乡村教育事业，他们的奉献与牺牲，不仅很难得到其他农民的理解和肯定，而且得不到乡村政府和有权者的理解与支持，被鄙视、欺凌与损害，成为需要应对和承受的现实生活常态。如《困豹》里的令狐荣以教书为志业，工作勤勤恳恳。三个女学生被拐骗，他辗转千里寻找被拐骗的姑娘却不愿意随他返回家乡。他的千里寻人，不仅变得毫无意义，而且遭到人们的曲解。在这些乡土小说中，民办教师虔敬的乡村文化启蒙教育事业，在喧嚣的欲望化时代，经常陷入一文不值、丧失意义的境地，这就是乡土小说所揭示的民办教师遭遇的最大精神困境。

现实生存境遇的困顿，使民办教师群体始终处在现实的生存焦虑与精神困境之中，有的因此动用各种关系离开乡村，或鼓足勇气跳槽改行，成为乡村教育的"逃离者"；有的则在绝望中坚持，成为乡村教育的"守望者"。

二、乡村知识分子的逃离

在中国城乡二元分隔的社会里，走进城市，做个"城里人"，做个"公家人"，吃上"商品粮"，有个"城镇户口"，是每个农民都会有的梦

① 罗伟章：《最后一课》，《北京文学》（中篇小说月报）2007 年第 4 期。

② 罗伟章：《最后一课》，《北京文学》（中篇小说月报）2007 年第 4 期。

③ 邵振国：《黑沟》，《飞天》1995 年第 10 期。

想，当然也是乡村知识分子的梦想。即使进不了城，只要“转正”了，有了“非农户口”，就是在村里、乡里、镇里或者县城里，那也是很难得的。实现了梦想的民办教师，就意味着“胜利大逃亡”。乡村知识分子的逃离，就新世纪乡土小说中的民办教师而言，主要有以下几种情况。

第一，逃离乡村学校，调到乡镇或县城各方面条件都比较好的学校去工作。如《天行者》中的万站长，曾经是界岭小学的民办教师，通过不正当途径“转正”后，就调到了乡里，后来又当上了乡教育站的站长。张英才在界岭小学“转正”后，也曾经调到县里去工作，还到省城进修过。

第二，逃离“教育战线”，调到政府部门或其他部门工作。如赵德发小说《小镇群儒》中的物理老师秦小健不想当老师，他在给一位女老师的求爱信中说：“我现在有一个重要情况要告诉你：我快要调行了，再也不干地位低下、人人瞧不起的教师行当了，石桥镇武装部缺一名干事，我打算去干。县里有我的亲戚，现在我正在活动，估计事情很快就能办成。等我改了行之后，我再设法把你调出去，干个团委或者妇联的干部。”① 秦小健的“活动”很成功，他离开“教育战线”后如愿以偿地当上了武装部的干事。如《天行者》中的蓝飞，在界岭小学通过不正当手段“转正”后，调到政府机关当了干部。

第三，没有机会“转正”的民办教师放弃乡村学校的教职，谋求当村干部。如《天行者》中的孙四海不顾原村长余实的威逼利诱，决计参选村长。在界岭小学余校长、教师同仁和已经当了县里干部的蓝飞的支持下，终于击垮恶霸村长余实，当上了村长。孙四海当村长的动机比较高尚，首先是要办好界岭小学，其次是要发展界岭村的经济，提高村民们的生活水平。他后来也是这样做的。再如《民教小香》中的刘有山，通过不正当手段，当上了村长。他当村长的动机很卑下很丑恶，还没有正式上任，就要搞“愚民统治”当“土皇帝”。

第四，无法实现前述三种逃离的民办教师，就选择逃离学校，跳槽转行，有的外出打工，有的出去做生意，有的在当地搞规模种植或养殖。如《最后一课》中的“靳老师去了广东东莞的一个镇上，在镇文化站上班，听说工资高得没法说”②。而当了校长的胡老师，最后连校长也不当了，追随靳老师去打工。靳老师劝他说：“你早该丢掉那个破饭碗了。你过来吧，到这边拾荒也比你待在那鬼地方强。”“靳老师以前说教书没意思还有自嘲的意味，也有矜持的意味，现在是真的这么想了，他为自己在南山小

---

① 赵德发:《小镇群儒》,《山东文学》1990 年第 8 期。

② 罗伟章:《最后一课》,《北京文学》(中篇小说月报)2007 年第 4 期。

学耗去那么多年青春感到无聊和羞愧。”① 再如《天行者》中的邓有米、《立冬·立春》中的何文勇都弃教下海经商，他们有一定的知识和头脑，经商大都比一般的农民成功。《空地》中的民办教师杨大贞因为转不了正，工资很少，养不了家，就离职去打工，因母亲瘫痪，又回到当地在建筑工地打工，也能拿到三四千了。杨大贞后来在村里发起种大棚蔬菜，成为搞规模种植的领头人。

在新世纪乡土小说中，民办教师逃离乡村教育，跳槽改行的原因与动机是千差万别的，但有几个比较突出的共同点。一是对改变乡村教育现状和自我身份的绝望。二是都有严重的身份焦虑感，拒绝认同自己的农民身份，“农村成为他们想要挣脱和逃离的生死场，而不是希望的田野；希望的空间、做‘人’的空间是城市”②。变为“城里人”是他们最大的人生目标，他们甘愿为此付出一切。三是在“转正”指标的争夺中，显露出人性深处的自私与残酷。如万站长借助攀附有权者的婚姻，夺取“转正”指标成为“公办教师”并当上乡教育站站长，给最应该“转正”的同事明爱芬造成了终生难以平复的伤害。四是转换身份后，大都能对自己的自私行为进行“忏悔”，并能利用自己的新身份，尽力为曾经工作过的乡村学校谋取各种办学资源，从而显露出灵魂深处保有的良知，如万站长、蓝飞等。而“逃离者”良知的重新发现，则常常是那些献身乡村教育痴心不改的“守望者”感化的结果。

总的来看，新世纪乡土小说中的民办教师逃离乡村教育后，他们当中的部分人始终心系乡村教育，为之做一些力所能及的事情。如当过民办教师的何文勇（《立冬·立春》）弃教进城开餐馆，致富后不忘支持和帮助依旧坚持在乡村任教的朋友何来庆，改善家乡的办学条件。他们的帮助之举，常常转化为“守望者”继续坚守的精神力量。

三、乡村知识分子的守望

在新世纪乡土小说中，有些乡村教师，不论是民办教师还是公办教师，对乡村教育的现实需要与深远意义均有着清醒的认识，矢志不渝地坚持在乡村办学，努力维持和发展乡村教育，成为乡村教育的“守望者”，如《天行者》中的余校长和张英才，《民教小香》中的白校长和小香，《一头花奶牛》中的王方林，《立冬·立春》中的何来庆，《天，是一样的蓝》

---

① 罗伟章：《最后一课》，《北京文学》（中篇小说月报）2007年第4期。

② 严海蓉：《虚空的农村和空虚的主体》，《读书》2005年第7期。

中的穆老师等。在新世纪乡土小说中，这些“守望者”也有如下几个突出的特点。

第一，同“逃离者”一样，不愿意认同自己的农民身份，有“转正”的强烈愿望，也想做“城里人”，但绝不因此怠慢或厌弃自己的乡村教育工作。如《天行者》中的余校长、《民教小香》中的白校长都是最坚定的乡村教育的守望者，但有“转正”的想法，也做过相应的努力。小香是自费的师范生，知道难有转正的机会，也做好了在偏远农村继续当民办教师的心理准备，但做正式的公办教师的想法也是很强烈的。

第二，以虔敬之心对待乡村教育事业，视教育为改变乡村的伟业，大都不为外界的金钱、权力和各种诱惑所动，尽心尽力坚持做好乡村的文化启蒙教育工作。《天行者》里的余校长，在省城看到了城乡之间的巨大差异，也找到了在省城挣钱的门路和机会，但不留恋省城的繁华，不贪恋个人的利益，潜心学习省城的先进教学方法，毅然回到偏远闭塞的界岭小学，继续从事艰苦卓绝的乡村教育事业。余校长的这种精神有很强的感染力，这就是刘醒龙在《天行者》中所说的“界岭的毒”。在这种“界岭的毒”的感染下，万站长、张英才、蓝飞和叶碧秋，包括蓝飞的母亲蓝小梅，都到界岭小学来共同办好界岭的乡村教育。《民教小香》中的白校长与余校长的相似度很高，他说：“我做了一辈子民办教师，钱没挣多少，可我这心里总觉得像踩着地面一样踏实。人这一辈子，图个啥！说着又是一声长长的喟叹，人呵，一辈子过得踏实就行了。”[①] 在白校长的感染下，小香也把当好乡村教师作为自己的志业，小说这样写道：“前一段上面有传闻，说民办教师要解聘，凡教龄在 20 年以上的，通过考试可转正，像小香这样的，根本没有转正希望，也就是说，在教育上她不会有什么好盼头。小香说，大不了像白校长一样，当一辈子民办教师，有这个盼头，我也就心满意足了。”[②]

第三，对乡村孩子特别是贫家子弟充满关爱之情，倾力帮助贫家子弟完成学业，努力做到“一个都不少”。乡村教育的“守望者”大都贫病交加，即使如此，也要将有限的财力与无边的大爱，献给那些在求学道路上遇到各种困难的乡村孩子。如《冬之梦》里的柳老师家徒四壁，为了不让哑女失学，收留了别的老师都不要的哑女，影响了考试成绩排名，结果被镇里下调了一级工资。这种不顾实际情况唯成绩论的管理制度，使很多成绩差的乡村孩子失去了学习的机会，造成了严重的教育不公平，让一些学

① 王新军:《民教小香》,《小说界》2001 年第 3 期。

② 王新军:《民教小香》,《小说界》2001 年第 3 期。

生受到严重的伤害。有良知的柳老师为了保护学生，坚持让差生哑女上学，此举本应受到肯定，却因此受到处罚。柳老师得到了同事们的尊重，在“转正”之争中，小手老师将自己的指标让给了柳老师。罗伟章《最后一课》中的王安老师自己生活难保，却尽力资助贫困学生上学。

第四，对自身局限的认识与突破。《天行者》中的余校长对界岭小学的教育教学水平和自己的业务能力有着清醒的认识，为了提高教学水平他到省城的学校当看门人，偷师学艺，并把从省城学到的新观念新方法带到界岭小学。相反的情况也存在，《难以走出的岁月》中的张老师几十年如一日坚持他的“灌输式”教学法，甚至达到了“炉火纯青”的地步。在叙述者看来，这是落后的教学方法，先进的教学方法应该是启发式的，但张老师对此似乎毫无所知。守望者自身的局限与思想观念的保守，反过来也会阻碍他们所热爱的乡村教育事业的发展。

第五，绝不轻言放弃。乡村教育的守望者，在办学过程中会遇到很多困难，如没有师资，经费困难，校舍破败存在危险，学生失学，乡村腐败权力的刁难，乡村农民的闹事，受到侮辱和歧视，自己和家人遭遇生存困境和精神困境；也会遇到很多诱惑，如更赚钱的工作，进城，当官，等等。但不论是遇到困难还是诱惑，他们都不轻言放弃，矢志不渝地为他们所热爱的乡村教育事业奉献与牺牲。如《民教小香》中的白校长，知道自己得了胃癌，到了胃癌晚期，剩下的时间已经不多了，但还在为柳湾小学的未来做着努力和安排。他把自己获得的全省园丁奖奖金 5000 元全部捐出来，修缮学校危房；他认小香做干女儿，把自己的“转正”指标也让给小香，目的就是要把小香留下来，做他的继承人，维系柳湾小学的教育事业。再如《天，是一样的蓝》中的穆老师，已是建筑老板的同学满子劝他给自己的工程队管账，一年可挣万儿八千。“穆老师沉默了，满子说的不无道理。他从报纸上看到不少老师纷纷辞职下海，或到合资企业，或经商做买卖。他也心动过，但真的辞职，他却没有那个勇气。这十多年了，他说不出自己热不热爱这份工作，他所做的都是从自己的良心出发，他也不知自己的良心还能维持多久，他付出了不少心血和汗水，起早贪黑，有时为了能让孩子们上学，他四处奔走，挨家挨户地劝说，甚至帮助贫困的家庭担水、劈柴、起猪圈、种地……每当看到孩子们坐在课堂上，他的心里就感到欣慰。”① 虽然小说叙述者没有将穆老师拔高，甚至还故意作了矮化处理，但穆老师的坚持，依然是很动人的。

---

① 梁玉贵:《天，是一样的蓝》,《海燕》1995 年第 5 期。

新世纪乡土小说对乡村知识分子的叙事态度，总体上是同情和怜悯的，对其中的“民办教师”则给予了充分的理解和肯定。如刘醒龙就曾这样评价说：“作为乡村知识分子的民办教师，一切乡村奇迹的酝酿与发生本应当首先归功于他们。‘然而，荒诞让历史与现实一次次地无视其伟大的贡献，以至于沦落为作为名词都不被理解的地步。这一点也正是时代正在流行的顽症。“生当作人杰，死亦为鬼雄，至今思项羽，不肯过江东。”李清照的诗，正是刚刚过去的那个年代乡村知识分子的写照。’”①

在中国社会的现代转型过程中，乡村最需要现代文化知识，最需要现代科技，最需要掌握现代文化知识和现代科技的知识分子，但事实是中国乡村最为稀缺的也是知识分子。而留守乡村的知识分子，大都没有受过很好的教育，很难担负起组织和领导现代乡村的建设重任，他们艰难的现实生存处境与精神困境，敲响了乡村教育、医疗、农技和文化危机的警钟。新世纪乡土小说对乡村知识分子的叙事关注，表达的也是对乡村危机的时代忧虑。

① 卜昌伟:《刘醒龙续写〈凤凰琴〉〈天行者〉向民办教师致敬》,《台州商报》2009年7月20日。

第三章　从“传统农村”到“现代农村”的历史变迁

中国农村从“传统”向“现代”的历史变迁，从中国追求现代化的历史开始那一刻就开始了，但加速现代转型发生在改革开放的40多年中。中国农村社会的现代转型是多方面的：其一是乡村地理文化形态的变迁，一些乡村消失了，一些乡村失却了原有的模样，一些乡村则干脆变成了城市；其二是乡村社会结构发生了新的变化，贫富分化与阶层分化越来越严重；其三是乡村民选制度初步建立、乡镇权力腐败与乡村治理危机加剧，乡村政治文化生态堪忧；其四是乡村世俗日常生活与伦理道德也在发生新的蜕变；其五是乡村民俗文化既有传统的复兴，又有新的民俗在政治经济的推动下逐渐形成；其六是在一些有宗教传统的地域与乡村，宗教文化出现了复兴，开始显现在世俗日常生活与虔信者的精神生活之中。在新世纪乡土小说中，中国农村在现代转型中出现的这些新的变化，都得到了不同程度的叙事表现与不同价值立场的评价。

第一节　新世纪乡土小说中的“村庄形象”

中国乡土小说中的“村庄”，就如小说中的“农民”一样，也有自己特定的形象。与城市相对而言的农村，有广袤的山川、湖泊、田野、草原等自然风物，有各具特色的阡陌交通、村街房舍等人文景观，有“百里而异习，千里而殊俗”[①] 的乡村社会。“农村”虽然如此辽阔广大、千姿百态，但它的形神凝结在农民聚居的一个个“村庄”中，乡土小说中的“农村形象”，其实就是散落在广袤大地上的“村庄形象”[②]，如阿Q所在的未

---

① 孙彦林等注译:《晏子春秋译注》,济南,齐鲁书社,1991,第152页。

② 在不加特别说明的地方,本书中的“村庄形象”与“农村形象”是可以互换的等值概念。

庄（鲁迅《阿Q正传》）、翠翠所在的茶峒（沈从文《边城》）、小二黑和小芹所在的刘家峧（赵树理《小二黑结婚》）、许茂老汉所在的葫芦坝（周克芹《许茂和他的女儿们》）、白嘉轩所在的白鹿村（陈忠实《白鹿原》）、呼天成所在的呼家堡（李佩甫《羊的门》），引生所在的清风街（贾平凹《秦腔》）。“村庄形象”的谱系更迭，表现的就是中国农村的历史变迁。

新世纪乡土小说中的“农村形象”，是从传统向现代转型中的“村庄形象”，与启蒙话语、政治话语及“审美现代性”话语（或曰“田园牧歌”）中的“村庄形象”，有着诸多的差别。在以鲁迅乡土小说为代表的启蒙叙事中，愚昧落后既是“村庄形象”的突出特点，也是社会批判与文化批判的基本话题；在以沈从文乡土小说为代表的“田园牧歌”式的乡土叙事中，古朴的乡风民俗和美好的人情人性既是“村庄形象”的突出特点，也是用以抵御现代文明病、安顿诗意生命的叙事精神旨归。在茅盾、赵树理、浩然等作家的乡土叙事中，村庄是政治化的，“阶级斗争”是其叙述的主色调。不论是启蒙话语、政治话语还是“审美现代性”话语的乡土叙事，在“文化大革命”后的乡土叙事中都产生了或深或浅的影响，形成了各自的发展流脉。

新世纪乡土小说描绘的转型中的“村庄形象”，其中既有过去时代不同话语谱系遗存的旧影，更有现代转型期中国农村社会现实的投射，其形象特征突出地表现在如下三个方面。

一、“即将消失的村庄”

江苏作家赵本夫的小说《即将消失的村庄》，其标题虽然是对小说所叙故事及其意义的揭示，但也道出了中国农村历史发展的一种趋势。在新世纪乡土小说中，有两种截然不同的“村庄形象”，即“衰落的村庄”与“崛起的村庄”，前者是传统的农村，后者是步入现代的农村。这两种“村庄形象”，表面上看有天壤之别，实质上却令人意外地指向一种相同的历史发展趋向，那就是赵本夫所说的村庄的“消失”，或曰“村落的终结”[①]。这里所谓的“消失”或曰“终结”，有三重意义：其一，地理学意义上的“消失”，这是中国农村正在发生的“事件”；其二，因“虚空化”而衰落[②]，逐渐走向“终结”，这是中国绝大部分农村正在遭遇的严峻现实，也是新世纪乡土小说叙述的主要对象与内容；其三，文化意义上的

① 李培林：《从“农民的终结”到“村落的终结”》，《财经》2012年第5期。

② 严海蓉：《虚空的农村与空虚的主体》，《读书》2005年第7期。

“消失”或曰“终结”，这是中国农村正在发生的又一种变化，同时也是对未来农村的一种历史预期。

中国农村在地理学意义上的“消失”，其速度是惊人的，“在1990年到2010年的20年时间里，我国的行政村数量，由于城镇化和村庄兼并等原因，从100多万个锐减到64万多个，每年减少1.8万个村落，每天减少约50个。它们悄悄地逝去，没有挽歌、没有诔文、没有祭礼，甚至没有告别和送别，有的只是在它们的废墟上新建文明的奠基、落成仪式和伴随的欢呼”①。如此速度惊人的“消失”，有两种情况：其一，一些村庄因人口迁移、工程占地等而被废弃或拆迁。在《即将消失的村庄》中，赵本夫生动地描绘了一个村庄的“消失”过程：“溪口村的败落是从房屋开始的。在经历了无数岁月之后，房屋一年年陈旧、破损、漏风漏雨，最后一座座倒塌。轰隆一声，冒一股尘烟，就意味着这一家从溪口村彻底消失了。”② 溪口村的败落，是溪口村人不断向城市流动迁移的结果。溪口村的第一代农民工外出挣了钱，都会回到村里盖房，视之为百年大计。第二代农民工就不一样了，他们在城里站稳了脚跟，就会把妻儿都接到打工的地方去，决计不再返乡。溪口村就这样由败落逐渐走向“消失”。溪口村并不是一个特例，无数个溪口村式的村庄，都在慢慢地由衰落走向“消失”。长篇小说《雾落》（姚鄂梅）中的雾落镇，是长江三峡边上的山乡小镇，有古色古香的村街房舍，有铺满青石板的小路和街道，有悠久的历史与动人的传说，有别具特色的鄂西民俗风情，还有禀赋特异的小鱼、麻姑等雾落人的生死歌哭。雾落人也曾雄心勃勃地搞浩大的“阳光工程”，意图驱散雾落上空终年弥漫的雾气，过上阳光灿烂的日子。但在更为巨大的“三峡工程”面前，雾落人只能背井离乡，身后的千年小镇被淹没在三峡水库的江水里。雾落也不是一个特例，在各色现代大工程的进逼下，无数个雾落式的村庄，纷纷“消失”在轰鸣的机器声中。其二，城乡接合部的村庄或被城市包围成为城中村，或被城市蚕食而不复存在。长篇小说《土门》（贾平凹）讲述的是陷落在城市里的“城中村”抗拒城市化而终究被城市化的悲怆过程。主角成义是一个既很能干又极为保守的乡村干部，他惧怕城市将自己生活的村庄吞没，惧怕过上失去土地没有根的日子。为了保住最后一块即将被城市夺走的土地，他用自己的方式进行徒劳的抗争，最终失去了村庄也失去了自己的生命。《即将消失的村庄》《雾落》和《土门》等小说描绘了三个村庄的不同历史际遇及三种不同的“消失”方式，

① 李培林：《从“农民的终结”到“村落的终结”》，《财经》2012年第5期。

② 赵本夫：《即将消失的村庄》，《时代文学》2003年第4期。

但其实质是相同的，都是现代工商文明步步进逼不断蚕食挤压的结果。

中国农村因“虚空化”而衰落，逐渐走向“终结”的现实，同样是十分惊人的。“中国数以十万计的内陆村庄正在蜕变成‘空心的村庄’，被现代化所遗弃的性质使之忍受着孤寂和无言。……对很多人来说，‘乡村’这个词语已经死亡。不管是发达地区的‘城中村’，还是内陆的‘空心村’，它们都失去了乡村的灵魂和财宝，内容和形式。一无所有，赤裸在大地上。”① 农村的“虚空化”，是城市无休无止攫取的结果②。在新世纪乡土小说的现实叙述中，城市对乡村的攫取主要表现在三个方面：其一，对农村财力的攫取。白连春小说《拯救父亲》将批判的矛头直接指向城市对乡村的攫取。小说中，农民必须缴纳的税费，不仅名目繁多，额度逐年增加，而且要提前征收第二年的，把农民逼入了绝境。村干部“三丈”不忍心逼迫已陷入绝境的穷人，又无法完成征收任务，只得选择自杀。在《受活》（阎连科）、《大年夜》（鬼子）、《农民刘兰香之死》（向本贵）等小说中，都有与上述情形相类的描写。其二，对农村人力的攫取。在《拯救父亲》《怀念一个没有去过的地方》《到城里去》《民工》《北京候鸟》《接吻长安街》《泥鳅》《大嫂谣》《高兴》等一大批小说中，都可以看到农民离开土地涌进城市打工的图景。农民进城，已成为一种历史的大趋势，有其积极意义，但给乡村带来的负面影响也是不容忽视的。最为突出的负面影响有两点：一是乡村失去青壮劳动力，农业生产和发展受到巨大影响。在《七月薅秧》（北洛）、《奔命》（冉正芳）、《女人的河》（李进祥）、《山高路长》（向本贵）等小说中，可以看到失去青壮劳动力的乡村，大量的土地被抛荒，繁重的农活主要由留守妇女和老人承担的萧索图景。二是城市把“使役”后的老弱病残者退回农村，乡村由此成为城市的“经济垃圾

① 柳冬妩：《城中村：拼命抱住最后一些土》，《读书》2005年第2期。

② “从改革开放以来，城市对农村资源的剥夺并没有减少，反而比改革前更厉害：1997年以来，每年农村土地被征用高达350万亩，农民获得补偿非常之低。沿海某省某县每亩地给农民的补偿只有2.5万元，据说是比较高的了，全国不少地方只给农民几千元，但是，政府拍卖价则高达100万元，跟农民的补偿额相差97.5万元。如果全国每亩地农民损失10万元，1997年来每年农民损失高达3 500亿元。而2006年国家加大了对农村的投入力度，总共也只有3 400多亿元，还不如从农民土地中拿走的多。……大量农村流动人口进城务工经商，为城市的发展和繁荣做出了巨大贡献，但是他们得到的回报是相当少的。1.2亿农村劳动力基本上不享受城市的大部分社会福利，却每年为城市创造了3万亿左右的净GDP，他们的工资总额却只有1万亿元左右，他们却把养老、生病、伤残、子女教育等留给农村负担。……另外，每年隐性的工农产品剪刀差也在1000亿元以上；农村居民有限的存款也流向城市，自己难以得到贷款。由此可见，不论是人力资源，还是土地资源、金融资本，仍然还在从农村流向城市，而不是城市支持农村。”王春光：《城乡结构：中国社会转型中的迟滞者》，《中国农业大学学报》（社会科学版）2007年第1期。

桶”。如《扁担》（李锐）中的金堂、《湖光山色》（周大新）中的长林、《山高路长》（向本贵）中的金建军、《顺子回家》（姚鄂梅）中的顺子等，都在外出打工中受伤致残，只好回到贫困的家乡。城市对乡村人力资源的攫取，不仅进一步拉大了原本就十分严重的城乡差别，而且削弱了农村社会与农村经济自身的发展能力，其负面影响是巨大而深远的。其三，对农村土地的攫取。城市对农村土地的攫取是很严重的，这也成为不少乡土小说特别关注和叙述的乡村现实。如《栓住漂移的宅基地》（朱学群）讲述了番婆埭村被城市蚕食终至消失的过程，小说这样写道：“城市正迈着带有金属声响的脚步，向我们的村庄大踏步地逼进，很快地就在我们村一些地块形成包抄、穿插、合围之势。我们村濒临大海，而这座城市说它正是要建设成为一座滨海城市。于是，我们村见诸媒体的称呼就从乡村变为郊区、郊外、城郊、近郊、城乡结合部以至于城中村了。最近，我们村的几条水泥村道又被称为城市的背街小巷。”[①] 概言之，城市对农村人力、财力和土地等的攫取，使农村虚空化，逐渐失掉了从政治、经济、文化到意识形态上的价值。这正是社会转型期中国农村令人忧虑的一种坚硬的现实，也是新世纪乡土小说中“农村形象”的突出特征。

中国农村在文化意义上的“消失”或曰“终结”，也有两种情况：其一，大部分农村日益受到现代工商文明的“侵蚀”，逐渐失掉农村原有的传统文化形态。如《秦腔》中的清风街在农村变革的时代大潮中，原有的文化风貌逐渐消失了，贾平凹慨叹说：“农村的变化我比较熟悉，但这几年回去发现，变化太大了……原来我们那个村子，我在的时候很有人气，民风民俗也特别醇厚，现在‘气’散了，起码我记忆中的那个故乡的形状在现实中没有了，消亡了。农民离开土地，那和土地联系在一起的生活方式，将无法继续。解放以来，农村的那种基本形态也已经没有了。”[②] 如其所言，在现代化进程中，乡村正在失去自己的“基本形态”。其二，一些经济发达地区的村庄迅速“崛起”，由“传统村庄”转型为“现代村庄”，虽然在行政区划上还是“农村”，但现代工商业成为其经济生活的主导，村庄因此发生了质的改变。如长篇小说《花堡》（杨廷玉）中的下花堡，就是一个迥异于传统农村的“现代村庄”。下花堡在“农村新人”孙天鹄的带领下进行了改革，经济总量在“整个松苑平原名列前茅”，农民全部住进自家的小楼，村里建起了藏书量可观的图书馆，还建起了包括洗

---

① 朱学群：《栓住漂移的宅基地》，《泉州文学》2007年第10期。

② 贾平凹、郜元宝：《关于〈秦腔〉和乡土文学的对话》，郜元宝、张冉冉编：《贾平凹研究资料》，天津，天津人民出版社，2005，第1页。

浴中心在内的全部可以在城市里享受到的设施。下花堡不再是传统意义上的农村，俨然已成为一个小型的现代化城镇。这样的村庄，虽然是新世纪乡土小说所描绘的理想的新“农村形象”，但不完全出于凭空想象和虚构，也有一定的现实依据，如中国江苏的华西村，就是现实版的下花堡。这样城镇化的“现代村庄”，目前还是凤毛麟角，在不少论者看来，它外表现代但骨子里传统，俨然代表着中国农村发展的历史大趋势。

对村庄的“消失”或曰“终结”，新世纪乡土作家的情感态度很复杂，有的眷恋村庄的传统文化形态，在批判城市文明侵蚀乡村的同时，为日渐远逝的乡村文明抒写悲怆的历史“挽歌”；有的渴盼村庄在现代化进程中的新生，于是在批判传统村庄贫穷落后的同时，用充满激情的笔墨，勾画出理想中的现代村庄；有的既呼唤乡村的现代文明，又对乡村的传统文明恋恋不舍，在价值取向上显得比较游移和惶惑。

二、失去平衡的村庄

中国农村在现代变革过程中出现的最严峻的社会问题之一就是发展的不平衡，突出表现在城乡发展不平衡与乡村发展不平衡等多个方面。城乡发展不平衡问题由来已久，乡村发展不平衡问题同样由来已久，但在改革开放时代变得越来越显著，主要表现在四个方面：一是不同地域的乡村之间发展的不平衡，二是同一地域不同村庄之间发展的不平衡，三是同一村庄不同农户之间的贫富分化及由此带来的社会阶层分化，四是社会分化所带来的农民心理上的不平衡。新世纪乡土小说对这几个方面都有叙事视点和价值取向不尽相同的表现。

在新世纪乡土小说中，极少能看到像呼家堡（《羊的门》）、下花堡（《花堡》）那样与城市同样发达的“现代村庄”。改革开放以来，中国农村虽然有了程度不同的发展，有些地方的发展变化甚至可以说是十分惊人的，但与城市相比，总体上依旧是比较落后的。城乡发展的不平衡由来已久，还在 20 世纪上半叶，“中国都市的发达似乎并没有促进乡村的繁荣。相反的，都市兴起和乡村衰落在近百年来像是一件事的两面”[①]。20 世纪 90 年代以来，中国农村与城市的发展情形依旧如此，甚至更为严重。当中国的大中城市都已高度现代化的时候，中国农村的不少地方还没有摆脱贫困，还在艰难地探索脱贫致富之道。在新世纪乡土小说中，城乡之间的巨大差别，往往使进城农民内心深处产生强烈的“文化震惊”体验，进而

① 费孝通：《乡土重建》，《费孝通文集》第 4 卷，北京，群言出版社，1999，第 314 页。

生发出做一个“城里人”的愿望。如《接吻长安街》（夏天敏）中的“我”，是从云南昭通山区到北京打工的青年农民，直到进了北京城才知道什么是真正的城市：“我不知道北京城为啥要修这么大，大得令人目眩，也大得叫人头晕，在长安街上看望不到头的车阵，看滚滚人流，你觉得自己就是一粒砂子，一粒随时可以被风吹走，吹走了不会引起任何反响的砂子，这个时候你看到自己是多么卑微。”① “我”于是做起了“城市梦”，“我的那个城市梦一直萦回在我的灵魂中，像魔鬼一样赶也赶不走。我被这个魔鬼折磨得神魂颠倒、死去活来”②。城乡之间日渐加大的不平衡，使农村青年厌弃自己的农民身份，逃离自己的家乡，也使农村旧有的贫困、愚昧、落后等形象特征在城乡比照中再度强化。虽然迟子建、郭文斌、孙惠芬乃至贾平凹等作家，依旧愿意抒写传统意味十足的乡村，以之为精神皈依的家园，但乡村已然失掉了“现代性”自足生成的可能性，从而失掉了意识形态上的价值。新世纪乡土作家在城乡发展不平衡的对照性叙述与描写中，往往将批判的矛头指向中国当代社会现代性发展设计与城乡区隔制度的不合理性。

中国农村的地域差异，特别是东部与西部、北方与南方、城市近郊与边远乡村之间发展的不平衡，虽然不如城乡之间的不平衡那样巨大，但也非常显著。值得注意的是，在新世纪乡土小说中，不论是何地的乡村，虽然与改革开放前相比有了这样那样的变化，但大都还是以贫困落后的面貌出现，相互之间的差距远没有现实中那么显著。如《歇马山庄》（孙惠芬）中的歇马山庄是辽南山区农村，这个村庄在改革开放后有了明显的变化，办起了砖厂，土地集中承包经营，村民们逐渐富裕了，外出打工的人选择回乡，村民们的婚丧嫁娶和衣食住行等都有了显著改善。《好大一对羊》（夏天敏）中的黑凹村是云贵高原深处的贫困山村，“村里穷得掉得下毛来了，村小（学）烂得像猪圈，村里的浇灌渠早就淤平了。连人吃猪喝的水都要到几里外的小黑箐去挑”③。与西南的黑凹村相比，东北辽南的歇马山庄要富裕一些，但与其所在地的县城（且不说大城市）相比，都是很落后的。不同地域之间村庄发展的不平衡，似乎没有什么可比性，新世纪乡土小说也很少有对照性的叙述与描写。新世纪乡土作家比较关注的是同一地域不同村庄之间的差距，而这样的差距往往是巨大的，如《花堡》中的下花堡发展成为现代城镇化的村庄，与传统的上花堡和中花堡就有着天壤

① 夏天敏：《接吻长安街》，《山花》2005 年第 1 期。
② 夏天敏：《接吻长安街》，《山花》2005 年第 1 期。
③ 夏天敏：《好大一对羊》，《当代》2001 年第 5 期。

之别。发展不平衡的原因，除了政策外，还有气候条件、自然资源、乡村政权、乡村能人和农民的文化素质等。这些因素，也是乡土作家思考乡村问题进行社会批判的切入点。乡土作家的思考是多样的，也有一些共同的识见，如大都认为农村只有改革才能走向现代，实现共同富裕，而改革需要程买子（《歇马山庄》）、孙天鹄（《花堡》）那样具有现代文化人格的“农村新人”，如此等等。

最受新世纪乡土作家关注的是同一村庄内部的贫富分化与社会分化。同一村庄内部先富起来的人有三类：一是村主任、书记之类的乡村权势人物。如《天行者》（刘醒龙）中界岭村村长余实是界岭村最富有的人，他的财富来源主要是利用职务之便贪污挪用公款，侵占界岭村民的利益。也有相反的例子，如《歇马山庄》的两任村长林治帮与程买子依靠个人能力发家致富，又能带动村民一起致富。二是乡村能人。他们各有技艺，如木工、瓦工、裁缝、理发、维修、养殖等，凭借技艺、劳动和特别的生存智慧，发家致富，成为村里日子最好过的人家。如《民工刘建华》（王安忆）中的刘建华，擅长木工，在上海搞装修挣钱，在“乡下已经盖起了楼，三层，上上下下的家什，全是自己打，不用一根钉，全用榫”①。三是乡村流氓恶霸。他们横行乡里，抢夺各种可以赚钱的资源和机会，甚至与有权者相勾结，把持乡村政权，成为一方豪强。如《民选》（梁晓声）中的村长韩彪，既是流氓恶霸，又是银矿矿主，为了霸占银矿，窃取村长职务，不惜买凶杀人，贿赂各级官员，欺压村民。与这三类人相反，普通村民的生活从总体上看有了改善或提高，但大多数人陷入相对贫困乃至绝对贫困之中。如《民选》中的翟村村民无缘本应同等享受的银矿资源带来的利益，翟村出现了贫者愈贫富者愈富的反常现实。村庄的贫富分化带来的是乡村社会阶层的分化，富有者与贫困者逐渐变成乡村社会的两个不同的阶层，虽然他们之间还有千丝万缕的复杂关系，但阶层之间的分化与对立，已然成为严峻的乡村社会现实，由此带来各种各样复杂的社会问题。对乡村社会日益凸显的贫富分化与阶层分化，新世纪乡土作家尤为关注，其基于人道主义的社会批判，要求更多的是社会发展的公平与正义。

新世纪乡土小说对乡村贫富分化与社会分化所带来的社会心理的不平衡及其衍生出的各种社会问题，做了比较深致的描述与剖析。如《袴镰》（李锐）中的村长杜文革霸占村里的煤窑，贪污公款，成为村里有权有钱的人，村民敢怒不敢言。村民保来告村长贪污被害死，保来的弟弟有来继

---

① 王安忆：《民工刘建华》，《上海文学》2002年第3期。

续告村长贪污遭到恐吓，有来愤而杀死村长。《民选》中的流氓韩彪贿选当上村长，霸占村里的银矿，成为村里最富有的人，村里出现比较明显的贫富分化。《谁动了我的茅坑》（荒湖）中的土村已然有分化为贫富不同的两个阶层，曹疤子依仗女婿曹兵的财力，与村长及其手中的权力以及未在小说中正式出场的黑恶势力结成一体，俨然形成土村社会的上层势力；曹花头等乡村平民和贫民，则不幸落入社会下层，曹花头于是怨恨整个社会。杜文革、曹疤子、韩彪之流都是利用权势侵害村民利益发家致富，引起利益受损者的心理不平衡，招致贫困村民的嫉恨或仇恨是必然的。与之不同，《目光似血》（胡学文）中的杨文广在村里办蔬菜站发了财，也让同村人一起赚了钱，但他比同村人赚得多一些，更富有一些，由此引起村里人的嫉恨。二全与一些贫困村民最终借机搞垮了杨文广的蔬菜站，即使因此失去财源再度陷入贫困，也在所不惜。《老旦是一棵树》（杨争光）中的人贩子赵镇拐卖妇女发了财，老旦就把他当作仇人，与他缠斗不休。老旦仇恨赵镇的理由不是赵镇贩卖妇女的犯罪事实与不道德行为，而是他有钱。老旦“巴望赵镇能遇到些倒霉的事情……可赵镇每一次都会好好的回到双沟村，他活得很滋润。赵镇遇到的事情都是好事情，而且，日子越过越富……老旦更恨他了”①。杨文广、赵镇等人通过正当或不正当方式发家致富，没有损害乡邻，而是惠及乡邻，却也招致乡邻的嫉恨，这与人性弱点和国民根性有关。新世纪乡土小说对农民“心理不平衡”及其衍生的社会问题的批判，其切入的角度，主要有“小农意识”“国民劣根性”“人性”“仇富心理”等等，这些批判往往与对“丛林法则”的批判及对弱者的人道主义同情纠结在一起，在价值取向上充满了难以开解的内在矛盾。

三、亦新亦旧的村庄

在新世纪乡土小说中，呼家堡（《羊的门》）、下花堡（《花堡》）、楚王庄（《湖光山色》）、上塘村（《上塘书》）、清风街（《秦腔》）、王榨村（《妇女闲聊录》）等村庄都在改革开放的时代大潮推动下，或快或慢地从传统向现代转型，呈现出亦新亦旧的过渡性特征。这里的所谓“新”与“现代”有关，所谓“旧”与“传统”有关。中国农村变革中的新与旧，表现在村庄的人文地理景观、器物文化、乡风民俗、乡村政治、乡村经济、伦理道德、价值观念体系等多个方面。

村庄人文地理景观的亦新亦旧，主要表现在村庄的房屋、街道、桥梁

---

① 杨争光：《老旦是一棵树》，《收获》1992年第2期。

等建筑景观上。如《上塘书》（孙惠芬）中的上塘村，有前街、中街和后街，三条街的房屋建筑不一样，前街是传统的砖瓦房和老式的房间布局，住的都是老辈的人；中街是集体经济时代的房屋建筑，大都是简陋的泥巴房，草顶泥墙，房间布局模仿前街的传统样子，住的也大都是前街的儿子辈的中年人；后街是 20 世纪 90 年代以来陆续修造的，住的大都是年轻人，“后街的房子，是阔气的，他们的阔气，不只体现在雨顺比老房宽一米五，举架比旧房高一米三上，更重要的，还是里边的格局。这些建房的新人类，因为大都在外面当过民工，给城里人盖过楼，搞过装修，了解到那些不同于上塘房子的新格局，就把这样的格局也搬到上塘来。……上塘后街的新房，除了没有卫生间，凡是城里有的，他们都有。逢年过节，住新房的小辈人，到前街给老人拜年，脚步刚转过街面，还不等进院儿，心就一程程沉下来，仿佛又回到万恶的旧社会”①。上塘的三条街仿佛代表三个不同的时代，上塘房屋建筑的亦新亦旧正是时代变化的最直观的表现。再如《秦腔》（贾平凹）中的清风街，是颇具传统色彩的陕南村镇，村镇的房子都是一明两暗的硬梁房，有木板门面老街、高高的台阶和大的场子，有清风寺、戏楼、染坊、压面房、铁匠铺、裁衣店和纸扎坊等。在这些传统的建筑群落中，逐渐有了集贸市场，不伦不类的两层或三层的“小洋楼”。乡村建筑景观的亦新亦旧，特别是旧式建筑的衰败与新建“小洋楼”样式的“趋同”，使内陆乡村人文景观出现了“去地域化”的发展趋向。

农民在日常生活、劳动生产中使用的器物也都是亦新亦旧、新旧并用的。如在鸡鸣狗吠的村庄院落里，有电视机、电冰箱、洗衣机等家用电器与传统的坛坛罐罐；在乡村道路上、农家门口来来往往的，有很现代的摩托车、小轿车、汽车、拖拉机与传统的驴车、牛车、马车等交通运输工具；在通信联系方式方法方面，电话、手机等现代通信工具也很普及。在清风街（《秦腔》）、楚王庄（《湖光山色》）、上塘村（《上塘书》）、王榨村（《妇女闲聊录》）等村庄的农民的日常生活与劳动生产中，都可以看到现代器物与传统器物的并用。二者的杂陈与并用，逐渐构筑出乡村的新风貌与流行色。现代技术制造的各种器具同传统手工产品一起，在成为乡村生活必需品的同时，也在改变乡村的生活方式与生活观念。

农民的穿着打扮、文娱生活、民俗风习等也是亦新亦旧、新旧并举的。在穿着打扮方面，都市流行色与不同地域不同民族的装扮相混杂，成

① 孙惠芬：《上塘书》，《当代》2004 年第 3 期。

为当下村庄的生活常态。如孟虎子（《乡间路上的城市女人》）是位农民企业家，他的飞扬机械厂就办在他生活的村庄里，他穿西装，但城里来的女工杨彤“从他的脸上、身上还是能毫不费力地看到农民的影子”[①]。在文娱方面，二人转、秦腔、善书等传统戏曲和曲艺与流行歌曲，各有喜爱的人群，《秦腔》中白雪的秦腔有清风街老一代农民喜欢，陈星的流行歌曲则有不少青年迷恋。在民俗风习方面，与婚丧嫁娶等有关的乡风民俗也在悄然地发生改变，出现了新旧杂糅的现象。如婚俗方面，坐轿车、录像、穿婚纱等新的做派与各式传统礼仪杂糅的婚俗，已十分普遍。《歇马山庄的两个女人》（孙惠芬）中李平的婚礼，就是既新且旧的，有送亲的车队，有录像，穿婚纱，“山庄人再孤陋寡闻，也是见过有录像的婚礼，可是他们确实没有见过刚入街口就下车录像的，关键这是大冬天，空气凛冽得一哈气就能结冰，成子媳妇居然穿着一件单薄的大红婚纱，成子媳妇的脖子居然露着白白的颈窝。人们震惊之余，一阵唏嘘，唏嘘之余，不免也大饱了一次眼福”[②]。真真假假的各色“现代”随着人们在城乡之间的流动往来、随着日益发达无处不在的现代传播媒体涌进乡村，冲击传统，又与传统杂糅起来，形成亦新亦旧的乡村文化现象。

在章西村（《乡间路上的城市女人》）、呼家堡（《羊的门》）、楚王庄（《湖光山色》）、鹦鹉村（《麦河》）、上街村（《乡村行动》）等“乡镇企业”比较发达的村庄里，出现了“亦工亦农”现象。如《麦河》（关仁山）中的鹦鹉村民完成“土地流转”后就成了麦河集团的员工，由农民变成了“农业工人”，他们在田地里劳动变成了“上班”，需要接受企业化的劳动管理。《湖光山色》（周大新）中的楚王庄村民，没有外出打工的，如青葱嫂、麻四、九鼎等，大都在楚暖暖、旷开田与薛传薪等就地开办的楚地居、赏心苑等旅游服务机构做服务工作，既是农民，又是旅游业的从业者，交替从事农耕与旅游业服务工作。“乡镇企业”作为乡村新兴经济，它的发展使不少乡村发生了巨大的变化。其带来的最大改变，就是让相当一部分农民放下农具，离土不离乡地走进工厂和矿场。“上班”进厂打工，“下班”回家务农，这样的交替劳作，使一部分“在乡农民”，从生产方式到生活方式都发生了质的变化。这种变化是深刻的，不仅改变了村庄传统的经济活动方式，而且改变了村庄的古朴民风，甚至改变了农民对自身的理解和认识，滋长出前所未有的个人现代性。

村庄的亦新亦旧，更为深致的是道德伦理与价值观念等方面的新旧交

---

① 李铁:《乡间路上的城市女人》,《青年文学》2002 年第 8 期。

② 孙惠芬:《歇马山庄的两个女人》,《人民文学》2002 年第 1 期。

替与缠绕。如《上塘书》中的上塘村，是辽南的一个山村，有与外部世界相连的省道，有邮递员、电视、电话、手机等与外界相通的现代通信手段，有很洋派的楼房，有不少在外打工春节会回家的人，这些都使上塘这个相对闭塞的山村变得很“现代”，对于婚姻、家庭、男女性事、孝道等等都有了不同于以前的“开放”观念。但上塘在骨子里还是很乡土的，重家族、尚礼治、安土重迁、叶落归根、重现实需求甚于心灵相通等等，依旧是上塘人的文化精神底色。《妇女闲聊录》中的王榨村，在叙述者木珍的讲述中，村民外出打工所学到的，主要是造假售假、坑蒙拐骗、偷懒耍滑、卖淫嫖娼等反社会反道德的消极货色，而不是“现代性”的积极面；“在乡农民”或者回乡过春节的“流动农民”，除了打麻将、赌博、打架、偷东西，就是偷情纵欲，也不做正事，在婚姻、家庭、两性、子女教育、人生观念等方面所持的观念都是低俗不堪的。在乡村社会的变革过程中，不论是“流动农民”还是“在乡农民”，其道德观念、价值观念中既有新的质素，又有传统的可称之为糟粕的东西。旧的不会轻易消逝，新的已然来临且蓬勃生长，亦新亦旧、新旧杂陈就成了新世纪中国乡村的历史过渡性特征。

村庄文化形态上的亦新亦旧，是中国农村从传统向现代转型的表征，也是转型过程中的阶段性“成果”。村庄从外在的人文地理景观到内在的社会文化心理的急剧变化还在进行之中，乡村变革的历史及其叙事远没有所谓的“终结”。如何写好亦新亦旧的具有历史过渡性特征的当代中国乡村，是新世纪乡土作家面临的共同难题，而对难题的每一次突破，就意味着对新世纪中国农村的一次审美新发现和新创造，从而创造出属于这个时代的新村庄形象。

第二节　乡村政治文化生态的现状与反思

在新世纪乡土小说叙述和描写的乡村现实生活中，乡村政治文化生态是非常重要的一个方面。中国乡村当下的政治文化生态，有的乡村发展良好，是民主的村庄、文明的村庄、富裕的村庄，也是和睦友爱的村庄，如周大新小说《湖光山色》中的楚王庄，最初是贫困的村庄，是老主任詹石磴为非作歹的村庄，后来发展成为远近闻名的旅游村庄、富裕的村庄、善治的村庄。与之相反，有的则出现了比较严重的治理危机，乡村政治文化生态恶化，乡村生态环境破坏严重，农业资源危机日益凸显；乡村社会黑恶势力不断坐大，甚至与乡村权力执掌者沆瀣一气，横行乡里，为害一方；农村基层政权出现功能性退化，甚至出现黑社会化和流氓化倾向。如梁晓声小说《民选》中的翟村，村政权就是由韩彪为首的黑恶势力把持。韩彪豢养打手，横行乡里，抢劫杀人，无恶不作，背后竟然有当地公安为其撑腰。新世纪乡土小说在叙述和描写政治文化生态优化的善治村庄时，多有肯定与赞美；在叙述和描写政治文化生态恶化的村庄时，多有揭露和批判。

一、对乡村政治文化生态优化的肯定与赞美

在新世纪乡土小说中，周大新小说《湖光山色》中的楚王庄、贾平凹小说《秦腔》中的清风街、杨廷玉小说《花堡》中的花堡、向本贵小说《山高路长》中的半垭村等，其政治文化生态都有一个曲折多变的发展过程，但总的趋势是朝优化的方向发展。在叙述和描写乡村政治文化走向善治的发展过程时，新世纪乡土小说特别予以注意和突出的有如下几点。

其一，治理得比较好的乡村，基本上都有一到两个有德有能的主要村干部，实心实意为本村民众做事。如贾平凹小说《秦腔》中的夏君亭与《土门》中的成义、杨廷玉小说《花堡》中的孙天鹄、向本贵小说《山高路长》中的金建军与《村官杜中全》中的杜中全、黎晶小说《村长乡长一个妈》中的白二奎等，都是新世纪乡土小说中的有德有能的干部。他们多为村主任、村支书，大一点的也不过是乡长、镇长，但都有很强的社会责任感和使命感，有担当，都能尽其所长，实心实意为村里做事情。如向本贵小说《村官杜中全》中的杜中全，“做半娅村的村支书兼村主任已经十三年了。开始做村主任的时候他才三十三岁。其实，杜中全做村主任之前还做过村治保主任的。还在他十九岁的时候，老支书说他看中杜中全这小子了，要培养他，让他做了村治保主任。村治保主任的工作十分重要，分管的事情又多，不好当，杜中全小小年纪，却把治保主任当得有声有色。村里扯皮打架的事情少了，偷鸡摸狗的事情少了，许多摆不平的事情也都让杜中全给摆平了，这让老支书十分高兴，让他入了党，还说要他接班做村支书。老治保主任，伍玉秀的父亲居然自己给女儿做媒把女儿给了他”①。在改革开放后的“民工潮”中，“杜中全后来并没有做村支书，他到深圳打工去了。打了十年工，挣得一点钱，他就回来把那栋破旧的木房子拆掉，修了一栋砖房子，半娅村以前没有人修砖房子，这让大家十分的

① 向本贵：《村官杜中全》，《时代文学》2013 年第 1 期。

羡慕”。当乡政府动员他回来时，杜中全放弃打工挣钱的机会，回村“一口气做了十多年的村主任，钱无钱，利无利，跟在外面打工相比那是亏大了，可他还是毫无怨言地坚持下来”①。十多年间，杜中全为半娅村做了很多事情，最大的政绩就是想方设法筹来巨款，吃尽苦头，为村里打通出山的隧道，并因此蒙难。在新世纪乡土小说中，夏君亭、孙天鹄、杜中全等，都可以称为“农村新人”。

其二，治理得比较好的乡村，村委一班人都能团结在一到两个有德有能的主要村干部周围，支持主要干部，实心实意为本村民众做事。如贾平凹小说《秦腔》中清风街的村干部，除夏君亭外，还有村主任秦安、村会计上善、妇女委员金莲等，这些村干部都有各自的盘算，相互间也并不总是那么和谐，但在村里的一些重大决策上，只要认识达成一致了，他们最终都会支持夏君亭。譬如，在跟老村主任夏天义关于继续淤地还是建农贸市场的重大决策上，他们开始时意见不统一，最后还是支持夏君亭，清风街的农贸市场得以建成，带动了清风街及周边乡村的经济发展。再如向本贵小说《村官杜中全》中的半娅村，除了村主任杜中全外，还有孙金花、吴树根等几个村干部。治保主任吴树根“对村里的工作十分的负责，交代他的事情，他都很负责地做好。杜中全常常说半娅村的治安这样的好，就因为有个好的治保主任”②。

其三，治理得比较好的乡村，主要村干部都能得到村民的信任和支持。如向本贵小说《村官杜中全》中的半娅村主任杜中全就很得村民支持，“十多年来，虽然他想了许多的办法，对群众提出了许多的要求，田地不能甩荒；大力发展养殖业；造林种树，半娅村群众的生活有了一些改观，村里也有人修了砖房子，要在半娅打一条隧道的计划却没有实现，那条隧道才打进去二十米，就停了下来。倒冲的群众出山进山还是要爬那又陡又危险的石级小路。只是每次换届选举的时候，半娅村的群众还是把票投给了他”③。半娅村人之所以信任他，一是因为他真心实意为村里做事，尽管有些事情没有做成功，但他努力了；二是因为他敢于抵制上级领导不合理的经济发展决策，使村民避免不必要的损失。再如贾平凹小说《秦腔》中的村支书夏君亭，基本上也得到了清风街人的支持，这是因为他不做损害村民利益的事情，刻意为村里谋发展。周大新小说《湖光山色》中的村主任旷开田，在换届选举时和当上村主任之初，在妻子楚暖暖的引导

① 向本贵:《村官杜中全》,《时代文学》2013 年第 1 期。
② 向本贵:《村官杜中全》,《时代文学》2013 年第 1 期。
③ 向本贵:《村官杜中全》,《时代文学》2013 年第 1 期。

和支持下，乐善好施，为村里和村民做了很多好事，改善了村民的生活条件，赢得了楚王庄村民的信任和支持。旷开田后来权力欲膨胀，变成了一个坏干部，站到了村民们的对立面，这才失去了村民乃至家人的支持，最终受到了法律的惩处。在新世纪乡土小说中，一些受村民欢迎的村干部，其共同点是有德有能有公心，即使有这样那样的问题，村民也能忽视或原谅。

其四，治理得比较好的乡村，经济发展都相对较好，都有比较好的民风，村民们的权利意识、法律观念、社会公德水平等，都要高于其他治理得不好的乡村。向本贵小说《村官杜中全》中的半娅村比起周边封闭落后的山村，村治水平要高很多。半娅村村主任杜中全为保护乡亲们的利益，对乡政府不合理不科学的经济决策进行抵制，这让乡政府领导很恼火，一直想要把他搞下台。但村民们不听乡政府暗中的政治操弄，在每次的换届选举中，都用手中的选票把杜中全选上来。这表明，即使是在封闭的山村，村民也都逐渐有了权利意识，利用政府制定的民主选举制度，实现自己的政治诉求与政治权益。

在新世纪乡土小说中，政治文化生态好的乡村是不多见的，这与新世纪乡土题材的电视剧形成了极大的反差。在新世纪乡土题材电视剧中，如《喜耕田的故事》《马向阳下乡记》《永远的忠诚》《大村官》《花开的美丽季节》《女人的村庄》《美丽的乡村》等，剧中的乡村都在下乡书记、驻村干部、大学生村官的精心治理下，经济发展，政治民主，文化生活丰富，村民们参政议政热情高，其政治文化生态的优化，达成了建设新农村的美好愿景。与之相反，在新世纪乡土小说中，更常见的是政治文化生态恶劣的乡村，这表明新世纪乡土小说比新世纪乡土题材电视剧更具现实批判精神。对此，下文将做具体分析。

二、对乡村政治文化生态恶化的揭露与批判

在新世纪乡土小说中，叙述乡村政治文化生态恶化的作品很多，如《救灾记》（陈世旭）、《好大一对羊》（夏天敏）、《羊的门》（李佩甫）、《日光流年》（阎连科）、《黑猪毛　白猪毛》（阎连科）、《民选》（梁晓声）、《石榴树上结樱桃》（李洱）、《袴镰》（李锐）、《向上的台阶》（周大新）、《土地神》（贺享雍）、《乡村豪门》（许建斌）、《民意》（陈启文）、《人样》（张继）、《无根令》（阿宁）等，都对乡村政治文化生态的恶化有深入的观察、生动细致的叙述描写与大胆的揭露和批判，对造成乡村政治文化生态恶化的乡村权力问题进行了剖析和反思。

新世纪乡土小说对乡村基层干部的腐败、不作为和乱作为给乡村政治文化生态及新农村建设造成的巨大破坏有较多的揭露与批判，主要有如下几点。

其一，一些乡村基层干部贪污挪用公款，圈占土地，霸占企业和矿产资源，损害国家、村集体与农民群众的利益。如《天行者》（刘醒龙）中的界岭村村长余实贪污挪用公款，侵占界岭村民的利益，成为界岭村最富有的人。《袴镰》（李锐）中的南柳村村长杜文革，贪污公款，霸占村里的煤窑。《民选》（梁晓声）中的翟村村长韩彪霸占银矿，不许村民染指银矿，哪怕是掉落在路上的银矿石也不准捡拾，违者非死即伤。《乡村行动》（阙迪伟）中的熊家四兄弟不仅几乎包揽了村政权的全部重要职位，还霸占了村办工厂。这些原本应为村民服务的村干部却变成了贪污腐败分子和村霸，直接毒化了乡村政治经济文化生态。

其二，一些乡村基层干部不作为、乱作为，给农民、农村和农业造成巨大破坏与伤害。一些乡村干部不作为，使一些乡村的基层政权不是形同虚设就是只为干部自己所用。如《湖光山色》（周大新）中楚王庄的老村主任詹石磴在任时只顾自家多捞好处，欺男霸女，懒政怠政，毫无作为，楚王庄在他治下不仅没有发展，而且陷入贫困，很多人家穷得叮当响。一些乡村干部则乱作为，给“三农”带来的问题甚至更加严重。如《好大一对羊》（夏天敏）中的刘副专员、钟乡长等下乡扶贫，却不顾云贵高原贫困乡村的实际情况让农民饲养娇弱且昂贵的外国羊，同时又把这样不切实际的扶贫工作变成了刘副专员等的“面子工程”和钟乡长等的“马屁工程”，结果用来扶贫的外国羊比养羊的贫困户还金贵，使被帮扶的贫困农民陷入更加贫困的境地，德山老汉一家甚至因此家破人亡。类似的情形，也出现在《救灾记》（陈世旭）、《摘贫帽》（韦晓光）、《火烧云》（陈应松）、《扶贫》（谢志斌）等小说中，救灾、扶贫本应是救济灾民、帮助农民脱贫致富的德政与善政，却被下派干部、乡村干部搞成不切实际的政绩工程、形象工程或面子工程，他们的乱作为，甚至比不作为给乡村造成的危害还要大。

其三，一些乡村基层干部为了积累个人的身份资本，利用手中的权力为各种社会势力、家族和宗教团体服务。如《土地神》（贺享雍）讲述牛家湾村民牛二的“升官史”。牛二在叔叔牛方田、村主任（后改任村支书）胡龙的帮助和提携下，从普通村民先后升任村民代表、村民组长、村主任，成为他梦想中的“土地神”。牛二当“官”的动机和理想同村支书胡龙一样很卑琐，就是“捞油水”“偷婆娘”（养情人），享受“政治的优越性”。牛二每升一次“官”，就要养一个新情人，利用职权安排情人的丈夫在村里任一个职务，一起“捞油水”。牛二当“官”的方法也很简单粗暴且有效，就是找靠山、分享好处、“耍流氓”。对村民“耍流氓”，树立“土地神”一般的威信；对上级及其他各种势力“耍流氓”，为村民争取了很多的利益，由此赢得了村民的顶礼膜拜与拥戴。与流氓无赖般的牛二相较，《羊的门》（李佩甫）中呼家堡的村支书呼天成则更像一个深谙传统“统治术”的“乡绅”。呼天成在呼家堡一把手的位置上数十年，对上找靠山，安插自己人，建立起强大的权力关系网；对下用治心术，恩威并施，把村民驯化为膜拜权力的顺民。呼天成治下的呼家堡，已成为家天下，看上去很富有很现代，其思想价值观念及权力运作方式等却是前现代或曰反现代的。《无根令》（阿宁）、《黑村》（夏天敏）等小说中都有对类似情形的叙事批判。

其四，一些品质恶劣、道德败坏的乡村基层干部横行乡里，欺男霸女，压制、打击乃至整死敢于反抗的村民。如《命案高悬》（胡学文）中的尹小梅牵牛进草场吃草，违反了乡里政策，结果被副乡长毛文明和派出所焦所长活活整死。而整人的理由竟然是为了维护所谓的“乡里的威信”[①]。再如《裤镰》（李锐）中的南柳村村长杜文革为了阻止村民陈保来告自己贪污，不惜把他害死在自己霸占的煤窑里。《黑村》（夏天敏）中的村干部为了阻止任遇礼告状，剪了他家的电线，毒死了他家的猪，砍掉了他家的果树，还把他的儿子抓去关了一段时间。《湖光山色》（周大新）中的老村主任詹石磴、《人样》（张继）中的村长李木、《村长的玉米》（张继）中的村长等，都以手中的权力威逼村里的女性与自己通奸，由此引发各种矛盾冲突。这类乡村干部欺男霸女，压制、打击乃至残害村民的故事，在新世纪乡土小说中比较多见。

新世纪乡土小说对乡村基层权力建构中的跑官、卖官、买官等反常现象及家族势力、黑恶势力与其他各种社会力量对乡村基层政权的介入或渗透有较多的揭露和批判，主要有如下几点。

其一，一些人在乡镇干部换届选举中，采用贿选、跑官、买官卖官等违法手段，破坏乡村基层政权建设。《石榴树上结樱桃》（李洱）、《湖光山色》（周大新）、《羊的门》（李佩甫）、《民选》（梁晓声）、《龙凤呈祥》（李洱）、《无根令》（阿宁）、《乡村行动》（阙迪伟）、《海赌》（林深）、《海选村长》（尚志）等小说，对乡村基层政权建设中贿选、跑官、买官卖官现

① 胡学文:《命案高悬》,《当代》2006 年第 4 期。

象以及乡村基层干部之间的明争暗斗等都有揭露和批判。如《石榴树上结樱桃》中的孔繁花谋求连任村长以各种方式拉选票，她采用的主要拉票方式是利用手中的权力以“开发票，我给你报销”的合法形式进行权钱交易笼络人心。她的贿选最终没有成功。《湖光山色》中的老村主任詹石磴在换届选举中，为了继续当选做村主任，一改平时作威作福的嘴脸，上下活动。对上，詹石磴让乡里负责换届选举的干部住到自己家里，天天陪吃陪喝；对村民，则威逼利诱，误导村民，四处放风说乡里提出的村主任候选人还是他。选举前又用各种手段威逼竞争对手旷开田退选。由于詹石磴实在不得人心，最终失败。与之不同，《民选》中的韩彪贿选村长、《无根令》中的贡存义跑官、买官当副乡长，都心想事成。

其二，乡村家族势力、黑恶势力、资本力量及其他各种社会力量对乡村基层政权的强力介入和渗透。如《乡村豪门》（许建斌）中平阳县吉星焦化公司是苏氏的家族企业，也是当地最大的炼焦企业。苏氏家族当家人苏荣生通过儿女婚姻与省五金矿产出口公司经理范朝文、税务局史局长结成亲家，又以金钱开路让大哥苏荣庆当上白云村支部书记，他深知“在中国办公司开工厂没有权力参与不行，支部书记官不大，可代表党和政府！苏家应该有个当官的”①。类似的情形，也出现在《无根令》等小说中。《无根令》中皮县天华毛纺集团是贡氏的家族企业，也是当地最大的乡镇企业。贡氏家族当家人贡天华金钱开路，买通各级官员充当保护伞，并且“不再满足于朝里有人，而是想自己掌握权力”②，于是调动各种关系，让儿子贡存义当上了副乡长，又试图谋取乡党委书记的职位，比《乡村豪门》中苏氏家族的权力野心还要大。如此“大户干政”，在中国乡村是一个值得注意的现象。在当下中国乡村，资本力量往往与乡村社会黑恶势力搅在一起，狼狈为奸。在《民选》《乡村行动》等小说中可以看到，乡村黑恶势力对乡村权力的渗透，甚至比资本力量的入侵还要严重。如《民选》中的翟村就是由村长韩彪为首的黑恶势力把持的，其背后有被买通的各级官员充当保护伞。《乡村行动》中的熊家四兄弟也是上街村的流氓恶霸，而兄弟四人几乎包揽了村里的全部重要职位及村办工厂。熊家四兄弟也得到了政府的支持，镇委书记张小俊就是他们的靠山。乡村基层政权的黑社会化、流氓化，背后都有权力腐败的暗影。

新世纪乡土小说在揭露和批判上述乡村政治文化生态恶化的种种现象时，从不同角度对中国乡村权力崇拜意识的历史文化传统、政治经济基础

① 许建斌:《乡村豪门》,《黄河》1996 年第 2 期。

② 阿宁:《无根令》,《人民文学》1999 年第 7 期。

和现实表现等，进行了深入的揭示和批判。

中国乡村权力崇拜的现实表现是很普遍的，不论是有权者还是无权者，都有根深蒂固且日益膨胀的权力崇拜意识。有权者想获得更大的权力，无权者想获得权力或攀附权力。如《无根令》中的贡存义花钱买了个副乡长，还想当乡党委书记；《湖光山色》中的詹石磴操纵村民选举，威逼竞争者退选，想保住自己当了十多年的楚王庄村主任；《民选》中的韩彪费尽心思操纵村民选举，甚至用极端残酷的方式砍杀新选的村长翟学礼，企图保住他坐了八年的村长位子。无缘权力宝座的普通民众，则对有权者顶礼膜拜，乡村道德因此大都带有依附权势以及向有权者献媚的特征。如《秦腔》（贾平凹）中夏中星的父亲是个风水先生，出身低微，贫困潦倒，受到清风街人的歧视。随着夏中星职务的不断升迁，清风街人对夏中星父亲的尊敬程度不断增加。《羊的门》（李佩甫）中的呼家堡村民听说当家人呼天成生病了，“人们忧心忡忡地想，如果呼伯有个三长两短，他们怎么活呢?!”当呼家堡人听说呼天成要听狗叫，于是“全村的男女老少也都跟着徐三妮学起了狗叫！在黑暗之中，呼家堡传出一片震耳欲聋的狗咬声!”① 在如此荒唐夸诞的人学狗叫声中，透露出的是呼家堡人深入骨髓的人身依附意识与权力崇拜意识。

中国乡村的权力崇拜有极为悠久的历史文化传统，更有坚实的现实政治经济基础。费孝通曾言，权力之所以如此诱人，是因为“人们喜欢的是从权力中得到的利益。如果握在手上的权力并不能得到利益，或是可以不必握有权力也能得到的话，权力引诱也就不会太强烈”②。而新世纪乡土小说中的乡村的现实是“权力的代理者不仅可以通过权力获得正当或不正当的物质利益，而且还可能在权力的运行中感受到一种心理的愉悦和满足，一种人性的‘自由伸展’，一种自我‘价值’的实现”③。历史传统深厚，现实原因艰窘，人性弱点不易克服，如何遏制乡村政治文化生态的恶化，消除人们的权力崇拜意识，使乡村治理由人治变成真正意义上的法治，从而走出乡村治理危机，是当代乡村治理的难题，也是新世纪乡土作家关心和思考的难题。

三、对农民争取自身权益的肯定与同情

新世纪乡土小说多以悲悯的态度叙写乡村普通农民为争取自身权益所

---

① 李佩甫:《羊的门》,《中国作家》1999 年第 4 期。

② 费孝通:《乡土中国　生育制度》,北京,北京大学出版社,1997,第 61 页。

③ 童星:《转型社会腐败根源的社会学分析》,《三学集》,南京,南京大学出版社,2007,第 155 页。

进行的有限反抗，肯定这种反抗对阻遏乡村政治文化生态恶化的积极作用，对他们因反抗而招致的不幸后果表示同情。如《民选》（梁晓声）、《沉默权》（梁晓声）、《海选村长》（尚志）、《乡村行动》（阙迪伟）、《三棒槌》（阎连科）、《袴镰》（李锐）、《状告村长李木》（张继）等小说，都叙述了普通农民在迫不得已的情况下以不同的斗争方式所进行的有限反抗，其结局往往都是悲惨的。

在新世纪乡土小说的现实叙述中，农民为了争取和保护自身的正当权益，往往利用村干部换届选举的机会，以合法的方式把那些不作为、乱作为、贪污腐败、欺压民众的乡村基层干部选下去，把中意的人选上来。如《湖光山色》（周大新）中楚王庄的村民对作威作福的老村主任詹石磴十分不满，在候选人旷开田与妻子楚暖暖的积极活动与引导下，利用换届选举的机会，把詹石磴选了下去，把许诺发展经济提高村民收入的新富人旷开田选了上来。新上任的旷开田任职前期，兑现了承诺。旷开田任村主任的后期，逐渐蜕化变质，其自私冷酷、损害村民利益的程度，比之詹石磴有过之而无不及。无奈的村民只能等待下一次换届选举来伸张自己的权利。《海选村长》（尚志）中的王玉海刚当上村支书的时候，与旷开田一样，认真地为村里做事，但时间长了之后，也逐渐走到了村民的对立面，与上级官僚沆瀣一气，不顾村民死活，只顾给自家捞钱致富。为了制衡变坏了的村支书王玉海，村民选举杨大牛当村支书。杨大牛秉性刚直，为了保护村民的利益，敢于抗上，经常与不按照国家政策办事的乡干部顶牛，顶不住的时候就只得牺牲自己的利益来保护村民的利益，弄得自家一贫如洗。他感到自己也坚持不下去了，如果再坚持当村长，也有可能变成第二个王玉海。旷开田、王玉海等为什么都会变坏，村民民主选举出来的人为什么会再次变成欺压农民、损害农民利益的人，如此周而复始反反复复的原因是什么？这是一个值得反思的问题。

农民利用合法途径改变乡村基层组织的合适人选，以期争取让能代表多数人利益的人当乡村干部。这样的合法抗争，在很多时候并不能如愿，其原因很复杂，有乡村宗族间的争斗，有权力腐败，有资本与黑恶势力的干扰，等等。如《徐村的选举》（张继）中的徐村村长换届选举，多次选举都未能成功，就是宗族间殊死争斗造成的。徐村人口总量不大，仅800余人，但村民姓氏很多，有徐、李、刘、张、王、胡等，人口多宗族势力大的都推同宗同族同姓氏的人物出来参选，都给代表本宗族的人投票，结果参选人谁也过不了投票关，只好由村民们都不满意的现任村长当“代理村长”。《乡村行动》（阙迪伟）中的熊家四兄弟几乎包揽了村干部的全部重要职位及村办工厂，为非作歹，欺压村民。村支书叶光荣暗地组织村民反抗熊氏四兄弟，而这次反抗与镇政府的利益产生了冲突，在镇委书记张小俊的干预下归于失败。熊氏四兄弟最后被抓，是外地公安局为解救人质强力介入的结果。

与上述集体反抗不同，在个人和家庭利益受到来自有权者的侵害时，受害者也会选择个人反抗。受害者的个人反抗，大都首先选择告状、上访等合法途径。如果合法途径得不到解决，被逼入绝境的受害者往往会采取极端的反抗方式。如《乡村火焰》（王方晨）中的塔镇村长王光乐放火烧了自家的柴垛，嫁祸给村民王贵锋，让派出所关他三天再放出来，以此显示自己手眼通天，镇住那些想要扳倒自己的村民们。王贵锋的妻子耿玉珍知道丈夫是被冤枉的，不顾劝阻，执意要查明真相。她先找王光乐理论不成，后到派出所要人未果，于是就采用极端的方式与村长妻子厮打。耿玉珍的激烈反抗，虽未能改变丈夫被冤枉的结果，但也赢得了村民们的同情与暗中相助。又如《三棒槌》（阎连科）中农民石根子的老婆被李蟒长期霸占。李蟒做药材生意赚了钱，在村里呼风唤雨，欺男霸女。暴发户李蟒后来又当上了什么委员，就更加肆无忌惮了，不仅公然要求石根子老婆陪睡，还当众羞辱石根子。忍无可忍的石根子愤然砸死了李蟒，自己最后也被处以极刑。再如《袴镰》（李锐）中的陈有来、《沉默权》（梁晓声）中的郑强夫妇，都是在合法的反抗无效后，采用报复杀人或自杀等极端的个人反抗方式。在平常的日子里，一个普通农民的尊严竟然要以生命为代价来捍卫，是令人深思的。新世纪乡土小说对石根子夫妇、陈保来与陈有来兄弟、郑强夫妇等被侮辱与被损害者的现实遭际与悲剧命运给予了极大的同情。

在上述的极端反抗方式之外，也有受侮辱、受损害的农民选择妥协或者逃离。如《事故》（阙迪伟）中的孙乡长借社会治安之名搞罚款创收，动辄罚得乡民倾家荡产，坑苦了那些有“问题青年”的农民家庭。“问题青年”老八酒后乱性，骚扰同村麻脸姑娘大秀，事后害怕被孙乡长高额罚款，在村长有水的撮合与强迫下和大秀结了婚。老八对自己的婚姻不满，又斗不过乡长村长，于是逃离了家乡，不知所踪。《状告村长李木》（张继）中村民贵祥家的两亩好地被村长李木私自卖了，补给他两亩差地，甚至连差地也不给了。贵祥就到市里去告状，却连市政府的大门也进不了。贵祥告不赢村长，只好留在城里打工。《湖光山色》（周大新）中楚暖暖、旷开田夫妇在换届选举时，做好了成功与失败两种准备。如果成功，那自然无后顾之忧；如果失败，楚暖暖、旷开田夫妇打算卖掉为扩大旅游业新建的房屋，到城里去打工。对无权无钱的普通农民而言，逃离也是常见的消极反抗方式。也有农民在积极反抗不成功后，选择与有权者妥协。如《村长的玉米》（张继）中的村民平四、《人样》（张继）中的村民朱七夫妇、《戴口罩的女人》（向本贵）中的村民刘高兴等，他们的利益都受到了来自村长或镇长的损害，也都有怨恨之气，但都选择了妥协或忍让，以期降低自己受损害的程度。对这类受侮辱与受损害的农民，新世纪乡土小说的叙事态度大都是哀其不幸怒其不争。

中国乡村的治理是不平衡的，一些乡村在有德有能者的治理下，乡村政治文化生态得到优化；一些乡村在有能无德或无德无能者的治理下，乡村权力或为有权者自己所用，或为当地大家族利益服务，或为黑恶势力与资本服务，乡村政治文化生态恶化。农民为争取自己应该享有的合法权益，会通过民主选举、上访、告状等合法途径进行反抗，也会选择用极端手段、妥协或逃离等不合法或消极方式进行反抗。新世纪乡土小说对这些乡村治理问题的集中书写，对乡村权力崇拜意识的揭示，有鲜明的现代价值取向；对农民因乡村治理不当而遭遇的各种不幸，既有同情，也有哀其不幸怒其不争的情感表达；对乡村治理危机及乡村权力建构中的非正当性，有深切的现实忧虑。

第三节 乡村伦理道德的失范、承传与新变

中国乡村的伦理道德，同乡村的政治、经济、民俗乃至宗教等一样，在新世纪也发生了复杂的变化。中国当代农村社会的发展是不平衡的，首先是区域之间发展不平衡，如东部与中西部地区、沿海与内地、平原与山区、城乡接合部与边远农村之间的发展是不平衡的。其次，同一区域不同村庄之间发展不平衡，如富裕村庄与贫困村庄之间发展不平衡。再次，是同一村庄不同家族、家庭之间发展不平衡，常见的情况是一个村庄相对富裕的农户较少，贫困的农户较多，而富裕户与困难户之间的发展是不平衡的。最后是农民个人与个人之间发展的不平衡，这与农民个人的家庭背景、天赋才能、文化教育、生产技能、社会资源等的差异有关。这些发展的不平衡，造成中国乡村伦理道德发展变化的不平衡与复杂性。面对现代转型期中国乡村社会伦理道德变化的严峻现实，新世纪乡土作家写出了各自不同的观察与思考，如东部作家与西部作家笔下的乡村伦理道德有着明显的差别，农裔作家与城裔作家笔下的乡村伦理道德景观也很不一样。这样的不同或差别，不仅与叙事对象的差异有关，而且与乡土作家的乡土经

验、乡土记忆、现实观察、叙事意图、价值取向等的不同有关。不论有多少不同或差别，新世纪乡土小说中的乡村伦理道德叙事，主要有乡村伦理道德的失范、传统伦理道德的承续与变异及新伦理道德的萌发等多个方面。新世纪乡土作家通过这几方面的叙事，写出自己对乡村伦理道德现状的焦虑、忧思，也写出自己对新伦理道德愿景的叙事想象。

一、乡村伦理道德的失范

中国乡村伦理道德的失范，在新世纪乡土小说的日常生活叙事中，占有很大的比重。《秦腔》（贾平凹）、《丁庄梦》（阎连科）、《羊的门》（李佩甫）、《麦河》（关仁山）、《上塘书》（孙惠芬）、《妇女闲聊录》（林白）、《老旦是一棵树》（杨争光）、《牌坊村》（夏天敏）、《不必惊讶》（罗伟章）等小说，都有对新世纪中国乡村伦理道德失范的逼真叙述，并在叙述中传达出价值取向不同的焦虑与忧思。

中国乡村伦理道德的失范，并不是在新世纪突然发生的，而是滥觞于20世纪70年代末80年代初，是与改革开放同步的。改革开放后的中国，受社会转型与市场经济的冲击，出现了所谓的普遍性的“道德滑坡”。有论者对此做了这样的描述：“在这个人欲横流、金钱至上、浮躁喧嚣的年代里，只要我们的良知还没有泯灭，神经依然敏锐，你就会时时刻刻体会到在我们的精神领域，在人们的道德、伦理方面发生的种种病变——诸如政治生活中的腐败、贪污、渎职、买官卖官，经济交往中的制假贩假、走私贩私、不讲信用、恶劣竞争、坑蒙拐骗，公共生活中人对人的陌生、冷漠、隔膜，对他人不幸的残忍、麻木等等，都给人留下世态炎凉、人心不古的感慨，他使一颗颗敏感而天良尚存的心灵在刺伤中颤抖失望，也一点点的侵蚀着、戕害着我们这个古老民族的魂魄。”① 裹挟在时代大潮中的中国乡村也出现了类似的现象，如有论者所言：“农村人际关系中存在的损人利己、损公肥私、强者欺弱、富者欺贫、少者欺老，寸土必争、寸利必得、宗族械斗、山林纠纷，甚至父子干仗、兄弟反目等现象，无不与农民的道德素质有关。”② 改革开放之初中国乡村的伦理道德失范现象，在新时期乡土小说《人生》（路遥）、《一潭清水》（张炜）、《秋天的愤怒》（张炜）、《古船》（张炜）、《新星》（柯云路）、《老人仓》（矫健）、《天良》（矫健）、《鲁班的子孙》（王润滋）、《河的眼睛》（李旭东）、《血魂》（张平）等作品中，得到了及时的真实的反映。在这些作品中，乡村伦理道德

---

① 刘智峰：《道德中国》，北京，中国社会科学出版社，1999，第5页。

② 蓝玉瑄：《从稳定出发，改善和提高农民的道德素质》，《广西社会科学》1990年第4期。

失范的主要原因是改革开放带来的人们对金钱和物质利益的追逐。如《河的眼睛》（李旭东）里的刘广林在改革开放前后性格有巨大的变化：改革开放前，乡民刘广林仗义疏财，乐于助人，“东家嫁女他帮着抬轿，西家修屋他帮着砌墙”，捕鱼卖鱼，也总是半卖半送；改革开放后，眼红别人发财的刘广林也变得一切向钱看，捕鱼卖鱼，斤斤计较，不再少收一分钱，从水里捞起别人漂走的木料也不愿归还失主，甚至发展到为发横财而见死不救的地步。同样的失德故事，在《一潭清水》（张炜）、《老人仓》（矫健）、《鲁班的子孙》（王润滋）等小说中一再上演。于是，《河的眼睛》（李旭东）的叙述者发出这样的感叹：“生活越是艰难，世道越是混乱，亲的越亲，近的越近。可是这几年，日子好过了，许多从前见所未见、闻所未闻的奇怪事反而不知从哪亩地里忽喇喇冒了出来。”①

新世纪中国乡村伦理道德的失范，从某种意义上看，是 20 世纪末期中国乡村伦理道德滑坡的继续。其所失之“范”，主要有三个：一是中国传统儒家伦理道德规范，二是中国现代伦理道德规范，三是计划经济时代建立的社会主义乡村道德规范。比较而言，受到冲击最大的首先是中国传统儒家伦理道德规范。中国乡村传统伦理道德规范，除部分文化差异较大或宗教文化浓厚的少数民族聚居区外，主要遵从儒家的“五伦”“五常”和“八德”。所谓“五伦”，即孟子所言“父子有亲，君臣有义，夫妇有别，长幼有序，朋友有信”（《孟子·滕文公上》）。处理这五种人伦关系的准则是“君惠臣忠”“父慈子孝”“夫义妇顺”“兄友弟恭”“朋友有信”。所谓“五常”，是指仁、义、礼、智、信，儒家所主张的这五种最基本的道德价值原则，“是中华民族最普遍、最重要的道德规范，是中华民族独特的精神标识”②。所谓“八德”，是指孝、悌、忠、信、礼、义、廉、耻，这也是儒家所主张的与“五伦”“五常”相联系的道德原则。1912 年以来，在中国现代化的历史进程中，传统儒家伦理道德体系不断受到冲击，其中影响较大的有三次。第一次是五四新文化运动。这次高喊“打倒孔家店”的文化运动主要在现代知识分子和青年学生中进行，虽然对孔孟伦理思想产生了巨大的冲击，但对中国乡村，特别是偏远地区乡村的传统伦理道德观念的影响较小。第二次是 1949 年后中国大陆推行社会主义新道德，以及“文化大革命”时期的“破四旧，立四新”（破除旧思想、旧文化、旧风俗、旧习惯，树立新思想、新文化、新风俗、新习惯）。这次代表国家意志的冲击，持续时间长，触及面宽，影响广泛，即使是偏远的

---

① 李旭东：《河的眼睛》，《作品与争鸣》1986 年第 8 期。

② 郭齐勇：《新时代“六伦”的新建构》，《孔学堂》（中国思想文化评论）2014 年创刊号。

乡村也有所波及，在一定程度上动摇了乡村传统伦理道德的根基。第三次是改革开放。中国的改革开放，首先试水于中国农村的“家庭联产承包责任制”，其后向城市推进，中国社会由此从计划经济时代快速步入市场经济时代，中国乡村社会的政治、经济和文化亦随之发生了巨大变化。村社集体名存实亡，资本下乡，农民进城，村庄空心化，“熟人社会”与“陌生人社会”交织共存，传统伦理道德因此逐渐失去在乡村的主导地位。进入新世纪，这样的变化还在继续之中，受到冲击最大的人伦关系，首先是传统“五伦”中最重要的“父（母）子（女）”与“夫妇”两伦，“兄弟（姐妹）”、“朋友”、邻里等人伦关系受到的冲击亦令人触目惊心。不论是传统儒家伦理道德的失范，还是现代伦理道德与社会主义伦理道德的失范，在新世纪乡土小说中都得到了及时的真实的甚至是深刻的反映。

在《秦腔》（贾平凹）、《黄金洞》（阎连科）、《丁庄梦》（阎连科）、《残糖》（李锐）、《瓦城上空的麦田》（鬼子）、《母亲》（陈应松）、《玉米地》（刘庆邦）、《婚殇》（陈永林）等新世纪乡土小说的日常生活叙述中，父母与子女的人伦道德失范现象比较严重。在传统儒家伦理道德中，父子人伦关系强调的是“父子有亲”“父慈子孝”，父母慈爱，子女孝敬，被认为是天经地义的。现代道德讲求父母子女人格平等、人权平等，反对愚孝，但同样强调父母有养育子女的责任与义务，子女也有赡养父母的责任与义务。在新世纪乡土小说的日常生活叙述中，与之相悖的乡村父母子女人伦关系失范是复杂多样的，主要表现在如下几个方面。

其一，父母与子女因利益之争而使人伦关系异化，传统孝道淡化、丧失乃至激变为“弑父”“弑母”。如《黄金洞》（阎连科）叙述了一个颇为极端的“父子相杀”的故事。故事中的父亲贡贵是个农民，但有勘探辨识金矿的本领，凭此本领在自家的山梁上开出了金沙矿，靠卖金沙发家致富。大儿子觊觎贡贵的金矿与财富，二儿子觊觎贡贵的城里女人，兄弟二人相继加害父亲，使父亲失掉了一条腿，又被城里女人桃背叛。而父亲贡贵精明狠毒，对背叛自己的大儿子实施惩罚，最后设计让大儿子葬身在“黄金洞”里。这场“父子相杀”的最大受益者是来村里做金子生意的城里女人桃。贡家“父不父、子不子”，终致“父子相杀”，其原因是对金钱与性的追逐，是人性的贪婪最终摧毁了天道人伦。《母亲》（陈应松）叙述了一个颇为极端的“弑母”故事。故事中的“妈”在“爹”被老熊咬死后，不惧艰辛贫苦，为公婆养老送终，极尽一个儿媳的本分与孝道；毅然忍痛放弃改嫁的机会，独自拉扯大五个儿女，帮助儿女成家立业，极尽一个母亲对子女的慈爱；为了不给儿女增加生活负担，到风烛残年，还选择独自生活。不幸的是，这位有大爱的母亲两次被中风击倒，瘫痪在床，成了儿女们的负担。“久病床前无孝子”，这句话不幸应验了。五个儿女最初都是很有孝心的，为了给母亲治病，都极尽所能地出钱出力，悉心照料。随着病程的延长，治疗费用的增加，不堪重负的儿女们先是放弃给母亲治疗，回家养病，后来竟然不约而同地起了杀心，设计毒杀瘫痪在床失去行动能力的母亲。可怜的母亲看破儿女们无奈而歹毒的心思，绝望地毒杀了自己。五个儿女由“孝心”变“杀心”，由孝子变成毒杀母亲的逆子，做出有违人伦的大逆不道之举，其原因是多方面的，最重要的有三点。一是人性深处的自私与残酷。五个儿女都强调自己的困难，而不从母亲的角度考虑问题，为了解脱自己而毒杀母亲。二是贫困，母亲和五个儿女都生活在贫困的山区农村。贫困，使母亲的儿女们生存艰难无力尽孝；贫困，使亲情崩溃，道德失范。三是基层政权的残酷无情与农村养老保险制度、医疗保险制度的缺失。小说中的山区农村不仅没有养老保险，而且更为荒谬的是，瘫痪在床的母亲还被村干部一再逼交修路费。小说中的山区农村，没有医疗保险，仅有的乡镇医院不仅设备落后、医术低劣，而且医生医德败坏，治病不是为了救人，而是变着法子向病人搜刮钱财。乡村社会各类公共组织机构的无德和丧德，使传统家庭伦理道德难以维持而加速崩塌。

其二，父母与子女的道德观念不同引起有违人伦的矛盾冲突。如《秦腔》（贾平凹）叙述的是陕南乡镇清风街的故事，有当代乡村的现实基础。小说中的夏氏家族两代人之间的道德观念有很大的差别。夏氏家族老一代的天字辈四兄弟，不仅分别以儒家伦理道德“五常”中的仁、义、礼、智为名，而且人如其名，都自觉恪守儒家传统伦理道德准则，践行“父慈子孝”“夫义妇顺”“兄友弟恭”，较好地维护了传统家庭伦理道德。而夏氏家族的第二代，如夏庆金、夏庆玉、夏庆满、夏庆堂等，浸淫沉浮在市场经济的时代大潮中，对老一辈的伦理亲情与传统道德弃之不顾，唯利是图，锱铢必较，使家族内部父子冲突、夫妇不和、兄弟反目、长幼失序，纷争不断。类似的家庭伦理道德悲剧也在《丁庄梦》（阎连科）中上演。《丁庄梦》叙述的是河南艾滋病村的悲剧故事，是河南农村严峻现实的反映。小说中的丁庄是全县最穷的村庄，为了脱贫致富，穷疯了的村民们卖血也卖疯了，结果造成艾滋病大流行，染病的村民们大量死亡。罪魁祸首就是小学敲钟人丁水阳的大儿子丁辉。远近闻名的“血头王”丁辉，人格扭曲，疯狂追逐金钱，不听父亲丁水阳的劝告，欺骗压榨村民，发了村民的“血财”，还要发被自己害死的村民的“死人财”。与儿子丁辉不同，丁水阳是受村民尊敬的老师，心存善念，关爱乡亲。他竭力阻止儿子丁辉的恶行，但劝阻无效，无力解救村民，也无法平息自己内心对村民的愧疚与痛苦，最终一闷棍打死了儿子丁辉，上演了一幕“大义灭亲”的人间悲剧。丁氏父子间的冲突，是两代人之间不同道德观念的冲突，虽然善最终战胜了恶，但留下的是永远无法抚平的人伦伤痛。阎连科说，与《日光流年》《受活》等作品不同，《丁庄梦》是“由现实通往想象的。从创作方向上来看，《丁庄梦》偏重写实，使我的小说之根更加深而牢固地植扎于中原这块土地上。《丁庄梦》重新来关注人情、人性、伦理、道德这些最日常的问题，它就不再单单是一个艾滋病题材，不单单是艾滋人的事情，而是整个人的事情，整个人类共有的问题”①。《丁庄梦》关注的人情、人性、伦理、道德这些日常的问题，虽然可以提升为“整个人的事情，整个人类共有的问题”，但它同《秦腔》（贾平凹）、《母亲》（陈应松）等小说一样，首先反映的还是新世纪中国乡村传统人伦失序、孝道不断走向衰败的现实问题。

其三，留守乡村的父母成为“空巢老人”，子女出于各种原因难尽孝道，或不愿尽孝道。如《残糖》（李锐）中的乡村年轻人都往城里跑，满村子就剩下些老人和儿童，守着村里的空房空院。故事主人公的大儿子和小儿子也都进了城，他们虽然有孝心，但为了能在城里生活，只能让年迈孤独的父母留守村里，也就失了孝道。《瓦城上空的麦田》（鬼子）叙述了一个进城儿女不认父亲导致父亲绝望自杀的故事。村民李四用一生的心血把自己的儿子李瓦、李城和女儿李香培养成为城里人，三个子女却连他的六十大寿都不记得，更有甚者，当李四想以“假死”（或曰“错死”）的方式唤起三个儿女对自己的情感记忆时，三个儿女却将错就错，以假为真，拒不承认活着的真李四是自己的父亲，致使绝望的李四愤而自杀。为什么李香、李瓦、李城只愿意面对“死”了的父亲的灵位，而不愿意接受其实还活着的父亲呢？李四说：“我不相信他们真的这么麻木！”知子莫若父，李四的判断是正确的，三个进了城的儿女，不是“麻木”，而是冷酷自私，丧尽天良。在城乡差别不断加大、城市文明与乡村文明的冲突日渐加剧的当下，类似的人伦悲剧，不只是发生在《残糖》《瓦城上空的麦田》所叙述的乡村。

在《桃园春醒》（阎连科）、《黄金洞》（阎连科）、《高老庄》（贾平凹）、《歇马山庄的两个男人》（孙惠芬）、《愤怒》（北村）、《八月十五月儿圆》（刘庆邦）、《离婚》（施祥生）、《嫁死》（傅爱毛）等新世纪乡土小说

① 阎连科、张英：《不是巧克力，而是黄连》，《南方周末》2006年3月23日。

中，夫妇人伦关系同上述父母子女之间的人伦关系一样，也出现了失范现象。在传统儒家伦理道德中，夫妇是“人之大伦”（《孟子·万章上》），“有夫妇，然后有父子。有父子，然后有君臣。有君臣，然后有上下。有上下，然后礼义有所错”（《易传·序卦》），对夫妇人伦的道德要求是“夫义妇顺”。所谓“夫义”，就是做丈夫的要有“义”，即对妻子要专一、尊重、以礼相待、“糟糠之妻不下堂”等等；所谓“妇顺”，就是做妻子的要遵守“三从四德”。现代伦理道德废弃了传统伦理道德中的男尊女卑观念，讲求男女平等、夫妻平等，要求夫妻之间相互忠诚、相互理解、相互尊重、互敬互爱，如此才有稳定的夫妻关系，才能白头偕老。在新世纪乡土小说的日常生活叙述中，与之相悖的乡村夫妇伦理道德失范现象是复杂多样的，主要表现在如下几个方面。

其一，夫妻不忠，导致夫妻关系紧张，家庭破裂，乃至夫妻相杀。在新世纪乡土小说的夫妻关系叙述中，夫妻不忠的原因很多，突出的有几点。第一，金钱败坏夫妻人伦关系。如《离婚》（施祥生）叙述了一个“富易妻”的故事。故事中的丈夫丘在城里发了财，成了所谓的“款爷”，他想到的不是与共过患难的妻子秀同享富贵，而是抛弃妻子。他以金钱做诱饵，逼糟糠之妻秀与自己离婚。《嫁死》（傅爱毛）叙述的是四川某乡村流行的奇特而畸形的“嫁死”故事。所谓“‘嫁死’，说白了就是采取欺骗的手段，暂时地嫁给一个下煤窑的男人，等他在矿难中死掉了，自己轻而易举得到一大笔赔偿金，然后就可以吃香的、喝辣的，衣食无忧地过日子了”①。故事中的米香是四川乡村女子，因生了傻儿子被丈夫抛弃。米香为了抚养傻儿子，走上了当地流行的“嫁死”之路，嫁给豫西瓦房沟的村民王驼子。为了尽快得到赔偿金，不惜多次采用到煤矿井口埋自己的卫生巾这种民间巫术暗咒快点发生矿难。米香后来被王驼子的真爱感动，良心发现，变为好人，不去领王驼子用命换来的钱。米香的良心发现，只是叙述者的美好愿望。第二，乡村的权力腐败造成乡村夫妇的不忠，腐败的乡村有权者大都有对农村妇女进行性侵害的罪恶史，对农民夫妇及其家庭造成巨大的伤痛和破坏。如《愤怒》（北村）中的主人公李百义，家在贫困山区，其父患有哮喘，丧失劳动能力，养家糊口的重担全部落在他的母亲身上；为了筹措儿女的学费，不让儿女失学，无法挣到钱的母亲只能长期忍受村支书的蹂躏。《湖光山色》（周大新）中的楚暖暖在村主任詹石磴的逼迫下，为了家人能在楚王庄生活下去，只得与詹石磴苟且，这也为她的

① 傅爱毛：《嫁死》，《长城》2006年第3期。

丈夫旷开田日后疯狂报复詹石磴埋下了伏笔。《吉宽的马车》（孙惠芬）中的四嫂与村长刘大头之间有婚外情，四哥发现后，心里很不舒服。但仗着四嫂哥哥的权势当了工地的工长，就不介意老婆与刘大头的奸情了。第三，长期分居两地造成夫妻不忠。如《八月十五月儿圆》（刘庆邦）中的乡村女性田桂花长期留守农村，丈夫常年不归，在外与别的女人有了私生子。田桂花虽然宽恕了丈夫的不忠，但没有换回丈夫的真心，最终选择与发了财的丈夫离婚。《民工》（孙惠芬）叙述了一个乡村留守妇女出轨的故事。故事中的鞠广大与儿子在城里做民工，留守在村里的妻子柳金香耐不住寂寞，与鞠广大的好友郭长义私通，歇马山庄无人不晓，只瞒住了鞠广大一个人。后来老婆柳金香突然病死，她与人私通的事情才被奔丧的丈夫鞠广大知晓。第四，城乡差别造成夫妻不忠乃至家庭破裂。如《高老庄》（贾平凹）中的高子路进了城，抛弃结发妻子菊娃，另娶年轻娇小的西夏为妻。高子路“贵易妻”的不道德行为，不仅没有受到村民的谴责，反而得到村民的默许和羡慕，这表明农民婚姻道德观念发生了异变。《城市里的一棵庄稼》（李铁）中的乡村女孩崔喜进城后一度打算随自己的婚外恋人大春重返乡村，但最终还是选择留在城市，把自己像一棵庄稼一样种在城市里。新世纪乡村夫妇不忠现象出现的原因很多，家庭婚姻观念的淡化，对金钱的追逐，乡村权力的腐败，长期两地分居，不断加大的城乡差别等，不过是其中最突出的几个方面。

其二，包办婚姻与买卖婚姻盛行，以爱情为基础的婚姻难以成为主流。在《老旦是一棵树》（杨争光）、《上塘书》（孙惠芬）、《玉米地》（刘庆邦）、《妇女闲聊录》（林白）、《女人桥》（张天敏）、《青石碾》（李锐）等小说的日常生活叙述中，新世纪乡村特别是偏远落后的乡村，依旧盛行有违人伦道德的包办婚姻与买卖婚姻。《老旦是一棵树》中的双沟村鳏夫老旦，用两亩白菜的代价，从同村的人贩子赵镇手里给儿子大旦买回了一个叫环环的媳妇。双沟村里的不少小媳妇儿，都是人贩子赵镇从外面拐骗贩卖来的。令人惊讶的是，那些被贩买来的媳妇，有的还与人贩子赵镇保持婚外的奸情，对自己的丈夫不忠。《青石碾》中，山村茹家坪的青年农民栓柱也从人贩子手里买了个叫马翠花的四川女人做老婆，有意思的是这个假名马翠花真名郑三妹的四川女人，是个被公安局追逃了八年的人贩子。在被迫给栓柱做老婆的五年里，郑三妹不断尝试逃跑，但都没有成功。给栓柱报信，协助栓柱捉回老婆的，有送信的邮电员，有茹家坪的村民。由此可见，买卖婚姻在山村被视为很正常的事情，没有人觉得这样的婚姻是既违法又丧德的。在新世纪乡土小说的日常叙述中，婚姻自由与变相的包办婚姻、买卖婚姻之间的冲突，不论经济较为发达的地方，还是比较落后的边远地区，都不同程度的存在，只不过是后者较前者严重一些而已。在农村现代变革的大时代里，对金钱的渴望，对贫穷的恐惧，使一些农民夫妇和他们的儿女“撕下了罩在家庭关系上的温情脉脉的面纱，把这种关系变成了纯粹的金钱关系”①。

其三，家庭暴力普遍而严重，夫妻间不是传统的“夫义妇顺”，更不是相互理解相互尊重，而是暴力相向，既违背传统儒家伦理道德，也违背现代道德规范。如《母亲》（陈应松）中的青香是山村小学的教师，丈夫对她施暴是家常便饭，也不要什么施暴的理由。《桃园春醒》（阎连科）中的几个青年农民，其荒唐变态的程度也不亚于青香的野蛮丈夫。故事中的张海、豹子、牛林、木森是同村人，常年结伴外出打工。他们在南方辛辛苦苦地打了一整年工，为了与家人过一个团圆的春节，从千里之外的南方回到了家中。在桃花灿烂的开春之季，面临着再次外出务工的抉择，迷茫而焦虑的四个年轻人却荒唐地在桃园立下有违夫妻人伦的盟约，用打老婆来合唱一曲“春天的故事”。张海、豹子、牛林按照盟约回家殴打了各自的老婆，豹子、牛林打得最狠。张海觉得打轻了，对不起哥们，回家再次对老婆大打出手。木森违背盟约，不忍心打老婆，遭到了三个哥们的暗算和惩罚。这次家暴的结果是，挨了打的老婆们受伤住进了医院，没挨打的老婆也生气回了娘家。如此荒唐而残酷的集体家暴，打出的是大男子主义的腐臭气，打掉的是原本应有的仁慈与良善。这表明在南方大都市受过现代文明熏陶的四个年轻人，其道德水平不仅没有提升，反而下降了。

在《老屋》（阎连科）、《秦腔》（贾平凹）、《吉宽的马车》（孙惠芬）、《母亲》（陈应松）、《不必惊讶》（罗伟章）等新世纪乡土小说中，兄弟姐妹妯娌等平辈家人之间的人伦关系同上述父子、夫妇等人伦关系一样，出现了失范现象。兄弟姐妹妯娌之间的关系，是大家庭中最容易出现矛盾也是最难处理好的关系。在传统儒家伦理道德中，兄弟间要遵守的伦理原则是“兄友弟恭”，即兄弟姐妹包括妯娌、叔嫂等平辈家人之间，年龄大的要关心爱护年龄小的，年幼者则要尊敬顺从年长者。现代伦理道德虽然不要求平辈家人间年幼的要顺从年长的，但也要求长幼之间相互尊重相互关心爱护和帮助。在新世纪乡土小说的日常生活叙述中，与之相悖的兄弟姐妹包括妯娌、叔嫂等平辈家人之间伦理道德失范的现象是复杂多样的，主要表现在如下几个方面。

---

①　〔德〕马克思、恩格斯：《共产党宣言》，《马克思恩格斯选集》第一卷，北京，人民出版社，1995，第275页。

第一，兄弟姐妹妯娌等平辈家人之间因各种物质利益之争而产生矛盾冲突，人伦关系破裂，争吵打闹乃至相互欺骗。阎连科的《黄金洞》《老屋》《玉娇玉娇》《黑乌鸦》等小说叙述的都是利益相争手足相残的故事。《黄金洞》里的二憨与哥哥，为了争夺女人和黄金，相互谋害，哥哥最终死在挖金沙的矿洞里。《老屋》里的兄弟二人为了争夺风水好的老屋，不惜明争暗斗，手足相残。《玉娇玉娇》里上演的则是姐妹二人争夺有钱男人的丑剧，故事里的服装商贩看上的是二姐，一直讲做人要有良心的大姐看到商贩有钱，就置姐妹亲情于不顾，私藏服装商贩给二姐的见面礼，与自己的婚恋对象分手，背地里勾搭商贩，最后嫁给了商贩。《一树槐香》（孙惠芬）中的兄妹之间也是相互算计和利用，故事里的哥哥要自己的妹妹对税务局局长进行性贿赂，其目的是以此抵消自己欠下的税款。哥哥为了一己私利而出卖妹妹的肉体与尊严，这样的兄妹关系，毁坏的不只是伦理道德，还有人心人性。《不必惊讶》（罗伟章）中的西部农家兄弟姐妹也因物质利益之争而伤害亲情。故事中的成谷与小夭是长兄长嫂，秉持长兄当父长嫂如母的传统，对弟弟成米和弟媳苗青及小弟成豆都很关爱，但成米与老婆苗青却不知好歹，不仅不领哥嫂的情，还总是算计哥嫂，把倒掉的老房子分给哥嫂。如此自私的成米，伤了哥哥成谷的心，成谷修房子时，宁愿请乡邻帮忙，也不愿意请自己的兄弟成米，生怕成米觉得自己吃了亏，又惹出什么事情来。最具讽刺意义的是，成米还是哥哥成谷好心逼着受过高中教育的农村青年，其道德品性远不如没有受过多少学校教育的哥哥成谷；读过一些书的弟媳苗青，其德行也远不如长嫂小夭。

第二，兄弟姐妹妯娌等平辈家人之间因老人的赡养问题而产生矛盾冲突。《黑乌鸦》（阎连科）、《瓦城上空的麦田》（鬼子）、《母亲》（陈应松）、《弃女养老》（张稳平）等小说中都有兄弟姐妹因老人的赡养问题而产生矛盾冲突的情节。《母亲》中的青香、大哥、大嫂、二哥及小弟青留几兄妹之间的关系一直都很好，尤其是大哥大嫂，真正做到了大哥如父大嫂如母。兄妹几个对母亲也极为孝顺，在如何照顾先后两次中风瘫痪的母亲这一问题上，兄妹几个也各尽所能，相互体谅。无奈母亲病程太长，沉重的医疗负担和照看母亲的重压，终于还是让几个兄妹在内心深处生了嫌隙，在合谋毒杀母亲后分崩离析。《弃女养老》中的王家婶和丈夫李老汉重男轻女，为了生儿子，不惜把小女儿小枝送给了别人，终于生下了儿子晚发。晚发长大成家后，婆媳不和，与父母分家单过。丈夫李老汉病死后，王家婶也病倒了，早已出嫁的三个女儿和晚发夫妇都不愿意照料母亲，晚发夫妇甚至还买来了棺材，就等着母亲病死埋葬了事。最后还是从小被送到别人家抚养的小女儿小枝含泪接走了母亲，独自担起了赡养母亲的责任。王家婶的四女一儿因母亲的养老问题，自此有了嫌隙。更为丧德的故事发生在阎连科的《黑乌鸦》中。故事中的父亲摔一跤后病倒了，兄弟姐妹几个不仅不愿意送医，还为已发现并未真正死去的父亲办起了丧事；丧礼还未办完，兄弟姐妹就争起了父亲的财产，父亲的钱、砖窑、房产乃至烟嘴子等，都成了谋算争夺的对象。故事里的那个父亲是当地一霸，他的那些不义之财都是五抢六夺坑蒙拐骗来的，虽然不是什么好东西，但就人伦而言，兄弟姐妹应该担起救治和赡养患病父亲的责任。事实却与之相反，兄弟姐妹几个不管父亲的死活，不仅相互推卸救治和赡养父亲的责任，甚至都希望父亲死掉，心思全放在对父亲财产的争夺上。小说是现实的反映，由老人的赡养问题而引起的兄弟姐妹妯娌之间的矛盾冲突，随着乡村“空巢化”、老龄化的日益加重将会进一步激化。

第三，兄弟姐妹妯娌等平辈家人之间因权势变化或贫富分化而产生人伦关系的异化，在《岸边的蜻蜓》（孙惠芬）、《吉宽的马车》（孙惠芬）、《不必惊讶》（罗伟章）等小说中，都可以看到有关这种人伦关系异化的叙述与描写。《岸边的蜻蜓》叙述的是表妹梅花与老姨夫的乱伦之恋。故事中的翁家五个女婿，因社会身份及财富积累的不同，在姥姥家族中的地位不一样，受到的礼遇也就有差别。起初地位最高的是叙述者“我”的大姨夫。就排行而言，老姨夫是老大，大姨夫是老二。但大姨夫有文化，教过书，对姥姥家族的事情从来没有放弃过责任，“如果说姥姥那个家族是一张网，那么大姨夫就是一个掌网人，网绳的任何一次抖动，都在他的把握之中……在乡下那些年，他像一个大家长，对每一根网绳的风吹草动都能作出迅速反应”①，整个家族的人因此都非常尊敬大姨夫，拜年时，家族的人拜完姥爷，就要拜排行老二的大姨夫，而不是排行老大的老姨夫。老姨夫虽然年纪大，但是个补鞋子的掌鞋匠，在家族里没有人看得起。改革开放后，老姨夫的生意越做越大，由昔日的穷掌鞋匠变成了县城私营工厂的老板，把家族中的小辈都招揽到自己的工厂里，也把整个大家族逐渐都迁到县城边上的厂区周围。于是，有钱有地位且能惠及族人的老姨夫逐渐成为家族的重心，退休后到老姨夫工厂当看门人的大姨夫则被家族的人冷落了。老姨夫与三姨夫的女儿梅花的乱伦之恋被人发现，不仅全家族的人替他隐瞒，就是“重体面，讲家教，眼睛里向来揉不进沙子”的大姨夫也

---

① 孙惠芬:《岸边的蜻蜓》,《人民文学》2004 年第 1 期。

想方设法隐瞒，尽量消除此事可能给整个家族带来的影响。与之相似的现象也出现在《吉宽的马车》中。故事中的申家兄弟五个命运不一，在兄弟姐妹中的地位也就不一样。老大随知青媳妇进了城又返乡，吃了回头草，穷困潦倒，被乡邻瞧不起，更被兄弟妹妹们瞧不起。老二有精湛的木工瓦工手艺，曾经是申姓家族中的顶梁柱，受到大家的尊敬和称赞，但在改革开放后，成为进城务工的农民工，仅凭手艺赚钱，养活自己的一家人都难，就不用说帮兄弟姐妹们了，因而在家族中没有什么地位，后来因肝癌病逝。老三趋炎附势，谁有权巴结谁，弟弟老四做小工头时，他巴结老四，逢年过节都会提着礼物去看望老四，最贵重的礼物也是送给老四而不是年迈的母亲。后来，老五申吉宽当上了小老板，老三又去巴结老五。老四一无所长，老实巴交，家族里没有人瞧得起。后来，老四倚仗当包工头的舅哥，在建筑工地当了工长，就成了家族和村人的中心，老二、老三和村里其他人也都成了他的喽啰，就连村长刘大头也要让他几分。《不必惊讶》中的兄弟姐妹不和，也都与身份地位财富的变化有关。故事中的小夭到北京打工，因迟迟找不到工作，只得寄居在二姐的家里。姐夫对小夭起初还比较客气，时间长了就变得很冷淡，对小夭不理不睬。后来，二姐对小夭也很冷漠，为了摆脱无路可走的亲妹妹小夭，甚至换掉自己的手机号。概言之，这些故事中的兄弟姐妹妯娌之间的伦理关系，不是传统的长幼有序，也不是基于血缘亲情的互敬互爱互帮互助，其亲疏远近、地位高低，是由权力大小、财富多寡等因素决定的。

在中国乡村社会的“差序格局”① 中，基于血缘关系的父母子女、夫妇、兄弟姐妹妯娌间的人伦关系，是家庭内部关系所要遵循的传统儒家伦理道德原则或现代伦理道德原则，都是私德。在“差序格局”中，处于社会关系网络远端的非血缘关系的朋友、邻里和乡邻等，所要遵循的道德原则大都是相对意义上的公德。其中，朋友之伦所要遵循的最基本的道德原则，不论是传统的还是现代的，都是诚信，如《论语·学而》即言：“与朋友交，言而有信。”又言：“信近于义，言可复也。”亦即朋友之间虽然

① 费孝通在《差序格局》中提出，中国乡土社会的基本结构是一种“差序格局”，即“每一家以自己的地位作为中心，周围划出一个圈子”，其“范围的大小要依着中心势力的厚薄而定”；“以己为中心，像石子一般投入水中，和别人所联系成的社会关系不像团体中的分子一般大家立在一个平面上的，而是像水的波纹一样，一圈圈推出去，愈推愈远，也愈推愈薄”。每个人都有一个以自己为中心的圈子，同时又从属于以优于自己的人为中心的圈子。“在差序格局中，社会关系是逐渐从一个一个人推出去的，是私人联系的增加，社会范围是一根根私人联系所构成的网络，因之，我们传统社会里所有的社会道德也只在私人联系中发生意义。”详见费孝通：《乡土中国　生育制度　乡土重建》，北京，商务印书馆，2015，第25～32页。

要讲求信用，但必须是合于道义的事才能守诺，才能实行。邻里之间也是一种乡邻关系，二者都是基于地缘而形成的社会关系，其作用有时甚至超过基于血缘关系的亲属、亲戚，即所谓“远亲不如近邻”。邻里、乡邻之间所要遵循的最基本的道德原则，不论是传统的还是现代的，都是礼让、礼智、忠恕、互帮互助等，借此做到和睦共处。在《秦腔》（贾平凹）、《丁庄梦》（阎连科）、《黄金洞》（阎连科）、《黑猪毛　白猪毛》（阎连科）、《老旦是一棵树》（杨争光）、《公羊串门》（杨争光）、《袴镰》（李锐）、《羊的门》（李佩甫）、《麦河》（关仁山）、《上塘书》（孙惠芬）、《歇马山庄的两个女人》（孙惠芬）、《老板还乡》（晓苏）、《不必惊讶》（罗伟章）、《目光似血》（胡学文）、《谁动了我的茅坑》（荒湖）、《石榴树上结樱桃》（李洱）等新世纪乡土小说的日常生活叙述中，朋友、邻里和乡邻等社会人际关系，也出现了失范现象。主要表现在如下几个方面。

其一，乡村人际关系中的无德或失德现象，首先出现在与利益有关的矛盾冲突中，其所争之利益，小到鸡毛蒜皮，大到土地权益，几乎无所不有。《不必惊讶》（罗伟章）中的成谷家与隔壁的朱大娘家不和，原因是小夭的婆婆与隔壁的朱大娘关系紧张。为了报复成谷家，朱大娘总是别有用心地劝成谷老婆小夭离开村里，到北京去打工，不是真的为了小夭好，而是想拆散成谷一家。成谷家在村里势单力薄，总是受欺负，被欺负得最厉害的一次是名叫五丈的人与其四个兄弟，声称成谷家的屋基是他们老祖宗留下的，仗着人多势众，就把成谷家的房子拆了。《上塘书》（孙惠芬）中，上塘村民的邻里不和，也与各种大小不等的利益之争有关。“上塘最容易引起纠纷的小事，是水。那水，不是吃的水，而是水道沟里的水。在上塘，几乎家家都有压井，自压自吃，不可能发生纠纷。可是，吃的水不发生纠纷，排出来的水却每每纠纷不断，扯耳动腮，此起彼伏。”“水弄不好，还涉及到粮食的产量，影响到日子的质量。当然影响到粮食产量的水和影响日子质量的水，就已经不仅仅是水道沟里的水，而是稻田里的水了。说起来，上塘人为稻田里的水打架，才是上塘最重要的政治，最大的政治，尊严再重要，也不及收成重要，没有收成，哪谈得上尊严？”①《黄金洞》（阎连科）中，引起贡贵家与乡邻矛盾的是贡贵家令人眼红的黄金沙矿，矿难时乡邻不救人却借机哄抢贡贵家的黄金沙。《谁动了我的茅坑》（荒湖）中，曹花头为了保护自己的宅基地不被同村的有钱人曹疤子霸占，与曹疤子进行了力量悬殊的缠斗。《麦河》（关仁山）中，私营企业家曹双

① 孙惠芬：《上塘书》，《当代》2004年第3期。

羊与乡邻的冲突，主要与土地流转及土地流转后的土地使用与维护等问题有关。故事中的农民郭富九为了维护自家的承包地，与曹双羊进行了长时间的抗争。各种自私自利、以邻为壑的失德现象，在改革开放之初即已出现，如张炜小说《女巫黄鲶婆的故事》（1982）中的黄鲶婆，为抢夺灌溉用水，把分配给别人烟田的水偷偷地引到自家烟田里；《红麻》（1985）中的颜凤启，在发生水涝的时候把自家田里的水排到别人的地里。这种从自身利益角度来衡量并处理与朋友、邻里的关系，不断突破道德底线的现象，随着农村社会的不断变革，一直延续到了新世纪。

其二，乡村人际关系紧张，风气变坏，道德溃败，与乡村权力的腐败与嚣张密切相关。一些村支书、村主任、村民委员，利用手中的权力，欺上瞒下，欺男霸女，贪污挪用公款与扶贫款，侵占农民承包地，霸占公共资源，几乎是无恶不作。《三棒槌》（阎连科）、《袴镰》（李锐）、《去城里受苦吧》（张继）、《歇马山庄的两个男人》（孙惠芬）等小说对此都有揭露与批判。如《歇马山庄的两个男人》中的村长刘大头“从不正眼看老百姓，从不为老百姓做事。他不但不为老百姓做事，还在村里男人出民工之后，以职权之便找女人麻烦，打女人主意，该给水田放水时不放水，该分化肥时不分给化肥，让村里男人一到过年，就低三下四往他家里跑”①。腐败嚣张的乡村权力，带坏了乡风民风，是乡村道德溃败的重要推手。

其三，乡村人际关系紧张，矛盾冲突不断，与男女关系混乱密切相关。如《妇女闲聊录》（林白）中的王榨村，男女关系十分混乱，有公公扒灰的，即公公与儿媳妇私通，如村民细青蛙的父亲就与大儿媳妇通奸，还是大儿媳妇主动挑逗的；有的男性村民不仅与外地的女人乱搞，也与同村的多个女性有染，如王榨村的木匠不仅在外嫖妓，还与同村的酒匠老婆、有夫之妇双红、自己的三弟媳等有染；有的女性村民也有多个男性相好，如有夫之妇冬梅与村里的多数男人有染，其中既有年轻的小伙子，也有70多岁的老头子，只要给钱给物，就可以亲，可以摸，可以睡，几乎是来者不拒；再如有夫之妇双红，不仅与多个男人相好，还公然在村里卖淫，也不忌讳村里人知道她卖淫，甚至自己做奶奶了，还是谁给钱就跟谁睡。凡一平的长篇小说《上岭村的谋杀》所叙述的广西上岭村的两桩谋杀案，都与混乱的男女关系有关。故事中的上岭村是壮族聚居地，村里的青壮年男人都出去打工了，剩下的基本都是妇女、老人、儿童。正值壮年的村民韦三得不出去打工，整日游荡在村庄，向留守妇女献殷勤，教她们识

① 孙惠芬：《歇马山庄的两个男人》，《北京文学》2003年第1期。

字，帮她们治病，花她们的钱，跟她们睡觉，他想睡哪个女人就睡哪个女人。长年留守乡村的妇女们都很寂寞，她们把对丈夫的思念转移到了韦三得身上，给韦三得钱花，跟韦三得睡觉，不仅不忌恨韦三得，还很感激他、爱他，有的女人甚至还想学潘金莲，毒死自己的丈夫，嫁给韦三得。上岭村在外打工的男人们知道韦三得的种种恶行后，合谋害死了韦三得。村妇苏春葵与韦三得有染，从喝醉酒的男人那里得知韦三得被害的真相后，先是暗地里报警，后是利用自己掌握的杀人秘密，胁迫参与谋害韦三得的黄康贤与自己私通。黄康贤的父亲黄宝央为了保护儿子，又设计害死了苏春葵。黄康贤为了保护父亲，利用职务之便，隐藏了父亲的犯罪证据，自己选择自杀。造成上述乡村人际关系紧张、矛盾冲突不断甚至杀人夺命的原因，表面上看，都与男女奸情有关，而深层次的则是改革浪潮持续冲击下的乡村社会结构、家庭观念、婚姻观念、两性道德观念等方面的巨大变化。

其四，乡村人际关系紧张，矛盾冲突不断，与贫富分化及由此产生的羡慕、妒忌乃至仇恨等负面情感密切相关。乡村社会发展不平衡的最直接后果就是贫富分化。最易引起羡慕、妒忌乃至仇恨等负面情感的，是兄弟姐妹、邻里和其他同村人之间的贫富分化。如《吉宽的马车》（孙惠芬）中的歇马山庄村民，大都趋炎附势，善妒易恨。懒汉吉宽，因为懒散无所追求，日子过得比较窘困，村里没什么人瞧得起他。后来，因偶然的机会，吉宽成了搞装修的小工头，当上了装修公司的副总经理，村里人既恭维他巴结他，又妒忌他，暗地里盼着他倒霉。人生几经起伏的吉宽，心地善良，待人宽厚，却与那些心胸狭窄善于妒忌的歇马山庄人始终处在格格不入的紧张状态，只能在城里求生存，再也回不了故乡的那个家。《目光似血》（胡学文）中的杨文广和弟弟杨文义很小的时候死了爹妈，是吃百家饭长大的，兄弟二人也知道感恩，帮村民锄地除草，帮村民出头向种子公司蔬菜公司争利益，杨文义甚至因此丢掉了自己的性命。杨文广寻到种紫菜的商机，带村民一起种菜，紫菜丰收，销路很好，村民们却见利忘义，纷纷毁约，导致杨文广蒙受了巨大的损失。杨文广办蔬菜站发了财，引起了全村人的仇恨。村民们不认为是杨文广办蔬菜站给他们带来了种菜致富的机会，而认为是杨文广赚了他们的黑心钱才致富的，以二全为首的村民不断滋事寻仇，不惜借助权力之手把杨文广和他的蔬菜站搞垮，虽然也使自家的菜卖不出去，遭受了不必要的损失，却“皆大欢喜”。如此愚蠢的损人害己，不是简单的“仇富心理”所能阐释的。

综上所述，不论是家庭伦理范围的父母子女、夫妇、兄弟姐妹妯娌之间的人伦私德，还是乡村社会伦理范围的朋友、邻里、乡邻之间的公德，都出现了失范现象。在乡村社会现代转型不断加速的时代大趋势中，人们竞相追逐金钱、权力和色欲，以财富、权力为评价人的标尺，传统伦理道德失去了其应有的约束力，不再成为人们相互评价的准则。由此看来，社会经济的发展与道德的进步并不是同步的，“在我们这个时代，每一种事物好像都包含有自己的反面。我们看到，机器具有减少人类劳动和使劳动更有成效的神奇力量，然而却引起了饥饿和过度的疲劳。财富的新源泉，由于某种奇怪的、不可思议的魔力而变成贫困的根源。技术的胜利，似乎是以道德的败坏为代价换来的”①。有论者亦言：“改革确曾为道德付出了代价，其中一些代价是难以避免但可以克服或者降低到最低限度的，一些代价则是可以避免、完全由于我们的失误造成的。”② 新世纪乡土小说对乡村伦理道德失范是持批判态度的，用以批判的价值尺度一是传统的，二是现代的。持传统价值标准的批判，往往受到人们的批判，指责其保守性；持现代标准的，则会受到人们的肯定。

二、乡村传统道德的承传

新世纪中国乡村伦理道德的变化是复杂的，既出现了比较普遍的令人触目惊心的“道德滑坡”或曰“道德失范”，亦有令人感喟的对中国传统道德的继承与发展。在新世纪乡土小说的日常生活叙事中，不少作品对中国乡村传统道德的继承与发展进行了肯定性的叙述与热切的呼唤和颂赞，如贾平凹的《秦腔》、周大新的《湖光山色》、关仁山的《麦河》、韩少功的《空院残月》、迟子建的《踏着月光的行板》、陈应松的《母亲》、孙惠芬的《吉宽的马车》、鲁敏的《思无邪》、向本贵的《半坡春早》《半塘荷香》《村妇姚子》和《戴口罩的女人》、葛水平的《喊山》和《地气》、阿良的《羹砣羹》、王新军的《夜深人静》《牧羊老人》《玉泽湖》和《乡村爱情》、孙春平的《怕羞的木头》、朱山坡的《跟范宏大告别》《一只凤尾螺》、王方晨的《大地仙果》等作品。在这些小说的乡村故事叙述中，新世纪乡村继承和发展的中国传统道德，既有“父慈子孝”“夫义妇顺”“兄友弟恭”等传统家庭伦理道德，也有与人为善、邻里相助、讲信修睦等社会美德。

在中国传统家庭伦理道德中，孝道居其首，即“百善孝为先，孝为德

---

① 〔德〕马克思：《在〈人民报〉创刊纪念会上的演说》，《马克思恩格斯选集》第一卷，北京，人民出版社，2012，第 776 页。

② 罗国杰：《论社会进步与道德》，《新华文摘》1989 年第 4 期。

之本”。传统孝道内容丰富，涉及面广，主要有养亲与敬亲、顺亲与谏亲、葬亲与祭亲和立身显亲等。孝道，在中国传统家庭伦理道德中非常重要，在新世纪中国乡村也依然有其不可替代的作用。其原因有几点：第一，新世纪中国乡村的发展依然不平衡，欠发达地区和边远地区的乡村还不够富裕，有的甚至还没有脱贫，子女因自己生活贫困，赡养老人往往不易。第二，新世纪中国乡村的“空心化”还在继续，年轻人通过考学、打工等方式，纷纷离开乡村，留守老人、空巢老人日益增多，如何赡养这些留在乡村的老人，同样是每个乡村家庭的难题。第三，老龄化也是新世纪中国乡村的现实问题，老龄化意味着需要赡养的老年人总数加大，而能赡养老人的年轻人总数减小。第四，中国乡村的社会养老事业，总体上没有城市做得好，存在明显的制度缺失。这些人口、经济、制度乃至道德等方面的原因，都使新世纪中国乡村的养老问题变得十分严峻。在养老问题变得日益严峻的乡村社会，中国传统的孝道也受到了前所未有的挑战。面对挑战，不少乡村农民秉承中国传统孝道，担起赡养老人的责任，由此写出人性的光辉与乡间的温情。对此，新世纪乡土小说都有较多的叙述和表现。具体而言，有如下几点。

其一，小说中的乡村农民也有不少人能尽力做到敬亲、养亲、侍疾、葬亲和祭亲，亦即尊敬老人、赡养老人、照料生病的老人、按照习俗安葬离世的老人、祭祀祖先等，这是新世纪中国乡村农民秉承并践行传统孝道的叙事反映。如阿良小说《douwu》中的山村女人叶小惠和丈夫石柁都是很有孝心的人。叶小惠还未出嫁时，对自己的父母就很孝顺，帮助父母养家，悉心照料生病的父亲，外出打工挣钱给弟弟上大学。叶小惠嫁给山村穷小子石柁后，对石柁的奶奶也非常孝顺。石柁的爷爷、爸爸在石柁年幼的时候都不幸离世，母亲改嫁，石柁是奶奶含辛茹苦养大的。石柁因此最爱自己的奶奶，侍奉奶奶至孝。石柁外出打工，叶小惠也想与石柁一起出去打工，但为了照顾石柁的奶奶，只能在家里。叶小惠细心、熟练和耐烦地照顾石柁奶奶，其程度不亚于石柁。因为她爱石柁，就要爱石柁的奶奶。叶小惠的孝心和爱心，既出自她秉性的良善，也有来自母亲的示范和影响。“母亲是她最尊敬的人，侍候瘫痪卧床的奶奶五年，没有半点怨言。家里有好吃的，她总是先奶奶，后父亲，再崽女，最后是她自己，心特别慈祥。对父亲特别好，从不冲父亲发脾气，和颜悦色。”① 从石柁的奶奶到石柁，从叶小惠的母亲到叶小惠，我们可以看到爱心的传递与孝道的承

① 阿良:《douwu》,《湖南文学》2015 年第 4 期。

传。叶小惠和石柁当然不是个案，贾平凹长篇小说《秦腔》中的白雪侍奉父母和公婆也是至孝的。白雪在县剧团工作，秦腔唱得好，却从不摆架子，回到清风街的家里，挑水、洗衣、做饭、侍候公婆，样样不落，因此很得公婆的喜爱，也很受清风街人的肯定与称赞。与之不同，夏天义的几个儿子儿媳对待老人，就没有叶小惠、白雪那么恭敬，对自己应尽的赡养老人的责任，也是不情不愿，相互推诿。为此，白雪的公公夏天智经常到三哥夏天义家，斥骂几个侄儿侄媳不孝，要求他们谨守孝道。在叔父的督责下，夏庆金兄弟五个和媳妇，虽然没有可称道的孝心，但也能勉力给老人送钱送粮和轮流侍奉，履行赡养老人的基本责任。这样的孝道在养老依然还是大问题的乡村，能让许多老人老有所养，从而避免陷入老而无人养的生存困境，其现实意义是不容低估的。

其二，小说中的乡村农民，大都试图努力做到立身显亲，亦即在某个方面取得一定的成功，从而光宗耀祖。《孝经·开宗明义章》云："夫孝，始于事亲，中于事君，终于立身。"唯先立身，而后方可言孝。而所谓"立身"，在中国古代有"立德、立功、立言"三不朽之说。立身显亲，依然是新世纪中国乡村孝道观念的重要内容，是孝道中较高的道德层次，自然也是新世纪中国乡村的农民家族和个人所要努力实现的较高的道德目标。如贾平凹长篇小说《秦腔》中的夏风通过高考走出清风街，大学毕业后留在省城，靠写作成名，这让他的父亲夏天智和整个夏氏家族不仅自感脸上有光，而且得到了清风街人乃至当地政府的尊敬。夏天智自己是清风街小学校长，是具有传统文化精神的乡村知识分子，立身显亲也是他的人生目标。退休后，夏天智以乡贤身份积极参与清风街的各项社会事务，以德服人，不怒自威，其所起到的社会作用甚至超过老村主任。在人生的最后阶段，夏天智也把立言作为自己的人生目标，同时也是光耀门庭的一件大事。在白雪和夏风的帮助下，夏天智撰写并出版了《秦腔脸谱集》，由此登上了自己人生的巅峰，赢得了更多的尊敬。《秦腔》中的夏中星通过当兵走出清风街，复员后通过夏天智的关系留在县政府工作，通过个人努力以及各种机缘，最后升至县长，这让他的父亲倍感荣耀，并因此受到清风街人和当地政府前所未有的尊敬。再如周大新长篇小说《湖光山色》中的楚暖暖发家致富后，始终坚持以德为先，帮助贫困人家脱贫，带领村人共同致富。楚暖暖的德行和善举赢得了村民始终如一的尊敬，她的父母、奶奶也因此受到村人的敬重。又如关仁山长篇小说《麦河》中的曹双羊，依靠不光彩的手段发家致富，创办麦河集团，到老家流转土地又与民争利，以不正当手段损害乡亲们的利益，品行低劣，因而虽然富有，却得不到乡亲们的尊重，其父母和家人也都因此感到脸上无光。在任大学生村官的弟弟和乡村说唱艺人白立国等人的影响下，曹双羊逐渐转变成为有德之人，开始替乡亲们着想，探索公司加农户的现代农业发展道路，带领乡亲们共同致富，赢得了人们的尊重，也使家人和族人得到人们的尊重。概言之，夏天智、夏风、夏中星、楚暖暖、曹双羊等，都是中国乡村或从乡村走出去的成功人物，他们的“立德、立功、立言”虽然说不上有多么了不起，但都因此扬名乡里，立身显亲，这被视为最大的孝道。比较而言，在新世纪中国乡村，立身中的立德依然位居“三不朽”之首。乡村人物不论多成功多有钱，如果无德，是得不到人们真心尊重的，如人生前半场的曹双羊（《秦腔》），人生后半场的旷开田（《湖光山色》）；乡村人物即使普普通通，甚至挣扎在温饱线上，如果有德，也能得到人们真心的尊重，如向本贵小说《山高路长》中的田春秀、阿良小说《龑砣龑》中的回村教师树林老师、韩少功小说《空院残月》中的邻居老汉等，都是普通的乡村男女，都心存善念，多做善事，以乡村社会公认的传统美德作为自己的行动准则，十分珍惜自己做人的名声。在熟人社会的乡村，他们的良善德行往往能起到正人的作用，产生积极的社会道德效应。如《龑砣龑》中的回乡教师树林家，与叶小惠家相隔不远，树林老师因超生被解除公职回乡务农。石柁外出打工三年，家里的春种秋收甚至是重体力的家务事都靠树林老师帮忙，这让留守在家的叶小惠对树林老师有了某种微妙的情感依赖，常常不经意间对树林老师流露出自己的本能欲念。树林也感受到了这种欲念，但以强烈的道德责任感抑制住了自己的冲动，对叶小惠的表示不做回应。叶小惠感受到了树林老师的身心变化，也收住了自己的欲念。树林老师对自己的道德约束，也让叶小惠约束住了自己。这就是正人先正己最形象的注脚。立德立身，让两个人保住了自己的人格和形象，也让两个家庭不致破裂，依旧和睦相处，相互帮持，不逾规矩。由此而言，得到承传的立身显亲的传统道德观念，不仅对新世纪中国乡村的道德行为主体而言，依然具有很强的正面引导、激励和行为规范作用，而且不再局限于家庭，对新世纪中国乡村社会道德秩序的维系及乡村社会的发展亦有不可忽视的巨大作用。

其三，小说中的大部分乡村青年，在“顺亲”与“谏亲”方面，出现了不同于传统孝道的变化。主要有几点：第一，孝而顺之，亦即众所周知的“孝顺”。在新世纪乡土小说中，这类传统意义上的“孝顺人物”也不在少数，如朱山坡小说《跟范宏大告别》中的阙天津，其四个儿子、儿媳对他非常孝顺。80 多岁的阙天津自觉大限将至，决定与亲友、乡邻告别。

儿子、儿媳觉得父亲的想法有些荒唐，便加劝慰，劝慰无效后，就遵从老人的意愿，想方设法帮助老人实现自己的愿望。其中，大儿子是坚持到最后的一个，而这个大儿子是养子，并非亲生的。总的来看，新世纪乡土小说中的乡村青年对父母长辈的顺从，多在日常生活中一些无关紧要的事情上。也有大小事都完全顺从长辈意愿的，如贾平凹长篇小说《秦腔》中的哑巴对爷爷夏天义言听计从，自己从来不独立思考事情的是非对错，因而最得夏天义的喜爱。再如王方晨小说《大地仙果》中的仙果，从小就“处处为父母着想，并暗暗以此为荣”。仙果读初中的时候，怕爹娘累着，就退了学回家帮爹娘干活，顺从爹娘的想法，一心一意想把弟弟培养出来。类似于哑巴、仙果这样的例子，在新世纪乡土小说的叙事中相对较少。第二，孝而不顺，亦即讲孝道，但并不事事顺从长辈，在大是大非的事情上都有自己的主意和决断。如周大新长篇小说《湖光山色》中的楚暖暖是很讲孝道的，未出嫁时，在衣食住行、生产劳动等方面，都很听爹娘的话，但在个人婚姻大事上并不听从父母的意见，而是按照自己的意愿行事。以非常态的方式出嫁后，在家庭发展、事业经营上，也不听父母、公婆的意见，而是按照自己的意愿行事，终于成就了一番事业。在北京打工的经历、与全国各地到楚王庄来参观楚长城的高级知识分子的接触，开阔了楚暖暖的眼界，让她对乡村的现实及未来的发展比老派保守的父母、公婆看得更清楚、更有远见，决策自然也更正确。再如贾平凹长篇小说《秦腔》中的夏雨，在日常生活中对父母还是很讲孝道的，但在办酒店这样的大事情上则完全不听父亲夏天智的反对意见，终于同丁霸槽一道在清风街办起了最气派的万宝酒楼。在个人婚姻大事上，夏雨也不听父母的意见，执意与“金莲的侄女”走在一起。第三，谏亲为孝，亦即对长辈的错误言行或错误决策进行规劝，这是儒家孝道的重要内容。如贾平凹长篇小说《秦腔》中的夏天义坚持在七里沟淤地，以增加清风街的耕地面积，但事实早已证明这是错误的。夏天义的几个儿子、儿媳不赞同他的淤地行为，多方劝谏无效，便放任不管，未能做到孔子所说的劝谏父母长辈要“见志不从，又敬不违，劳而不怨”（《论语·里仁》），于是被他们的叔父夏天智骂为“不孝”。与之不同，夏风对父亲夏天智的劝谏则显得更有智慧一些。夏天智酷爱秦腔，退休在家无事，就在马勺上画秦腔脸谱。夏风对父亲的爱好本来不屑，但在发现父亲所做的事情有特定的文化承传意义的时候，就改变主意，建议父亲编写一本《秦腔脸谱》。夏天智十分高兴地接受了儿子夏风的建议，最终编成并出版了《秦腔脸谱集》，成就了自己人生“三不朽”中的“立言”。再如王新军小说《牧羊老人》中的李有田是个种田能手，日子过得比较殷实。李有田的父亲李玉根老人养着一群羊，以慰藉自己丧偶后的孤独。李有田不明白父亲坚持养羊放羊的真实原因，极力劝父亲把羊卖掉。其动机有两个：一是为父亲着想，担心父亲年纪大了，一个人外出放羊会累着；二是有私心，顾自己的面子，怕村里人说自己不孝。李有田劝谏父亲虽然有私心，但为父亲着想也是真心的。这些都表明，传统孝道中“顺亲”与“谏亲”在新世纪中国乡村得到了承传，但承传中出现了不同于传统的新变化。

孝道，曾经被不加分别地指责为封建旧道德，是封建专制文化在伦理道德上的集中体现，其内在的符合天道人伦的合理部分也被弃之不顾。在中国农村，特别是欠发达地区的农村，养老主要还是靠子女，对孝道的强调是现实需要的结果。譬如朱山坡小说《跟范宏大告别》中的范宏大是位孤寡老人，年老丧失劳动力后，只得靠血缘关系比较远的表侄儿养老，表侄儿破产后，无力再养老人，范宏大便被养老院赶了出去，不知所终。而范宏大的情敌阙天津有四个儿子为他养老，且儿子都很讲孝道，因此得以善终。在这里需要提到的是，不知道新世纪中国乡村养老问题的严峻现实，对孝道进行不加分别的简单粗暴的批判，批判者不论是以启蒙者自居，还是对标所谓的现代性，其实都是不智的，于中国现代伦理思想发展无补，对解决现实问题也无益。

在夫妻关系方面，传统的夫妻之道讲的是“夫义妇顺”。在新世纪中国乡村，“夫义妇顺”还是存在的，这在那些寓居乡村的老年夫妻身上表现得比较突出。如《秦腔》中夏天义夫妻、夏天智夫妻之间，都遵从“夫义妇顺”。再如《湖光山色》中楚暖暖的父母之间、旷开田的父母之间，也都遵从“夫义妇顺”。又如阿良小说《羹砣羹》中的石柁夫妻、树林夫妻之间，向本贵小说《山高路长》中的金建军夫妻之间，关仁山小说《麦河》中的白立国夫妻之间，都有传统的“夫义妇顺”的色彩，但也出现了不同于传统的一些新变化。具体而言，有如下几点。

其一，夫妻之间的“夫义妇顺”与现代男女平权观念、爱情观念混合在一起，这在一些乡村青年夫妻之间表现比较突出。如向本贵小说《戴口罩的女人》中的刘高兴与李冬秀之间的爱情及夫妻情感是建立在恩义基础上的。“丑女”李冬秀流落到刘高兴所在的村庄，借住到刘高兴的家里。为了给李冬秀筹措整容所需的手术费用，刘高兴贱卖了自己的祖宅。刘高兴所做的一切都是出于自己做人的良知与良善，并不要求李冬秀回报自己。整容后变得很漂亮的李冬秀执意要嫁给刘高兴，一是感恩，二是对刘高兴有了感情。李冬秀与刘高兴结为夫妻后，在家庭事务、做生意等方面对刘高兴的一些做法并不赞成，但在自己的想法没有被证明是最好的之前，李冬秀选择遵从刘高兴的主意。刘高兴在打理家务、做生意等方面没有李冬秀那么能干，也从不把自己的想法或主意强加给李冬秀，二人之间的夫妻关系既传统又现代。这让那些曾经构陷或瞧不起他们的村邻们很是羡慕。

其二，夫妻之间把对方未完成的事业看成是自己应该继续完成的事业，特别是在子女的养育、家庭事业的继承与延续等方面更是如此，不再是简单的“夫义妇顺”，而是夫妻相互之间的“义”与“顺”。如向本贵小说《半塘荷香》中的女人刘荷香，28 岁时丈夫病逝，独自把儿子养大。在她心里，这是做母亲的责任，也是在完成丈夫的遗愿，把对丈夫的情义延伸到对子女的尽心养育上。夏天敏小说《女人葬》中的钟树森的父亲在他还很小的时候就得肝病去世了，钟树森的母亲每天都要攀岩爬山往家里背石头，为两个还未成年的儿子预备建新房。这是她的丈夫未完成的心愿，现在成了她的心愿，她不辞劳苦地要实现这个心愿，最终因此累病而死。周大新小说《湖光山色》中的青葱与丈夫长林之间也是有情有义的。长林在外打工时，青葱留在村里守家，照顾公婆和儿女，这是乡村最典型的男主外女主内模式。长林在建筑工地上摔断右臂，成为残废，青葱没有弃长林而去，而是同伤残丈夫一道辛勤劳作，赡养公婆，抚养儿女，努力支撑起整个家庭，成为家庭的顶梁柱。青葱与长林之间的“义”与“顺”，是以他们之间的夫妻情感为基础的。小说没有交代青葱与长林是媒人牵线说媒成的夫妻还是自由恋爱成的夫妻，但二人之间的感情是很淳厚的，他们贫而不贱，不论健康与否，都相互尊重、相互扶持，这其实就是新世纪乡村青年夫妻间真挚爱情的最好注脚。

其三，夫妻之间相互忠诚，既有对夫妻情感纯洁性（或曰排他性）的追求，也有对自己名声的看重。如向本贵小说《半坡春早》中的“李玉年和田长松是一对好夫妻，这是半垭村人公认的。李玉年长得漂亮，还勤劳，贤惠，在半垭村有口皆碑；田长松劳力好，会攒钱，心疼老婆，这也是半垭村人公认的”①。为了挣钱养家供孩子上学，丈夫田长松常年在外打工，一年甚或两年回家一次，一次在家十天八天，剩下的漫长日月都是李玉年独自在家种田养鸡喂猪，照顾孩子上学。对李玉年而言，劳累、孤独、性饥渴等等，都是可以忍耐的，难以忍耐的是村里一些无良男人的性骚扰与性侵害。对李玉年伤害最大的是刑满释放回村的劳改犯孙小环。孙

① 向本贵:《半坡春早》,《时代文学》2013 年第 9 期。

小环以要杀死李玉年的儿子相威胁，强奸了李玉年，又以同样的威胁长期奸淫李玉年，甚至逼李玉年与田长松离婚改嫁给自己。被逼入绝境的李玉年出于对儿子的保护，对丈夫的忠诚，对自身名誉的维护，愤而用镰刀杀死了孙小环。阿良小说《龑砣龑》中的叶小惠、树林老师，在邻里相助的过程中也用道德理性控制住了各自本能欲望的冲动，不逾越道德底线，守住了各自夫妻间的忠诚。在王新军的《乡村爱情》、罗伟章的《大嫂谣》、迟子建的《亲亲土豆》等乡土小说中，都可以读到乡村夫妻间既传统又现代的道德情感故事。

概言之，新世纪乡土小说中的乡村夫妻之间的“夫义妇顺”看上去很传统，但有了不少新的道德内涵，如夫妻平等、相互关爱和相互忠诚等，这些都是传统的以男权为中心的“夫义妇顺”所不具备的。

对于兄弟姐妹妯娌之间的道德关系，传统道德讲的是“长幼有序”“兄友弟恭”，新世纪中国乡村对此则既有偏离又有承继。贾平凹的《秦腔》、罗伟章的《大嫂谣》、刘玉栋的《高兴吧，弟弟》等乡土小说对此也有较多的叙述和描写。具体而言，有如下几点。

其一，已成家立业、分家单过的兄弟姐妹妯娌之间依旧手足情深，友好相处。如贾平凹小说《秦腔》中的清风街，“天天都有致气打架的，常常是父子们翻了脸，兄弟间成了仇人，惟独夏天义夏天礼夏天智一辈子没吵闹过，谁有一口好的吃喝，肯定是你忘不了我，我也记得你”。“夏家老弟兄四个的友好在清风街是出了名的，但凡谁有个好吃好喝，比如一碗红烧肉，一罐罐茶，春季里新摘了一捆香椿芽子，绝对忘不了另外三个。”有一次，“白雪从县上回来，捎了一瓶好酒，夏天智就叫了两个哥哥来家，一个小盅儿，我给你倒了你喝，你给我倒了我喝，喝得滋滋有味”。① 贾平凹对夏天智兄弟之间的情感及相处之道是很称赏的，对夏天义的几个儿女之间的钩心斗角、薄情寡义充满了不屑与嘲讽。

其二，长子当父，长嫂如母。在中国乡村，没有父亲或母亲的单亲家庭或者父母双全但生活贫困的家庭，长子和长嫂往往要承担起父亲和母亲的责任，养育弟弟妹妹们。如罗伟章小说《大嫂谣》中的“我”4岁就失去了母亲，同父亲、大哥、二哥一起生活。陈美嫁给“我”大哥后，就成了“我”的大嫂。父亲、大哥身体不好，“我”和二哥在读书，家里全靠大嫂。在极为贫困的生活境遇里，大嫂逼着“我”二哥读书，由此有了乡村教师的职位。大嫂也一直坚持让“我”读书，并供“我”读完大学，在

---

① 贾平凹:《秦腔》,北京,作家出版社,2005,第138、98页。

城里找到工作。大嫂待“我”和二哥就跟“我”的母亲一样，而“我”心里也一直把大嫂视作母亲。再如王方晨小说《大地仙果》中的仙果，对待自己的弟弟米哈依尔就像母亲对待儿子一样。在乡村，失去父母或者父母无力养育的孩子，是需要大哥大嫂照顾的。在这种情况下，哥嫂与年幼兄弟姐妹的道德情感关系已然超越了传统的“兄友弟恭”，有了更加深厚的道德内涵。

其三，兄弟姐妹相互帮助，为了帮助兄弟姐妹，愿意自己做出牺牲。罗伟章小说《大嫂谣》中的大嫂对“我”和二哥尽到了母亲般的养育责任，做出了很多牺牲。“我”的二哥无德，受了大嫂的恩惠，反而记恨大嫂。“我”则不同，始终记着大嫂对自己的好，只要有机会能帮到大嫂，哪怕是微不足道的，也一定要尽到自己的力量。再如刘玉栋小说《高兴吧，弟弟》中的刘长江、刘长河、刘土地三兄弟跟母亲一起生活，兄弟三个年龄都不大，老大刘长江约 19 岁，老二刘长河刚刚初中毕业，刘土地 10 岁。母亲身体不好，老大刘长江成了家里的顶梁柱，一边种田，一边做些小买卖，帮着母亲养育两个弟弟。他希望弟弟刘长河考上县里的重点高中，以后考大学，有出息。刘长河很争气，中考全县第二名，但一度想放弃这次升学的机会，以便减轻身有残疾的哥哥的负担。最后，在哥哥刘长江的劝说下，刘长河为了不让哥哥伤心，决定去上学。兄弟俩年龄不大，都能替对方着想，都愿意为对方牺牲自己。这样的兄弟情义是很感人的。

在历史大变革时期，中国乡村的邻里关系虽然大都变得比较紧张，但也有坚持礼让、礼智、忠恕、相互帮助，从而和睦相处的。对此，贾平凹小说《秦腔》、周大新小说《湖光山色》、夏天敏小说《女人葬》、王方晨小说《丰柔的买陂塘》、阿良小说《羹砣羹》、向本贵小说《半塘荷香》《山高路长》等，都有极生动的叙述和描述。具体而言，有如下几点。

其一，遇到生老病死、婚丧嫁娶等这类乡村人家的大事时，族人、邻里、乡亲都会按照当地的习俗参加相关的仪式活动，以表关怀、庆贺、哀悼等。参加这类习俗活动，各人动机虽然不尽相同，但能遵从习俗，借此维护自己的“人情信用”[①]。如贾平凹小说《秦腔》中多次写到清风街的婚丧嫁娶的习俗，从中可以看到清风街的人际关系与人情联系。如白雪与夏风在省城结婚了，“虽然在省城已办了婚礼，但在老家还得招呼老戚旧亲，三朋四友，左邻右舍，老规矩还是老规矩！”夏家没有请太多人，但

① 李培林：《村落的终结：羊城村的故事》，北京，商务印书馆，2004，第 94 页。

还是来了很多人，有乡里、村里的头头脑脑，有夏家的乡邻，还有“东街的本家，中街的他姨，西街的亲家，南沟来的他舅，西山湾来的同学”。请来的与不请自来的邻里乡亲、三朋四友，都热情参加夏风、白雪的婚礼，一是要“还人情”，二是要“结人情”。借着婚礼这样的喜庆习俗，与之有关的人情往来，是清风街人特别讲究的。这不仅是出于乡邻情谊，也有维护自己道德名声和“人情信用”等方面的考量。由此可以看出，中国传统道德对乡村民众依旧拥有不可小觑的行为约束力和维系乡村社会的影响力。

其二，遇到困难时，邻里相互救助。不论是比较富裕还是比较贫困的乡村，村民们都会遇到这样那样的困难，邻里之间的相互救助，既是现实的需要，也是有德的表现。如周大新小说《湖光山色》中的楚王庄，邻里之间的相互救助是很常见的。楚暖暖与旷开田第一次做农药生意被骗，陷入巨大的债务危机中，不少受害村民逼着楚暖暖家还债，青葱嫂不仅站出来替楚暖暖解围，而且不让楚暖暖赔偿自己两亩绿豆地因假农药受损的损失费，这让楚暖暖非常感动。后来，青葱嫂的丈夫在外打工受伤成了残废，整个家庭陷入贫困。此时，靠办旅馆搞旅游发家致富的楚暖暖向青葱嫂伸出了援手，聘请她到自家旅馆做工，给最高的工资，后来还把自家的旅馆交给青葱嫂帮忙打理。楚暖暖不仅给了青葱嫂实实在在的帮助，而且其帮助方式还不会伤害青葱嫂的自尊心。再如罗伟章小说《大嫂谣》中的包工头胡贵，在广东佛山做建筑包工头发了家，由此成为老家四川宣汉县杨侯山一带远近闻名的成功人士。胡贵肯帮助老家人，把老家村里左邻右舍能做工的人都带过去了，赢得了老家人的称赞。“我”的大嫂与胡贵并不是一个村里的人，为了挣钱供儿子读书，也跑到广东佛山去找他帮忙，他竟然也不嫌“我”大嫂年龄大，干不了什么活儿，把她留在自己的建筑工地上做一些力所能及的活儿，还给她开了比较高的工钱，解了“我”大嫂的燃眉之急。又如葛水平的《喊山》中的岸山坪是太行山深处一个极贫困的山村，村里人遇到什么困难，相互间也是尽力相助。韩冲把空着的房子无偿借给躲进岸山坪的哑巴与腊宏一家居住，腊宏被韩冲安放在山坳里炸獾子的炸子炸死后，自觉有责的韩冲又担负起抚养哑巴和她孩子的责任。韩冲误炸死了人，为了帮助韩冲脱困，乡邻们又纷纷帮韩冲出主意，想办法，想“私了”解决问题。韩冲被警察带走后，韩冲的父亲并没有怨恨哑巴和她的孩子，反而按照韩冲的意愿，照料孤儿寡母。邻里间的相互救助，不仅帮助陷入困境的人脱困，也使邻里相助这种具有传统色彩的乡村社会道德显现出继续承传的现实需要与意义。

其三，遇到朋友相托、建房、生产劳动等事情时，朋友、邻里之间也会根据亲疏远近给予程度不同的帮助。如向本贵小说《半塘荷香》中的刘荷香与刘湘年是关系非常好的邻居，两家相约在公路边新修了楼房，以争取县里的一万元建房补助款。房子建起来后，县里的补贴政策又不执行了。刘湘年家有亲戚在县里当官，顺利地拿到了补助款。刘荷香家无权无势无人帮助，没有拿到补助款，无法支付欠下的建房材料款、工程款等，这让想不通的刘荷香真的气疯了。为了帮助刘荷香，刘湘年要丈夫把自家领到的建房补助分一半给刘荷香家。村邻听说刘荷香气病了，都纷纷带着礼物到刘家安抚病人。作为邻居，刘湘年为了帮助早年失去丈夫守寡养大儿子的刘荷香，不止有一般的礼让、忠恕，而是宁可牺牲自家利益，也要帮助和成全邻居，这样的良善德行是很令人感动的。再如王方晨小说《丰柔的买陂塘》中的丰柔，养了一塘鱼，后来这塘鱼被人毒死了。公安局抓走了两个嫌疑人，都是丰柔家的邻居。丰柔的公公保回了嫌疑人中的本家二哥。丰柔心里明白是两个嫌疑人中的“哑巴”彦沉干的，但没有揭穿真相，而是答应彦沉娘的哭求，到公安局去保回了彦沉。彦沉毒死丰柔养的鱼，缘于复杂的心理动机，其中就有报复的因素，因为丰柔养鱼无意间损害了彦沉的利益。丰柔以德报怨，保回彦沉；在后来的日子里，彦沉也以自己的善意回报丰柔。丰柔能以德报怨，化解邻里恩怨，做到和睦相处，这是受到有国学根基的父亲所传授的传统文化与传统道德的影响的结果。

其四，日常生活中的情感互动与礼俗往来。在中国乡村，邻里间的情感互动与礼俗往来，在春节、中秋等一些重要的传统节日里最为普遍，如郭文斌小说《五谷丰登》里的“老家”的春节习俗中，有不少邻里互动的礼俗，如正月初一，乡邻们要家家串门，相互拜年，即使最穷的人家，也不落下。譬如，村里最穷人家的男主人，是“我”的一个堂哥，虽然穷，“但他却活得开心，永远笑面弥勒似的，咧着个大嘴，让人觉得没有缘由的亲，没有缘由的快乐，没有一点隔膜感。自己虽然穷，却不抠门儿，假如有些什么好东西，往往留在这天让大家分享。大家都愿意上他家的那个土炕，无论是大人还是小孩。大半村的人，炕上肯定坐不下，小子们就只能围了炉子坐在地上。通常情况下，炕上的大人在说闲，地上的小子们在打牌。那种感觉，让人想起一个词：共产主义”①。如此温情的春节拜年习俗，既是邻里和睦的传统道德实践，也是长辈们对孩子们的道德示范，是令包括叙述者“我”在内的晚辈们终生难忘、终生留恋的传统道德教育课。

---

① 郭文斌：《五谷丰登》，《青年文学》2008年第1期。

三、乡村道德承传中的新变

如上文所述，中国传统道德，不论是父母子女、夫妇、兄弟姐妹妯娌之间所应遵守的传统道德准则，还是朋友、邻里之间应该遵守的传统道德准则，其中的合理部分或曰精华部分，在从传统向现代转型的中国乡村中得到了承传。同时，在承传的过程中，为适应时代变化的现实需要，其内涵也发生了一些新的变化。新变化的内涵虽然还走在变化的时代之路上，有的还不那么稳定和明朗，但其相对突出的可辨认的变化，主要有如下几点。

其一，人格平等意识、性别平等意识以及与之相关的民主自由观念等，在青年农民心中，特别是在那些受过良好教育或者有过城市打工经历和当兵经历的青年农民心中，正在滋长。第一，在与血缘亲情有关的传统伦理道德中，这些新的观念意识促使其内涵与行为规范发生了不同于传统的变化。如孝道，有德的青年农民是讲孝道的，尊敬父母，赡养父母，但不愚孝，往往是“孝而不顺”。其不顺，可能会被老派的父母视为“忤逆”，但在有平等意识、自主意识和人格独立意识的子女辈看来，他们的所谓“忤逆”并非不孝。譬如上文提到的《湖光山色》中的楚暖暖对父母是很讲孝道的，但在个人婚姻与事业发展等方面，并不听从比较保守的父母的意见。仅就事业发展而言，后来的事实证明，楚暖暖的选择是正确的。在婚姻问题上，楚暖暖不听父母特别是父亲“趋炎附势”的意见，使她的父亲非常愤怒，一度气到不认女儿。楚暖暖的婚姻生活虽然后来出了变故，结果并不好，但她不趋炎附势，坚持以爱情作为婚姻的基础，这样的婚姻选择应该说是很现代的。她的父亲要求她做基于功利主义和实用主义的婚姻选择，并试图限制她的婚姻自主与自由，则是反现代的。楚暖暖在事业发展与婚姻选择上，与父亲闹得很僵，但她依然尊敬父亲，孝敬自己的父母。概言之，楚暖暖的孝道是既传统又现代的。第二，在与朋友、邻里等非血缘关系有关的传统伦理道德中，这些新的观念同样促使其内涵与行为规范发生了不同于传统的变化。如向本贵小说《山高路长》中的金建军与朋友、邻里交往，是很讲信用的。金建军回乡当村干部后，受同村几个打工朋友所托，帮忙照顾他们的妻子，防止她们出轨同时防止她们被人侵扰，但这样的善意“帮忙”会伤害到她们的人格、名誉与自尊。正因为有这些顾虑，金建军对她们的照顾和保护都是在暗中进行的，不让人知道他所做的相关事情，也不让被保护者们知道他在暗中保护她们。金建军能产生上述顾虑，说明他有人格平等意识、性别平等意识、公民个人权利意识（个人应享有的合法的社会交往权利等），他出于朋友间的友情与对承诺的守信用而不得不去保护她们，但并不限制她们的社会交往，在不逾越法律底线的同时，对她们不失善意的关爱与尊重。他的观念与行为之间的矛盾及他忍辱负重的举动，赢得了驻村干部刘如明的理解与尊重，也让刘如明真切地意识到历史大变革时期，中国乡村社会道德价值观念的变化及由此带来的乡村管理工作的不易。

其二，“人情信用”与“契约信用”的矛盾交织。这里所用的“人情信用”概念是社会学学者李培林在《村落的终结：羊城村的故事》中提出来的。在这部著作的“乡土人情和民间信用”篇中，李培林论述了乡村社会基于“人情信用”的“人情交换”不同于市场经济交换的三个特点：一是“市场交换遵循等价交换，而人情交换不可能等价”；二是经济交换多为“及时结算”，而“人情交换的来往有时差”；三是“经济账可以结清，人情账实际永远无法清算”。[①] 换言之，“人情信用”不同于“契约信用”，前者适用于作为“互惠社会”的乡土社会，依赖于传统道德的约束力；后者更适用于“市场竞争社会”，主要依赖于法律的约束与规范。在改革开放的中国乡村，这两种不同的信用矛盾地交织在一起。因为，在改革开放的时代大潮中，中国乡村不论是比较发达的乡村，还是相对落后的乡村，都程度不同地开始了社会转型。处在转型过程中的中国乡村，一方面有突出的“互惠社会”特点，另一方面又不可逆转地出现了一些“市场竞争社会”的特点。在这种新旧杂糅的转型社会中，“人情信用”与“契约信用”不仅有各自存在的理由，而且很多时候，两种信用是要同时讲的，二者之间会产生各种内在的冲突与矛盾。对此，贾平凹的小说《秦腔》、周大新的小说《湖光山色》、关仁山的小说《麦河》、杨争光的小说《对一个符驮村人的部分追忆》等，都有逼近乡村社会现实的叙述与描写。如周大新小说《湖光山色》中的楚暖暖与旷开田做的第一笔生意是买卖农药。向他们推销农药的是“陌生的商人”，但楚暖暖、旷开田却用对待熟人的方式，买下了陌生人推销的假农药，后又将这些不知是假农药的农药卖给同村人，村人因此遭受了巨大的经济损失。这使楚暖暖、旷开田夫妻的“人情信用”遭遇了巨大的危机，村人不再信任楚暖暖、旷开田，要求他们就赔偿金额写上字据，约定赔偿时间，这虽然不是真正意义上的还款合同式的“契约”，但已有了契约的味道。村人之所以相信他们能还款，是因为他们双方的父母都出来向村人赔不是，并以自己的名誉做担保，这其实就是

① 参见李培林：《村落的终结：羊城村的故事》，北京，商务印书馆，2004，第95～96页。

“人情信用”在起作用。在赔偿村人经济损失的漫长过程中，楚暖暖、旷开田坚持按约定的时间和数额进行赔偿，这种举动在一定程度上为他们重建了“人情信用”，减轻了道德压力。有此惨痛的经商教训为前车之鉴，楚暖暖在与省城五洲旅游公司合作办旅游酒店赏心苑时，依照现代商业法则，通过商业谈判签订了具有法律效力的合作合同，用“契约信用”代替了习惯上的“人情信用”，这使双方在合作办旅游酒店赏心苑中约定的责、权、利得到了规约和保障。由此，楚暖暖从传统农民向现代农民迈进了最为关键的一步。再如关仁山小说《麦河》中的曹双羊在老家搞土地流转，试验公司加农户的现代农业发展模式时，就同时用到了“人情信用”与“契约信用”。曹双羊是从鹦鹉村走出的成功人士，创办了麦河集团，生产方便面。他把老家发展成为麦河集团的原料生产基地，通过土地流转的办法，把同村人的土地流转到麦河集团，用现代工业的管理方法管理鹦鹉村的小麦等粮食生产，使个体经营的农民变成了麦河集团的农业工人。在这种全新的现代乡村社会组织模式中，“契约信用”是最主要的，所有涉及公司与农民个人的责、权、利的事项，特别是土地流转、资金发放等都要签约订合同。即使如此，“人情信用”依然顽强存在，成为制衡“契约信用”的巨大力量。譬如，曹双羊在土地流转和规模经营中存在欺诈行为，损害了乡亲们的利益，这使曹双羊和他的公司遭遇了“信用危机”，直接影响到公司的运营和发展。曹双羊在白立国等人的警醒下，意识到自己的问题所在，他的乡土情怀被唤醒。他帮助那些没有流转土地而又缺乏劳动力的人，他改良土壤，他与损害乡邻利益的贪官污吏和真正的奸商做不妥协的面对面的斗争，这一系列举动使白立国和一众乡亲对他刮目相看，使他重新赢得了乡亲们的信任。乡亲们也投桃报李，就连一直最不信任他也不把土地流转给他的郭富九最后也把土地流转给了他。曹双羊的麦河集团得到乡亲们的支持，由此运作和发展得更为顺畅，这是“契约信用”与“人情信用”共同起作用的结果。与之不同，很多时候，“契约信用”与“人情信用”就像鱼和熊掌一样，是不可兼得的。如杨争光的小说《对一个符驮村人的部分追忆》中的“他”和商人刘西奇在与符驮村老家的乡亲们交往时，基于不同的理念采用了不同的方法，其结果也大相径庭，显得意味深长。“他”通过当兵离开了符驮村，在部队里提了干，复员转业后在省城当了更大的干部。“他”很顾念旧情，对父母哥嫂侄儿、四亲六眷和远近乡邻等老家人，几乎是有求必应。面对索求无度的老家人，“他”虽然有些烦，但碍于情面，总是应承下来，尽力满足老家人的要求，这让“他”的夫妻关系变得十分紧张。老家人并不顾念“他”的难处，一些

"他"做不到的事情也到省城逼着"他"做，最荒唐的是，"他"的侄儿以要到省城"举木牌"喊话的方式逼"他"帮忙找工作竟然如愿以偿，而"他"的老家人受其侄儿行为的启发，竟然也组织"请愿团"到省城向"他"请愿，要"他"为一批乡邻的孩子找工作。"他"为老家人无偿做了那么多事情，甚至累病而死，却因为有些事情满足不了老家人的要求，老家人受了"他"再多的恩惠，也不念他的好，反而骂"他"欺骗乡人，死了还要骂"他"和"他"无辜的老婆，甚至不承认"他"是符驮村人。杨争光以极其夸张的方式，揭示乡村"人情"的虚伪与功利，直击乡村人性深处的黑暗与道德上的无耻。与之相对照的是，从符驮村走出来的另一个成功人士刘西奇。刘西奇是乡亲们推荐上大学的工农兵大学生，后来成了一家大公司的老板。同成功官人"他"一样，成功商人刘西奇最初也是顾念旧情的，对老家和老家人总有一份放不下的温情，"村上修路的时候给他要过钱，给了。盖学校又去要，也给了。修另一条路再去要，却不接茬了。村长打电话，他在电话那头说：符驮村的路是我家的路么？随后关了手机"[①]。刘西奇关了手机，不再接老家符驮村村长的电话，也就是拒绝了老家人不合情理的要求，由此果决地斩断了与老家人纠缠不清的"人情"联系。刘西奇是从符驮村出来的，但已不再是严格意义上的农民，而是一个在市场经济中博弈的商人。按照现代商业文化行事的刘西奇，虽然也被老家人骂过，但又能把他怎么样呢，老家人最终还是要笑着对回老家的富商刘西奇打招呼。如此强烈的对比，表明在杨争光的道德价值观念里，"在开放的社会空间中展开理性的、平等的、契约化的非日常交往"，是优于"建立在血缘、情感、人情基础之上的狭窄的、封闭的传统日常交往"的。[②] 由此而言，在特定的人际社会交往中，"契约信用"很多时候是优于"人情信用"的。

其三，道德观念与法治观念的矛盾交织。道德与法律，既有联系又有区别。道德是一种社会意识，是在社会历史发展过程中逐渐形成的社会行为准则和规范，对道德行为主体及社会生活起约束作用。道德是随着社会历史的变化而不断变化的，没有永恒不变的道德。法律也是一种行为规范，是由国家制定并且强制执行的。法律制定的重要依据之一，就是特定的道德，因而很多时候不道德的行为同时也是违法的行为。也有道德与法律不一致的地方，有些乡村民间道德许可的行为，法律并不认可，有些符合中国乡村民间道德的行为，却是违反中国现行法律的行为。譬如，上文

① 杨争光:《对一个符驮村人的部分追忆》,《收获》2007年第6期。

② 《现代化与文化阻滞力》,北京,人民文学出版社,2005,第348页。

提到的“契约信用”与“人情信用”的矛盾交织，其实也是法治观念与道德观念矛盾交织的一个方面。以特定法律为依据制定的“契约”（譬如合同），其信用之所以较强，就是因为法律的执行具有强制性；“人情”的信用，很多时候不如“契约”的信用可靠，就是因为维系“人情信用”的主要是道德不具备执行的强制性。对新世纪中国乡村存在的道德观念与法治观念的冲突，贾平凹小说《秦腔》、周大新小说《湖光山色》、胡学文小说《目光似血》、葛水平小说《喊山》等，都做了视点各异而又生动具体的叙述与描写。如胡学文小说《目光似血》中的杨文广在做蔬菜生意之初是按照市场规则办事的，他听从县蔬菜公司退休的曲师傅的指点，回村带领村民种紫菜，分别与曲师傅和种菜的村民签订了协议，预付了保证金。紫菜收获的时候行情看涨，村民集体毁约，把紫菜卖给了出高价的菜贩子。村民们毁约，是为了一点蝇头小利，便不讲“契约信用”。村民的这一次毁约失信，不仅让杨文广遭受了直接的经济损失，而且让杨文广失去了一个可以依靠的大客户，那就是指点他做蔬菜生意的曲师傅。杨文广在逆境中办起了蔬菜站，给同村人的收购价比外来的菜贩子们给的价高，但同村的人就是不把菜卖给杨文广的蔬菜站，宁愿低价卖给外地来的菜贩子。同村人这种看上去不符合市场经济原则的愚蠢行为，其内在的思维逻辑就是“人情信用”。缺乏现代商业意识的只有一点小算计的村民，不认为是自己做错了，而是杨文广做错了。在他们看来，杨文广在村里办自家的蔬菜站，不是想与村人共同致富，是想赚大家的钱，是忘恩负义的行为，亦即是不讲“人情信用”的行为。于是，村民就有了自己的道德理由与行为勇气，既然你不仁，就别怪我不义。“你吃百家饭穿百家衣，现在一门心思挣大伙的钱，谁心里不憋气？甭说一样的价了，就是多几分也没人愿意卖给你。菜贩子和人们有啥关系？你就不一样了，吃完奶掉头就割肉，谁还信你？”[①] 同村人既不讲“契约信用”，又以自己扭曲的“人情观”指责杨文广不讲“人情信用”，都仿佛站在道德制高点上，要求杨文广回报过去大家帮助过他的恩情，而不是办蔬菜站来赚大家的钱。杨文广其实是很讲“人情信用”的，也很讲“契约信用”，只是曾经施惠给他的村民们，拒不接受他。面对不可理喻的同村人，杨文广只得采用一些有违商业道德同时也是违法的手段，迫使同村人把菜低价卖给他，变得真的有点不讲“人情信用”了，这让他与同村人陷入相互仇恨的死循环中。本来，杨文广的道德意识与法治观念是与时俱进的，有可能发展成为真正具有现代意识的农

---

① 胡学文:《目光似血》,《人民文学》2005 年第 7 期。

民，成为村民们的模范与引领者。但令人痛惜的是，在道德观念陈旧、法治观念淡漠、心胸狭隘的同村人的拖拽下，杨文广不仅没有继续进步，反而退步了。毫无疑问，不论是道德意识还是法律意识，杨文广与村民们都是存在问题的，都需要进行内涵的更新与层次的提高，才能跟上时代快速发展的步伐。这表明，中国乡村的现代转型是不可能一蹴而就的。与之不同，周大新的小说《湖光山色》中的楚暖暖与旷开田、薛传薪就楚王庄旅游酒店赏心苑所展开的冲突，不仅有法律上的，也有道德上的。双方冲突的焦点问题是赏心苑里的色情服务问题。楚王庄是古风犹存的村庄，民风淳朴，即使是在改革开放的大潮中，楚王庄人逐渐变得开放，但对不正当的男女关系依然持反对态度。旷开田、薛传薪在赏心苑暗中开展色情服务项目，不仅是违法的，而且是丧德的，带坏了楚王庄的风气。对此，楚暖暖进行了不妥协的斗争。这场斗争，不仅导致楚暖暖被薛传薪、旷开田合伙排挤出赏心苑，也导致楚暖暖与旷开田婚姻关系破裂。即使如此，饱受家暴之苦的楚暖暖也没有退缩，她冲破重重关卡，层层上诉，终于以合法的斗争方式击败了薛传薪、旷开田，使他们受到了法律的惩罚。楚暖暖是作者塑造的现代农村新人形象，她的现代意识不仅体现在道德意识上，也体现在法治意识上。

如上文所述，历史大变革时期的中国乡村，在承继中国传统道德的同时，其所继承的传统道德随着时代的变化也出现了一些积极的新变化。但“新观念与旧观念不协调地混合在一起”，新型道德的确立还需要相当长的时间，这是因为人们“不再生活在一个义务以身份为基础的社会里，而是进入了一个义务以契约为基础，而且一般又以与没有家庭关系的人的市场关系为基础的社会。这样，以前，一直是非常诚实的社会可能变得非常不诚实，直至人们懂得，为兑现以货币来表示的契约，劳动与物品方面的诚实服务甚至必须给予完全陌生的人”。[①] W. 阿瑟·刘易斯的这段论述，用以解释大变革时期中国乡村伦理道德的承传与新变的现实原因与内在逻辑，也应该是合适的。

对历史大变革时期中国乡村社会的现代转型与乡村伦理道德的失范、承传与新变等，中国学界特别是哲学与社会学界有过丰富深入的研究。如有论者认为，中国“进入市场经济后，社会流动频繁、人们自由迁徙，大多数的社会交往发生在了素昧平生的陌生人之间，人们的身份制逐渐瓦

① 〔美〕W. 阿瑟·刘易斯：《经济增长理论》，梁小民译，上海，上海三联书店、上海人民出版社，1994，第547、179页。

解，整个社会从‘熟人社会’转向‘陌生人社会’”①。中国乡村虽然基本上还是互惠型的“熟人社会”，但也出现了这种新的变化，且“熟人社会”与“陌生人社会”经常交织在一起。这种复杂的变化，对以小农经济为基础的、与传统社会相吻合的“五伦”道德造成巨大的冲击，不可避免地带来很多正面的与负面的影响。如有论者认为：“正向变迁表现为：平等性、开放性、流动性、竞争性；负面变迁表现为功利化、自我主义化、表面化、干群冲突紧张化。”② 也有论者认为：“市场经济对道德的影响是积极的进步的，在总体上趋向于提高伦理道德水平，现实道德状况总体来说也是进步的。这突出表现在道德由虚假走向真实，由封闭走向开放，由依赖型、顺从型走向独立自主型。从现实道德表现出来的种种观念和行为来看，道德也是爬坡的。如自主与自强，竞争与奋斗，公平与平等，创新与进步等观念和行为不断被人们认同和接受等。至于目前道德领域存在的问题，论者们认为和市场经济本身没有必然联系，它们是市场经济建立初期的社会无序状态的伴随物，将随着市场经济的完善而消失。”③ 毫无疑问，这是一种比较乐观的积极的看法。

新世纪乡土小说作家对大变革时期中国乡村的道德变化的认识，也是复杂多样的。持负面看法的作家比较多，如贾平凹在《关于〈秦腔〉和乡土文学的对话》中说：“原来我们那个村子，我在的时候很有人气，民风民俗也特别淳厚，现在‘气’散了，起码我记忆中的那个故乡的形态在现实中没有了，消亡了。”④ 这也是贾平凹创作《秦腔》等乡土小说的动因。阎连科的看法比贾平凹更尖锐，他说，今天中国的现实是“有史以来最为丰富、复杂、荒谬而又蓬蓬勃勃的一段时期。中国用三十年的时间，在实践着二百年来西方世界所经过的工业革命和科技革命；而中国的社会现状，又是世界上庞杂、繁乱的价值观、世界观、道德观，乃至于各种各样意识形态的总和与大本营。用最通俗的话说，中国人的思想是当今世界各国和地区、各人种和民族思想未加整理的混乱库房和集散地。里面既应有尽有，又凌乱不堪；精神满天飞，灵魂满地踩。人们的价值观、道德观乱麻一团、杂乱无章。用形象的话说，如果你家的毛线团被三只野猫玩耍了整整一天，在你家卧室、客厅、厨房、厕所之间扯来扯去的，那就是今天

① 转引自陶然：《“陌生人社会”，现实抑或话语策略》，《中国图书评论》2012 年第 3 期。

② 闫丽娟、胡兆义：《社会转型期中国农村人际关系的变迁》，《长白学刊》2007 年第 6 期。

③ 张道全：《当代中国改革的代价研究》，南京，南京师范大学博士学位论文，2005，第 51 页。

④ 贾平凹、郜元宝：《关于〈秦腔〉与乡土文学的对话》，郜元宝、张冉冉编：《贾平凹研究资料》，天津，天津人民出版社，2005，第 1 页。

我们中国人的思想和价值观。上至社会主义和资本主义的国家意识，下至一只猫、一条狗、一棵树、一朵花的生存、自由权，在今天都是一些中国人关心和另一些中国人抛却不问的话题。而我家的那个村庄，它作为世界的中心存在时，那里不识字的农民会关心美国总统的大选、关心欧洲的经济危机、关心韩国和朝鲜的统一、关心邻国日本的核辐射。但同时，从那个村庄毕业的大学生，他们除了他们的就业、房子、工资等，其余的什么又都不关心。他们为了富裕可以偷盗、抢劫，乃至于有姑娘到城里卖淫做'小姐'，但也可以对父母尽孝尽力、做个好儿女"①。他的这种看法，成为《桃园春醒》等一系列乡土小说的精神底色。持负面看法的作家，当然不只贾平凹、阎连科两位，杨争光、孙惠芬、胡学文、罗伟章、夏天敏、孙春平、刘玉栋等也都以忧虑的目光回望故乡，关注故乡在市场经济冲击下出现的伦理道德失范，写出自己的思考与忧虑，发出或温婉或尖锐的批评之声。也有不少新世纪乡土小说作家，如周大新、关仁山、迟子建、郭文斌、王新军、葛水平、向本贵、王方晨等，在关注故乡出现的伦理道德失范的同时，更乐于叙述和表现传统道德的承传与新道德的滋长。

概言之，新世纪乡土作家的道德观念、道德标准、道德尺度不尽相同，他们对历史大变革时期中国农村伦理道德现状、未来走向的观察、认识、预测与评价等也就不同。不论有何不同，他们的观察与分析、叙述与描写、思考与批判都不是没有意义的。

第四节　乡村宗教与民间神秘文化的复魅

改革开放以来，特别是20世纪90年代以来，中国乡村逐渐兴起了宗教热。乡村农民信奉的既有佛教、道教、萨满教、伊斯兰教、天主教和基督教等宗教，也有各种神秘的民间鬼神信仰。对中国非少数民族地区乡村宗教热产生的原因，学界做了很多研究。例如，有研究者在调查研究中国沿海地区的宗教活动时，认为其产生的原因，“在于转型期一定程度上存在的道德失范、理想信念错位，市场经济条件下一些人的价值观易位，一些人对当前存在的某些严重社会问题和现象缺乏正确认识，我们的思想工作存在薄弱环节，社会保障体制和救助机制不够完善以及宗教自身和外部

① 阎连科：《守住村庄——在韩国“亚洲、非洲、南美洲文学讨论会”上的演讲》，《检察日报》2015年5月11日。

因素的影响”①。再如，有研究者在调查研究东北地区农村宗教问题时，认为其产生的原因有四个方面：（1）党内的不正之风与腐败，造成一些人思想迷惘并转而信教；（2）体制转换造成心理失衡，促使一些人盲目信教；（3）宗教中存在一定的诱人因素；（4）在社会治理中出现了社会主义精神文明建设的真空地带。② 对中国乡村宗教热的社会影响、乡村民间神秘文化复魅的利弊等，学界也做了很多研究，看法不一，提出的应对策略也各异。

新世纪乡土小说作家，如贾平凹、周大新、关仁山、杨志军、孙惠芬、郭文斌、范稳、阿来、雪漠、次仁罗布、龙仁青、千夫长、查舜、石舒清、了一容、马金莲、张学东、红柯、马步升、马德俊、马步斗、古原、张玉霞、迟子建、郭雪波、萨娜、北村、张行健、张懿翎等，对中国乡村宗教与民间神秘文化的复魅也投注了关切的目光。由于这些作家的身份意识、文化立场、宗教观念、价值观念等不尽相同，他们对中国乡村宗教与民间神秘文化的观察、体验、叙述与评价等也就颇为不同。

一、乡村佛教与叙事表现

在中国乡村，不论是西藏、青海、甘肃、四川、内蒙古等地的藏族和蒙古族聚居区，还是中部和东部的村庄，佛教都有巨大而深远的影响。比较而言，佛教在西藏、青海、甘肃、四川、内蒙古等地的藏族和蒙古族聚居区，其传播与影响虽然也有这样那样的变化，但具有历史的连续性；在中部、东部和北方的村庄，佛教的传播与影响则随着历史时代的变化而变化，有时候有些地方甚至会出现“断裂”。正因为如此，改革开放后，佛教在中部和东部的村庄再度兴起，才会成为一种“宗教文化热”现象，一种社会变迁的思潮现象，也才会引起人们的广泛关注和研究。例如，有研究老年问题的研究者注意到，改革开放以来，“在许多乡村，由老人自发组织建筑的庙宇不计其数。在一些贫困地区，几乎村村有庙，户户拜佛，充分说明了老年人内心世界荒漠和精神生活贫乏。他们‘至真至诚’赶赴庙会，不惜钱财修庙建寺，把自己美好希望的实现建立在对神的膜拜中。如每年阴历七月二日兴平市药夫村庙会，数以万计的老人云集，有的从百里之外携带干粮乘车前来，熙熙攘攘，规模浩大。夜幕降临后，香烛灯火通明，念经的、乞药的、抽签算命的等等活动开始，许多老人平时省吃俭

① 黄建明：《沿海地区宗教活动存在的主要问题及原因》，《厦门特区党校学报》2005 年第 3 期。

② 详见王悦南：《关于抚顺市农村宗教问题的调查与思考》，《社会主义研究》1995 年第 2 期。

用，但这时却不惜倾囊”①。在研究者们的一般认识和评价中，改革开放后，佛教在中部和东部地区乡村的再度兴起、广泛传播，虽然有些正面作用，但负面作用更大，因而并不是一个好现象，需要通过发展农村经济、丰富农民精神文化生活、提高农民文化水平、建立健全农民养老保险制度和医疗保险制度等，来遏制或平抑农民信教过热、过度的现象。

新世纪乡土作家因地域文化身份、宗教文化观念等不同，对与自己有特定渊源关系的某一地域的乡村佛教的观察、体验、认识不一样，其与佛教有关的乡土叙事也就非常不同。例如，在阿来的《空山》、范稳的《水乳大地》与《悲悯大地》、杨志军的《敲响人头鼓》、马丽华的《如意高地》、次仁罗布的《红尘慈悲》《兽医罗布》与《叹息灵魂》、龙仁青的《失去家园》与《情歌》等小说中，可以看到“藏传佛教”的发展历史、传播历史，也可以看到“藏传佛教”对藏族民众的生命观念、人生观念、伦理道德观念、生活习俗、社会交往等的全方位的影响。那些非藏族作家或者没有到藏地生活过的作家，仅凭想象是创作不出这样的小说的。在这些作品中，范稳的《水乳大地》与《悲悯大地》、马丽华的《如意高地》等小说多为“历史叙事”，叙述的主要是过去年代的故事，因而在此不论。阿来的《空山》、杨志军的《敲响人头鼓》、次仁罗布的《红尘慈悲》《兽医罗布》与《叹息灵魂》、龙仁青的《失去家园》与《情歌》等小说，对改革开放以来佛教在藏地的承传、藏族民众的佛教生活及日常生活中的佛教等有更多的叙述、描写和评价。这里，仅以次仁罗布的小说《红尘慈悲》《兽医罗布》与《叹息灵魂》等为例，略做分析。

次仁罗布的《红尘慈悲》《兽医罗布》与《叹息灵魂》等小说，对藏族民众的佛教信仰、与佛教信仰有关的生活习俗等有生动、细致的叙述和描写，对藏族民众的宗教心理与宗教情感等也有深入的分析和描写。具体而言，有几点：其一，对佛教的信仰十分虔诚，出现在《红尘慈悲》《兽医罗布》和《叹息灵魂》等小说中的藏族人物几乎都信佛，而且都非常虔诚。《叹息灵魂》中的“我”在父亲死后，决意“替母亲到拉萨去，在佛祖面前给爸爸的亡灵好好祈祷”。在去拉萨的路上，“我”因为没有钱，准备放弃。一位磕长头去拉萨的老者对“我”说：“没有钱就不能去拉萨吗？……可是我们有信仰，所以就不会轻言放弃的。”这位老者还说明，他们之所以选择磕长头到拉萨，就是“要通过磕头，表明我们对佛祖的敬仰，也给自己积点福报”。而“这种用身体丈量大地，这种用身体表达虔

① 彭珂珊、张俊飚：《对我国农村老年人口问题的透析》，《国土经济》1997年第6期。

诚的做法，让我深为感动”。[①] 其二，灵魂转世观念，如《红尘慈悲》中的“我”与父亲朗嘉诺布、母亲德西、哥哥贡贡、妹妹以及“我”与哥哥共娶的妻子阿姆，都是虔诚的佛教徒，都相信灵魂不灭、灵魂转世。“我”还从老僧西噶那里听说：“投胎转世的几率很低，就像汪洋大海上漂浮一块有孔的木板，不知道几世你的魂才能触碰到那个孔。所以啊，投胎成人很不易，你们不应该虚度人生。”[②]《叹息灵魂》中的“我”及“我”的父母家人、日郭村人、“我”遇到的朝圣者等等，都相信灵魂转世。其三，佛教活动日常化，出现在小说《红尘慈悲》《兽医罗布》《叹息灵魂》中的人物，大都是“藏传佛教”的虔信者，其饮食起居、放牧劳动的过程，很多时候也是开展佛教信仰活动的过程。如《红尘慈悲》中的觉如峡谷地里的村民，每到夜晚的时候，“村子里的男人们挨家转轮，在油灯微弱的光亮下盘腿就坐，诵读祈祷的经文。黑暗中那悠扬的音律荡漾在村子上空，抚慰着全村人的内心”[③]。其四，日常生活习俗特别是其中的丧葬习俗佛教化，《红尘慈悲》《兽医罗布》《叹息灵魂》都写到了藏地乡村的丧葬习俗。《红尘慈悲》中先后死去的人有“我”的二哥、姐姐、六弟和阿姆，每个亲人离世，活着的亲人都要为其点酥油供灯、诵经、去寺庙里祈祷和超度亡魂。其中，最重要的就是在丧葬习俗的每个环节都要为逝者诵经，如阿姆死后的“七七四十九天”的那一天晚上，“村里的男男女女全跑到家里来，他们诵经诵到很晚”[④]。其五，内在心理活动与情感体验的宗教化，如《叹息灵魂》中“我”的母亲在父亲死后，就离家到了桑顶寺，剃了发，并在桑顶寺后面搭个窝棚住了下来，决意不再回家。她对来接她的“我”和大哥说：“我心意已决，后半生就要在寺庙里度过。我在这里不光是为你们的爸爸祈祷，也是给我寻找心灵的寄托。”同母亲一样，“我”的心理活动与情感体验，也与佛教有莫大的关系。如“我”在痛苦和彷徨中，“我的诵经声在山谷里飘荡，同时一种信念也在我的心里坚定起来，那就是我能为死去的爸爸进行救赎，让他的魂灵找到好的归宿”[⑤]。总的来看，次仁罗布小说中的藏地乡村，自改革开放以来有了很大的变化，一些村庄的道路变宽阔了，水泥路、柏油路修到了村里，房子建得更好了，用上了太阳能，用上了手机，开上了摩托车、小汽车，完全变了模样。逐

① 次仁罗布：《叹息灵魂》，《青海湖文学月刊》2011 年第 7 期。
② 次仁罗布：《红尘慈悲》，《长江文艺》2018 年第 9 期。
③ 次仁罗布：《红尘慈悲》，《长江文艺》2018 年第 9 期。
④ 次仁罗布：《红尘慈悲》，《长江文艺》2018 年第 9 期。
⑤ 次仁罗布：《叹息灵魂》，《青海湖文学月刊》2011 年第 7 期。

渐向现代发展的藏地乡村在宗教信仰上则没有什么大的变化，村民们多为虔诚的佛教徒，其佛教文化保持着历史的连续性。

在周大新的小说《湖光山色》、贾平凹的小说《秦腔》、郭文斌的小说《元宵》和《大年》、孙惠芬的小说《生死十日谈》和《吉宽的马车》、林白的小说《妇女闲聊录》、雪漠的小说《大漠祭》《猎原》和《金刚般若》、郭昕的小说《驯风记》等作品中，可以看到西部汉族聚居的乡村和中部、东部和北方乡村农民的佛教活动，也可以看到佛教对乡村民众的生命观念、人生观念、伦理道德观念、生活习俗、社会交往等全方位的影响。其中，周大新的小说《湖光山色》、贾平凹的小说《秦腔》、郭文斌的小说《元宵》和《大年》、孙惠芬的小说《生死十日谈》《吉宽的马车》、林白的小说《妇女闲聊录》等作品，对改革开放以来，中国中部、东部和北方乡村农民的佛教活动有较多的叙述、描写和评价。这里，仅以周大新小说《湖光山色》、郭文斌小说《元宵》《大年》等作品为例，略做分析。

周大新小说《湖光山色》与郭文斌小说《元宵》《大年》等作品，对改革开放后以汉族为主的乡村民众的佛教信仰、与佛教信仰有关的生活习俗等有生动、细致的叙述和描写，对乡村民众的宗教心理与宗教情感等也有深入的分析和描写。具体而言，有几点：其一，人人都知道有佛，但信佛的只是一部分人，且以中老年人为主。如周大新小说《湖光山色》中的楚王庄附近有座凌岩寺，村里人人都知道有佛，但仅有一部分人真的信佛，如楚暖暖的父母亲和楚暖暖自己、旷开田的父母等都是信佛的。楚王庄里还有一部分人将信将疑。郭文斌小说集《大年》系列小说中的五月、六月姐弟和父母亲及村里的大部分人，都是信佛的；也有一些人随大流，但并不真的能理解所信的佛教为何物。其二，很多人将佛教信仰与民间鬼神信仰、道教及儒家伦理观念等混杂在一起，什么都信。如周大新小说《湖光山色》中楚暖暖的奶奶既信佛，也信天神、财神、丹湖的湖神，并且认为佛祖住在凌岩寺，湖神住在村子旁边的丹湖里，“这路神管不了那路神，谁的香火也不能少”①。郭文斌小说集《大年》系列小说中的五月、六月姐弟和父母亲及村里的大部分人，同《湖光山色》中的楚王庄人一样，也是什么都信的，如五月、六月姐弟的父亲，既信佛教里的禅宗，也信道教、儒教，还信民间鬼神，他教给五月、六月姐弟俩的，可谓什么都有，如《弟子规》《太上感应篇》《朱子家训》《孝经》《论语》等，此外，还有与佛教有关的各种佛经故事、目连戏等。这位“博学”的乡村父亲，

① 周大新:《湖光山色》,北京,作家出版社,2008,第6页。

把佛教与儒教结合起来，让自己的一双儿女受到了与众不同的宗教文化教育。其三，受佛教影响最深的，不是灵魂轮回转世观念，而是善恶果报观念，劝人向善，慈悲为怀。如周大新小说《湖光山色》中的楚暖暖受村主任詹石磴欺辱和性侵害，对詹石磴充满仇恨，恨不得用镰刀砍死他。为此，楚暖暖请教凌岩寺的天心师父：“人要是生出了憎恨之心可咋着办呢?”天心师父的解答是：“佛家人讲的是慈悲为怀，很少去说到憎恨”，“佛界中人把憎恨看作很可怕的东西，看作尔等俗世中人的最大威胁。我等僧众常念的经文中，就有祈求佛祖驱除世人心中憎恨的内容”，“不过佛家讲的是人人可以修行，可以动手拔除自己心中的憎恨”。[①] 当詹石磴后来患病成了废人，他与他的女儿被旷开田设计陷害欺辱时，楚暖暖不仅没有趁机落井下石，反而出于道义，站出来保护詹石磴的女儿，以德报怨。在楚暖暖如此高尚的道德品行中，可以看出天心师父所讲的佛家的慈悲为怀对她产生了影响。其四，逢时过节，或生老病死、婚丧嫁娶等，在家里或到寺庙里烧香、磕头、上供、许愿、还愿，乞求佛祖和菩萨保佑等，是最主要的佛教行为方式。如周大新小说《湖光山色》中的楚王庄，“去凌岩寺烧香最勤的，除了暖暖她娘就是开田的娘。暖暖娘烧香勤是为了让佛祖保佑暖暖爹在丹湖里打鱼不出事情；开田娘烧香勤则是为了地里的庄稼，开田家是那种一心种地的人家，为了保证地里有个好收成，开田娘不仅要在年节里去给佛祖叩头，春种、秋收、夏播前，也都要去寺里送个香火”[②]。其五，一些民俗风习与佛教有关，如郭文斌小说集《大年》中的系列小说，写到了老家的元宵、干节、龙节、清明、小满、端午、七巧、中元、中秋、重阳、寒节、冬至、腊八、大年和上九等各类时令节气与节日。其中，不少节日中的一些习俗与佛教有一定关系。如老家的元宵节是要点灯的，灯盏要用荞麦面捏。之所以要用荞麦面做灯盏，是因为荞麦是观音菩萨的一个女弟子转世投生的。观音菩萨的这个女弟子非常聪明、漂亮，但是一个瞎子，后得到观音菩萨的点化，“荞的眼前出现了一片光明，她开悟了”。荞复明后，“为了报答师父，就发愿投生为荞麦，来到世上，做众生的明心灯”[③]。

总的来看，新世纪乡土小说作家笔下的乡村社会，在住房、交通、通信、教育、贸易、文化、生产与生活等方面，尽管各地发展不那么平衡，但都有了很大的发展。在这样的社会发展背景下，原本信奉佛教的地区与

① 周大新:《湖光山色》,北京,作家出版社,2008,第135页。

② 周大新:《湖光山色》,北京,作家出版社,2008,第10页。

③ 郭文斌:《元宵》,《农历》,北京,中华书局,2015,第5～6页。

乡村，佛教虽然多少也受到了一些冲击，但多数信众的佛教信仰是虔诚的，佛教文化的发展具有历史的连续性。在中部、东部和北方乡村，信奉佛教的人逐渐多了起来，形成了所谓的“宗教热”。信众中有中青年，但以中老年人居多。对于乡村佛教的复魅，新世纪乡土小说作家的态度是各异的。

二、乡村伊斯兰教与叙事表现

在中国乡村，信奉伊斯兰教的地方很多，民族也很多，如回族、维吾尔族、哈萨克族、东乡族、撒拉族、柯尔克孜族、塔吉克族、乌孜别克族、保安族、塔塔尔族等。其中，以回族聚居的村庄和回族民众居多。新世纪初期，有研究者调查统计，“党的十一届三中全会以后，宁夏伊斯兰教获得了空前发展。目前，宁夏穆斯林200多万。全区共有阿訇5300多人，满拉7000多人，清真寺3500多座，拱北、道堂50余处。伊斯兰教现有6个教派，其中格迪目约有信教群众45万人，哲合忍耶约40万人，伊赫瓦尼约38万人，虎夫耶约32万人，嘎德忍耶约10万人，赛莱菲耶约1万人”①。对中国乡村伊斯兰教的发展及其对伊斯兰教信奉者的影响，新世纪乡土作家也有自己的观察、叙述和评价，如查舜的小说《青春绝版》和《拯救羞涩》，石舒清的小说《清水里的刀子》《清洁的日子》《节日》《出行》《父亲讲的故事》《灰袍子》《韭菜坪》《贺家堡》《遗物》《眼欢喜》和《果院》，木斧的小说《汪瞎子改行》，冯福宽的小说《大迁徙》，马忠静的小说《溪流如梦》《倒弦》，陈玉霞的小说《心约》《心祭》和《心斋》，张燕的小说《逝水无声》，了一容的小说《出走》《独臂》《天使》《生死》《日头下的女孩》《挂在月光中的铜汤瓶》《绝境》和《大姐》，马步升的小说《知情者》，古原的小说《大庄》《老家的阳光》《白盖头》《清真寺背后的老坟园》《耶梯目的老房子》《斋月和斋月以后的故事》和《遥远的草地》，马金莲的小说《尕师兄》《蝴蝶瓦片》《老两口》《柳叶哨》《舍舍》《掌灯猴》等，都对乡村伊斯兰教有独到的观察、叙述、描写和评价。其要点，主要有如下几个方面。

其一，西部乡村伊斯兰教职人员的宗教活动与世俗生活。如石舒清的小说《灰袍子》与《韭菜坪》、古原的小说《耶梯目的老房子》《清真寺背后的老坟院》和《斋月和斋月以后的故事》等，都对西部乡村伊斯兰教职人员的宗教活动与世俗生活有较大篇幅的叙述与描写。石舒清的小说《灰袍子》讲述了一位阿訇的故事，这位阿訇总是穿着灰袍子，给村子里带来

---

① 王伏平:《宁夏伊斯兰教的历史与现状》,《回族研究》2004年第4期。

一种神秘甚至古怪的气息。这位阿訇在妻子归真后，就不当阿訇了，而是在乱麻麻的坟地里建起一座小屋，并住了进去，任谁劝也不离开。后来，他的儿子们为他续了弦，又为他在坟院外的田地里建了两间小屋，他就带着新娶的妻子住了进去。他的怪异举动，却为他迎来了知晓前世后世的名声，于是一些人向他打听自家亡人后世的事情。石舒清的小说《韭菜坪》讲述了教主丁义德的宗教人生故事。故事中的丁义德因其教主身份，一生频遭不幸，也留下令教民们感佩的诸多与教门有关的传奇。其中，最具传奇色彩的是，丁义德教主遵照师傅的遗嘱，把所在教门创教者的金骨（遗骨）从青海后子河迁葬到宁夏韭菜坪的拱北。为了实现师傅的遗愿，从青海到宁夏，一个人用了三年多时间，才把前辈上人的金骨偷运到韭菜坪，葬在拱北的一个神秘之处。丁义德教主创造的第二个奇迹，就是带领教民在拱北所在的疙瘩山种植松树柏树，几十年下来，竟然种植了 40 多万棵，在旱情严重的地方人工造出一片森林来。古原的小说《耶梯目的老房子》讲述了耶梯目阿訇宗教生活与世俗生活。小说中有一段这样的叙述和议论：

> 耶梯目从那一天走进了山里的清真寺，在每天的五个时辰，领着进寺的人礼拜。早晨给满拉讲经，日头出来的时候，给坐在寺里长板凳上的娃娃们讲伊斯兰的常识，让娃娃们明白，一个人，不仅要守住许多规矩，什么该做，什么不该做，还要有知识，有素养，这个人才能知书达理心明眼亮，活在顿亚上才不是一个瞎汉，这样的人才是有出息的，才能得到别人的佩服。娃娃们听得很入神。有时候，耶梯目觉得自己就是一个乡村教师，履行着一个教师的使命和职责。教师就要教人识文断字，明白事理。小学校里的教师传授给孩子们的是中国传统文化和科学知识，他传授的是伊斯兰文化，内容不一样，道理却是一样的。①

这是耶梯目阿訇每天要做的宗教事务及他对自己宗教职位及职责的认识。耶梯目阿訇一生的目标是要完成好五大功课，即“念、礼、斋、课、朝”。“前四项，他不敢说做得多么好，但凭着自己的遵守，都尽力做着，不敢有所松懈，只有最后一项，是他的空白。他快七十的人了，还有几年的活头呢。”② 他决心要完成最后一项，并为此积蓄必需的旅费，做着不拖累儿女而又能实现到麦加朝觐的准备。石舒清、古原等作家讲述的伊斯兰阿

① 古原：《耶梯目的老房子》，《斋月和斋月以后的故事》，银川，宁夏人民出版社，2012，第 122 页。
② 古原：《耶梯目的老房子》，《斋月和斋月以后的故事》，银川，宁夏人民出版社，2012，第 125 页。

訇、满拉等教职人员很多，这里提到的自然是比较有特点有代表性的几位。

其二，西部乡村伊斯兰教民的宗教活动与宗教影响下的世俗生活。西部乡村伊斯兰教民的生活，可以分为两大方面：一是按照教规必须参加的宗教活动，二是宗教影响下的世俗生活。这两大方面在查舜、石舒清、古原、马金莲的西部乡村叙事中，都有生动的叙述与细致的描写。如“念、礼、斋、课、朝”等“五功”中的“礼”，穆斯林每天要进行五次礼拜，每周要进行一次聚礼，每年还有在开斋节和宰牲节等诸多节日中进行的会礼等。对这些不同的“礼”，石舒清的小说《灰袍子》《韭菜坪》和《眼欢喜》，古原的小说《老家的阳光》和《耶梯目的老房子》，马金莲的小说《蝴蝶瓦片》等都有各具特色的叙述与描写。如古原小说《冬季的日头》对“礼拜”中的“晨礼”有这样的叙述和描写：

> 梆——梆——梆，西马家寺里的梆声在清冷中清晰地响起来。
>
> 这梆声召唤男人们不要贪恋热炕和暖暖的被窝，离开婆娘的身边，做邦布达①，去面对克尔白②，跟随伊玛目③，赞念真主，赞念主的钦差穆罕默德圣人。
>
> 于是，很多家房门、大门上的木闩又被取掉了，吱吱的开门声远远近近，高低起伏，坚硬的土地上响起男人们腾腾的脚步声。
>
> “安拉乎艾克拜热！”④ 这声音总让人肃穆，让人生出无限的虔诚来。⑤

这段叙述与描写里的晨礼场景透露出虔诚和神圣的意味。马金莲的小说《蝴蝶瓦片》对“聚礼”也有生动的叙述与描写：

> 主麻日唤礼拜的梆子比平时响得早。平时到下午一点左右响起来，主麻日这天，十二点就响了。礼主麻是男人必不可少的功课。每个男人每隔七天都得到寺里去聚礼这个大的礼拜。除了出门在外的男人，懒得抽筋的男人。村庄里上至七八十岁下到刚刚十二的儿子娃娃，大

---

① 邦布达，伊斯兰教每日五次的第一次礼拜晨礼的名称。

② 克尔白，阿拉伯语音译，是沙特阿拉伯麦加城内禁寺里的一座方形石殿的名称，又称“天房”，为世界穆斯林朝拜的中心。

③ 伊玛目，伊斯兰教教职称谓。系阿拉伯语音译，意为教长、领袖、表率等。

④ 安拉乎艾克拜热，礼拜中的诵念词，意为真主至大。

⑤ 古原：《冬季的日头》，《斋月和斋月以后的故事》，银川，宁夏人民出版社，2012，第102页。

家这一天都会去寺里。梆子响起来了，我感觉心里一阵剧烈的跳荡。烈士就义前听到冲锋号一样，血呼一声就热起来了。我坐不住了。①

这段叙述与描写是从一个女童的视角进行的，这位女童既活泼好动又喜沉思默想，喜欢听邻村寺里的喇叭召唤礼拜，不喜欢自己村的梆子声。仅从这些关于伊斯兰各种“礼”的叙述与描写中即可以看出，伊斯兰教民的宗教活动是频繁的，其世俗生活的每一个环节几乎都有宗教的影响。

其三，伊斯兰教对西部乡村风俗习惯有很大的影响，其影响遍及婚姻、家庭、丧葬、饮食、节日及道德行为等各个方面。如回族家庭生了小孩，就要请礼拜寺的阿訇为小孩起个经名儿。古原小说《童谣》中“我奶奶指拨父亲请来阿訇，给我起了经名，叫尤努斯。我没有深究这含意。我奶奶说生于老历的二月十四，那晚月光很好，这个一定”②。在日常交往礼节方面，人们见面时要互致“塞俩目”③，如古原小说《童谣》中的“阿訇遇见我奶奶，都要拱手道声‘塞俩目’的”④。在饮食习惯方面，回族人不食猪肉，不吃自死物，也不吃一切动物的血液，这些都是从《古兰经》上的规定演变而来的。在查舜、石舒清、古原、马金莲等作家的小说中，几乎看不到与猪有关的叙述与描写。在服饰方面，回族男子喜欢戴白色圆顶帽或黑色圆顶帽，如马金莲小说《蝴蝶瓦片》中有这样的描写：“男人们开始上寺了。他们头上的白帽像夜晚的星星，在风里发出星星点点的亮意。”⑤ 戴白色圆顶帽或黑色圆顶帽，原本是教徒礼拜时为了便于叩头，后来逐渐演变成了民族习惯。与男性不同，妇女按年龄大小披戴白色、黑色、绿色的盖头，如古原小说《白盖头》中的河州奶奶就是戴的白盖头，“那盖头长及腰际，洁白如云，盖头下露出的是一张黄亮清瘦的脸，如一面小小的铜镜”⑥。伊黑牙觉得，站在台沿上的河州奶奶戴的“那顶白盖头布满了他的双眼，那顶白盖头让来福子这个破落的小院子，一下子变得赏心悦目，一下子新鲜了起来”⑦。小说叙述者对河州奶奶戴的白盖头也满是赞誉：“河州奶奶到家后，房里点上了香，香气袅袅飘散，炕边上坐着的这个河州奶奶，气韵高洁，面目清亮，那顶夺人眼目的白盖头，

---

① 马金莲:《蝴蝶瓦片》,《碎媳妇》,银川,宁夏人民出版社,2012,第41页。
② 古原:《童谣》,《斋月和斋月以后的故事》,银川,宁夏人民出版社,2012,第24页。
③ 塞俩目,回族日常见面时的问候语。
④ 古原:《童谣》,《斋月和斋月以后的故事》,银川,宁夏人民出版社,2012,第25页。
⑤ 马金莲:《蝴蝶瓦片》,《碎媳妇》,银川,宁夏人民出版社,2012,第42页。
⑥ 古原:《白盖头》,《斋月和斋月以后的故事》,银川,宁夏人民出版社,2012,第13页。
⑦ 古原:《白盖头》,《斋月和斋月以后的故事》,银川,宁夏人民出版社,2012,第15～16页。

使得这间古老的几乎要倒下来的老屋显得不同一般，显得高贵起来。”[①]马金莲小说《舍舍》中的小媳妇舍舍，是红寺堡年轻女性中唯一坚持戴盖头的，她的绿盖头“还是从老家出来时节戴的，走在人群里，她就显得有些特别，惹眼，是一种保留着土气的特别，可是她长得俊美，盖头一戴，在绿茵茵的颜色映衬下，那鼻子那眼睛显得分外生动，眉宇间添了一股素雅洁净的美”[②]。对于舍舍坚持戴盖头，她的丈夫黑娃“嘴上没说啥，心里还是赞成媳妇的做法，现在的年轻人都效仿城里人，厌弃山里保留的回民头饰，黑娃觉得自己的媳妇老实、本分，坚守住了教门上的传统的东西，就对媳妇更疼了”[③]。从这些有关人际交往礼俗、饮食、服饰等习俗的叙述和描写中可以看出，伊斯兰教对西部乡村风俗习惯的影响是很大的，宗教规定与民族风俗习惯往往交织在一起。正因为如此，普通回族民众世俗生活中的各种日常行为及活动，大都充满了神圣感。

其四，伊斯兰教对回族的政治、经济、文化、教育以及思维方式、心理结构和价值观念等都有极深刻的影响。如石舒清小说《灰袍子》中的叔叔对于生命与人生及人生意义的认识，就有伊斯兰教的深刻影响。故事中的“叔叔”是个生意人，在做生意之余，总是躲到村子坟院中的拱北里静修参悟，那个拱北埋有宗教领袖。“叔叔”对于人的社会身份、人的肉体与灵魂等有自己参悟后的认识，认为“生意人”只不过是他的“一个表皮皮子，是度世的人不得不有的一个扮相。人好像一辈子都是花费在了这个扮相上，其实这个扮相是假的。为人都有个扮相呢。因为假，看起来才那么多，真的就不会多，真的就一个。叔叔说，为人都有个内里呢。叔叔也还有着一个通俗的说法，和他所谓的外皮皮子相对应相区别，叫内瓤瓤子。叔叔说，为人都有个内瓤瓤子，但多数人都忙乎了表皮的事情，不知道自己有这么个内瓤瓤子，不知道这个内瓤瓤子有多贵重，只有少数受到造物主特别拣选的人，才能觉知到自己的这个内在。认得了真的就轻看了假的。因此只要是明白自己内里的人，会觉得在这个世界上，再没有什么比自己里头的这个东西更贵重的了”[④]。对“叔叔”的这些参悟和高论，宗教人士并不否认，只是强调要“叔叔”自己坐静修炼，要有言有行，不能只是说说而已。再如石舒清小说《贺家堡》中的杨万生老人“总觉得自己的罪大得很”，“杨万生老人做礼拜的时候，会把不少的时间用来哭。做

---

① 古原：《白盖头》，《斋月和斋月以后的故事》，银川，宁夏人民出版社，2012，第16～17页。
② 马金莲：《舍舍》，《碎媳妇》，银川，宁夏人民出版社，2012，第154页。
③ 马金莲：《舍舍》，《碎媳妇》，银川，宁夏人民出版社，2012，第154页。
④ 石舒清：《灰袍子》，《灰袍子》，银川，宁夏人民出版社，2012，第1页。

完礼拜，他就得去洗脸，把皱纹和胡须里的泪水洗干净”。① 小说中的叙述者议论说：“回族老人，自觉有罪恶感的，不在少数，杨万生老人不过在这一点上显得更突出一些罢了。自称罪孽深重的，实质上并没有什么大不了的罪孽，这一点回族人都是清楚的，反而对能如此自我认知的人多一些敬重和信任。”② 石舒清小说中的人物，不仅对生命、人生、自我、肉体与灵魂的认识都有浓郁的宗教精神底蕴，而且对自然、人与自然的关系的认识也带有宗教色彩，如小说《节日》中去石头山拱北朝觐和舍散的教民们对拱北、石头山、石头山下的一条河及登山的人之间的关系有这样的理解：“这山的前面偏偏有这样一条小河，水这么净，长流不绝，这应当是有说头的啊，你要上我的石头山，先把你一路的污浊洗去吧；有的人话就说得高了一截，说这清水是一种提醒，不仅是要洗去你身上的垢坋，更要紧的是要把你的心里好好淘洗淘洗，把私心杂念洗得差不多了，再说上石头山的话。”③ 小说中的“环环媳妇听着这些话，觉得这些话闻所未闻，都算是话里面的话，因而这流水在她眼里就有些异样。她蹲下身子把手虔诚地浸入水里，水凉得入骨，痒酥酥地在她的手背上流过去，她把手在水里刻意多浸了一会儿，然后又用洗净的手洗了自己的脸，洁净的凉意渗得那么深，她觉得自己立时换了一个崭新的面孔”④。环环媳妇对河水的重新认识及洗涤过后的自我重新体认，已有了伊斯兰“清真”“洁净”的宗教精神意味。

其五，在市场经济及乡村社会现代转型的影响下，西部乡村伊斯兰教也出现了一些新的变化。譬如“礼拜”的变化，石舒清的小说《眼欢喜》对每天的五次礼拜有这样的描写：

> 村里的喇叭一日要响五次，不是一日要五次礼拜么，每次礼拜前，只要不停电，喇叭都会准时响起来。这样的时候，不必老背锅来喊什么的，而是将早就录制好的一段赞圣词，在喇叭里放出来就是了。村里人已经听习惯了这声音，只要有这声音适时地响起来，村民们就会感到一种难以言喻的安慰与踏实。这就说明我们大家是在平安中的啊，说明日子是值得过下去的啊。⑤

---

① 石舒清：《贺家堡》，《灰袍子》，银川，宁夏人民出版社，2012，第 45 页。

② 石舒清：《贺家堡》，《灰袍子》，银川，宁夏人民出版社，2012，第 45～46 页。

③ 石舒清：《节日》，《时代文学》1999 年第 1 期。

④ 石舒清：《节日》，《时代文学》1999 年第 1 期。

⑤ 石舒清：《眼欢喜》，《灰袍子》，银川，宁夏人民出版社，2012，第 107～108 页。

在这段叙述里，用高音喇叭每天放五次赞圣词，代替了村民每天应做的五次礼拜，显得不那么虔诚和神圣了。再如服饰的变化，马金莲小说《舍舍》对回族女性服饰的变化有这样的叙述和描写：

> 舍舍头上戴着绿盖头。其实现在的媳妇儿大多不愿意戴盖头，到了这大地方，开放的川道地方，有些媳妇子甚至连帽子也不好好戴了。那些进城打工的，一个个烫了头发，化了妆，一个赛一个的洋气。最不行的，也摘了头巾、盖头，剩下白帽子，或者只绾一条纱纱。①

在这些外在的变化之外，石舒清、马金莲等作家还注意到内在精神的变化，如石舒清小说《节日》中的环环是做生意的，但环环做生意把人做坏了，“烟酒都粘上了”，环环媳妇劝他说：“阿訇讲了，前世里的一口酒，后世里的一嘴火。环环说，阿訇的嘴也太长了，他先把他自己管好吧。”环环媳妇很绝望，觉得“环环要是再不回头，再不往教门的路上靠，这人就坏了”。② 环环当然不是个案。

查舜、石舒清、古原、马金莲等都是具有伊斯兰宗教文化背景的作家，他们对改革开放以来西部乡村特别是回族聚居的乡村伊斯兰教的变化及现状的观察、叙述、描写与评价，其真实深刻的程度甚至要超过一些社会学者的相关研究。

三、乡村基督教与叙事表现

改革开放以来，基督教在中国乡村得到了快速而广泛的传播。有关权威部门统计，“中国的基督教信徒已从改革开放初的 300 万猛增至现在的 1 亿左右，其中 80％的在农村”③。在对各地基督教传播情况的调研中，有研究者发现，皖东地区自 20 世纪 90 年代开始，基督教得到快速传播，信众越来越多，使“佛教、道教的地位大大降低，造成庙庵无人烧香、寺宇无人磕头的‘凄凉’景象。有些虔诚的基督徒，甚至不再为祖先的亡灵烧纸、敬香。信仰的自由选择，掀起 20 世纪 90 年代发生在中国皖东农村

① 马金莲：《舍舍》，《碎媳妇》，银川，宁夏人民出版社，2012，第 154 页。

② 石舒清：《节日》，《时代文学》1999 年第 1 期。

③ 吴理财、张良：《农民的精神信仰：缺失抑或转化？——对农村基督教文化盛行的反思》，《人文杂志》2010 年第 2 期。

的信仰变迁运动，导致了基督取代鬼神的宗教信仰变迁”[①]。对基督教在中国乡村传播的影响，研究者们的看法不一，既有肯定的，也有否定的。就乡村基督教传播所产生的积极影响而言，有研究者注意到几点：（1）有一定的政治功能，譬如有利于社会稳定；（2）有一定的经济功能，譬如能对社会主义市场经济伦理的形成起推动、促进作用；（3）有一定的道德功能与行为控制功能，“基督教提倡诚实守信、和善、乐善好施、助人为乐、克勤克俭，要求教徒不做损人利己和其他一切坏事，反对酗酒、赌博等。这种教义在教徒的行为中得到贯彻，教徒们把教义奉为人生哲学、行为规范，自觉地规范日常行为。这有利于农村精神文明建设，有利于社会风气的净化”[②]；（4）有一定的特有美感功能，陶冶教徒的情操；（5）具有心理调节的功能；（6）具有弥补农村文化生活单调之功效，一定意义上具有构建农村文化的功能[③]，如此等等。就乡村基督教传播所产生的消极影响而言，有研究者注意到几点：（1）乡村基督教教派林立，因教派之间的分歧而引发的纷争也不断增多；（2）天主教地下势力比较活跃，“有些天主教地下组织以‘有神无神誓不两立’‘爱国爱教有矛盾’为借口，反对天主教走爱国爱教的道路”[④]；（3）境外势力对沿海宗教进行渗透[⑤]，如此等等。

基督教在中国乡村的传播，也得到了中国小说作家一定程度的注意，如北村的小说《施洗的河》和《愤怒》，张懿翎的小说《把绵羊和山羊分开》，李佩甫的小说《羊的门》《城的灯》和《等等灵魂》，史铁生的小说《务虚笔记》和《我的丁一之旅》，孙惠芬的小说《生死十日谈》，郭昕的小说《驯风记》，张行健的小说《田野上的教堂》等作品，都有关于基督教或与基督教有关的乡村生活的叙述、描写与评价。其中，张行健的小说《田野上的教堂》、孙惠芬的小说《生死十日谈》等作品，对改革开放以来，基督教在中国乡村的传播及中国乡村农民的基督教活动有较多的叙述、描写和评价。其内容，主要有如下几点。

其一，中国乡村出现了过去较为少见的教堂，出现了宗教文化水平不一的牧师，有定期、定时举行的礼拜、祈祷等活动，有逐渐增多的信教者。如张行健小说《田野上的教堂》中的神泉村，村里有一座由大库房改

① 杨宏山：《皖东农村“基督教热”调查与思考》，《江淮论坛》1994 年第 4 期。
② 杨宏山：《皖东农村“基督教热”调查与思考》，《江淮论坛》1994 年第 4 期。
③ 杨宏山：《皖东农村“基督教热”调查与思考》，《江淮论坛》1994 年第 4 期。
④ 黄建明：《沿海地区宗教活动存在的主要问题及原因》，《厦门特区党校学报》2005 年第 3 期。
⑤ 黄建明：《沿海地区宗教活动存在的主要问题及原因》，《厦门特区党校学报》2005 年第 3 期。

建的教堂，村里80%的人都信教，附近“十里八村的乡亲们也纷纷来神泉村教堂这个活动点做朝圣”。出现在神泉村的牧师季春寒出生在一个信基督教的家庭，他当年高考失败，就进了教堂，接受了洗礼，后来考入神学院，33岁时成为牧师。他在祷告时向上帝发誓要做好教会的工作：“主的恩典够我们享用，他确有说不尽的恩赐，给我们多少工作，就有多少力量托住我们。当今，在教会已进入自治要治好，自养要养好，自传要传好的建设阶段，我们……着重考虑的是在若干年之后我们教会的素质如何，教牧人员的灵性光景和神学思想的深度。在教会百废待兴工作千头万绪的当口，我得用自己的所有精力用全部聪明才智去做一番事情的。”① 牧师季春寒自此走村串户，到十多个教会去讲经布道，连自己的婚姻大事也顾不上了。

其二，基督教在中国乡村的传播，得到了一些乡镇干部不同程度的理解与支持。如北村小说《愤怒》中信仰基督教的李百义（马木生）一度担任慈善协会的会长，后被选举为副县长。再如张行健小说《田野上的教堂》中的乡党委副书记关子池不信教，但对乡村基督教快速传播、信教人数不断增加的原因有比较准确透彻的分析：“20世纪的今天，它（指宗教——引者注）没有因为科学技术的发展和社会的进步而消失，相反呢，它却以越来越多的信徒和各种新的形式更深刻地影响着我们的生活，信徒也由过去的愚夫愚妇逐渐知识化、年轻化起来了。为什么教堂能有这么大的吸引力呢？首先我不否认这是一种信仰的力量。但就信教的年轻人来说并不都有这种信仰，他们大多数是自觉或不自觉地抱着现实功利的动机靠近神灵的。……商品市场带来了竞争，年轻人的心理都有压力在增加，考学校、盖房子、娶媳妇、养儿育女、养老送终、各种疾病的折磨，生活的担子困扰着一大批年轻人、中年人的心灵。在种种压力下，无论是西方的基督，还是东方的观音，做个礼拜叩个头，以求心里踏实，偶有一次‘显灵’，便信以为真，继而皈依宗教。”② 对宗教文化的积极作用，关子池也做了有限度的肯定，同时也指出了宗教的弊病与不足。他说：“我不否认宗教文化的规范有合理的因素，如讲和平、守信义，主张平等、博爱、人道主义、献身精神的教育和不杀、不奸淫、不偷盗、不妄法的信条，但追求虚无的彼岸世界和来世的永恒幸福是宗教的共性啊，消极出世是其弊病……当前，我们政府还面临许多问题，我们还无力全部解决农村的教育、住房、婚姻、人口、家庭、卫生、疾病、养老等等问题，还有自然灾

---

① 张行健：《田野上的教堂》，《山西文学》1995年第9期。

② 张行健：《田野上的教堂》，《山西文学》1995年第9期。

害带来的痛苦，要解决只有靠社会的发展去解决，而不能逃避现实，信教去解决。”① 小说中的神泉村村长杜明林受过高中教育，不信教，认为“神是人们自己树立起来自己又去崇拜的一个虚幻的偶像”，“宗教是人们在现实面前遇到挫折之后的一个软弱却又温暖的逃避所”。② 当他发现，基督教在本村传播以后，信教的人越来越多，村里扯皮、打架、偷盗、家庭不和的现象竟然慢慢变少了，于是他对宗教的态度有所改变，“觉得党的信仰自由的政策的英明，作为党员的他起码对这个事儿有自己的主见，对村人的信教也就有一个全新的理解”③。

其三，基督教在乡村传播过程中起到的积极作用。这在北村、孙惠芬、张行健等作家的小说叙述中，主要有四个方面的表现：第一，对信教者个人的精神抚慰作用。如孙惠芬小说《生死十日谈》中刘秉善的儿子得了骨癌，已是晚期，无法救治，在连续做了 7 个月的祷告后，虽然病情没有什么好转，但精神状态却好多了。再如《生死十日谈》中小环追求不伦之爱，遭到村里人的唾弃，整天躲在家里不出门。孤寂痛苦中的小环信教后，每周穿着新衣裳，准时去参加祷告，这让她痛苦的内心得到了莫大的安慰。第二，对信教者的精神救赎作用。如北村小说《愤怒》中李百义（马木生）在逃亡的过程中，遇到沐恩堂的王牧师，随王牧师到教堂做了半个月的“义工”，并在此受到了基督教的精神洗礼，接受了基督教有关“原罪”“罪行”与“罪性”等观念，放弃以暴易暴、以恶抗恶来换取社会公正的观念与行为，他的人生方向从此发生了彻底的改变。李百义成为千万富翁以后，播撒爱心，广做慈善，成为黄城县有名的大慈善家。他自揭罪行，自我忏悔，拷问心灵，以独特的方式进行自我救赎。第三，协调家庭内部关系。如张行健小说《田野上的教堂》中杜明林的母亲与媳妇，“信教前，婆媳俩三天两头生一次气，因为鸡毛蒜皮的事，就吵个鸡犬不宁，媳说媳有理婆说婆有理，杜明林从中难以调解，真有说不出的苦恼。自信教之后，婆媳俩谨谨让让，亲亲热热融洽和睦得像亲生母女，这倒使杜明林从心眼里高兴”④。第四，协调个人与社会的关系。如张行健小说《田野上的教堂》中神泉村的部分村民不愿意交售公粮，被逼无奈的村长杜明林只好请派出所所长派两名警察来帮他强制性收取公粮，弄得干群关系十分紧张。在矛盾一触即发的关键时刻，牧师季春寒在神泉村的教堂给

① 张行健:《田野上的教堂》,《山西文学》1995 年第 9 期。
② 张行健:《田野上的教堂》,《山西文学》1995 年第 9 期。
③ 张行健:《田野上的教堂》,《山西文学》1995 年第 9 期。
④ 张行健:《田野上的教堂》,《山西文学》1995 年第 9 期。

信教的村民做了《奉献与奉献精神》的布道："其实奉献是去除世俗杂念，是驱散贪婪的欲望，是人对生命意义的一个拓展，应该完全建立在纯真的利他主义上。当一个人有了奉献之心并把它慷慨地表现出来时，那就是他生命最完美的时候，心境自然就像玉一样清像玉一样洁，奉献表现为灵魂洁净的意志，同时也有永恒的品格，因为它击退了世俗的自私，立定了人身神形的根本啊……我们今天有幸被列入蒙召的队伍之中，令我们深感亏欠的是，主内之人，居然不愿向国家和更多的人们交售应交的爱国公粮、爱国良棉，这与奉献精神实在格格不入哪……一个连国家和人民都不爱的人，还能谈得上爱主吗?"① 牧师季春寒的这番爱教、爱主、爱人、爱国的布道，让不交售公粮的信徒羞愧难当，于是纷纷交售公粮，矛盾得以化解。由此，在乡村传播的基督教表现出特定的乡村社会治理功能与作用。

在上述作家中，北村是信奉基督教的，将基督教的"爱"作为救人救世的良药；孙惠芬、张行健等作家对基督教文化也有相当的了解和认识，但没有申明自己信教。在观察、叙述、描写和评价乡村基督教时，他们都肯定了基督教在乡村传播过程中的积极作用，但信教者和不信教者对其积极作用的认定存在极大的差别，这里不再深论。

四、乡村萨满教与叙事表现

萨满教是一种民间信仰活动，是在原始信仰基础上发展起来的。萨满教的基本观念是万物有灵论，崇拜祖神、自然和动物，认为日月星辰、风雨雷电、云雾冰雪、山川树木、彩虹、火和某些动物等都有灵性，是主宰自然和人间的神灵。其宗教活动主要有祭祀、祈禳、求"乌麦"、送魂、占卜、跳神等。中国北方的一些民族，如满族、锡伯族、赫哲族、鄂伦春族、鄂温克族、达斡尔族、维吾尔族、乌孜别克族、塔塔尔族、朝鲜族、蒙古族等，都在不同程度上存在着萨满教信仰活动，即如有论者所言："数千余年来北方诸民族文化史的核心史观，便是萨满教文化的传承史。"② 蒙古族作家郭雪波是在萨满文化中成长起来的，他的太姥姥、姥姥、妈妈都是萨满教信奉者，他的父亲是萨满文化传播者——"胡尔钦"，因此对蒙古族承传的萨满教有深刻的了解和认识。在一次访谈中，郭雪波说："萨满教产生太久远了！萨满教是原始宗教，是多神教。简单地说，在萨满教徒眼里，一条河是值得敬畏的，因为有河神；一棵树是值得敬畏的，因为有树神；一只虎是值得敬畏的，因为有虎神。萨满教相信万物有

① 张行健:《田野上的教堂》,《山西文学》1995 年第 9 期。

② 富育光:《萨满教与神话》,沈阳,辽宁大学出版社,1990,第 1 页。

灵，一切都值得尊敬。所以，蒙古人的祖先对待草原、对待大自然是相当温柔且尊崇的。……萨满教之所以没能成为影响世界的宗教，主要是因为它是三无宗教，无教义、无庙堂、无弟子，完全是自觉信仰的宗教，它就是靠着家族式的口口相传一代一代流传下来的。”① 迟子建对大兴安岭一带流传的萨满教有深刻的了解和认识，她也曾在一次访谈中说：“萨满教盛行于北方的少数民族，萨满是沟通天和地的通灵人。在狩猎文化中，最突出的便是‘万物有灵’论。而萨满用他们身上神灵所赋予的法力，出色地演绎了‘万物有灵’。……萨满身上所产生的神奇的法力，比如说能在跳神时让病入膏肓的人起死回生等等事例，已经屡见不鲜。既然大自然中有很多我们未探知的奥秘，我们就不能把萨满的存在看成一种‘虚妄’。”② 迟子建的观点是有现实依据的，因为她的故乡就在大兴安岭，那一带是鄂伦春族、鄂温克族、赫哲族等的聚居地，这些民族至今仍然信奉萨满教。

在中国当代作家中，郭雪波、迟子建、萨娜等作家的小说，既与萨满文化的关系最为密切，也是表现萨满文化最突出的。在郭雪波的小说《大漠魂》《银狐》《沙狐》《大漠狼孩》《天海子》《天出血》《蒙古里亚》与《大萨满之金羊羊》，迟子建的小说《额尔古纳河右岸》《与水同行》《微风入林》《别雅山谷的父子》《布基兰小站的腊八夜》，萨娜的小说《伊克沙玛》等作品中，对北方乡村萨满教文化有极为生动、细致的叙述和描写。其相关内容，具体而言，有如下几点。

其一，对萨满教信奉者的神灵观念的叙事表现与心理揭示。萨满教的神灵观念是基于万物有灵论的多神观。小说中的萨满教信奉者都持万物有灵观念，日月星辰、风雨雷电、云雾冰雪、山川树木、彩虹、火和某些动物等，在他们眼中都是有灵性的。如迟子建小说《额尔古纳河右岸》中的叙述者“我”是鄂温克部落酋长的女人，年届九旬，她所讲的鄂温克族部落故事，从她出生一直延续到20世纪90年代，将近百年。在“我”的眼中，不仅有火神、日神、月神、雷神、山神等等，甚至连依莲娜用来作画的皮毛也是有灵性的。她说：“说真的，从依莲娜做皮毛画的那天开始，我的心就不安宁。因为我觉得那些皮毛是有灵性的，让它们做成衣服，为人遮风挡雨，带来温暖，它们也许是心甘情愿的；但一旦你是为了取悦别人的眼睛而把它们弄得支离破碎，让它成为画悬挂起来，那些皮毛可能就

① 郭雪波：《用文学传承萨满文化》，《渤海早报》2012年5月7日。

② 迟子建、胡殷红：《人类文明进程的尴尬、悲哀与无奈——与迟子建谈长篇新作〈额尔古纳河右岸〉》，《艺术广角》2006年第2期。

会愤怒。”[①] 再如萨娜小说《伊克沙玛》中的鄂伦春族人也是相信万物有灵的，小说中的戴老板就相信万物有灵、万物皆神，他想买下艾乐家的木克楞老房子自己住，就是因为那里“四处有神灵”。他说：“我买下它重新装修一遍，我随时都能回去住一段时间。住在那里，我夜里肯定不会总梦见自己掉进深井，爬也爬不上来。那幢房子四处都有神灵，山神、树神、水神、花神。神灵会保佑我的。可怕的往事也不会来骚扰我了。”[②]

其二，对萨满教信奉者的灵魂观念的叙事表现与心理揭示。萨满教认为世界上万物都有灵魂，而人有多个灵魂，如赫哲族人相信人有三个灵魂，即斡仁（生命之魂）、哈尼（思想之魂）和法加库（转生之魂）。对此，有研究者分析说：“就灵魂本身而言，它是多元的、运动着的，贯穿于生命的始终。”[③] 如郭雪波小说《蒙古里亚》中的叙事者“我”的灵魂观念，就是多魂观念：“魂是有的，也有形状，人魂有人形，兽魂有兽形，活人平时肉眼看不到，但智者能感觉得到，梦里能看到形态的魂，如梦见已故先人或鸟兽……人死后，一魂守护埋肉体之地，一魂游世，一魂去投世也称转世，转世成功后这魂再衍生三魂。”[④] 再如萨娜小说《伊克沙玛》中的艾乐的母亲拒绝政府让山民下山的搬迁计划，坚持住在山上的木克楞老屋子里，其原因就在于她的萨满教式的灵魂观。“她对儿女们的操心嗤之以鼻，对政府的搬迁理由怒气冲冲。她可不想住进匣子里。一旦她死了，灵魂找不到阿里河，就没有办法顺水漂流，升入天堂了。”[⑤]

其三，对萨满教信奉者的祖神崇拜、动物崇拜、自然崇拜的叙事表现。第一，祖神崇拜。鄂温克族、鄂伦春族、达斡尔族、赫哲族和蒙古族等都崇拜祖神，鄂伦春人每个氏族都有自己的祖神。如萨娜小说《伊克沙玛》中的博物馆长达陶是鄂伦春族人，他崇拜祖神，“每天上午顺着铁梯登上博物馆房顶，用军用望远镜向祖先居住的‘嘎仙洞’山顶瞭望，准备选择吉祥的日子把文物搬进库房。他已经找好施工队，却不敢确定动工时间。每个家族都有自己的氏族神灵保佑，每件文物上也会附着隐秘的氏族

---

① 迟子建：《额尔古纳河右岸》，北京，十月文艺出版社，2005，第 238 页。

② 萨娜：《伊克沙玛》，中国作协《小说选刊》选编：《2005 中国年度中篇小说》，桂林，漓江出版社，2006，第 324 页。

③ 郭淑云：《原始活态文化——萨满教透视》，上海，上海人民出版社，2001，第 52 页。

④ 郭雪波：《蒙古里亚》，北京，北京十月文艺出版社，2014，第 8 页。

⑤ 萨娜：《伊克沙玛》，中国作协《小说选刊》选编：《2005 中国年度中篇小说》，桂林，漓江出版社，2006，第 302 页。

神灵。搬迁它们马虎不得，否则，神灵们会怪罪他的”[①]。第二，动物崇拜。鄂温克族、鄂伦春族人对熊极为敬畏，他们认为熊是自己的先人，禁止捕猎。后来也捕杀熊，但要举行一些乞求祖先原谅和保佑的仪式。如迟子建小说《额尔古纳河右岸》中的叙述者“我”就这样说：“我们崇拜熊，所以吃它的时候要像乌鸦一样‘呀呀呀’地叫上一刻，想让熊的魂灵知道，不是人要吃它们的肉，而是乌鸦。”[②] 第三，自然崇拜，主要有拜火、拜山、拜日月星辰、拜风雨雷电等。如迟子建小说《额尔古纳河右岸》中的叙述者“我”为那些搬到山下鄂温克猎民定居点的族人担忧，因为他们没有带走部落的火种。她说：“以往我们搬迁的时候，总要带着火种。达吉亚娜他们这次下山，却把火种丢在这里了。没有火的日子，是寒冷和黑暗的，我真为他们难过和担心。但他们告诉我，布苏的每座房子里都有火，再也不需要火种了。可我想布苏的火不是在森林中用火镰对着石头打磨出来的，布苏的火里没有阳光和月光，那样的火又怎么能让人的心和眼睛明亮呢！我守着的这团火，跟我一样老了。无论是遇到狂风、大雪还是暴雨，我都护卫着它，从来没有让它熄灭过。这团火就是我跳动的心。”[③] 迟子建小说《额尔古纳河右岸》《别雅山谷的父子》和《布基兰小站的腊八夜》等也有对日月星辰、风雨雷电崇拜的描写，如《额尔古纳河右岸》中的“尼都萨满说雷神共有两个，它们一公一母，掌管着人间的阴晴。在他的神衣上，既有圆环铁片的太阳神和月牙形的月亮神，也有像树杈一样的雷神。他跳神的时候，那些形形色色的铁片碰撞到一起，发出‘嚓嚓’的响声”[④]。萨满教的这些祖神崇拜、动物崇拜和自然崇拜，是以多神论和灵魂不灭的多魂论为思想观念基础的。

其四，对萨满及萨满传承的叙事表现。萨满教中的“萨满”，有“先知者”“神通者”“无所不知者”等意思，鄂温克族、鄂伦春族、赫哲族、满族、锡伯族等至今仍叫萨满教大祭师为“萨满”。萨满是“人神中介，即人的代表，神的使者”[⑤]，其宗教活动主要有主持宗教祭祀、求雨止雨、祈福禳灾、治病救人、预测占卜、跳神等。如出现在迟子建长篇小说《额尔古纳河右岸》中的萨满很多，最重要的有两位，即尼都萨满和妮浩萨满。尼都萨满是叙述者“我”的伯父，也是乌力楞的族长。尼都萨满有三

① 萨娜：《伊克沙玛》，中国作协《小说选刊》选编：《2005中国年度中篇小说》，桂林，漓江出版社，2006，第309页。
② 迟子建：《额尔古纳河右岸》，北京，北京十月文艺出版社，2005，第6页。
③ 迟子建：《额尔古纳河右岸》，北京，北京十月文艺出版社，2005，第5页。
④ 迟子建：《额尔古纳河右岸》，北京，北京十月文艺出版社，2005，第53页。
⑤ 郭淑云：《原始活态文化——萨满教透视》，上海，上海人民出版社，2001，第36页。

重身份：一是普通男人，暗恋叙述者“我”的母亲，一生未娶，颇为不幸；二是族长，一生为族人操劳，安排生计，抵御天灾和外敌，是个氏族英雄；三是本氏族萨满，主持祭祀、求雨止雨、祈福禳灾、治病救人等活动。尼都萨满死后，萨满职位传给本族的妮浩。萨满的传承之所以要在氏族内部进行，是因为氏族萨满的“神秘力量来源于氏族祖先或家族祖先的守护神和助灵的传递”①。妮浩继任萨满后，同尼都一样，主持祭祀、婚礼、丧礼、祈禳、治病等。为了治好族人小孩子的病，妮浩痛苦地失掉了自己最喜爱的儿子果格力。“妮浩哭着告诉我们，她离开营地的时候，就知道她如果救活了那个孩子，她自己就要失去一个孩子。我问她这是为什么？妮浩说，天要那个孩子去，我把他留下来了，我的孩子就要顶替他去那里。”② 为救治别人，妮浩先后失去了自己的三个孩子。1998 年，妮浩自己也死在为求雨以扑灭伐木工人引发的森林火灾的行动中。同尼都萨满一样，妮浩萨满为了氏族、他人和国家，牺牲了自己，体现出一种大爱的精神。妮浩走后的第三年，妮浩的儿子“玛克辛姆身上出现了一些怪异的举止，他用猎刀割自己的手腕，他把赤红的火炭吞进嘴里。他喜欢在雨天的时候出去奔跑，大喊大叫；而到了天旱的日子，一看到大地出现了弯弯曲曲的裂缝，他就会抱头大哭。我们知道，他这是要成萨满了”③。但叙述者“我”和达吉亚娜不想让玛克辛姆做萨满，“尼都萨满和妮浩的悲凉命运，使我们不想再看到一个新萨满的诞生。达吉亚娜把妮浩留下的神衣、神帽和神裙都捐给了激流乡的民俗博物馆，只留下一个神鼓。我们想让玛克辛姆与那股神秘而苍凉的气息隔绝”④。没有了氏族传承的神衣、神帽和神裙，玛克辛姆果然“一天天地正常起来。除了干旱的日子偶尔会出现一些反常的举止外，他与常人一样了”⑤。至此，一个特定的鄂温克氏族的萨满传承史，在 20 世纪 90 年代至新世纪的移民搬迁中结束了，但萨满文化的历史传承并未就此结束。

其五，对萨满教的祭祀、祈禳、治病、跳神等宗教活动的叙事表现。第一，对祭祀活动的叙事表现。如萨娜小说《伊克沙玛》中对鄂伦春族猎人祭祀山神有这样的叙述和描写：

---

① 孟慧英主编：《原始宗教与萨满教卷》，北京，民族出版社，2008，第 369 页。

② 迟子建：《额尔古纳河右岸》，北京，北京十月文艺出版社，2005，第 135 页。

③ 迟子建：《额尔古纳河右岸》，北京，北京十月文艺出版社，2005，第 245～246 页。

④ 迟子建：《额尔古纳河右岸》，北京，北京十月文艺出版社，2005，第 246 页。

⑤ 迟子建：《额尔古纳河右岸》，北京，北京十月文艺出版社，2005，第 246 页。

> 那些猎人走进深山密林时，一定要祭祀山神的。神秘莫测的山神，既给予他们丰饶的食物，又给予他们无法猜测的凶险。这些出生入死的猎人会以虔诚的方式为自己祷告，为家族祷告，甚至为他们追杀的猎物祷告。就这样，他们用新鲜的桦皮做出人的脸谱，蘸着浆果的红汁绘画出五官，然后用犴筋绳绑在一棵格外高大而粗壮的树干上，认定它就是山神爷。大家恭恭敬敬地跪下、敬酒、祈祷。森林里的一切都是未卜未知的。他们猜不出山神爷究竟打算伸出哪只手，为他们指引哪一条道路。林子里处处都有道路，处处都没有道路。道路在山神爷的心里。他们低下头喃喃祷告，那些像尘埃一样飞舞的语言缓慢地在时光里移动，隐隐约约飘进艾乐的耳朵里。①

迟子建小说《额尔古纳河右岸》和《布基兰小站的腊八夜》、郭雪波小说《大漠魂》和《蒙古里亚》等作品中，都有对各具特色的萨满祭祀活动的叙述与描写，这里不再举例分析。第二，对求“乌麦”、为患者治病等活动的叙述与描写。求“乌麦”是额尔古纳河鄂温克人为小孩抓回灵魂的仪式。如果小孩患重病，鄂温克人就会认为患病小孩的灵魂去另一世界了，就要请萨满举行求“乌麦”仪式，用驯鹿、犴等做祭品，抓回灵魂。如迟子建小说《额尔古纳河右岸》对求“乌麦”活动有这样生动的叙述和描写：

> 那年秋天，列娜病了。她躺在希楞柱的狍皮褥子上，发着高烧，不吃不喝，昏睡着，说着胡话。父亲在希楞柱的东南角搭了一个四柱棚，宰杀了一只白色的驯鹿，请尼都萨满来给列娜跳神。额格都阿玛是个男人，可因为他是萨满，平素的穿着就得跟女人一样。他跳神的时候，胸脯也被垫高了。他很胖，披挂上沉重的神衣神帽后，我想他一定不会转身了。然而他击打着神鼓旋转起来是那么的轻盈。他一边舞蹈一边歌唱着，寻找着列娜的“乌麦”，也就是我们小孩子的灵魂。他从黄昏开始跳，一直跳到星星出来，后来他突然倒在地上。他倒地的一瞬，列娜坐了起来。列娜朝母亲要水喝，还说她饿了。而尼都萨满苏醒后告诉母亲，一只灰色的驯鹿仔代替列娜去一个黑暗的世界了。②

---

① 萨娜：《伊克沙玛》，中国作协《小说选刊》选编：《2005中国年度中篇小说》，桂林，漓江出版社，2006，第310页。

② 迟子建：《额尔古纳河右岸》，北京，北京十月文艺出版社，2005，第7页。

从这段叙述描写可以看出，求“乌麦”的观念基础是萨满教的灵魂观念，其救治的方法是借助萨满的法力和跳神活动来一命换一命，这里用来换命的命，不是萨满家的孩子，而是“一只灰色的驯鹿仔”。第三，对祈禳活动的叙述与描写。如迟子建小说《额尔古纳河右岸》对求雨活动有这样的叙述和描写：

> 妮浩就是在这个时候最后一次披挂上神衣、神帽、神裙，手持神鼓，开始了跳神求雨的。她的腰已经弯了，脸颊和眼窝都塌陷了。她用两只啄木鸟作为祈雨的道具，一只是身灰尾红的，另一只是身黑额红的。她把它们放在额尔古纳河畔的浅水中，让它们的身子浸在水中，嘴朝天上张着，然后开始跳神了。……妮浩跳了一个小时后，空中开始出现阴云；又跳了一个小时后，浓云密布；再一个小时过去后，闪电出现了。妮浩停止了舞蹈，她摇晃着走到额尔古纳河畔，提起那两只湿漉漉的啄木鸟，把它们挂到一棵茁壮的松树上。她刚做完这一切，雷声和闪电交替出现，大雨倾盆而下。妮浩在雨中唱起了她生命中的最后一支神歌。她没有唱完那支歌，就倒在了雨水中。①

这场求雨活动是1998年举行的，妮浩萨满最后死在这场求雨活动中。驱灾祈福的祈禳活动还有其他内容和特定的宗教仪式，这里不再一一举例分析。

迟子建的小说《额尔古纳河右岸》《别雅山谷的父子》，郭雪波的小说《大漠魂》《蒙古里亚》，萨娜的小说《伊克沙玛》对鄂温克族、鄂伦春族、蒙古族、达斡尔族等信奉的萨满教的历史与现实、信仰观念与宗教仪式、宗教道德与宗教艺术、萨满与信众的关系等，都有全面的叙述和描写，上文仅从五个方面做了简要的介绍和分析，即可见一斑。迟子建、郭雪波、萨娜等作家有关萨满教文化的叙事，是以各自的历史记忆与现实观察为基础的，并不是纯粹的艺术想象与虚构。在市场经济、乡村社会现代转型、少数民族从贫困地区往城镇或政府新修建的定居点移民搬迁等的影响下，萨满教也受到了一定的冲击，但并未终结。如有论者所说：“萨满教在这些民族中仍然存活着，这一方面是指在这些民族中仍有萨满活动，其中某些氏族仍遵循一定的程式产生氏族承继萨满并适时举行族祭活动；另一方面则指萨满教在这些民族中的影响根深蒂固，业已渗透并融入民族生活习

---

① 迟子建：《额尔古纳河右岸》，北京，北京十月文艺出版社，2005，第239～240页。

俗之中，成为民族共同的文化心理，并外化为一种民族精神。萨满教这种隐形深层的影响，在我国阿尔泰语系诸民族中得以延续。”①

五、乡村民间神秘文化与叙事表现

中国乡村民间神秘文化，在佛教、伊斯兰教、基督教、萨满教等宗教神秘文化之外，还有算命问卜、观阴阳、信符咒乃至下神、扶乩、观手相、占星术、圆梦测字、赶鬼驱病等神秘文化活动。之所以称这些文化活动“是‘神秘’的，是因为它们都具有一种共同的性质，即非理性性质，也就是通过理性无法理解、表述、把握的性质”②。这些民间神秘文化，曾一直被主流话语斥为迷信，长期处于被压抑状态。改革开放以后，这些民间神秘文化活动再度兴起，在广大乡村，信之者甚众。如有研究者通过调查发现：“农村中封建迷信活动沉渣泛起，宗教活动有惊人的发展。有些地区修庙宇、祭家谱、建祠堂、建阴宅风气盛行；有些乡村大操大办、薄养厚葬现象很突出，看相的、占卦的招摇过市；陕西省大石桥市路铺镇江南村有40多户农户供奉着狐仙、黄仙、观音、财神……”③ 对中国乡村再度兴起的各种民间神秘文化活动，学界总体上是持批判否定态度的。

改革开放以来，中国乡村在佛教、伊斯兰教、基督教、萨满教等宗教之外再度兴起的各种民间神秘文化活动现象，也得到了中国乡土作家的密切关注。在贾平凹小说《秦腔》、周大新小说《湖光山色》、关仁山小说《麦河》、孙惠芬小说《上塘书》《吉宽的马车》和《生死十日谈》、荒湖小说《魔庄》、郭文斌小说《大年》、张存学小说《轻柔之手》和《白色庄窠》、红柯小说《跃马天山》和《太阳发芽》、傅爱毛小说《嫁死》等作品中，都有对中国乡村各种民间神秘文化活动的观察、叙述、描写和评价。下面，仅以贾平凹小说《秦腔》为例，略做分析。贾平凹小说《秦腔》中的清风街，其民间神秘文化有如下几个显著的特点。

第一，相信神秘文化并参与特定神秘文化活动的人比较普遍，从村干部到普通村民，从乡村知识分子到文盲，从老年人到小孩，从男性到女性，几乎都是民间神秘文化的信奉者乃至创造者，不少人是什么都信，什么东西神秘就信什么，凡有利害关系的神秘活动都参加。如小说中的夏君亭是个很年轻的村干部，受过良好的教育，曾在乡农机站工作，后被调到清风街任村主任，又当了村支书，他在工作中遇到委决不下的事情时，竟

① 郭淑云：《原始活态文化——萨满教透视》，上海，上海人民出版社，2001，第9页。

② 王六二：《宗教神秘主义的性质》，《世界宗教研究》1996年第1期。

③ 戎刚、朱丽英：《当前农村道德文化建设问题浅析》，《农村发展论丛》1997年第2期。

然也会想到请清风街的阴阳风水先生夏生荣（夏中星的父亲）算卦，以此预测利害得失。再如，小说中的夏天智是清风街小学退休了的校长，是清风街最有威望也最受人尊敬的知识分子，他一生沉迷秦腔，崇尚儒家仁义礼智信，但也信神信鬼信巫术。夏天智觉得夏家后人除了夏风和雷庆再没成器的，就想到要给夏家壮壮阳气。他给夏家壮阳气的办法近乎巫术，他让小儿子夏雨用赌博赢来的钱买了十二包名为“固本补气大力丸”的中药，晚上偷偷在自家院子四角各埋一包，又给哥哥夏天义、夏天礼两家房子的四角各埋一包，试图以此达成给夏家壮阳气的愿望。清风街最有文化最有权威的人都如此，就更不用说其他人了。

第二，清风街有半职业的阴阳风水先生夏生荣，亦即夏中星的爹。叙述者“疯子引生”说：“一个地方得有一个懂风水和阴阳的，不知怎么，中星爹就充了这个角色，清风街上红白喜丧都是他选定的日子，盖房、拱墓、修灶、安床，也都是他定的方位。干这份活一般是不给钱的，只带四色礼。”[1] 阴阳风水先生夏生荣不是人们印象中的那种江湖骗子，而是真信阴阳风水的。譬如，他 66 岁时，因病疼难耐，于是向北斗星君求寿：

> 中星家的院内怪兮兮的，所有的树上都点着一支蜡，又设有香案，中星爹一直是跪在案旁，一声不吭，而俊奇却从每一棵树上折一小枝编成草帽戴在头上，然后在香案前上供品，上香，上酒，跪下来念一页纸上的话：“奉请北斗星君归坊安座，我本院大小树木十二棵持香祷告，主人夏生荣生于戊寅年正月十一日未时，现年六十六岁，一生勤劳俭朴，一心向善，深得村里乡邻爱戴，尤其教子有方，培养其儿出息有为，又待我众木亲近，今身染重病，痛苦难耐，我兄妹十二，长树榆，次树桃，三树杨，四树梅，柿，枣，丁香，樱桃，香椿，梨，柳和花椒，发自本心，甘愿各减阳寿一年添给主人。等主人病好之后，我等以所开之花，所结之果，全部敬献，主人也以电影一场，大小炮，满斗香以还重愿。人树诚心，神必感应。专呈此文为证。”求寿文念毕，夏天智却浑身哆嗦了一下，感觉有一股冷气上身。他向来不重视中星的爹，但中星现在才当了团长他却害了病，也理解他的可怜。……夏天智说：“你给中星他爹求寿啦？”俊奇说：“你知道啦？他病了，本来要中星来添寿的，他又不愿意让中星添寿，就让院中的树木各减一岁，但树木不会说话，才要我去以树木的名义念他

① 贾平凹:《秦腔》,北京,作家出版社,2005,第 118 页。

写好的祷文哩。四叔，你说这求寿能不能求到?”夏天智却说：“噢。”转身就走了，走了还自言自语着：“能求到吧，能求到吧。”①

夏生荣的这种要求北斗星君把自家院子树木的寿命各让一年给自己的“求寿”方式，十分奇特。“疯子引生”也学会了这种方法：“我很怀念中星他爹，他会为人添寿的，可惜他已经死了，我就试着学习他，让树木给夏天智添寿。连续三个夜里，我叩拜了清风街所有的大树，我对它们说：你们的寿命长达上百年，数百年，甚至千年，为什么不拿出一年或者几个月拨给夏天智呢？牛身上拔一根毛不算个啥，可夏天智多活几年，清风街安稳了，我心也安稳了!”②

第三，清风街人有生老病死、婚丧嫁娶、盖房、拱墓、修灶、安床等，都要请阴阳风水先生。如夏庆玉家修房子，“请了东西中三街上几个有名的泥水匠，再请了东街几个小工，又给夏家四户都打了招呼，待中星爹拿了罗盘定了方位，掐算了日子，噼里啪啦放一通鞭炮，施工就开始了”③。再如，夏天礼遇害后，夏天智他们就请阴阳风水先生夏生荣来选定下葬的日子和时辰，“中星的爹就推算了凶吉，把入殓和下葬的时辰定好”，用金粉在绸布上写好铭锦。夏家人就按照夏生荣定好的时辰入殓，下葬夏天礼。又如，小说中的三踅为生儿女的事情，也请阴阳风水先生夏生荣测字算卦：

三踅经过了白蛾的风波后，老实地回家过日子，也请中星爹给他算能不能生儿生女的卦，中星爹让三踅写一个字来，三踅写了个“牛”字，中星爹说：“恐怕生不了。”三踅问：“为啥?”中星爹说：“生字缺了下面一横，就成了牛而不是生了。”三踅说：“唵?!”中星爹说：“牛是有地耕了才有牛的价值，可你这牛没地，事情不怪你，怪你媳妇。”三踅当下骂媳妇：“把他娘的，她给我凶哩!”又问中星爹有没有禳治的办法，中星爹说明日你把你媳妇叫来，这得检查检查。④

清风街人请阴阳风水先生夏生荣求神打卦、预测吉凶、择时定日，却又对

① 贾平凹:《秦腔》,北京,作家出版社,2005,第140～141页。
② 贾平凹:《秦腔》,北京,作家出版社,2005,第461页。
③ 贾平凹:《秦腔》,北京,作家出版社,2005,第58～59页。
④ 贾平凹:《秦腔》,北京,作家出版社,2005,第385页。

他半信不信。清风街人的半信不信，不是有了什么科学理性精神，他们对那些神秘的东西深信不疑，只是对阴阳风水先生的道行、法力等表示怀疑。

第四，清风街人的宗教信仰、思想观念十分驳杂，信佛、信道、信祖宗、信神仙鬼怪、信命、信灵魂转世、信因果报应，几乎无所不信。譬如，阴阳风水先生夏生荣就给清风街人这样讲："人是轮回转世的，这一世是人，前一世可能是一棵树，下一世或许又成了一头猪，各人以各人的修行来决定托变的。""人要死过二十四小时了，如果头顶还温，那是灵魂上天堂了，如果胸部温热，那是投胎做人了，如果腹部温热，那是托变家畜了，如果腿上温热，那是托变飞禽走兽了，如果脚上温热，那就下地狱了。""鬼是脱离了轮回道的，所以说游魂野鬼。人如果遭了横死，或者死时有什么气结着，那死了就变成鬼了。""世上是有神的，也有鬼和狐狸精，它们常常以人的模样就混在人群里。"① 如此等等。这些驳杂的思想观念，不是阴阳风水先生夏生荣独有的，而是清风街很多人都有的。

在新世纪乡土作家的小说中，对中国乡村民间神秘文化的叙述和描写是很多的，贾平凹的小说《秦腔》最有代表性。再如孙惠芬小说《上塘书》中的上塘，也有着类似于上述清风街的民间神秘文化。上塘人与清风街人一样，几乎是什么东西神秘就信什么。譬如，上塘人都"相信命，也就等于相信未知当中的已知，在那未知当中潜伏着已知，上塘人遇到大事小情，就要算命。……上塘人算命不必远行，王家大院厢房里就有"②。孙惠芬小说《吉宽的马车》中的"歇马山庄，每到过年人们都要供奉宗谱，宗谱上边，写着家族中每一个逝去的人的名字，后代们跪在宗谱前边烧香叩头，是每年上演的必要节目"③。从歇马山庄进城的黑牡丹，在饭店墙上造出一个方孔，里边放着一个香炉，烧香叩拜，"那灶香，一直燃烧着，从没熄灭过"④。孙惠芬小说《生死十日谈》中有关于"大仙崇拜"的描写，那个徐大仙自称被所谓"狐天豹"附体，通晓阴阳两界的秘密，能为阳世间遭受苦难的人实现解脱。而对这样的江湖骗子，那些被病痛折磨的人居然也很信他。

新世纪乡土作家对中国乡村民间神秘文化的观察、叙述和描写，对民间神秘文化的评价也不尽相同。如贾平凹小说《秦腔》对清风街神秘文化

① 贾平凹:《秦腔》,北京,作家出版社,2005,第39、59、114页。

② 孙惠芬:《上塘书》,《当代》2004年第3期。

③ 孙惠芬:《吉宽的马车》,《当代》2007年第2期。

④ 孙惠芬:《吉宽的马车》,《当代》2007年第2期。

的叙述和描写，主要通过“疯子引生”的视点进行，“疯子引生”对清风街的各种神秘文化充满好奇，有时还会自己试着去做。譬如，他用阴阳风水先生夏生荣以树代人的“求寿”方法暗地里为夏天智“求寿”，“把桃木橛钉在中星爹的坟上”，以此镇住他活着时的不吉祥的预言，等等。“疯子引生”对清风街的各种神秘文化并不都信，经常质疑和嘲讽一些神秘文化活动。“疯子引生”对清风街人的鬼神信仰与神秘文化活动的态度，在一定意义上折射出作者贾平凹的态度，贾平凹在《秦腔》的后记中即言：“我的写作充满了矛盾和痛苦，我不知道该赞歌现实还是诅咒现实，是为棣花街的父老乡亲庆幸还是为他们悲哀。”① 孙惠芬的态度同样是很矛盾的，小说《吉宽的马车》中的叙述者“我”是不信鬼神的，但对生活在苦难中的黑牡丹和歇马山庄人的求神拜佛表示某种理解和深深的同情，而不是简单地视之为“迷信”而予以苛责。与之不同，小说《上塘书》对上塘人的鬼神信仰与神秘文化则有更多的讽刺与批判，对故乡在现代转型过程中出现的逆现代性文化问题表达了自己的现实忧虑。

潘光旦曾说：“农民相信偶像和偶像所代表的神佛……理想之于有智识的人，就等于偶像之于无智识的人，理想也就是一种偶像，偶像打不破，打破了就没有生命，偶像却也不宜太认真，太认真了，生命的痛苦也就从此开始，一个能在这两个极端之间游刃有余的个人或民族便是一个健全的个人或民族，我们对于中国的大众，始终没有觉得失望，这就是一个很大的理由。”② 对改革开放以来，特别是20世纪90年代以来，对中国乡村宗教与民间神秘文化的复魅，新世纪中国乡土作家在进行及时观察、叙述和描写的同时，也做出了类似于潘光旦的正面评价，肯定其在乡村农民现实生存与精神需要中的积极作用，对其负面作用也做了一定的基于现代文化立场的批判。

第五节　乡村民俗文化的时代变迁与风物追忆

中国乡村的民俗文化，在改革开放以来的时代潮流中，发生了很大的变化。变化的第一个突出表现是一些传统民俗的复归，如有论者所言：“中国人的日常生活从近代以来遭受了一个被现代性所殖民的过程，民俗

---

① 贾平凹：《秦腔·后记》，北京，作家出版社，2005，第563页。

② 潘光旦：《派与汇(代序)》，费孝通：《乡土中国　生育制度》附录，北京，北京大学出版社，1998，第322～323页。

成为知识的对象和改造的对象，于是有民俗学或多学科民俗研究的发生与发展。这种由比较简单的意识形态和更加简单的政治方案所规划的再造日常生活的工程发展到‘文化大革命’，传统的日常生活蜕变为文化遗留物。近30年的社会进程重新把文化遗留物复兴到日常生活中，其中一些部分重新成为公共文化。”① 变化的第二个突出表现是传统民俗的变异，乡村生产劳动民俗、岁时节日民俗、日常生活民俗、婚丧嫁娶民俗、宗教习俗、游艺民俗等都随着中国农村变革发生了程度不同的变异。变化的第三个突出表现是新民俗的出现，尤以乡村生产劳动民俗、岁时节日民俗、婚姻民俗、游艺民俗等方面较为多见。复归、变异与新出现的乡村民俗，都蕴含着特定的民族文化精神与时代气息。新世纪乡土小说把乡村民俗作为重要的叙事元素，以此剖析隐含在乡村民俗中的国民文化精神结构，探究中国乡村社会现代化进程中的文化变革之路。新世纪乡土小说中的民俗风物追忆与现实民俗事象的描写，虽然可以看成是对中国乡土小说民俗叙事传统的历史承续，但在价值取向、叙事形态等方面都有不少新的变化。

一、民俗文化的理性批判与反讽

民俗作为一种复杂的民间文化形态，既有“良俗”，也有“陋俗”和“恶俗”，即使是公认的“良俗”，也有其不善的一面。新世纪部分乡土作家承续五四启蒙传统，将乡风民俗中的一些陈规陋习看成是愚昧、野蛮和残酷的渊薮，认为这样的乡风民俗会捆束农民的文化人格，阻碍中国乡村社会的现代转型，因而应该予以批判。阎连科的《瑶沟人的梦》《耙耧天歌》《日光流年》，周大新的《湖光山色》，贾平凹的《秦腔》，夏天敏的《接吻长安街》，杨争光的《公羊串门》，韩少功的《马桥词典》，李佩甫的《羊的门》，孙惠芬的《上塘书》，林白的《妇女闲聊录》等小说，都对乡风民俗中的陈规陋习有所批判。其所批判的民俗事象主要集中在如下几个方面。

其一，婚姻民俗中的陈规陋习。新世纪乡土小说描写的婚姻民俗中的陈规陋习比较多，如包办婚姻、买卖婚姻、冥婚、恶俗的婚礼仪式及各种婚俗禁忌等。如孙惠芬的《上塘书》用讽刺的语言讲述了一个形似自主实则为包办婚姻的故事。上塘青年李明生在城里打工期间学会了自由恋爱，但最终还是由媒人牵线，与同村刘麻雀家长了雀斑的女儿结了婚，这桩“看上去自主的婚姻，其内核完全是包办的。只不过有的民工，遇到的那

① 立阳:《中国民俗学会第六次代表大会在北京召开》,《民俗研究》2006年第3期。

个女子，没有雀斑，心里不那么抵触就是了。不那么抵触，绝不意味产生了爱情，只不过他们在城里一年年磨难，更懂得尊重现实，降低了条件就是了。降低了条件，又不缺胆量和勇气，懂得提早使用身体语言，就把身体里的想念误以为是爱情，仅此而已”①。周大新的《湖光山色》讲述了“结阴亲”的故事。小说中，詹同方的儿子因家贫娶不上媳妇自杀，詹同方便花 4000 元钱买来陈家庄病死的女孩与死去的儿子“结阴亲”，女孩父母为了钱也很乐意这门亲事。这样的冥婚虽有为死者之意，但其实在为生人谋利，隐含其中的是势利、世故和重利轻情等。叙事者对这类婚俗多有批判与讽刺。

其二，丧葬民俗中的陈规陋习。新世纪乡土小说描写的乡村丧葬民俗，因民族、宗教、地域、生死观等不同而各异。如鲁敏小说《思无邪》中的东坝村“一向轻生重死”，“那些老人，得了绝症，很少到医院去看，或许是舍不得钱”，但“生前不舍得花的那些钱，省下来，留下来，在死后却花得非常地爽快，这是风俗，是人情，是世故，一分钱都不能少。花圈，要最大的，孝布，要最白最长，饭菜，要最讲究最高级，礼仪班子，要方圆最好的”。② 贾平凹小说《秦腔》中的葬礼都是陕南地区的汉族葬礼。小说详细地描写了夏天礼、夏天智逝世后的丧葬过程，丧葬的环节很多，有报丧、请乐队、办丧席、遗体告别、入殓、守灵、追悼仪式、出殡、入土、起坟、送灯、做七等，每个环节的礼仪、规矩和禁忌都非常繁复。这些繁复的丧葬民俗，是孝文化、祖先崇拜、鬼神观念、灵魂不灭观念、趋利避害意识等的外在呈现形式。林白小说《妇女闲聊录》中的葬礼都是鄂东南地区的汉族葬礼。丧葬的程序、主要环节与《秦腔》中描写的陕南地区的丧葬民俗大致相同，但每个环节的礼仪、规矩和禁忌不同。如是否给死者买棺材、买什么颜色的棺材，王榨村的规矩是“死的这个人有儿有女的就得给他买棺材，光有女儿没有儿子的就不能给他棺材。这是指年轻的，现在也买棺材，有儿子的就隆重一点，买黑棺材，没儿子的买白棺材”③。这种带有明显歧视色彩的规矩是传统家族观念与重男轻女观念的体现。再如关于死亡时间的禁忌，王榨村“一般按死的日子算，碰到七就是犯七，犯二七、三七、四七，都好，犯五七不好，阎王是个哑巴，不讲道理。犯七七最好”④。叙述者“木珍”举例说：“老陈的儿子没犯七，

① 孙惠芬：《上塘书》，《当代》2004 年第 3 期。

② 鲁敏：《思无邪》，《人民文学》2007 年第 8 期。

③ 林白：《妇女闲聊录》，《长篇小说选刊》2005 年第 1 期。

④ 林白：《妇女闲聊录》，《长篇小说选刊》2005 年第 1 期。

后辈没饭吃。他儿子就得要饭，这是一个习俗。他儿子才三岁，得要一百家的百家饭，要米。他腰里捆一根稻草绳，手里拿一根棍子，他大伯抱着他，拿着一个蛇皮袋，还带了五包烟，谁给米就给一根烟。没有不给的，心好的就给一大升，他说，不要这么多，不要这么多。”① 在这样的丧葬习俗中，“我们所能感受到的是农民的‘躲避’‘乞求’和‘保佑’的苦苦哀求”②。

其三，岁时节日民俗中的陈规陋习。岁时节日习俗丰富多彩，其中有美善的良俗，也有不少陈规陋习。如林白小说《妇女闲聊录》中鄂东地区的春节习俗，虽然保留了祭祖、吃年饭、除夕守岁、拜年、上庙拜菩萨、走亲戚、舞龙灯等节日活动，但很多活动的形式、内容与性质都变异了，有的特别“迷信”，有的则恶俗不堪，如王榨村的春节舞龙灯。叙述者“木珍”说：“我们玩龙灯跟电视上舞龙一样，龙里点着灯，每节里都有蜡烛，从正月初一到十五，任何一天都舞龙，晚上点蜡烛，是纸龙，到正月十五就燃掉了，叫‘燃灯’。你要是想发财，或想生儿子，你就挑头找人做灯，要连着舞三年……小王的弟弟挑头舞龙灯，舞了三年，结果就发了。正月十五晚上，举着龙灯从街上穿过，所有两边的人都可以用点燃的鞭炮炸龙灯，举灯的人不许生气，要拼命跑，有的用毛巾围着脖子，或者用衣服打湿，或者干脆脱光。坏一点的人会用长鞭炮围在举龙灯的人的脖子上，或者把捻子去掉，把炸药翻出来点火唬你，但你不能发火。”③ 这样的舞龙灯习俗不仅低俗不堪，而且很残酷。孙惠芬小说《上塘书》中的杀年猪习俗同样变了味。杀年猪的农户都要请村长来家吃饭喝酒，村长吃了喝了也并不嘴软。杀年猪的喜庆欢乐变成了对乡村权力的恐惧与谄媚。

其四，日常生活民俗中的陈规陋习。日常生活习俗中的各种礼仪、规矩和禁忌数不胜数，其中的陈规陋习也非常多。如夏天敏小说《接吻长安街》中的叙述者“我”的故乡不仅贫穷落后，而且非常愚昧，在女朋友柳翠老家“那个贫穷封闭的村里，女人如果从男人的劳动工具譬如放在地下的板锄、扁担上跨过，都要引起纷争斗殴，如果哪个女人的裤子晾在门口，男人不小心从裤胯下穿过，就更麻烦了，他们认定这个男人要霉一辈子的，就要买上一个猪头，两丈红布、几挂鞭炮去冲喜”④。阎连科小说《耙耧天歌》中豫西山区尤家村日常生活习俗中的陈规陋习也非常多，如

① 林白：《妇女闲聊录》，《长篇小说选刊》2005 年第 1 期。

② 阎连科：《褐色桎梏》，天津，百花文艺出版社，1999，第 5 页。

③ 林白：《妇女闲聊录》，《长篇小说选刊》2005 年第 1 期。

④ 夏天敏：《接吻长安街》，《山花》2005 年第 1 期。

尤四婆不幸生养了四个傻儿女，因此受到乡邻们的歧视，邻村人甚至把尤家村改称为尤四呆子村。乡邻如果谁家生孩子，就不让尤四婆从正在生孩子的人家门前过，理由是尤四婆会把傻病传染给新生儿。一位 80 岁老人家里要生重孙子了，老人就守在村前路口不准尤四婆过，许诺给尤四婆粮食和钱，要求尤四婆绕道回家，老人说：“四傻她娘，对不住你哩，怕你从门口走过万一传个痴病啥儿的。你要从村头绕过去，除了麦再给你加一篮玉蜀黍也行呢。”① 这种习俗不仅是愚昧的，对尤四婆这样的不幸者而言也是尤其残忍的。

概言之，新世纪乡土小说对乡风民俗之陈规陋习有较多的叙述和描写，但在批判的角度与力度上有所不同，有的凌厉峻急，直击民间社会的黑暗根性；有的温婉反讽，对捆束在陈规陋习中的愚者与弱者既有批判也有同情。多样的乡村民俗文化批判，在一定程度上重续了五四启蒙传统，而更直接的驱动力则是中国乡村社会现代转型所引发的现代性焦虑。

二、民间习俗的美善与日常情趣

中国乡村民俗中的“每一种习俗都是为了满足人们的文化需要而被创造，都包含有‘善’的内容。生产习俗旨在祈福禳灾，渴望丰收；社会习俗以维护一定的秩序、确保群体的延续和发展为目的；岁时习俗主要为了总结生产生活经验；宗教习俗满足了人们的崇拜欲望，并希望获得神灵的保佑；娱乐性习俗消遣了人们剩余的精力，并锻炼了生产技能。虽然这些‘善’的内容具有一定的历史阶段性、阶级性和民族性，但它毕竟满足了民族生存与发展的需要，本民族人民就对它产生一种文化认同感”②。在新世纪乡土小说中，也有不少作家作品以肯定或赞美的态度叙述和描写乡风民俗，凸显蕴含在传统乡风民俗中的“美”与“善”。其所肯定或赞美的民俗事象主要集中在如下几个方面。

其一，婚丧嫁娶习俗中的美善。如孙惠芬的《歇马山庄》描写了当地新婚之夜的“放被”习俗。新婚夫妻的被子要由一个不相干的未婚女孩来铺设，边铺边说颂词：“花被一铺，儿女满屋，花被一放，儿女满炕。”③ 依照习俗念叨的颂词是传统多生多育观念的表达。有感情，多生育，于新婚夫妇而言都是美好的祝福。与喜乐的婚嫁相反，丧葬是悲伤的事情，但也都传达出人情人性的美善。如夏天敏小说《女人葬》中的钟树林、钟树

---

① 阎连科：《耙耧天歌》，《收获》1999 年第 6 期。

② 李景隆：《伦理、民俗文化对青海审美文化的影响》，《青海民族学院学报》2008 年第 2 期。

③ 孙惠芬：《歇马山庄》，《当代》1999 年第 5 期。

森两兄弟还未成年的时候，先是父亲病逝，后来他们的母亲积劳成疾也撒手人寰，是青杏娘带着全村的人出钱、出力，替钟氏小兄弟安葬了母亲，办了一个既贫寒又盛大的葬礼。青杏娘出头办理钟氏小兄弟母亲的丧事，又对亡灵许诺照顾钟氏小兄弟，用她自己的话说，她不仅是钟家的乡邻，还是钟氏小兄弟母亲的朋友，她不出这个头，谁还能来出这个头呢，这是她上辈子对好姐妹欠下的。在青杏娘的带动下，乡邻尽管都很穷，但都尽其所能，出钱、出粮、出菜、出力，谁都不愿意在这场特别的丧事中落下，悲伤的丧葬礼仪也就有了温暖的邻里情谊。

其二，岁时节日习俗中的美善。中国的岁时节日很多，如除夕、春节、元宵节、清明节、端午节、七夕、中秋节、重阳节等。在诸多岁时节日习俗中，春节习俗最为隆重，也是最为繁复的，其每一个环节都有致“善”的含义。如郭文斌的《大年》对春节习俗中的写春联、贴春联、贴窗花、蒸年馍、献灶爷、泼散、上坟、祭祖、分年、拜年、送礼、说吉利话及各种禁忌等都有充满情趣的细致描写。如上坟：“明明父子出门时，山上已经布满了人。大大小小的炮在山上开花，庄稼一样。……太爷的坟院到了。父亲在太爷的脚下跪了，明明和亮亮跟着跪了。太阳懒洋洋地照着。有风，父亲把上衣襟子撩起，在里面点了火，捧在手里。明明把一页黄表折成条状，接了火，再把纸钱点燃。亮亮急着点燃一根香去放炮，明明喊了一声亮亮，头还没有磕呢。……到了爷爷的坟上，明明有一种到了家的感觉，觉得亲切温暖。”① 这些春节习俗描写，重现了记忆中乡民敬祖先、爱亲人、近亲戚、睦邻里的民俗生活图景。② 迟子建的《清水洗尘》描写了北方礼镇过年洗澡的有趣习俗。礼镇人每年只洗一次澡，时间是腊月二十七，往往是一家人共用一盆水，按照长幼顺序洗。小男孩天灶不愿意用大人洗过的脏水洗澡，与奶奶、父母、妹妹天云起了小冲突，因此不喜欢过年。后来，天灶争取到用清水洗澡的权利，就“觉得这盆清水真是好极了，他从未有过的舒展和畅快。他不再讨厌即将朝他走来的年了，他想除夕夜的时候，他一定要穿着崭新的衣裳，亲手点亮那对红灯笼”③。小说通过洗过年澡的习俗抒写了郑家祖孙、婆媳、父子、夫妻、兄妹之间温馨暖人的亲情。

其三，日常生活习俗中的美善。中国乡村的日常生活习俗是丰富多彩

---

① 郭文斌：《大年》，《钟山》2004 年第 2 期。

② 参见李兴阳：《安详的民俗人生与成长中的天问——郭文斌新世纪乡土小说论》，《南京师范大学文学院学报》2008 年第 4 期。

③ 迟子建：《清水洗尘》，《青年文学》1998 年第 8 期。

的，其中不少礼仪、规矩和禁忌能让人感受到人性的美善与日常生活的情趣。如鲁敏小说《纸醉》中的东坝镇有剪纸的传统，“姑婶婆婆们几乎人人都会一小手，但也谈不上特别热心，无非是农闲时凑凑趣而已”。东坝镇的人也喜欢贴剪纸，“屋檐下、门楣上、梁柱上、窗格上、镜角边、灯罩上，能贴能张处都要弄得花花绿绿才算数”①。哑巴女孩开音无师自通地学会了剪纸，剪什么像什么，自创了很多新鲜的样式，令东坝镇人啧啧称奇。于是，“开音剪的纸花，或是她传出来的样子，贴到东家，贴到西家，贴到牛栏上，贴到灶台上，红红的，走到哪里，抬头见，低头见，一回头还是见。东坝的男女老少们，不惦记她真是难了”②。剪纸是东坝镇人日常生活中不可或缺的一部分，更是哑女开音生命成长与思想情感表达不可或缺的凭借与精神皈依。郭文斌小说《中秋》中的邻里相互馈赠秋收果实的习俗也是很动人的。小说中的五月和六月小姐弟俩在父亲的教导下，把自家梨树上摘下的梨子分送同村的人家。五月和六月小姐弟俩起初不明白父亲为什么要这么做，心里很不舍。尽管心里有些不愿意，小姐弟俩还是遵照父亲的教导去做。令小姐弟俩意外的是，村邻们收到小姐弟俩送来的梨子，都回赠了番瓜、茭瓜、苹果等礼物，比他们送出去的还多。小姐弟俩在满心欢喜的同时，从中悟到了一些做人的道理，自然也悟到了与邻里和睦相处的道理。

其四，生产劳动习俗中的美善。中国不同地域的乡村有不同的生产劳动习俗，有的地方以农耕为主，有的地方以游牧为主，有的地方以狩猎为主，有的地方以捕鱼为主，都有各自祈福禳灾的生产劳动习俗。如墨白在《村夫图》中叙述了10个乡村人物的人生故事。其中，有6人是乡村工匠或曰手艺人，从事剃头、锔补破损的器皿、打铁、钉马掌、染布等手艺营生，他们的人生故事多与乡村工匠习俗有关。如《村夫图·锔匠》中的颍河镇锔匠，他们“不光锔碗，还锔盆锔缸锔锅。锅是铁锅，尖底，大口。……铁锅烂了，主人请一锔匠，用铁锔子把锅重新锔到一起，一排锔钉随着裂纹弯曲而上，就像村姑衣服上的一排用布绳盘着的扣子。但我们那儿锔锅不叫锔，叫钉。锔匠走村串户，肩上的桑木旦［扁］担乎悠乎悠，你听到从他嘴里喊出的就是：轱辘锅——钉锅——那喊声前一句是从锅字那儿升高，然后再下滑，到了后一句是钉字猛的一高，最后那个锅字才悠然地飘下去，有些太康道情的风骨，柔而不腻，就像一道清香可口的豫菜”③。

---

① 鲁敏:《纸醉》,《人民文学》2008年第1期。

② 鲁敏:《纸醉》,《人民文学》2008年第1期。

③ 墨白:《村夫图》,《红豆》(精品文学版)2006年第1期。

走村串户的锢匠俨然颍河镇乡村一景，是匮乏年代穷人家的福音与救星。在物质生活渐趋丰盈的当下，锢匠已然隐入历史的尘烟，令叙述者怅惘不已。雪漠在《大漠祭》中描写的西部乡村“摋鹰”“猎狐”等狩猎习俗也非常独特。如小说对孟八爷“辨踪猎狐”做了细致的描写。孟八爷善于辨识狐狸的踪迹。狐狸留下的踪迹有“夜踪”“五更踪”与“亮踪”，孟八爷只追“亮踪”，因为“亮踪”是狐狸在天快亮时留下的，见到“亮踪”，很快就能找到躲在柴棵下休息的狐狸。狩猎虽苦，但孟八爷总能在自己的狩猎智慧与狩猎过程中体验到活着的欢欣。郭文斌在《小满》中描写的“稳穗”习俗与农耕有关。小说中的西部乡村，在“小满”那天要到龙王庙祭拜，求龙王保佑，不刮热风，不下冰雹，保住麦穗不受灾，这就是“稳穗”。这种习俗后来有了变化，人们图简便，不再到龙王庙祭拜了，“只在麦垄里铲些苦苦菜下饭吃，就算是给麦子稳穗了”①。五月和六月两个小孩将十年九旱归结于村人不按照旧俗给麦子“稳穗”，于是用泥土在麦地里建了个袖珍龙王庙，模仿大人做起了“稳穗”的游戏。在对充满童真童趣的“稳穗”游戏的叙述中，叙述者流露出对传统习俗不再的怅惘。

汪曾祺说：“风俗中保留一个民族的常绿的童心”，“风俗使一个民族永不衰老”。② 确如此言，新世纪乡土小说中的乡民们特别是那些天真烂漫的乡村孩童们总是能在民俗活动中获得生命的欢娱，在民俗规程中有聪慧的发现和神奇的想象。迟子建、郭文斌、鲁敏等作家在丰富多彩的民俗事象中，更多地看到了乡风民俗中美善的一面，在民俗叙述与描写中，刻意突出的也是其中的“善”与“美”，借此营造乡土风物记忆中美轮美奂的精神家园，点亮“那盏泊在宁静中的大善大美的生命之灯”，照亮“回家的路”。③

三、民俗叙事的宗教意味与地域色彩

中国乡村的民俗风习大多与儒家文化传统及佛教、伊斯兰教、萨满教和民间宗教信仰有关，也与不同地域的自然环境、社会文化有关。如《汉书·地理志》所载：“凡民函五常之性，而其刚柔缓急，音声不同，系水土之风气，故谓之风；好恶取舍，动静亡常，随君上之情欲，故谓之俗。”④ 新世纪乡土小说的民俗叙事也因此大都具有特定的宗教意味与地

① 郭文斌：《小满》，《农历》，北京，中华书局，2015，第 109 页。

② 汪曾祺：《谈谈风俗画》，《汪曾祺文集·文论卷》，南京，江苏文艺出版社，1993，第 61 页。

③ 郭文斌：《回家的路：我的文字》，《朔方》2008 年第 4 期。

④ （汉）班固：《汉书·地理志》，北京，中华书局，2011，第 1310 页。

域色彩。

其一，与儒家文化有关的民俗风习。在新世纪乡土小说的民俗叙事中，汉族的婚丧嫁娶、岁时节日、社会习俗等，大都与儒家文化观念有关。如郭文斌的《点灯时分》对元宵点灯习俗与儒家孝文化的关系有这样的叙写：“晚饭前，娘让五月和六月给卯子家送六个灯盏。六月问为啥要给卯子家送灯盏，娘说因为卯子家今年有孝。六月问啥叫有孝。娘说，有孝就是家里死了人还没有过一年。六月问没有过一年为啥就不能做灯盏。娘说老古时留下来的规程，有孝的人不但在一年内不能做灯盏，还不能嫁女儿，不能娶媳妇，不能贴红对联，不能唱戏，如果是大孝子还不能吃肉，不能杀生，如果是更大的孝子还要每天做一件好事，一直做三年。”① 同点灯习俗一样，汉族的民俗风习大都是儒家伦理道德思想的仪式化，并在潜移默化中规约着人们的行为方式与道德价值取向。

其二，与佛教文化有关的民俗风习。佛教文化对中国乡村民俗风习的影响是巨大而广泛的。在阿来、次仁罗布、周大新、贾平凹、郭文斌、雪漠、林白等作家创作于新世纪的乡土小说中，都可看到与佛教文化有关的民俗风习的叙述与描写。如林白小说《妇女闲聊录》中鄂东王榨村的民俗风习主要与儒家文化、民间神秘文化等有关，也与佛教文化有关。王榨村人的宗教信仰驳杂，佛教是一些村民的信仰之一。王榨村人婚丧嫁娶、过生日、过春节、生病都要到附近的庙里烧香拜佛，有的人家办丧事还会请和尚、尼姑到家里念经做法事。贾平凹小说《秦腔》中的清风街、周大新《湖光山色》中的楚王庄、孙惠芬小说《上塘书》中的上塘等村庄，其情形与王榨村相仿。

其三，与伊斯兰教有关的民俗风习。在查舜、石舒清、陈继明、古原、马金莲等作家的乡土小说中，信仰伊斯兰教的西部乡村，其宗教习俗与日常生活习俗无不与伊斯兰教有关。如石舒清小说《清水里的刀子》讲述西部乡村为亡人做“四十”的丧礼仪式就与伊斯兰教有关。小说中的穆斯林家庭“都是这样信仰的，亡人一入土，冥冥处就开始拷问他（她）的罪过了，亡人都有着一个罪人的身份。因而活着的亲属就得施行一些搭救亡人的仪式。有钱人家，搭救的排场是很大的，但人还是贫寒之家居多。那么宰一只鸡，烙两个油馕，也还是不比有钱人家差的。阿訇们说，有时候举念一枚枣，比举念一峰骆驼都贵重”②。在搭救仪式中，人死后第四十天为亡人做“四十”的搭救仪式最重要。马子善老人在儿子耶尔古拜的

---

① 郭文斌:《点灯时分》,《人民文学》2007 年第 8 期。

② 石舒清:《清水里的刀子》,《人民文学》1998 年第 5 期。

请求下为亡妻做“四十”，举念的是家里的老黄牛，是很贵重的。这样的丧礼习俗，具有神圣与神秘的宗教气息。

其四，与萨满教有关的民俗风习。在郭雪波、迟子建、萨娜等作家创作于新世纪的小说中，信仰萨满教的北方民族，如赫哲族、鄂伦春族、鄂温克族、达斡尔族、蒙古族等，其祭祀、求雨止雨、祈福禳灾、治病救人、预测占卜、跳神等民俗风习无不与萨满教有关。如迟子建小说《额尔古纳河右岸》有对拜山习俗的生动描写。小说中的鄂温克族、鄂伦春族都崇拜山神“白那查”，“猎人行猎时，看见刻有‘白那查’山神的树，不但要给他敬奉烟和酒，还要摘枪卸弹，跪下磕头，企求山神保佑。如果猎获了野兽，还要涂一些野兽身上的血和油在这神像上。那时在额尔古纳河右岸的森林中，这样刻有山神的大树有很多。猎人从‘白那查’身边经过，是不能大吵大嚷的”①。

新世纪乡土小说的民俗叙事，不仅有上述宗教意味，而且有很强的地域色彩。这与新世纪乡土作家多写自己熟悉的故乡生活有关。如写东北乡风民俗的作家，主要有迟子建、孙惠芬、孙春平等；写内蒙古乡风民俗的作家，主要有邓九刚、郭雪波、萨娜等；写河北乡风民俗的作家，主要有关仁山、何申、胡学文等；写山东乡风民俗的作家，主要有莫言、张炜、尤凤伟等；写河南乡风民俗的作家，主要有阎连科、李佩甫、周大新、邵丽等；写陕西乡风民俗的作家，主要有贾平凹、杨争光等；写山西乡风民俗的作家，主要有李锐、葛水平等；写江苏乡风民俗的作家，主要有赵本夫、毕飞宇、鲁敏等；写浙江乡风民俗的作家，主要有余华、艾伟等；写福建乡风民俗的作家，主要有须一瓜、杨少衡等；写湖北乡风民俗的作家，主要有刘醒龙、梁应松、荒湖、姚鄂梅等；写湖南乡风民俗的作家，主要有韩少功、向本贵等；写广西乡风民俗的作家，主要有鬼子、东西等；写云南乡风民俗的作家，主要有范稳、夏天敏等；写贵州乡风民俗的作家，主要有欧阳黔森等；写四川乡风民俗的作家，主要有阿来、罗伟章等；写甘肃乡风民俗的作家，主要有张存学、雪漠、王新军等；写宁夏乡风民俗的作家，主要有石舒清、陈继明、郭文斌、马金莲等；写青海乡风民俗的作家，主要有龙仁青、梅卓等；写西藏乡风民俗的作家，主要有马丽华、扎西达娃、次仁罗布等；写新疆乡风民俗的作家，主要有董立勃、红柯等。这里列出的在新世纪发表过乡土小说的作家，只是全国各地众多作家中有代表性的部分人物，而不是全部。“十里不同风，百里不同俗”，

① 迟子建:《额尔古纳河右岸》,北京,北京十月文艺出版社,2005,第40页。

中国乡土作家基于各自的乡村生活记忆与新“乡土经验”叙述描写的乡风民俗，都有独特的地域文化色彩。限于篇幅，这里不再一一详论。

四、民俗叙事的价值取向及其内在矛盾

民俗是“创造于民间，流行于民间的具有世代相袭的传承性事象（包括思想与行为）”①，蕴含着特定的民族文化精神。民俗具有模式性、传承性、集体性和社会性，会在集体遵从、反复实践中强化民族文化精神，建构民族认同，培育社会的一致性。因其内含的文化精神是极为复杂的，有的民俗风习有益于乡村社会的发展，有的则会阻碍乡村社会的发展。新世纪乡土小说在叙述描写复归、变异与新出现的乡村民俗时，不同的作家有不同的文化价值取向，同一作家在价值取向上也常常会出现难以弥合的内在矛盾。

在中国现代启蒙话语中，传统民俗特别是其中的陈规陋习内含的文化精神，更多的是宗教迷信与封建思想意识，是迟滞中国乡村社会发展、造成农民个人悲剧的重要原因。以鲁迅乡土小说为代表的五四乡土小说，多以陋俗为书写对象，揭示其内含的宗教迷信与封建专制文化思想，剖析国民劣根性的成因，从而把文化批判的笔锋探入国民文化人格的深层。20世纪80年代的乡土小说，特别是其中“伤痕”“反思”与“寻根”小说，重续五四启蒙传统，在文明与愚昧的二元对立话语中，将乡风民俗中的陈规陋习看成是愚昧的渊薮，予以揭露和批判。20世纪90年代以来，阎连科、李佩甫、杨争光、李锐、张继等不少作家承续五四启蒙传统，将乡风民俗中的陈规陋习看成是阻碍中国乡村从传统走向现代的桎梏，对其进行文化批判。如阎连科即言：“从所有普遍流传下来的风俗里，我们所能感受到的是农民的‘躲避’‘乞求’和‘保佑’的苦苦哀求。”② 这样的民俗，反过来又影响处于现代转型中的乡村，“今天的农村……仍然浸泡在乡俗之中。农村，将在很长很长永远一样的历史长河中更集中更神秘的浸泡在风俗的染缸里发酵、久而久之地被一种不知不觉的桎梏所捆束”③。在《两程故里》《寻找土地》《老屋》《瑶沟人的梦》《乡间故事》《耙耧天歌》《日光流年》等小说中，阎连科都凸显了民俗对乡村社会的桎梏性，有很强的文化批判色彩。

在中国乡土小说的叙事传统中，以废名、沈从文、汪曾祺为代表的京

---

① 张紫晨：《中国民俗概况》，张紫晨编：《民俗学讲演集》，北京，书目文献出版社，1986，第222页。

② 阎连科：《褐色桎梏》，天津，百花文艺出版社，1999，第5页。

③ 阎连科：《褐色桎梏》，天津，百花文艺出版社，1999，第5页。

派乡土小说作家，更愿意叙述和描写乡风民俗中的良俗，凸显蕴含其中的人情人性美。汪曾祺曾撰文说："民俗，不论是自然形成的，还是包含一定的人为的成分（如自上而下的推行），都反映了一个民族对生活的挚爱，对'活着'所感到的欢悦。它们把生活中的诗情用一定的外部的形式固定下来，并且相互交流，融为一体。"① 汪曾祺创作于20世纪40年代的《鸡鸭名家》《戴车匠》《异秉》，创作于20世纪80年代的《受戒》《大淖记事》《晚饭花》等小说，都有对乡风民俗的细致生动的叙述描写，凸显的是蕴含其中的具有儒道文化精神底蕴的人情人性的美善。在新世纪乡土小说作家中，也有一些作家，如迟子建、石舒清、郭文斌、鲁敏等，多写乡风民俗中的良俗，他们总能在贴近乡村日常生活现实的民俗描写中找到乡村生活的无穷趣味。迟子建曾言："我更喜欢过一些传统的节日。灶王爷升天的腊月二十三，吃猪头肉戴龙尾的二月初二，用露水洗脸、包粽子、叠葫芦、插艾蒿的五月初五，阴雨绵绵的'七夕'，吃月饼的中秋节以及挂灯笼、吃元宵、看秧歌的正月十五。"② 正因为喜爱，迟子建在《清水洗尘》等小说中描写传统节日时就偏好在民俗中寻找富有诗意色彩的人生情趣。

在中国乡村社会的现代转型中，民俗风习有的是复兴的，有的是变异的，有的则是新出现的，其总的发展趋势是传统民俗风情正逐渐湮没于快速发展的现代工商文明中，"城市的价值观念改造乡村的价值体系，城市人的思维方式、行为准则改变乡村人的生活，现代商品生产与机械理性改变传统小农生产及具有自由感性特征的农耕理性"③，传统乡村就在这样不可逆转的现代转型中逐渐远逝。如贾平凹小说《秦腔》中的清风街就已不再是记忆中的故乡棣花街。清风街的建筑样式、日常生活习俗、岁时节日习俗、婚丧嫁娶习俗、宗教习俗、生产劳动习俗、娱乐习俗等都发生了有异于传统的变化。仅以娱乐习俗而言，清风街最具传统色彩与地域特色的娱乐习俗就是唱秦腔听秦腔，而现在的清风街人唱秦腔听秦腔的人少了，年轻人更喜爱唱流行歌曲听流行歌曲了。对此，贾平凹感叹道："我以清风街的故事为碑了，行将过去的棣花街，故乡啊，从此失去记忆。"④ 在这样的感叹中，贾平凹流露出的是对传统故乡的眷恋，以及对正在向现代转型的家乡的怅惘甚至失望。换言之，贾平凹既希望故乡棣花街（清风街）摆脱

---

① 汪曾祺：《谈谈风俗画》，《汪曾祺文集·文论卷》，南京，江苏文艺出版社，1993，第61页。

② 迟子建：《谁饮天河之水》，《北方的盐》，南京，江苏文艺出版社，2006，第237页。

③ 丁帆等：《中国乡土小说史》，北京，北京大学出版社，2007，第321页。

④ 贾平凹：《秦腔·后记》，北京，作家出版社，2005，第566页。

贫困，过上富足的现代生活，又希望故乡保持以秦腔为代表的传统文化及其所蕴含的文化精神，其民俗叙事的价值取向存在难以开解的内在矛盾。

同贾平凹一样，迟子建、孙惠芬、郭文斌、刘庆邦等作家的民俗叙事也都既希望故乡摆脱贫困，又希望故乡保留传统习俗的美好，在文化价值取向上都存在难以弥合的内在矛盾。如郭文斌在小说《五谷丰登》中表达出传统与现代选择的两难。叙述者“我”在城市里过着便捷而丰富多彩的现代生活，但总觉得“现代”使岁时节日习俗失去了原有的意义，人情变得淡漠，人心有了距离，远不如记忆中农村老家的日子过得有味，因而对现代生活的意义充满了疑问：“这到底是怎么回事呢？为什么越先进的东西越是给人的感觉是死的呢？怎么社会越发展活的东西越少，死的东西越多呢？”① 这样的疑问，是叙述者“我”发出的，也是作者对“现代”的质疑与眩惑。迟子建小说民俗叙事的价值取向前后有较大的变化。迟子建的早期小说同萧红一样，对黑土地民俗中的陈规陋习进行批判，创作于新世纪的乡土小说在描写乡风民俗时则侧重于其中的美善成分，以民俗风情的温情描绘表现日常生活的诗意与人生情趣。迟子建小说民俗叙事价值取向的这种变化，显露的也是未能开解的内在矛盾。

概言之，在前现代与现代文化的两难选择中，新世纪乡土小说作家发生了明显的分化，阎连科、莫言、李锐、杨争光、张继等作家对乡村民俗风习多持文化批判态度，而贾平凹、迟子建、孙惠芬、石舒清、郭文斌等作家对自己心仪的传统乡村文明则更多地予以肯定性的价值评判。

---

① 郭文斌：《五谷丰登》，《青年文学》2008年第1期。

第四章 从“传统农业”到“现代农业”的历史演进

中国农村改革开放40多年的变革历程，也是从“传统农业”到“现代农业”的历史演进过程，这个过程既变化巨大又缓慢而艰难，涉及的各种现实问题很多，如土地问题、乡镇企业问题、扶贫问题、农业现代化和生态环境问题等。对这些现实问题，新世纪乡土小说进行了及时性的跟踪观察、叙述和描写，出现了有鲜明时代特色的“土地叙事”“乡镇企业叙事”“扶贫叙事”“乡土生态叙事”等。这些关注农业发展过程中不同问题的新世纪乡土叙事，由于乡土作家的乡土经验、现实认识、价值观念、审美艺术趣味和创作意图的不同，在具体的题材选择、人物形象塑造、叙事策略和叙事价值取向等方面都有各自的特点。但不论有多少不同，新世纪乡土小说都表达了对农业现代化问题的关注与思考。

第一节 土地之殇与传统农业的发展困境

新世纪乡土小说中的土地，不只是一个负载多种文化意义的审美“意象”，不只是离乡者所惦念的“故乡”的代名词，不只是逃离者回不去的“精神家园”，也不只是与城市相对的“乡村”的另一个说法，比这些更重要的，它是政治学意义上的土地，是经济学意义上的土地，是社会学意义上的土地，甚至还是生态学意义上的土地，或者干脆就是管子所说的那个土地:“地者，万物之本原，渚生之根菀也，美恶贤不肖愚俊之所生也。”[①]就新世纪中国而言，土地是“三农”的载体，是农民的命根，是国家、政府与农民角力的焦点，是社会各利益群体争夺的对象，更是现代农业的疼

① 李山译注:《管子》,北京,中华书局,2009,第205页。

痛。新世纪乡土小说几乎没有不涉及土地的，但更多的是从比较“陈旧”的文化与道德的角度，叙述农民在土地上的“年月日”与生死歌哭，土地自身的衰败与“消失”及“系结在土地关系上”[①] 的社会制度、农民与土地的权利关系、农业经济发展模式等坚硬而严峻的现实土地问题，似乎因为太过“政治经济”而不够“文学”，也似乎对此缺乏经验和认识而笔力不济，反而被忽视了。也有一些新世纪乡土作家作品，在这些方面倾注了一定的心血，如关仁山的《麦河》、杨廷玉的《花堡》、周大新的《湖光山色》、赵本夫的《无土时代》、贾平凹的《秦腔》、莫言的《生死疲劳》、荒湖的《谁动了我的茅坑》、王祥夫的《五张犁》、蒋子龙的《农民帝国》、鲁敏的《颠倒的时光》、赵韬的《白岸》、王海的《城市门》、漠月的《青草如玉》、北村的《愤怒》、展锋的《终结于2005》、张炜的《刺猬歌》、李锐的“农具系列”小说如《耧车》《锄》等，都对农村的土地问题表现出特别的关注。在这些乡土小说中，可以清楚地看到农村土地关系的历史变迁，对土地的破坏与保护，农民对土地的疏离、抛荒与坚守，新的土地流转制度与现代农业的规模化尝试，与土地有关的各种难以调和的社会矛盾等。对土地问题的剖析，显示了新世纪乡土小说对中国乡村社会变革的认识所能达到的历史深度与广度。

一、土地的受伤与哭泣

新世纪乡土小说叙事的主要对象是“三农”，“三农”问题的核心是土地。土地是不可再生、不可替代的自然资源，是一个国家的重要物质财富，是人们赖以生存的最基本的物质基础，是农民的命根子，因此也是新世纪乡土小说叙事的灵魂。在新世纪乡土小说的叙事中，不同地域的土地的现实状况有很大的差别，有的地方的土地在经济改革中焕发出新的生机与活力，成为现代农业的良田沃土，不断结出丰硕的果实；更多地方的土地则在人们的过度开发与破坏下，在不断受伤中退化、流失、荒废或干脆消失。

在讨论新世纪乡土小说关于“土地”的叙述之前，先看两组有关我国土地资源现状的数据，第一组数据是：我国国土面积960万平方公里，实际耕地面积约1.33亿公顷，居世界第3位；林地面积1.27亿公顷，居世界第6位；草地面积约60亿公顷，居世界第2位。与土地利用紧密相关的河川径流量2.7万亿立方米，居世界第6位。但我国人均占有耕地

---

① 马子华：《他的子民们·跋》，上海，春光书店，1935。

0.11 公顷，仅为世界平均数的 1/3；人均草地 0.33 公顷，为世界平均数的 1/2；人均有林地 0.1 公顷，仅为世界平均数的 1/6；人均水资源 2300 立方米，为世界平均数的 1/4。从这些数据的比较中可以看出，我国的人地关系十分严峻。第二组数据是：《2017 中国土地矿产海洋资源统计公报》发布的全国土地变更调查结果显示，截至 2017 年 12 月 31 日，全国耕地面积为 13486.32 万公顷（20.23 亿亩），全国因建设占用、灾毁、生态退耕、农业结构调整等减少耕地面积 32.04 万公顷，通过土地整治、农业结构调整等增加耕地面积 25.95 万公顷，年内净减少耕地面积 6.09 万公顷；全国建设用地总面积为 3958.65 万公顷，新增建设用地 53.44 万公顷。虽然我国实行严格的耕地保护制度，但是耕地总量仍在不断减少，而建设占用耕地数量在不断上涨。这些数据都是阶段性的，准确的数据逐年都会有新的变化。仅就这几组数据而言，其显示出我国土地资源的总特点是"人多地少，逐年减少"。我国土地资源目前面临的主要问题有三点：第一，土地资源被过度使用，非农业用地不断扩大。随着中国经济的快速发展，特别是工业化和城市化进程加快，土地资源消耗也越来越严重，可利用土地面积正在以前所未有的速度减少，农村的耕地面积也随之急剧减少。与之相反，人口还在不断增长，人均土地面积还在继续下降。第二，盲目扩大耕地面积，导致土地资源退化。毁林开荒使大面积的森林、草地毁坏，造成水土流失；盲目围湖造田，使湖区滞洪能力下降，原有的生态系统遭到破坏；盲目开发草原，使草场沙化；南方也出现了"红色沙漠""白沙岗"和"光石山"。第三，土地污染日益严重。随着工业化和城市化的发展，特别是乡镇企业的发展，大量的"三废"物质进入土壤。同时，随着农业生产技术的发展，过度使用化肥和农药以及污水灌溉等，使土壤受到污染，对农田生态造成危害。① 有论者指出："虽然土地的自然生产力应当是无限的，但在一定的生产条件和生活水平下，土地对人口却有限定的承载力。土地一旦因侵蚀、沙化、盐碱化、沼泽化而退化，它的生产力便迅速消失；而一旦被非土地生产占用，其生产力便近乎永远消失。更有甚者，土地是无弹性的，目前还是不可替代的资源，即使无限提高土地的价格，也不能增加土地的供应。"② 因此，保护与合理利用不可替代的土地资源，应成为且已成为我国的基本国策，而保护和合理利用土地资源

---

① 参见胡传景、王金地、江雪芹：《对"守住 18 亿亩耕地红线"的思考》，《中国房地产金融》2008 第 2 期；王强：《浅论目前我国土地资源的现状》，《现代农业》2009 年第 3 期；彭里：《论我国土地资源的可持续利用》，《水土保持研究》2006 年第 2 期。

② 何博传：《山坳上的中国：问题、困境、痛苦的选择》，贵阳，贵州人民出版社，1988，第 270 页。

也应是解决“三农”问题的关键。但事实远非如此，“在中国错综复杂的社会经济和政治环境中孕育出来的土地问题，和中国其他社会问题一样，同样裹挟着叫人难以琢磨的纷纭复杂的‘中国特色’”①。

新世纪乡土小说对农村土地问题高度关注，对农村土地“受伤”现象的叙述与揭示是多角度多侧面的。具体而言，主要有三个方面：一是城市对城乡交界处乡村土地的侵占，二是乡镇工矿企业对所在地乡村土地的侵占、破坏与污染，三是砍伐森林、开垦草原、围湖造田等对森林、草原和江河湖泊的破坏。

城市对城乡交界处乡村土地的侵占，在残雪的《在城乡结合部》、赵韬的《白岸》、王海的《城市门》、展锋的《终结于2005》、贾平凹的《土门》、赵本夫的《无土时代》等小说中，有形象生动的具体展现。《土门》讲述了仁厚村的城市化进程。在与城市的抗争中，仁厚村变成了城中村，然后一点一点地被城市蚕食，最后消失在林立的高楼与水泥街道中。《终结于2005》中的永欣村，在城市化速度更快的南方，上演了与北方乡村仁厚村同样的故事，在2005年终结了自己作为乡村的命运。正在走向终结的，还有《白岸》中的周原县水草滩。水草滩风光秀丽，气候宜人，温泉密布，如此得天独厚的自然条件，吸引着追腥逐臭的资本和城市贪婪的目光。于是，城市以发展的名义向水草滩扑来，水草滩就成了开发区，就有秦汉唐股份公司来圈地办厂盖洋房，一个村庄又将消失在城市中。

乡镇工矿企业对所在地乡村土地的侵占、破坏与污染，在荒湖的《谁动了我的茅坑》、关仁山的《白纸门》、赵韬的《白岸》、孙惠芬的《上塘书》、朱学群的《栓住漂移的宅基地》、彭瑞高的《河东老宅》等小说中，都有触目惊心的描写。在荒湖的《谁动了我的茅坑》中，可以看到工业对鄂东乡村触目惊心的侵蚀和污染。在小说主角曹花头及其家人生活的土村，工厂蛮横地建在乡民的田地上，从城里打工回来的曹花头“瞅了瞅村子西头的蚂蟥地，那地方正在施工……几台又高又大的铲车像疯牛似的在那里左右奔突，横冲直撞。那地方原是一块庄稼地，涉及村子里十几户人家的责任田。花头还瞥见，那些夹杂着茅草和苞谷秆的新鲜土壤，在铲车的推动下，像波浪一样朝着一个方向翻卷着前进”。比侵占农民责任田更为严重的是工业污染，“硫酸厂的废水排到河里，河里的鱼虾就死了个干净，连续两年连水草都长不出来了”。② 这差不多就是中国乡村特别是东部乡村遭受现代工业文明进逼的缩影。

---

① 马役军：《黄土地　黑土地》，《当代》1991年第5期。

② 荒湖：《谁动了我的茅坑》，《长江文艺》2008年第10期。

砍伐森林、开垦草原、围湖造田等对森林、草原和江河湖泊的破坏，在姜戎的《狼图腾》、杜光辉的《哦，我的可可西里》、郭雪波的《遥远的故乡》等小说中，有同样令人触目惊心的描写。在《遥远的故乡》中，郭雪波这样描写道："这里是科尔沁沙地的西部，完全是农业化，农地也是半沙化的沙坨地，随处可见裸露着的黄澄澄寸草不长的流沙块儿。……过去这里也是跟霍林河草原一样的无边无际绿草地呀，也就是100年的功夫，绿地变黄地，再变不毛之地。人在干啥呢?"① 人在折腾自己的生存之地，其违背自然法则的垦殖活动是科尔沁草原衰退的根源，也是其他丰腴之地逐渐变得贫瘠、荒凉的根源。

对土地，特别是对耕地的保护与合理利用，已成为国家意志和中国社会的共识。2021年3月11日，十三届全国人大四次会议上通过的《国民经济和社会发展第十四个五年规划和2035年远景目标纲要》明确提出："坚持最严格的耕地保护制度，强化耕地数量保护和质量提升，严守18亿亩耕地红线，遏制耕地'非农化'、防止'非粮化'，规范耕地占补平衡，严禁占优补劣、占水田补旱地。"2021年3月5日，国务院总理李克强在十三届全国人大四次会议上再次强调："坚持农业农村优先发展，严守18亿亩耕地红线。"能守住这条关系国计民生、关系现代农业命脉的红线吗?多灾多难的土地，还在受伤与哭泣。

二、土地的疏离、抛荒与丧失

在新世纪乡土小说中，农民与土地的关系，不论是情感关系还是劳动关系与权利关系，都在发生前所未有的变化。其中，农民对土地的疏离、土地抛荒和农民土地权益的丧失等是最突出的现象。

农民对土地的疏离，在当代中国社会的城乡二元分隔制度里，早已在城乡的巨大不平衡中产生。改革开放前，乡村有能力的人都会想尽办法打通各种关系，通过当兵、招工、提干、考学和婚姻等极为狭窄的社会通道，逃离农村，奔向城市。改革开放以来，农民被允许自由流动，可以进城务工，对乡村和土地的厌弃与逃离就成了一种可以说也可以做的不必遮遮掩掩的普遍的社会现象。

夏天敏《接吻长安街》中的"我"，"初中毕业后就再也不愿回到我生活的山村，我背叛了故乡背叛了父老乡亲，我背弃了哲人的忧虑和诗人的期盼，我不愿再去亲近土地，不愿返朴归真。我在学校后面的一条小河边

① 郭雪波:《遥远的故乡》,《雨花》1999年第5期。

残忍而决绝地烧毁了我所有的书籍，三年的初中生活没使我学会多少知识倒使我适应了城市，富源这座我寄宿的并不属于我的小城，给了我太多的诱惑，太多的遐想，它离间了我和乡村的关系，像一只无形的针管，毫无知觉地抽干了我乡村的绿色血液，注入了城市的热烈的躁动的红色血液”①。项小米《二的》中的乡村女孩小白不愿意给村支书的儿子狗剩做媳妇，她在嘲笑狗剩娶媳妇传香火的想法时说：“人为啥非得传香火呢？就说你爸吧。你爸的爸是种田的，你爸算了不起，当了个村支书，传香火传到你，你还不如你爸。将来你传香火给你儿，说不定你儿又种田，这香火传下去又有什么意思？人家牛顿的香火都没传下来，你狗剩的香火干啥非得传下去？传下去就咋了？传不下去又咋了？”此后，“小白更加坚定了一定要留在城里的想法，老家是实在回不去了”。② 阎连科的《情感狱》中的“阎连科”对自己所在的瑶沟村对脚下的土地也充满了厌恶，在与村长家的三姑女私订终身后，他愤怒地骂道：“滚你妈的镰刀！滚你妈的庄稼！滚你妈的山坡！滚你妈的黄天老日！滚你妈的不绝的牛马猪羊狗！滚你妈的生生死死、死死生生的乡间村野！”③ 这些作品中的“我”、小白和“阎连科”都是读过小学、初中或高中，有一定文化知识的青年农民，他们向往城市，厌弃乡村，讨厌脚下的土地，厌恶田间劳作耕种，是很自然的事情。老农民也大都同样厌恶乡村，逃离土地，如孙春平《叹息医巫闾》中的三舅。三舅年轻的时候，三次走出大山，都没能在外立住脚，还是都回来了，年老的三舅只好把走出大山的希望寄托在两个儿子身上。三舅带着大林和二林两个儿子来到后山坡姥爷姥姥坟前立誓，说：“你们还年轻，该出去闯闯啦。我扑腾了一辈子，大山外的地界也算没少走没少看，总算认准了一个理，山外也苦也累也难，可咋说，也还是比咱山里好活人。你们今儿个就给你们的爷爷奶奶磕个头，算是辞祖远行，然后就回家安顿准备吧。家里的几亩薄地，还有老婆孩子，你们都不用惦记，我和你妈还能扑腾几年，就再给儿孙们效几年老力。”“这一去，不管闯得头破血流，也要在山外扎下根去，可不能像我似的，出去了回来了，又出去又回来了，到头来竹篮打水一场空，还得回到大山里一丘黄土埋身。就是为了你们的重孙子，为了咱罗家的子子孙孙，他们也得横下一条心，出去了就绝不能再回来。……我要他们给祖宗们立下血誓啦……”

“农裔”乡土作家与笔下的人物往往有同样的“厌乡”“恨乡”情绪，

① 夏天敏：《接吻长安街》，《山花》2005 年第 1 期。

② 项小米：《二的》，《人民文学》2005 年第 3 期。

③ 阎连科：《情感狱》，北京，解放军文艺出版社，1991，第 16 页。

如莫言在谈到自己的小说与故乡的关系时说："当我作为一个地地道道的农民在高密东北乡贫瘠的土地上辛勤劳作时，我对那块土地充满了仇恨。他耗干了祖先们的血汗，也正在消逝着我的生命。"① 离开故乡后，情感有了变化："我恨透了这个地方，也爱透了这个地方。"② 对故乡爱恨交织，是"农裔"作家的共同点。

土地抛荒，已成为普遍而严重的现象。中国工程院院士袁隆平在2012年"两会"期间接受媒体采访时谈到，从2010年起，他走访了湖南的多个县乡和农村，发现大量耕地被荒废，甚至用来作为建筑用地和垃圾场。新世纪以来，全国其他各省市区都有较为严重的土地抛荒现象。有记者撰文称："'城市扩大了，乡村却荒芜了。'湖北通山的士司机陈秋妹感叹老家即将消失。一个多月来，记者走访广东、湖南、湖北、河南四省近十个县市，发现旱地抛荒五成左右，水田抛荒一两成不等。比这更严重的，是双季稻改种单季稻的大面积隐性抛荒。南方水稻主产区统计公报显示，包括建设、抛荒等因素，各省播种面积数年内下降数百万亩，其中光是湖南一省，三年内就剧降729万亩。"③ 所有这些信息都表明，土地抛荒有不断蔓延的趋势。土地抛荒有两种情况：一是主动抛荒，二是被动抛荒。

农民主动抛荒土地的原因很多，主要有五点：第一，粮食价格总体偏低，涨幅不一致，农民种粮不挣钱，有时甚至赔钱，导致农田抛荒。第二，农民觉得外出打工更能赚钱，情愿选择打工而不愿种地，农村劳动力因此转移，农业劳动力减少，导致农田抛荒。第三，耕地花费的时间成本、风险成本太高。第四，国家惠农税费政策还不够合理。第五，乡村治理能力弱，管理缺位。中国社会科学院农村发展研究所教授党国英认为，抛荒土地也是农民经过理性选择的结果。

农民被动抛荒土地的原因也很多，主要有几点：第一，水利设施老化或遭到人为的破坏，导致部分农田不能灌溉，被迫抛荒。第二，生态环境恶化，水域因受不同程度的污染而成为"臭水沟"，恶化了土壤环境和地下水源，导致部分农田不能灌溉，被迫抛荒。第三，自然灾害频繁，造成农田抛荒。第四，土地被"圈占"后既不使用又不许耕种，造成抛荒。

新世纪乡土小说对农村土地抛荒现象极为关注，敏锐的乡土作家几乎是同步给予发露与揭示，表达了对乡村农业发展的忧虑，如赵本夫的《即

---

① 莫言：《我的故乡与我的小说》，《当代作家评论》1993年第2期。

② 莫言、陈薇、温金海：《与莫言一席谈》，《文艺报》1987年1月10日、1月17日。

③ 肖郎平、李望贤：《杂草淹没农村，千里良田荒了》，《文汇报》2011年5月18日。

将消失的村庄》、贾平凹的《秦腔》、罗伟章的《大嫂谣》等。贾平凹的《秦腔》注意到，清风街有一种奇怪的现象，一方面是土地严重不足，另一方面是田地荒芜。在贾平凹的叙述中，造成清风街土地荒芜的原因有几点：一是清风街的年轻人抵挡不住城市的诱惑跑到城里打工，随着青壮劳动力的流失，田地抛荒的情况越来越多了。二是土地承包造成了利益冲突，如丁霸槽承包荒地转租，要种地的人没地种，伤害了村民利益。三是很多“在乡农民”也不安心种地，经营起了各种各样的生意，有的开染坊，有的开小饭馆，有的开药铺，有的跑运输。四是夏君亭当上村主任后，认为粮食不成问题，最要紧的是解决村民没钱的问题，决意发展商业经济，极力坚持占地建市场。市场建起来后，更多的人做起了生意，夏风等人还开了酒店。五是“退耕还林”虽为生态工程，百年大计，但也引发了各种冲突，带来了土地的荒芜。小说所揭示的抛荒原因，多与学界的观点相近。

农民丧失自己承包的土地，甚至丧失自己的宅基地，同样十分严重。农民丧失自己的土地，有几种情形：其一，随着中国城镇化进程的推进，城市不断向周边地区扩张，城郊地带的农民纷纷失去家园，失掉土地，就如贾平凹的《土门》、展锋的《终结于2005》、残雪的《在城乡结合部》等小说所描写的那样。其二，各种名目的商业开发，滥征乱占农地，使农民丧失自己的承包地和宅基地，如周大新《湖光山色》中的楚王庄村长旷开田为了获取更多的利润，与公司经理薛传薪狼狈为奸，强行拆迁民房，占用耕地，扩建赏心苑，由此激起民愤，遭到抵制。再如张炜《刺猬歌》中唐童的天童集团不断侵占农民的土地，敢于反抗的都会遭殃，“一些不大的村庄被搬迁，更大一些的村庄则被汽车包围起来，远看就像一群豺狗啃咬一头倒毙的大象”①，形象地展示了农民丧权失地的悲惨命运。其三，乡村腐败权力对农民土地权益的侵害。如北村《愤怒》中的主人公李百义家在贫困山区，其父患有哮喘，丧失劳动能力；其母为了缴纳儿女的学费，长期忍受村支书的蹂躏。母亲病逝后，李家陷入绝境，村干部趁火打劫，用李家的田地作抵押，向他们发放高利贷，最后剥夺了他们的土地。“很多村干部实际上就是农民的债权人。农民的土地就这样莫名其妙地消失。”② 失地后的李百义迫于生计，只得带上妹妹春儿离开家乡，进城打工。像李百义一样的失地农民，大都在失地之后陷入了种田无地、就业无岗、低保无份的“三无”境地。这些失地的“三无”农民没有任何退路，

① 张炜：《刺猬歌》，北京，人民文学出版社，2007，第233页。

② 北村：《愤怒》，北京，团结出版社，2004，第33页。

一旦生存受到威胁，就有可能引发各种严重的社会危机。

孟德拉斯说："农民在内心深处坚信，他的土地是独特的，因为他是惟一了解、爱恋和拥有它的人。认识、爱恋和占有，这三者是不可分离的。"[①] 但不幸的是，在当代中国，特别是改革开放以来的中国，这三者正处在不断加速的痛苦分离中，农民或疏离土地，或抛荒土地，或失去土地，正在成为危及农民自身利益、危及农业现代化的消极社会现象。

三、土地坚守的悲歌与壮歌

农民疏离土地、抛荒土地和失去土地的另一面，是农民对土地的坚守。新世纪乡土小说大都更乐于叙述农民坚守土地的故事，叙述者总是选择站在守土农民一边。农民对土地的坚守，有两个层面：一是对土地权益与合理用途的坚守，二是对土地情感的坚守。农村土地的坚守者，既有土地权益的受害者，也有坚持走农业现代化之路的"农村新人"，但更多的是"恋土老农"。

在对土地的合法权益与合理用途的捍卫中，守土农民往往是斗争的失败者，也是最终的受害者。如荒湖的《谁动了我的茅坑》中，曹花头与暴发户邻居曹疤子之间的地权之争是小说的中心情节，"在是否出让厕所（茅坑）的地权给曹疤子建车库的问题上，曹花头进行了一场充满喜剧色彩的悲剧性抗争。曹花头就厕所地权与曹疤子展开抗争的过程，其实也就是应对乡村社会现代转型中出现的新问题的过程"[②]。在资本与权力的双重夹击中，曹花头最终成为失败者，只好再回到城里做一个出卖苦力的打工者。再如贾平凹的《秦腔》中，夏天义与夏君亭之间的土地斗争，是一段不可忽视的故事情节。清风街人多地少，土地非常紧张，近年来盖房占地，修312国道占地，退耕还林占地，人均土地面积已不足0.5亩。面对如此紧张的土地现实，新上任的村主任夏君亭还要占地建农贸市场，这遭到了老村主任夏天义的反对。在市场经济的大潮中，夏君亭的土地观念发生了新的变化，他不像老村主任夏天义那样用农民的眼光看待脚下的土地，开始用商业经济的眼光打量他所管理的这片土地的商用价值。夏君亭认为，粮食不是问题，清风街就是两年颗粒不收也不会饿死人，现在要解决的首先是村民没钱的问题。只有建农贸市场，靠营业额、税金和管理费，才能使村民脱贫致富。最后，代表市场经济的农贸市场冲破重重阻力建了起来。在这场斗争中失败的下台干部夏天义，愤而回到七里沟，继续

---

① 〔法〕H. 孟德拉斯:《农民的终结》,李培林译,北京,社会科学文献出版社,2005,第54页。

② 李兴阳:《当下乡村的新问题与农民的老脾气》,《作品与争鸣》2009年第3期。

他未竟的淤地大业。在夏天义的盘算里，如果七里沟淤地成功，三年完成淤地 500 亩，每年的经济效益可达 138 万元。但这场有违自然生态的淤地“大业”，终止于七里沟暴发的一场泥石流，夏天义也葬身在这场突发的泥石流里。“恋土老农”夏天义的失败是双重的，一是败于工商文明对农耕文明的冲击，二是败于自然的惩罚。贾平凹在《秦腔》中为守土者及其所代表的农耕文明献唱的不是壮歌，而是一曲悲凉的挽歌。

对土地情感的坚守，主要是“恋土老农”。在对土地情感的坚守中，“恋土老农”往往做出常人难以理解的怪异之举与悲壮之举。关仁山小说《天壤》中的韩成贵、关仁山小说《白纸门》中的七奶奶、展锋小说《终结于 2005》中的老淮山、王祥夫小说《五张犁》中的五张犁、王海小说《城市门》中的德胜老汉、贾平凹小说《秦腔》中的夏天义、漠月小说《青草如玉》中的元宝老汉、李锐小说《耧车》中的福田老人和《锄》中的六安爷等“恋土老农”，都以自己的某种特异之举，表达对土地感情的坚守。

关仁山《天壤》中的韩家庄，古老闭塞，世代以耕种为生，村人对土地极其珍视和爱护，几代人都在为开垦荒地而努力，韩成贵的父亲就因开垦荒地而累死在山上。韩成贵自小受父亲的影响，对土地有着超乎寻常的情感。在村民纷纷外出打工或做生意的时候，韩成贵拒绝和妻子去城里做生意，留在农村开垦荒地、种植庄稼。韩成贵的想法很简单：“都不种地了，吃啥?”

王海小说《城市门》中被拆迁的掌旗寨人、张旗寨人虽然成了城市人，但每到麦黄季节，都成群结队回到乡间。他们转了户口，成了城里人，但心里、骨子里还是农民，依然关心农事，关心庄稼的成长。德胜老汉尤其感到做城里人很难受，只好每天都牵着一只公羊到乡间去，以此逃避城市造成的内心压力。德胜老汉还让儿子在五陵原上为自己购买一亩地的“坟地”，他要为子孙后代留下最后一块地，有了这块地，心里就踏实了。

王祥夫小说《五张犁》中的五张犁，以前是村里干活的一把好手。他们村里的地被征用了，整个村庄都变成了城市，原来属于各家各户的地都被城市弄变了形，认不出来了，可是五张犁每天还到他以前的承包地去干活。“人们奇怪五张犁怎么会记着自己那片地？而且会记得那么准确。即使那片地已经被重新平整过，已经被重新分配过，但他还认得出，而且分毫不差。而且还能按着原来的地形去劳作它，去抚慰它，去亲近它，春天按着春天的规矩来，夏天按着夏天的规矩来，秋天按着秋天的规矩来。”[①]把原先属于他的那块地种得特别好，后来他把园林处种的花草都给割掉了，园林处的工作人员进到地里干涉也无效。别人都说五张犁是神经病，五张犁的“神经病”，其实就“神经”在他对土地的深厚感情，“神经”在自己的土地被剥夺之后的那种无奈和绝望。

李锐《耧车》中的老福田带着孙子，坚持到明年就要被煤矿占用的梯田里耕种，“正是开耕下种的好日子，可是山谷的梯田里冷冷清清的，只有孤零零的爷孙俩……种了千年万年，收了千年万年……明年就变成荒地了”[②]。已经70岁的老福田扶着耧车，一边给拉着牛的孙子讲述着关于伏羲、女娲、盘古、鲁班爷和地母娘娘的古话儿，一边为脚下的土地进行最后一次耕种。李锐《锄》中半瞎的六安爷明知道脚下的百亩园已经被煤炭公司高价收购，仍然天天拄着锄去锄地。百亩园“是乱流河一百多里河谷当中最好最肥最大的一块地。西湾村的人不知道在这块地上耕种了几千年、几百代了。几千年、几百代里，西湾村的人不知把几千斤几万斤的汗水撒在百亩园，也不知从百亩园的土地上收获了到底有几百万、几千万斤的粮食，更不知这几百万、几千万斤的粮食养活了世世代代多少人。但是，从今年起百亩园再也不会收获庄稼了”。人们不解六安爷为什么要到不再收获的地里锄地，六安爷说：“我不是锄地，我是在过瘾。”[③]不论是福田老人还是六安爷的“最后一次耕种”，都表达出他们对即将失去的土地的眷恋和挚爱。

美国生态学家奥尔多·利奥波德在《土地的伦理》一文中说：“我不能想象，在没有对土地的热爱、尊敬和赞美，以及高度认识它的价值的情况下，能有一种对土地的伦理关系。”[④]新世纪乡土小说中的守土农民，尤其是情态各异的“恋土老农”，“对土地的热爱、尊敬和赞美”，对土地价值的“高度认识”，无不体现出奥尔多·利奥波德所倡扬的那种土地伦理。

---

① 王祥夫：《五张犁》，《人民文学》2007年第12期。

② 李锐：《耧车》，《十月》2006年第2期。

③ 李锐：《樵斧·锄》，《上海文学》2004年第12期。

④ 〔美〕奥尔多·利奥波德：《沙乡年鉴》，侯文蕙译，长春，吉林人民出版社，1997，第212页。

第二节　乡镇企业与“中国现代化的独特模式”

中国农村乡镇企业在20世纪80年代“异军突起”①，40多年来在艰难曲折中不断发展，对农村经济和整个中国经济产生了巨大的影响。学界有种观点，认为乡镇企业是“中国现代化的独特模式”②；外国也有舆论说，乡镇企业是中国经济腾飞的“秘密武器”。密切关注乡镇企业的历史发展，叙述乡镇企业的兴衰变化的新世纪乡土小说，主要有关仁山的《大雪无乡》《太极地》《破产》《福镇》《天高地厚》《白纸门》《麦河》，李佩甫的《羊的门》，周大新的《湖光山色》，李洱的《石榴树上结樱桃》，赵韬的《白岸》，展锋的《终结于2005》，刘醒龙的《分享艰难》，梁晓声的《民选》，阿宁的《乡徙》，李铁的《乡间路上的城市女人》，胡学文的《目光似血》，阿来的《遥远的温泉》，陈应松的《独摇草》，谭文峰的《走过乡村》，阙迪伟的《乡村行动》，欧阳黔森的《水晶山谷》，荒湖的《谁动了我的茅坑》等。这些乡土小说，生动形象地展示了中国乡镇企业艰难曲折的创业历史，揭示了乡镇企业对中国农村经济的发展、农村社会现代性的形成以及农村生态环境变化等多方面的影响，表达了乡土作家对中国农村经济和农业现代化的历史思考与现实忧虑。

一、乡镇企业的“创业史”

中国农村乡镇企业始于20世纪50年代，当时称为社队企业，即人民公社、生产大队、生产队办的工业企业，主要是把农村工业作为一种附属产业建立在农业的基础上。20世纪60年代，人民公社和生产大队的工副业得到了进一步发展。当时，毛泽东认为农民组织起来搞企业，是农村发展的希望所在。由于发展还是比较慢，因而收入也比较少。“文化大革命”期间，在政治高压下，不允许私人办企业，乡镇企业尤其是社队企业的发展也受到抑制。20世纪80年代，在改革开放的时代大潮中，乡镇企业得到了突飞猛进的发展，出现了“村村点火，户户冒烟”的繁盛景象。“乡

① 1987年6月12日，邓小平同志在会见南斯拉夫的科罗舍茨时，总结了我国改革的基本经验，热情赞扬了乡镇企业。他说：“农村改革中，我们完全没有预料到的最大的收获，就是乡镇企业发展起来了，突然冒出搞多种行业，搞商品经济，搞各种小型企业，异军突起。”邓小平：《改革的步子要加快》，《邓小平文选》第三卷，北京，人民出版社，1993，第238页。

② 秦晖：《“离土不离乡”：中国现代化的独特模式？》，《东方》1994年第1期。

镇企业每年都是百分之二十几的增长率，持续了几年……乡镇企业的发展，主要是工业，还包括其他行业，解决了占农村剩余劳动力百分之五十的人的出路问题。”① 20 世纪 80 年代末 90 年代初，乡镇企业在“整顿治理”（针对国民经济发展中的工农业失衡和基础工业与加工工业失衡）中再次受到抑制，乡镇企业陷入困境。为了摆脱困境，自 1995 年冬开始至 1998 年底，以产权制度改革为核心的乡村集体企业“改制”逐步推进，有 70%～80%的集体企业以各种形式拍卖、转让。大多数原乡镇企业管理者在三年之内转变为私营企业者，估计有 60 万～80 万人进入私营老板行列。② 改制中，产权完全转移，政府退出其拥有的股份，工人股份向管理层集中，时任经营者都是最大的受惠者。产权制度改革后的乡镇企业以新的名目和方式继续发展，沿海经济发达地区和内陆大中城市周边农村地区，基本实现农村工业化。中国西部及边远地区的乡镇企业的发展，则相对比较迟滞。中国乡镇企业艰难曲折的创业历史，特别是改革开放以来的创业历程，在新世纪乡土小说中得到了一定的表现。

新世纪乡土小说叙述到的乡镇企业有三种不同性质的类型：一是乡镇集体所有的企业，如关仁山《大雪无乡》中的福镇农工商联合公司，其下属各厂也是集体性质；二是私人经营的企业，如赵韬《白岸》中的秦汉唐公司是张海涛创办的私营企业；三是中外合资的乡镇企业，如关仁山《太极地》中的蓝渤美容品有限公司，是中日合资的乡镇企业。这些乡镇企业有一些共同的特点，如劳动密集程度高，产品技术含量低，经营粗放，能耗大，资源浪费严重，对环境的污染与破坏也很大。由于乡镇企业权属性质的不同，不同类属的乡镇企业还有各自不同的问题与特点，如集体所属乡镇企业往往官商不分，政企不分，权力干预经营管理，腐败丛生，集体和国有资产在改制过程中流失严重；私营乡镇企业资金匮乏，资源受限，抵御市场风险的能力低，受到来自金融、工商、税务、治安、消防、腐败权力、乡村宗亲关系和社会黑恶势力等多方面的牵制和损害，举步维艰；合资企业则常常遭遇利益冲突、观念冲突、知识产权摩擦、外商欺诈、劳资纠纷等困扰。新世纪乡土小说对不同类属乡镇企业的共同点与不同点都分别有所表现。总的来看，新世纪乡土小说特别关注和表现的，主要有五个方面。

其一，“乡村能人”与乡镇企业的兴衰。“乡村能人”是影响乡镇企业

---

① 邓小平：《改革的步子要加快》，《邓小平文选》第三卷，北京，人民出版社，1993，第 238 页。

② 参见王颉：《乡村集体企业的兴衰及“改制”的社会学剖析》，《江苏行政学院学报》2004 年第 5 期。

特别是私营乡镇企业兴衰的重要因素，也是新世纪乡土小说叙述乡镇企业的重心。新世纪乡土小说塑造的“乡村能人”，也大都是乡村“卡里斯马型”① 形象，主要有两种类型：一是乡村领路羊式的“农村新人”形象，这是“主旋律”话语所推许和着意打造的农民形象。杨廷玉《花堡》中的孙天鹄、赵韬《白岸》中的张海涛、关仁山《麦河》中的曹双羊，都是这类形象。曹双羊是一个浪子回头由坏变好的“农村新人”形象，自小即被家人和村人视为与同龄孩子不同，天不怕地不怕，敢作敢为，行事果断，头脑机敏，多谋善断，既有一股狠劲，又有潜在的做人良知。为了替受侮辱的姐姐出头，打架行凶被拘，失去了高考的机会，自此流落乡村，混迹江湖，逐渐成长和发展成为麦河地区最具影响力的民营企业“麦河集团”的创始人与总经理。曹双羊的“创业史”可分为三个阶段：第一阶段是经营煤矿。曹双羊在与合伙人赵蒙的争斗中，用美人计、阴谋和勾结利用社会黑恶势力买凶杀人等手段，夺取了煤矿经营权，赚得了沾血带泪的“第一桶金”。第二阶段是经营麦河集团。曹双羊卖掉煤矿经营权，到私企老板张洪生的“美食人家”方便面厂打工，趁机偷师学艺，然后自办了“麦道”方便面企业，并用自己天赋的商业智慧，在激烈的市场竞争中几起几落，最终击败了包括张洪生的“美食人家”在内的许多对手，成为行业老大。第三阶段是搞“土地流转”。曹双羊为了保障自己麦河集团的原材料供应，同时也为了家乡鹦鹉村发展现代农业，开创性地搞起了“土地流转”。此举不仅带动了鹦鹉村的经济发展和社会的现代转型，而且促成了他自身的政治和道德品格的变化，由一个充满血腥气的乡村暴发户转变为保护土地、保护农民权益、带领村民共同致富的时代英雄。曹双羊对好友白立国说：“为了鹦鹉村的今天跟明天，我甘愿被乡亲们误解成罪人，我相信，那肯定是暂时的，会有一天把我当英雄的。”二是乡村暴发户或曰乡村资本权贵形象。谭文峰的《走过乡村》中的倪土改、赵韬《白岸》中

① 卡里斯马(charisma)，意译“感召力”或“超凡魅力”，原为宗教社会学用语，意指“神圣的天赋”，来自早期基督教，初时指得到神帮助的超常人物。一切宗教先知都是卡里斯马式的人物，他们作为变革社会秩序的代表，与维系和巩固既成秩序的祭司形成对照。后来，卡里斯马引申为具有非凡魅力和能力的领袖。这种领袖建立的组织，其凝聚力来自领袖个人所具有的非凡魅力、卓越能力及其所传播的信念。德国社会学家马克斯·韦伯在《经济与社会》一书中首次使用卡里斯马概念指称这种权威类型。马克斯·韦伯所划分的权威类型有三种，即传统型(如古代社会的长子继承制)、法理型(指现代社会中根据一定的选举程序而确定的权威)和卡里斯马型(也称个人魅力型，指依靠个人的非凡魅力而获得权威)。韦伯认为具有卡里斯马品质和力量的人高踞于一般人之上而成为领导，能够感召他人或激发他人之忠诚。有很多组织学或行政学教材亦将这种权威类型称为魅力型权威。这种权威由于相应领袖人物的去世而消亡，依靠这种权威而形成的组织也往往随之而解体。

的姚志远和贾富安、关仁山《大雪无乡》中的潘老五、刘醒龙《分享艰难》中的洪塔山等，都是这类乡村“能人＋恶人”的形象。洪塔山有超强的经营能力，但仗着有钱，什么违法乱纪的事都敢干，甚至是顶头上司孔太平书记的表妹也敢强奸。总的来看，这两类乡村“卡里斯马型”农民形象的性格气质的基本特质大致相同，主要区别在于政治品质与道德品质的“好”与“坏”。比较起来，曹双羊式的“农村新人”形象，更像马克斯·韦伯意义上的“卡里斯马型”形象。

其二，乡镇企业的生存之道与商业智慧。新世纪乡土小说大都不怎么直接叙述乡镇企业的生存之道与具体的经营方式，如刘醒龙的《分享艰难》对洪塔山的经营之道只有极为简略的交代：“养殖场占地有一百多亩，大小几十个水泥池子里放养的差不多全是甲鱼，据说这是全省最大的专门的甲鱼养殖场。从前这儿规模很小，只能从别人那里买来幼甲鱼自然喂养，两三年才能长到半斤以上，所以养殖场总在亏本。洪塔山来了以后，第一下就建起甲鱼过冬暖房，不让甲鱼冬眠，一只幼甲鱼一年时间就能长到一斤多。养殖场也有了丰厚的利润，接下来洪塔山就动手扩大养殖场规模，并创出了西河镇养殖有限公司这块响当当的牌子。”① 较为生动形象地直接叙述和描写乡镇企业的生存之道与商业智慧的，只有关仁山的《麦河》、赵韬的《白岸》等少数作品。《麦河》对曹双羊的经营之道与商业智慧有较多的叙写，如“智取”（恶取）煤矿，到方便面厂偷师学艺，自创“道场”方便面，挤垮对手，化敌为友，广告大战，借鸡下蛋，土地流转，农业机械化与规模经营等。但对这些颇具传奇的经营之道与商业谋略，关仁山也很少把它们变成生动形象的故事情节和具体可感的人物行动，更多的是靠大鼓书艺人白立国的“独白”与曹双羊的“夫子自道”来完成。再如关仁山《大雪无乡》中的乡镇企业股份制改革，竟也是通过人物对话与“讲述”的方式完成的：“陈凤珍解释说，各企业吸收股份，搞股份制企业，对于镇总公司，各企业和分公司就是股东。企业和总公司分别成立董事会，大的经济活动要由董事会决定，这样的话，乡镇经济才有可能走向良性循环的轨道……陈凤珍说，镇里马上推广股份制，完全科学管理，按经济规律办事……陈凤珍说，股份制就能避免失误，它能逐步使管理科学化，走上良性循环轨道……从某种角度说，股份制也是一场革命！……陈凤珍插言道，大家别误会，过去福镇的经验是在极左路线下产生的，而股份制是科学的治理经济的手段……老宋抢老王的话题说，对，我们是想把

① 刘醒龙：《分享艰难》，《上海文学》1996年第1期。

福镇的事办好。为了搞好股份制，我们成立一个股份制改革领导小组。我当组长，陈镇长和老潘任副组长，老王任总秘书长，负责组织、联络和宣传等工作，在座在其他同志都是领导小组成员……潘老五抽口烟，十分悠闲地荡着二郎腿说，其实呢，按国外股份制的规矩，当经理和当厂长的，得占公司或工厂的百分之五十以上股，才配当经理厂长。而我们呢？是乡镇企业，集体所有，那就得搞咱中国特色的股份制啦！总公司搞股份制，吸收各厂做股东，更欢迎外资入股。至于各厂么，我看可以分批来，第一批搞股份制的企业是钢厂、铁厂、瓷厂、鞋厂、高频焊管厂和塑料厂。”①多叙“运筹帷幄之中”而少写“决胜千里之外”，这显然是避实就虚的“叙事策略”。如何能更生动具体地叙述和描写乡镇企业的生存之道与商业智慧等，是新世纪乡土小说需要探索的叙事技术新课题。

其三，乡镇企业与政府及各种乡村腐败权力的关系。新世纪乡土小说描写和揭示了二者之间纠缠不清的复杂关系：首先，不论是集体所属乡镇企业还是私营企业，都是乡镇地方政府财政收入的重要来源。如《分享艰难》中西河镇的财税收入70%来自洪塔山的甲鱼养殖企业，镇党委书记孔太平求地区下派干部孙萍帮忙保护作恶的洪塔山免受处罚时说：“从我们西河镇大局去看，洪塔山是有不少坏毛病，可现在是经济效益决定一切，养殖场离了他就玩不转，同样镇里离开了养殖场也就运转不灵。说实话，这事到现在我还瞒着洪塔山，将来我也不想让他知道，免得他认为现在的党委政府都是围着他转，离了他就不行，因此变得更加有恃无恐。从这个道理上讲，你不是帮他，而是在帮我，稍做点夸张说，是在帮助西河镇的全体干部和人民。”② 从企业方面来讲，政府从企业索取太多，使乡镇企业原始积累不足，减弱甚至丧失了提升技术和扩大再生产的能力，阻碍了乡镇企业的健康发展。其次，官商勾结，资本与权力相互利用，恶化了乡村的政治生态与社会生态。乡镇企业的经济发展业绩是基层官员的政绩，是升官之道。如关仁山《太极地》中的邱满子，从村里借到乡里写材料，“不懂企业不懂股份，他的任务就是变尽法子使劲儿将外商拉进村。村里有了外资就会奔小康，奔了小康他便有了政绩，有了政绩就能升官。道理就这么简单……”③ 后来，他果然因拉来了日本外商，挤垮对手，当上了副镇长。反过来，明了此种厉害的乡镇企业主也都嚣张地违法乱纪，严重地破坏社会政治经济与伦理道德秩序，毒化社会风气，而大小基层干

① 关仁山：《大雪无乡》，《中国作家》1996年第2期。
② 刘醒龙：《分享艰难》，《上海文学》1996年第1期。
③ 关仁山：《太极地》，《人民文学》1995年第2期。

部为了自己的政治前途，甘愿充当作恶者的保护伞。如谭文峰小说《走过乡村》中的企业家倪土改强暴了单纯美丽的少女倪豆豆，倪豆豆执拗上告，由于“官员们”的阻挠和迫害，屡告不中。最后，乡镇企业往往成为官场权力斗争与权力腐败的牺牲品。如《分享艰难》中的西河镇党委书记孔太平与镇长赵卫东之间的权力斗争，使洪塔山和他的养殖场成了牺牲品。斗争双方都知道洪塔山的养殖企业对自己政治前途的重要性，谁控制了洪塔山和他的养殖企业，谁就可以稳固自己的位置，打败政治对手，因此都把阴谋和权术施加在企业及企业家身上。这在很多时候会给乡镇企业造成致命的伤害，导致企业破产。乡镇企业与乡镇权力之间的复杂关系，是新世纪乡土小说叙事的一个兴奋点，这是因为阴谋、权术、腐败、性侵、暴力等，不仅能吸引人的眼球，而且有成熟的叙事技术可资使用，有很大的想象空间。

其四，乡镇企业与社会黑恶势力的关系。乡镇企业与社会黑恶势力似乎有着天然的联系，一是不少乡镇企业的老板本身就是当地的地痞、流氓、恶霸，如阙迪伟小说《乡村行动》中的熊家四兄弟就是上街村里的流氓恶霸，却把持了上街村的行政与企业。“上街村的村长是熊老三，熊老大是村委兼会计，熊老二也是村委。村里办了轧钢厂和轴承厂，法人代表都是熊老三。村办厂有点名堂时，熊老大熊老四也办起轧钢厂轴承厂。村办厂就连年亏损，熊老大熊老四的私人厂却兴旺发达。明摆着的事，村里没人敢放熊家一个屁。”① 二是少数正道的乡镇企业，为了保护自己的企业，勾结或收买社会黑恶势力，或者用来以恶制恶，或者用来打击竞争对手。如关仁山小说《麦河》中的曹双羊，收买劳改释放犯黑锁给他的北山煤矿“保驾护航”，又指使黑锁趁乱杀死竞争对手赵蒙。三是社会黑恶势力是乡镇企业的附骨之疽，依靠暴力从乡镇企业攫取不义之财，严重影响了乡镇企业的正常发展。

其五，乡镇企业与外来资本的关系。新世纪乡土小说中，写到乡镇企业与外资打交道的作品不多，关仁山的《太极地》是一例。小说中的野心家邱满子在合作谈判时，代表村里跟日商周旋，日商“小林先生将股份分成压得很低，三七分成占股，日方七中方三。村里出厂地出资源出水电设施，日方出设备包销售。工人从当地招聘，双方出管理人员，日方暂时派小林先生代管，中方由邱支书任总经理。企业定名为蓝渤美容品有限公司，合同有效期八年”②。由于利益冲突，也因为惨痛的抗战历史记忆，

① 阙迪伟：《乡村行动》，《上海文学》1997年第1期。

② 关仁山：《太极地》，《人民文学》1995年第2期。

合作后来中途“流产”。

中国乡镇企业在艰难的创业过程中遭遇到的问题，要处理的复杂关系，当然不止上述五个方面。目前，中国乡镇企业正处在转型升级之中，乡镇企业这个名称已很少有人使用，“民营企业”成为常见的替代性称呼。关注中国乡村民营企业的发展及其在各种复杂社会关系中可能遭遇的新问题，依然是新世纪乡土小说叙事的一个重点。

二、乡镇企业与农村经济的发展

乡镇企业从诞生之日起，就承担着发展农村经济、增加农民收入、改善农民生活、支援和促进农业发展等历史使命。目前，中国乡镇企业的类属很多，有乡镇办企业、村办企业、农民联营企业、其他形式的合作企业和个体企业等；乡镇企业的行业门类也在不断增加，主要有农业、建筑业、工业、交通运输业、商业、饮食业、服务业和修理业等。改革开放以来，不断发展的乡镇企业，开发和利用乡村的自然资源与各种社会资源，吸收大量乡村剩余劳动力，改变了农村长期的单一经济结构，促进了乡村农工商的综合发展，提高了农民的物质文化生活水平，打破了城乡二元分割的社会制度与经济结构，改变了中国较为单一的所有制经济模式，形成了多种所有制共存共荣的发展模式。乡镇企业已成为国民经济的一个重要支柱。一般认为，发展乡镇企业是中国农民脱贫致富的必由之路，也是实现农村社会现代化的必由之路。新世纪乡土小说对乡镇企业在中国农村经济发展中的作用，也有所叙述，主要有以下四个方面。

其一，解决农民就业问题，扩大农民家庭收入来源。李铁《乡间路上的城市女人》中的私营纺织厂，不仅吸纳了不少乡村女性到此就业，而且解决了部分城市下岗女工的再就业问题。《麦河》中的麦河集团解决了土地流转后不少失地农民的就业问题。在鹦鹉村村长陈锁柱向曹双羊提出再多安排些农民进厂工作的要求时，县长陈元庆谈了一个解决问题的观念与思路：“一谈到解决农村劳动力就业问题，一些人往往只想到单靠发展工业来实现，到城市去找出路，我个人认为这些看法是片面的，也是观念上的误区。应当大力发展农村现代经济，就是打造现代农业。这一点坚决不能动摇！”① 要努力“推动农村从传统农业向现代农业的转变”。曹双羊和桃儿认同陈元庆的观点，顺着陈元庆的思路提出了发展企业增加工作岗位的构想。桃儿说：“县长的话挺让我受启发。我们麦河集团市场部，正准

① 关仁山：《麦河》，北京，作家出版社，2010，第212页。

备跟葡萄沟人商量，打算流转他们的土地，让那里的农户都种葡萄。如果谈妥了，我们可以在河岸荒地上建一个中型葡萄酒厂，吸纳咱们村的一些劳力当工人，这样一来，不就解决一部分人的就业问题了吗？”① 这些具体可感的情节的细致叙述，或许比一些枯燥的统计数字更能形象地说明乡镇企业在解决农民就业、推动乡村经济和农业的现代化发展中所起的巨大作用。

其二，对乡村自然资源的开发与利用。如梁晓声小说《民选》中的翟村有银矿资源，但被村长韩彪霸占，公共资源成了他的私人财产，村民们连捡掉在地上的矿石都不允许。关仁山小说《麦河》中的北山煤矿，也成了各种势力争夺的自然资源。关仁山小说《太极地》中的雪莲湾太极地有一种深海矿物泥，这种矿物泥是泥疗美容的重要材料，当地乡政府和村委会利用这一自然资源优势，与日商办起了合资的“蓝渤美容品有限公司”，以此带动当地经济的发展。乡镇企业开发利用乡村自然资源的最大副作用，就是对农村生态环境的破坏，这也是新世纪乡土小说最为关注的问题。因此，对开发乡村自然资源的经济活动，总是以否定的方式进行叙述。

其三，乡镇企业发展起来后，推动了农业现代化的发展。乡镇企业既为农业现代化提供了资金，又为农业的发展提供了大量的农业机械设备。如《麦河》中的麦河集团在鹦鹉村搞土地流转，进行了“工业化”的农业规模经营，用上了大型现代农业机械。曹双羊说：“我不光要把乡村变成一个大工厂，还要用工业思维改造咱庄稼人的思想，让大家伙都明白，现代农业应该用工业方式来管理。一句话，要让咱现代农业实现工业化！”曹双羊的想法得到了白立国的赞同：“大胆干吧老弟，三哥早就看好你了，我们缺英雄啊！”②

其四，带动和促进乡村经济的总体发展。如李佩甫小说《羊的门》中的呼家堡有面粉厂等企业，为村里带来亿万资财，呼家堡由此成为当地走集体主义共同富裕道路的最有代表性的村庄。关仁山小说《麦河》中的鹦鹉村在曹双羊的麦河集团搞了“土地流转”后，形成了企业、农业、农民和村庄共同发展的新模式。刘醒龙《分享艰难》中的西河镇因有洪塔山的养殖业，整个镇的经济才能正常运转；《白岸》中的周原县水草滩因有张海涛的民办制药厂，才改变了贫困落后的面貌。

农业部乡镇企业局原副局长张毅认为：“无论是过去、现在，还是未

---

① 关仁山：《麦河》，北京，作家出版社，2010，第212页。

② 关仁山：《麦河》，北京，作家出版社，2010，第334页。

来，发展乡镇企业都有着重大意义。我们可以看到，在探索中，乡镇企业依然在壮大。现在我国百强县几乎都是乡镇企业发展的结果，而农村已经实现小康的村也都有乡镇企业的推动。”① 诚如此言，乡镇企业的产生和发展极大地解放和发展了农村社会生产力，为繁荣农村经济、增加农民收入、加速实现农业现代化起到了不可替代的历史作用。

三、乡镇企业与农村社会的现代转型

乡镇企业与中国农村社会现代转型的关系，是新世纪乡土小说最为关注的问题。乡镇企业发展带动的中国农村社会的现代转型，主要体现在两个方面——一是农民的现代转型，二是农村社会的现代转型，前者是“个体”性的现代转型，后者是“集体”性的现代转型，二者之间相互联系、相互促进。

乡镇企业的发展对农民现代转型的影响，体现在生产劳动方式、经济行为、日常生活方式、身份意识、价值观念和思维方式等多个方面，新世纪乡土小说对这些方面都有所叙述和揭示。其中，最突出的有以下几个方面。

其一，由在田地里“耕种”转变为到工厂或店里“上班”，由传统的农业劳动变为现代的工商业生产经营，生产劳动方式发生了性质的改变。与之相应，时间观念、效率观念、劳动纪律观念、劳动组织观念等，都要发生变化。而这个变化过程，对农民来说，也是很艰难的过程。最值得在此提出来分析的是《麦河》里的几个与此有关的情节。曹双羊在鹦鹉村搞了土地流转后，加入土地流转的鹦鹉村村民也就自然成了麦河集团的职工。成了雇佣职工的农民，虽然还在自家的土地上耕种，但劳动的方式与性质完全不同了。对此，成了雇佣职工的村民都有非常强的感觉。村民变成麦河集团职工之初，韩腰子等人拿当年对付生产队的那一套对付公司下达的劳动生产任务，偷懒耍滑，出工不出力，甚至“上班”期间躲到田头地脚睡觉，导致公司成本急剧上升，效益下滑。为此，曹双羊毫不留情地开除了韩腰子等人。曹双羊强调：“我流转的土地，那不光是土地，还是我的成本啊！地上干活的农民，那不再是农民了，他们都是我的工人啊！成本就是我们麦河道场的大后方。”② 曹双羊实行工厂化管理，人员岗位一卯顶一星，强调工作纪律和效益。自此之后，“种地的农民都有了急迫感，有了危机感，他们嘴里嘟囔着，今天工作不用心，明天用心找工作”。

---

① 张毅、田毅：《乡镇企业异军突起的前前后后》，《第一财经日报》2008年8月11日。

② 关仁山：《麦河》，北京，作家出版社，2010，第303页。

就连有恩于曹双羊的姐夫“吴三拐都不含糊了，再也不敢在上班时间玩牌了”①。这就是从传统向现代的变化，这种变化是时势逼迫的结果，曹双羊和他的鹦鹉村“职工们”已别无选择。

其二，身份意识的多向性变化。在“卡里斯马型”的“农村新人”身上，身份意识的变化最为明显。其变化之一是“平等意识”的产生，感到自己与城里人一样了，甚至觉得比城里人还要行。如阿宁小说《乡徙》中的孟虎子在其意识深处也要竭力消除城乡身份的差别感，他对到他的“飞扬机械厂”打工的国营红旗厂下岗工人也就是后来的情人杨彤说：“是改革开放给了我们机会，不然，我这辈子都甭想和你坐在一起聊天的。”“我很喜欢现在的衡量标准，钱，是钱填平了城乡差距，在钱面前，人人都是平等的。”② 变化之二是身份与意识分裂，即认可社会性的农民身份，但不认可“农民意识”。如《麦河》中的曹双羊为是否继续坚持在上海打市场与白立国等人发生争吵时，认为白立国要他们撤回来的想法是农民思维和农民意识。他说：“对，我是农民！就是娶了城里媳妇，我也从没说过我不是农民！我要说的是，我们越是农民越不能撤！我们企业是要挣钱，可我们不能两眼光盯着钱！我们已经不是过去的农民了，今天我站在上海滩上吹五喊六的，我爷爷他们敢想吗？我们应该有一种精神，对于一个有责任感的企业家，赔和挣，都是他娘的过程！我们首先应该想到的是，社会需要不需要我们的产品！”③

其三，现代性文化人格中的“善”与“恶”同时生长，这是现代性的正负两面在农民新型文化性格中的表现。就“善”的一面而言，现代性所包含的平等观念、公平意识、契约精神、责权观念、理性精神、时间观念等等，逐渐浸润到成为农民“职工”的现代文化人格中。如《麦河》中曹双羊的企业之道就是他的现代性观念的体现：“要遵循中国传统的儒家文化，确立‘德、信、和’为企业文化的基础。具体解释是，德，做事做人要讲公德、行业道德和职业道德；信，要讲诚信，守信用；和，企业跟社会、企业跟顾客、企业跟供应商、企业跟内部员工之间的和谐融洽。”④就“恶”的一面而言，现代性中隐含的唯利是图、自私冷酷、工具理性、丛林法则等等，往往与农民传统文化人格中的封建性因素和人性中的“恶”纠集在一起，导致人性与人格的扭曲。如李晋威小说《原地》中的

---

① 关仁山:《麦河》,北京,作家出版社,2010,第 305 页。

② 阿宁:《乡徙》,《中篇小说选刊》1999 年第 2 期。

③ 关仁山:《麦河》,北京,作家出版社,2010,第 260 页。

④ 关仁山:《麦河》,北京,作家出版社,2010,第 267 页。

埃塔村，曾经是一个没有现代文明污染的传统村庄，保持着原始的耕种方式和生活方式。在“玉石大王”夏太平和村民尕瓦木措进村开采羊脂玉石的过程中，埃塔村传统的均耕均分的生产与生活方式逐渐被打破了，埃塔人在夏太平、尕瓦木措搞的“多劳多得”中有了竞争意识，为了争夺利益，一下子就变得自私、冷漠起来。他们不再尊重自然，不再出手相助有困难的人，土地、森林、野物乃至情谊在他们眼里都成了发财致富的工具。乡镇企业所带来的现代性，是一柄双刃剑。

其四，国民劣根性、小农意识与现代性的冲突。胡学文小说《目光似血》中的杨文广与村民的冲突、李佩甫小说《羊的门》中的呼天成自身文化人格中的新旧冲突、关仁山小说《天高地厚》中的荣汉俊自身文化人格中的新旧冲突，都是国民根性、“小农意识”与现代性的冲突。《天高地厚》中的荣汉俊，既是蝙蝠村的支书兼村长，又是荣家家族利益的代表。他虽然贵为县政协副主席、轧钢厂厂长、红星集团董事长，但秉持的还是传统农民文化人格；他虽然说官话、办公事，但常常是站在荣家的家族立场上，主宰其行为方式的主要还是国民劣根性与传统的小农意识。由此言之，农民从传统走向现代，还有很长的路。

乡镇企业在带动和促进农民文化人格的现代转型的同时，加速了农村现代化的进程。从正面看，乡镇企业打破了农村单一的自然经济生产经营模式，将一种工业文明引入农村，给传统的农业生产注入了新的因素，也因此改变了农村“日出而作，日落而息”的生产方式及由此养成的保守、封闭、迷信、盲从的思维方式和行为方式；改变了农民的社会关系，使他们走出血缘、姻缘、亲缘等宗法关系的小圈子，进入更大的以契约为基础的社会经济关系；改变了农村社会原有的稳态结构。简言之，“资本”随着乡镇企业侵入传统的农村，使传统农村开始染上现代的色彩。从负面看，乡镇企业所带来的现代化破坏了农村传统的社会结构和道德伦理秩序，使欲望横流，人心不古，道德滑坡，农村原有的地理文化形态也遭到破坏，变得“城不城，乡不乡”了。如《羊的门》中的呼家堡、《原地》中的埃塔村、《白岸》中的水草滩、《麦河》中的鹦鹉村，都不再是传统意义上的“村庄”，它们的“魂”被抽换了。

关仁山在《麦河》的叙事快要结束的时候，让他笔下的“曹双羊们”在三村合并后高楼林立的“新农村”搞一个“寻根铸魂”仪式，最后在麦河三村的墓地里立了一块“寻根铸魂碑”，但传统乡村的“魂”在被“埋葬”后，已渐行渐远了。

四、乡镇企业与自然资源及生态环境的冲突

乡镇企业与农村自然资源及生态环境的冲突，是新世纪乡土小说的“生态叙事”与“乡镇企业叙事”都很关注的问题。在新世纪乡土小说与乡镇企业有关的叙述中，乡镇企业所造成的农村自然资源与生态环境问题，主要有如下几点。

其一，乡镇企业占用农业生产用地，占的大都是良田肥地。贾平凹小说《秦腔》、赵韬小说《白岸》、关仁山小说《天壤》对圈占土地现象都有叙述。如《天壤》有这样的描写：“路边是一色灰色厂房、砖窑和路边店，将土地和天空挤得窄窄的，岂止是狭窄，韩家庄几乎被吞噬掉了。四年前的一个早上，县里乡里村里轰轰烈烈搞开发，三级开发区都占用了韩家庄的耕地。韩成贵承包的五十亩水浇田是最后一批被占用的，连同村里十六户承包的七百亩耕地，都被铁丝网圈了起来。”①

其二，乡镇企业破坏和浪费自然资源。对此，关仁山小说《太极地》、欧阳黔森小说《水晶山谷》都有令人触目惊心的表现。《水晶山谷》以强烈对比的方式写出乡镇企业对自然资源与生态环境的破坏。小说中的“七色谷是美丽得让人流泪的。山谷里满是五颜六色的石头，那石头上有晶莹剔透的水流过，那水透明得没有了颜色，因而它可以容纳任何颜色，这时它容纳的就是五颜六色的石头的颜色，在阳光的照耀下显得更加五彩缤纷……山谷里大大小小的石头是非常美丽的，可以说它们是天堂之物。几亿年的岁月沉淀了它质地之硬，颜色之奇；大自然的鬼斧神工造就了它的形状之怪，这是几亿年风的壮举，这是几亿年水的风采……一块块五颜六色的石头无需讲什么，它在这里是可以用静默震撼任何一颗爱美之心的”②。七色谷里最美的石头是紫袍玉，高考失利的田茂林与李王为了发财，到这里开采玉石，就地建厂加工石料，把七色谷挖得到处是山洞和大坑，满山、满地、满河都是丢弃的废石料，珍贵的紫袍玉资源也被破坏殆尽，七色谷再也无法恢复到从前美丽自然的状态。

其三，乡镇企业破坏农村生态环境。对此，李洱小说《石榴树上结樱桃》、陈应松小说《独摇草》、关仁山小说《白纸门》也都有令人触目惊心的叙事表现。陈应松小说《独摇草》中城里来的投资者金老板与高村长策划“开发山谷”，修建“老爷岩狩猎度假村”，成立“重修王家寨悬楼委员会”，创办“金金生物制品公司”和“金金绿色食品开发公司”，划定“野

① 关仁山：《天壤》，《人民文学》1998 年第 10 期。

② 欧阳黔森：《水晶山谷》，《白多黑少》，贵阳，贵州人民出版社，2006，第 99 页。

生动物驯化场”。这些所谓的“开发”，最终都对农民的利益和生态环境造成很大损害，引起村民的不满。如王老民看到落水孔附近的度假村把各种垃圾抛入河水里，使下游的农民再也没有办法使用河水了。落水孔的被污染，使王老民心痛不已，他悄悄放火烧了度假村，然后自尽了。

乡镇企业对自然资源的破坏，对农村生态环境的破坏，是其致命的短板。解决好与自然资源和生态环境之间的冲突，是乡镇企业求得自身存在与继续发展的重要课题，也是新世纪乡土小说特别关注的问题。

乡镇企业被学界看成是“中国现代化的独特模式”，其实是很有道理的。农民、农村、农业问题始终是中国社会现代化建设的根本问题，而解决“三农”问题的重要途径，还是要发展好乡镇企业。叙述乡镇企业，就成了新世纪乡土小说的重要题材。在故事叙述中涉及乡镇企业的新世纪乡土小说很多，但以乡镇企业为叙事主题从而算得上是“乡镇企业叙事”的却很少，只有关仁山的《大雪无乡》《破产》《麦河》等不多的几部作品。如何叙述“乡镇企业”，中国乡土小说很少先例，没有现成的叙事经验，新世纪乡土小说在这方面用力也不多，关仁山是用力最多也是写得最好的作家。

第三节 乡土生态危机与传统“发展观念”批判

新世纪乡土小说高度关注“乡土生态”，出现了一批生态叙事视点不同、生态伦理立场有别和审美表现风格各异的作家作品，如迟子建的《额尔古纳河右岸》、张炜的《刺猬歌》和《鱼的故事》、贾平凹的《怀念狼》、姜戎的《狼图腾》、京夫的《鹿鸣》、郭雪波的《大漠狼孩》和《银狐》、雪漠的《狼祸》和《猎原》、阿来的《空山》、杨志军的《藏獒》、陈应松的《豹子最后的舞蹈》和《松鸦为什么鸣叫》、刘庆邦的《喜鹊的悲剧》、叶广芩的《狗熊淑娟》和《老虎大福》、甫澜涛的《紫山岚峡谷》、董立勃的《静静的下野地》和杜光辉的“可可西里”系列等。这些乡土小说大都“以生态整体主义为思想基础、以生态系统整体利益为最高价值”[1]，关注中国乡村日渐恶化的生态现实，揭示造成生态危机的社会根源，反思和批判传统“发展观念”，探寻中国农村经济的“可持续发展”之路；有些作家作品则将“回归自然”或“守望家园”作为生态叙事的精神旨归。

---

① 王诺：《欧美生态文学》，北京，北京大学出版社，2003，第11页。

一、乡土生态的破坏与保护

新世纪乡土小说的生态叙事，最引人注目的是以大量笔墨叙述人们在生产活动中对乡土生态的破坏，被破坏的自然又以最严厉的方式对人类进行报复。也有一些乡土小说的生态叙事，以热情洋溢的笔调抒写少数具有生态环保意识的“智者”对自然生态进行的艰苦卓绝的保护。

在新世纪乡土小说的生态叙事中，人们对乡土生态的破坏，有的是过去时代的“历史行为”，有的是遗祸子孙的“现在进行时”。如姜戎的《狼图腾》选取了“文化大革命”和“现在”两个时间点，展示了人们或因为愚蠢的政治意图或因为贪婪的经济欲望对草原持续进行的大规模破坏。“文化大革命”前的额仑草原保持着似乎亘古就有的原始模样，那里有“人迹未至、方圆几十里的碧绿大盆地。盆地的东方是重重叠叠，一层一波的山浪，一直向大兴安岭的余脉涌去。绿山青山、褐山赭山、蓝山紫山，推着青绿褐赭蓝紫色的彩波向茫茫的远山泛去，与粉红色的天际云海相汇。盆地的北西南三面，是浅碟状的宽广的大缓坡，从三面的山梁缓缓而下。草坡像是被腾格里修剪过的草毯，整齐的草毯上还有一条条一片片的蓝色、白色、黄色、粉色的山花图案，色条之间散点着各色的野花，将大片色块色条，衔接过渡得浑然天成。一条标准的蒙古草原小河，从盆地东南山谷里流出。小河一流到盆地底部的平地上，立即大幅度地扭捏起来，每一曲河弯河套都弯成了马蹄形的小半圆或大半圆，犹如一个个开口的银圈。整条闪着银光的小河宛若一个个银耳钉、银手镯和银项圈串起来的银嫁妆；又像是远嫁到草原的森林蒙古姑娘，在欣赏草原美景，她忘掉了自己新嫁娘的身份，变成了一个贪玩的小姑娘，在最短的距离内绕行出最长的观光采花路线。河弯河套越绕越圆，越绕越长，最后注入盆地中央的一汪蓝湖里。泉河清清，水面上流淌着朵朵白云”①。在“文化大革命”时期，生产建设兵团和知青进驻草原，“战天斗地，重整山河”，“打狼护牧”，“退草还耕”，经过如此改造的“腾格里已经不是原来的腾格里了，天空干燥得没有一丝云。草原的腾格里几乎变成了沙地的腾格里。干热的天空之下，望不见茂密的青草，稀疏干黄的沙草地之间是大片大片的板结沙地，像铺满了一张张巨大的粗砂纸。干沙半盖的公路上，一辆辆拉着牛羊的铁笼卡车，卷着黄尘扑面而来，驶向关内。一路上几乎见不到一个蒙古包、一群马、一群牛。偶尔见到一群羊，则乱毛脏黑、又瘦又小，连从

① 姜戎:《狼图腾》,武汉,长江文艺出版社,2004,第153页。

前额仑草原的处理羊都不如……”[①] 在极左政治造成的伤害还没有得到修复的时候，不合理的草原经济改革方式又将更大的伤害带给草原。草场或“包产到户”，或对外出租，为了追求最大的经济效益，承包户和承租户家家都超额养羊，严重超过了草场的自然承载能力。草原因此加速退化，沙化现象日益严重，已经不再适合畜牧，甚至也不再适合人类居住。

在杜光辉的《哦，我的可可西里》中，曾经的无人区可可西里，自然风光独特，有“数亿万只的野生动物，有野牦牛、藏羚羊、野驴、野马、雪熊、雪豹、盘羊、石羊、猞猁等。……还有丰富的金矿和其他矿产”。在经济改革年代，玉树州地方政府为了脱掉贫穷的帽子，不计后果地开发可可西里，进行大规模的开采和捕猎。曾经拥有的超百万只藏羚羊，在偷猎者以每年两三万只的捕杀速度下，现在“剩下不到七万来只了，再这么下去，用不了三四年这个物种就没有了”；对可可西里矿产的盲目开采，使“植被层被大量破坏，草地减少，野生动物不被猎杀也要被饿死。绿地被沙漠化，又直接影响青藏高原，气候反常干旱、暴风雪、沙暴屡屡发生，而青藏高原又是长江、黄河的发源地。青藏高原的自然环境恶化又直接导致我国其他地方的自然环境恶化”。[②]

在阿来的《天火》中，可以看到机村附近的森林毁于大火，美丽的湖泊消失，传说中的金鸭飞走；在叶广芩的《老虎大福》中，可以看到秦岭的最后一只老虎大福被人打死；在陈应松的《豹子最后的舞蹈》中，可以看到神农架的最后一只豹子的消失，等等，无不令人触目惊心。恩格斯曾警告说：“我们不要过分陶醉于我们人类对自然界的胜利。对于每一次这样的胜利，自然界都对我们进行报复。每一次胜利，起初确实取得了我们预期的结果，但是往后和再往后却发生完全不同的、出乎预料的影响，常常把最初的结果又消除了。”[③] 人类无止境的贪婪欲求，破坏了自然生态，使地球变得脆弱不堪，自然也频发各种灾害报复人类，“人类敲响了地球的丧钟，与此同时，地球也正在敲响人类的丧钟”[④]。

新世纪乡土小说的生态叙事，在展露人们疯狂破坏自然生态的同时，也以崇敬的笔墨抒写少数具有环保意识的“智者”对乡土生态的保护。这些保护者中，有生态意识觉醒了的国家干部，有各民族具有生态智慧和生

---

① 姜戎：《狼图腾》，武汉，长江文艺出版社，2004，第355页。

② 杜光辉：《哦，我的可可西里》，《小说界》2001年第1期。

③ 〔德〕恩格斯：《自然辩证法》，《马克思恩格斯选集》第三卷，北京，人民出版社，2012，第998页。

④ 王耘：《复杂性生态哲学》，北京，社会科学文献出版社，2008，第1页。

态人格的民间人物。

杜光辉的《哦，我的可可西里》塑造了一位名叫李石柱的“生态英雄”形象。李石柱从军队复员先到玉树藏族自治州环保局工作，又主动要求组建可可西里野生动物保护站，孤身一人到保护站工作，既是站长也是站员。他同后来娶的藏族妻子朵玛一起，在孤独、寒冷和贫困中数十年如一日地守护可可西里，与盗猎者、盗采者展开殊死的斗争，最后死在捕猎者罪恶的枪口下，以身殉职。

雪漠的《猎原》塑造了一位生态意识逐渐觉醒的老猎人孟八爷形象。在生态还没有遭到破坏的时候，打猎能手孟八爷的家乡有河流，有柳树，有森林，有狼、狐狸和野兔，有人们维持生存所需的自然资源。因为贫困，也因为贪婪和对生态保护的无知，人们不加节制地砍伐森林，猎杀动物，致使森林退化，河流干涸，动物近乎绝迹，人们蓄养牛羊也变得十分艰难。面对日益严峻的生存环境，打猎经验老到、技巧高超的孟八爷懂得了在沙化地区不能再猎杀狐狸、野狼的道理，醒悟到保护自然环境的重要性。为了子孙后代，为了保护森林和濒临绝境的动物，孟八爷积极支持国家“禁止捕杀动物”的法律，协助公安机关做森林保护工作，不顾生命安危，阻止人们捕杀动物，从一个猎人变成了一位动物保护者。

姜戎的《狼图腾》塑造了一位具有生态人格的毕利格形象。智慧老人毕利格对草原、草原狼和其他草原动物与蒙古人的关系，有一种“神性”与“神秘”的理解：“狼是腾格里派下来保护草原的，狼没了，草原也保不住了。……蒙古人也是腾格里派下来保护草原的，没有草原，就没有蒙古人，没有蒙古人也就没有草原。”“草原是大命，可他的命比人的眼皮子还薄，草皮一破，草原就瞎了，黄沙刮起来可比白毛风还厉害。草原完了，牛羊马、狼和人的小命都得完，连长城和北京城也保不住。”① 这位竭尽全力守护草原和草原狼的蒙古族老人，坚持死后远葬在无人区有狼的地方，以魂魄与狼为伴。与之相似的是叶楠《最后一名猎手和最后一头公熊》中的老库尔。生活在大森林里的老库尔是一名猎手，与森林建立了深厚的感情。在大片森林遭到人们破坏性的砍伐后，老库尔和他的狗一起留在山上，成了大山的最后守护者。老猎手库尔从林业工人的追杀中，救下了自己的狩猎对手公熊，与公熊化敌为友，和谐相处。森林的破坏使得公熊失去生存的环境，公熊决计离开这片森林越过界江到别国去，老库尔领

① 姜戎:《狼图腾》,武汉,长江文艺出版社,2004,第77、149页。

着他的狗追上公熊，一起消失在远处的河边。类似于智慧老人毕利格和老库尔的，还有陈应松《猎人峰》中的白秀、关仁山的《白纸门》中的疙瘩爷、陈应松的《独摇草》里的王老民、贾平凹《怀念狼》中的老道士、郭雪波《沙葬》中的云灯喇嘛等。这些人物大都生活在边远山林、沙漠地带和社会底层，有丰富的生活阅历、独特的生命体验，有的信奉道教、萨满教和佛教，对自然和一切生命充满了热爱和敬畏之情，对人与自然之间的关系有着深透的领会和体悟。

在唯经济论的时期，人们对自然环境的破坏远甚于保护。梭罗曾说："大多数人，在我看来，并不关心自然，只要他们活着，能得到一笔钱，他们就出卖自己拥有的大自然的那份美丽——并且许多人还只不过是为了一杯朗姆酒。"① 确实不能指望人们都会像具有生态智慧与生态人格的孟八爷、毕利格、老库尔等那样自觉地关心自然，新世纪乡土小说所要做的，就像蕾切尔·卡逊的《寂静的春天》所做的那样，用充满激情与智慧的生态叙事，努力唤起人们的生态环保意识，维护大自然的生存环境，保护地球的生命形态。

二、乡土生态危机的反思与批判

新世纪乡土小说的生态叙事，在大量展示乡土生态危机的残酷事实的同时，致力于揭示乡土生态危机与社会政治经济文化之间的复杂关系，对人类中心主义、科学技术、现代工业、发展至上、消费主义、人性和国民性以及权力腐败等等，进行深刻的反思与批判。

首先，对人类中心主义进行反思与批判。所谓人类中心主义，是指一种以人为宇宙中心的观点，它把人看成自然界唯一具有内在价值的存在物，是一切价值的尺度，自然及其存在物不具有内在价值而只有工具价值。因此，人类实践活动的出发点和归宿只能是也应当是人的利益。人类中心主义将自然排除在人的道德关怀的范围之外，与生态中心主义和生命伦理截然对立。② 人类中心主义思想被视为现实生态危机的思想根源，也因此成为反思和拯救生态危机的起点，自然也就是新世纪乡土小说生态叙事进行反思和批判的对象。

新世纪乡土小说生态叙事反思和批判人类中心主义的思想资源，主要是生态整体主义（ecological holism）与中国传统的“天人合一”观念。“生态整体主义的核心思想是：把生态系统的整体利益作为最高价值而不

---

① 〔美〕罗·米尔德:《重塑梭罗》,马会娟等译,北京,东方出版社,2002,第344页。

② 参见雷毅:《深层生态学思想研究》,北京,清华大学出版社,2001,第15页。

是把人类的利益作为最高价值，把是否有利于维持和保护生态系统的完整、和谐、稳定、平衡和持续存在作为衡量一切事物的根本尺度，作为评判人类生活方式、科技进步、经济增长和社会发展的终极标准。”① 其思想的精髓与“天人合一”观念具有某种内在的一致性。在新世纪乡土小说的生态叙事中，叶楠的《最后一名猎手和最后一头公熊》、杜光辉的《哦，我的可可西里》、雪漠的《猎原》和《狼祸》、胡发云的《老海失踪》、荆歌的《狼来了》、夏季风的《该死的鲸鱼》、陈应松《豹子最后的舞蹈》和《松鸦为什么鸣叫》、郭雪波《天海子》、李克威的《中国虎》、京夫的《鹿鸣》以及叶广芩的《老虎大福》《猴子村长》和《黑鱼千岁》等，对乡土生态危机根源的剖析，对造成乡土生态危机的重要原因之一的人类中心主义的批判，都受到了生态整体主义和“天人合一”思想的影响。如郭雪波的《沙葬》中，热沙暴来临时，沙井周围的各色生灵向人求救，云灯喇嘛批评自以为人重要而拒绝它们的铁巴说：“人重要？那是你自个觉得。由狐狸看呢，你重要吗？所有的生灵在地球上都是平等的，沙漠里凡是有生命的东西都一样可贵，不分高低贵贱。”②

其次，对科学技术和现代工业文明进行反思与批判，具有反现代性色彩。在人类已有的思想知识中，对科学技术及与之相关的现代工业文明有两种相互对立的认识和评价，一种是肯定性的，另一种是否定性的。肯定性评价认为，科学技术是一种积极的、革命性的力量，在人类社会发展史上起着根本性的决定作用。否定性的评价则认为，“科学依靠它自身的方法和概念，设计并创立了这样一个宇宙，在这个宇宙中，对自然的控制和对人的控制始终联系在一起”③。这导致了两种结果：一是“对自然的控制”，导致自然对人类的报复；二是“对人的控制”，造成了人的全面异化和人类社会内部生态关系的恶化，技术统治成为取代传统政治恐怖手段的一种新型的统治或控制形式，已经演变为一个真正的极权主义者。新世纪乡土小说的生态叙事，对科学技术和现代工业文明的反思与批判，也存在相互矛盾的两个方面：一是对科学技术和现代工业文明的否定，二是对科学技术力量的企盼。如迟子建的《额尔古纳河右岸》对开发鄂温克人世代生活的大兴安岭持批判态度。迟子建说：大兴安岭“那片被世人称为‘绿色宝库’的土地在没有被开发前，森林是茂密的，动物是繁多的。那时的

① 王诺：《“生态整体主义”辩》，《读书》2004年第2期。

② 郭雪波：《郭雪波小说自选集·天出血》，南昌，百花洲文艺出版社，2002，第120页。

③ 〔德〕尤尔根·哈贝马斯：《作为“意识形态”的技术与科学》，李黎、郭官义译，上海，学林出版社，1999，第43页。

公路很少，铁路也没有出现。山林中的小路，大都是过着游猎生活的鄂伦春和鄂温克人开辟出来的。始于六十年代的大规模开发开始后，大批的林业工人进驻山林，运材路一条连着一条出现，铁路也修起来了。在公路和铁路上，每天呼啸而过的都是开向山外的运材汽车和火车。伐木声取代了鸟鸣，炊烟取代了云朵。……十年过去了，二十年过去了，三十年过去了，伐木声虽然微弱了，但并没有止息。持续的开发和某些不负责任的挥霍行径，使那片原始森林出现了苍老、退化的迹象。沙尘暴像幽灵一样闪现在新世纪的曙光中”①。郭雪波的乡土生态小说在反思和批判科学技术和现代工业文明的同时，又对科学技术力量充满了依赖。如《大漠魂》中，老双阳毅然到沙坨子深处种下绿意盎然的红糜子；《沙葬》中，云灯喇嘛跟随科学工作者白海同居沙漠陋室并一起按科学方法努力治沙，创造了“诺干·苏模”绿洲；《苍鹰》中，老郑头也在沙坨子里创造生命奇迹。而这些奇迹的创造，恰恰是依据沙漠生活经验治沙和“科学治沙”的结果。新世纪乡土小说的生态叙事，在批判科学技术与依赖科学技术之间，不同的文本在价值取向上有时显得比较游移。

再次，对人性与国民性进行反思与批判。新世纪乡土小说的生态叙事，将人性之恶与国民劣根性视为乡土生态危机的重要根源，予以冷峻的反思和尖锐的批判。郭雪波认为，人永无餍足的贪欲是破坏自然生态的原动力，在《沙葬》中，他借云灯喇嘛的话激烈地批判人的贪欲：“人是个太残忍太霸道的食肉动物，你看看你们这些不信佛的人，啥不吃？天上飞的，地上跑的，水里游的，吃得那个全乎，那个贪劲……人啊，早晚把这个地球吃个干净吃个光！唉，你说说，人这玩意儿还有救吗？”② “文化大革命”时期，人性之恶与政治之恶纠集在一起，对自然生态的危害都带上了政治色彩。如《狼图腾》中的包顺贵为了向上爬，为了获得上级的嘉奖和喜欢，无所不用其极，把野芍药挖走献给首长，将天鹅射下煮成美味，将农民迁移过来退草还耕，给草原带来难以逆转的毁灭性伤害。在改革开放年代，人的贪欲在市场经济的刺激下更趋膨胀，危害更烈。如雪漠《狼祸》中的张五一伙，疯狂猎杀狼群和狐子，作为换取金钱的手段；郭雪波的《哭泣的沙坨子》中，人们为了多收获卖一块多钱一斤的瓜子，都拼命争抢地盘，在沙坨子上种打瓜，全然不顾种打瓜会对沙坨子造成毁灭性的后果；杜光辉《哦，我的可可西里》中的王勇刚，疯狂开采可可西里金矿，恣意猎杀野生动物，为了获取更大的经济利益，甚至凶残地开枪打死

① 迟子建:《跋:从山峦到海洋》,《额尔古纳河右岸》,北京,人民文学出版社,2010,第252页。

② 郭雪波:《郭雪波小说自选集·天出血》,南昌,百花洲文艺出版社,2002,第179页。

了阻挡他们捕杀藏羚羊的守护员李石柱，而李石柱正是他当年同生死共患难的战友。人性在政治与资本的双重绞杀中，逐渐向兽性退化。刘继明在评价陈应松《豹子最后的舞蹈》时说："豹子成了最后的失败者。但猎人或者说我们人类胜利了吗？恐怕谁也难以做出这样的裁决。也许恰恰相反，在这场惊心动魄的博弈中，人向大自然毫无节制地攫取时所表现出的那种贪婪、残忍、冷酷和自私，在豹子家族焕发出的勇敢、无私、友爱和崇高面前，显得那么委琐和可耻，以至使我产生了一种错觉，似乎人业已退化成了嗜血成性的动物，却在豹子身上反而集中保存了人性应有的美德！"①

最后，对当代政治特别是权力腐败进行反思与批判。这从三个方面展开，第一，对"十七年"和"文化大革命"时期所谓极左政治的反思与批判。这两个时期讲政治胜过讲科学，藐视自然规律，片面夸大人的力量，依照主观意愿改造自然，大搞围湖造田、退草还耕、砍伐木材、毁坏森林、大炼钢铁等等，如此"与天斗其乐无穷，与地斗其乐无穷"的结果是对自然生态的严重破坏。第二，对改革开放时期"唯经济论"的反思与批判。技术官僚使政治行为经济化，盲目追求政绩，片面突出经济指标，由此带来深重的生态灾难。京夫《鹿鸣》中的地方官僚在上任时立下了发展本县工业和经济的军令状，由此生发出一系列破坏生态环境的事件。譬如为了满足外商要求得到神鹿峰峰"红珊瑚一样美丽无与伦比的长角"的愿望，以换取外商的投资，野生珍稀食物研究会不惜出动武力团队劫持鹿群，对选矿厂污水库崩溃造成的重大污染事件进行遮掩，等等。第三，对权力腐败的反思与批评。不论是出于政治原因还是经济改革原因的生态灾难，权力腐败都是加重灾难的催化剂。杜光辉《哦，我的可可西里》中的州委石书记说："只是我们有的领导，考虑到可可西里给政府财政带来了巨大收入，也不同意在可可西里建立野生动物保护区。我从去年就提出了在可可西里禁猎、禁采、禁人的三禁方案。但每次上党委会，大多数党委委员都不同意。当然，他们提出了许多修改方案，如何合理开发、节制捕猎、限制闲杂人员进入，最终的目的还是担心我的'三禁'方案一旦实施，财政收入大幅度下降。当然，也有些领导被王勇刚这些老板们收买了，站在他们的立场说话……回顾我这一生，最大的失误就是批准开发可可西里无人区！"② 从中可以看出，官员们的腐败放大了石书记决策的错误。阿来的《空山·轻雷》中，为了开发所谓的风景区，要修路，要建县

---

① 刘继明：《陌路还乡——陈应松及其神农架叙事》，《上海文学》2006年第10期。

② 杜光辉：《哦，我的可可西里》，《小说界》2001年第1期。

属农场，县委书记亲自出面，以砍伐十多年前的过火林的名义要开发“机村唯一一片完整的森林”，官员、警察、木材检查站、商人和盗林人为了各自利益，都纷纷参与到毁林行动中。陈桂棣在《淮河的警告》中说：“官清之日，水清之时。”[①] 可谓一语中的。

三、“可持续发展”与“不发展”

新世纪乡土小说对传统“发展观念”的批判，主要从两个相反的方向展开：一是“可持续发展”[②]，二是“不发展”。这代表了两种基于不同文化观念的对中国社会特别是农村社会要不要实现现代化及如何实现现代化的思考。

在新世纪乡土小说的生态叙事中，依据“可持续发展”思想对传统“发展观念”及其造成的现实问题的揭示与批判，主要有下述三个方面。

首先，在生存与环保的冲突中，以生存之需重于环保为由，将不加限制的发展置于环境保护之上。陈应松的《牧歌》、夏天敏的《徘徊望云湖》、温亚军的《作为祭奠的开始》、杜光辉的《哦，我的可可西里》、郭雪波的《大漠狼孩》、雪漠的《大漠祭》、卢一萍的《夏巴孜归来》等作品，都写到在中国农村特别是“老、少、边、穷”地区的农村和农民，求生存与保护环境之间存在着难以调和的矛盾。在《哦，我的可可西里》的叙述中，贫困的玉树州就存在着现实生存之需与环境保护之间的严重冲突，石技术员从生态保护的角度反对进驻可可西里，但又面对不开发可可西里如何发展玉树州经济、解决现实贫困的难题：“人总不能没有房子住而不去砍树盖房子，把树砍了又说破坏了自然环境，不砍树又活不下去……自己的娃都快饿死了，怎能有心思去操心别人的娃长得白不白……”[③] 在夏天敏的《徘徊望云湖》的叙述中，保护珍稀动物黑颈鹤与维护村民的生存权益形成了激烈尖锐的冲突。望云村是一个极为贫困的地

---

① 陈桂棣：《淮河的警告》，《当代》1996 年第 2 期。

② 可持续发展(sustainable development)的概念的明确提出，最早可以追溯到 1980 年由世界自然保护联盟(IUCN)，联合国环境规划署(UNEP)，野生动物基金会(WWF)共同发表的《世界自然保护大纲》。1987 年以布伦兰特夫人为首的世界环境与发展委员会(WCED)发表了报告《我们共同的未来》。这份报告正式使用了可持续发展概念，并对之做出了比较系统的阐述，产生了广泛的影响。有关可持续发展的定义有 100 多种，但被广泛接受影响最大的仍是世界环境与发展委员会在《我们共同的未来》中的定义：“能满足当代人的需要，又不对后代人满足其需要的能力构成危害的发展。它包括两个重要概念：需要的概念，尤其是世界各国人们的基本需要，应将此放在特别优先的地位来考虑；限制的概念，技术状况和社会组织对环境满足眼前和将来需要的能力施加的限制。”

③ 杜光辉：《哦，我的可可西里》，《小说界》2001 年第 1 期。

方，“灰蒙蒙、光秃秃的，村里的房屋是黄土舂的墙，山茅草盖的顶。横在村里的一条沟永远是干涸的，到处是草屑和浮尘，风一吹连人都看不清。村里只有几棵树干扭曲树皮皴裂永远长不大的刺老苞树。村子外面一望无垠，跑马溜溜的地里，种着东一簇、西一簇的洋芋和荞子。这里无论是晴是阴，霜冻一下，厚厚的浮尘、卵石上、堤坝上，白茫茫染了一层银色的荞面似的东西，黝黑的树枝和干枯的草梗玲珑剔透地美丽，这种毒菌一般的美丽会摧毁一切生灵的。也不晓得黑颈鹤怎么会选中了望云湖和湖边的土地，这里的气候太寒冷了，土地太贫瘠了，连最低贱的人都养不住，还能养得起高贵的黑颈鹤”①。但是黑颈鹤恰恰就选中了望云村边的望云湖做栖息地，全世界仅有一千多只黑颈鹤，就有七八百只每年飞到望云湖边，望云村由此被定为国家级黑颈鹤保护基地。黑颈鹤带给村民的不是福音，而是灾难。黑颈鹤啄食村民播撒在地里的种子，使村民原本就难的粮食生产变得更加艰难；而匪夷所思的是，乡政府把原来给村民的救济粮转而优先供给黑颈鹤。没有粮食收成又失去了救济粮的望云村，村民的生存就成了最大的问题，村里到处是孩子们饥饿的哭叫声。为了活下去，村民不惜与腐败无能而又残忍的乡镇权力抗争，暗地里与黑颈鹤展开了“夺粮”之战，结果是人能勉强苟活，黑颈鹤则开始在饥饿中走向死亡。望云村村长卢章华顶住吴乡长的压力，宁愿不做官，也不怕被判刑，向报社公开了“黑颈鹤被饿死”的真相，希望以此为村民争来活命的粮食，俨然成了改革开放时代的“犯人李铜钟”（见张一弓著《犯人李铜钟的故事》）。

其次，在发展经济的过程中，一味追求经济增长，凡事效率优先，没有生态观念，违背自然规律，造成生态环境的破坏，失去了“持续发展”的可能性。如王泽恂的《逃亡》中，当年的兵团知青“滥砍滥伐滥打井滥垦耕地滥修水库极其严重，并且盲目掘堤引水盲目建泵站抽水”，引发塔里木河及其两岸原始森林的荒漠化。小说主人公刘争重返当年兵团所在地，“跑上一座高高的沙丘，放眼望去。这一望，心都空了，不仅塔里木河没有了，那么多大大小小的水沼、河汊、河湾都没有了！当年的茂密的苇浪浮浮荡荡，一望无际，现在就像根本没有存在过。他向更远处望去，一座又一座的原始森林也没有了。塔里木河两岸斑斓绚丽的白桦林、梧桐林、红柳林、灌木丛……全部被利斧伐尽。……他的脚步踉跄起来，双腿软软的，呵，那么多的马鹿、黄羊、新疆虎、野猪呢？那么多憨傻的鱼群呢？那遮天蔽日、飞来掠去的水鸟呢？那鸟类王国的千鸣百啭呢？”② 这

① 夏天敏：《徘徊望云湖》，《十月》2002 年第 3 期。

② 王泽恂：《逃亡》，北京，中国工人出版社，2002，第 304、303 页。

是“文化大革命”时期，讲政治而不讲科学的“发展”带来的生态灾难。再如姜戎的《狼图腾》中，“文化大革命”时期的知青和建设兵团在额仑草原“退草还耕”“打狼护牧”，同样制造了严重的生态灾难；到了经济改革年代，“包场到户”“对外出租”草场等改革措施再次严重伤害草原。概言之，不论是以“政治”还是以“改革”的名义，都严重违背了草原的自然生态规律，使曾经荒草碧连天生机勃勃的草原迅速沙漠化，不再适合畜牧了，失去了可持续发展能力。

最后，反对“竭泽而渔”的传统“发展”模式，表达“可持续发展”理念，倡扬“生态整体主义”思想。如《狼图腾》中具有生态平衡观念的主角陈阵反对猎狼和破坏草原，不断申述他的“大命”观：“狼图腾是捍卫草原大命的图腾，天下从来都是大命管小命，天命管人命。天地没命了，人的小命还活个什么命！要是真正敬拜狼图腾，就要站在天地、自然、草原的大命一边，就是剩下一条狼也得斗下去。相信物极必反的自然规律吧，腾格里是会替草原报仇的。站在大命一边，最坏的结果也就是和破坏大命的势力同归于尽，然后灵魂上升腾格里。”① 这里表达的就是一种从草原文明传统中悟到的“生态整体主义”思想。胡发云《老海失踪》中的老海，是一位孤独而又勇敢的环保英雄。乌啸边是一个贫困、偏僻而又几乎没有受到现代文明浸染的乡村，自然奇观“女峡”和国家级珍稀动物乌猴带动了这里的旅游业发展，带来了现代文明，同时也造成了生态灾难。随着旅游业的发展，公路的修建，林区的大破坏随之开始，林区内的很多动物失去了生活家园，生存面临巨大危机，物种之间、种群内部的生存竞争日益残酷，使得乌猴这类极其稀少的物种数量锐减。尤其不幸的是，在疯狂的“养生保健”风潮中，乌猴的药用价值被人为夸大，以之为原材料的“三乌大补王酒”成为当地的重要产业。为了赚钱，人们开始疯狂地捕杀乌猴，使其濒临灭绝的悲惨境地。为了保护乌猴，以一己之力对抗“屠杀”、倡导环保的老海，竟成了乌啸边的“人民公敌”。如《老海失踪》所叙，在改革开放年代，在经济欲望的驱动下，“竭泽而渔”式的“发展”更加盛行，带来的生态灾难更加严重。对之进行批判，倡扬“生态整体主义”，有利于“可持续发展”。

在新世纪乡土小说中，有些作家作品的生态叙事持“不发展”观念，以此批判传统“发展观念”。其“不发展”观念，有两个思想来源：一是中国传统的“天人合一”观念及废名、沈从文等京派作家的乡土叙事传

① 姜戎：《狼图腾》，武汉，长江文艺出版社，2004，第189页。

统；二是西方后现代思想观念及梭罗《瓦尔登湖》所倡扬的回到简单、朴素、纯净的自然生活观念。

苇岸曾说："我非常热爱农业文明，而对工业文明的存在和进程一直有一种源自内心的悲哀和抵触。"① 做过类似思想表达的作家还不少，如迟子建、张炜、贾平凹、郭文斌、郭雪波等。迟子建在2001年4月5日的日记中写道："过度的开发是否是对后代犯罪？我想高涨的物质生活是走向毁灭的根源。在刀耕火种的年代，人们没有电灯、没有汽车，不需要开采煤炭和石油资源。人们住着简陋的小屋子，就不需要大量的砍伐树木。那时候的山是青的，水是清澈的，空气是洁净的。可是看看现在的生存环境，真正的净土很难找到了。"② 迟子建将生存环境的恶化归咎于人类高涨的物质生活，明确反对过度开发。在《原始风景》中，迟子建又说："我十分恐惧那些我熟悉的景色，那些森林、原野、河流、野花、松鼠、小鸟，会有一天远远脱离我的记忆，而真的成为我身后的背景，成为死灭的图案，成为没有声音的语言。"为了留住那些"熟悉的景色"，迟子建的乡土小说更愿意叙述和描写具有前现代性的自然、乡村和人物，在那些"向后看"的叙写中表达出对"北极村童话"般的世界的憧憬，而"憧憬是想象力的飞翔，是对现实的一种扬弃和挑战"③。

在新世纪乡土小说的生态叙事中，部分作家作品所表达的厌弃工业文明、渴望回归自然的意愿，受到了具有不同价值取向的批评。在当代中国的乡村特别是"老、少、边、穷"地区的乡村，"贫穷依然是自由最大的敌人"④，如果"不发展"，如果由刚刚触及的"现代文明"退回"前现代文明"，不仅无法解决现实的生存之需，而且不会有未来。"无论是发达国家几百年来的经验，还是经济学的规律都告诉我们，全球化和城市化是必然趋势，是实现现代化的必由之路。""从文学的角度看，这个过程也许包含妻离子散、被人兼并、不断受到市场鞭笞的凄惨故事。例如，狄更斯催人泪下的小说，都是在诉说这个过程产生了无奈的移民、堕落、犯罪、贫民窟，使人觉得这个过程应该立即停止。但是从经济学的角度看，这是一个走向现代化的必然过程中所付出的代价。如果一个民族放弃全球化、城市化、现代化的必由之路，退回到传统社会的老路，那么，这个苟且偷安

---

① 苇岸:《上帝之子》,武汉,湖北美术出版社,2001,第161页。

② 迟子建:《2001年日记(1月～4月)》,《作家》2002年第1期。

③ 迟子建:《必要的丧失》,《当代作家评论》1996年第1期。

④ 〔美〕加尔布雷思:《在一个贫穷的世界中发现自由》,《卫报》1991年8月27日。

的民族将要付出更大的代价。”[1] 因此，有论者提出，真正的生态文学是“在反对现代工业社会的冷酷的工具理性、科技理性的片面发展的同时，并不拒斥科技理性部分的合理因素。生态文学是和解性的，生态文学并非完全拒斥现代科学技术，而是试图在人的灵魂中发动一场革命，改变唯技术的心态”[2]。

安德烈·洛夫说：“作为避免世界单一化、机械化、人类成为机械的奴隶的必需的解毒剂，艺术是必要的。”[3] 新世纪乡土小说的生态叙事也是必要的。新世纪乡土小说的生态叙事，展露生态环境被破坏的严峻现实，揭示造成乡土生态危机的社会政治、经济、文化和人性等方面的原因，反思和批判人类中心主义、科技决定论、消费主义、物质主义、欲望动力论及权力腐败等，倡扬生态整体主义，将损害自然生态的传统“发展观念”扭向“可持续发展”，尽到文学应尽的社会责任，重振文学介入现实的精神。这样的新世纪乡土叙事艺术，不仅是必要的，而且是急需的。

第四节　中国农业现代化与农村经济发展的新思考

新世纪乡土小说对改革开放以来中国农业现代化与农村经济发展的关注、观察、叙述、描写和评价，是与对农民、农村的现实境遇和未来发展的关注、思考密切关联在一起的。新世纪乡土作家，虽然不是政治家，不是经济学家，不是企业家，不是商人，不是科技工作者，不是社会工作者，多数也不是地方政府的管理干部（少数作家有过做县乡干部或挂职干部的经历，如关仁山、夏天敏、向本贵、王新军等），但对中国农业现代化与农村经济发展的重视程度，是不亚于政治家、经济学家和地方政府的，其相关思考的深度、广度及提出的发展策略，同样值得注意。中国农民命运的改变，农村社会的现代转型，从根本上来说，是取决于中国农业现代化和农村经济发展的。思考农民、农村问题，就要思考中国农业现代化和农村经济发展问题，作家也不例外。

新世纪乡土作家对中国农业现代化与农村经济发展的思考，几乎与第一产业、第二产业和第三产业都有关。这里所谓的第一产业，是指以

---

① 马国川：《文贯中：往事何曾付云烟》，《经济观察报》2007年10月1～8日。

② 胡三林：《生态文学：批判与超越》，《文艺争鸣》2005年第6期。

③ 〔法〕朱里安·本达：《知识分子的背叛〈安德烈·洛夫的序〉》，孙传钊译，长春，吉林人民出版社，2004，第15页。

农业为主的各产业，如畜牧业、渔业、林业等。如关仁山的小说《麦河》、夏天敏的小说《好大一对羊》就分别对农业规模化经营、山区养殖业合理发展、庭院经济发展等问题，有着自己敏锐的观察和思考。这里所谓的第二产业以制造业为主，还包括采掘业、电力、建筑业等。如第二节“乡镇企业与‘中国现代化的独特模式’”中提到的关仁山小说《大雪无乡》、李佩甫小说《羊的门》、阿宁小说《乡徙》、李铁小说《乡间路上的城市女人》、荒湖小说《魔庄》等，都有对乡镇企业、采掘业、建筑业等的观察和思考。这里所谓的第三产业指服务性产业，包括运输、商业、金融、旅游、各种职业服务等。如贾平凹小说《秦腔》、周大新小说《湖光山色》、迟子建小说《额尔古纳河右岸》、胡学文小说《目光似血》、孙惠芬小说《歇马山庄》等，都有对乡村商业、旅游业等行业发展的观察与思考。新世纪乡土作家对中国农业现代化与农村经济发展的思考，是既多样又多元的。这里，仅从如下几个方面，以典型文本为代表，略做分析。

一、土地制度的新变与现代农业经营模式的新思考

在中国誓言实现的“四个现代化”中，最难实现的就是“农业现代化”，而农业现代化的核心问题就是土地。自20世纪40年代末期由解放区开始的“土改”，20世纪50～70年代的“合作化”和“人民公社”，20世纪80年代以来实行的家庭联产承包责任制，2004年以来国家提倡和推行“土地流转”政策与制度改革，中国关于农村土地政策与制度的每一次变化，都对农民、农村和农业产生巨大而深远的影响，同时也对中国当代乡土小说的叙事产生直接而深刻的影响。20世纪40年代末和50年代初的“土改”，直接催生了赵树理的《邪不压正》、丁玲的《太阳照在桑干河上》、周立波的《暴风骤雨》等以“土改”为题材的乡土小说①；20世纪

① 中国大陆叙述“土改”的乡土小说主要有赵树理的《邪不压正》(1948)，孙犁的《十年一别同口镇》(1947)、《秋千》(1950)，丁玲的《太阳照在桑干河上》(1948)，周立波的《暴风骤雨》(1948)，以及陈学昭的《土地》(1953)等。陈残云的《山村的早晨》(1954)，孙犁的《铁木前传》(1957)也涉及“土改”题材。这些作家作品几乎都是与“土改”历史同步的“时事叙述”。此后，茹志鹃的《三走严庄》(1960)，王西彦的《春回地暖》(1963)，梁斌的《翻身纪事》(1978)，陈残云的《山谷风烟》(1979)，马烽的《玉龙村纪事》(1998)、乔良的《灵旗》(1986)、张炜的《古船》(1986)、尤凤伟的《诺言》(1988)、刘震云的《故乡天下黄花》(1991)，苏童的《枫杨树故事》(1991)，池莉的《预谋杀人》(1991)，柳建伟的《苍茫冬日》(1994)、莫言的《生死疲劳》(2006)、关仁山的《麦河》(2010)等，也不断叙述“土改”，这些都是事后的“土改历史叙事”了。不同历史时期的“土改叙事”，有不同的历史认识和价值评判，叙事艺术上的变化也很大。

50～70年代的“合作化”和“人民公社”，直接催生了赵树理的《三里湾》、周立波的《山乡巨变》、柳青的《创业史》、浩然的《艳阳天》和《金光大道》、陈残云的《香飘四季》等乡土小说；20世纪80年代以来实行的家庭联产承包责任制等，直接催生了贾平凹的《腊月·正月》《鸡窝洼人家》和《浮躁》、高晓声的《陈奂生上城》、何士光的《乡场上》、张炜的《秋天的愤怒》等乡土小说。新世纪以来中国农村正在推行之中的“土地流转”，在杨廷玉的《花堡》和关仁山的《麦河》等少数几部小说作品中，得到了及时的反映。新世纪中国乡土小说的“主流”，似乎与政府的时政拉开了距离，不再像“十七年”“文化大革命”和“新时期”那样同步跟进，也不再与政府不断变化的农村政策保持思想统一，而是开始有了相对独立的认识与思考。杨廷玉的《花堡》和关仁山的《麦河》算是跟得比较紧的“主旋律”作品，但在有关“土地流转”“现代农业”和农村的出路等问题的思考与价值判断上，有许多自相矛盾和游移不定的地方。

对于中国当代不同历史时期的土地政策与制度，其成败优劣与历史局限，尽管不同时期不同作家的体验、认识、评价和文学叙述，显得千差万别，但在一些最基本的认识和评价上，则同中国社会的一般认识和评价相近。如，“土改”调动了农民的革命热情，巩固了新生的红色政权；“合作化”和“人民公社”将土地收归集体所有，废除土地私有制，集体劳动，按劳分配，就是为了走社会主义道路，也是为中国农业现代化迈出的第一步。但在实践中，出现了各种各样的问题，挫伤了农民的劳动积极性，束缚了农村生产力的发展，虽然防止了贫富分化，但也使农民陷入“共同贫困”之中；改革开放以来的农村家庭联产承包责任制，使农民释放出劳动生产的积极性，在一定程度上解放了农村生产力，初步解决了亿万农民的“吃饭问题”。但是，随着中国现代化进程的加快，农村家庭联产承包责任制下的家庭经营、分散劳动、生产方式原始、规模小、效益差及由此带来的“小农意识”等问题日益凸显出来，严重束缚了农业现代化的发展。为了克服这一制度的缺陷，深化农村经济改革，加快农业现代化的发展步伐，新世纪初中国官方和学界提出了“土地流转”，以之为实现农业现代化的新途径。

30多年前，邓小平对农村的改革和发展，颇具前瞻性地提出了“两个飞跃”的重要思想：“中国社会主义农业的改革和发展，从长远的观点看，要有两个飞跃。第一个飞跃，是废除人民公社，实行家庭联产承包为主的责任制。这是一个很大的前进，要长期坚持不变。第二个飞跃，是适应科学种田和生产社会化的需要，发展适度规模经营，发展集体经济。这是又一个很大的前进，当然这是很长的过程。”① “第一个飞跃”已经完成，“第二个飞跃”正在艰难起飞中。而要发展适度规模经营，就要先解决好农村的土地流转问题。所谓土地流转，依据国务院颁布的《关于深化改革严格土地管理的决定》（2004）等官方文件的规定及学界研究文献的有关解释，就是指土地使用权流转。土地使用权流转，是指拥有土地承包经营权的农户将土地经营权（使用权）转让给其他农户或经济组织，即保留承包权，转让使用权。也有的地方将集体建设用地通过土地使用权的合作、入股、联营、转换等方式进行流转，鼓励集体建设用地向城镇和工业园区集中。土地流转的核心是，在不改变家庭承包经营基本制度的基础上，把股份制引入土地制度建设，建立以土地为主要内容的农村股份合作制，把农民承包的土地从实物形态变为价值形态，让一部分农民获得股权后安心从事二、三产业；另一部分农民可以扩大土地经营规模，实现我国农业由传统向现代转型。对于土地流转制度的利弊，土地如何流转，土地流转过程中的“自愿性”“自主性”“独立性”和“公平正义”如何得以保证，与土地流转相应的现代农业经营模式有哪些问题等，社会各界的不同利益群体的看法各异，至今争论依然十分激烈。

与此同时，一些试验性的土地流转改革实践，也正在“试错”与逐步推行之中。对新生的土地流转和农业规模化经营现象，有论者做了肯定性的描述：“这些年来，农业生产力有了很大的发展，农村生产关系也孕育出一些预示未来的新萌芽。尽管这些新萌芽还很稚嫩，不太成熟，但其生命力不可低估，发展方向值得特别关注。这些农村生产关系新萌芽，具体表现在这样几个方面：一是土地经营大户应运而生。这是农户间生产要素的整合集中，具有鲜明的自发性和必然性。有的地方，初步实现了土地的适度规模经营，少则百八十亩，多则几百亩几千亩，少数大户经营土地超过了万亩。这种生产关系的新萌芽，没有动摇土地家庭承包制，但实现了土地等农业生产要素的高度集中，是土地家庭承包制体制内高度放量的‘升级版’。……五是土地股份制浮出水面。实际上，许多土地股份制还不算是严格意义上的土地所有权与经营权的分离，但也比较完整地引入股份制的机制。土地入股受到了一些农民的欢迎，因为土地的物权不变，农民继续拥有基本的生活保障，入股经营或入股合作经营，直接实现了土地规模经营，在把农民从土地上解放出来的同时，也提高了土地利用效益。”②

---

① 邓小平：《国际形势和经济问题（1990 年 3 月 3 日）》，《邓小平文选》第三卷，北京，人民出版社，1993，第 355 页。

② 刘维佳：《关注农村生产关系的新萌芽》，《农村工作通讯》2010 年第 11 期。

这些描述，可资参考。

关仁山以自己的长篇新作《麦河》，及时地加入有关土地流转的社会“热点”议题之中，以小说叙事的形式，表达了自己对土地流转问题的认识与关切。

关仁山的《麦河》以麦河流域的鹦鹉村为叙事对象，以其土地问题为叙述中心，以曹双羊和桃儿为主要人物，以大鼓书艺人瞎子白立国为全部故事的叙述者。故事内容有两个部分，一是鹦鹉村与土地问题有关的发展历史，二是鹦鹉村 20 世纪末至新世纪以来的土地流转与规模化经营问题，这两部分内容也就是小说的两条叙述线索。鹦鹉村从 20 世纪初到世纪末与土地问题有关的发展历史，是通过具有“通灵”能力的白立国叙述的，讲述了鹦鹉村的“土改”、“合作化”、“人民公社”、家庭联产承包责任制等土地制度的变迁，以及与之有关的爱恨情仇、悲欢离合。关仁山在小说中对鹦鹉村土地制度历史变迁的功过是非的认识与评说，与上文所述大致相同，在此不再赘述。《麦河》不惜花费笔墨纵向深度叙述鹦鹉村的土地历史，其目的还在于为鹦鹉村当下的土地流转和规模化经营提供特定的历史背景，为其注入新的历史内涵和意义。

鹦鹉村 20 世纪末至新世纪以来的土地流转与规模化经营问题，是《麦河》叙述的主要内容。作为一种全新的土地经营管理模式，曹双羊和白立国等农民自发主导的鹦鹉村的土地流转，主要有五个方面的实践问题。

其一，土地流转与“乡村能人”。土地流转主要是流向“乡村能人”，换言之，除开外来力量（乡村他者）不论，就需要土地流转的乡村自身而言，唯有“乡村能人”（本土利益代表者）才能担当起流转土地的重任。曹双羊就是这样一个“乡村能人”形象，一个“农村新人”形象，其在土地流转中的历史作用与意义，与当年梁生宝(《创业史》) 在“合作化”中的历史作用与意义大致相当。但曹双羊的个人品质尤其充满矛盾和内在分裂的文化性格与梁生宝有本质的区别：一是在某个意义上曹双羊是正在成长中的“新型资本家”，已表现出资本原始积累阶段的野蛮、凶残、狡诈和贪婪，其在土地流转和企业经营中的每一次成功或失败，都沾满了底层农民的血泪和汗水。二是曹双羊还有其农民本性中的坚韧、善良、诚挚和淳朴。他在依仗资本作恶的时候，又总是能在传统农民秉性的制导下行善。三是在善恶中挣扎的曹双羊，最终能浪子回头，由土地的掠夺者变成保护者，这是大地召唤的结果，他“要回到麦河，回到可以触摸和依靠的土地，陪伴着我的儿女，歇一歇老迈的身体，养一养破碎的心，安度晚年，直到化为尘土”①。曹双羊的人性回归，是土地战胜资本的结果，但这是最不靠谱的性格转变逻辑与原因，所以这只能说是关仁山在面对现实问题无解的时候，编造的又一个“神话”。

其二，土地流转与现代农业规模经营。鹦鹉村的土地流转就是为了进行现代农业的规模化经营，为曹双羊的麦河道场集团提供方便面生产所需要的小麦等原材料。鹦鹉村的土地规模化经营，已具有农业现代化的特点，在耕种项目的设立、生产管理、农业科学技术的应用、农业机械化、土壤性能的改造等方面，已与鹦鹉村传统的耕作经营方式有了天壤之别。譬如，在麦收时，收割机比传统人工收割高得多的效率，不仅降低了成本，而且有效地避免了恶劣天气可能带来的损失。再譬如，收割小麦前，“曹双羊又宣布了几条纪律。收麦子一律用收割机，剩下的麦茬儿不能撂荒，那样破坏环境，要深耕翻入土地当肥料。田里的人一律穿着工作服，在田里不能吸烟，不能撒尿，不能吐痰，严格按时间上下班。人们都议论开了。我听出来了，他是种地来的，但是管理方式完全是‘工业’的”②。

其三，土地流转与农民的土地权益和“小农意识”之间存在冲突。很多农民因为长期在变动不居的土地政策中吃亏上当，面对不怎么了解的土地流转，害怕失去土地，所以宁可抛荒土地，也不让土地流转。如何动员农民参加土地流转，关键还是继续完善相关土地政策和制度，健全法律，提升农民的现代农业意识、市场观念和自我保护能力等等。《麦河》中曹双羊解决问题的办法很多，主要是“义气、诚信、乡情”，如村民郭富九一直不加入土地流转，拒绝使用曹双羊派来帮助麦收的收割机。后来郭富九和自家的羊羔都患了病，被曹双羊碰上，曹双羊不仅把犯病的郭富九送进医院，还帮助他医治了病羊羔。这让郭富九非常感动，认为当年那个义气的曹双羊又回来了，终于动员家人加入土地流转。

其四，土地流转与乡镇企业相互保障、相互促进。鹦鹉村搞土地流转，是大部分村民的现实需要，因为外出打工的人越来越多，土地出现撂荒。同时，土地流转也是曹双羊的麦河道场集团的需要。曹双羊的麦河道场方便面厂急需面粉，除了到冀东平原收购小麦，每年还从美国进口小麦，如果搞了土地流转，工厂所需的小麦就可以就地解决了。

其五，土地流转与乡镇权力腐败之间的冲突。土地流转政策与制度的出发点是深化农村改革，解决“三农”问题，推进农业现代化。但是，腐败的乡镇权力会使正大光明的土地流转变成阴暗而残酷的新“圈地运动”，

① 关仁山:《麦河》,北京,作家出版社,2010,第401页。

② 关仁山:《麦河》,北京,作家出版社,2010,第21页。

制造新“三农”问题，危及农民的现实生存和社会稳定。《麦河》中曹双羊与县长弟弟陈玉文之间的斗争，一方面是资本与权力之间的冲突，另一方面也是阳光土地流转与腐败权力试图搞阴暗的“圈地运动”之间的抗争。

关仁山对上述这些问题的叙述，表明他把土地流转看成是解决中国农村和农业现代化问题的必由之路，也预见到土地流转过程中可能会出现一些社会问题，对解决这些问题的途径与方法做出了自己的思考。关仁山在《麦河》的后记中说，尽管自己一贯是个“写作快手”，“这部书却耗去了我三四年的时间，真正沦落成一个愚笨的人，这对于我是从没有过的”[①]。究其原因，在于《麦河》所叙述的土地流转与现代农业的规模经营，还是新生的社会现象，还在形成和发展之中，其成败优劣尚需实践检验，其功过是非还要等待历史作结。

费孝通曾言：“靠种地谋生的才明白泥土的可贵……乡下的‘土’是他们的命根，在数量上占着最高地位的神无疑是土地。”[②] 确如此言，土地就是农民的命根，没有了土地就没有生存的现实基础与保障。同时，土地是农耕生产活动的基础，没有了土地，就没有了耕作，也就没有了农业。在土地制度改革上，如何做到既保障农民的根本利益又能推进中国农业的现代化，已成为中国新老“三农”问题的命门。新世纪乡土小说的“土地叙事”，对中国近百年的土地问题做了历史的全程演进描述；对当前的土地新政进行了即时性的跟踪描写，表达了对土地历史的反思与现实问题的关注和思考。

二、人文地理资源与发展乡村旅游业

在发展农村经济多样性的新思考中，乡村旅游业被视为新兴产业与可持续发展的绿色经济，发现、开发利用各地特有的人文地理资源，借此发展各具特色的乡村旅游业，是中国各地有条件的乡村发展其经济的重要选项。国务院印发的《“十三五”脱贫攻坚规划》就把发展乡村旅游作为重要的扶贫方法，并做出相应的规划。在《湖光山色》中，周大新借薛传薪这个人物之口，介绍了西方发达国家发展乡村旅游的历史与经验，有着更为前瞻的发展眼光。他说：“欧洲的城市化就造成了农村的衰败，结果他们那儿的田园风光正在消失，农村的人口在迅速老化和减少，农地也在很快地荒原化和野生化，很多地方将变回野生地。现在他们开始担心，也许

---

① 关仁山：《麦河·后记》，北京，作家出版社，2010，第530页。

② 费孝通：《乡土本色》，《费孝通选集》，天津，天津人民出版社，1988，第87页。

在不久的将来，田园风光在欧洲将会成为回忆。”[1] 为了拯救农村和生态，西方大力发展乡村旅游。“西方开始乡村旅游是在上世纪六十年代，最早起源于西班牙，七十年代后，乡村旅游在美国和加拿大进入快速成长期。法国的普罗旺斯，意大利的皮德蒙特，英国的肯特郡，都是通过发展旅游业而使那里原本开始衰败的农村又兴旺起来。意大利塞萨诺的圣斯特凡诺村，在上个世纪初有一千七百名村民，可后来因为受城市的吸引村民逐渐进城，最后只剩下了一百二十四人。所幸有一名瑞典投资者对此地美景感兴趣，把村里的一个地段买下，还把一群中世纪建筑改建为酒店，令这小村成为阿布鲁佐省的重要景点之一，每天都有好多游人到此游览，也吸引了一些人在此定居。意大利还有一个名叫加贡扎亦的山村，一度荒弃，可后来得到一位意大利伯爵的帮助，现在已变成一个豪华的温泉旅游乡村。”[2] 从西方发展乡村旅游的经验可以看出，发展乡村旅游业，不仅是发展乡村经济、帮助农民脱贫致富的重要方法，也是拯救乡村和生态的办法，因为中国正走在城市化的道路上，不能重蹈欧洲的覆辙。这里所谓的用以发展乡村旅游的人文地理资源，其具体所指是多方面的。第一，历史文化古迹。如周大新小说《湖光山色》中的楚长城、楚墓葬及出土的文物、凌岩寺，就是楚暖暖开发利用的旅游景点。第二，具有独特地域文化色彩与民族文化色彩的物质文化遗产与非物质文化遗产。如迟子建小说《额尔古纳河右岸》中的鄂温克族聚居的山上营地，萨娜小说《伊克沙玛》中的艾乐家留在大兴安岭鄂伦春聚居地的老木克楞房子，就是游客们最爱去住的地方；又如郭雪波小说《大漠魂》中的蒙古族的萨满教宗教祭祀仪式及其所唱的“安代”歌，迟子建小说《额尔古纳河右岸》中的萨满所唱的各种神歌等。第三，山河湖海大漠荒原等自然景观。如周大新小说《湖光山色》中的楚王庄边的丹湖，丹湖里神奇的雾景；迟子建小说《额尔古纳河右岸》和萨娜小说《伊克沙玛》中的大兴安岭。第四，代表地域特色的动植物资源。如周大新小说《湖光山色》中的丹湖鱼，迟子建小说《额尔古纳河右岸》和萨娜小说《伊克沙玛》中的大兴安岭森林、驯鹿、熊等。下面，主要以周大新小说《湖光山色》为例，略做分析。

周大新的长篇小说《湖光山色》是以他自己的家乡为蓝本创作的，讲述丹江口水库边的楚王庄改革开放以来发生的一系列变化。故事的内容有两个部分，一是楚暖暖的人生与情感故事，二是楚王庄发展乡村旅游业从

---

① 周大新:《湖光山色》,北京,作家出版社,2008,第206页。

② 周大新:《湖光山色》,北京,作家出版社,2008,第208页。

而带动整个乡村经济和社会发展的故事，这两部分内容也就是小说中两条相互交织、相互影响的叙述线索。楚暖暖开创的楚王庄乡村旅游业，在她和她的创业伙伴们的共同努力下，虽然历经曲折，但最终做大做强，形成了以乡村旅游业为主业的“楚王一条街”，带动楚王庄和周边村镇的经济发展。同时，楚王庄人特别是参与旅游业的楚王庄年轻人，在与以城市文明为代表的现代文明的交流、碰撞和融合中，逐渐获得了过去少有的现代意识与文化人格。楚暖暖在历史学家谭文博的启迪、引领下开创和发展起来的楚王庄乡村旅游业及其带动起来的经济发展，值得注意和分析的，主要有如下几个方面。

其一，对乡村人文地理资源的重新发现与重新认识。周大新小说《湖光山色》中的楚暖暖、旷开田和楚王庄的部分人，对自己家乡的悠久历史略有所闻。如楚暖暖与旷开田的儿子丹根降生时正是端午节，邻居九鼎给在场的人讲端午节的来历：“人家屈原是楚国的大官，经常和楚王在一起喝酒吃馍，有时也一起看女人跳舞，后来为一些事和楚王闹了别扭，加上奸臣挑拨，就不受楚王待见，不让他在朝里做事了；之后他就在楚国里四处走，据说还来过咱们楚王庄一带。”[①] 虽然约略知道一些与楚王庄有关的楚国历史，但不知道这些历史与今天的生活有什么联系，有什么价值。楚暖暖在带历史学家谭文博到山上考察楚长城时，楚长城在她眼里就是一道无用的石头墙，她一再好心提醒谭文博，“它已经没有任何用处了”。虽然谭文博告诉她，楚长城确实“已经没有任何使用价值了，可它有研究价值”[②]，但楚暖暖对谭文博的话没有什么感觉，依然没有意识到有两千三百年历史的楚长城对她和她的家庭来说有什么用。旷开田也是如此，他带从天津大学来的两位历史专业研究生去看楚长城时，内心也在犯嘀咕：“真是鬼迷了心窍，花这么多的钱跑这样远的路来看一道倒塌了的石墙，有他娘的啥用处？放着那些钱在城里下馆子吃油条喝胡辣汤看电影多好！”[③] 直到又接待了来自湖南的四位大学生，又因此赚了一笔钱后，楚暖暖才开始意识到楚长城作为楚国历史古迹的商业利用价值，于是扩建房屋，逐渐办起了主要接待历史专家学者和游客的家庭旅馆“楚地居”和个体旅游业。由此推而广之，楚暖暖对楚王庄附近的凌岩寺、丹湖、溶洞等旅游景点的价值有了新的发现和认识，不断增加旅游景点，扩大旅游范围，也就不断提高了因提供旅游服务而带来的经济收入。楚暖暖、旷开田

---

① 周大新:《湖光山色》,北京,作家出版社,2008,第 50 页。

② 周大新:《湖光山色》,北京,作家出版社,2008,第 95 页。

③ 周大新:《湖光山色》,北京,作家出版社,2008,第 102 页。

从对家乡人文地理资源及其价值的懵懂无知，到对其作为旅游资源的经济价值与作为历史古迹的文化价值的认识和充分利用，是历史学家谭文博和学历史的青年学生启蒙引导的结果。他们不仅教授给楚暖暖、旷开田相关的历史知识，还在双方建立的有偿服务关系中让楚暖暖、旷开田逐渐有了服务收费和收费服务的商业意识。在这个过程中，楚暖暖、旷开田从以“帮助人”即“无偿服务”为美德的传统道德人，逐渐变成了以“有偿服务”为正当行为的现代商业人，这个变化的意义是巨大的。

其二，发展乡村旅游业，需要本地领军人才，同时给当地农民提供就业机会。周大新小说《湖光山色》中楚王庄旅游业的开创者和领军者楚暖暖是楚王庄本地人，只受过高中教育。她能从一次帮助别人的善举中发现商机，并将一线商机逐渐发展成为带动一方的旅游业，其原因有几点：第一，有超越本村同辈人的个人禀赋。楚暖暖自小聪明，7 岁时就能想方设法把在丹湖中打鱼患病的父亲救上岸，能在常人熟视无睹的地方看到问题，看到机会，找到解决问题的办法，这些都是她的恋人和丈夫旷开田不如她的地方。第二，楚暖暖不仅思维敏锐，眼光独特，有组织和管理才能，而且特别善于学习。譬如，在家庭旅游业还处在起步的阶段，楚暖暖就开始学习与楚长城、凌岩寺、楚王庄等有关的历史知识，当导游时说得头头是道，不仅吸引了游客，就“连站在一旁听的开田也有些意外，低声对暖暖道：没想到你的嘴变厉害了，说起来头头是道。暖暖笑着说：咱如今既是干了这一行，就得学着练练嘴。告诉你，为了说这些话，我可是看了几本书哩”①。第三，在北京打工的经历，不仅给了楚暖暖与城里人打交道的经验，而且给了她不同于楚王庄人的胸怀、看问题的眼光与处理问题的方式。第四，现实的经济困境，使楚暖暖有寻找赚钱机会的强大动力。楚暖暖与旷开田第一次做的是农药生意，因受骗买了假农药，连累同村人受害，遭受巨大经济损失。为了守住自己的“人情信用”，楚暖暖需要找到赚钱机会多赚钱，以赔偿乡亲们因使用假农药而遭受的损失。在多次接待历史专业师生后，逐渐意识到这是赚钱门路，从而将其发展成为旅游业。第五，有带领乡亲们共同富裕的念想，这是楚暖暖办乡村旅游业取得初步成功后形成的。其原因有以下几点：首先是对曾经帮助过她的青葱嫂等人的感恩；其次是具有乡村传统色彩的处理人际关系、利益关系的度量和智慧，只有带着大家一起致富，才不致遭人妒忌，招致无妄之灾，事业的发展才是安全的；最后，楚暖暖为了保护乡亲们的正当利益，在与薛

① 周大新:《湖光山色》,北京,作家出版社,2008,第 139 页。

传薪所代表的大资本进行斗争时，逐渐有了替乡亲们代言的社会责任感，有了“农村新人”的精神特质。楚暖暖在不断扩大自家旅游业规模的过程中，给不少乡邻提供了工作机会，同时也给无法安排工作的乡亲们出主意、想办法，办起了一系列与旅游业相关的产业，从而带动了楚王庄及附近乡村的经济发展。在楚王庄发展乡村旅游业，如果没有楚暖暖这样既有能力又有善心和公心的领军人物是不行的。

其三，乡村旅游业在发展过程中，其经营管理方式需要不断转型升级，也需要保护乡村人文地理资源权属者的正当利益。周大新小说《湖光山色》中以楚暖暖为代表的乡村旅游业，经历了三个不断转型升级的发展阶段。第一阶段是家庭经营模式。楚暖暖把自家住房改成家庭旅馆，夫妻二人分工处理导游工作与客人的食宿服务工作，客人多时再请家里人或亲戚来帮帮忙，尚没有形成明晰的旅游业想法和经营方法，有限的几次接待客人的赚钱机会，都是机缘巧合的结果。第二阶段是公司经营模式。在与村主任詹石磴的冲突中，楚暖暖得到了历史学家谭文博和县文化局及律师和法院法官的帮助，突破了詹石磴以村主任权力所做的不准经营旅游业的限制，与县文化局合作，办起了南水美景旅游公司，按照现代公司经营模式进行经营管理，在发展旅游业的同时，负有保护楚长城等历史古迹的责任。第三阶段是股份公司合作经营模式。楚暖暖、旷开田的南水美景旅游公司与省城来的五洲旅游公司合作，在楚王庄办起了合股经营的度假屋“赏心苑”，“五洲公司负责投资三百万建设新的旅游度假房舍，包括房内装修和室内木器家具与电器；南水美景公司负责提供建设新设施所需的土地；然后合作经营，经营利润按六比四的比例分成，五洲旅游公司得六，南水美景公司得四”①。在合作经营的过程中，楚暖暖一方面看到了大公司全新的经营管理模式，另一方面又看到了外来大资本对本村乡亲利益的不断侵蚀，于是对代表省五洲旅游公司的赏心苑经理薛传薪的扩张计划、经营策略等表示反对并极力劝阻。薛传薪收买、腐蚀、勾连村主任旷开田，合力把楚暖暖挤出了赏心苑。没有了楚暖暖的阻力，薛传薪与旷开田官商勾结，强拆赏心苑周边的民房，肆意侵害乡邻的利益，暴露出资本逐利的本性，也暴露出腐败权力与商业资本勾连的社会危害性。由此传达出的启迪意义是，引入外来大型旅游企业、外来大资本助力乡村旅游业的发展是一柄双刃剑，即既能够推动乡村旅游业的发展，但也可能压制本地旅游业，侵害乃至掠夺本应属于人文地理资源所在地乡村和农民的利益，最

① 周大新：《湖光山色》，北京，作家出版社，2008，第212页。

终使当地旅游资源和乡村经济遭到意想不到的破坏。

其四，学习现代经营管理，推进乡村旅游业经营管理的现代转型，也是推动乡村社会现代转型的一个方面。周大新小说《湖光山色》中在合资旅游酒店赏心苑正式开业前，薛传薪要求楚暖暖招收40位员工到省城五洲公司的四星级酒店去培训，并由楚暖暖带队。对此，楚暖暖表示不解，旷开田也表示反对。薛传薪说服他们的理由是“既然和我们五洲公司签了合同，就要按合同办事，你们作为一方经理，若不懂成本核算不懂税率计算不懂员工管理，那我们还能赚着钱？你们有孩子可以请人来照看嘛！你们又想赚钱又不想付出，那怎么可以？”及至到了省城，进了培训他们的清明大酒店，楚暖暖才知道，“这是一个难得的学习机会，当初在北京打工时一心想学门本领，可到底也没找到机会，现在机会送到了面前，应该紧紧抓住。她耐心地听韩姐讲解，仔细地观察韩姐处理事情的技巧，认真地在本子上记下各项须死记的东西，细心地体会那些规范、制度、程序、准则得以制定的道理。这是一个她从未接触过的天地，她虽然管过楚地居，可那种粗糙的管理根本不能和这种科学的管理相比，这里一个工作人员的语言技巧，就分体态语言和表述语言两种，在体态语言上，要求表现出精神、含蓄和亲切；在表述语言上，要求在语音、语调、语气、语速和语句五个方面给予注意。这让她觉得新奇而有意思，因此越学越有兴趣和兴致。除了韩姐教给她的，她还去街上的书店里买来了《现代宾馆饭店管理操作规范》来读，主动找前厅部经理了解礼宾服务、行李服务、总台接待服务和前台收银应注意的各种问题；找客房部经理了解客房管理中常见问题的处理；找餐厅部经理了解餐厅和厨房的管理技巧；找康乐部经理请教开展哪些康乐项目最好；找财务部经理学习内部结算、稽核和现金控制的办法；找保安部经理请教意外情况的处置主意……那位韩姐见暖暖学得如饥似渴，不由得由衷地夸赞道：你是我带过的最好的学生！全省各地的宾馆饭店每年都有人来跟我学习，但像你这样踏实认真学东西的人，少见！”[①] 等到学成归来，周大新小说《湖光山色》有一段这样生动有趣的叙述与描写：

> 楚王庄小码头上的人依旧不多，暖暖领着四十个身穿板正制服的年轻人上岸之后，最先看见的麻老四竟没有认出他们是谁，只是瞪大眼新奇地看着他们，直到暖暖叫了他一声四哥，他才看清，才惊叫了

① 周大新:《湖光山色》,北京,作家出版社,2008,第225页。

一声：嗬，是暖暖你们哪！我还以为是来了啥子队伍哩。在码头上卖杂货的夕川惊奇地叫：我个娘呀，你们出去这样短的时间可就全变了样了！暖暖让大家排成两队，整齐地向赏心苑走，村里的大人娃娃相继围了过来，都是一脸的新鲜。那一刻，暖暖忽然间在心里明白，人经过训练，是可以改变的。二十天前，我领走的是一群年轻农民；经过清明大酒店的培训，现在，我领回的是两队年轻的员工。下一步，我也该对在楚地居做事的人进行一回培训。①

这段叙述与描写是意味深长的。确如楚暖暖“忽然间在心里明白”的那样，“人经过训练，是可以改变的。二十天前，我领走的是一群年轻农民；经过清明大酒店的培训，现在，我领回的是两队年轻的员工”。

其五，乡村旅游业对乡村地方经济的发展具有带动效应。周大新小说《湖光山色》中的楚王庄，以楚暖暖为带头人的旅游业对整个楚王庄及周边村镇产生了程度不同的带动作用。楚暖暖家的旅游业还处在不自觉的家庭经营阶段时，与楚暖暖、旷开田比较亲近的亲戚、朋友、村邻就被带动起来。譬如青葱嫂丈夫受伤致残，家庭经济没有来路，家庭陷入贫困，楚暖暖请她到楚地居做厨师，开最高标准的工资，对朋友切实地起到了扶贫帮困的作用。随后，邻居麻老四到楚地居当导游，有了一份收入。楚暖暖父亲、朋友九鼎的渔船也加盟楚地居，他们的渔船被改装成旅游船，带游客看丹湖雾景，收入也是过去打鱼的数十倍乃至数百倍。此外，还聘请了一些楚王庄的人在楚地居做各种服务工作。这一阶段，楚暖暖不仅让自己和家人完全走出了昔日的经济困境，而且让相当一部分楚王庄人跟着有了过去难以想象的经济收入，走出了贫困，改善了生活条件。第二阶段，即楚暖暖、旷开田办南水美景旅游公司的时候。在原来的看楚长城、观凌岩寺、看丹湖雾景等旅游项目之外，又增加了采摘园项目，让有条件的楚王庄农户都加入采摘园项目，将传统农业商业化，这是最重要的拉动村民发展传统农业经济的举措。此外，捐资助学，搭建旅游杂货棚户，几乎惠及全村人，这让楚王庄人由对楚暖暖、旷开田的羡慕妒忌恨转变为真心的敬重。第三阶段，即楚暖暖、旷开田的南水美景旅游公司与省城五洲旅游公司合办楚王庄旅游酒店赏心苑阶段。虽然在合作过程中经历了很多风波和曲折，但对楚王庄和周边村镇经济发展的拉动效应是更大的。譬如，新增加的《离别》旅游表演项目，村民参加人数众多，参加者均有表演收入。

① 周大新：《湖光山色》，北京，作家出版社，2008，第226页。

再如，在楚暖暖的帮助下，楚王庄人纷纷办起了各种具有民俗特色的饮食服务摊点，如九鼎家的“鱼宴馆”、麻老四家的“莲子羹店”，如此等等。最后，楚王庄建起了“楚国一条街”。楚王庄不再是过去困在山下湖边的无名村庄，已然发展成了远近闻名的旅游重镇。由此而言，对于有特定人文地理资源的地方，乡村旅游业拉动当地经济发展的作用是巨大的。

其六，在接受城市文明与新道德影响的同时，维护乡村传统美德。乡村旅游业，不仅关乎乡村经济发展，也会对乡村文化、伦理道德等带来深刻的影响。以楚暖暖为带头人的楚王庄旅游业，在发展的第一阶段和第二阶段，总体上是在现有法律和传统道德所许可的范围内展开业务活动，并在这个过程中继承和发展了邻里互助等传统道德的精华部分，讲究“人情信用”；同时，也在与前来旅游的“陌生人”的交往过程中，逐渐萌生出市场经济所要求的一些新道德，如商业信用、契约精神、竞争意识、效率观念、服务意识等等。但在发展的第三阶段，在薛传薪、旷开田的勾连下，合资经营的赏心苑旅游酒店暗中引入既违法也丧德的色情服务项目，把楚王庄及外村的青年女性乃至部分男性带入歧途，败坏了楚王庄及当地乡村的社会风气。楚暖暖对此予以坚决的斗争，虽然在金钱、权力的双重作用下，楚暖暖的斗争最初总是遭遇失败，但最终引起了上级公安机关的注意，使薛传薪、旷开田受到了法律的惩罚，让楚王庄被败坏的道德得到了一定程度的修复。楚王庄的旅游业、旅游经济不仅没有因此受到什么影响，反而进一步发展壮大。这表明，发展乡村旅游与旅游经济，并不一定要以牺牲乡村社会的公序良俗作为代价。

综上所述，周大新在小说《湖光山色》中围绕乡村发展旅游业所做的思考，应该说是全面、深入乃至专业的。其所思考的很多问题，至今还是正在发展中的乡村旅游业没有解决或者没有解决好的。

三、农产品商业化与农商观念冲突

在新世纪乡土小说的农村改革叙事中，既有上述对土地制度变革、农业规模经营、农业机械化等农业现代化的新思考，又有对发现利用乡村人文地理资源发展乡村旅游经济从而带动乡村经济发展的思考，也有对改变农商观念推进农产品商业化，从而拉动乡村经济发展的思考，如贾平凹小说《秦腔》、胡学文小说《目光似血》等就是这方面的代表。其观察和叙述的乡村农业经济发展现象以及对相关问题的思考主要有如下几个方面。

其一，商业观念与传统农业观念的冲突。在贾平凹小说《秦腔》中，新任村支书夏君亭与老村主任夏天义之间的矛盾冲突，首先是发展观念的冲突，具体表现为在清风街连结312国道处建农贸市场与在七里沟淤地之间的对立与冲突。老村主任夏天义信守的是传统农业观念，珍视土地，一方面要保护清风街现有的土地不被糟蹋，另一方面又在清风街的七里沟淤地，意图通过淤地来扩大清风街的土地面积。夏天义最基本的思想是“土农民，土农民，没土算什么农民”，新任村支书夏君亭反对淤地：“淤什么七里沟，淤了三年，淤成了没？就是淤成，能收多少庄稼？现在不是粮的问题，清风街就是两年颗粒不收也不会饿死人；没钱，要解决村民没钱的问题。”① 他认为“解决村民没钱的问题”，最好的方法就是在清风街建农贸市场，通过农贸市场把清风街和周边六个乡的农产品变成商品卖出去，农民通过卖农产品获得收入，清风街村集体通过收农贸市场管理费来获取收入，做到村集体与农户双赢。为此，他决定修建清风街农贸市场。他在村委会上说：“我对农贸市场的期望很高，一想起来，自己都激动得要哭!”② 夏君亭的想法一开始并没有得到村干部们的支持，有人甚至委婉地表示反对。反对者们是支持老村主任淤地的，如秦安、赵宏声、上善等。上善劝解夏天义时即言：“一朝天子一朝臣，世事到了君亭这一层，是瞎是好让他弄去，是非曲直自有公道，即便一时没公道，时间会考验一切的。你当年淤地，那么多人反对，这才过了几年，大家不又都念叨你的好处吗?”③ 就连“引生”这样的“半疯子”也是反对建农特产贸易市场的。他见人就说：“知道不，君亭要建农贸市场呀，这不是胡闹吗，那几十亩地是插根筷子都开花的肥地，说糟蹋就糟蹋呀?!”④ 双方冲突的最终结果是，夏君亭带领人建起了清风街农贸市场，并不断发展；夏天义带领哑巴、引生等人在七里沟淤地，最后毁于一场泥石流，夏天义也在泥石流中葬身。这样的结果，既有现实的基础，但也是叙事者价值立场的一种表达。

其二，建设农特产品批发市场、蔬菜站等，探索合适的经营管理方式。贾平凹小说《秦腔》中的夏君亭领头建起了清风街农贸市场，胡学文小说《目光似血》中的杨文广在本村建起了蔬菜站。比较而言，杨文广在本村建蔬菜站，是个体商业行为；夏君亭领头建清风街农贸市场，则是村集体商业经济行为。在夏君亭的努力运作下，清风街建农贸市场得到了乡政府和县商业局的支持，农贸市场举行开业典礼时，副县长亲自来剪彩。农贸市场建在“中街和往东街拐弯处，也就是去乡政府的那一块三角地”，

① 贾平凹:《秦腔》,北京,作家出版社,2005,第81页。
② 贾平凹:《秦腔》,北京,作家出版社,2005,第81页。
③ 贾平凹:《秦腔》,北京,作家出版社,2005,第107页。
④ 贾平凹:《秦腔》,北京,作家出版社,2005,第95页。

那里紧挨312国道，车流量大，方便集散方圆六个乡的农特产品。农贸市场有旅社，方便南来北往的客商、货运司机食宿；有防雨棚，有水泥做的200多个摊位，方便摊位租赁者经营，是一个比较“现代”的农产品经营场所。在经营管理上，农贸市场设有“市场管理委员会”，把清风街传统的七天一集的交易习俗改成日日开市。按照摊位收摊位费，按照每个摊位每天的实际营业额收税费和管理费。在中国农村改革开放的初期，夏君亭的这些做法是极有创意的。至今，中国乡村农贸市场的基本做法依然如此。

其三，面对走向市场遇到的新问题，农民们需要在实践中重新学习，这是无法绕过的环节。贾平凹小说《秦腔》中的清风街农贸市场在开办之初，生意兴隆过一段时间，但经营过程中也遇到了很多困难，通过农贸市场把当地农产品商业化，需要解决的问题很多。其间，由于经营不善，一些摊位被摊主们转让租赁，债务不清，矛盾很多。如小说中有这样的叙述和描写：

> 农贸市场的摊位上堆满了洋葱、土豆和莲花白，收购商反复地说明原定了多少货就收多少货；人们不听他的，只是一股脑儿地把自家的菜全弄了来，还从四周邻村也倒贩了一些，都想一下子卖给收购商。但是，从头一天后晌就在等候的运货大卡车，过了一夜和两个半天仍是没有踪影。……但上善依旧在收取摊位费，好多人就又和上善对上了，高一声低一声话越说越难听。市场上的摊位自建立后，摊主已经倒换了几次，撤走了一批，立即又有一批进来，退让的知道那是个水坑，一进去扑通就淹没了，要进来的却希望那水里有着鱼，手一摸就能抓上来几条。书正的媳妇后悔买了摊位，又收了莲花白太多，声明谁买她的摊位就连那些莲花白一块买去。没人肯上她的当。①

这里出现的问题既是中国农民在走向市场化的过程中必然会遇到的，也是他们运用过去的经验难以理解和解决的，因而需要在新的商业实践中重新学习。面对新的问题、新的困难，夏君亭想到的解决办法就是动用清风街的人脉资源，积极寻找买家，主动寻找和创造市场。夏君亭找到在高巴县当副县长的夏中星帮忙，给积压在清风街农贸市场上的那些土特产和蔬菜寻找出路。在夏中星的运作下，“高巴县的大卡车来了三辆，收购了农贸

① 贾平凹：《秦腔》，北京，作家出版社，2005，第420页。

市场上差不多的蔬菜和土特产，清风街上人人欢声笑语”。“‘君亭走高巴’一事，这件事成为一宗美谈，乡长在几个会议上都作为典型表扬过这事。”需要在这里提及的是，夏君亭解决问题的方法，虽然非常有效，但不是“市场经济”的方法，要找到长效的方法，显然还需要不断学习和创造。

其四，农贸市场在农产品商品化过程中的作用是巨大的，对当地乡村经济的拉动作用也是非常大的。如贾平凹小说《秦腔》对清风街农贸市场的经营盛况有这样的叙述和描写：

> 农贸市场……成百个货台上全有人摆了货，惹得312国道上来往的车辆都停了下来，乘客买了这样又买了那样，大包小包的，像是来了一群蝗虫和土匪。陈星在市场上也有一个摊位，虽然没有苹果出售，却事先到南北二山收购了木耳、黄花和蕨菜，还有三十六只土鸡，十二只兔子。帮他照料摊位的是翠翠。陈星鬼机灵，拿着他的吉他，一边弹拨一边唱歌，顾客就招揽得多，竟把所有的山货全卖了。喜欢得坐在货台上数钱，钱是一大堆零票子，蘸一口唾沫数一张，就把一卷子要给翠翠，翠翠不要，陈星便拉了领口将钱塞到了她的胸罩里。①

小说叙事者借小说中人物丁霸槽的口，对农贸市场的发展前景及对当地经济的拉动作用做了这样的分析：“这市场开办后清风街将来会有多少流动人员……市场上有三分之一的人来自四周乡镇，这个数目当然还少，但清风街肯定会逐渐形成县东地区最大的农特产品集散地，因为国家政策优惠，君亭又不是个平地卧的，而且开业典礼林副县长亲自出席，可见县上会重点扶持，所以说市场还可能扩大。现在是农贸市场，将来会不会扩大有中药材市场、小商品市场和农耕生产资料市场也说不定。”② 比较而言，胡学文小说《目光似血》中杨文广办的蔬菜站，对自己所在的村庄及周边乡村经济发展的拉动作用，虽然没有清风街农贸市场那么大，但也是不可小觑的。在经营过程中，杨文广所在村庄的村民不讲商业信誉与市场规则，用“人情信用”压制“契约精神”，在商业行为过程中对杨文广提出了基于“人情信用”的不切实际的不赚钱的要求，反而导致“双输”的结果。毫无疑问，这是中国乡村在走向商业化、市场化的过程中会遇到的问题，而且是比较普遍的问题。

---

① 贾平凹:《秦腔》,北京,作家出版社,2005,第186页。

② 贾平凹:《秦腔》,北京,作家出版社,2005,第201～202页。

四、庭院经济与传统农业的发展

这里所谓的庭院经济，泛指农户以自家房前屋后以及周围的闲散土地以及承包地和水域等，进行种植、养殖、手工业等经济生产活动。庭院经济形式多样，适应性强，商品率高，对劳动力、资本及技术要求相对较低，可以根据资源优势及市场需求的变化，灵活经营。在一些农村地区，庭院经济仍然是农民脱贫致富的门路，在传统农业经济发展中起着重要的作用。在新世纪乡土小说中，写到乡村庭院经济的作品不少，如孙惠芬的长篇小说《歇马山庄》、周大新的长篇小说《湖光山色》、荒湖的长篇小说《魔庄》、夏天敏的中篇小说《好大一对羊》、向本贵的中篇小说《山高路长》、朱山坡的小说《米河水面挂灯笼》等，都有对中国乡村发展庭院经济并带动传统农业发展的观察、叙述、描写和评价。这里，以孙惠芬的长篇小说《歇马山庄》为中心，略做分析。

孙惠芬长篇小说《歇马山庄》中的叙述者，对中国乡村庭院经济的发展有这样的描述："庭院经济的发展在中国农村大地如雨后稻苗节节拔高，在外面世界风传某某乡村因为大力发展庭院经济，使一屯一村一乡人均收入达到两三千元时，歇马山庄也不知不觉被卷进这骚动的浪潮中。"① 小说主角之一的程买子，当上村长后的目标有两个：一是让歇马山庄的人富裕起来，二是发展村里的经济，把在外面打工的歇马山庄人都吸引回来，因为"到外边出民工，那是苦力……那些民工住的吃的，那不是人过的日子。咱山庄女人常年守寡，那不叫日子！"② 改革开放后，庄稼人不一定非得往外奔。村长程买子实现目标的经济发展策略主要有两个：一是发展村工业，二是发展庭院经济。

村长程买子所发展的歇马山庄村工业就是制砖，专门制造配方独特的雁尾砖和地面砖。"以地面砖为生产项目的村工业正在歇马山庄地面上轰轰烈烈办起，各小队考不上初中和高中的青年总共四十人组成了一支乡村首批工人队伍，卫生所旁的原铁匠铺拆掉，改为砖场办公室，而真正的砖场则建在后川沙地旁边的一条黄土沟边，那里取沙方便，交通也四通八达。"程买子发展村工业，得到上级和村民的普遍支持，"歇马山庄村民对买子办村工业倾斜了更多的感情，后川五六个女人在用力气换回百八十斤苹果之后，联手到村部去找买子，要买子多建几个砖厂，多闯几条路子，

---

① 孙惠芬:《歇马山庄》,《当代》1999 年第 5 期。

② 孙惠芬:《歇马山庄》,《当代》1999 年第 5 期。

说男人年末回来，就不让他们再走了”[1]。在发展歇马山庄村工业的同时，程买子大力推动本村庭院经济的发展。在小说《歇马山庄》的叙述中，村长程买子所主导的歇马山庄庭院经济则有些曲折，不那么顺利，其发展过程有如下几个方面的特点。

其一，发展庭院经济，带动乡村传统农业发展，助力农民脱贫致富，是由县、乡、镇各级政府逐级组织推动的。在孙惠芬小说《歇马山庄》的叙述中，村长程买子参加过几次县里组织的三级干部经验交流会，还参加过几次镇里的动员会，在会上听过有关发展庭院经济的经验介绍，由此“从心底认识到，发展庭院经济和发展乡村工业一样重要，家种药材，家养畜禽，家种食用菌滑子蘑……上边外贸在乡下大批量收购加工出口。事实证明，他最初房无一间地无一垄，在山崖口脱坯造砖也是一种庭院经济。只是他当初为生存所迫急中生智”[2]。可以比照的是，夏天敏小说《好大一对羊》中的发动农民养羊，也是政府行为，从行署、县乡再到村，逐渐推动。只是项目选择不切实际，养外国羊的扶贫工程变成了面子工程、政绩工程和官场马屁工程，导致被帮扶的农民陷入更大的困境。

其二，村干部带头搞庭院经济。村长程买子在村里做了几次动员工作，但“发动之初，村民们兴趣索然，以为那如果不是屋檐掉馅饼就是拿钱扔高玩儿，要是人人都能种出药材，要是人人都能种出蘑菇，国家就不要医院——在村民的意识里药等于医院；农民也不用过年——在歇马山庄，只有过年才可以吃上小鸡炖蘑菇，水库四周山野中的蘑菇一年统共才有几百斤；猪鸡鹅鸭世世代代也没断了饲养，没见谁家靠它发财。后来，买子把村委划分三个小组，每组承包两个小队，天天下屯开会发动，有些人小声说，要好你们当头儿的怎不带头试试?”[3] 村长程买子听到反映后，就决定让干部们带头，让“村委每人每年必须种滑子蘑三千帘，小队队长两千帘，一般村民一千帘，技术村里负责统一传授。于是全村六百多户总共上报十七万帘，男人出民工的女人上报格外积极，她们一方面通过村工业的成功看出买子是个能成大事的人，一方面指望，明年开春留住男人——如果按一帘净赚两块钱计算，一千帘两千块钱，两千帘就是四千块钱，是男人出一年民工的全部工钱”[4]。

其三，树立发展庭院经济的典型，作为农民发展庭院经济学习的榜

---

[1] 孙惠芬:《歇马山庄》,《当代》1999 年第 5 期。

[2] 孙惠芬:《歇马山庄》,《当代》1999 年第 5 期。

[3] 孙惠芬:《歇马山庄》,《当代》1999 年第 5 期。

[4] 孙惠芬:《歇马山庄》,《当代》1999 年第 5 期。

样。村长程买子树立的典型是村民古本来。古本来是村里搞庭院经济的一把好手，他对前来动员他的程买子说："你看这排榆树，长成一扎卖椽头一棵树卖一百元，五年就成材，我这房前屋后一共六十棵，咱山庄山地多房屋稀，哪家房前屋后不止栽五六十棵？按五十棵算，五年五千元一年就是一千元，还有这沟边这地边，我那是二百棵树，这沟边地边埋的都是钱，要紧的不是那块沙地谁包，是赶紧发展果树，我这果树三年坐果，一个庄稼人有一百棵果树，一年弄万八千不成问题。"[1] 古本来的庭院生意经，让程买子自叹弗如。为了把古本来这个榜样树起来，乡镇领导推荐古本来为市人大代表，要古本来填表。这让程买子雀跃，也让古本来大为意外，深感不安。对此，小说有这样的叙述和描写：

> 买子拿了一只苹果咬了一口，然后从兜里掏出那张表格递给古本来。古本来拿到手里看了两眼，突然怀疑地盯着买子，好像买子是在耍他。买子不语，故作什么不知地吞着苹果。古本来沉不住气，说你不是在耍我，叫我当人民代表？买子说对，就叫你这样雇人种地、请老师客送老师礼的人当人民代表。买子的话有着调侃的意味，可是在古本来听来就是一种讥笑和讽刺。他把表格递给买子，说你小子耍我老头，你以为我不识好孬，那代表是我当的？买子见古本来真在怀疑，就认真起来，说本来叔，镇上耿人大说今年上边专要多种经营搞得好的农民代表，你当之无愧。跳进果园的日光再一次透过艳红的苹果，将斑斓返照在古本来脸上，肉球在闪烁的光线里颤动了两下，古本来摊平表格，认真地重看一遍，之后嗵一声就跪下，冲着果园的山岚，连磕响头，边磕边说：老天保我平安！老天保我平安！[2]

古本来对突如其来的政治待遇没有欣喜之情，而是深感不安，祈求老天保佑。这段心理描写是意味深长的，这里不再申论。古本来在村里本来就有人缘，被选为人大代表，就更能起到发展庭院经济的榜样作用了。

其四，重新承包村里的沙地，把村民种植不好的 50 多亩沙地的承包权，流转给庭院经济能人古本来。这表明，即使发展庭院经济，最终也会涉及农村最为敏感的土地问题。好在村民对付不了沙地，收益不高，都视自家承包的沙地为包袱，加之古本来给的赔偿费比较合理，这次重新承包才比较顺利。土地的连片使用，让古本来有了进行规模经营的可能。古本

① 孙惠芬：《歇马山庄》，《当代》1999 年第 5 期。

② 孙惠芬：《歇马山庄》，《当代》1999 年第 5 期。

来从镇多种经营办公室那里获得启发，不像村民习惯做的那样，在沙地里种山芋，而是改种灵芝草。第一次种灵芝草并不成功，没有达到收购的标准。古本来将不合格的灵芝草改做酿酒的原料，把不利变为有利，从困境中探索庭院经济发展的新路。中国乡村发展庭院经济，确实需要像古本来这样的乡村能人作为典型和榜样。

上述四点，在中国乡村发展庭院经济的过程中基本上都会重复出现。因而，也可以说，孙惠芬笔下的歇马山庄，其庭院经济的发展算是中国乡村发展庭院经济的一个缩影。

新世纪乡土作家对中国农业现代化与农村经济发展的新思考，有其深厚的现实基础与迫切的现实需要。上述四个方面，亦即改革土地制度，把土地所有权、承包权和使用权区别开来，放活使用权，为农业现代化亦即规模化、机械化、工业化、市场化经营提供制度保障；在有特定人文地理资源的地方，发展乡村旅游业，以此拉动当地经济的发展；改变传统农商观念，在有条件的地方，通过建立农贸市场、蔬菜站等方式，推动农产品商品化，从而带动乡村农业经济的发展；还可以在不适合规模经营的地方，利用一切可以利用的自然资源、人力资源，发展庭院经济，搞多种经营，为农民脱贫致富寻找灵活多样的路径。毫无疑问，这四个方面并不是新世纪乡土小说有关中国现代化与农村经济发展的新思考的全部，而是最具代表性的四个方面。这四个方面的思考，折射了中国乡村社会经济发展的丰富复杂的现实，达到了一定的高度、深度和广度，有的还具有社会历史发展的前瞻性。

第五章　新世纪乡土小说的叙事形式与文体实验

新世纪乡土小说在聚焦中国农村变革，反映农民、农村和农业从传统走向现代的同时，其自身的艺术形态与叙事方法也为了适应再现和表现变化中的叙事对象的需要，同步发生了一些新的变化。其叙事形式上的变化是多样的，有叙述方面的，如叙述者的选择、叙事时间与叙事空间的设置、叙事话语与非叙事话语的运用等；有故事方面的，如人物类型与人物关系的设置、情节结构的安排、叙事语法及“二元对立”模式的运用等，都出现了值得注意和分析的新变化。还有一些作家，如莫言、阎连科、刘震云、余华、红柯等，其乡土叙事比较“另类”，其叙事旨在以“另类形式”讲述“关于一个人和个人经验的故事时最终包含了对整个集体本身的经验的艰难叙述”①。在这些寓言式的讽喻与象征文本中，通灵、鬼魂、穿越与轮回是常见的叙事元素，反复、对比、夸张、讽刺、集锦、并置与奇观化等也都有了“另类美学”的特质。还值得注意的是，新世纪乡土小说在尝试开拓乡土叙事的新领域或对旧领域进行新开掘的同时，不少作家对包含“另类形式”在内的乡土小说的“写作技术”，都或多或少地进行了新的探索与实验，有的甚至对乡土小说的文体实验表现出浓厚的兴趣，出现了虽然不太为人们注意但影响颇为广泛的“技术主义”潮流。

第一节　有意味的叙事形式与文化价值取向

新世纪乡土小说在叙事形式上有许多新的探索与尝试，其中的一些叙事形式与作家特定的文化价值取向有关。譬如，在小说叙述者的选择上，

① 〔美〕弗雷德里克·杰姆逊：《处于跨国资本主义时代中的第三世界文学》，张京媛译，《当代电影》1989 年第 6 期。

一些乡土作家花了一些探索的功夫，在他们以“流动农民”或“在乡农民”为主要叙事对象的小说中，用来充当乡村历史与现实的叙述者的，有非常态的亡灵（如阎连科小说《丁庄梦》）、痴愚者（如迟子建小说《采浆果的人》）、疯子（如贾平凹小说《秦腔》）和各类不同社会身份的常态人物，这些叙述者的选择都有特定的文化意味。新世纪乡土小说叙事形式值得分析的新变化很多，这里仅就叙述者、非叙事性话语、叙事空间、叙事结构等的新变化及其文化价值取向，略做分析。

一、叙述者的非叙事性话语

在叙事学中，所谓叙述者是指“叙事文中的‘陈述行为主体’，或称‘声音或讲话者’，它与视角一起，构成了叙述。叙述者是叙事学中最核心的概念之一，也是叙事文的重要特征”[①]。所谓非叙事性话语是指“叙述者（或叙述者通过事件、人物和环境）对故事的理解和评价，又称评论。它表达的是叙述者的意识和倾向。非叙事话语与叙事话语、人物话语既有区别又有联系，非叙事话语主要体现为叙述者的观念和声音，叙事话语和人物话语则侧重于事件的叙述和人物语言的表达。同时，这三者又密切相关，非叙事性话语除直接表达叙述者的看法外，也渗透到叙事话语和人物话语之中，通过对事件、人物的描述顽强地表现出叙述者的存在。至于作为人物的叙述者，他所表达的思想和意识本身就是一种评论”[②]。正因为如此，检视新世纪乡土小说中叙述者的非叙事性话语，最能看出叙述者及其背后的作者的思想观念与文化价值取向。

新世纪乡土小说中的叙述者是多样的，有着社会身份、性别、年龄、职业、文化水平、思想观念、个性气质、在乡还是离乡等方面的种种差别。在以“流动农民”为主要叙事对象的新世纪乡土小说中，叙述者多为“进城农民”或与“进城农民”有某种关系的人物，如夏天敏小说《接吻长安街》中的叙述者“我”就是从云南富源到北京城的打工者，小说讲述的就是“我”与女朋友柳翠三次到长安街接吻的遭遇；荆永鸣小说《北京候鸟》中的叙述者“我”原来是国企人员，离职后到北京开饭店，“我”讲述的是老家人来泰到北京打工的故事；邵丽小说《明惠的圣诞》、项小米小说《二的》等作品中的叙述者，则是所谓的“异叙述者”，即不参与故事的叙述者，这种叙述者有时全知全能，有时又只顺着故事中人物的视点讲述，成为所知有限的讲述者。在以“在乡农民”为主要叙事对象的新

---

① 胡亚敏：《叙事学》，武汉，华中师范大学出版社，2004，第36页。

② 胡亚敏：《叙事学》，武汉，华中师范大学出版社，2004，第103页。

世纪乡土小说中，叙述者多为“在乡农民”或与“在乡农民”有某种关系的人物，如贾平凹小说《秦腔》中的叙述者主要是“我”（疯子引生），有时也出现所谓的“异叙述者”，讲述清风街的故事；关仁山小说《麦河》中的叙述者主要是“我”（唱大鼓的瞎子白立国），有时也出现所谓的“异叙述者”，讲述麦河岸边鹦鹉村的农村变革故事；林白小说《妇女闲聊录》中的叙述者是在北京打工的木珍，讲述“流动农民”回乡过春节及家乡的故事；罗伟章小说《大嫂谣》中的叙述者“我”讲述的是自家大嫂的故事；周大新小说《湖光山色》、夏天敏小说《好大一对羊》、向本贵小说《绝唱》等作品中的叙述者，则是所谓的“异叙述者”，多顺着小说中的主要人物的视点讲述故事。所有这些类型的叙述者，在叙述“流动农民”与“在乡农民”故事的时候，都会使用叙事性话语与非叙事性话语。其中，他们在叙述过程中出现的非叙事性话语最能够表达出他们的思想观念与文化价值取向。下面，主要以夏天敏小说《接吻长安街》、贾平凹小说《秦腔》、林白小说《妇女闲聊录》等作品为例，略加分析。

在以“流动农民”为主要叙事对象，让“流动农民”自己讲述自己进城打工的故事，并以议论、抒情等方式，发表对城乡关系、打工者权益、打工者自我文化人格变化的看法的新世纪乡土小说中，夏天敏的《接吻长安街》比较有代表性。夏天敏小说《接吻长安街》中的叙述者“我”就是从云南富源到北京的打工者，小说讲述的就是“我”与来自云南昭通的女朋友柳翠三次到长安街接吻的遭遇。“我”在讲述故事的过程中，随机议论和抒情，其内容主要有几点：第一，对以北京为代表的城市及城市文化的喜爱，对乡村及乡村文化的厌弃。“我”很直白地说：“我热爱城市，热爱得不得了。”“我初中毕业后就再也不愿回到我生活的山村，我背叛了故乡背叛了父老乡亲，我背弃了哲人的忧虑和诗人的期盼，我不愿再去亲近土地，不愿返璞归真。”第二，对城市拒斥进城打工的农民、城市人歧视和欺侮农村人的不满。如一次坐公交车时，柳翠刚刚坐下去，“她侧边的那个女的就站起来，说了一声讨厌就离开位置。那是个文静的年轻姑娘，戴着眼镜挺斯文的样子，我没想到她会这样做”。对此，“我”愤懑不平，并做了极敏锐深刻的分析：“这种无言的鄙视就具有极大的伤害性。用伤害别人来显示自己的身份是极其无聊的，可到处都有这种无言的伤害。对于这位冷漠的自以为是的女人你是无言以对也没有办法的，她没赶你走没朝你吐唾沫没有语言上的欺辱，但她的伤害却是具体而又深刻的。”第三，对平等权利的要求。“我”虽然是外来的打工者，但“我认定至少在精神上我与城市人是一致的”，因此，在公开场合与恋人接吻这件事情上，

“我”就觉得“城头人亲得乡下人就亲不得啦？我最恨那些不把自己当人看的人”。① 第四，表达扎根城市的愿望与决心。这四个方面的内容，代表了城乡文化冲突中“流动农民”的主要想法与诉求。虽然叙述者不等于作者，但这篇小说中的叙述者“我”，其非叙事性话语所表达的关于城乡关系的思想观念，也在一定程度上折射出作者夏天敏的思想观念。他曾说：“虽出生在一个叫昭通的小城市，但我的生活和农村有着密不可分的联系，加之又到乡镇代过职，对农村、农民有着一种与生俱来的情结。”②

以“在乡农民”为主要叙事对象，让“在乡农民”讲述自己及乡邻的故事，并以议论、抒情等方式，发表对人、事、物的看法的新世纪乡土小说中，贾平凹的《秦腔》比较有代表性。《秦腔》中的叙述者主要是“我”，即疯子引生。引生自己的故事，主要有两点：一是对白雪的疯狂单恋，但不做有损白雪的事；二是追随夏天义到七里沟淤地，其文化价值立场趋于保守。引生因为半疯，又无所事事，满村到处窜，清风街什么事都有他，哪儿都有他，所以是一个极佳的观察者与叙述者，这也是贾平凹以他作为叙述者的原因。贾平凹在后记中说：“我的故乡是棣花街，我的故事是清风街，棣花街是月，清风街是水中月，棣花街是花，清风街是镜里花。但水中的月镜里的花依然是那些生老病离死，吃喝拉撒睡，这种密实的流年式的叙写，农村人或在农村生活过的人能进入，城里人能进入吗？陕西人能进入，外省人能进入吗？我不是不懂得也不是没写过戏剧性的情节，也不是陌生和拒绝那一种‘有意味的形式’，只因我写的是一堆鸡零狗碎的泼烦日子，它只能是这一种写法……我唯一表现我的，是我在哪儿不经意地进入，如何地变换角色和控制节奏。”③ 以疯子引生作为叙述者，是一种很方便的进入方式，疯子引生的非叙事性话语就是一种很好的引导语。疯子引生的非叙事性话语的内容，主要有几点：第一，对新任村支书夏君亭建农贸市场表示反对，对老村主任夏天义淤地表示支持，这是对清风街农村发展道路的选择，因而是引生的一种乡村政治表态。第二，对传统艺术秦腔的喜爱。引生爱恋白雪的重要原因之一在于，白雪是当地杰出的秦腔艺术家；引生在清风街最尊敬夏天智的重要原因之一在于，夏天智是当地最有学问、秦腔脸谱画得最好的知识分子，他把自己所有的赞美都献给了这两位人物。第三，对清风街各色人物进行道德评价，其评价的标准主要是传统道德方面的要求。譬如，引生对夏风的评价很低，主要是夏

---

① 本段引文均见夏天敏：《接吻长安街》，《山花》2005 年第 1 期。

② 夏天敏：《超越自己何其难》，《青年文学》2008 年第 5 期。

③ 贾平凹：《秦腔·后记》，北京，作家出版社，2005，第 565 页。

风娶了白雪，却不爱白雪的秦腔艺术，其次是夏风虽然进了省城，但本质上还是个农民，却又忘了本。再如，引生对夏天礼的评价：“在清风街，差不多的人都吝啬，但最吝啬的要算夏天礼，别人吝啬那是因为穷，夏天礼应该是有钱的，他抠门得厉害我就搞不明白。”① 有钱却不肯帮助人，是有违传统道德的。第四，对清风街人物命运的分析与感喟，如对刘新生的命运，引生就有这样的慨叹：“刘新生种庄稼不行，搞文艺却是个人才。我敢说，像夏风那样的人，清风街并不少，只是他们没有夏风的命强，一辈子就像个金钟埋在了土里，升不到空中也发不出声响。”② 第五，对清风街民俗风习中的神秘文化，是合则用，不合则弃，既相信又怀疑，既参与又排斥，观念混乱。如引生愿意相信灵魂转世说：“中星的爹曾经给我说过，人是轮回转世的，这一世是人，前一世可能是一棵树，下一世或许又成了一头猪，各人以各人的修行来决定托变的。所以我说来运前世是个唱戏的。所以我老觉得我和白雪在前世是有关系的，我或许是一块石头，她或许是离石头不远处的一棵树。”③ 引生愿意相信灵魂转世，就是要把自己与白雪扯上关系。概言之，叙述者引生的非叙事性话语，关涉清风街的政治、经济、文化、道德和民俗风习等多个方面，其文化价值立场总体上是偏于保守的。

林白的小说《妇女闲聊录》以访谈式的“闲聊体”记录了湖北省浠水县王榨村农民在乡与离乡的生活。小说中的主要叙述者是在北京打工的已婚妇女木珍。木珍在讲述王榨村的人和事、王榨村的风俗和事物时，都会随机对所讲述的内容进行议论和评价，表达自己的看法。其非叙事性话语的内容，主要有几点：第一，对王榨村人外出打工得失的评价，既有对积极方面的评价，也有对消极方面的评价。就积极方面的评价而言，肯定王榨村人吃苦耐劳、聪明好学的精神，譬如，王榨村家家都有人会修手表，这是外出谋生的技术与手艺。就消极方面的评价而言，王榨村外出打工的人中，也有人学坏了，如造假售假、坑蒙拐骗、偷懒耍滑、卖淫嫖娼等。对此，叙述者木珍也是持否定态度的。第二，对王榨村过去年代的历史评价，也多是负面的，留给叙述者木珍的历史记忆多是创伤性的，较少亮色。第三，对传统道德失范的评价。王榨村人的家庭伦理失范，孝道观念日趋淡漠，邻里之间也喜欢赌博、打架、偷东西，村邻之间的两性关系也很混乱。对这些现象，叙述者木珍的评价也不高。第四，对民俗风习、神

---

① 贾平凹:《秦腔》,北京,作家出版社,2005,第 62 页。

② 贾平凹:《秦腔》,北京,作家出版社,2005,第 18 页。

③ 贾平凹:《秦腔》,北京,作家出版社,2005,第 39 页。

秘文化的评价，如王榨村人喜欢求神拜佛、卜卦算命、看阴阳风水等，叙述者木珍把这些都看成是“迷信”，并表示她自己也是信“迷信”的。她说：“小孩生病都是信迷信的多。我生病也是信迷信弄好的。”① 总体上看，叙述者木珍对王榨村人的评价是比较负面的。

上述三部乡土小说中的主要叙述者，不论是离乡还是在乡，都是农民，都以自己特有身份、角度和立场，讲述自己或村民的故事，并做出不同文化价值取向的评价。与之不同，荆永鸣小说《北京候鸟》、罗伟章小说《大嫂谣》等作品中的叙述者，都是农裔城市人，根底是农民，又与故乡有千丝万缕的关系，他们在非叙事性话语中对农民、农村和农业所做的议论评价，是有别于农民身份的叙述者的。如罗伟章小说《大嫂谣》中的叙述者“我”，是通过高考上了大学毕业后留在省城的自由写作者，“我”对大嫂充满尊敬，对无能的哥哥充满同情，对自己的农民父母充满愧疚，对家乡贫困落后的现状满怀关切之情。周大新小说《湖光山色》、夏天敏小说《好大一对羊》、向本贵小说《绝唱》等作品中的叙述者，都是所谓的“异叙述者”，他们多顺着小说中的主要人物的视角讲述故事。如周大新小说《湖光山色》的“异叙述者”，主要顺着主要人物楚暖暖的视角讲述故事，以楚暖暖的眼光看待人物、事件，做出评价，其立场是站在楚暖暖这一边的。迟子建小说《青草如歌的正午》《雾月牛栏》《疯人院的小磨盘》《采浆果的人》等作品中的叙述者，也主要是所谓的“异叙述者”，在顺着主要人物陈生、宝坠、疯子、大鲁、二鲁等人物的视角讲故事的时候，也就带上了“痴人”“疯人”和“愚人”的特点，都有点老庄气，其对待生命和生活的态度就十分特别。

美国学者布斯说：“作为一个修辞学家，一位作者会发现，充分欣赏他的作品所需要的某些信念是现成的，可以被想阅读这部作品的假想读者充分接受，而另一些信念则必须灌输或加强。”② 而要把自己的信念“灌输或加强”给读者，借此塑造读者思想信念的最为直接有效的艺术方式，莫过于叙述者的非叙事性话语。而解读新世纪乡土小说中不同叙述者的非叙事性话语，也就能把握住叙述者乃至叙述者背后的作者对城乡关系、对“三农”（农民、农村、农业）等问题的基本看法及其文化价值取向。

二、有意味的叙事空间

在叙事学中，有关叙事空间的研究是最不充分的。何谓叙事空间，中

① 林白：《妇女闲聊录》，北京，新星出版社，2005，第163页。

② 〔美〕W. C. 布斯：《小说修辞学》，华明等译，北京，北京大学出版社，1989，第199页。

外学界至今观点不一，“有着多种多样、有时甚至是相互矛盾的看法。他们提出的空间有：物理的、抽象的、心理的、地理的、自然的、社会的、文化的、实际的、感知的、存在的、认知的、静态的与动态的、开放的以及封闭的、文本的空间等等”①。本书主要在传统意义上使用“叙事空间”概念，用以指称“故事内人物生活与运动的场所，包括空间边界、空间内的物体、空间所提供的生活场景以及时间的维度四方面的内容”②。在必要的时候，本书也以“叙事空间”概念指称包括想象的、记忆的叙事空间在内的“心理的叙事空间”。以“流动农民”为主要叙事对象的新世纪乡土小说，其故事内人物生活与运动的主要场所是城市，次要场所是乡村；以“在乡农民”为主要叙事对象的新世纪乡土小说，其故事内人物生活与运动的主要场所是乡村，有的也会涉足城市。不论是“流动农民”，还是“在乡农民”，都与城市和乡村这两大人文地理空间有着难分难解的生存关系与文化精神关系。

新世纪乡土小说“流动农民”叙事所追踪的城市叙事空间，主要集中在“流动农民”打工谋生的场所，如建筑工地、煤窑、砖窑、服装厂、纺织厂、酒店餐馆、城市家庭、街头巷尾、集贸市场、发廊、洗浴店、出租屋及其他隐秘场所，等等。“进城农民大都从事过多种工作，辗转谋生于多个城市或同一个城市的多种场所，并像候鸟一样在城市与乡村之间来来往往。”③ 与之不同，新世纪乡土小说“在乡农民”叙事所追踪的乡村叙事空间，主要集中于“在乡农民”生活、劳动的场所，如村庄、宅院、窑洞、墓地、坟院、拱北、清真寺、庙宇、道观、集市、田地、池塘、河流湖泊、崇山峻岭、树木森林、草原大漠等等。在新世纪乡土小说中，乡村叙事空间与城市叙事空间的叙事功能及其蕴含的文化意味是多样的，主要有如下几点。

其一，乡村叙事空间与城市叙事空间最基本的叙事作用就是为故事内人物的生活与行动提供场所，但两大叙事空间的人文特征不同，由此带来乡土小说形态的不同变化。以“流动农民”为主要叙事对象的乡土小说，如《北京候鸟》（荆永鸣）、《民工刘建华》（王安忆）、《大嫂谣》（罗伟章）、《怀念一个没有去过的地方》（邓一光）等，讲述的是“城市里的农民故事”，故事展开的主要场所是北京、上海、广州、武汉等大都市，呈现在叙事空间里的主要是工作场所与都市景观，较少描写乡村风景画、风

---

① 程锡麟等：《叙事理论的空间转向——叙事空间理论概述》，《江西社会科学》2007年第11期。
② 王安：《论空间叙事学的发展》，《社会科学家》2008年第1期。
③ 李兴阳：《中国社会变迁与乡土小说的“流动农民”叙事》，《扬子江评论》2013年第3期。

俗画与风情画，因而与传统乡土小说的艺术形态有显著的差别。以“在乡农民”为主要叙事对象的乡土小说，如《秦腔》（贾平凹）、《湖光山色》（周大新）、《喊山》（葛水平）等，讲述的是“乡村里的农民故事”，故事展开的主要场所是村庄、宅院、窑洞等人文地理空间与河流湖泊、树木森林、大漠草原等自然地理空间，较多描写乡村风景画、风俗画与风情画，因而与传统乡土小说形态特征相近，但也有了明显的变化。新世纪乡土小说叙事空间的城乡差别与城乡并置，使其美学形态不仅与传统乡土小说不同，而且内部出现了分化。

其二，乡村叙事空间与城市叙事空间同“在乡农民”与“流动农民”的矛盾关系，成为推动故事情节发生发展的重要原因。城市叙事空间与“流动农民”之间的矛盾关系，简而言之，主要是吸纳与拒斥。如尤凤伟小说《泥鳅》中的国瑞、邓一光小说《怀念一个没有去过的地方》中的远子等人物，他们走进城市后的人生悲剧都与城市的吸纳与拒斥有关。国瑞、远子等“流动农民”观看到的是城市的热闹繁华，体验到的却是城市的冷漠残酷。他们置身于城市之中，却被拒之于城市化之外；他们向往城市却仇恨城市，他们的物质痛苦、精神痛苦和身体痛苦都同城市的吸纳与拒斥有关。城市的吸纳与拒斥，成为他们进城行为的动机与动力。与之不同，乡村叙事空间与“在乡农民”的矛盾关系，简而言之，主要是皈依与外推。乡村是农民的生存之地，也是农民的精神情感皈依之所，而乡村的贫困落后又把农民推向城市。这种皈依与外推，成为乡村农民行为的动机与动力。如向本贵小说《山高路长》中的金建军因为家乡地处深山，贫困落后，只好离开家乡到广州打工，受伤后因眷恋家乡又离开打工的广州，回村当了村支书兼村主任，一心带领村民脱贫致富。周大新小说《湖光山色》中的楚暖暖，也有与金建军相似的经历。乡村叙事空间与城市叙事空间同“在乡农民”与“流动农民”的矛盾关系不同，由此引发的故事情节及其文化意蕴也就有了差别。

其三，乡村叙事空间与城市叙事空间都参与人物形象的塑造，但在农民文化人格建构方面的作用各有不同。城市叙事空间对“流动农民”的吸纳与拒斥，直接影响到他们的城市体验、乡村记忆与身份认同，从而影响到他们文化人格的现代性重构。如项小米小说《二的》中的乡村女孩小白在城里当保姆，雇主单自雪“教会了她如何从一个村姑逐步成为一个都市人。小白进入城市生活的一切细节都是从这个家庭开始的，在这里得到改造，淬火，蜕皮”①。小白受到“改造”的过程其实就是乡村女孩向“市民化”“城市化”的现代性转型过程，其文化人格发生了改变。乡村叙事空间与“在乡农民”之间皈依与外推的矛盾关系，也会使农民的文化人格发生复杂的变化。如石舒清的《灰袍子》《清水里的刀子》《节日》等小说中的人物，最常去的地方就有坟院、拱北等。小说《灰袍子》中的“叔叔”不做生意的时候，就躲到坟院中的拱北里，去参悟宗教人生哲理；小说《节日》中的环环媳妇在伊斯兰特有的节日里，到石头山上的拱北去献上自己养的尕羯羊。通过人物与坟院、拱北的精神文化联系，石舒清写出了人物的宗教信仰与宗教情感。

其四，乡村叙事空间与城市叙事空间通过象征、反讽等，为小说增加意蕴。如夏天敏小说《接吻长安街》中的叙事空间“北京城”在进城农民工“我”的眼里是很大的，在很大的“北京城”面前，“我”不仅渺小得像“沙子”和“蚂蚁”，而且无法改变环境，甚至被环境控制得连属于自己支配的时间都没有。这里的叙事空间“北京城”与叙述者“我”之间构成了极强的反讽关系，使叙事极有意味。关仁山小说《麦河》中的农业机械耕种、收割小麦等场景，既是故事情节中的写实场景，又具有象征农业现代化的文化意义。与之相反，李锐小说《袴镰》《樵斧·锄》《残耱》《桔槔》《扁担》《铁锹·镢头》等作品中的各种农具，以及使用这些农具进行生产劳动的场景，既是故事情节中的写实场景，又具有象征传统农业与农民的文化意义。再如夏天敏小说《牌坊村》中的牌坊村，“村子前面，有一座青石的牌坊，这座牌坊既高且大，雕刻十分精细。牌坊前是一对石狮子，十分的威猛，守候着牌坊后的一方净土。牌坊后是一对大象，安静祥和。人们屡屡惊讶，以牌坊村的财力，无论如何是修不起这样一座高大、巍峨的牌坊的。村子里上了年纪的人提起牌坊，每每溢一脸的矜持而又傲慢的神色。牌坊村虽然穷，但穷得有骨气，穷得有气节不是么，村头这座巍然而立的石牌坊，不就是一座无言的丰碑么”②。但就是这样的牌坊村，在改革开放浪潮的冲击下，为了走出贫困，村里的一些年轻女性偷偷做起了暗娼。叙事空间的传统道德象征意味与人们道德行为的失范形成强烈的对比，具有极强的反讽色彩。

不论是以“流动农民”还是“在乡农民”为主要叙事对象的新世纪乡土小说，其叙事空间大都存在城市空间与乡村空间的对列与并置，其承担的叙事功能大致相同，但在相互对照下，更加凸显出引人深思的不同文化意义。

---

① 项小米:《二的》,《人民文学》2005 年第 3 期。

② 夏天敏:《牌坊村》,《边疆文学》2002 年第 3 期。

三、映射现实的“二元对立”模式

在新世纪乡土小说中，城市与乡村、贫困与富裕、无权者与有权者、善与恶、传统与现代、改革与保守、疾病与健康、女人与男人、历史与现实等“二元对立”几乎无处不在。这些“二元对立”隐含在小说的内在精神结构到表层叙事形式的各个层面。这里，仅选择城市与乡村、贫困与富裕、无权者与有权者、善与恶、传统与现代等五组“二元对立”做简要的分析。

其一，城市与乡村。在新世纪乡土小说中，城市与乡村的关系显得最重要也最突出。城市与乡村的矛盾冲突由来已久，关涉政治、经济、文化、道德等多个方面。对改革开放过程中出现的城乡矛盾加剧的社会现象，新世纪乡土作家以其特有的敏感予以密切的关注、思考，并将思考变为自己的创作。如周大新在谈《湖光山色》的创作缘起时说：“中国的城市化正在不事声张地进行，大批城市的肚子像孕妇一样在快速隆起膨大，乡村因而随之发生巨大的变化。有农民渴望离开乡村，世世代代的生存之地变成了极想抛弃之处，其外部和内部的缘由究竟有哪些？和农民涌进城市这股潮流并起的另外两个现象，是大批城市人在节假日里向一些乡村、小镇涌去和一些城市资本开始向乡村流去。这反向流动的两股人流和反常的资本流动，在告诉我们什么？会带来啥样的结果？这一个个问号一个时期以来，一直在我这个眼下住在城市里的农民儿子的脑袋里翻腾，它们促使我去思考，《湖光山色》便是这种思考的一个小小的果实。”① 在《湖光山色》的故事叙述中，城市虽然在政治、经济、文化、道德等方面给乡村带来了巨大的冲击，但也对乡村社会的现代转型起到了不应抹杀的促进作用。譬如，如果没有一批历史学者到楚王庄考察楚长城，楚长城在学术研究价值之外的旅游经济价值就不会被发现；如果没有城市人休闲旅游的需要，楚长城等的旅游经济价值就很难实现；楚暖暖如果没有到北京打工的经历，没有受到谭文博、薛传薪等城市高级知识分子、企业高层管理者的教育、指点、训练，就很难成为一个具有现代经营管理意识的乡村旅游业企业家。由此而言，周大新在城乡冲突中，更愿意看到二者的精华与优势结合在一起，携手走向现代化。尤凤伟的小说《泥鳅》、夏天敏的小说《接吻长安街》、邵丽的小说《明惠的圣诞》等作品，也都是他们观察、思考城乡关系的果实。这些作品中的城乡关系同样十分紧张，直接影响到故

① 周大新:《我写〈湖光山色〉》,《人民日报》2006年5月25日。

事中人物的命运。在城乡冲突中，作家们的文化价值取向大都表现得比较游移与惶惑。

其二，贫困与富裕。在新世纪乡土小说中，贫困与富裕的对比与冲突也非常突出。在以“流动农民”为主要叙事对象的新世纪乡土小说中，贫困与富裕的对比与冲突虽然说得上是无处不在，但主要表现在城市富裕与乡村贫困、城市人富裕与进城打工者贫困的对比与冲突中。如项小米小说《二的》中的乡村姑娘小白读完初中就进城当保姆，雇主聂凯旋是一位律师，专接经济案子，赚了不少钱，提前进入所在城市的富人阶层。他“在一个新建小区买了一套复式结构的房子，二百多平方，除单自雪和果果合住一间外，其他人一人一间，连小白都是自己单独一间。聂凯旋小三口住楼上，小白和老太太住楼下；二十四小时热水供应，中央空调供暖。想知道几点钟了，想知道明天刮不刮风、下不下雨，用手一拨电话，电话全清清楚楚告诉你。小白的屋子里还有一个专供她自己看的小电视，小白干完活就往自己房里一躲，中央八北京四任意地调，什么任贤齐周星驰认识的比凯旋哥自雪姐多得多”①。在小白眼中，这是她过去难以想象的富有生活了。与之形成强烈对照的是，小白乡下老家人的生活还处在极度贫困的状态，小白自己就是因为姐妹多，爹娘拿不出学费才辍学进城当保姆的。城乡之间的贫富差距所带来的社会问题是复杂而严峻的，并不只是简单的对比。譬如，为了过上像城里人一样富裕的生活，《二的》中的小白借当保姆的机会开始介入雇主聂凯旋与妻子单自雪的情感生活，试图鹊巢鸠占。再譬如，周大新小说《湖光山色》中以省城五洲旅游公司为大股东的楚王庄赏心苑酒店为了扩大经营，强拆赏心苑酒店周边的民房，在腐败权力的庇护下，公然损害、掠夺楚王庄农民的私人财产与经济利益。在以“在乡农民”为主要叙事对象的新世纪乡土小说中，贫困与富裕的对比与冲突同样无处不在，但主要表现在村邻的相对富裕与相对贫困乃至绝对贫困的对比与冲突中。如周大新小说《湖光山色》中的楚暖暖与青葱嫂二人既是村邻，又是患难与共的朋友，最初青葱嫂家的经济条件比楚暖暖家略好一点，青葱嫂无私帮助楚暖暖；后来，楚暖暖搞旅游致富后，又转过来帮助因病陷入贫困的青葱嫂一家，从而表现出人性的善良与传统道德的美好。但更多的是不美好的故事，是乡村贫富分化与对立所带来的各种复杂而严峻的社会问题。如胡学文小说《目光似血》中的杨文广办蔬菜站致富后，招致同村人的妒忌乃至仇恨，最后把正常的蔬菜买卖活动扭曲成各种

① 项小米：《二的》，《人民文学》2005 年第 3 期。

不法行为，使整个村庄陷入动荡不安之中。乡村的贫富分化与对立，给乡村社会发展、乡村社会治理、伦理道德、民俗风习等，都带来了巨大的冲击和影响。新世纪乡土小说中的贫富分化与对立不过是中国乡村社会贫富分化与对立的反映。

其三，无权者与有权者。在新世纪乡土小说中，乡镇干部与普通农民之间的矛盾冲突也很常见，特别是在讲述取消农业税（2006 年）之前的乡村故事时更为常见。如贾平凹小说《秦腔》、周大新小说《湖光山色》、阎连科小说《黑猪毛　白猪毛》、李佩甫小说《羊的门》、向本贵小说《村官杜中全》、阙迪伟小说《乡村行动》、林深小说《海赌》、尚志小说《海选村长》等作品中，都有对乡村无权者与有权者亦即乡村普通农民与乡镇干部之间的矛盾冲突的观察、叙述、描写和评价。在乡村社会治理危机及乡镇权力腐败中，权力不受约束的乡镇干部往往是矛盾的主导面，普通农民在矛盾冲突中多为受侮辱与受损害者。因此，在中国乡村社会的现代转型中，乡镇干部的治理与现代转型是关键。即如周大新在《湖光山色》的创作谈中所说："村，是中国政治链条中的最末一环；村干部，是站在干部队列最后边的那位。别看他站在最后一名，别看他不拿正式的工资，可他只要是一个管理者，只要手中握有权力，他就具有执掌权力者的所有特点，就可以成为我们一个观察和分析的对象。《湖光山色》中的旷开田，就是这样一个对象，解开他变化变异的密码，不仅对改造乡村政治有益，而且对我们正确捡拾民族文化遗产有意义。"①

其四，善与恶。在新世纪乡土小说中，善与恶的对立冲突是普遍存在的，在小说的叙事表现中，主要与人性的善恶和体现人性善恶的道德善恶有关。而促成善恶变化的原因很多，主要与大变革时代人们日益膨胀的权、钱、色等欲望有关。如周大新小说《湖光山色》中的楚暖暖自始至终都保持着人性的美好与道德的良善，旷开田则有一个从善变恶的过程，而促成他发生变化的就是他日益膨胀的权力、金钱与色欲等欲望。其中，又以权力欲对他的影响最大。旷开田在与前任村主任詹石磴争夺村主任职位的过程中，是以自己平日的善举赢得楚王庄村民的信任，从而击败作恶多端的前任村主任詹石磴。夺得村主任权力后，旷开田开始发生变化。旷开田在楚王庄旅游表演节目《离别》中扮演楚王赀，在反复多次的表演过程中，其文化人格基因中的封建专制观念被激发出来，并在外来大资本的恶意诱导下不断放大，最终迷失了方向，成为比前任村主任詹石磴还要坏的

① 周大新：《我写〈湖光山色〉》，《人民日报》2006 年 5 月 25 日。

村干部。在小说后半部分，楚暖暖与旷开田的矛盾冲突，其实就是人性善恶、道德善恶之间的对立冲突。再如夏天敏小说《牌坊村》中的牌坊村女人们，最初是安贫乐道，以坚守传统道德为荣的，但大变革时代，陷入贫困的女人为了生存而出卖肉体，牌坊村的传统道德由此遭到破坏。牌坊村女人们道德善恶变化的直接原因，是接近赤贫的物质痛苦。而那些愿意为自己的儿女、为自己的亲人而牺牲的牌坊村女人，从另一个意义上说，又何尝不是善良而伟大的呢？又如，邓一光小说《怀念一个没有去过的地方》中的远子、小米等农村青年，在进城前都是很传统很良善的，进城初期也靠劳动努力赚钱。在城市恶势力的排挤下，远子等人走上了以恶抗恶的不归路，他们由善变恶，是城市文明负面造成的悲剧。石舒清小说《节日》《旱年》中人物的人性善恶、道德善恶的变化，既与宗教信仰的有无相关，也与教民物质欲望的强弱变化有关。

其五，传统与现代。在新世纪乡土小说中，城市与乡村、贫困与富裕、无权者与有权者、善与恶的二元对立冲突，其所体现的就是传统与现代的对立冲突。这些冲突对立，集合在中国乡村的“三农”即农民、农村与农业上。第一，就农民而言，其文化人格有一个从传统农民向现代农民的转化过程。在这个过程中，对立冲突的核心是所谓“小农意识”与“现代农民意识”之间的冲突，而“现代农民意识”的生长是非常艰难的。如周大新小说《湖光山色》中，旷开田有钱有权后，没有变成一个真正具有“现代意识”的农村新人，反而放大了其文化人格基因中的封建专制观念，没有向前进，反而向后退了。与之相反，关仁山小说《麦河》中的曹双羊在家乡传统文化精华的洗涤下，逐渐脱去新兴企业家嗜血的特性，变成乡村社会现代发展所需要的具有现代意识的农村新人。第二，就农村而言，也有一个从传统农村向现代农村的转化过程。在这个过程中，农村的政治、经济、文化、教育、医疗卫生、道德、风俗习惯等，都有需要向现代转型的地方。譬如，关仁山小说《麦河》中的鹦鹉村，在土地制度变革、现代企业的拉动下，走上了快速现代化的发展之路。与之不同，贾平凹小说《秦腔》中的清风街，其从传统向现代转型则要艰难得多。“旧的东西稀里哗啦地没了，像泼去的水，新的东西迟迟没再来，来了也抓不住，四面八方的风方向不定地吹，农民是一群鸡，羽毛翻皱，脚步趔趄，无所适从，他们无法再守住土地，他们一步一步从土地上出走，虽然他们是土命，把树和草拔起来又抖净了根须上的土栽在哪儿都是难活。”① 第三，

① 贾平凹:《秦腔·后记》,北京,作家出版社,2005,第561页。

就农业而言，农业现代化是最艰难的。观察、叙述、描写和评价以乡镇企业为代表的农村经济多样化的新世纪乡土小说多，真正以农业现代化作为主要叙事内容的比较少，关仁山的小说《麦河》是其代表。在《麦河》的叙事想象中，农业现代化的典型样态就是规模化、机械化、科技化和经营管理的企业化等等。在新世纪乡土小说中，农民、农村和农业都需要从传统向现代转型，传统与现代之间的对立冲突将有一个比较漫长的历史过程。

新世纪乡土小说在叙事形式上的新探索与新尝试，当然不只是上述叙述者、非叙事性话语、叙事空间、“二元对立”模式等几个方面，还涉及乡土小说另类叙事形式、乡土小说文体实验等多个方面。对此，将在后面的章节中展开具体分析和论述。

第二节　新世纪乡土叙事的另类形式与隐喻意义

许多新世纪乡土小说是可以被视为“现实主义”的，如贾平凹小说《秦腔》、周大新小说《湖光山色》、关仁山小说《麦河》、孙惠芬小说《歇马山庄》、夏天敏小说《好大一对羊》、向本贵小说《山高路长》、王新军小说《民教小香》等，尽管各有特色，但都以人们比较熟悉的写实方法，叙述、描写和评价大变革时期中国乡村的现实生活。与之不同，莫言小说《生死疲劳》、阎连科小说《日光流年》、刘震云小说《故乡相处流传》、余华小说《许三观卖血记》、张存学小说《轻柔之手》、红柯小说《美丽奴羊》等，其乡土叙事的一些艺术形式比较“另类”。对他们这种有较多“另类形式”的乡土叙事及其隐喻意义，学界有过很多研究，对其“另类美学”特质有不同的指认①，如有的认为是传统现实主义的畸变，有的认为是现代主义的本土化，有的认为是后现代主义的超前登陆，有的则提出了“现代现实主义”“狂想现实主义”“荒诞现实主义”“怪诞现实主义”

① 美国学者罗伯特·斯塔姆在所著《电影理论解读》(陈儒修、郭幼龙译，台北，远流出版公司，2002)一书的“寻找另类美学”章中，将异于“优势的主流电影”的“前卫派”电影等称之为“另类电影”；罗伯特·斯塔姆在文中对弗雷德里克·杰姆逊的《处于跨国资本主义时代中的第三世界文学》中论及的第三世界电影亦有讨论，将第三世界的前卫的、现代主义的及后现代主义的电影，都列入“另类电影”。罗伯特·斯塔姆将“另类电影”的美学特质称为“另类美学”。这对本书的论述有重要的理论参考意义。

等说法。[①] 这些指认虽然用词不一，内涵也不尽相同，但都注意到了其不同于传统现实主义乡土叙事的“另类美学”特点。这里，仅就彰显其“另类”美学特质的几种叙事形式，略做分析。

一、寓言，抑或讽喻与象征

寓言，一般多用以指“文学作品的一种体裁。以散文或韵诗的形式，讲述带有劝谕或讽喻意味的故事。结构大多短小，主人公多为动物，也可以是人或非生物。主体用意在惩恶扬善，多充满智慧哲理”[②]。在中国当代批评话语中，出自美国学者弗雷德里克·杰姆逊的《处于跨国资本主义时代中的第三世界文学》一文中的“民族寓言”之“寓言”[③]，是指“第三世界文学所具有的某种普遍的内在品质，它很容易让人联想到文学作品对某一民族的观念、品性、精神、命运的表达，对于民族使命的承担。因此所谓作为‘民族寓言’的第三世界文学，不仅具有民族性、集体性、政治性，也更具有观念性、抽象性、象征性与神圣的使命性”[④]。用杰姆逊自己的话说，就是“第三世界文化中的寓言性质讲述关于一个人和个人经验的故事时最终包含了对整个集体本身的经验的艰难叙述”[⑤]。杰姆逊这里所说的“寓言写作”，可以看作讽喻与象征的合称。一些新世纪乡土小说具有杰姆逊所谓的“民族寓言”特征，其在“讲述关于一个人和个人经验的故事时最终包含了对整个集体本身的经验的艰难叙述”，亦即这些作品的情节结构、人物设置乃至细节运用，既与中国历史、现实有着一定的对应性，也有对生命存在的某种隐喻。

在刘震云的《故乡相处流传》《故乡面和花朵》，莫言的《丰乳肥臀》《生死疲劳》，阎连科的《受活》《日光流年》，余华的《活着》《许三观卖血记》等小说中，一些看似荒诞不经的情节、人物、事件等，都有中国古

① 如阎连科小说《受活》(沈阳，春风文艺出版社，2004)封底介绍中有“中国当代文学‘狂想现实主义的奠基之作’”这样的文字。阎连科小说《风雅颂》(南京，江苏人民出版社，2008)的腰封上赫然印着“中国荒诞现实主义大师”字样。在近年有关刘震云、阎连科、莫言等的研究文献中，对他们的小说创作现象有“现代主义”“后现代主义”“超现实主义”等诗学命名，这里不一一列举。

② 《辞海》(普及本)，上海，上海辞书出版社，2002，第 4507 页。

③ 〔美〕弗雷德里克·杰姆逊：《处于跨国资本主义时代中的第三世界文学》，张京媛译，《当代电影》1989 年第 6 期。

④ 姚新勇：《“第三世界文学”：“寓言”抑或“讽喻”——杰姆逊“第三世界文学理论”的中国错译及其影响》，《南方文坛》2013 年第 6 期。

⑤ 〔美〕弗雷德里克·杰姆逊：《处于跨国资本主义时代中的第三世界文学》，张京媛译，《当代电影》1989 年第 6 期。

代历史和现当代历史的影子。具体而言，有如下几点。

其一，历史时间的对应性。如刘震云小说《故乡相处流传》中的故事始于东汉末期，终于20世纪60年代，其所指涉的中国历史时段长达1700余年。小说选取东汉末期、明初、晚清及20世纪50年代末60年代初四个特别的历史时段进行叙述，荒诞不经的虚构历史故事却无处不隐现真实历史的影子。余华小说《活着》中的徐福贵一生历经国共内战、“三反五反”、“大跃进”、“文化大革命”等，徐福贵的家人在苦难中都先后离他而去，仅剩下一头老牛与年老的他相依为命。莫言小说《丰乳肥臀》中的上官鲁氏和她的子孙，先后历经抗日战争、解放战争、“土改”、“大跃进”、“文化大革命”和“新时期”的岁月沧桑，在饥饿、疾病、贫困、战争及时代风雨的交相摧残中相继殒命，最后只剩下恋乳癖患者上官金童苟活于世。莫言小说《生死疲劳》中西门闹的“六道轮回”与中国当代历史上的“土改”“合作化”“四清”“大跃进”“文化大革命”与改革开放等几个特定历史时期相对应，一些人物的名字如解放、合作、互助、改革、开放等都以其出生年代的时政命名，既反映了那个年代给孩子取名的风尚，也以此隐喻中国当代社会多变的阶段性发展特征。

其二，历史特征的形象隐喻。如刘震云小说《故乡相处流传》叙述的历史是“重复的历史”。出现在四个历史时期中的人物，无论是历史上的曹操、袁绍、朱元璋、慈禧太后等著名人物，还是村落中的孬舅、猪蛋、六指、白石头等平民百姓，都能穿越千年时空，轮回出现。他们在不同历史时期不论是为官还是为民，其文化性格都没有什么改变。不仅如此，不同历史时期所发生的事件也是重复的或相似的。莫言小说《丰乳肥臀》叙述的历史是“饥饿的历史”。上官家族在50多年的历史中一直受到饥饿的威胁，获取食物是上官家族最重要的事情。在饥荒年代，上官鲁氏像禽鸟一样用自己的胃囊偷取食物，喂养子孙；上官鲁氏的女儿想弟、求弟（乔其莎）、玉女等人的死亡都与饥饿有关，她们或被迫卖身养家，最终被批斗残害至死；或因长期劳改食不果腹，偷偷暴食被撑死；或不愿拖累母亲受吐哺之苦而投河自尽。余华小说《活着》叙述的是“死亡的历史”。徐福贵一生历经重重苦难，而最大的苦难就是承受亲人相继非正常死亡的痛苦。徐福贵的父亲被福贵赌博败家而活活气死，母亲因家道败落贫病而亡，妻子家珍死于贫病交加及儿女早夭的心灵创痛，女儿凤霞幼年因病致哑后来死于产后大出血，女婿二喜死于建筑工地的意外事故，儿子有庆死于上学时被迫为县长献血，外孙苦根死于长期饥饿后的突然暴食。亲人的非正常死亡看似各不相同，实则都是历史之恶的结果。阎连科小说《日光流年》叙述的历史是“折腾的历史”。小说中的三姓村，村民们大都会得一种怪病“喉堵症”，活不过40岁。在长达半个多世纪的时间里，四任村长先后带领村民试图以“多生育”“种油菜”“深翻土地”“开渠引水”等办法解决困厄村民的“喉堵症”顽疾，但最终都未能如愿。三姓村几代人几十年的殊死抗争，都没能改变“活不过四十岁”的悲剧命运，其采取的抗争方法也有不同历史时期“瞎折腾”的现实投影。“重复”“饥饿”“死亡”“折腾”不是这些小说所叙历史的唯一特征，而是其最显著的特征，亦即在不同的历史时期，这些特征都不同程度地存在，只是在作家的历史叙事中，某一特征显得特别突出。

其三，历史观念的隐喻表达。刘震云笔下的“重复的历史”是其历史循环观念的隐喻表达。如《故乡相处流传》中的人物千年轮回没有什么改变，每一个轮回所做的事情也是重复的或相似的，如慈禧太后曾动员全县集体赶斑鸠，沈寡妇当了太后就动员全县集体捉蝴蝶，等等。相似的历史人物、相似的历史事件从东汉一直重复演绎到当代，隐喻历史不是线性进步而是循环往复、停滞不前，“操蛋”的历史没有什么意义。莫言笔下的“饥饿的历史”，余华笔下的“死亡的历史”，阎连科笔下的“折腾的历史”，都是历史之恶的隐喻表达。在莫言、余华、阎连科等作家的小说中，上官鲁氏、徐福贵、三姓村民等普通人总是陷在物质匮乏、疾病困扰、战争灾难、社会动乱的困境中，即使是最卑微的生存愿望，有时也很难实现，历史之恶总是笼罩在他们的生活与生命之中。恩格斯曾言：“在黑格尔那里，恶是历史发展的动力的表现形式。这里有双重意思，一方面，每一种新的进步都必然表现为对某一神圣事物的亵渎，表现为对陈旧的、日渐衰亡的、但为习惯所崇奉的秩序的叛逆；另一方面，自从阶级对立产生以来，正是人的恶劣的情欲——贪欲和权势欲成了历史发展的杠杆。”①在莫言、余华、阎连科、刘震云等作家的乡土叙事中，作为历史发展动力的表现形式的恶，不论是新旧相对的恶，还是出自人本性的绝对之恶，都需要予以否定和批判。

余华小说《许三观卖血记》的封底印有这样的宣传语，即《许三观卖血记》这部小说是“以地区性个人经验反映人类普遍生存意义的寓言”②。余华的《活着》《兄弟》（上下），刘震云的《故乡相处流传》《故乡面和花朵》，莫言的《丰乳肥臀》《生死疲劳》，阎连科的《受活》《日光流年》等

① 〔德〕恩格斯：《路德维希·费尔巴哈和德国古典哲学的终结》，《马克思恩格斯选集》第四卷，北京，人民出版社，2012，第244页。

② 余华：《许三观卖血记》，海口，南海出版公司，1998，封底语。

小说，都可作如是观。这些小说的情节结构、人物关系到细节设置等，都赋予了特定的讽喻与象征意义，具有隐喻民族历史与生命存在的寓言品格。

二、通灵、鬼魂、穿越与轮回

在莫言小说《生死疲劳》、刘震云小说《故乡相处流传》和《故乡面和花朵》、阎连科小说《耙耧天歌》和《丁庄梦》、张存学小说《轻柔之手》和《坚硬时光》、迟子建小说《额尔古纳河右岸》和《重温草莓》、红柯小说《美丽奴羊》和《树泪》、姚鄂梅小说《雾落》等作品中，分别可以看到有关通灵、鬼魂、穿越与轮回等的叙述和描写，并借这些叙述和描写传达出不同的叙事意义。

这里的所谓通灵，是指人与自然万物、人与神怪鬼魂之间的沟通、交流、对话。叙述、描写人与自然通灵的新世纪乡土小说很多，尤以红柯的《美丽奴羊》《树泪》《金色的阿尔泰》《跃马天山》《奔马》和《西去的骑手》等小说最突出。在这些小说中，石头、大漠、戈壁、湿地、冰河、雪水等无生命物，白桦树、青草、奴羊、奔马、飞鹰、黑熊等有生命物，靴子、火炉、汽车等人造物品，都无一例外地具有某种神秘的生命灵性，而人与这些具有灵性的自然物、人造物是心气相通的。如《过冬》里的老人、冬雪、煤块、火炉等都是有灵性的："老头摸下床，拨开炉子，火焰又困又乏，老头只给它几块煤，就像对待一个饿汉，不能给它太多，那会撑坏它的胃。很快有一股蓝色火苗蹿上来，像春天泥土里蹿出来的嫩芽。大清早就要这种火苗，嫩而不娇，一脸淳朴的蓝色，像个新鲜的婴儿，老头真想抱一抱，老头就把手伸进炉膛，让蓝色火苗吮他的手。他的手又干又黑，伤痕累累，可蓝色火苗不嫌弃，吮奶子似的吮他丑陋的手。"① 在冬日的寂静中，老人、炉子、煤块、火焰相互为伴，仿佛都很害怕寒冷和寂寞。《鹰影》里的孩子救助了一只受伤的鹞鹰，很想让那只鹞鹰带自己去旅行，"孩子很执着，鹞鹰离他这么近，他很想骑到它翅膀上去，他对鹞鹰说：让我上去吧。鹰抖一下翅膀，告诉他：不行，你受不了，会把你吓坏的。鹰再一次飞上天空，做许多惊险动作，像飞行员驾着战机向元帅将军们作汇报表演。孩子大饱眼福，尽管没实现自己的愿望，可他已经满足了"②。这里的鹞鹰有灵性，孩子可以与鹞鹰说话，鹞鹰也懂小孩的心意。红柯曾援引《奥义书》说："'风无身，云无身，电无身……各以其自

① 红柯：《过冬》，《人民文学》1997 年第 4 期。
② 红柯：《鹰影》，《山花》1997 年第 7 期。

相而现焉。’万物有性万物有灵，它们可以自显其性。”[①] 红柯小说中的太阳月亮、风霜雨雪、水火雷电、草木鸟兽虫鱼等都是有灵性的，都像人一样有感觉、情感与思维，有表达自己的能力。红柯小说通过人与自然声息相通的灵性叙述，表达出人渴望与自然沟通、与自然共存的诗性主题。

阎连科小说《耙耧天歌》和《丁庄梦》、张存学小说《轻柔之手》和《坚硬时光》、迟子建小说《额尔古纳河右岸》和《重温草莓》、姚鄂梅小说《雾落》、郭雪波小说《大漠魂》等作品中的“通灵”，建立在人与神鬼之间。这些小说作品中的人神通灵、人鬼通灵所传达的叙事意义，因作者的创作意图不同而有很大的差别。其一，生者与亲人鬼魂的通灵，凸显阴阳难以分隔的亲情力量。阎连科小说《耙耧天歌》中的尤石头因生下的四个儿女都是傻子而绝望自杀。尤石头死后，他的魂魄驻留人间不肯离去，总是追随着妻子尤四婆，给她通风报信，提出解决问题的建议，阻止尤四婆的某些行动。只有尤四婆能看见尤石头的鬼魂，也能与之交谈，其他的人是看不见也听不见的。尤石头的骨头被当作治疗呆傻的药从坟墓里刨出来后，尤石头的鬼魂就逐渐消失了。尤四婆与丈夫鬼魂合力行动，终于找到治疗儿女呆傻病的方法，解开控制家族命运的魔咒。张存学小说《轻柔之手》中的程红樱医生活着的时候，热爱生活，乐善好施，极为敬业，死后不愿意离开家人，将自己的魂灵化作一团温暖的“白光”，驻留家中，忧伤地陪伴着家人，关注着家人的日常生活起居、生离死别。迟子建小说《亲亲土豆》中患肺癌去世的秦山在被葬入坟墓后化为“跟脚的土豆”，“一直滚到李爱杰脚边，停在她的鞋前，仿佛一个受惯了宠的小孩子在乞求母亲那至爱的亲昵。李爱杰怜爱地看着那个土豆，轻轻嗔怪道‘还跟我的脚呀？’”[②] 这些小说中的“人鬼情”是令人动容的。其二，巫术与宗教活动中的人神通灵与人鬼通灵。如郭雪波小说《大漠魂》中引唱“安代”的巫神“孛”（男性）和“列钦”（女性）是内蒙古草地沙乡的萨满教法师，都有沟通神鬼的能力。内蒙古草地沙乡的人们在祭祀祈雨、驱鬼避邪、消灾灭祸时都要唱“安代”，引唱的巫神“‘孛’和‘列钦’各显神灵，高唱狂舞，如疯如癫。他们各自拜的主神开始附体了。这时鼓乐一阵猛奏，犹如疾风骤雨，江潮海浪。那些个围在沙丘周围的几百号人也随他们俩疯狂起来……表达着对天的祈诉、对鬼神的愤慨、对命运的呼号”[③]。迟子建小说《额尔古纳河右岸》中的尼都萨满、妮浩萨满都能通过跳神、

① 红柯、王德领：《日常生活的诗意表达》，《小说界》2008 年第 4 期。

② 迟子建：《亲亲土豆》，《作家》1995 年第 6 期。

③ 郭雪波：《大漠魂》，《长江文艺》1998 年第 12 期。

祭祀等与神灵沟通，为族人祈福禳灾、驱邪治病。在跳神、祭祀之外，还有很多与神灵沟通的方式，如鄂温克族、鄂伦春族对熊极为敬畏，他们认为熊是自己的先人，禁止捕猎。后来也捕杀熊，但要举行一些乞求祖先原谅和保佑的仪式："我们崇拜熊，所以吃它的时候要像乌鸦一样'呀呀呀'地叫上一刻，想让熊的魂灵知道，不是人要吃它们的肉，而是乌鸦。"① 跳神、祭祀、与熊魂沟通等宗教与生活习俗的叙述和描写，给鄂温克人的生活蒙上了神秘的气氛，也给小说叙事带来了神秘主义气息。迟子建在谈民俗文化和神话传说给自己的影响时说："当我七八岁还在北极村的时候，几乎每到夜间都会坐在矮板凳上听老人们说故事。他们在昏暗的烛光下卷着旱烟，喝着劣质的茶（这种茶中总夹杂着很粗的梗子），他们时不时地擤一把鼻涕，然后往棉裤上一蹭，鬼怪就幽幽地从他们口中出来了……我对这传说兴致盎然，因而在许多作品中涉及过它们。"②

与通灵、鬼魂等密切相关的是关于穿越、轮回的叙述与描写。在新世纪乡土小说的"另类"叙事中，穿越与轮回有两种关联的形式：其一，历史穿越与历史轮回。刘震云小说《故乡相处流传》中的曹丞相（曹成）、袁绍（袁哨）、柿饼姑娘（太后）等大人物，孬舅、猪蛋、瞎鹿、石头、白蚂蚁、沈姓寡妇、六指、"我"等老百姓，穿越于东汉末期至20世纪60年代的1700余年的历史时空中，轮回活动于各个历史时期。这种历史穿越与历史轮回的荒诞叙述，是刘震云的历史循环观念的形式体现。其二，阴阳两界穿越与"六道轮回"。莫言小说《生死疲劳》中的穿越、轮回是在阴阳两界、人畜两界之间进行的。故事中的地主西门闹被镇压以后，先后转世为驴、牛、猪、狗、猴及大头儿蓝千岁，历经人畜两界不同生命历程的痛苦转换，却依旧陷在六道轮回中不能超脱。莫言以阴阳无界与人畜无界的六道轮回这种夸张变异的形式叙写中国农村的沧桑变革，冤孽缠结，生死轮回，具有怪异的历史循环论色彩。阎连科小说《耙耧天歌》、张存学小说《轻柔之手》、迟子建小说《亲亲土豆》等作品中的鬼魂，都在阴阳两界间穿越，都努力驻留人间，与活着的亲人待在一起，这是生存困境与生命苦难的另类叙述。

三、反复、对比、夸张与讽刺

在新世纪乡土小说中，余华小说《活着》《许三观卖血记》《兄弟》，刘震云小说《故乡相处流传》，莫言小说《檀香刑》《生死疲劳》，阎连科

① 迟子建：《额尔古纳河右岸》，北京，北京十月文艺出版社，2005，第6页。

② 迟子建：《谁饮天河之水》，《北方的盐》，南京，江苏文艺出版社，2006，第236～238页。

小说《受活》《耙耧天歌》《日光流年》《丁庄梦》，张存学小说《轻柔之手》《坚硬时光》等，将反复、对比、夸张和讽刺等用到了极致，成为支撑其叙事讽喻与象征的重要技巧与手段。

小说叙事中的反复与作为修辞方法的反复既有联系又有区别。修辞反复通常是词语、词组、句子、语段等在各自所处的结构层次上的重复出现，借此强调意义，突出情感，同时形成特定的语言形式美。小说叙事中的反复，通常是情节、细节等在各自所处的结构层次上的重复出现，借此表达特定的叙事意义。在刘震云、余华、莫言、阎连科、张存学等作家的小说叙事中，非常态的情节反复主要有如下几点。

其一，历史事件反复。如刘震云小说《故乡相处流传》叙述的历史人物与历史事件在1700余年的历史长河里反复出现，有些事件高度相似，多次重复，如慈禧太后动员全县集体赶斑鸠，沈寡妇当了太后就动员全县集体捉蝴蝶等等。再如阎连科小说《日光流年》中的三姓村为了解决让村民活不过40岁的“喉堵症”，在半个世纪的时间里，四任村长先后带领村民“多生育”“种油菜”“深翻土地”“开渠引水”，最终未能根绝困厄村民的“喉堵症”问题。四任村长的施政策略表面上看完全不同，实质上是“瞎折腾”的不断重复。历史事件的叙事反复，既是特定历史观念的形式呈现，也是对历史与现实的讽刺与批判。

其二，家族厄运反复。如阎连科小说《耙耧天歌》中尤四婆的四个儿女都患有遗传性智障疾病，相传只有以亲人骨头入药才可能治愈。相同的疾病在同一个家族代代相传，治疗疾病的相同方法也须在同一个家族代代使用。这样的厄运反复，使尤家的生命历史与家族历史陷在难以逃脱的宿命里。余华小说《活着》中的徐福贵和家人也是厄运不断，始终陷在死亡的魔咒里，徐富贵的父亲、母亲、妻子、女儿、儿子、女婿、外孙等亲人因各种不幸而不断死亡。造成亲人非正常死亡的原因很多，主要有三个方面：一是个人无力抵抗的社会历史变动，二是难以摆脱的宿命，三是徐福贵的人格缺陷和行为过失。张存学小说《轻柔之手》中的史氏家族也是厄运反复不断。史家三代人不断遭遇近乎宿命般的灾难，史家人为躲避灾难，大都经历了逃离—回家—再逃离，直至死亡，都无法让生命与灵魂得到安息。家族厄运的叙事反复，有很强的宿命感与神秘主义气息。

其三，人物特定行为反复。如余华小说《许三观卖血记》中许三观不断重复的特定行为就是卖血。许三观和家人始终沉陷在物质匮乏所带来的生存困境之中，为了帮助家人和自己走出困境，他不得不一次又一次地卖血。许三观的每一次卖血，都与自己和家人遇到的现实难题有关，如结婚、治病、荒年买粮食、帮助插队农村的儿子找关系、帮助婚外情人等都没有钱的时候，卖血换钱成为许三观解决现实难题的唯一途径与办法。阎连科小说《日光流年》中的三姓村人不断反复的特定行为，就是男人“卖皮”，女人“卖肉”。男人“卖皮”就是把身上的好皮肤卖给因烧伤等需要植皮的病人，三姓村男人有“卖皮”的历史传统。女人“卖肉”就是卖淫，三姓村女人“卖肉”也有传统。三姓村男人“卖皮”、女人“卖肉”，有个人的原因，但更多的时候是为三姓村抗争“喉堵症”筹集资金，所以既被人贱视又被人尊敬。如“肉王”蓝四十每次去外地“卖肉”，都有村人相送或者陪伴，就是因为她“卖肉”不是为了自己，而是为了给自己的心上人司马蓝治病筹集资金，而司马蓝又是三姓村的当家人。这些小说叙事中的“卖血”“卖皮”“卖肉”等行为的反复，既是“写实的”，也是“寓言的”，具有意味深长的讽喻与象征意义。

在刘震云、余华、莫言、阎连科、张存学等作家的小说叙事中，反复中有对比，对比中有夸张，而反复、对比、夸张中都有讽刺。在这几位作家的小说叙事中，人物、情节、细节描写中的对比、夸张随处可见，但具有讽喻与象征意义的对比、夸张与讽刺，主要有如下几点。

其一，对比、夸张中的社会历史讽喻。如刘震云小说《故乡相处流传》以戏谑的夸张笔墨对比描写曹操、袁绍战场生活的糜烂与双方争霸战争的残酷。为了争夺霸权，曹操、袁绍约战后，竟然“都怀抱花雕，分别回府和回帐饮酒”，“主公和丞相都喝醉了，各拥一个寡妇睡觉”。在曹、袁醉生梦死的时候，被他们驱使的士兵却在土岗内外拼死战斗，“先是阵地战，后是肉搏战。百万人扭在一起，啃腿的，咬蛋的，掐脖子的，到处是变形的脸和折断的胳膊腿。从天明打到天黑，又从天黑打到鸡叫……战斗才结束。死十万伤二十万，主公胜了，丞相退了”。[①] 在这种强烈的对比中，不仅写出了有权者的邪恶与冷酷，也写出了战争的残酷、荒唐和无聊，解构了既有的历史认知。再如阎连科小说《受活》以极为夸张的笔墨描写了“残缺人”与“圆全人”两个对比强烈的世界。“残缺人”组成的受活庄地处耙耧山脉深沟，“一个哑巴、一个盲人、一个瘫子在这儿三人合户，把日子过得宛若天堂之后，四邻八村，乃至邻郡、邻县的残疾人便都涌了过来。瞎子、瘸子、聋子、缺胳膊短腿、断腿的残人们，在这儿都从老哑妇手里得到了田地、银两，又都过得自得其乐，成亲繁衍，成了村庄”[②]。“圆全人”的世界是山外的文明世界。柳鹰雀之流的“圆全人”把

---

① 刘震云:《故乡相处流传》,北京,华艺出版社,1993,第 64 页。

② 阎连科:《受活》,沈阳,春风文艺出版社,2004,第 5 页。

乌托邦梦想强加给山里的“残缺人”，为此采取了各种强制行动。“残缺人”也想加入“圆全人”的世界，先是主动“办社”“入社”，后是组织绝术团以身体的“残疾”吸引眼球，梦想发财致富，结果都遭到了“圆全人”的暗算。最后，“残缺人”在茅枝婆的带领下“退社”“脱县”。“圆全人”与“残缺人”之间的冲突，是其所代表的两种不同文化之间的冲突与两种不同道路的选择，有很强的历史讽喻色彩。

其二，对比、夸张中的权力崇拜意识批判。如刘震云小说《故乡相处流传》中的“我”前世给曹丞相捏过流黄水的脚，村人因此都来巴结“我”，还给“我”爹送猪头肉和猪尾巴。“我”今世给村支书孬舅捏头上长疮的包，“孬舅给了我一团生面吃，我因此没有饿死。所以我当时捏得很用功，很起劲。与领导在一起，只要用劲卖力，最后总吃不了亏。当时与我竞争想给孬舅捏苞［包］的，有好几位：剃头匠六指，他说他多生的一根指头，就是专为领导搔痒的，捏苞［包］的，毛遂自荐，想给孬舅试试。封建地主曹成有一个女儿曹小娥，也跃跃欲试，仗着是个女的，有几分姿色，有事无事，常往孬舅身边蹭。另外还有沈姓小寡妇，白蚂蚁之子白石头（他说他也曾给将相们捏过脚，什么东西!）等等。我听到这些信息，有些紧张”①。阎连科小说《黑猪毛　白猪毛》中的吴家坡和张寨人、《日光流年》中的三姓村人、《坚硬如水》中的程岗镇人都有深入骨髓的权力崇拜意识。吴家坡和张寨人把县委书记偶然住了一夜的李屠户家的房间视为“圣地”，又争着替开车撞死人的镇长去顶罪。三姓村的司马蓝做梦都想当三姓村村长，最终用对前任蓝村长女儿蓝四十的爱情承诺与“假传圣旨”的方式骗取了村长职位。程岗镇的高爱军被逼娶了村支书的丑女，从部队复员后岳父未兑现让他当村干部的承诺，适逢动乱，于是造反起家，当上大队革委会主任，为了攫取更大的权力，什么伤天害理的事都干，最终被权力毁灭。刘震云、阎连科小说中的这些内含对比的夸张文字，或戏谑或冷峻地对延津人、三姓村人、吴家坡人、张寨人和程岗镇人的权力崇拜意识进行了入木三分的揭示与批判。

其三，对比、夸张中的国民性批判。刘震云小说《故乡相处流传》中的延津人都是识时务的“俊杰”，谁有权势谁给好处就跟谁，如延津的“新军”就很识时务，曹丞相来了，就是曹家军；袁绍来了，就是袁家军。“以前操练我们的是猪蛋和孬舅，现在仍是孬舅和猪蛋。无非过去大路旁粪堆上插的、迎风飘的是‘曹’旗，现在换成了‘袁’旗。换一个旗，并

① 刘震云:《故乡相处流传》,北京,华艺出版社,1993,第244～245页。

不换脑袋。"[1] 这段戏谑夸张的文字，是对延津人见利忘义、愚昧盲从的讽刺与批判。阎连科小说《受活》中形成强烈对比的"残缺人"与"圆全人"形象，都具有象征意蕴，都指向国民性批判。茅枝婆作为"残缺人"的代表，曾经是个乌托邦梦想者，梦想受挫后退回"残缺人"世界。柳鹰雀作为"圆全人"的代表，曾经也是个狂热的乌托邦梦想者，梦想受挫后自残双腿，把"残缺人"的受活庄作为自己的归宿。如此对比强烈的叙写，"揭示的正是在现代社会中依旧存在的病态灵魂，根深蒂固的以幻觉代替现实的中国国民性"[2]。

反复、对比、夸张与讽刺当然不是"另类美学"的专利，但在余华、阎连科、刘震云、莫言等作家的乡土叙事中，因其与寓言式的讽喻和象征联系在一起，便有了不同于常规应用的"另类形式"的美学特质。

四、集锦、并置与奇观化

集锦，就是集合美好的事物。在小说叙事中，"集锦式"叙事就是把某类具有共同特性的事态现象，并置在小说的叙事时空中，达成特定的叙事目的，形成与叙事目的相应的美学风格。小说叙事中的"集锦式"，其所集之"锦"并非都是美好的，集合在一起的也可能是"恶之花"。集锦需要采用并置，但并置不一定都是集锦，可并置的事物、事态现象在艺术创作中可以说是无限的，譬如非线性叙事、空间化的叙事，都要用到并置。集锦、并置等叙事方法的运用，可以产生叙事的奇观化，但奇观化的叙事还有很多方法，譬如上述的反复、对比、夸张等，都可以用来创造叙事的奇观化与奇观化的叙事。在新世纪乡土小说中，集锦、并置与奇观化也是比较常见的"另类形式"。在余华、阎连科、刘震云、莫言、张存学、红柯、迟子建等作家的乡土叙事中，集锦、并置与奇观化主要集中在历史景观、暴力场景与神异事象等方面。

其一，历史片段的集锦、并置与奇观化。刘震云小说《故乡相处流传》，阎连科小说《受活》《日光流年》，余华小说《活着》《许三观卖血记》《兄弟》，莫言小说《生死疲劳》，迟子建小说《额尔古纳河右岸》等所叙故事的历史时间都很长，大都与特定的历史时段对应重合。如莫言小说《生死疲劳》中的故事始于 20 世纪 50 年代，终于 20 世纪末新世纪初，由"驴折腾""牛犟劲""猪撒欢""狗精神""结局与开端"等五部分集合

[1] 刘震云:《故乡相处流传》,北京,华艺出版社,1993,第 46 页。

[2] 刘再复:《中国出了部奇小说——读阎连科的长篇小说〈受活〉》,《当代作家评论》2007 年第 5 期。

而成，出现在每个部分的历史片段都具有各自所对应的“土改”、“合作化”、“四清”、“大跃进”、“文化大革命”、改革开放等历史时期的典型特征。如第一部“驴折腾”叙述1950年至三年困难时期的农村生活，主要写了“土改”“入社”“大跃进”“大炼钢铁”“大饥馑”等大事件，对这些大事件没有完整的历史叙述，只有“历史片段”的具体呈现。譬如对“大炼钢铁”有这样具体的片段描写：“西门大院的大门已经被摘去，据说是拉到炼钢的工地上劈成了木柴……钢铁工程师站在炉边，一本正经地指挥着那些临时抽调来炼钢的农民，火光熊熊，映红了他们的脸庞。十几座土高炉，沿着那条宽大的运粮河一字儿摆开……那条最宽的道路上，有牛车，有马车，有人力车，都载着据说是铁矿石的一种褐色的石头；有驴驮子，有骡驮子，都驮着一种名叫铁矿石的褐色石头；有老头，有老太太，有儿童，都背着一种名叫铁矿石的褐色石头。车水马龙人如蚁群，都沿着这条路，向国营农场土高炉群汇合。后来的人，说大炼钢铁炼出了一堆废渣是不对的，高密县的领导精明，充分利用了那几个右派工程师，炼出了真正的钢铁。”① 用以缝合奇观化系列“历史片段”的是地主西门闹一世为驴、一世为牛、一世为猪、一世为狗、一世为猴、一世为人的六道轮回。再如余华小说《活着》《许三观卖血记》《兄弟》对第三次国内革命战争、“土改”、“合作化”、“大跃进”（办大食堂、大炼钢铁）、“文化大革命”和改革开放等也都有“集锦式”的片段呈现，而所集之“锦”，几乎都是各个历史阶段的“恶之花”。这样的集锦、并置，都将具有历史阶段特征的历史片段奇观化为具有隐喻意义的历史景观。

其二，暴力场景的集锦、并置与奇观化。在余华、刘震云、莫言、阎连科、张存学等作家的乡土叙事中，有大量奇观化的暴力场景。如张存学小说《轻柔之手》《坚硬时光》对“文化大革命”时期的暴力场景做了集锦式的展示，如“高音喇叭、标语口号、林立的拳头、铜扣皮带、红袖章、揭发、告密、勒令、通告、批判大会、架喷气飞机、吊打、群殴、剃阴阳头、戴高帽子、挂破鞋、抄家、游街、游乡、拘禁、强奸、劳改、饥毙、累毙、枪毙，人间能有的乖戾这里都有了，人间能有的残暴这里都有了，人间能有的罪恶这里也都有了”②，这个历史阶段的“恶之花”都以并置的方式集中呈现。再如余华小说《兄弟》对宋凡平被“红袖章”们打死、孙伟父亲自杀等暴力场景都有奇观化的叙述与描写。在刘震云小说《故乡相处流传》、莫言小说《生死疲劳》的乡土叙事中，暴力场景也随处

---

① 莫言：《生死疲劳》，北京，作家出版社，2006，第70页。

② 李兴阳：《〈轻柔之手〉指向存在的深渊》，《飞天》2007年第1期。

可见。这些小说叙事中的暴力场景的集锦、并置与奇观化，都指向人性之恶与历史之恶。

其三，神异事象的集锦、并置与奇观化。在红柯、迟子建、阎连科、莫言、刘震云等作家的乡土叙事中，有大量奇观化的神异事象叙述与描写。如红柯小说《奔马》《树泪》《铁匠》等作品中的人、自然与人造物等都具有某种神性，都能交互感应。《奔马》中的汽车好像是有生命的，在与奔马的比拼中，“车被马的神性唤醒了……汽车被那种神秘的力量所控制，连细小的螺钉都处于亢奋状态”①。《骆驼碗》中的孩子为了得到心仪的骆驼碗，独自骑着骆驼离开牧场。两年后，“孩子和骆驼回到牧场，整个牧场都轰动了，单人单骑横穿大戈壁，他们创造了奇迹……刚回到村子时，母亲扑上来抱住他就哭。父亲是个真正的男人，父亲一声不吭走到骆驼跟前。骆驼知道这个粗壮的汉子来干什么，骆驼垂下脑袋……好像什么事都没有发生，好像在告诉父亲，我没有救你的孩子，你的孩子给我做伴逛了一回大戈壁。骆驼的眼神就是这意思，父亲不由得发出一声赞叹，‘我操，这世界上再没男人了’”②。骆驼与孩子及孩子的父亲都能情意相通。《铁匠》中的骑手、马、山和悬崖峭壁也能相互交流，“骑手在马眼睛里看到那蓝色的梦，骑手说：‘你已经长出铁掌了。’马眼睛里涌出泪。马疼得发抖，铁钉已经长在骨头里了，跟神经连在一起。骑手说：‘你没有倒下，倒下去的是群山，是悬崖峭壁。’山和悬崖峭壁发出轰轰的倒塌声。骑手说：‘它们给你下跪，倒下的马比站着的山要高一百倍。’马沉浸在主人的豪言壮语里。主人的泪吧嗒吧嗒落在马鬃上，跟钻石一样熠熠生辉”③。这里的人与自然万物交相往来，相互间都能“心领神会”。再如迟子建小说《额尔古纳河右岸》中鄂温克人生活的世界也充满了神秘色彩。故事叙述者年届九旬，是最后一位酋长的女人。在这位老人的讲述中，鄂温克人的故事，尼都萨满、妮浩萨满的故事都充满了神异色彩。如尼都、妮浩在即将做本氏族的萨满前，都有异常行为。尼都做萨满前，其“行为越来越异于常人。他几天几夜不吃不喝，却仍能精力充沛地走上一天的路。他光着脚踏过荆棘丛的时候，脚却没一点划伤连个刺都不会扎上……大家从这超乎寻常的力量上，知道他要做萨满了”④。妮浩做萨满前，也出现了异于常人的地方，譬如她跑得很快。“鲁尼是乌力楞中奔跑速度最

① 红柯：《奔马》，《小说月报》1996 年第 11 期。

② 红柯：《骆驼碗》，《天涯》2003 年第 1 期。

③ 红柯：《铁匠》，《湖南文学》1999 年第 5 期。

④ 迟子建：《额尔古纳河右岸》，北京，北京十月文艺出版社，2005，第 89 页。

快的人了，可他却怎么也撵不上妮浩，她越跑越快，很快就消失了踪影……我们正准备分头去寻找她的时候，妮浩突然像旋风一样跑了回来。她依然光着脚在雪地上奔跑，那么的轻盈，像只灵巧的小鹿。她的那双脚，一点儿都没有冻着。”① 叙述者“我”和妮浩的丈夫鲁尼“心里都明白，妮浩可能要做萨满了，因为那正好是尼都萨满去世的第三年，我们氏族该出新萨满了”②。具有萨满教色彩的神异事象，遍布在叙述者“我”讲述的鄂温克人的故事里。

在新世纪乡土小说中，余华、阎连科、莫言、刘震云、张存学、红柯、迟子建等作家对乡土叙事的“另类形式”的新探索，是引人瞩目的创作现象，论者们对此褒贬不一。如有论者认为莫言的《生死疲劳》复苏了“民间想象的传统和力量”，是“近年出现的一部重要长篇小说，其重要性就在于体现出高度扩张的想象能力以及对半个多世纪以来中国历史的独特叙述方式”。③ 也有论者认为是“‘胡乱写作’，遂成‘怪诞’”④。不论是肯定还是否定，上述这些作家在新世纪乡土叙事中对“另类形式”的新探索，都是新世纪乡土小说创作的重要收获。

第三节　“技术主义”与新世纪乡土小说的文体实验

新世纪乡土小说最突出的特点是题材领域的拓展，如“农民进城”“乡镇企业”“乡土日常生活”“乡土生态”“乡土历史”等。在尝试开拓乡土叙事的新领域或对旧领域进行新开掘的同时，不少作家对乡土小说的“写作技术”都或多或少地进行了新的探索与实验，有的甚至对乡土小说的文体实验表现出浓厚的“兴趣”，如阎连科、刘震云、莫言、韩少功、李锐、李洱、孙惠芬、林白等，出现了虽然不太为人们注意但影响颇为广泛的“技术主义”潮流。这一潮流的代表性作品，举其要者有《受活》（阎连科）、《丁庄梦》（阎连科）、《坚硬如水》（阎连科）、《檀香刑》（莫言）、《生死疲劳》（莫言）、《蛙》（莫言）、《一句顶一万句》（刘震云）、《秦腔》（贾平凹）、《高兴》（贾平凹）、《马桥词典》（韩少功）、《山南水

① 迟子建：《额尔古纳河右岸》，北京，北京十月文艺出版社，2005，第116页。

② 迟子建：《额尔古纳河右岸》，北京，北京十月文艺出版社，2005，第116页。

③ 王光东：《复苏民间想象的传统和力量》，《当代作家评论》2006年第6期。

④ 王者凌：《“胡乱写作”，遂成“怪诞”——解读莫言长篇小说〈生死疲劳〉》，《当代作家评论》2006年第6期。

北》（韩少功）、《暗示》（韩少功）、《太平风物》（李锐）、《黑山堡纲鉴》（柯云路）、《轻柔之手》（张存学）、《美丽奴羊》（红柯）、《太阳发芽》（红柯）、《石榴树上结樱桃》（李洱）、《上塘书》（孙惠芬）、《枕黄录》（林白）、《妇女闲聊录》（林白）、《额尔古纳河右岸》（迟子建）、《雾落》（姚鄂梅）等等。①

一、"技术主义"与文体实验

"技术主义"中的"技术"是一个意指复杂的概念。鲁迅在批评新潮社的汪敬熙、杨振声、俞平伯等人的小说创作时说，他们的小说"技术是幼稚的，往往留存着旧小说上的写法和情调；而且平铺直叙，一泻无余；或者过于巧合，在一刹时中，在一个人身上，会聚集了一切难堪的不幸"②。鲁迅在这段评价文字里用到的小说"技术"概念，指的是小说技巧，"平铺直叙"和"巧合"是小说情节布局方面的技巧；把"一切难堪的不幸"堆积到"一个人身上"，是小说情节设计的"集中"与"戏剧化"，也是人物性格发展与人物命运是否"合逻辑"的问题。概言之，鲁迅的小说"技术"概念，是一个形式范畴的概念。

在俄国形式主义文论中，形式范畴的技术概念主要是指文学语言技巧。俄国形式主义的文学主张主要有三点：一是文学性，二是陌生化，三是散文论。文学性是文学之所以成为文学的东西，文学性的基础建立在语言形式之上。文学语言与日常语言不同，存在着差异，什克洛夫斯基认为："诗歌语言正好符合这些条件……这样，我们就可以把诗歌语言确定为受阻碍的、扭曲的语言。"③ 什克洛夫斯基提出"陌生化"的概念，认为文学语言是对日常生活的实用语言加以形式的改造，使其变得令人奇异的结果。文学的陌生化形态使文学语言与实用语言拉开了距离，生出美学效果。文学作品中的音韵、节奏、程序等技巧手段，使文学语言变得奇异和美好。

本雅明的艺术创作"技术"（Technik），含义宽泛，包括艺术生产、传播方式、技术手段，一定技术条件下的艺术形式，以及作家的创作技

---

① 这一列举肯定是不完备的，还有不少其他的作家作品，如阿来的《尘埃落定》、韩东的《扎根》、毕飞宇的《玉米》等，也具有较强的技术化色彩。这充分说明了这一潮流的松散性和广泛性。篇幅所限，本书择其持续者和代表者论之。

② 鲁迅：《〈中国新文学大系〉小说二集序》，《鲁迅全集》第6卷，北京，人民文学出版社，1982，第239页。

③ 〔俄〕什克洛夫斯基：《诗学》（诗歌语言理论集刊），转引自朱立元：《当代西方文艺理论》，上海，华东师范大学出版社，1997，第47页。

巧。本雅明说："我所说的技术概念是这样一种概念，它使文学产品能为直接的社会分析，即唯物主义的分析所把握。技术概念同时也是一个辩证的切入点，可以克服内容和形式之毫无裨益的对立。此外，技术概念还能引导人们，正确确定作品的倾向性和品质之间的关系。"① 研究者阐释本雅明的"技术"思想说："文艺的'技巧'（技术）作为艺术生产力的代表，在本雅明的艺术理论中占有特殊重要的地位。首先，技巧直接关涉到对文艺作品的分析与评价的唯物主义原则。……第二，用'技巧'概念来消除形式与内容传统的僵硬的对立，把文艺作品的政治倾向统一到技巧这个代表生产力水平的范畴中去。……第三，把技巧看作决定艺术生产发展的艺术生产力，导致本雅明不重视文艺作品的内容、思想的意义，而单纯从技巧的先进与否来判定，所以他大力鼓吹摄影、电影等新兴艺术手段，对艺术技巧、形式上努力革新的现代主义艺术，从布莱希特的戏剧到卡夫卡的小说，从达达主义到超现实主义等先锋艺术，都给予高度评价。"②

鲁迅的"技术"概念，俄国形式主义文论家们的"技术"概念，本雅明的"技术"概念，其内涵虽然不尽相同，但在用以指代文艺创作中的艺术技巧这一点上是相同的。本书也在这个意义上使用"技术"概念。本书所谓的"技术主义"是指部分新世纪乡土作家在小说创作中将"技术"当作"主义"，即在小说创作中热衷文体实验，探索各种小说叙事技巧，甚至干脆就是故弄玄虚地"玩弄技巧"，对小说文体形式方面的热衷压倒了对中国农村现实问题的关注和表达，没有尽到或者干脆放弃一个作家应尽的社会责任。这样的"技术主义"是不可取的。

文体实验中的"文体"概念有广义与狭义两种用法，广义的文体与西语中 style 相同，指文体、语体、风格、文笔、笔性等③；狭义的文体，"指文学（广义）的体裁、体制或样式"④。不论是广义的还是狭义的，文体都是一种独特的文化现象，是某种历史内容长期积淀的产物，反映了文本从内容到形式的整体特点，属于形式范畴。童庆炳说，文体是"一定的话语秩序所形成的文本形式，它折射出作家、批评家独特的精神结构、体验方式、思维方式和其他社会历史、文化精神"⑤。一般认为，文体的构成有表层和深层之分，表层的文本构成因素有题材类型、结构形式、表达

① 〔德〕瓦尔特·本雅明:《作为生产者的作家》,《本雅明文集》卷二(2),法兰克福,Suhrkamp,1999,第 686 页。

② 朱立元主编:《现代西方美学史》,上海,上海文艺出版社,1993,第 883～884 页。

③ 童庆炳:《文体与文体的创造》,昆明,云南人民出版社,1994,第 1 页。

④ 褚斌杰:《中国古代文体概论》,北京,北京大学出版社,1990,第 1 页。

⑤ 童庆炳:《文体与文体的创造》,昆明,云南人民出版社,1999,第 1 页。

手法、语言体式、艺术形态和格式等，深层的精神构成因素有时代精神、民族传统、阶级印记、作家风格、读者经验等。文体实验也主要是对文体表层既有的范式进行某种程度的变革，突破原有文体的规范，使之发生变异；简单点说，就是对已有的某种文体进行“破旧立新”。这可能是一种破坏，也可能是一种创新。中国的文体实验在不同的历史时期都不同程度地存在，一部中国文学史，在某个意义上说就是一部关于各类文学文体实验的历史。

就中国当代小说创作而言，最具革命性的小说文体实验应当是“寻根小说”和“先锋实验小说”。其成就与不足，有关研究文献颇丰，这里不做赘述。新世纪乡土小说创作中的文体实验，虽然不如“寻根小说”和“先锋实验小说”那样引人瞩目，但作家作品多，实验方向多，影响也在日益扩大，如莫言小说《蛙》、林白小说《枕黄记》实验的“杂糅体”，莫言小说《生死疲劳》实验的“章回体”，刘震云小说《一句顶一万句》实验的“野稗日记体”，林白小说《妇女闲聊录》实验的“闲聊体”，韩少功小说《马桥词典》实验的“词典体”，阎连科小说《日光流年》实验的“索源体”，阎连科小说《受活》实验的“絮言体”，孙惠芬小说《上塘书》实验的“地方志”，柯云路小说《黑山堡纲鉴》实验的“纲鉴体”等等，极一时之盛。

对新世纪乡土小说的文体实验，学界的认识和评价不一，有肯定的，有否定的，有既肯定又否定的，众说纷纭，莫衷一是。不论评价如何，新世纪乡土小说的文体实验现象，虽然不乏“技术主义”倾向，但显示出创造的勃勃生机。

二、文体解放与小说文体解构的底线

小说创作的自由与限制，是一对永远不能和解的天敌。特定艺术形态的小说文体对作家的创作自由就是一种限制，遵循特定的小说文体范式创作，就是戴着镣铐跳舞。一些作家不愿意戴这副镣铐跳舞，提出文体解放的要求，如红柯在一次访谈中被问及作家是否想建立一种理想的表达方式时，谈了他读《蒙古秘史》的感觉以作答：“七八万字，震撼力呀，写什么就是什么，不用去想是不是诗，没有文体，要文体干吗？说是历史也不是，说是史诗也不像。”[①] 红柯的小说创作，有的作品有《蒙古秘史》的味道，体式比较自由，小说的“文体感”不强，有点天马行空的感觉。刘

① 红柯:《西去的骑手·访谈录》,昆明,云南人民出版社,2002,第302页。

恪也曾谈到创作自由与文体的关系："文体是前人规定好了的传统审美规范，更多的仰仗操作层面的东西去完成，文体自身的各种规则都是一种限制，一种对言说的限制。对个体写作无疑便是一种影响的焦虑，或形式作为形式的牢笼。往往创新是要求人们提供新的范型，你一开始便在旧文体的控制下创新无疑是戴着枷锁镣铐跳舞，使得创新一开始便钻进死胡同。"①

新世纪乡土小说的各色文体实验，就是要解构传统小说文体，求得文体解放，从而获得小说创作的某种自由。问题是，这里所谓的传统小说文体是指什么样的小说文体传统？这个传统小说文体有哪些文体表层的或深层的构成要素与体式规范？哪些构成要素或形态范式会被作家在实验中解构？这里需要略做论述。

目前，影响中国当下小说创作的小说传统有多个：一是中国古典小说传统，二是中国现代小说传统，三是中国"十七年小说"和"'文革'小说"传统，四是外国小说传统。这里的每个小说传统都可以说非常复杂，譬如中国现代小说中的乡土小说，就有鲁迅的启蒙乡土小说传统、茅盾的社会剖析乡土小说传统、赵树理代表的解放区乡土小说传统、沈从文的京派乡土小说传统等。总起来说，尽管这里提到的各色小说传统区别非常大，但小说文体区别于诗歌、散文、戏剧等文类的基本构成要素与形态特征是相同的，如小说一定是叙事的，小说要叙事，就一定要有人物、情节、环境这几个基本要素，如果这些最基本的要素都被解构掉了，那就不是小说了。再如乡土小说，在人物、情节、环境这几个基本因素之外，属于其文体规范的，还应该有农民、农村、农业和地域文化等构成元素，至少不能少了农民人物这个核心的构成元素，如果小说中的行动主体不是农民，即使故事发生在农村，那也不是乡土小说。简言之，小说文体实验，乡土小说的文体实验，都有最后的底线，超出这个底线，就不再是小说，不再是乡土小说。

新世纪乡土小说的文体实验，一些作品走得不算太远，没有突破底线，基本保持了小说的模态，但出现了显著的文体形态变化，主要有如下几点。

其一，有些乡土小说没有主要人物、中心人物，有的小说以农民充当叙述者，但不是中心人物。如《妇女闲聊录》贯穿始终的人物是王榨村的木珍，但她是小说的叙述者，不是中心人物和主要人物，她讲出了王榨村

① 刘恪：《关于超文本诗学》，《青年文学》1999年第7期。

的很多人和事，但这些人和事与她没有太多的交集，没有围绕她构成情节和故事。再如孙惠芬的《上塘书》，被称为“地方志”小说，小说中的人物很多，但没有中心人物或主要人物，也没有过去的普罗小说或左翼小说着意塑造的“人民群众”的“群像”，小说中的人物都是为了给“地方志”的某个方志栏目“举例”，譬如写“上塘的地理”，描写上塘村村街逼窄“鸡犬相望”的特点，就举了王三儿娶媳妇性急得大白天就把新婚妻子拖到床上干事儿，结果被邻里看了个正着。这王三儿是叙述者信手拈来证明村街很窄的例子，后来很少出现。

其二，以琐碎的细节作为叙述和描写的主要内容，以零散的细节代替完整的故事情节，使叙事“日常生活流”化，情节碎片化或散文化，但与京派乡土小说“田园牧歌”式的散文化和诗化有质的区别。如韩少功的小说《暗示》，以记忆的碎片化方式，将乡村编织在“乡戏”“场景”“鸡血酒”“遮盖”“爱情”等散乱的片段连缀中。再如贾平凹的小说《高兴》叙述农民刘高兴进西安城捡破烂的经历，小说没有曲折离奇多变的故事，充塞在叙事空间里的是刘高兴、孟夷纯等在城市艰难求生的琐碎的日常生活细节。贾平凹在后记中说：“我尽一切能力去抑制那种似乎谈起来痛快的极其夸张变形的虚空高蹈的叙述，使故事更生活化，细节化，变得柔软和温暖。因为情节和人物极其简单，在写的过程中常常就乱了节奏而显得顺溜，就故意笨拙，让它发涩发滞，似乎毫无了技巧，似乎是江郎才尽的那种不会了写作的写作。”①

其三，乡土小说的文体形态发生了变异，出现了一些非小说的文体特征，这与有意识地引入非小说文体的构成要素有关。如阎连科的小说《受活》引入“絮言”，作为小说叙事辅助成分，从而形成所谓的“絮言体”。《受活》累计八卷三十七章，其中有九章是以絮言命名的，其余章节也都穿插着零散的絮言，絮言的文字占据了小说 1/3 多的篇幅。絮言有长有短，短的絮言就是对一个人们可能比较陌生的方言土语的含义略做解释，如第一章的絮言：“①满全脸：当地方言。满全，即整个儿、全部。满全脸，即满脸。”长的絮言可独立成章，有的就是一个相对独立的叙事短章，如第五章絮言“入社”、第七章絮言“红四”就形成了独立的一章。这些絮言，从性质上看，就是一般文章里常见的“注释”，通常是说明性质，其作用就是对正文中的某个词语或问题加以补充说明。阎连科的小说《受活》在保留这一作用的同时，给絮言增加了新的功能，即在“补充说明”

---

① 贾平凹:《高兴·后记(一)》,北京,作家出版社,2007,第 450～451 页。

之外增加了“补充叙述”的功能，如第五章絮言“入社”、第七章絮言“红四”、第九章絮言“天堂日子”、第十一章絮言“铁灾”等。进入絮言的内容，多为中国当代历史中的重大历史事件，如“入社”补充叙述的是合作化运动，“铁灾”补充叙述的是大炼钢铁，“大劫年”补充叙述的是“大跃进”。概言之，絮言“补充叙述”的是充满了“革命狂热”与“政治灾难”的粑耧当代社会历史。这些内容的“补充叙述”，用的都是冷峻的现实主义笔法，同小说正体的充满魔幻现实主义色彩的叙述，相互策应，共同完成作者预定的叙事任务。这种形式的小说文体实验，并不是阎连科的首创，最早的应该是张贤亮发表于1993年的《我的菩提树》。在这部日记体的小说中，张贤亮用“注释”的方式，“补充叙述”了他长达22年的悲惨劳改生活。但在絮言内容的精心选择与编排方式上，阎连科的“技术”比张贤亮进步了很多，可以说是有所继承也有所发展。

新世纪乡土小说在文体实验中对其传统文体特征的解构，颠覆了乡土小说作为小说的基本形态特征，使部分新世纪乡土小说作品失掉了小说的基本面貌，变得不太像小说了。查尔斯·纽曼说：“无体裁写作是一种争取解放的前景，是当代人能够当作资本使用的现代主义的珍贵遗产之一。然而后现代主义的命运则是当本文从它先定的地位中解放出来时，它既没有给艺术家提供增长了的富裕，也没有提供通向观众崭新的大道，而仅仅为广告和诠释提供了可书写的空间。”① 如果纽曼说的是对的，那么新世纪乡土作家所要求的文体解放与创作自由的真实动机就变得十分可疑。

三、“跨文体写作”与小说文体的杂糅

新世纪乡土小说文体实验的又一个突出方法就是“跨文体写作”。“跨文体写作”的实验，有两种情况：一是文学刊物有意识地组织与推动，使之成为一种“写作运动”，如《大家》《莽原》《中华文学选刊》等几家刊物在20世纪末新世纪初，设立“跨文体写作”之类的栏目，推出了一批作家的“跨文体”作品，发表了一些评论家为“跨文体”实验提供理论依据的文章，这个“跨文体”写作运动进行了两年左右的时间。二是一些作家自发的“跨文体”实验，如韩少功的“跨文体”写作，如果从影响巨大的创作于1996年的《马桥词典》算起，到2002年的《暗示》和2006年的《山南水北》，前后长达十年之久。莫言、孙惠芬、柯云路、林白、李洱等作家也对“跨文体写作”有浓厚的兴趣，投注很大的精力进行实验创

---

① 〔美〕查尔斯·纽曼:《后现代主义写作模式》,王岳川、尚水编:《后现代主义文化与美学》,北京,北京大学出版社,1992,第339页。

作。他们创作的小说《蛙》《上塘书》《黑山堡纲鉴》《枕黄记》和《遗忘》等具有“文体杂糅”特点的作品，也都产生了较大的影响。

韩少功的《马桥词典》假托词典的形式，收录了一个虚构的湖南村庄马桥村人流行的115个方言词条，在解释这些方言词条的词源与意义时，将其变成马桥故事叙述，引入马桥人的历史掌故、现实生活的贫困、“文化大革命”政治的滑稽与恐怖、插队“知青”的生产生活。这部“跨文体写作”的“词典体”小说，发表后引起了极大争议。有的表示肯定，认为小说没有采取传统的创作手法，而是巧妙地糅合了文化人类学、语言社会学、思想随笔、经典小说等诸种写作方式，用词典构造了马桥的文化和历史，是一次成功的创作实践，是中国当代文学的重要收获；否定者认为，这部小说是对塞尔维亚作家米洛拉德·帕维奇的《哈扎尔辞典》的抄袭①。这样的指责不太有道理，《马桥词典》最多不过算是过度模仿罢了。

莫言的小说《蛙》是有很大影响的“跨文体写作”。小说由书信、日记、小说和戏剧等文体杂糅而成，叙述者莫名其妙地将一个日本作家作为倾诉的对象，把姑姑一生搞计划生育的经历与有关思想情感观念的前后逆转，用不同的文体反复讲了几遍。对这部文体杂糅的不伦不类的小说，国内学界肯定性的评价居多。

柯云路的小说《黑山堡纲鉴》采用历史叙事的“纲鉴体”，作者在序中说：“为了详略得当，我们使用了《纲鉴》这类史书的模式。中国北宋司马光曾经编就了从战国到五代一千三百多年的编年史《资治通鉴》，南宋朱熹又据此简扼编成《资治通鉴纲目》。《纲目》是又一种体例的编年纪事，纲举目张，纲为鱼网总绳，目为鱼网上的一个个孔眼；纲是历史的提纲，目是纲的详细记叙。明清用这种体例写历史的不乏其人，往往都称为《纲鉴》：如袁黄的《历史纲鉴补》，王世贞的《纲鉴会纂》，吴乘权的《纲

① 《哈扎尔辞典》是塞尔维亚作家米洛拉德·帕维奇(M. Pavic)在1984年出版的一部著名小说。哈扎尔是一个存在于拜占庭时代的王国，《哈扎尔辞典》一直记录这个曾经存在后又没落的王国的历史。这部《哈扎尔辞典》分为红书(基督教)、绿书(伊斯兰教)和黄书(犹太教)三部分，综合了这三宗教各自记录下来的史实，并以辞典的形式记录。它不按时序处理，反而是按字母的次序来记录，但毕竟它不是一本辞典，每个人名和事件等都记载了关于那个名字的故事及历史。从辞典反映的“资料”来看，三部书记录了三段时期的事件，成了一个3×3的matrix(3可能是三位一体的象征)。此书中的人物不停地转世，或者有来回时空的旅程。在一段三个人的关系里，两个人互相“托梦”，透过梦境，这些人穿梭时空。这本书是名副其实的《寻梦园》。这部小说的内容纷繁复杂，古代与现代、幻想与实现、梦与非梦，盘根错节地缠绕在一起。时空倒溯，人鬼转换，似真非真，似假非假，扑朔迷离地描述了哈扎尔这个民族在中世纪突然从世界上消失之谜，被公认为是一部奇书，现已译成世界上24种文字。本条注释参考了上海译文出版社2012年出版的《哈扎尔辞典：一部十万个词语的辞典小说》的“内容介绍”。

鉴易知录》等等。我们今天就大体使用《纲鉴》的形式记录黑山堡的历史。当读者只想了解黑山堡历史的主要梗概时，仅读全书的一条条‘纲’就可以了。凡属纲的段落，都用［纲 1］、［纲 2］、［纲 3］等数码标出。倘若想了解黑山堡历史更详尽的内容，那么就连“目”一起阅读。那些以［目］标领的段落便是‘目’。在‘目’中，不仅有黑山堡历史中各个重要情节的详细描述，而且还有各色人物的心理展示。倘若读者还想就黑山堡的故事做更多的哲学、历史学、社会学、人类学的思考，那么括弧内的批注性文字是专为你准备的。为了和《纲鉴》一类史书的风格取齐，我们在《黑山堡纲鉴》中采用特殊的纪年方式，公元一九六六年被记为广龙元年，以此类推，读者便会算出广龙二年、广龙三年及至广龙十年、广龙十一年在公元上的含义。”① 小说似乎又回到了附庸历史叙事的“旧时代”，成了“补史之阙”。

孙惠芬的小说《上塘书》被称为“地方志”，由上塘的地理、政治、交通、通信、教育、贸易、文化、婚姻和历史九个章节组成。这九个章节从横向将上塘村的历史与现实生活内容区分为九个方面，在叙写这九个方面的内容时，大都又从纵向展开。九个方面都有作为“例子”的人物和故事，但都是碎片化的，没贯穿到底的主要情节，也没有中心人物。小说是上塘的“地方志”，小说的主角自然就是上塘村，小说叙述描写的主要对象自然也是上塘的地方风物，以及在这些地方风物里上演的凡俗人生。对于以“地方志”面貌出现的《上塘书》是否算小说，人们热议一阵之后就丢下不再讨论了，至今没有形成一致的认识。

林白的《妇女闲聊录》还保持了小说的一些最基本的要素与模态，她的《枕黄记》在文体实验上就走得比较远，已经很难说是小说了。《枕黄记》将随笔、小说、地方志、古籍典章、词条、调查报告等各类文体杂糅在一起，用游记与调查报告记述实地考察的经历与收获，用新闻特写来叙述人物采访纪实，用随笔记述民间掌故和传说，借地方志转录历史事件，借辞书的词条摘录资料，各种文体各司其职，协同完成两大方面的内容的记述和抒写。一是黄河流域广大地区的历史沿革、社会变迁、地域文化、民俗风习、工商物产、地理成因等，二是林白自己沿黄河考察的行踪、遭际、心境、感悟、所思、所想等。多种文体的杂糅，使作者能够自由表达所要表达的思想内容，但作品却因此突破了小说文体的底线。

李洱小说《遗忘》把史实史料、艺术图片、美术作品等都纳入作品的

① 柯云路:《黑山堡纲鉴》,《花城》2000 年第 6 期。

有机构成之中，在叙述“技法”上，将虚构、纪实、改写、考证等杂糅在一起。李洱对《遗忘》的“跨文体写作”有比较肯定的自我评价：“对已有的故事进行改写（如巴塞尔姆《白雪公主》），造成一种滑稽的效果，显然不是我的初衷——与其说我关心的是改写，不如说我关心的是对各种改写的改写。”① 批评家对这样的文体杂糅大都不太看好，如洪治纲批评说：《遗忘》是“对既定文学范式进行一次刻意突围的表演之作”，“作为一种整合性的艺术实验，它失去了对某种主题的单纯表达，在一种后现代式的叙述行为中体现了作家对既定艺术规范的反叛。但这种反叛并不具备明确的建构目标”。②

概括起来看，新世纪乡土小说的“跨文体写作”，其所跨越的文体有散文、戏剧、历史叙事、地方志、新闻、词典、调查报告、美术作品等，引入这些非小说文体，突破了小说文体成其为小说的底线。有的作品还有小说的某些模态，有的则不像小说了。这些文体实验的出发点与方法各不相同，但不论是哪种方式的“跨文体写作”与“文体杂糅”，在追求自由表达这点上是相同的，即如作家刘恪所说：“文体整合便是要取消文体森严壁垒的界限，把各类语体特色综合、冲融，极大限度拓展语言自身的魅力，真正回归到一种个人言说的自由。”③

福柯说：“写作就像一场游戏一样，不断超越自己的规则又违反它的界限展示自身。”④ 新世纪乡土小说的文体实验就是不断超越自己的规则又违反它的界限展示自身的过程。这个过程的“技术主义”倾向，其负面影响有两点：一是作家关注了小说技术，却有可能忽略了或钝化了对历史的思考与对现实的关注，失掉了小说应有的“精魂”；二是在文体实验中对小说文体造成了技术伤害。小说还是要有特定的“体”来支撑，即如阎连科所说：“所有的艺术都必须仰仗‘体’而存在。回到小说上来，无论是我们的笔记小说，章回小说，再或人家的流浪小说，骑士小说，都有其独属于它们自己的文体。一类小说的产生，必然伴随一类文体的产生。一种文体的诞生，也必然伴随着一种小说的诞生。文体永远存在，和故事永远存在一样。可是，往日被人们津津乐道的是故事，而不是文体。只是到了今天，文体才获得了同故事一样的态度和重视。故事有死去的故事，也

① 李洱：《关于〈遗忘〉》，《大家》1999 年第 4 期。

② 洪治纲：《整合的可能与局限》，《大家》1999 年第 4 期。

③ 刘恪：《关于超文本诗学》，《青年文学》1999 年第 7 期。

④ 〔法〕米歇尔·福科：《什么是作者》，王岳川、尚水编：《后现代主义文化与美学》，北京，北京大学出版社，1992，第 288 页。

有永生的故事，而文体也一样有陈腐如木乃伊般的文体，有神奇如百年松柏般的文体。”[①] 阎连科的这些讲法很有道理。

法国作家罗伯-格里耶说：“每个社会，每个时代都盛行一种小说形式，这种小说实际上说明了一种秩序，即一种思考世界和在世界上生活的特殊方式。”[②] 新世纪乡土小说是中国农村变革时代盛行的小说形式，在直面思想的、审美选择的种种挑战，重新整合中国乡村社会现代转型带来的陌生的新“乡土经验”、拓展乡土叙事疆域、叙写大变革时代历史的与现实的种种矛盾、揭示和批判混乱无序的社会价值观念失范的同时，也在文体形式方面进行实验和探索，发生了艺术形态方面的变化，“有的向乡土叙事传统回归，将乡土小说的基本美学形态‘三画四彩’推向美轮美奂的新境地；有的向消费文化的时尚靠近，将乡土小说变成‘最后的乡土’‘回归自然’和‘怀旧’的时尚包装；有的表现出较强的‘技术主义’倾向，进行多种超常态的叙事实验，将乡土小说破碎变异为‘词典体’‘闲聊体’‘史传体’，等等。所有这些变化，都显露了乡土小说在新世纪向未来发展的新动向”[③]。

---

① 阎连科：《寻找支持》，《当代作家评论》2001年第6期。

② 吴秀明主编：《中国当代文学史写真》，杭州，浙江大学出版社，2002，第619页。

③ 李兴阳：《新世纪乡土小说折射时代焦虑》，《社会科学报》2010年6月24日。

参考文献

一、政策文件

《中共中央关于建立社会主义市场经济体制若干问题的决定》,1993年11月。

《中共中央、国务院关于做好1995年农业和农村工作的意见》,1995年3月。

《中共中央、国务院关于"九五"时期和今年农村工作的主要任务和政策措施》,1996年。

《国务院办公厅转发农业部等部门2003～2010年全国农民工培训规划的通知》,2003年。

《国务院关于解决农民工问题的若干意见》,2006年。

《中共中央关于推进农村改革发展若干重大问题的决定》,2008年10月。

《国办关于进一步做好农民工培训工作的指导意见》,2010年。

二、著作

《马克思恩格斯全集》,北京,人民出版社,1965。

《邓小平文选》,北京,人民出版社,1993。

中共中央文献研究室编:《邓小平年谱(1975～1997)》,北京,中央文献出版社,2004。

《马克思恩格斯选集》,北京,人民出版社,2012。

(南朝梁)刘勰著,范文澜注:《文心雕龙注》,北京,人民文学出版社,1958。

马子华:《他的子民们》,上海,春光书店,1935。

孙中山:《孙中山选集》,北京,人民出版社,1956。

陈瘦竹主编:《左翼文艺运动史料》,南京,南京大学学报编辑部,1980。

鲁迅:《鲁迅全集》,北京,人民文学出版社,1981。

茅盾:《茅盾文艺杂论集》,上海,上海文艺出版社,1981。

茅盾:《我走过的道路》,北京,人民文学出版社,1981。

老舍:《老舍文集》,北京,人民文学出版社,1984。

黄修己编:《赵树理研究资料》,太原,北岳文艺出版社,1985。

张灏:《幽暗意识与民主传统》,北京,新星出版社,1986。

张紫晨编:《民俗学讲演集》,北京,书目文献出版社,1986。

陈独秀:《独秀文存》,合肥,安徽人民出版社,1987。

章太炎:《国学概论》,成都,巴蜀书社,1987。

费孝通:《费孝通选集》,天津,天津人民出版社,1988。

何博传:《山坳上的中国》,贵阳,贵州人民出版社,1988。

林毓生:《中国传统的创造性转化》,北京,生活·读书·新知三联书店,1988。

严家炎:《中国现代小说流派史》,北京,人民文学出版社,1989。

褚斌杰:《中国古代文体概论》,北京,北京大学出版社,1990。

梁漱溟:《梁漱溟全集》,济南,山东人民出版社,1990。

孙彦林等:《晏子春秋译注》,济南,齐鲁书社,1991。

阎连科:《情感狱》,北京,解放军文艺出版社,1991。

丁帆:《中国乡土小说史论》,南京,江苏文艺出版社,1992。

王岳川、尚水编:《后现代主义文化与美学》,北京,北京大学出版社,1992。

陈晓明:《无边的挑战》,北京,时代文艺出版社,1993。

汪曾祺:《汪曾祺文集》,南京,江苏文艺出版社,1993。

朱立元主编:《现代西方美学史》,上海,上海文艺出版社,1993。

童庆炳:《文体与文体的创造》,昆明,云南人民出版社,1994。

杨国枢主编:《中国人的价值观:社会科学观点》,台北,桂冠图书公司,1994。

费孝通:《乡土中国　生育制度》,北京,北京大学出版社,1997。

迟子建:《迟子建随笔自选》,南宁,广西民族出版社,1998。

邓晓芒:《灵魂之旅——九十年代文学生存的境界》,武汉,湖北人民出版社,1998。

刘北成:《本雅明思想肖像》,上海,上海人民出版社,1998。

钱理群、温儒敏、吴福辉:《中国现代文学三十年》,北京,北京大学出版社,1998。

费孝通:《费孝通文集》,北京,群言出版社,1999。

胡风:《胡风全集》,武汉,湖北人民出版社,1999。

阎连科:《褐色桎梏》,天津,百花文艺出版社,1999。

朱立元:《西方美学通史》,上海,上海文艺出版社,1999。

郭淑云:《原始活态文化——萨满教透视》,上海,上海人民出版社,2001。

国际货币基金组织:《世界经济展望》,北京,中国金融出版社,2001。

雷毅:《深层生态学思想研究》,北京,清华大学出版社,2001。

周作人:《谈龙集》,石家庄,河北教育出版社,2001。

迟子建:《芳草在沼泽中》,北京,中国青年出版社,2002。

迟子建:《我伴我走》,北京,中国青年出版社,2002。

洪子诚:《问题与方法——中国当代文学史研究讲稿》,北京,生活·读书·新知三联书店,2002。

俞德鹏:《城乡社会:从隔离走向开放》,济南,山东人民出版社,2002。

王铭铭:《走在乡土上——历史人类学札记》,北京,中国人民大学出版社,2003。

何兆武、陈启能:《当代西方史学理论》,上海,上海社会科学院出版社,2003。

林建法、徐连源:《中国当代作家面面观》,沈阳,春风文艺出版社,2003。

王诺:《欧美生态文学》,北京,北京大学出版社,2003。

周晓虹主编:《中国社会与中国研究》,北京,社会科学文献出版社,2004。

章海荣:《生态伦理与生态美学》,上海,复旦大学出版社,2005。

迟子建:《北方的盐》,南京,江苏文艺出版社,2006。

丁帆等:《中国乡土小说史》,北京,北京大学出版社,2007。

郁达夫:《郁达夫全集》,杭州,浙江大学出版社,2007。

王献玲:《中国民办教师始末》,北京,北京知识产权出版社,2008。

王耘:《复杂性生态哲学》,北京,社会科学文献出版社,2008。

李山译注:《管子》,北京,中华书局,2009。

沈从文:《沈从文文集》,长沙,湖南人民出版社,2013。

〔法〕孟德斯鸠:《论法的精神》,张雁深译,北京,商务印书馆,1961。

〔德〕黑格尔:《历史哲学》,王造时译,北京,商务印书馆,1973。

〔美〕杰克·贝尔登:《中国震撼世界》,邱应觉等译,北京,北京出版社,1980。

〔西班牙〕乌纳穆诺:《生命的悲剧意识》,上海,上海文学杂志社,1986。

〔美〕弗雷德里克·杰姆逊:《现实主义、现代主义、后现代主义》,深圳大学编:《比较文学讲演录》,西安,陕西师范大学出版社,1987。

〔美〕R. E. 帕克等:《城市社会学》,宋俊岭等译,北京,华夏出版社,1987。

〔德〕E. 卡西勒:《启蒙哲学》,顾伟铭、杨光仲译,济南,山东人民出版社,1988。

〔美〕赫伯特·马尔库塞:《单向度的人——发达工业社会意识形态研究》,张峰、吕世平译,重庆,重庆出版社,1988。

〔德〕马克斯·霍克海默、特奥多·威·阿多诺:《启蒙辩证法》,洪佩郁、蔺月峰译,重庆,重庆出版社,1990。

〔德〕F. 缪勒利尔:《家族论》,王礼锡等译,北京,商务印书馆,1990。

〔法〕H. 孟德拉斯:《农民的终结》,李培林译,北京,中国社会科学出版社,1991。

〔荷〕佛克马、伯顿斯编:《走向后现代主义》,王宁等译,北京,北京大学出版社,1991。

〔美〕阿列克斯·英克尔斯、戴维·H. 史密斯:《从传统人到现代人——六个发展中国家中的个人变化》,顾昕译,北京,中国人民大学出版社,1992。

〔美〕丹尼尔·贝尔:《后工业社会的来临》,高铦等译,北京,新华出版社,1997。

〔德〕马克斯·舍勒:《价值的颠覆》,罗悌伦等译,北京,生活·读书·新知三联书店,1997。

〔英〕哈耶克:《通往奴役之路》,王明毅等译,北京,中国社会科学出版社,1997。

〔美〕奥尔多·利奥波德:《沙乡年鉴》,侯文蕙译,长春,吉林人民出版,1997。

〔法〕让-弗·利奥塔等:《后现代主义》,赵一凡等译,北京,社会科学文献出版社,1999。

〔德〕尤尔根·哈贝马斯:《作为"意识形态"的技术与科学》,李黎、郭官义译,北京,学林出版社,1999。

〔英〕特里·伊格尔顿:《后现代主义的幻象》,华明译,北京,商务印书馆,2000。

〔德〕盖奥尔德·西美尔:《社会学》,林荣远译,北京,华夏出版社,2002。

〔美〕罗·米尔德:《重塑梭罗》,马会娟等译,上海,东方出版社,2002。

〔美〕艾尔伯特·鲍尔格曼:《跨越后现代的分界线》,孟庆时译,北京,商务印书馆,2003。

〔法〕朱里安·本达:《知识分子的背叛〈安德烈·洛夫的序〉》,孙传钊译,长春,吉林人民出版社,2004。

三、期刊报纸

邓实:《国学讲习记》,《国粹学报》1906年第19期。

张定璜:《鲁迅先生》(下),《现代评论》1925年第1卷第8期。

苏雪林:《沈从文论》,《文学》1934年第3卷第3期。

张天翼:《我怎样写〈清明时节〉的》,《文学》1936年第6卷第1期。

蒲(茅盾):《关于乡土文学》,《文学》1936年第6卷第2期。

胡风:《置身在为民主的斗争里面》,《希望》1945年创刊号。

陈荒煤:《向赵树理的方向迈进》,《人民日报》1947年8月10日。

赵树理:《也算经验》,《人民日报》1949年6月26日。

赵树理:《当前创作中的几个问题》,《三复集》,北京,作家出版社,1961,第26～38页。

陈光孚:《"魔幻现实主义"评介》,《文艺研究》1980年第5期。

汪曾祺:《谈谈风俗画》,《钟山》1984年第3期。

吴调公:《风俗画与审美观》,《钟山》1984年第3期。

赵园:《沈从文构筑的"湘西世界"》,《文学评论》1986年第6期。

莫言、陈薇、温金海:《与莫言一席谈》,《文艺报》1987年1月10日、1月17日。

朱学勤:《我们需要一场灵魂拷问》,《书林》1988年第10期。

张岱年:《〈国学丛书〉序言》,沈阳,辽宁教育出版社,1991。

马役军:《黄土地　黑土地》,《当代》1991年第5期。

丁帆:《五四以来"乡土小说"的阈定与蜕变》,《学术研究》1992年第5期。

莫言:《我的故乡与我的小说》,《当代作家评论》1993年第2期。

陈忠实:《〈白鹿原〉创作漫谈》,《当代作家评论》1993年第4期。

秦晖:《"离土不离乡":中国现代化的独特模式?》,《东方》1994年第1期。

李培林:《"离土再离乡":中国现代化的可行之路》,《东方》1994年第3期。

周大新:《关于"台阶"的闲话》,《小说月报》1994年第6期。

郑永年:《乡村民主和中国政治进程》,《二十一世纪》1996年6月,总第

35 期。

温铁军:《第二步农村改革面临的两个基本矛盾》,《战略与管理》1996 年第 3 期。

盛洪:《从民族主义到天下主义》,《战略与管理》1996 年第 1 期。

黄陵东:《中国现代化进程中的三大文化难题》,《福建论坛》(人文社科版)1996 年第 4 期。

余华、潘凯雄:《新年第一天的文学对话》,《作家》1996 年第 2 期。

丁帆、何言宏:《论二十年来小说潮流的演进》,《文学评论》1998 年第 5 期。

朱学勤:《1998,自由主义的言说》,《南方周末》1998 年 12 月 25 日。

徐友渔:《自由主义与当代中国》,《开放时代》1999 年 5、6 月号。

李洱:《关于〈遗忘〉》,《大家》1999 年第 4 期。

洪治纲:《整合的可能与局限》,《大家》1999 年第 4 期。

刘恪:《关于超文本诗学》,《青年文学》1999 年第 7 期。

王小东:《当代中国民族主义论》,《战略与管理》2000 年第 5 期。

杜光辉:《哦,我的可可西里》,《小说界》2001 年第 1 期。

丁帆:《"现代性"与"后现代性"同步渗透的文学》,《文学评论》2001 年第 3 期。

俞祖华:《近代中国民族主义的类型、格局及主导价值》,《齐鲁学刊》2001 年第 2 期。

俞可平:《治理与善治:一种新的政治分析框架》,《新华文摘》2001 年第 12 期。

刘庆邦、徐迅:《大美无言——刘庆邦访谈录》,《山花》2001 年第 11 期。

阎连科等:《我的小说是我个人的良知——阎连科访谈》,《人物周报》2001 年 11 月 26 日。

阎连科:《寻找支持》,《当代作家评论》2001 年第 6 期。

孟繁华:《左翼文学与当下中国文学》,《中国现代文学研究丛刊》2002 年第 1 期。

傅正明译:《诺贝尔文学奖得主四人谈》,《天涯》2002 年第 3 期。

尤凤伟:《我心目中的小说》,《当代作家评论》2002 年第 5 期。

朱大可:《后寻根:乡村叙事中的暴力美学》,《南方文坛》2002 年第 6 期。

吕新雨:《"民工潮"的问题意识》,《读书》2003 年第 10 期。

王建:《未来十年中国经济发展的制约因素》,《新华文摘》2004 年第

6 期。

王毅杰、王微:《国内流动农民研究的理论视角》,《当代中国研究》2004 年第 1 期。

王诺:《“生态整体主义”辩》,《读书》2004 年第 2 期。

阎连科等:《写作是因为对生活的厌恶与恐惧》,《当代作家评论》2004 年第 2 期。

王颉:《乡村集体企业的兴衰及“改制”的社会学剖析》,《江苏行政学院学报》2004 年第 5 期。

红柯:《大自然与大生命》,《森林与人类》2004 年第 7 期。

柳冬妩:《城中村:拼命抱住最后一些土》,《读书》2005 年第 2 期。

马平:《我的另一个乡村》,《文学报·大众阅读》2005 年 4 月 1 日。

王毅杰、倪云鸽:《流动农民社会认同现状探析》,《苏州大学学报》2005 年第 2 期。

许祖华:《作为一种小说类型的家族小说》,《重庆三峡学院学报》2005 年第 3 期。

陈映芳:《“农民工”:制度安排与身份认同》,《社会学研究》2005 年第 3 期。

胡三林:《生态文学:批判与超越》,《文艺争鸣》2005 年第 6 期。

严海蓉:《虚空的农村和空虚的主体》,《读书》2005 年第 7 期。

贾平凹等:《关于〈秦腔〉和乡土文学的对谈》,《上海文学》2005 年第 7 期。

丁帆:《“城市异乡者”的梦想与现实》,《文学评论》2005 年第 4 期。

丁帆:《中国乡土小说生存的特殊背景与价值的失范》,《文艺研究》2005 年第 8 期。

张英、王琳琳:《余华:我能够对现实发言了》,《南方周末》2005 年 9 月 14 日。

南帆等:《底层经验的文学表述如何可能?》,《上海文学》2005 年第 11 期。

施战军:《生活与心灵:困难的探索》,《人民文学》2006 年第 1 期。

张立文:《国学的新视野和新诠释》,《中国人民大学学报》2006 年第 1 期。

雷达、任东华:《“新世纪文学”:概念生成、关联性及审美特征》,《文艺争鸣》2006 年第 4 期。

立阳:《中国民俗学会第六次代表大会在北京召开》,《民俗研究》2006

年第3期。

房宁:《影响当代中国的三大社会思潮》,陈明明主编:《权利、责任与国家》,《复旦政治学评论》第4辑,上海,上海人民出版社,2006,第265~292页。

贺雪峰:《私人生活与乡村治理研究》,《读书》2006年第11期。

王春光:《城乡结构:中国社会转型中的迟滞者》,《中国农业大学学报》2007年第1期。

张赟、孙惠芬:《在城乡之间游动的心灵——孙惠芬访谈》,《小说评论》2007年第2期。

雷达:《论“新世纪文学”》,《文艺争鸣》2007年第2期。

丁帆、李兴阳:《浮荡在现代转折点上的历史微澜》,《天府新论》2007年第3期。

崔志远:《关于新世纪文学发展的思考》,《河北师范大学学报》2007年第4期。

俞吾金:《当代中国文化的内在冲突与出路》,《浙江大学学报》2007年第7期。

余华:《我们生活在巨大的差距里》,《读书》2007年第9期。

马国川:《文贯中:往事何曾付云烟》,《经济观察报》2007年10月1~8日。

曹多勇:《说不出来的幸福》,《西湖》2007年第10期。

刘再复:《中国出了部奇小说》,《当代作家评论》2007年第5期。

曹清华:《何为左翼,如何传统——左翼文学的所指》,《学术月刊》2008年第1期。

徐勇、张丽娜:《农村改革30年》,《楚天都市报》2008年2月27日。

鲍玉珩、〔法〕利奥纳多·加勒雷、宋东红:《后现代主义的再认识:概念,理论,文化艺术》,《电影评介》2008年第2期。

陈应松:《给〈钟山〉的大实话》,《扬子江评论》2008年第4期。

李景隆:《伦理、民俗文化对青海审美文化的影响》,《青海民族学院学报》2008年第2期。

郭文斌:《回家的路:我的文字》,《朔方》2008年第4期。

张毅、田毅:《乡镇企业异军突起的前前后后》,《第一财经日报》2008年8月11日。

红柯、王德领:《日常生活的诗意表达》,《小说界》2008年第4期。

马立诚:《改革开放以来的四次大争论》,《领导文萃》2008年第20期。

陆学艺:《中国农村改革与发展的前景》,《当代财经》2009年第1期。

卜昌伟:《刘醒龙续写〈凤凰琴〉〈天行者〉向民办教师致敬》,《京华时报》2009 年 7 月 10 日。

张卓元:《“社会主义市场经济论”形成始末》,《新华文摘》2009 年第 21 期。

马立诚:《交锋:当代中国的八种思潮》,《同舟共进》2010 年第 1 期。

李云雷:《新世纪文学中的“底层文学”论纲》,《文艺争鸣》2010 年第 11 期。

刘维佳:《关注农村生产关系的新萌芽》,《农村工作通讯》2010 年第 11 期。

邢成举:《新土地抛荒缘何出现?》,《绿叶》2010 年第 12 期。

肖郎平、李望贤:《杂草淹没农村,千里良田荒了》,《文汇报》2011 年 5 月 18 日。

黄晓峰、华慧、盛韵等:《人文精神再讨论》,《东方早报》2012 年 5 月 26 日。

李培林:《从“农民的终结”到“村落的终结”》,《财经》2012 年第 5 期。

何晶、李虹霖:《专访著名学者林贤治“人文精神大讨论”20 周年再反思》,《羊城晚报》2013 年 7 月 14 日。

〔美〕加尔布雷思:《在一个贫穷的世界中发现自由》,《卫报》1991 年 8 月 27 日。

〔美〕劳伦斯·布依尔:《文学研究的绿化现象》,张旭霞译,《国外文学》2005 年第 3 期。

〔芬兰〕黄保罗:《从欧美视角看体现中国软实力的“大国学”》,《中国社会科学报》2010 年 3 月 4 日。

后　记

中国当代文学的格局，从20世纪末期开始，逐渐发生了巨大变化，其最大的变化之一就是曾经作为中国新文学主流的乡土文学逐渐被边缘化。在中国当代文学的总体格局中，地位不再那么显赫的乡土小说，虽然依旧取得了令人瞩目的创作实绩，但其内在特质与外在形态发生了不同于我所熟悉的传统乡土小说的很多变化。在追踪阅读20世纪90年代以来的中国乡土小说时，我总能从中看到在时代大潮冲击中急剧变化的乡村图景与乡村想象，读到作家们在乡土叙事中流露出的有关故乡和叙述故乡的困惑，读到乡土小说与农村变革之间不同的互动关系与互文关系。我在阅读中也产生了许多困惑，为了解惑，我陆续撰写并发表了一些有关新世纪乡土小说与中国农村变革关系的研究文章。随着阅读面的扩大与研究对象的不断拓展，我又在已撰写和发表的文章的基础上，写成了20余万字的《新世纪乡土小说与中国农村变革》书稿。2016年，我以这部初成系统的书稿申请到了国家社科基金后期资助项目。项目立项后，我又追踪阅读了不少新出的乡土作家作品，到一些有影响的乡土作家的故乡做了"田野调查"，由此获得了对中国乡村更为深切的了解和认识，也改变了我对一部分乡土小说的看法，修正了初稿中的一些观点，增加了初稿没有的很多内容，最终完成的结项书稿有30余万字的规模。这部书稿从最初的动笔写作到最后的完成并出版，前后历经十余年之久。

本书的绪论、第一章、第二章、第三章、第四章和第五章的第一节、第二节由我撰写。第五章第三节是我与朱言坤博士合作完成的。

我的导师丁帆先生拨冗为拙著作序，对拙著多有褒扬，让我非常感动，深受鼓舞。

本书的出版，得到了全国哲学社会科学工作办公室、山东大学出版社的大力支持。责任编辑郭凯迪女士为本书的出版付出了辛勤的劳动。在此特表谢意。

本书虽然是用心用力之作，但因学力不逮，不足之处在所难免，敬请方家不吝赐正，以待日后更臻完善。

李兴阳

2023年5月7日于南大和园